प्रेमचन्द के फटे जूते

(व्यंग्य-संग्रह)

प्रेमचन्द के फटे जूते

हरिशंकर परसाई

सम्पादक
ज्ञानरंजन

भारतीय ज्ञानपीठ

वाणी प्रकाशन : भारतीय ज्ञानपीठ की पुस्तकों
के एकमात्र प्रकाशक एवं वितरक

बारहवाँ संस्करण : 2021
तेरहवाँ संस्करण : 2023

लोकोदय ग्रन्थमाला : ग्रन्थांक 705

प्रकाशक

वाणी प्रकाशन ग्रुप
4695, 21-ए, दरियागंज, नयी दिल्ली-110 002
फ़ोन : 011-23273167, 23275710
ईमेल : sales@vaniprakashan.in

ISBN : 978-93-5518-376-7

प्रेमचन्द के फटे जूते
(व्यंग्य-संग्रह)
हरिशंकर परसाई

PREMCHAND KE PHATE JOOTE
(Satire)
by Harishankar Parsai

मुद्रक : आर. टेक ऑफ़सेट प्रिंटर्स, दिल्ली-110 032

आवरण : अशोक भौमिक

Price : INR. 595

प्रस्तुति

इस संकलन में हरिशंकर परसाई की समग्र रचनावली से कुछ चुनकर एक प्रतिनिधि संग्रह बनाने का प्रयास किया गया है। परसाई का रचना-संसार एक समुद्र की तरह है। वह कभी घटनेवाला संसार नहीं है। उनकी सामयिकता भी ठप नहीं होती। जिस रचनाकार के पास दृष्टिकोण होता है उसकी सामयिकता भी बहुत दूर तक जाती है, कभी-कभी अन्तहीन तक जाती है।

बड़े रचनाकारों के भीतर प्रवेश करना एक चक्रव्यूह में जाने की तरह है। अनेक महारथी उसमें प्रवेश करते हैं और लौट नहीं पाते। उसमें एक जबरदस्त मनचाही भटकन है। इसीलिए बहुत कम लोग होंगे जो ऐसे लेखक की कहानी सही तरह बखान कर सकें। जब तक परसाई की ग्रिप से निकलकर उन्हें दूर-दूर से न देखा जाए, मतलब एक बड़े डिस्टैंस से तब तक उन्हें मुकम्मल समझना, उन पर वास्तविक टिप्पणी करना कठिन है। मैं परसाई के साथ 35 साल से अधिक समय तक मँडराता रहा, उनके सान्निध्य में। उनके साथ मुम्बई, दिल्ली, भोपाल और राजनाँदगाँव की अभिन्न यात्राएँ भी कीं। उस समय फुलवारी पूरी तरह खिली और भरी हुई थी। पर आज तक ठीक तरह परसाई पर लिख पाने की हिम्मत मेरी हुई नहीं। अग्रज विश्वनाथ त्रिपाठी जब पहली बार परसाई पर किताब लिख रहे थे और 'पहल' के लिए लिख रहे थे तब अन्तरंग में उनसे बहुत सारी बातें परसाई को लेकर हुई थीं। त्रिपाठी जी की किताब अद्‌भुत है लेकिन एक टुकड़ा है। वह परसाई के रचना-समर और उसकी समझ को आधारभूत तरह से आगे बढ़ाती है, पर परसाई तो समुद्र हैं। बड़े-बड़े बायोग्राफर्स भी डूबने-उतराने के बाद बहुत सारी उलझनें छोड़ जाते हैं। फिर परसाई का समय और उस समय को भेदते हुए परसाई की रचना इस हालत में थी जब हमारे पण्डितों के पास उन पर टिप्पणी करने के लिए औजार नहीं थे। वे औजार आज भी भट्‌टी में पक रहे हैं।

मुझे लगता है कि परसाई जैसी जबरदस्त प्रतिभाएँ अपने चारों तरफ एक स्वयमेव का आपातकाल लागू कर देती हैं। कभी-कभी उनके पास तक आलोचनाओं, आशंकाओं या सवालों का प्रवेश नहीं हो पाता। परसाई एक मैटनी आयडियल की तरह थे। वैसा ही उनका स्वर्ग था और वैसा ही उनका नर्क। अब जबकि उनके

दिवंगत होने के बाद काफी समय गुजर गया है, स्पष्ट रूप से बहुत गम्भीर विमर्श हो सकता है। परसाई के बारे में एक विचारक ने यह टिप्पणी की थी कि स्वतन्त्रता के बाद के भारत को अगर जानना हो तो वह परसाई की रचनावली में दिखेगा। इसके बावजूद परसाई को सत्ता-संस्कृति का बहिष्कार शुरू से सहना पड़ा। मैं चाहता हूँ कि हम इस सच्चाई का सामना करें कि परसाई को 'परिमल' ने अस्वीकार किया। 'भारत भवन' ने अस्वीकार किया। समाजवादियों ने अस्वीकार किया। हिन्दूवादियों ने अस्वीकार किया। गाँधीवादियों ने और प्रबल कट्टर कामरेड भैरवप्रसाद गुप्त ने भी अस्वीकार किया। इसके इलस्ट्रेशन में मैं जाना यहाँ आवश्यक नहीं समझता। मेरा संकेत यह है कि जनप्रिय और स्टैण्ड लेनेवाले लेखक की हमारे समाज में यह ट्रेजडी है। सब उसे अपनी तरफ चाहते हैं और ऐसा न होने पर टूट पड़ते हैं। इस बात पर नजर रखनी चाहिए कि हिन्दी के कठिन समय में पूरावक्ती लेखक बड़ी संख्या में थे। और हिन्दी के धन-धान्य समय में पूरावक्ती लेखकों की संख्या नगण्य है। परसाई पूर्णकालिक रचनाकार थे। नौकरी छोड़कर यह चुनाव किया। जिस समय सम्पत्ति के लिए होड़ मची हो, संस्कृति का फण्ड राज्यों और देश में हर साल बढ़ रहा हो, कारपोरेट सेक्टर भी जब धनराशि तरह तरह से पम्प कर रहा हो, जब पुरस्कार, सत्ता संस्थानों में मनोयन, भत्तों और घूस का बोलबाला हो, परसाई ने किसी तरह की नौकरी करने से इनकार कर दिया था। जब कि भीतर एक नारकीय संघर्ष था। हरिशंकर परसाई को व्यंग्य तक सीमित कर देने से हमारे बहुतेरे समीक्षकों ने उन्हें गम्भीरता से नहीं लिया। यहाँ तक कि प्रगतिवादी आलोचना ने भी उन्हें बहुत देर से ध्यान में लिया। पाठकों की तूफानी संख्या और विचारधारा के कारण अगर किसी लेखक के प्रति आलोचना आकर्षित होती है तो इसका मतलब वह अपनी धारा अवसरों के मुताबिक तय कर रही है।

परसाई का माहात्म्य क्या है। इसके बावजूद कि सोवियत मॉडल टूट गया आज कलावादी मुहावरे सर्वाधिक मुरझाये हुए हैं। क्योंकि संसार में दुख, क्षय, हिंसा, भूख, पलायन, विकृतियाँ बाढ़ पर हैं। अब कलावादी मुहावरे अश्लील लगने लगे हैं। जो लोग दावा करते थे कि हम तो बस सहज झरनेदार लेखक हैं, हमें बाकी से कुछ लेना देना नहीं है आज बिलकुल पीले पड़ गये हैं। परसाई लिखने के अलावा उससे अलग जो अनिवार्य राजनैतिक कर्म करते हैं, जो उनके लेखन की आत्मा है वही उनको चमकाता है। उनका स्वाद लेनेवाले लोग भी दरकिनार हो गये, क्योंकि परसाई का स्वाद नहीं लिया जा सकता। उनका लेखन एक भयावह चित्रकथाओं वाला दर्पण है। संसार के अनेक रचनाकारों की तरह परसाई ने भी अपने लेखन के अलावा एक देशभक्त संग्राम लड़ा जो उनका माहात्म्य बढ़ाता है। अधिकांश रचनाकार इस तरह लिख रहे हैं जैसे लुड़कने वाला पत्थर

हो। उन्हें अपनी भूमिका तैयार करने, एजेण्डा बनाने, इतिहास के परिवर्तनशील मार्गों पर डटकर अपना चेहरा दिखाने की जरूरत महसूस नहीं होती। वे आजीवन लिखते होते हैं और एक मुग्ध देहावसान उनका हो जाता है। अगर हमारे पास अपने संघर्ष के मुख्य विषय नहीं होंगे और हम मनुष्य के शत्रुओं से ही लड़ने के विषय माँगते-ढूँढ़ते रहेंगे तो यह एक बासी, ऊबा हुआ, मरियल और मन्द जीवन होगा। आजादी के बाद हिन्दी के समकालीन रचना-संसार में पक्षधरता तरल होती गयी। हमारे यहाँ टकराने और स्पष्ट तौर पर सत्ता के गलियारों में न जाने की गहरी और जबरदस्त परम्परा रही है। कबीर से निराला, मुक्तिबोध और परसाई तक। लेकिन नवआधुनिकतावादी इस तर्क और शैली को पलट देते हैं। वे सत्ता प्रतिष्ठानों पर कब्जा करने की व्यस्तताओं में, छलप्रपंचों में अपना पर्याप्त समय लगाते हैं।

हम कल्पना करें कि आज के दिन अगर परसाई होते तो बहुत सारे लेखक अपनी पोथियाँ छपवाते हुए उनसे आँख नहीं मिला सकते थे। और व्यंग्यकार तो और भी नहीं। परसाई को पढ़ सकने के बाद सलमान रुश्दी वह सब नहीं कहते जो पिछले दिनों उन्होंने कहा। जैसे कभी कलकत्ते में एलेन गिंसबर्ग ने कहा था कि अगर नीत्शे पशुबल का संहार करनेवाली दुर्गा का दृश्य देख सकते होते तो सम्भवतः विक्षिप्त न होते। नामवर जी और अनन्तमूर्ति ने रुश्दी को उत्तर दिया पर अगर परसाई होते तो मरियल वाणी और निस्सार शब्दों वाले जवाब न होते। परसाई चीर के तह में चले जाते और चीर के रख देते। असल मे रुश्दी का ज्ञान उन अनुवादों के माध्यम से है जो सांस्कृतिक हथकण्डों के धनी लोगों द्वारा प्रायोजित किये जाते हैं। और जो हिन्दी की मूल्यवान रचनावली से किये जाने की बजाय अधुनातनवादियों की अर्धमूर्च्छित कृतियों से किये जाते हैं।

दुर्भाग्य से हमारे पास बड़े साहित्यकारों को याद करने, उनका मूल्यांकन करने, उन्हें समझने और उनके प्रति कृतज्ञता प्रकट करने के लिए बहुत ही पारम्परिक और सीमित तरीके हैं। इन्हीं सीमित रास्तों से हम अपने अद्वितीय रचनाकारों को याद करते हैं। जैसे निराला को रामविलास मिले, ऐसा चमत्कार तो सदियों में कभी-कभार होता है। बड़े और लोकप्रिय लेखकों को 'जिन्दाबाद जिन्दाबाद' तो बहुत मिला है पर इस तरह के रिवाजी संस्मरणों और समीक्षाओं से भीतर और गहरे पहुँचना प्रायः स्थगित रहता है और आसानियाँ प्रचलित हो जाती हैं। मुझे लगता है कि अपने समाज के जटिल स्पन्दनों और साहित्य की तात्त्विक बुनावट के साथ-साथ चले बिना रचनाकार तक पहुँचने की कोशिश अधूरी रह जाती है। परसाई के व्यंग्यों पर होनेवाली रिसर्च और विभिन्न पाठ और सामयिक समीक्षाएँ और कक्षा के अध्यापन दिक्कत को और बढ़ाते ही हैं। परसाई जी पर एक अनूठी पुस्तक उनके जीवन-काल में ही विश्वनाथ त्रिपाठी ने लिखी थी। इससे एक सीमा

तक न्याय हो सका।

हिन्दी में परसाई जैसों के रहते हुए, स्वतन्त्रता के बाद रचे गये, उसके पहले रचे गये, एक शताब्दी के महान साहित्य की परम्परा के जीवित उपस्थित रहने के बावजूद, सलमान रुश्दी उसका हत्यारा मखौल उड़ा रहे हैं। अन्ततः इसका जवाब देने की औकात हिन्दी आलोचना और सांस्कृतिक नियन्ताओं ने पचास साल में भी हासिल नहीं की। खेद है कि जिसको लेकर कोई शर्म नहीं बनती उसकी शर्म उठानी पड़ रही है। नामवर सिंह के इस कथन को अगर मानें कि हिन्दी में पिछले पचास साल का साहित्य प्रोटेस्ट का साहित्य है तो परसाई इस प्रोटेस्ट के सबसे विरल रचनाकार हैं। इस बात को प्रमाणित करने के लिए घोषणाओं की आवश्यकता नहीं है बल्कि कला के उन नियमों और औजारों की खोज की जरूरत है, जिससे नया पाठक-समाज वशीभूत हो सके। परसाई, स्वतन्त्रता के बाद, भारत की ट्रेजेडी के चितेरे हैं। लेकिन स्वयं लेखक की जो ट्रेजेडी है वह मूल्यहीन पतित उपभोक्ता के हाथ में जा सकती है।

बुनियादी तौर पर वर्ल्ड ऑफ एप्रिशियेशन में ही बहुत से घातक तत्त्व छिपे हुए हैं। जिस समाज में क्रान्तिकारी परिवर्तन नहीं हुए भीतर से, उस समाज में साहित्य रसिक बहुत भोंडा और पाखण्डी हो गया है। वह बिना परिवर्तन के मजा लेना चाहता है। परिवर्तन के माध्यमों पर दुःखान्त और व्यंग्य का असर नहीं है। परिवर्तन गलत दिशाओं में हैं और सचेत सम्भावनाएँ जहाँ थीं वे उदासीन हो गयी हैं। प्रेमचन्द, निराला, मुक्तिबोध, नागार्जुन और अनेक महारथियों ने अपनी-अपनी तरह से रास्ते बढ़ाने और मनुष्य को मुक्त करने के प्रयास किये, पर शिकंजा कसता ही गया। परसाई के रचने के बावजूद शिकंजा कमजोर नहीं हुआ। इसलिए लेखक की सफलता और असफलता को हम इस तरह नहीं आँक सकते। परसाई ने अग्रिम देखा, दूर दूर तक देखा और रचना में उसे अभिव्यक्त कर दिया। उन्होंने शिक्षण किया। यह उनका जबरदस्त पहलू है। इसके बाद जिन्हें इसे सँभालना और अग्रसर करना था वे उठ ही नहीं सके, गर्द में तब्दील हो गये। पसन्दगी की दुनिया रोज के भोजन जैसी हो गयी। पसन्द करनेवाला पढ़ता है, पसन्द करता है, वाह-वाह करता है और मर जाता है। वह जल्दी में है, उसकी रेलगाड़ी छूटती है। इस पसन्दकार ने अपनी उम्र किताब के वाल्यूम के बराबर या डिस्क की अवधि के बराबर घटा ली है। अब यह पसन्दकार भी पैदा नहीं हो रहा है।

परसाई मुख्यतः जीवन-निर्माता थे। उन्होंने पता नहीं अपनी रचना और व्यक्तित्व से कितनों का निर्माण किया। व्यक्तित्व-निर्माण की प्रक्रिया बहुत जटिल और अमूर्त होती है। वह केवल खुली सामाजिकता के दम पर नहीं काम करती। परसाई का समग्र रूप अनूठा था। उनके पास स्मृति थी और तर्क। तर्क मनहूसी को काटता था और चपल विनोदवृत्ति तथा ठाठदार हास्य की शैली से आगे

बढ़ जाता था। सातवें दशक के बाद जो लेखक थे और जो लेखक नहीं थे उन सब पर परसाई का साया पड़ रहा था। उमंग और आदर्श से भरे युवकों, विचारों से संयुक्त विभिन्न पार्टियों के कार्यकर्ताओं, पत्रकारों, छात्र-संघों के उद्दण्ड और दमदमाते नौजवानों, साहित्य के स्कूली पाठकों—सबके ऊपर परसाई कभी धूप कभी छाँव की तरह निखर रहे थे। यह सब तीस साल से अधिक समय में मैंने जबलपुर में नजदीक से देखा। परसाई को लोग मैटिनी आयडियल की तरह देखते थे। प्यार और भक्ति के समुद्र के बीच परसाई ने अपनी ज्वलन्त और मौलिक खड़ी बोली में भारतीय समाज की असंख्य पेण्टिंग्ज़ बना डालीं। प्रेमचन्द के बाद वे हिन्दी में सबसे अधिक पढ़े जानेवाले रचनाकार हैं।

जब मैं परसाई को निर्माता लिख रहा हूँ तो यह कृतज्ञता ज्ञापित नहीं कर रहा हूँ। यह जीवन की संचालक प्रक्रियाओं को देखने-समझने की मेरी कोशिश है। जब मैं इलाहाबाद से जबलपुर आया तो इलाहाबाद अपने स्वर्णकाल में था। स्वर्णकाल एक ऊँचे कलश की तरह चमक रहा था। प्रगतिशीलों और प्रयोगवादियों के बीच एक जबरदस्त वैचारिक और सांगठनिक संघर्ष था। शहर साहित्य और सांस्कृतिक गहमागहमियों से निरन्तर भरा हुआ था। जनवादी साहित्य के बरक्स परिमल ने आधुनिक साहित्य के लिए एक गेट-वे बनाया हुआ था। मैं एक आवारा भटकता युवक था। और इस स्वर्णकाल को छोड़कर जब मैं जबलपुर आया तो एक नौकरीपेशा हो जाने के अलावा कोई उम्मीद जीवन-स्वप्नों के लिए नहीं बची थी। जबलपुर में नौकरी के लिए आ जाने के दो दिन के भीतर परसाई जी कॉलेज कैम्पस में मिलने मुझसे आ गये। हम दो मिनट के लिए पहली बार जीवन में मिले। ये दो मिनट निर्णायक थे और मुझे दुनिया मिल गयी। इलाहाबाद के गुलशन को छोड़कर जबलपुर में मुझे अगर परसाई का अन्तरंग, दोस्ताना और झन्नाटेदार साथ न मिलता तो मेरे भीतर का आवारा, वेस्टर और बोहीमीयन तत्त्व समाप्त न होता। तीस साल तक वे मेरे निर्माण और बचाव की प्रक्रिया में निरन्तर मौजूद रहे। इसलिए मैं उन्हें निर्माता लिखता हूँ। यह बात (आज जब केवल परसाई की रचनाएँ ही हमारे पास मौजूद हैं) मैं सघन और घनीभूत रूप में आज भी महसूस करता हूँ, पर मैं इसे यहीं विराम लगाता हूँ, क्योंकि एक हद तक यह निजी बात है और मेरी रचना-प्रक्रिया की कहानी है। मैं परसाई जी के विशाल फलक पर अपने रंग नहीं फेंकना चाहता। उनकी जमीन पर कब्जा करनेवाले बहुतेरे लालायित लोग हैं। परसाई जी के नाम पर चेयर होगी, पुरस्कार और सम्मान होंगे, व्यंग्य को विधा माना जाए इसके लिए ट्रेड यूनियनी माँग होंगी। नाम जब जपा जाएगा तो काम को धूमिल करनेवाली सत्ताएँ अग्रसर होंगी। परसाई का कमाण्ड और शिक्षण भीतर की किस तह से आता था और परसाई की रचनावली के नीचे कौन-सी त्रासदी काम कर रही थी, मेरा उद्देश्य मात्र इतनी

ही खोज करना है। मैं अपने लिए परसाई को पहले जानना चाहूँगा। विभूतियों के तमाम जमावड़ों में परसाई अलग बने रहें और बचे रहें तो इसी में हमारा सबका लाभ है।

परसाई स्वतन्त्र भारत का असली चेहरा हैं। अब इस विडम्बना को क्या करें कि स्वतन्त्र भारत में व्यंग्य अलग से एक विधा बन गयी। कुदाल को ड्राइंग रूम में अलग से सजाने और स्थान देने की कविता है यह। यह हमारे समय का सबसे बड़ा व्यंग्य है। इसको कहते हैं बाजार का सुरसापन। इसे परसाई हनुमान ने अपनी क्षिप्र रणनीति से भरसक निस्तेज करने का प्रयास किया है। आज परसाई जीवित होते तो पचास साल के दर्पण में जितने भव्य और रंगीन चित्र दिख रहे हैं या दिखाये जा रहे हैं उनका अस्तित्व ही न होता और कुछ दूसरे ही भयावह चित्र हमारे सामने जीवित होते। आजादी के बाद इस देश की जनता को एक-के-बाद एक अनेक मिथकों ने लील लिया। अभागी जनता बार-बार छली जाती रही। परसाई इन मिथकों को बार-बार तोड़ते हैं।

इस पृष्ठभूमि में परसाई जी की रचनावली को देखने पर पता चलेगा कि वे स्वतन्त्रता के बाद गढ़ने और तोड़नेवाली सारी घटनाओं को तीव्रता से देख रहे थे। वे भीतरी पोल को समझ रहे थे। वे कूट करिश्मों से अवगत थे। वे चैतन्य और स्फूर्त थे। उनके लेखक ने कभी धोखा नहीं खाया। उनके जैसा रचनात्मक जोखम उठानेवाले लेखक समकालीन समाज में बिरले थे। यह जोखम उन्होंने शारीरिक क्षति की कीमत पर भी उठाया। वे पुरस्कृत भी हुए और प्रताड़ित भी। व्यंग्य की उत्पत्ति और महान रचना की उत्पत्ति के कारणों और प्रेरणाओं को जाने बिना परसाई और उनकी रचना-यात्रा से अवगत नहीं हुआ जा सकता। मीडियाक्रिटी परसाई के पास फटक नहीं सकती थी। और अब परसाई का रचनात्मक यश इतना बढ़ गया है कि विरोधी भी उनको आदर देने लग गये, तब हमारे प्रगतिशील आचार्यों ने भी उनका बखान और यशगान किया। इस प्रकार परसाई के प्रसंग में जनमत होने से आलोचना का अवसरवाद प्रकट हुआ। मैं अन्तिम रूप से समझता हूँ कि परसाई के साहित्य को बचाने के लिए इस अवसरवादी आलोचना तथा लोकप्रिय समय के स्थान पर गहरी राजनैतिक आँख, साहित्य-विवेक, नये साहित्यशास्त्र और सचेत पाठक की आवश्यकता है। परसाई पर व्यंग्यवादियों के खतरे और हिन्दी अध्यापकों की पाठ्य-पुस्तकीय समझ के खतरे मँडरा रहे हैं।

हम इक्कीसवीं शताब्दी में परसाई की मदद से ही पहुँचे हैं और उनके बिना आगामी यात्रा सम्भव नहीं होगी।

—ज्ञानरंजन

अनुक्रम

व्यंग्य निबन्ध

व्यंग्य कथा

विविध

व्यंग्य निबन्ध

कन्धे श्रवणकुमार के

एक सज्जन छोटे बेटे की शिकायत करते हैं—कहना नहीं मानता और कभी मुँहजोरी भी करता है। और बड़ा लड़का? वह तो बड़ा अच्छा है। पढ़-लिखकर अब कहीं नौकरी करता है। सज्जन के मत में दोनों बेटों में बड़ा फर्क है और यह फर्क कई प्रसंगों में उन्हें दिख जाता है। एक शाम का प्रसंग है। वे नियमित सन्ध्यावन्दन करते हैं (यानी शराब पीते हैं), कोई बुरा नहीं करते। बहुत लोग पीते हैं। गंगाजल खुलेआम पीते हैं, शराब छिपकर—गो शराब ज्यादा मजा देती है। आदमी बेमजा बात खुलकर करता है। और बामजा को छिपकर, यानी सुख शर्म की बात मानी जाती है।

लेकिन बात उन सज्जन की उठी थी। उन्हें सोडा की जरूरत पड़ती है। बड़ा लड़का कहते ही फौरन किताब के पन्नों में पेन्सिल रखकर सोडा लेने दौड़ जाता था। लाता छोटा भी है, पर फौरन नहीं उठता। पैराग्राफ पूरा करके उठता है। भारतीय पिता को यह अवज्ञा बरदाश्त नहीं। वह सीमान्तों पर सम्बन्ध रखता है। या तो बेटे को पीटेगा या उसके हाथ से पिटेगा। बीच की स्थिति उसे पसन्द नहीं। छोटा बेटा भी हरकत करता है। पिता जल्दी मचाते हैं, तो कह भी देता है 'जाता तो हूँ!' उसके मन में सवाल और शंका भी उठती है। सोचता है—यह पिता फीस रोकर देता है, कपड़े बनवाना टालता जाता है, फिर यह नहीं सोचता कि इसे पढ़ाई के बीच से नहीं उठाना चाहिए।

बड़े लड़के के मन में कभी सवाल और शंका नहीं उठे। वह मेरी ही उम्र का होगा। उसने वही किताबें पढ़ी होंगी, जो मैंने पढ़ी थीं। हम सब गलत किताबों की पैदावार हैं। ये सवालों को मारने की किताबें थीं। स्कूल प्रार्थना से शुरू होता था—'शरण में आये हैं हम तुम्हारी, दया करो हे दयालु भगवन्!' क्यों शरण में आये हैं, किसके डर से आये हैं—कुछ नहीं मालूम। शरण में आने की ट्रेनिंग अक्षर-ज्ञान से पहले हो जाती थी। हमने गलत किताबें पढ़ीं और आँखों को उनमें जड़ दिया। छोटा लड़का दूसरी किताबें पढ़ता है और आँखें उनमें गड़ाता नहीं है, आसपास

भी देख लेता है। वह अपनी आँखों को फूटने से बचाने की कोशिश कर रहा है। इससे सारे पिता-स्वरूप लोग परेशान हैं—भौतिक पिता, गुरु, बड़े-बूढ़े, शासक और नेता। हमारी किताबों में पिता-स्वरूप लोग सवाल और शंका से ऊपर होते थे। शिष्य पक्षपाती गुरु को अँगूठा काटकर दे देता था और दोनों 'धन्य' कहलाते थे। अब शिष्य उपकुलपति से रिपोर्ट कर देता है कि अमुक अध्यापक शिष्यों के अँगूठे कटवाते हैं। यदि उपकुलपति ध्यान नहीं देते, तो वह विद्यार्थियों का ज़ुलूस लेकर विश्वविद्यालय पर धावा बोल देता है।

हमें तो तीसरी कक्षा में ही उस भक्त की कथा पढ़ा दी गयी थी, जो अपने पुत्र को आरे से चीरता है। कुछ लोगों के लिए आदमी और कद्दू में कोई फर्क नहीं। दोनों ही चीरे जा सकते हैं। उस भक्त का नाम मोरध्वज था। ऐसी सारी कथाओं का अन्त ऐसा होता है जिससे चिरनेवालों को प्रोत्साहन मिले। भगवान प्रकट होते हैं और जिस पार्टी का जो नुकसान हुआ है, पूरा कर देते हैं—मृत को जिला देते हैं, जायदाद चली गयी है, तो वापस दिला देते हैं, किसी को मुआवजे के रूप में स्वर्ग भेज देते हैं। कथा के इस अन्त ने कितनी पीढ़ियों को आरे से चिरवा दिया होगा।

इस कथा पर न मैंने शंका की थी, न सज्जन के बड़े बेटे ने। मगर छोटा लड़का पूछेगा—पिताजी, चीरने से पहले यह बताइए कि भगवान इससे खुश होते हैं इसका सबूत क्या है? फिर इसकी क्या गारण्टी कि वे आ ही जाएँगे? उन्हें हजार काम लगे रहते हैं। फिर इसका क्या भरोसा कि वे कटे को जोड़ देते हैं? अगर यह सब हो भी, तो भी आपके सत्यकल्पित विश्वास आपके अपने हैं। उनके लिए आप अपने को कटवाइए और अपना हठ निभाइए। पहले जन्मे लोग अपनी सही-गलत मान्यता के लिए पीछे जन्मों को क्यों काटें? एक पीढ़ी के विश्वासों के लिए दूसरी पीढ़ी क्यों चीरी जाए?

लड़के मुँहजोरी करने लगे हैं। कम्बख्तों की किताबें बदल गयी हैं। कोर्स इतनी जल्दी क्यों बदलने लगे हैं? बड़े लड़के से कह दिया था कि अपनी किताबें सँभालकर रखना, छोटे के काम आएँगी! पर किताबें बदल गयीं। पुरानी किताबें किसी के काम नहीं आ रही हैं। एक ही किताब पीढ़ियों क्यों नहीं चलती?

पिताओं की यह चिन्ता है। बड़ा लड़का फौरन किताब में पेन्सिल रखकर सोडा लेने भाग जाता था। छोटा पैराग्राफ पूरा करके उठता है।

भीष्म की कथा भी हमें तभी पढ़ा दी गयी थी। हमने भीष्म को 'धन्य' कहा था। छोटा लड़का शान्तनु को 'धिक्कार' कहेगा। 'धन्य' और 'धिक्कार' की जगहें

बदल गयी हैं। लोगों को पता नहीं है। छोटा लड़का भीष्म से कहेगा—क्या तुमने भी वही किताबें पढ़ी थीं, जो हमारे बड़े भाई ने? तुम पिता से क्यों नहीं कह सके कि जीवन-भर के भोग के बाद भी आपकी लिप्सा बनी हुई है, तो मैं क्या करूँ? अपना संयम दे सकता, तो थोड़ा दे देता, जीवन कैसे दे दूँ? राज्य से आप मुझे वंचित कर सकते हैं, पर मनुष्य का स्वाभाविक अधिकार मैं हरगिज नहीं छोड़ूँगा।

छोटा टिप्पणी करेगा—भीष्म ऐसा नहीं कह सके। उन्हें पिता ने आदमी से तीर चलानेवाली मशीन बना दिया। ऑटोमेटिक धनुष! महाभारत का यह सबसे भला, तेजस्वी, आदरणीय, ज्ञानी व्यक्ति सबसे दयनीय भी है।

मगर देख रहा हूँ कि श्रवणकुमार के कन्धे दुखने लगे हैं। यह काँवड़ हिलाने लगा है। काँवड़ में अन्धे परेशान हैं। विचित्र दृश्य है यह। दो अन्धे एक आँखवाले पर लदे हैं और उसे चला रहे हैं। जीवन से कट जाने के कारण एक पीढ़ी दृष्टिहीन हो जाती है, तब वह आगामी पीढ़ी के ऊपर लद जाती है। अन्धी होते ही उसे तीर्थ सूझने लगते हैं। वह कहती है—हमें तीर्थ ले चलो। इस क्रियाशील जन्म का भोग हो चुका है। हमें आगामी जन्म के भोग के लिए पुण्य का एडवांस देना है। आँखवाले की जवानी अन्धों को ढोने में गुजर जाती है। वह अन्धों के बताये रास्ते पर चलता है। उसका निर्णय और निर्वाचन का अधिकार चला जाता है। उसकी आँखें रास्ता नहीं खोजतीं, सिर्फ राह के काँटे बचाने के काम आती हैं।

कितनी काँवड़ें हैं—राजनीति में, साहित्य में, कला में, धर्म में, शिक्षा में। अन्धे बैठे हैं और आँखवाले उन्हें ढो रहे हैं। अन्धे में अजब काँइयाँपन आ जाता है। वह खरे और खोटे सिक्के को पहचान लेता है। पैसे सही गिन लेता है। उसमें टटोलने की क्षमता आ जाती है। वह पद टटोल लेता है, पुरस्कार टटोल लेता है, सम्मान के रास्ते टटोल लेता है। बैंक का चेक टटोल लेता है। आँखवाले जिन्हें नहीं देख पाते, उन्हें वह टटोल लेता है।

नये अन्धों के तीर्थ भी नये हैं। वे काशी, हरिद्वार, पुरी नहीं जाते। इस काँवड़वाले अन्धे से पूछो—कहाँ ले चलें? वह कहेगा—तीर्थ! कौन-सा तीर्थ? जवाब देगा—केबिनेट! मन्त्रिमण्डल! उस काँवड़वाले से पूछो, तो वह भी तीर्थ जाने को प्रस्तुत है। कौन-सा तीर्थ चलेंगे आप? जवाब मिलेगा—अकादमी, विश्वविद्यालय!

मगर काँवड़ें हिलने लगी हैं। ढोनेवालों के मन में शंका पैदा होने लगी है। वे झटका देते हैं, तो अन्धे चिल्लाते हैं—अरे पापी! यह क्या करते हो? क्या हमें गिरा दोगे? और ढोनेवाला कहता है—अपनी शक्ति और जीवन हम अन्धों को ढोने में नहीं गुजारेंगे। तुम एक जगह बैठो। माला जपो। आदर लो, रक्षण लो। हमें अपनी इच्छा से चलने दो। अनुभव दे दो, दृष्टि मत दो। वह हम कमा लेंगे।

राजनीति, साहित्य आदि तो बड़े प्रगट क्षेत्र हैं। अप्रगट रूप से भी, विभिन्न

क्षेत्रों में श्रवणकुमार काँवड़ उतारने के लिए हिला रहे हैं। वे किन्हीं विश्वासों की आरी से चिरने को तैयार नहीं हैं। मैं कॉफी हाउस के कोने में बैठे उस युवक की बात नहीं कह रहा हूँ, जिसने गुस्से में दाढ़ी बढ़ा ली है, जैसे उसकी दाढ़ी एक खास साइज और आकार की होते ही क्रान्ति हो जाएगी। बढ़ी दाढ़ी, ड्रेन पाइप और 'सो ह्वाट' वालों से यह नहीं हो रहा है। चुस्त कपड़े, हेयर स्टाइल और 'ओ वण्डरफुल' वालियों से भी यह नहीं हो रहा है। ये तो न विश्वास में सच्चे, न शंका में। यह बिना प्रदर्शन और शोरशराबे के घरों और परिवारों में हो रहा है। सुशील, विनम्र और आज्ञाकारी युवक-युवती काँवड़ें उतारने लगे हैं, किसी के विश्वास के आरे से कटने से इनकार करने लगे हैं। एक परिचित हैं, जिसका ज्योतिष में विश्वास है। उनकी शिक्षिता जवान लड़की है। जिससे वह शादी करना चाहती थी, उससे ग्रह नहीं मिले। एक-दो और योग्य वरों से मिलान किया पर ग्रह यहाँ भी नहीं मिले। उसके ग्रहों ने किसी नालायक से मिलने के लिए स्थिति सँभाली होगी। लड़की एक-दो साल घुटती रही। एक दिन उसने नम्रता से परिवार से कह दिया—'आप लोगों का इस ज्योतिष में विश्वास है, पर मेरा नहीं है। जो मेरा विश्वास ही नहीं है, उस पर मेरा बलिदान नहीं होना चाहिए।' परिवार कुछ देर तो चमत्कृत रहा, फिर उसकी इच्छा से शादी कर दी।

देख रहा हूँ कि मोरध्वज का आरा छीनकर फेंका जा रहा है। श्रवणकुमार के कन्धे दुखने लगे हैं। वह काँवड़ को उतारकर रखने लगा है।

वे सज्जन परेशान हैं। छोटा लड़का पैराग्राफ पूरा करके उठता है। बड़ा तो फौरन पेन्सिल रखकर दौड़ जाता था।

राम का दुःख और मेरा

बादल गरज रहे हैं और मुझे गोस्वामीजी की यह अर्द्धाली याद आ रही है—

घन घमण्ड नभ गरजत घोरा।
प्रियाहीन डरपत मन मोरा।।

यों रामचरित मानस में पूरा वर्षा-प्रसंग नीति-शिक्षण का एक बहाना है। राम लक्ष्मण को बाढ़ पर आयी क्षुद्र नदी दिखाते हैं और कहते हैं कि इसी प्रकार खल थोड़े धन से ही बौरा जाता है। राम लक्ष्मण को नीति और धर्म में बहलाये रहते हैं, अपने मन में तनिक भी झाँकने नहीं देते। केवल यहीं उनकी सावधानी ढीली हुई है, जब वे कह उठते हैं कि चारों ओर मेघ घमण्ड से गरज रहे हैं और मैं प्रियाहीन हूँ तो मेरा मन डरता है।

इस अर्द्धाली का क्या अर्थ है? वैसे पेशेवर रामायणी इसके दस अर्थ निकालेंगे पर उनमें वह हरगिज नहीं होगा, जो तुलसीदास का अभिप्रेय है। एक-एक चौपाई के जब ये कई अर्थ निकालते हैं, तो मेरे मन में आता है कि इनसे कहूँ कि भाई, जिसकी बात के एक से अधिक अर्थ निकलें वह सन्त नहीं होता, लुच्चा आदमी होता है। सन्त की बात सीधी और स्पष्ट होती है और उसका एक ही अर्थ निकलता है। तुम सन्त की बात के कई अर्थ निकालकर क्यों अनर्थ करते हो? इनके द्वारा किया गया एक अर्थ यह है—'प्रियाहीन' का अव्यव यों होगा प्रिया-अहि-न, यानी राम कहते हैं कि हे लक्ष्मण, बादल गरजते हैं और मेरा मन डरता है। डर लगता है कहीं प्रिया को इस बरसात में सर्प न काट ले। इस अर्थ से चाहे कथावाचक की आरती की थाली पैसों से भर जाय, पर मेरा समाधान कैसे होगा? सीता दूर है, तो राम का मन डरता क्यों है? क्या इसलिए कि न जाने सीता इस बरसात में कहाँ है? या इसलिए कि प्रिया के बिछोह से मन कमजोर हो गया? प्रिया पास होने से क्या पुरुष अधिक निडर होता है? लेकिन मेरा पड़ोसी बाबू तो उल्टी बात कहता है—भैया, अपन तो बाल-बच्चेवाले आदमी हैं, डरकर चलते हैं, सबकी सुन लेते हैं।

राम की बात राम जानें। बादलों की गर्जन से डरता मैं भी हूँ, पर इस डर का कारण जानता हूँ और बता भी सकता हूँ। नहीं, रामवाला कारण नहीं है। मेरे डर का कारण कोई हरण की गयी प्रिया नहीं है, यह मकान है, जिसकी छाया-तले बैठा हूँ। राम इस भय को नहीं जानते थे। वे किसी किराये के मकान में चतुर्मास काटते तो भाई को ऐसी बातें थोड़े ही सिखाते कि हे लक्ष्मण, पर्वत बूँदों के आघात को ऐसे सह रहे हैं, जैसे सन्तजन दुष्टों के वचन सहते हैं। वे कहते हैं कि हे लक्ष्मण! मेरे ठीक सिरहाने एक बड़ा टपका है; मुझे रात को नींद नहीं आयी। आज ठीक कराना। और लक्ष्मण 'जो आज्ञा' कहकर मकानवाले से शिकायत करने चल देते। पर्वत चाहे बूँदों का आघात कितना ही सहें, लक्ष्मण बर्दाश्त नहीं करते। वे बाण मारकर बादलों को भगा देते या मकान मालिक का ही शिरच्छेद कर देते।

हमसे न बादल डरता है, न मकान मालिक। और हम एक कोने में दुबके बैठे छत से प्रगट होनेवाली जलधाराओं को देखते रहते हैं। ग़ालिब का मकान भी मेरे ही जैसा रहा होगा। तभी एक चिट्ठी में लिखा है, 'आसमाँ एक घण्टा बरसे तो घर दिन-भर।' कवि रहीम इस कष्ट को कष्ट ही नहीं मानते, बल्कि बड़ा वरदान मानते हैं—

टूट खाट घर टपकत, टटिऔ टूट।
पिय की बाँह उसिसवा, रूख कै लूट।।

रहीम की बात मैं समझता हूँ। सारी महत्ता उस खास किस्म के तकिए की है। उसके सामने टूटी खाट, टपकते घर और टूटी टटिया की नहीं चल पाती। पर रुई के तकिए से यह चमत्कार कैसे पैदा होगा? इस बात को आगे बढ़ाना अच्छा नहीं।

आसमान के और मेरे हृदय में एक साथ धड़कन हो रही है। कविता लिखने के लिए व्यर्थ भय की अनुभूति नहीं बुलाता। यह वास्तविक भय है जिसके सामने कविता नहीं लिखी जाती, जान बचायी जाती है। घर में इतना पानी भर जाता है कि कभी सोचता हूँ कि अगर फर्श पत्थर का न होता, तो इन कमरों में धान बो देता।

मकान-मालिक का अपराध नहीं है। उसने मकान ऐसा बनवाया है कि पानी क्या, हवा तक न घुस सके। एक भी खिड़की नहीं है। अलमारी या ताक भी नहीं है, क्योंकि इनसे दीवार कमजोर होती है। बस दीवारें हैं और ऊपर पत्थर सीमेण्ट की छत है। दो हजार वर्ष बाद यह पुरातत्त्ववेत्ताओं को ऐसा का ऐसा ही जमीन में गड़ा मिल जाएगा। बरामदे में छत को थामे चार विशाल चौकोर स्तम्भ खड़े हैं। बड़े मजबूत! ग्रीक पुराणों के एटलस को पता लग जाए तो इन स्तम्भों पर आसमान

को रखकर तनिक सुस्ता ले। यदि किसी अच्छे पुरातत्त्ववेत्ता को यह मकान दिख जाए तो वह फौरन निष्कर्ष निकाल ले कि वास्तुकला में मोहनजोदड़ो के खँडहरों से मिलता है और खोदकर यहाँ जमा दिया गया है। ऐसा शानदार मकान है। पर यह टपकता है।

वर्षा के पहले दौर में जब पानी टपका तो सोचा कि इतना सह लेंगे। मकान-मालिक से मरम्मत के लिए नहीं कहा। (गरीब आदमी का व्यर्थ पैसा क्यों खर्च हो?) पर ज्यों-ज्यों वर्षा बढ़ी, त्यों-त्यों टपके भी बढ़ते गये। तब हमने मकान-मालिक को कष्ट दिया। उसने अपने सामने दो बार सीमेण्ट का प्लास्टर पुतवाया। हमें बाद में समझ में आया कि यदि वह इतनी दिलचस्पी न लेता और सामने प्लास्टर न कराता, तो पानी तभी बन्द हो जाता। (तब जरा मोटा प्लास्टर हो सकता था) खैर, उस वक्त तो हम प्रभावित हुए थे। पर जब फिर भी पानी आना बन्द न हुआ तो हम सब परेशान हुए कि आखिर पानी आता कहाँ से है। किसी अखबार को मालूम हो जाता तो वह छाप देता कि भगवान का चमत्कार देखो, पत्थर में से जलधारा प्रकट हो रही है। श्रद्धालुओं की भीड़ के डर से हमने यह चमत्कार प्रकट नहीं होने दिया। हमें याद था कि कुछ ही साल पहले एक भेड़ चरानेवाले लड़के का चमत्कारी बालक के रूप में प्रचार करके पत्रकारों ने लाखों की भीड़ जमा कर दी। वहाँ हैजा हो गया और कई श्रद्धालु वहीं अन्धविश्वास की वेदी पर बलि हो गये।

एक दिन हमने इंजीनियरिंग कॉलेज से इसी वर्ष डिग्री पानेवाले एक तरुण इंजीनियर को यह चमत्कार दिखाया। उसने ध्यान से जाँचकर कहा, "ठीक है, समझ गया। ऊपर से प्लास्टर हो ही चुका है। इसमें भीतर से सेंधों में सीमेण्ट और रेत भरवा दीजिए। भीतर से प्लास्टर हो जाने पर एक बूँद नहीं आएगी।" मैं इस युक्ति से प्रभावित हो गया। पर मेरे भाई में व्यवहार-बुद्धि अधिक है। उसने कहा, "ऐसा करने से दीवारों में पानी घुसता जाएगा और किसी दिन ऊपर दीवार खसक पड़ेगी।" इन्जीनियर ने उत्तर नहीं दिया। उसे एक जरूरी काम याद आ गया। मैं समझ गया कि ज्यों-ज्यों देश में इंजीनियरिंग कॉलेज खुलते जा रहे हैं, त्यों-त्यों कच्चे पुल और तिड़कनेवाली इमारतें क्यों अधिक बनते जा रहे हैं। और जब हर जिले में इंजीनियरिंग कॉलेज हो जाएगा, तब हम लोग कहाँ रहेंगे?

किसी ज्ञानी ने हमें एक दिन सान्त्वना दी कि इतने परेशान मत हुआ करो। ये किराये के मकान 'कमर्शियल बेसिस' (व्यावसायिक आधार) पर बनवाये जाते हैं। व्यावसायिक आधार का सूत्र है—कम लागत, घटिया माल, अधिक दाम। मकान भी दो तरह के होते हैं, रहने के और किराये पर देने के। एक प्रकार के मकान से दूसरे प्रकार का काम नहीं लिया जाता—रहने का मकान किराये पर नहीं दिया जाता, और किराये के मकान में रहा नहीं जा सकता। व्यावसायिक आधार पर तो हम रोज पिट

रहे हैं। व्यावसायिक आधारवालों का बस चले तो वे हमारी नसों का गर्म रक्त निकालकर उनमें पानी भर दें।

एक दिन एक परिचित पधारे। इनके भी दो मकान किराये पर चल रहे थे और इस तरह वे हमारे मकान मालिक की 'मौसी के लड़के' होते थे। सगे नहीं, पर सगे से अधिक यानी व्यावसायिक आधार पर। उन्होंने छत को ऊपर से देखा और बोले, "इसमें प्लास्टर कराना चाहिए।" हमने कहा, "दो बार तो हो चुका।" वे हँसकर बोले, "प्लास्टर नहीं हुआ, सीमेण्ट पोती गयी है। मकानवाले से कहो कि मोटा प्लास्टर करवाये।" हमने कहा, "कितना तो कहा। यहाँ तक कह दिया कि किसी दिन यह छत गिरेगी, तो हमारी जान चली जाएगी।" यह सुनकर वह दार्शनिक की तरह बोले, "अपनी जान जाने की बात करने से काम नहीं चलेगा। यह कहो कि तुम्हारी दीवार गिर जाएगी और तुम्हारा नुकसान हो जाएगा। समझे? तुम देखोगे कि फौरन चार इंच मोटा प्लास्टर हो जाएगा। मकान की मरम्मत कोई तुम्हारी जान बचाने के लिए थोड़े ही की जाएगी, दीवार बचाने के लिए की जाएगी।"

व्यावसायिक आधार पर दीवार और मनुष्य के तुलनात्मक मूल्य के सूत्र की हमने गाँठ बाँध ली। हमने कल जब दीवार गिरने की आशंका मकान मालिक के सामने प्रकट की, तो उसने फौरन नौकर को हुक्म दिया कि पानी खुलते ही अच्छा मोटा प्लास्टर कराना।

हम अब पानी खुलने की राह देख रहे हैं। बादल गरज-गरजकर मन कँपा जाते हैं। राम प्रियाहीन थे, इसलिए डरते थे। हम गृहहीन हैं, इसलिए डरते हैं। किसका अभाव बड़ा है?

लिटरेचर ने मारा तुम्हें

दीवाली पर मैं लक्ष्मी-पूजन नहीं करता। न मेरे घर की दीवारों पर भद्दे अक्षरों में 'श्री लक्ष्मीजी सदा प्रसन्न रहें' लिखा है और न स्वस्तिक का चिह्न बना है। पूजा अपनी प्रकृति से मेल ही नहीं खाती। किसी की पूजा करेंगे, तो या तो उसका नुकसान होगा या अपना। मेरा एक दोस्त है जिसकी प्रकृति भी ऐसी है। उसने एक प्रकाशक के लिए पाठ्य-पुस्तकें लिखीं और उनके छपने तक प्रकाशक के बाप की मृत्यु हो गयी। कई महीने बाद प्रकाशक का मैनेजर मुझे मिला, तो कहने लगा कि उनमें से एक भी पुस्तक बोर्ड में मंजूर नहीं हुई। मैंने कहा—यह बहुत शुभ हुआ। अगर उसकी एक भी पुस्तक मंजूर हो जाती, तो प्रकाशक का पूरा खानदान मर जाता। उस आदमी के सम्पर्क से हमेशा अशुभ हुआ है (बदनामी के डर से उसका नाम नहीं बताऊँगा)।

मैंने भी 10 से 17 साल की उम्र तक लक्ष्मी की पूजा की। पिताजी मुझसे पूजा कराते थे—शायद यह सोचकर कि लक्ष्मी का बच्चे के प्रति वात्सल्य उमड़ेगा और वह आ जाएगी। पर वह आयी नहीं। साल-दर-साल मैं उसकी पूजा करता गया और उधर पिताजी का धन्धा चौपट होता गया। हर साल दीपकों की संख्या और तेल की मात्रा घटने लगी। पटाखों में भी उम्र बढ़ते मेरी दिलचस्पी कम होती गयी। पटाखे बचपन में ही अच्छे लगते हैं। बचपन में मैं वैसे ही शौक के साथ पटाखे फोड़ता जैसे चीन ने अभी अणु बम फोड़ा है। चीन का अभी बचपन है। प्रौढ़ होने पर पटाखे अच्छे नहीं लगते। रूस अब अणु बमों से पिण्ड छुड़ाना चाहता है। कुछ राष्ट्रों और व्यक्तियों का बचपन कभी नहीं जाता। बूढ़े आदमियों को भी मैंने कुत्ते की पूँछ में पटाखे की लड़ी बाँधकर आग लगाते देखा है। अमेरिका भी टोकिन की खाड़ी में अणु-पटाखे लेकर चक्कर लगा रहा है।

विषयान्तर हो रहा है न? अच्छा, लक्ष्मी की ही बात करता हूँ। सात साल लगातार लक्ष्मी-पूजन का नतीजा यह निकला कि पिताजी का धन्धा बिल्कुल चौपट हो गया और लक्ष्मी का यह 'भक्त' मैट्रिक पास करके नौकरी ढूँढ़ने निकल पड़ा।

नौकरी भी की तो स्कूल-मास्टरी। न इनकमटेक्स की न एक्साइज़ की। फिर नौकरी छोड़कर स्वतन्त्र व्यवसाय के क्षेत्र में आया, तो कहाँ आया? न सीमेण्ट में, न गल्ले में, न हार्डवेअर में। साहित्य में! मतिभ्रष्ट आदमी और क्या करेगा? लक्ष्मी अब इस मुहल्ले में आती भी हैं, तो दूर से मेरा 'नेमप्लेट' पढ़कर सड़क के उस बाजू हो जाती हैं। मुहल्ले के दो-चार घरों में बैठकर चली जाती हैं। किसी से पूछ भी लेती हैं—सुना है, इस मुहल्ले में कोई एक बड़ा बेवकूफ रहता है। कुछ साहित्य-वाहित्य का वाहियात काम करता है। कोई बता देता है कि हाँ, वह उधर रहता है। वह मुँह फेरकर चली जाती हैं।

मेरा एक दोस्त कहता है—तुम्हें लिटरेचर ने मारा, परसाई।

मारा, बिल्कुल मारा। पुस्तक लिखनेवाले से पुस्तक बेचनेवाला बड़ा होता है। कथा लिखनेवाले से कथावाचक बड़ा होता है। सृष्टि निर्माता से सृष्टि का लूटनेवाला बड़ा होता है।

मैं कथा लिखता हूँ और वह चौराहे पर कथावाचक कथा बाँचता है। वह कथा तुलसीदास ने लिखी थी। कथावाचक की आरती की थाली भर जाती है; ऊपर से भेंट मिलती है, सो अलग। मैं, एक कथा लेखक, सड़क पर खड़ा टुकुर-टुकुर देखा करता हूँ।

उस दिन ज्ञानरंजन ने कहा, "यह कथावाचक हिन्दी में एम.ए. है।"

मैंने कहा, "उसे देखो और अपने को देखो। एक वह हिन्दी का एम.ए. है और एक हम हैं। एम.ए. करने से उसे अक्ल आ गयी और अपनी अक्ल मारी गयी। हम लिखने के चक्कर में फँस गये और उसने सिर्फ बाँचने का अभ्यास किया। वह चल निकला और हम? पाठ्य-पुस्तक से कुंजी ज्यादा बिकती है।"

लिटरेचर ने मारा तुम्हें—मेरा वह दोस्त कहता है।

यार, पर मैं करता भी क्या? एक तो लक्ष्मी नारी-रूपिणी, फिर उल्लू पर उसकी सवारी। जिसने भी उसकी कल्पना की है, कमाल किया है। जरूर कोई सोशलिस्ट रहा होगा। जो स्त्री हो और जिसका 'गाइड' उल्लू हो वह इधर आ नहीं सकती। उल्लू कह देगा—'देवी, अगर उधर जाना है, तो कोई टैक्सी कर लीजिए। मैं उसके घर नहीं जाऊँगा। वह मेरी पूरी जाति से घृणा करता है।' बेचारी लौट जाती है। मुझे मालूम है, उसने कभी-कभी कुतूहलवश आने का मन किया है। पर उल्लू ने नहीं आने दिया। उसने अपनी 'सिस्टर' और 'क्लासफेलो' को भी इधर भेजा, पर उल्लुओं ने उन्हें भी लौटा दिया। मुझे लगता है, लक्ष्मी ऊबी हुई-सी उल्लू पर बैठ जाती है और ऊँघती हुई फूल सूँघने लगती है। उल्लू उड़ते-उड़ते रुक जाता है, किसी के पास। कहता है—'देवी, यह मेरा साला है। इसे कुछ दे दीजिए।' लक्ष्मी अपने बैंक का चेक काटकर उसे दे देती है। (यों लक्ष्मी बैंक लिमिटेड फेल हो गया है

और डाइरेक्टर लोग जेल में बन्द हैं। पर उसमें विष्णु की पत्नी के शेयर नहीं थे)। उल्लू फिर किसी के पास रुककर कहता है—देवी, यह मेरा साढ़ू भाई है।...लक्ष्मी फिर उसे चेक काट देती है। इस तरह उल्लू, लक्ष्मी को चाचा, मामा, फूफा, भाई-भतीजों के पास ले जाता है और चेक दिलवा देता है।

लक्ष्मी पूछती है, ''क्यों रे हरिशंकर परसाई, तेरा कोई नहीं है?''

उल्लू कहता है, ''वह मेरा दुश्मन है। उसका नाम मत लो देवी!''

लक्ष्मी की उत्पत्ति की कथा ही ऐसी है कि उसे प्राप्त करना अपने वश के बाहर की बात लगती है। लक्ष्मी समुद्र-मन्थन के बाद समुद्र से निकली थी। समुद्र-मन्थन अकेले देवताओं ने नहीं किया। उन्होंने दानवों का सहयोग लिया। देवता अकेले समुद्र-मन्थन करके लक्ष्मी को निकाल लेते, तो मैं उनकी जय बोलता। मगर 'दानवों' के सहयोग के बिना वे लक्ष्मी प्राप्त ही नहीं कर सके। तो अपनी अर्थव्यवस्था का जो समुद्र है उसके मन्थन के लिए मैं दानवों से समझौता करूँ, तब लक्ष्मी बाहर निकलेगी। फिर भी क्या ठिकाना कि वह मुझे मिल ही जाएगी। मामूली देवता तो असंख्य थे, पर लक्ष्मी उन्हें कहाँ मिली? वह सीधे विष्णु के पास गयी और गले लग गयी। दूसरे देवताओं ने भी कोई 'प्रोटेस्ट' नहीं किया। करते भी कैसे? विष्णु बहुत बड़े थे—शक्ति में, धन में, रूप में और चातुर्य्य में। स्त्री बनकर जिसने अपने दोस्त शंकर को ठग लिया, उसकी चतुराई की कोई कमी नहीं थी। लक्ष्मी सीधी 'मोनोपली' में जाकर मिल गयी। मैं अगर दानवों से समझौता करके अर्थव्यवस्था के समुद्र का मन्थन करूँ और कहीं लक्ष्मी फिर 'मोनोपली' के पास चली गयी तो? साहित्य में भी तो 'मोनोपली' है। मोनोपली छोटे को पनपने नहीं देती। एक गरीब मुनि नारद को शादी करने के लिए सुन्दर चेहरे की जरूरत पड़ी थी, सो विष्णु ने उसे बन्दर का चेहरा दे दिया। फिर खुद जाकर स्वयंवर में बैठ गये और जिस लड़की पर उस बेचारे का जी आ गया था, उससे अपने गले में वरमाला डलवा ली। कहते हैं—नारद, वह तुम्हारा मोह था। और हुजूर आपका?

मुझे भी सलाहें मिलती हैं—अहा, कलाकार तो त्यागी होता है। वह धन के लोभ में नहीं पड़ता।

मैं पूछता हूँ—और हुजूर आप? आप पड़ सकते हैं? धन का लोभ बुरा है, तो आप भी उसमें क्यों पड़ते हैं?

ये सब दूसरे को बन्दर का चेहरा लगाकर खुद स्वयंवर में बैठनेवाले हैं।

मेरे एक परिचित व्यापारी कहने लगे—पैसे को पैसा कमाता है। यहाँ बाजार में एक पैसा फेंकते हैं तो वह दस साथ लेकर आता है।

मैंने यह नुस्खा आजमाया। बीच बाजार में खड़े होकर मैंने एक पैसा सड़क पर फेंका। सोचता रहा कि अब यह सारे बाजार के चक्कर लगाकर अपने साथ

दस-बारह पैसे लेकर लौटता ही है। फिर मैं दस का नोट फेंकूँगा और दो-चार दिन में सारा बाजार लूट लूँगा। पर वह पैसा वहाँ से हिला ही नहीं। मैंने उसे वापस जेब में रख लिया।

उस व्यापारी से कहा—पैसा तो मैंने भी बाजार में फेंका था, पर वह तो कुछ नहीं लाया।

उसने कहा—ऐसे नहीं होता। हमारे पैसे में 'हुक' लगा रहता है। वह पैसों को मछली की तरह फँसा लेता है।

अब मैं पैसों में 'हुक' कहाँ से लगवाऊँ?

मेरा वह दोस्त कहता है—तुम्हें लिटरेचर ने मारा। सरस्वती की तरफ गये तो लक्ष्मी ने तुम्हारी पत्ती काट दी।

आखिर इधर क्यों गया? वैसे सच पूछा जाए तो सरस्वती ज्यादा 'कल्चर्ड' है। उसके हाथों में वीणा है, पुस्तक है। पक्षी पर ही सवारी करने का मौका आया, तो उसने उल्लू नहीं, हंस चुना। लक्ष्मी का सारा काम फूहड़ है। सवारी से लेकर शृंगार तक। तस्वीर में देखो—फूल पर खड़ी है। अरे, फूल जैसी खूबसूरत कोमल चीज क्या खड़े होने के लिए है? सौन्दर्यबोध बिल्कुल नहीं है लक्ष्मी में। उसे अगर सरस्वती की वीणा मिल जाय, तो उसके तार तोड़कर उनसे उल्लू को बाँधने लगे। सम्पन्न फूहड़ता की तरफ सुरुचि आखिर कैसे आकर्षित हो।

मेरा दोस्त कहता है—नहीं होती, तो भुगतो। मारा न तुम्हें लिटरेचर ने!

कहने दो उसे। अभी बहुत से फैसले बकाया हैं। अभी क्या कहा जा सकता है कि कौन मरा और कौन जी गया। नहीं, अब लक्ष्मी की पूजा नहीं होगी। वे और होते हैं जिनके देवता जल्दी-जल्दी बदलते हैं। वे राम को भी प्रणाम कर लेते हैं और रावण को भी। वे दिन को हंस की चोंच सहलाते हैं और रात को उल्लू से गपशप करते हैं।

देवता बदलना इतना आसान नहीं है। और फिर देवी बदलना तो और मुश्किल है।

निन्दा-रस

'क' कई महीने बाद आये थे। सुबह चाय पीकर अखबार देख रहा था कि वे तूफान की तरह कमरे में घुसे; 'साइक्लोन' की तरह मुझे अपनी भुजाओं में जकड़ा। मुझे धृतराष्ट्र की भुजाओं में जकड़े भीम के पुतले की याद आ गयी। वह धृतराष्ट्र की ही जकड़ थी। अन्धे धृतराष्ट्र ने टटोलते हुए पूछा, 'कहाँ है भीम? आ बेटा, तुझे कलेजे से लगा लूँ। और जब भीम का पुतला उनकी पकड़ में आ गया, तो उन्होंने प्राणघाती स्नेह से उसे जकड़कर चूर कर डाला।

ऐसे मौके पर हम अक्सर अपने पुतले को अँकवार में दे देते हैं; हम अलग खड़े देखते रहते हैं। 'क' से क्या मैं गले मिला? क्या मुझे उसने समेटकर कलेजे से लगा लिया? हरगिज नहीं। मैंने अपना पुतला ही उसे दिया। पुतला इसलिए उसकी भुजाओं में सौंप दिया कि मुझे मालूम था कि मैं धृतराष्ट्र से मिल रहा हूँ। पिछली रात को एक मित्र ने बताया कि 'क' अपनी ससुराल आया है और 'ग' के साथ बैठकर शाम को दो-तीन घण्टे तुम्हारी निन्दा करता रहा। इस सूचना के बाद जब आज सवेरे वह मेरे गले लगा तो मैंने शरीर से अपने मन को चुपचाप खिसका दिया और निस्नेह, कँटीली देह उसकी बाँहों में छोड़ दी। भावना के अगर काँटे होते तो उसे मालूम होता कि वह नागफनी को कलेजे से चिपटाये है। छल का धृतराष्ट्र जब आलिंगन करे, तो पुतला ही आगे बढ़ाना चाहिए।

पर वह मेरा दोस्त अभिनय में पूरा है। उसके आँसू-भर नहीं आये, बाकी मिलन के हर्षोल्लास के सब चिह्न प्रगट हो गये—वह गहरी आत्मीयता की जकड़, नयनों से छलकता वह असीम स्नेह और वह स्नेह-सिक्त वाणी।

बोला, "अभी सुबह गाड़ी से उतरा और एकदम तुमसे मिलने चला आया, जैसे आत्मा का एक खण्ड दूसरे खण्ड से मिलने को आतुर रहता है।" आते ही झूठ बोला कम्बख्त--कल का आया है, यह मुझे मेरा मित्र बता गया था। इस झूठ में कोई प्रयोजन शायद उसका न रहा हो। कुछ लोग बड़े निर्दोष मिथ्यावादी होते हैं; वे आदतन प्रकृति के वशीभूत झूठ बोलते हैं। उनके मुख से निष्प्रयास, निष्प्रयोजन

झूठ ही निकलता है। मेरे एक रिश्तेदार ऐसे हैं। वे अगर बम्बई जा रहे हैं और उनसे पूछें, तो वे कहेंगे, ''कलकत्ता जा रहा हूँ।'' ठीक बात उनके मुँह से निकल ही नहीं सकती। 'क' भी बड़ा निर्दोष, सहज-स्वाभाविक मिथ्यावादी है।

वह बैठा। कब आये? कैसे हो?—वगैरह के बाद उसने 'ग' की निन्दा आरम्भ कर दी। मनुष्य के लिए जो भी कर्म जघन्य हैं, वे सब 'ग' पर आरोपित करके उसने ऐसे गाढ़े काले तारकोल से उसकी तस्वीर खींची कि मैं यह सोचकर काँप उठा कि ऐसी ही काली तस्वीर मेरी 'ग' के सामने इसने कल शाम को खींची होगी।

सुबह की बातचीत के इस 'एजेण्डा' में 'ग' प्रमुख विषय था। फिर तो जिस परिचित की बात निकल आती, उसी को चार-छः वाक्यों से धराशायी करके वह बढ़ लेता।

अद्भुत है मेरा मित्र। उसके पास दोषों का 'केटलॉग' है। मैंने सोचा कि जब यह हर परिचित की निन्दा कर रहा है, तो क्यों न मैं लगे हाथ अपने विरोधियों की 'गत' इसके हाथों करा लूँ। मैं अपने विरोधियों का नाम लेता गया और वह उन्हें निन्दा की तलवार से काटता चला। जैसे लकड़ी चीरने की आरा मशीन के नीचे मजदूर लकड़ी का लट्ठा खिसकाता जाता है और वह चिरता जाता है, वैसे ही मैंने विरोधियों के नाम एक-एक कर खिसकाये और वह उन्हें काटता गया, ''फलाँ चापलूस है...अमुक नम्बर एक व्यभिचारी है...अमुक अपनी औरत को अफसरों के यहाँ भेजकर तरक्की पाता है।'' कैसा आनन्द था! दुश्मनों को रण-क्षेत्र में एक के बाद एक कटकर गिरते हुए देखकर योद्धा को ऐसा ही सुख होता होगा।

मेरे मन में गत रात्रि के उस निन्दक मित्र के प्रति मैल नहीं रहा। दोनों एक हो गये। भेद तो रात्रि के अन्धकार में ही मिटता है; दिन के उजाले में भेद स्पष्ट हो जाते हैं। निन्दा का ऐसा ही भेदनाशक अँधेरा होता है। तीन-चार घण्टे बाद, जब वह विदा हुआ, तो हम लोगों के मन में ऐसी शान्ति और तुष्टि थी जैसे चर्च से निकलते हुए धार्मिक ईसाई के मन में होती है।

निन्दा की ऐसी ही महिमा है। दो-चार निन्दकों को एक जगह बैठकर निन्दा में निमग्न देखिए और तुलना कीजिए दो-चार ईश्वर-भक्तों से, जो रामधुन लगा रहे हैं। निन्दकों की-सी एकाग्रता, परस्पर आत्मीयता, निमग्नता भक्तों में दुर्लभ है। इसीलिए सन्तों ने निन्दकों को 'आँगन कुटी छवाय' पास रखने की सलाह दी है।

कुछ 'मिशनरी' निन्दक मैंने देखे हैं। उनका किसी से बैर नहीं, द्वेष नहीं। वे किसी का बुरा नहीं सोचते। पर चौबीसों घण्टे वे निन्दा-कर्म में बहुत पवित्र भाव से लगे रहते हैं। उनकी नितान्त निर्लिप्तता, निष्पक्षता इसी से मालूम होती है कि वे प्रसंग आने पर अपने बाप की पगड़ी भी उसी आनन्द से उछालते हैं, जिस आनन्द से अन्य लोग दुश्मन की। निन्दा इनके लिए 'टॉनिक' होती है। हमारी एक पड़ोसिन

वृद्धा बीमार पड़ी थी। हमसे पानी माँगकर पीती थी—उठा नहीं जाता था। सहसा किसी ने आकर कहा कि पड़ोसी डॉक्टर साहब की लड़की किसी के साथ भाग गयी। बस, चाची एकदम उठीं और काँखते-काँखते दो-चार पड़ोसियों को यह शुभ संवाद अपने व्यक्तिगत 'कमेण्ट' के साथ सुना आयीं। उस दिन उनकी हालत सुधरने लगी।

ट्रेड यूनियन के इस जमाने में निन्दकों के संघ बन गये हैं। संघ के सदस्य जहाँ-तहाँ से खबरें लाते हैं और अपने संघ के प्रधान को सौंपते हैं। यह कच्चा माल हुआ। अब प्रधान उनका पक्का माल बनाएगा और सब सदस्यों को 'बहुजन हिताय' मुफ्त बाँटने के लिए दे देगा। उत्पादन की इस प्रक्रिया को यों समझा सकते हैं—एक सदस्य ने कहा कि विमला और नरेन्द्र ने चुपचाप शादी कर ली। यह कच्चा माल हुआ। अब पक्का माल जो बनेगा, वह यह होगा—विमला को पाँच-छः माह का गर्भ था, इसलिए जल्दी से घबड़ाकर ब्याह कर लिया। यह फुरसत का काम है, इसलिए जिनके पास कुछ और करने को नहीं होता, वे इसे बड़ी खूबी से करते हैं। एक दिन हमसे एक ऐसे संघ के अध्यक्ष ने कहा, "यार, आजकल लोग तुम्हारे बारे में बहुत बुरा-बुरा कहते हैं।" हमने कहा, "आपके बारे में मुझसे कोई भी बुरा नहीं कहता। लोग जानते हैं कि आपके कानों के घूरे में इस तरह का कचरा मजे में डाला जा सकता है।"

ईर्ष्या-द्वेष से प्रेरित निन्दा भी होती है। लेकिन इसमें वह मजा नहीं जो मिशनरी भाव से निन्दा करने में आता है। इस प्रकार का निन्दक बड़ा दुःखी होता है। ईर्ष्या-द्वेष से चौबीसों घण्टे जलता है और निन्दा का जल छिड़ककर कुछ शान्ति अनुभव करता है। ऐसा निन्दक बड़ा दयनीय होता है। अपनी अक्षमता से पीड़ित वह बेचारा दूसरे की सक्षमता के चाँद को देखकर सारी रात श्वान-जैसा भौंकता है। ईर्ष्या-द्वेष से प्रेरित निन्दा करनेवाले को कोई दण्ड देने की जरूरत नहीं है। वह निन्दक बेचारा स्वयं दण्डित होता है। आप चैन से सोइए और वह जलन के कारण सो नहीं पाता। उसे और क्या दण्ड चाहिए? निरन्तर अच्छे काम करते जाने से उसका दण्ड भी सख्त होता जाता है। जैसे एक कवि ने एक अच्छी कविता लिखी, ईर्ष्याग्रस्त निन्दक को कष्ट होगा। अब अगर एक और अच्छी लिख दी, तो उसका कष्ट दुगना हो जाएगा।

निन्दा का उद्गम ही हीनता और कमजोरी से होता है। मनुष्य अपनी हीनता से दबता है। वह दूसरों की निन्दा करके ऐसा अनुभव करता है कि वे सब निकृष्ट हैं और वह उनसे अच्छा है। उसके अहं की इससे तुष्टि होती है। बड़ी लकीर को कुछ मिटाकर छोटी लकीर बड़ी बनती है। ज्यों-ज्यों कर्म क्षीण होता जाता है, त्यों-त्यों निन्दा की प्रवृत्ति बढ़ती जाती है। कठिन कर्म ही ईर्ष्या-द्वेष और इनसे उत्पन्न निन्दा को मारता है। इन्द्र बड़ा ईर्ष्यालु माना जाता है। क्योंकि वह निठल्ला है। स्वर्ग में

देवताओं को बिना उगाया अन्न, बे-बनाया महल और बिन-बोये फल मिलते हैं। अकर्मण्यता में उन्हें अप्रतिष्ठित होने का भय बना रहता है, इसलिए कर्मी मनुष्यों से उन्हें ईर्ष्या होती है।

निन्दा कुछ लोगों की पूँजी होती है। बड़ा लम्बा-चौड़ा व्यापार फैलाते हैं वे इस पूँजी से। कई लोगों की 'रिसपेक्टेबिलिटी' (प्रतिष्ठा) ही दूसरों की कलंककथाओं के पारायण पर आधारित होती है। बड़े रस-विभोर होकर वे जिस-तिस की सत्य-कल्पित कलंक-कथा सुनाते हैं और स्वयं को पूर्ण सन्त समझने-समझाने की तुष्टि का अनुभव करते हैं।

आप इनके पास बैठिए और सुन लीजिए, "बड़ा खराब जमाना आ गया। तुमने सुना? फलाँ...और अमुक...।" अपने चरित्र पर आँख डालकर देखने की इन्हें फ़ुरसत नहीं होती। चेख़व की एक कहानी याद आ रही है। एक स्त्री किसी सहेली के पति की निन्दा अपने पति से कर रही है। वह बड़ा उचक्का दगाबाज आदमी है। बेईमानी से पैसा कमाता है। कहती है कि मैं उस सहेली की जगह होती तो ऐसे पति को त्याग देती। तब उसका पति उसके सामने यह रहस्य खोलता है कि वह स्वयं बेईमानी से इतना पैसा कमाता है। सुनकर स्त्री स्तब्ध रह जाती है। क्या उसने पति को त्याग दिया? जी हाँ, वह दूसरे कमरे में चली गयी।

कभी-कभी ऐसा भी होता है कि हममें जो करने की क्षमता नहीं है, वह यदि कोई करता है तो हमारे पिलपिले अहं को धक्का लगता है, हममें हीनता आती है और ग्लानि होती है। तब हम उसकी निन्दा करके उससे अपने को अच्छा समझकर तुष्ट होते हैं।

उस मित्र की मुलाकात के करीब दस-बारह घण्टे बाद यह सब मन में आ रहा है। अब कुछ तटस्थ हो गया हूँ। सुबह जब उसके साथ बैठा था तब मैं स्वयं निन्दा के 'काला सागर' में डूबता-उतराता था, कलोल कर रहा था। बड़ा रस है न निन्दा में। सूरदास ने इसलिए इसे 'निन्दा सबद रसाल' कहा है।

प्रेमचन्द के फटे जूते

प्रेमचन्द का एक चित्र मेरे सामने है, पत्नी के साथ फोटो खिंचा रहे हैं। सिर पर किसी मोटे कपड़े की टोपी, कुरता और धोती पहने हैं। कनपटी चिपकी है, गालों की हड्डियाँ उभर आयी हैं, पर घनी मूँछें चेहरे को भरा-भरा बतलाती हैं।

पाँवों में केनवस के जूते हैं, जिनके बन्द बेतरतीब बँधे हैं। लापरवाही से उपयोग करने पर बन्द के सिरों पर की लोहे की पतरी निकल जाती है और छेदों में बन्द डालने में परेशानी होती है। तब बन्द कैसे भी कस लिये जाते हैं।

दाहिने पाँव का जूता ठीक है, मगर बायें जूते में बड़ा छेद हो गया है जिसमें से अँगुली बाहर निकल आयी है।

मेरी दृष्टि इस जूते पर अटक गयी है। सोचता हूँ—फोटो खिंचाने की अगर यह पोशाक है, तो पहनने की कैसी होगी? नहीं, इस आदमी की अलग-अलग पोशाकें नहीं होंगी—इसमें पोशाकें बदलने का गुण नहीं है। यह जैसा है, वैसा ही फोटो में खिंच जाता है।

मैं चेहरे की तरफ देखता हूँ। क्या तुम्हें मालूम है, मेरे साहित्यिक पुरखे कि तुम्हारा जूता फट गया है और अँगुली बाहर दिख रही है? क्या तुम्हें इसका जरा भी अहसास नहीं है? जरा लज्जा, संकोच या झेंप नहीं है? क्या तुम इतना भी नहीं जानते कि धोती को थोड़ा नीचे खींच लेने से अँगुली ढक सकती है? मगर फिर भी तुम्हारे चेहरे पर बड़ी बेपरवाही, बड़ा विश्वास है! फोटोग्राफर ने जब 'रेडी-प्लीज़' कहा होगा, तब परम्परा के अनुसार तुमने मुस्कान लाने की कोशिश की होगी, दर्द के गहरे कुएँ के तल में कहीं पड़ी मुस्कान को धीरे-धीरे खींचकर ऊपर निकाल रहे होंगे कि बीच में ही 'क्लिक' करके फोटोग्राफ़र ने 'थैंक यू' कह दिया होगा। विचित्र है यह अधूरी मुस्कान। यह मुस्कान नहीं है, इसमें उपहास है, व्यंग्य है!

यह कैसा आदमी है, जो खुद तो फटे जूते पहने फोटो खिंचा रहा है, पर किसी पर हँस भी रहा है!

फोटो ही खिंचाना था, तो ठीक जूते पहन लेते, या न खिंचाते। फोटो न खिंचाने से क्या बिगड़ता था। शायद पत्नी का आग्रह रहा हो और तुम, 'अच्छा,

चल भई।' कहकर बैठ गये होगे। मगर यह कितनी बड़ी 'ट्रेजडी' है कि आदमी के पास फोटो खिंचाने को भी जूता न हो। मैं तुम्हारी यह फोटो देखते-देखते, तुम्हारे क्लेश को अपने भीतर महसूस करके जैसे रो पड़ना चाहता हूँ, मगर तुम्हारी आँखों का यह तीखा दर्द भरा व्यंग्य मुझे एकदम रोक देता है।

तुम फोटो का महत्त्व नहीं समझते। समझते होते, तो किसी से फोटो खिंचाने के लिए जूते माँग लेते। लोग तो माँगे के कोट से वर-दिखायी करते हैं। और माँगे की मोटर से बारात निकालते हैं। फोटो खिंचाने के लिए तो बीवी तक माँग ली जाती है, तुमसे जूते ही माँगते नहीं बने! तुम फोटो का महत्त्व नहीं जानते। लोग तो इत्र चुपड़कर फोटो खिंचाते हैं जिससे फोटो में खुशबू आ जाए। गन्दे-से-गन्दे आदमी की फोटो भी खुशबू देती है।

टोपी आठ आने में मिल जाती है और जूते उस जमाने में भी पाँच रुपये से कम में क्या मिलते होंगे। जूता हमेशा टोपी से कीमती रहा है। अब तो जूते की कीमत और बढ़ गयी है और एक जूते पर पचीसों टोपियाँ न्यौछावर होती हैं। तुम भी जूते और टोपी के आनुपातिक मूल्य के मारे हुए थे। यह विडम्बना मुझे इतनी तीव्रता से पहले कभी नहीं चुभी, जितनी आज चुभ रही है जब मैं तुम्हारा फटा जूता देख रहा हूँ। तुम महान कथाकार, उपन्यास-सम्राट, युग-प्रवर्तक, जाने क्या-क्या कहलाते थे, मगर फोटो में भी तुम्हारा जूता फटा हुआ है!

मेरा जूता भी कोई अच्छा नहीं है। यों ऊपर से अच्छा दिखता है। अँगुली बाहर नहीं निकलती, पर अँगूठे के नीचे तला फट गया है। अँगूठा जमीन से घिसता है और पैनी मिट्टी पर कभी रगड़ खाकर लहूलुहान भी हो जाता है। पूरा तला गिर जाएगा, पूरा पंजा छिल जाएगा, मगर अँगुली बाहर नहीं दिखेगी। तुम्हारी अँगुली दिखती है, पर पाँव सुरक्षित है। मेरी अँगुली ढकी है, पर पंजा नीचे घिस रहा है। तुम पर्दे का महत्त्व ही नहीं जानते, हम पर्दे पर कुर्बान हो रहे हैं!

तुम फटा जूता बड़े ठाठ से पहने हो! मैं ऐसे नहीं पहन सकता। फोटो तो जिन्दगी-भर इस तरह नहीं खिंचाऊँ, चाहे कोई जीवनी बिना फोटो के ही छाप दे।

तुम्हारी यह व्यंग्य-मुस्कान मेरे हौसले पस्त कर देती है। क्या मतलब है इसका? कौन-सी मुस्कान है यह?

—क्या होरी का गोदान हो गया?

—क्या पूस की रात में सूअर हलकू का खेत चर गये?

—क्या सुजान भगत का लड़का मर गया; क्योंकि डॉक्टर क्लब छोड़कर नहीं आ सकते?

नहीं, मुझे लगता है माधो औरत के कफन के चन्दे की शराब पी गया। वही मुस्कान मालूम होती है।

मैं तुम्हारा जूता फिर देखता हूँ। कैसे फट गया यह, मेरी जनता के लेखक?

क्या बहुत चक्कर काटते रहे?

क्या बनिये के तगादे से बचने के लिए मील-दो मील का चक्कर लगाकर घर लौटते रहे?

चक्कर लगाने से जूता फटता नहीं है, घिस जाता है। कुम्भनदास का जूता भी फतेहपुर सीकरी जाने-आने में घिस गया था। उसे बड़ा पछतावा हुआ। उसने कहा—

'आवत जात पन्हैया घिस गयी, बिसर गयो हरि नाम।'

और ऐसे बुलाकर देनेवालों के लिए कहा था—'जिनके देखे दुख उपजत है, तिनकों करबो परै सलाम!'

चलने से जूता घिसता है, फटता नहीं है। तुम्हारा जूता कैसे फट गया?

मुझे लगता है, तुम किसी सख्त चीज को ठोकर मारते रहे हो। कोई चीज जो परत-पर-परत सदियों से जमती गयी है, उसे शायद तुमने ठोकर मार-मारकर अपना जूता फाड़ लिया। कोई टीला जो रास्ते पर खड़ा हो गया था, उस पर तुमने अपना जूता आजमाया।

तुम उसे बचाकर, उसके बगल से भी तो निकल सकते थे। टीलों से समझौता भी तो हो जाता है। सभी नदियाँ पहाड़ थोड़े ही फोड़ती हैं, कोई रास्ता बदलकर, घूमकर भी तो चली जाती है।

तुम समझौता कर नहीं सके। क्या तुम्हारी भी वही कमजोरी थी, जो होरी को ले डूबी, वही 'नेम-धरम' वाली कमजोरी? 'नेम-धरम' उसकी भी जंजीर थी। मगर तुम जिस तरह मुस्करा रहे हो, उससे लगता है कि शायद 'नेम-धरम' तुम्हारा बन्धन नहीं था, तुम्हारी मुक्ति थी!

तुम्हारी यह पाँव की अँगुली मुझे संकेत करती-सी लगती है, जिसे तुम घृणित समझते हो, उसकी तरफ हाथ की नहीं, पाँव की अँगुली से इशारा करते हो?

तुम क्या उसकी तरफ इशारा कर रहे हो, जिसे ठोकर मारते-मारते तुमने जूता फाड़ लिया?

मैं समझता हूँ। तुम्हारी अँगुली का इशारा भी समझता हूँ और यह व्यंग्य-मुस्कान भी समझता हूँ।

तुम मुझ पर या हम सभी पर हँस रहे हो, उन पर जो अँगुली छिपाये और तलुआ घिसाये चल रहे हैं, उन पर जो टीले को बरकाकर बाजू से निकल रहे हैं। तुम कह रहे हो—मैंने तो ठोकर मार-मारकर जूता फाड़ लिया, अँगुली बाहर निकल आयी, पर पाँव बच रहा और मैं चलता रहा, मगर तुम अँगुली को ढाँकने की चिन्ता में तलुवे का नाश कर रहे हो। तुम चलोगे कैसे?

मैं समझता हूँ। मैं तुम्हारे फटे जूते की बात समझता हूँ, अँगुली का इशारा समझता हूँ, तुम्हारी व्यंग्य-मुस्कान समझता हूँ!

कर कमल हो गये

पिछले महीने से अपने हाथ भी कमल हो गये हैं। मेरे पास तीन कॉलेजों के समारोहों के निमन्त्रण-पत्र रखे हैं, जिनमें श्रीमान या श्रीमतीजी से कहा गया है कि उद्घाटन इस अकिंचन के करकमलों से होगा। यह मैं कर भी आया। चरण कमलों से मंच पर चढ़ा, कमल नयनों से लोगों को देखा, कर कमल से फीता काटा और मुख कमल से भाषण दे डाला। उन लोगों ने सिर्फ हाथों को कमल कहा था, मैंने शरीर-भर को कमल बना लिया। ऐसा देवताओं का होता था। राम के तो नाखून तक कमल के थे। देवताओं का एक काम तो मैं भी करता हूँ। आकाशवाणी करता हूँ। रेडियो से बोलता हूँ और रेडियो का हिन्दी नाम आकाशवाणी है। यों मैं विनोबा भावे से ज्यादा गाँधीजी के रास्ते पर चलता हूँ। जिस रास्ते से रोज निकलता हूँ, उसका नाम ही महात्मा गाँधी मार्ग है। नाम से आदमी तर जाता है। उल्टे नाम तक से तर जाता है। कोई 'मरा-मरा' चिल्ला रहा था तो राम ने उसे सीधा स्वर्ग भेज दिया। बड़े आदमी छोटा अहसान करके 'प्रोपेगेण्डा स्टण्ट' साधते हैं। वैष्णव इस स्टण्ट को समझे ही नहीं और स्तुति गाने लगे।

मेरे एक दोस्त के कर भी कमल हो गये हैं। मुझसे कुछ बेहतर क्वालिटी के, क्योंकि वे पाँच उद्घाटन इस मौसम में कर चुके हैं। वे मेरे हाथ उलट-पलटकर देखते हैं, और मैं उनके देखता हूँ। और वे कहते हैं, "यार, दोनों के हाथ एकाएक कमल कैसे हो गये? यह क्या बात है?"

सचमुच यह बात क्या है? मैंने भरसक कोशिश की है कि हाथ कमल न हो जाएँ। हथेली पर मैंने काँटे बोये हैं। मगर न जाने क्या हुआ कि कर एकाएक कमल हो गये। अब मैं परेशान हूँ। जिनके हाथ मुझसे पहले कमल हो गये थे, उनकी दुर्दशा मैं देख रहा हूँ। वे कर कमलों से उद्घाटन करने जाते हैं, और मुख कमल खोलते हैं, तो माइक की तबीयत चाँटा जड़ देने की होती है। अभी वह जब्त किये हैं, पर एक वक्त ऐसा आएगा जब माइक मुख कमल में घुसकर टेटरी बन्द कर देगा। कर कमलवाले मुँह खोलते हैं कि लड़के चिल्लाते हैं, 'भाषण नहीं नौकरी दो!' वे सँभलकर

कहते हैं, 'यह देश तुम युवकों का है।' लड़के चिल्लाते हैं, 'बकवास बन्द करो।' वे कहते हैं, 'इस देश का तुम्हें निर्माण करना है।' लड़के कहते हैं, 'चुप रह बे!' वे कहते हैं, 'हमें तुमसे बड़ी-बड़ी आशाएँ हैं।' लड़के चिल्लाते हैं, 'शटप!' फिर घेराव, नारे, जूता फेंक और कभी पिटाई भी।

ये कमल अब कॉलेजों में जाने में डरने लगे हैं। उद्घाटन करनेवालों का टोटा पड़ने लगा था। जूता मारने को कमल तो चाहिए ही। अब मुझ जैसे लोगों के कर कमल बना दिये गये हैं। सार्वजनिक जिन्दगी में एक ऐसा वक्त आता है जब आदमी कमल हो जाता है। फिर ऐसा वक्त आता है जब कमल पर जूते पड़ते हैं!

अखबार में यह जिनका चित्र है, उनके हाथ पिछले पन्द्रह सालों से कमल हैं।

सैकड़ों निमन्त्रण-पत्र इसके प्रमाण हैं। कल ही एक विश्वविद्यालय में अच्छी-अच्छी बातें कहते हुए वे पिट गये। आजकल देख रहा हूँ कि अच्छी बातें कहनेवाले ज्यादा पिट रहे हैं। अब अच्छी बातें कहने का हक किसी को लोग देना नहीं चाहते। जिस देश में अच्छी बातें कहने से आदमी पिट जाए, उसमें अच्छी बात कहनेवालों ने क्या गजब न किया होगा?

कल मुखकमल से अच्छी बातें कहते हुए जो पिट गये थे, वे इस चित्र में मुस्कराते हुए पालम हवाई अड्डे पर विदेशी अतिथि का स्वागत कर रहे हैं। विदेशी राज-अतिथि की मुसकान इतनी अच्छी है कि लगता है, वे भी अपने देश में पिटकर हवाई जहाज में बैठे होंगे। बिना पिटे ऐसी अच्छी मुसकान नहीं आ सकती, यह हमारा पिटकर मुसकानेवाला बता रहा है। इस देश में यह बड़ी अजब बात है कि जो जितना पिटता है, वह उतना ही अच्छा मुस्कराता है।

विदेशी राज-अतिथि से अपना यह कमलवाला क्या कह रहा है। वह जो कहता है, अखबारों में नहीं छपता। वह कहता है—'साहब, हमारी शर्म अब 20-22 साल की जवान लड़की हो गयी है। मगर वह नंगी रहती है। जब आप आते हैं तो आपकी मुसकान की रेशमी साड़ी अपनी नंगी शर्म को पहनाकर आपके सामने पेश करते हैं। आप इससे शादी कर लीजिए, यह पूर्ण शीलवती है। हमने हर चीज का शील भंग हो जाने दिया है, पर शर्म के शील की रक्षा की है!'

इसके बाद वह अपने कर कमलों से दो दर्शनी हुण्डियाँ निकालेगा—एक चीन की और दूसरी पाकिस्तान की और फौरन भुगतान करा लेगा। फिर वह किसी जादू से चीन और पाकिस्तान को बच्चों को डराने के 'बाबा' बना लेगा। बच्चे भूख के कारण रोएँगे, तो वह कहेगा—'चुप, सो जा। बाबा आ रहे हैं। चीन और पाकिस्तान पकड़कर ले जाएँगे।' बच्चे डर से भूख को मारकर सो जाएँगे।

विदेशी फिर कहेगा—'आपके देश की महान संस्कृति है।' अपना कमल कहेगा, 'संस्कृति की हड्डी को अब कुत्ते चबाते घूम रहे हैं। संस्कृति की हड्डी कुत्ते का जबड़ा फोड़कर उसके खून को उसी को स्वाद से चटवा रही है। हाँ, हम विश्वबन्धुत्व भी मानते हैं, यानी अपने भाई के सिवा बाकी दुनिया-भर को भाई मानते हैं।'

ये कमल अब पुलिस की सुरक्षा में मिलते हैं। यह नयी किस्म का कमल इस देश में पैदा हुआ है, जो तभी खिलता है, जब आसपास पुलिस हो। वनस्पतिशास्त्रियों को इसका अध्ययन करना चाहिए। नृतत्त्वशास्त्रियों के काम का यह नहीं है, क्योंकि यह आदमी नहीं, कमल है। कमल सूर्य को देखकर खिलता है, सूर्यास्त पर बन्द हो जाता है। यह नया कमल पुलिस देखकर खिलता है, पुलिस न दिखे तो मुरझा जाता है। बड़ा सुन्दर दृश्य होता है—आगे पुलिस, पीछे पुलिस, बायें पुलिस, दायें पुलिस और बीच में यह कमल मुसकराता चला जाता है। एक सूखा सरोवर है, जिसमें खाकी लहरें उठ रही हैं। खाकी लहरों के बीच यह कमल खिलता है।

जब लोग करों को कमल बनाने पर तुले ही हैं तो अपने बारे में चिन्ता हो गयी है। कैसे यह रोल निभेगा? एक तो मैं हरगिज अच्छी बातें नहीं कहूँगा। इस देश का आदमी लगातार अच्छी बातों से मारा गया है। बहुत लोगों का खयाल है कि जवाहरलाल शेरवानी में गुलाब का फूल न खोंसकर भटकटैया खोंसते तो ज्यादा अच्छा होता। लगातार अच्छी बातों से मारा, सुन्दर फूल से मारा। मैं अगर अपने मुख कमल से कोरी अच्छी बातें करूँ तो सामने बैठे लोग मुझे फौरन जूता मार दें। मगर बहुतों के पैरों में जूते नहीं हैं, ये क्या मारेंगे? संविधान में जूते मारने का बुनियादी अधिकार तो होना ही चाहिए। आदमी के पेट में अन्न न हो, शरीर पर कपड़े न हों, पर पाँवों में जूता जरूर होना चाहिए, जिससे वह जब चाहे बुनियादी अधिकार का उपयोग कर सके।

मैं कोई अच्छी बात नहीं कहता। मैं तो 'उद्घाटन' को भी बुरा शब्द मानता हूँ। साहित्य में जो अपने को विद्रोही पीढ़ी कहती है उसके एक संकलन का उद्घाटन करने के लिए मुझे बुला लिया गया था। मैंने देखा, वैसा ही सुनहला निमन्त्रण-पत्र—उसमें वही 'उपस्थिति में शोभा' बढ़ाने की बात, पुस्तक पर रंगीन कागज और उस पर बँधा वही रेशमी पीला फीता। इसमें विद्रोही पीढ़ीपन कहाँ है? मैंने माइक हाथ में लेते ही कहा—'विद्रोही पीढ़ी का उद्घाटन समारोह नहीं, 'विस्फोटन' समारोह होना चाहिए। निमन्त्रण-पत्र पर होना चाहिए—हमारे काव्य-संकलन का विस्फोटन अमुक वक्त पर होगा। तुम्हें आना हो तो आओ वरना ऐसी-तैसी कराओ' यह बात तरुणों को अच्छी लगी। बात अच्छी नहीं है न!

सफल कमल होने की मैं पूरी कोशिश करूँगा। सारे हथकण्डे सीखूँगा। गुरुओं

की कमी नहीं है। एक गुरु को मैंने पिछले साल पा लिया। वे मेरे शहर में एक समारोह का उद्‌घाटन कर रहे थे। बहुत भाव-विभोर होकर बोले—'अहा, जबलपुर! पुण्यभूमि है। यहाँ की मिट्टी में इतिहास बिखरा पड़ा है। यहाँ की धूल चन्दन है। मैं उसे मस्तक से लगाता हूँ।' उन्होंने जेब से धूल की पुड़िया निकाली और कपाल पर लगा ली। साहब पूरा हॉल मुग्ध हो गया और उन्होंने घण्टे-भर भाषण खींच दिया।

मैं उनके पीछे लग गया। सागर में एक समारोह का उद्‌घाटन करते हुए उन्होंने फिर कहा—'अहा, सागर! यह पुण्यभूमि है। यहाँ की मिट्टी में इतिहास बिखरा पड़ा है। यहाँ की धूल चन्दन है। मैं इसे मस्तक से लगाता हूँ।' उन्होंने फिर जेब से पुड़िया निकाली और कपाल पर धूल लगा ली। सागरवाले भी मुग्ध होकर उन्हें सुनते रहे।

फिर वे बरेली पहुँचे। वहाँ वे बोले, 'अहा, बरेली! यह पुण्यभूमि है। यहाँ की मिट्टी में इतिहास बिखरा पड़ा है। यहाँ की धूल चन्दन है। मैं इसे मस्तक पर लगाता हूँ।' पुड़िया निकालकर फिर उन्होंने धूल लगा ली। वे घर से धूल की पुड़िया जेब में डालकर चलते हैं।

यह गुर अच्छा है। मगर यह गुरु के नगर में फेल हो जाता है। शिवकुमार बताता है कि मैं उन्हीं गुरु के शहर गया हुआ था। समारोह की अध्यक्षता वही कर रहे थे। मैंने भावुकता से कहा—'अहा, यह नगरी पुण्यभूमि है। इसकी मिट्टी में इतिहास बिखरा पड़ा है'—लोग हँसने लगे। मैं पुड़िया निकालकर कपाल पर धूल लगा ही नहीं सका।

तरकीबें कई हैं। एक तरकीब हर मौके पर काम नहीं करती। तरकीबें मुझे भी बहुत आती हैं पर मेरे मित्र फिर कहते हैं—'अपने हाथ एकाएक कमल कैसे हो गये? आखिर यह क्या हो गया?'

वे ही सोचकर जवाब देते हैं—'हमलोग बुद्धिजीवी हैं। बुद्धिजीवी का रुतबा बढ़ रहा है।'

हाँ, बढ़ तो रहा है। इस देश के बुद्धिजीवी सब शेर हैं। पर वे सियारों की बारात में बैण्ड बजाते हैं।

ठिठुरता हुआ गणतन्त्र

चार बार मैं गणतन्त्र-दिवस का जलसा दिल्ली में देख चुका हूँ। पाँचवीं बार देखने का साहस नहीं। आखिर यह क्या बात है कि हर बार जब मैं गणतन्त्र-समारोह देखता, तब मौसम बड़ा क्रूर रहता। 26 जनवरी के पहले ऊपर बर्फ पड़ जाती है। शीत-लहर आती है, बादल छा जाते हैं, बूँदाबाँदी होती है और सूर्य छिप जाता है। जैसे दिल्ली की अपनी अर्थनीति नहीं है, वैसे ही अपना मौसम भी नहीं है। अर्थनीति जैसे डालर, पौण्ड, रुपया, अन्तर्राष्ट्रीय मुद्राकोष या भारत-सहायता क्लब से तय होती है, वैसे ही दिल्ली का मौसम कश्मीर, सिक्किम, राजस्थान आदि तय करते हैं।

इतना बेवकूफ भी नहीं हूँ कि मान लूँ, जिस साल मैं समारोह देखता हूँ, उसी साल ऐसा मौसम रहता है। हर साल देखनेवाले बताते हैं कि हर गणतन्त्र-दिवस पर मौसम ऐसा ही धूपहीन ठिठुरनवाला होता है।

आखिर बात क्या है? रहस्य क्या है?

जब काँग्रेस टूटी नहीं थी, तब मैंने एक काँग्रेस-मन्त्री से पूछा था कि यह क्या बात है कि हर गणतन्त्र-दिवस को सूर्य छिपा रहता है? सूर्य की किरणों के तले हम उत्सव क्यों नहीं मना सकते? उन्होंने कहा–'जरा धीरज रखिए। हम कोशिश में लगे हैं कि सूर्य बाहर आ जाए। पर इतने बड़े सूर्य को बाहर निकालना आसान नहीं है। वक्त लगेगा। हमें सत्ता के कम-से-कम सौ वर्ष तो दीजिए!'

दिये। सूर्य को बाहर निकालने के लिए सौ वर्ष दिये, मगर हर साल उसका कोई छोटा कोना निकलता तो दिखना चाहिए। सूर्य कोई बच्चा तो है नहीं जो अन्तरिक्ष की कोख में अटका है, जिसे आप एक दिन ऑपरेशन करके निकाल देंगे।

इधर जब काँग्रेस के दो हिस्से हो गये तब मैंने एक इण्डिकेटी काँग्रेसी से पूछा। उसने कहा, "हम हर बार सूर्य को बादलों से बाहर निकालने की कोशिश करते थे, पर हर बार सिण्डिकेट वाले अड़ंगा डाल देते थे। अब हम वादा करते हैं कि अगले गणतन्त्र-दिवस पर सूर्य को निकालकर बताएँगे।"

एक सिण्डिकेटी पास खड़ा सुन रहा था। वह बोल पड़ा, "यह लेडी (प्रधानमन्त्री) कम्युनिस्टों के चक्कर में आ गयी है। वही उसे उकसा रहे हैं कि सूर्य को निकालो। उन्हें उम्मीद है, बादलों के पीछे से उनका प्यारा 'लाल सूरज' निकलेगा। हम कहते हैं कि सूर्य को निकालने की क्या जरूरत है? क्या बादलों को हटाने से काम नहीं चल सकता?"

मैं संसोपाई भाई से पूछता हूँ। वह कहता है–'सूर्य गैर-काँग्रेसवाद पर अमल कर रहा है। उसने डॉक्टर लोहिया के कहने से हमारा पार्टी-फार्म भर दिया था। काँग्रेसी प्रधानमन्त्री को सलामी लेते वह कैसे देख सकता है? किसी गैर-काँग्रेसी को प्रधानमन्त्री बना दो, तो सूर्य क्या, उसके अच्छे भी निकल पड़ेंगे।'

जनसंघी भाई से भी मैंने पूछा। उसने साफ कहा–'सूर्य सेक्युलर होता तो इस सरकार की परेड में निकल आता। इस सरकार से आशा मत करो कि वह भगवान अंशुमाली को निकाल सकेगी। हमारे राज्य में ही सूर्य निकलेगा।'

साम्यवादी ने मुझसे साफ कहा–'यह सब सी.आई.ए. का षड्यन्त्र है। सातवें बेड़े से बादल दिल्ली भेजे जाते हैं।'

स्वतन्त्र पार्टी के नेता ने कहा–'रूस का पिछलग्गू बनने का और क्या नतीजा होगा!'

प्रसोपा के भाई ने अनमने ढंग से कहा–'सवाल पेचीदा है। नेशनल कौन्सिल की अगली बैठक में इसका फैसला होगा। तब बताऊँगा।'

राजाजी से मैं मिल न सका। मिलता, तो वह इसके सिवा क्या कहते कि इस राज में तारे निकलते हैं, यही गनीमत है।

मैं इन्तजार करूँगा, जब भी सूर्य निकले।

स्वतन्त्रता-दिवस भी तो भरी बरसात में होता है। अँग्रेज बहुत चालाक हैं। भरी बरसात में स्वतन्त्र करके चले गये। उस कपटी प्रेमी की तरह भागे, जो प्रेमिका का छाता भी ले जाए। वह बेचारी भीगती बस-स्टैण्ड जाती है, तो उसे प्रेमी की नहीं, छाता-चोर की याद सताती है।

स्वतन्त्रता-दिवस भीगता है और गणतन्त्र-दिवस ठिठुरता है।

मैं ओवरकोट में हाथ डाले परेड देखता हूँ। प्रधानमन्त्री किसी विदेशी मेहमान के साथ खुली गाड़ी में निकलती हैं। रेडियो टिप्पणीकार कहता है, 'घोर करतल-ध्वनि हो रही है।' मैं देख रहा हूँ, नहीं हो रही है। हम सब तो कोट में हाथ डाले बैठे हैं। बाहर निकालने का जी नहीं होता। हाथ अकड़ जाएँगे।

लेकिन हम नहीं बजा रहे हैं, फिर भी तालियाँ बज रही हैं। मैदान में जमीन पर बैठे वे लोग बजा रहे हैं, जिनके पास हाथ गरमाने के लिए कोट नहीं है। लगता है, गणतन्त्र ठिठुरते हुए हाथों की तालियों पर टिका है। गणतन्त्र को उन्हीं हाथों

की ताली मिलती है, जिनके मालिक के पास हाथ छिपाने के लिए गर्म कपड़ा नहीं है।

पर कुछ लोग कहते हैं—'गरीबी मिटनी चाहिए।' तभी दूसरे कहते हैं—'ऐसा कहनेवाले प्रजातन्त्र के लिए खतरा पैदा कर रहे हैं।'

गणतन्त्र-समारोह में हर राज्य की झाँकी निकलती है। ये अपने राज्य का सही प्रतिनिधित्व नहीं करतीं। 'सत्यमेव जयते' हमारा मोटो है मगर झाँकियाँ झूठ बोलती हैं। इनमें विकास-कार्य, जनजीवन, इतिहास आदि रहते हैं। असल में हर राज्य को उस विशिष्ट बात को यहाँ प्रदर्शित करना चाहिए जिसके कारण पिछले साल वह राज्य मशहूर हुआ। गुजरात की झाँकी में इस साल दंगे का दृश्य होना चाहिए, जलता हुआ घर और आग में झोंके जाते बच्चे। पिछले साल मैंने उम्मीद की थी कि आन्ध्र की झाँकी में हरिजन जलाते हुए दिखाये जाएँगे। मगर ऐसा नहीं दिखा। यह कितना बड़ा झूठ है कि कोई राज्य दंगे के कारण अन्तर्राष्ट्रीय ख्याति पाये, लेकिन झाँकी सजाये लघु-उद्योगों की। दंगे से अच्छा गृह-उद्योग तो इस देश में दूसरा है नहीं। मेरे मध्यप्रदेश ने दो साल पहले सत्य के नजदीक पहुँचने की कोशिश की थी। झाँकी में अकाल-राहत कार्य बतलाये गये थे। पर सत्य अधूरा रह गया था। मध्य प्रदेश उस साल राहत-कार्यों के कारण नहीं, राहत-कार्यों में घपले के कारण मशहूर हुआ था। मेरा सुझाव माना जाता तो मैं झाँकी में झूठे मस्टर-रोल भरते दिखाता, चुकारा करनेवाले का अँगूठा हजारों मूर्खों के नाम के आगे लगवाता; नेता, अफसर, ठेकेदार के बीच लेन-देन का दृश्य दिखाता। उस झाँकी में वह बात नहीं आयी। पिछले साल स्कूलों की 'टाट-पट्टी काण्ड' से हमारा राज्य मशहूर हुआ। मैं पिछले साल की झाँकी में यह दृश्य दिखाता—मन्त्री, अफसर वगैरह खड़े हैं और टाट-पट्टी खा रहे हैं।

जो हाल झाँकियों का, वही घोषणाओं का। हर साल घोषणा की जाती है कि समाजवाद आ रहा है। पर अभी तक नहीं आया। कहाँ अटक गया? लगभग सभी दल समाजवाद लाने का दावा करते हैं, लेकिन वह नहीं आ रहा।

मैं एक सपना देखता हूँ। समाजवाद आ गया है और बस्ती के बाहर टीले पर खड़ा है। बस्ती के लोग आरती सजाकर उसका स्वागत करने को तैयार खड़े हैं। पर टीले को घेरे खड़े हैं कई तरह के समाजवादी। उनमें से हरेक लोगों से कहकर आया है कि समाजवाद को हाथ पकड़कर मैं ही लाऊँगा।

समाजवाद टीले से चिल्लाता है, "मुझे बस्ती में ले चलो।"

मगर टीले को घेरे समाजवादी कहते हैं—'पहले यह तय होगा कि कौन तेरा हाथ पकड़कर ले जाएगा!'

समाजवाद की घेराबन्दी कर रखी है। संसोपा-प्रसोपावाले जनतान्त्रिक समाजवादी

हैं, पीपुल्स डेमोक्रेसी और नेशनल डेमोक्रेसी वाले साम्यवादी हैं, दोनों तरह के काँग्रेसी हैं, सोशलिस्ट यूनिटी सेण्टर वाले हैं। क्रान्तिकारी समाजवादी हैं। हरेक समाजवाद का हाथ पकड़कर उसे बस्ती में ले जाकर लोगों से कहना चाहता है–'लो, मैं समाजवाद ले आया।'

समाजवाद परेशान है। उधर जनता भी परेशान है। समाजवाद आने को तैयार खड़ा है, मगर समाजवादियों में आपस में धौल-धप्पा हो रहा है। समाजवाद एक तरफ उतरना चाहता है कि उस पर पत्थर पकड़े लगते हैं। 'खबरदार, उधर से मत जाना!' एक समाजवादी उसका एक हाथ पकड़ता है, तो दूसरा हाथ पकड़कर उसे खींचता है। तब बाकी समाजवादी छीना-झपटी करके हाथ छुड़ा देते हैं। लहूलुहान समाजवाद टीले पर खड़ा है।

इस देश में जो जिसके लिए प्रतिबद्ध है, वही उसे नष्ट कर रहा है। लेखकीय स्वतन्त्रता के लिए प्रतिबद्ध लोग ही लेखक की स्वतन्त्रता छीन रहे हैं। सहकारिता के लिए प्रतिबद्ध इस आन्दोलन के लोग ही सहकारिता को नष्ट कर रहे हैं। सहकारिता तो एक स्पिरिट है। सब मिलकर सहकारितापूर्वक खाने लगते हैं और आन्दोलन को नष्ट कर देते हैं। समाजवाद को समाजवादी ही रोके हुए हैं।

यों प्रधानमन्त्री ने घोषणा कर दी है कि अब समाजवाद आ ही रहा है।

मैं एक कल्पना कर रहा हूँ।

दिल्ली में फरमान जारी हो जाएगा–'समाजवाद सारे देश के दौरे पर निकल रहा है। उसे सब जगह पहुँचाया जाए। उसके स्वागत और सुरक्षा का पूरा बन्दोबस्त किया जाए।'

एक सचिव दूसरे सचिव से कहेगा–'लो, ये एक और वी.आई.पी. आ रहे हैं। अब इनका इन्तजाम करो। नाक में दम है।'

कलेक्टरों को हुक्म चला जाएगा। कलेटक्टर एस.डी.ओ. को लिखेगा, एस. डी.ओ. तहसीलदार को'।

पुलिस-दफ्तरों में फरमान पहुँचेंगे, समाजवाद की सुरक्षा की तैयारी करो।

दफ्तरों में बड़े बाबू छोटे बाबू से कहेंगे–'काहे हो तिवारी बाबू, एक कोई समाजवाद वाला कागज आया था न! जरा निकालो!'

तिवारी बाबू कागज निकालकर देंगे। बड़े बाबू फिर से कहेंगे–'अरे वह समाजवाद तो परसों ही निकल गया। कोई लेने नहीं गया स्टेशन। तिवारी बाबू, तुम कागज दबाकर रख लेते हो। बड़ी खराब आदत है तुम्हारी।'

तमाम अफसर लोग चीफ-सेक्रेटरी से कहेंगे–'सर, समाजवाद बाद में नहीं आ सकता? बात यह है कि हम उसकी सुरक्षा का इन्तजाम नहीं कर सकेंगे। दशहरा आ रहा हैं। दंगे के आसार हैं। पूरा फोर्स दंगे से निपटने में लगा है।'

मुख्य सचिव दिल्ली लिख देगा—'हम समाजवाद की सुरक्षा का इन्तजाम करने में असमर्थ हैं। उसका आना अभी मुल्तवी किया जाए।'

जिस शासन-व्यवस्था में समाजवाद के आगमन के कागज दब जाएँ और जो उसकी सुरक्षा की व्यवस्था न करे, उसके भरोसे समाजवाद लाना है तो ले आओ। मुझे खास एतराज भी नहीं। जनता के द्वारा न आकर अगर समाजवाद दफ्तरों के द्वारा आ गया तो एक ऐतिहासिक घटना हो जाएगी।

बेईमानी की परत

कपड़ा पहनते-पहनते छोटा हो जाता है, यह मैं भूल चुका था। कई सालों से ऐसी घटना ही नहीं घटी थी। मैं उनमें से नहीं रहा, जो इस साल पैण्ट सिलवाते हैं और अगले ही साल उसे पत्नी की पुरानी साड़ी की किनार से बाँधने लगते हैं। उच्चवर्गी और मध्यवर्गी में यही अन्तर है। उच्चवर्गी का पैण्ट जब छोटा होता है, तो वह उसे आगे के लिए छोड़ देता है। पर मध्यवर्गी का कुछ 'आगे' के लिए नहीं होता; इसलिए वह स्त्री की फटी साड़ी की किनार खोजने लगता है।

ठण्ड शुरू होने पर मैंने गरम शेरवानी निकालकर पहनी तो देखा कि बटनें नहीं लगतीं। पिताजी जब मेरे कपड़े सिलाने देते थे, तो दर्जी से कह देते थे–जरा बढ़ते शरीर का बनाना। जब से अपने कपड़े बनवाने का जिम्मा खुद लिया है, हर बार दर्जी से कहना चाहता हूँ जरा घटते शरीर का बनाना। शरीर जब तक दूसरों पर लदा है, तब तक मुटाता है। जब अपने ही ऊपर चढ़ जाता है, तब दुबलाने लगता है। जिन्हें मोटे रहना है, वे दूसरों पर लदे रहने का सुभीता कर लेते हैं–नेता जनता पर लदता है, साधु भक्तों पर, आचार्य महत्त्वाकांक्षी छात्रों पर और बड़ा साहब जूनियरों पर।

मुझे ऐसा कोई आसन नहीं मिला। फिर भी कुछ मोटा हो जाने की इच्छा मरी नहीं। जब भी सफर करता, रेलवे प्लेटफार्म पर वजन तौलने की मशीन में दस पैसे डालकर वजन का टिकट निकलता। टिकट के दूसरे तरफ भाग्य-फल लिखा है, जो अक्सर दस पैसे के बदले में की गयी चापलूसी होता है। इस देश की मशीनें भी चापलूसी करना सीख गयी हैं। सिर्फ दस पैसे में कुछ ऐसी बातें कहती हैं–'आपके विचार बहुत ऊँचे हैं। आप उनके अनुसार कार्य करेंगे, तो सफल होंगे।' मैं कहता हूँ–सिस्टर, कभी तो सच बोला करो। यह कोई तुम्हारा 'स्टेण्डर्ड' है कि सिर्फ दस पैसे में...! मशीनों की राय पर मैं ज्यादा भरोसा नहीं करता, विशेषकर उन पर जो आदमी को तौलने के लिए जगह-जगह रखी हुई हैं। इनके मुँह में दस पैसे डाल दो तो तारीफ का एक वाक्य बोल देती हैं।

इसीलिए मैं किसी इनाम के लिए कभी किताब नहीं भेजता। और समीक्षकों के घरों में पुत्र-जन्म होते रहते हैं, पर मैं बधाई के कार्ड नहीं लिख पाता। नतीजा यह कि वजन बढ़ता भी है, तो किसी मशीन की टिकट पर रिकार्ड नहीं होता। जमाने में वजन से ज्यादा उसके रिकार्ड का महत्त्व है। इसीलिए चतुर लोग दूसरे की गोद में बैठकर अपने को तुलवा लेते हैं, और बढ़े वजन का टिकट जेब में रखे रहते हैं।

इस बार जरूर वजन बढ़ा है। अब मशीन की धाँधली नहीं चलेगी। मुटाई के अहसास ने शरीर में ऐसी सनसनी पैदा की कि जी हुआ फैलकर शेरवानी को तार-तार कर दूँ और ठण्ड उघाड़े बदन गुजार दूँ।

फिर मैं झेंपा भी। वजन बढ़ना तो लड़कपन की हरकत है। कोई प्रौढ़ आदमी भी इस जमाने में क्यों मोटा होगा? लोग क्या सोचेंगे? अनाज की दुकानों के सामने थैला हाथ में लिये कतार में खड़ा आदमी सूख रहा है। जब तक उसका नम्बर आता है, दाम बढ़ जाते हैं और घर से लाये पैसे कम पड़ जाते हैं। साधारण आदमी भी जहाजों के टाइम-टेबल याद रखने लगा है। अमेरिका से जहाज आएगा तो उसमें हमारे लिए गेहूँ होगा; जापान से आएगा तो चावल होगा। अमेरिका में जहाजी कर्मचारियों की हड़ताल से भारतीय जन चिन्तित हो जाता है। भुखमरी से हममें अन्तर्राष्ट्रीय चेतना आ गयी। अगर अकाल पड़ जाय, तो हर भारतीय अपने को विश्व-मानव समझने लगेगा।

यह वक्त भी कहीं मोटे होने का है! मैं शर्म से कमरे में छिपा बैठा रहा, जैसे कुमारी गर्भ को छिपाती है। मेरे देशवासियो, मुझ बेशर्म को माफ करना। भारत माता, क्षमा करना, तेरा यह एक कपूत मोटा हो गया। मैं तीसरी पंचवर्षीय योजना का एक झूठा आँकड़ा हूँ, जो तुम्हें धोखा दे रहा है। सुब्रमन्यम, माफ करना यार, तुम्हारी खाद्य-व्यवस्था के बावजूद मैं मोटा हो गया। टी.टी. भाई, तुम भी मुझे माफ करो; मैंने तुम्हारी अर्थनीति का अपमान किया है। कन्हैयालाल मुंशी, अजितप्रसाद जैन, साधोबा पाटिल—मेरे पिछले खाद्य मन्त्रियो, तुम्हारे सामने मैं शर्मिन्दा हूँ। चिन्तामन देशमुख और मोरारजी भाई, मेरे भूतपूर्व अर्थ मन्त्रियो, मैं तुम्हें मुँह दिखाने के काबिल नहीं रहा। मैं पिछले पन्द्रह वर्षों की उलझी अर्थ-नीति और खाद्य-नीति के प्रति अपराधी हूँ।

ग्लानि से दुबला होने में देर लगती है और पानीदार ही दुबला होता है। मुझे इस बढ़े शरीर की व्यवस्था करनी ही होगी। शेरवानी को खुलवाना ही पड़ेगा। मैंने छोटे भाई से कहा। वह बहुत खुश हुआ और मुहल्ले में जितने लोगों को सूचित कर सकता था, कर आया कि मेरा भाई मोटा हो गया है। मैं डरा कि अभी लोग आएँगे और कहेंगे—सुना है साहब, आप मोटे हो गये। बधाई है। ईश्वर सबको इसी

तरह मोटा करे।

लेकिन शाम तक मैंने लज्जा-भाव को जीत लिया। इसमें क्या शर्म की बात है। मोटा हुआ है, तो मेरा ही शरीर हुआ है। मेरे कारण कोई दूसरा तो मोटा नहीं हुआ। मैं इशारे से इस उपलब्धि को बताने भी लगा। दोस्त ठण्ड की बात करते तो मैं बीच में कह देता—हाँ, ठण्ड सिर पर आ गयी और हमारे गर्म कपड़े छोटे पड़ गये। बटनें नहीं लगतीं।

दो-तीन दिनों में यह बात फैल गयी और मेरे एक बुजुर्ग रिश्तेदार यह कहते मेरे घर आये—लड़के ने बताया कि तुम मोटे हो गये। मैंने सोचा, चलो देख आएँ।

दुर्बलता का मैं अभ्यस्त हो गया था। गर्वपूर्वक दुबला रह लेता था। कोई ऋषि मोटा नहीं हुआ। वे सब सूखे और क्रोधी होते थे। कोई उनके चरण न छुए तो उसे शाप देकर बन्दर बना देते थे। पर न मैं वैसा दुबला था, न वैसा क्रोधी। मैं 'आजानुभुज' और 'आकण्ठटाँग' वाला हूँ—यानी बैठने में टाँगें कण्ठ तक आ पहुँचती हैं। सोचता था, भुजाओं और टाँगों का जो अतिरिक्त भाग है, वह बाकी शरीर में चिपका दिया जाए, तो ठीक हो जाए। पुराने जमाने में सुन्दरियों के लिए ऐसी सर्जरी होती होगी कि इस अंग का कुछ काटकर उस अंग में चिपका दिया। प्रमाण चाहिए तो बिहारी की यह पंक्ति काफी है—'कटि को कंचन काटि कै, कुचन मध्य धरि दीन।' (इससे दोनों ठीक हो गये) एक और तरह की सर्जरी है, जिसमें बिना चाकू के पेट काटा जा सकता है। वर्तमान सभ्यता में इस रक्तहीन सर्जरी ने काफी उन्नति की है। जो दस-पाँच के पेट काट सके उसका पेट बड़ा हो जाता है। वे सारे पेट उसके पेट में चिपक जाते हैं। इस विद्या के विद्यालयों में मुझे प्रवेश नहीं मिला, वरना मैं भी यह सर्जरी सीख लेता और पेट बढ़ा लेता।

यों हमारी पूरी दार्शनिक ट्रेनिंग देह के खिलाफ जाती है। देह की सेवा बड़ी हीन बात मानी गयी है। दो-तीन साल पहले एक मठाधीश स्वामीजी ने हमें यह बात अच्छी तरह समझा दी थी। वे अच्छे पुष्ट और गौरवर्ण संन्यासी थे। तख्त पर बैठे थे और देह की तुच्छता पर ऐसा जोरदार प्रवचन कर रहे थे कि हमें अपने शरीर से घृणा होने लगी थी। अच्छे उपदेशक वे, जो अच्छी-से-अच्छी चीज के प्रति नफरत पैदा कर देते हैं। वे कह रहे थे—'यह मलमूत्र की खान, यह गन्दा शरीर मिथ्या है, नाशवान है, क्षणभंगुर है। मूरख इसे स्वादिष्ट पकवान खिलाते हैं, इसे सजाते हैं, इस पर इत्र चुपड़ते हैं। वे भूल जाते हैं कि एक दिन यह देह मिट्टी में मिलेगी और इसे कीड़े खाएँगे।' इतने में एक सेवक केसरिया रबड़ी का गिलास लाया और स्वामीजी ने उसे गटक लिया। मेरे पापी मन में शंका उपजी। पर पास में बैठे एक

भक्त ने समझाया—यह मत समझ लेना कि स्वामीजी स्वादिष्ट रबड़ी खाते हैं। अरे, वे तो कीड़ों-मकोड़ों के खाने के लिए देह को पुष्ट और स्वादिष्ट बना रहे हैं। इस मृत देह को कीड़े खायें, तो उन्हें भी मजा आ जाय—यही सोचकर स्वामीजी रबड़ी पीते हैं। श्रद्धाहीन सोचते हैं कि स्वामीजी माल खाते हैं; यह नहीं जानते कि वे तो कीड़ों के लिए 'डिनर' बनाने में लगे हैं।

वह उपदेश आज काम आया। सन्तोष भी हुआ कि अगर स्वामीजी का 'मेनू' पहले दर्जे का है तो मेरा भी दूसरे का तो हो ही गया। मैं मिथ्या गर्व से बच गया। जो खुशी थी, वह लोगों के सवालों ने छीन ली। लोग पूछने लगे—मोटे हो रहे हो। क्या बात है? मैं क्या जवाब देता। कह दिया—स्वास्थ्य का खयाल रखता हूँ। वह जो स्वामी शिवानन्द की किताब है न, उसी के मुताबिक चल रहा हूँ। उसमें लिखा है—समय पर भोजन करना चाहिए, सूर्यास्त के बाद चाय नहीं पीनी चाहिए, अधिक रात तक नहीं जागना चाहिए, हल्का भोजन करना चाहिए, मदिरा आदि मादक द्रव्यों का सेवन नहीं करना चाहिए, मिर्च-मसाले नहीं खाना चाहिए, मन में बुरे विचारों को नहीं आने देना चाहिए।

किसी को सन्तोष नहीं हुआ। लोग कहते—मजाक छोड़ो। सच बताओ, मोटे क्यों हो रहे हो? पीठ-पीछे जब कोई यह प्रश्न करते, तो वह कँटीला हो जाता। वे आपस में कहते—वह आजकल मुटा रहा है। क्या बात है? मैं इस सवाल से घबड़ा उठा। मैं जब दुबला था, तब किसी ने प्रधानमन्त्री से नहीं पूछा कि यह शख्स दुबला क्यों है। किसी ने संविधान नहीं देखा कि इसमें नागरिकों के कर्तव्यों में दुबला होना लिखा है या नहीं। हम सबने दुबले होने को अपनी नियति मान लिया है। कोई मोटा हो जाता है, तो हजार अँगुलियाँ उठने लगती हैं। लोग यह समझ रहे थे कि या तो मैं गाँजा-शराब के 'स्मगलिंग' में लगा हूँ या किसी संस्था का मन्त्री बनकर चन्दा खा रहा हूँ, या कहीं से काला पैसा ले रहा हूँ, या घूसखोरी के लिए किसी का एजेण्ट हो गया हूँ। रोटी खाने से कोई मोटा नहीं होता, चन्दा या घूस खाने से मोटा होता है। बेईमानी के पैसे में ही पौष्टिक तत्त्व बचे हैं।

पिछले 17 सालों से मोटे होनेवालों ने ऐसी परम्परा डाली है कि ईमानदार को मोटे होने में डर लगता है। स्वस्थ रहने की हिम्मत नहीं होती।

मेरे एक दोस्त ने मुझे बताया है कि जिनकी तोंदें इन 17 सालों में बढ़ी हैं, जिनके चेहरे सुर्ख हुए हैं, जिनके शरीर पर मांस आया है, जिनकी चर्बी बढ़ी है—उनके भोजन का एक प्रयोगशाला में विश्लेषण करने पर पता चला है कि वे अनाज नहीं खाते थे; चन्दा, घूस, काला पैसा, दूसरे की मेहनत का पैसा या पराया धन खाते थे। इसलिए जब कोई मोटा होता दिखता है, तो सवाल उठते हैं। कोई

विश्वास नहीं करता कि आदमी अपनी मेहनत से ईमान का पैसा कमाकर भी मोटा हो सकता है।

बेईमानी की तरह यह थोड़ा-सा मांस मेरे ऊपर चिपक गया है। मेरे दुश्मनो, एक वैज्ञानिक तथ्य तुम्हारे सामने है। मैं मोटा होकर कमजोर हो गया हूँ। मेरी बदनामी उड़ाने का ऐसा सुनहला अवसर तुम्हें कभी नहीं मिलेगा। तुम जल्दी करो। मेरा क्या ठिकाना है? मैं चार दिनों बाद फिर दुबला हो जाऊँगा। तब तुम हाथ मलते रह जाओगे।

अन्न की मौत

बाजार में जब गेहूँ का दाना न मिलता हो, तब कोई मित्र अगर 25-30 किलो गेहूँ दे दे, तो देश का भविष्य एकदम उज्ज्वल दिखने लगता है। कल एक मित्र ने 25-30 किलो आटा एक बोरे में भेज दिया था और दुनिया के प्रति मेरी दृष्टि बदल गयी थी। दुनिया मुझे उस वक्त बुरी नहीं लग रही थी। जिन मनीषियों ने संसार को दुखमय कहा है, उन्होंने यह तब कहा होगा, जब उनके घर में आटा नहीं होगा। आटा मिलने के बाद भी उन्होंने अपने मत को नहीं बदला। अगर मनीषी भी हम छोटे लेखकों की तरह अपनी रचना को एक बार फिर देख लें, तो दुनिया बहुत-से गलत मन्तव्यों से बच जाय। आटा देखते ही मुझे भविष्य बहुत आशावान लगा। मुझे लगा, वियतनाम में शान्ति होने ही वाली है, निरस्त्रीकरण होने में अब बहुत देर नहीं है, चीन और पाकिस्तान खुद समझौता करने के लिए भागे आनेवाले हैं। मुझे ऐसी आशा भी हुई कि मेरे घर में आटा आ गया है, तो राष्ट्र संघ का अर्थ-संकट भी आज हल हो जाएगा।

हम सब खुश और आशावान हो गये। बहन ने सोचा कि कुछ दिन चैन मिलेगा। भानजों ने सोचा कि कुछ दिन गेहूँ की तलाश करने से बचे। हम आटे के बोरे को घेरकर बैठ गये और जैसे जन्मदिन की 'केक' लोग काटते हैं, वैसे बोरे को खोलने लगे। बोरा खुला तो बदबू का झोंका आया। आटे को पलटा, तो उसमें मरकर सड़ा हुआ चूहा निकला। हम सब सन्न—जैसे जन्मदिन की 'केक' काटते हुए कोई मर गया हो। सारा आटा रोग बन गया था। हम मुँह लटकाये बैठे थे। कोई किसी से न बोल रहा था, न किसी की तरफ देख रहा था। मुझे लगा, अब वियतनाम समस्या खतरनाक मोड़ लेगी, राष्ट्रसंघ कर्ज में डूब जाएगा, निरस्त्रीकरण नहीं हो सकता और एटमी युद्ध की अब पूरी सम्भावना है।

याद आया, दो साल पहले जब चाचा मरे थे, तब उनकी लाश भी इसी कमरे में यहीं रखी थी और हम इसी तरह सिर लटकाये मौन, आसपास बैठे थे। तब कोई पूछता था, तो बताते कि चाचा निमोनिया से मर गये। आज कोई पूछे तो बताएँगे

कि हमारा गेहूँ चूहे से मर गया। चाचा जब उस लोक पहुँचे होंगे तो वहाँ वालों ने पूछा होगा, 'कहिए, पण्डित श्यामलाल परसाई, कितने किलो पर चले आये?' चाचा ने कहा होगा, 'भैया, हम तो रुपये के ढाई किलो पर ही चले आये। पता नहीं आगे क्या हो। जीनेवाले भुगतें।' पिता ने जो रुपये के 20 सेर पर ही चले गये थे, जब सुना होगा, तो परेशान हुए होंगे कि बच्चे बड़ी मुसीबत में हैं।

मैं चूहे को देख रहा था और आटे को। चूहों ने सड़कर हर जीवनदायिनी चीज को प्राणघातक बना दिया है। चूहों ने मेरे ही नहीं, सारे देश के गेहूँ को मार डाला है। ये चूहे खाद्य-व्यवस्था के बारे में घुसकर वहीं मोटे होकर मर गये और सड़कर सारी व्यवस्था को नष्ट कर दिया। अन्न सब दफना दिया गया। हमें सिर्फ सड़ाँध का अनुभव हो रहा है। मुझे लगता है, सभ्यता के बोरे में ये चूहे घुसकर सड़ गये हैं। मैं कहता हूँ कि तुम अगर उसे आसपास से कुतरो, तो एक हद तक बर्दाश्त किया जा सकता है। मगर कम्बख्तो, उसमें घुसकर सड़ते क्यों हो? खुद तो मरते ही हो, हमारे लिए बदबू और रोग फैलाते हो। हम हर बोरे को खोलकर देखते हैं कि तुम मरकर सड़ रहे हो। क्या तुम हमें इस निष्कर्ष तक पहुँचाना चाहते हो कि हम इस समूची व्यवस्था को दफन कर दें?

सरकार कहती है कि हमने चूहे पकड़ने के लिए चूहेदानियाँ रखी हैं। एकाध चूहेदानी की हमने भी जाँच की है। उसमें घुसने के छेद से बड़ा छेद पीछे-से निकलने के लिए है। चूहा इधर से फँसता है और उधर से निकल जाता है। पिंजरे बनानेवाले और चूहे पकड़नेवाले चूहों से मिले हैं। वे इधर हमें पिंजरा दिखाते हैं और चूहे को छेद दिखा देते हैं। हमारे माथे पर सिर्फ चूहेदानी का खर्च चढ़ रहा है।

इस व्यापक षड्यन्त्र से घबराकर सोचा था कि इस साल घर का गेहूँ खाएँगे। जो अमेरिका और कनाडा को अपना घर मानते हैं, वे अपने घर का खाएँ। कोई अनाथालय को अपना घर माने तो मैं क्या करूँ? मेरे भाई की थोड़ी-सी जमीन है। उसने मुझसे कहा था कि अपना दो बोरा गेहूँ इटारसी में रखा है। उसे रेलगाड़ी से जबलपुर भेज देंगे। पर वह आया नहीं। मालूम हुआ कि जिलेबन्दी हो गयी है। परमिट लेना होगा। साधारण तरीके से परमिट लेना खेती करने से ज्यादा मेहनत लेता है। असाधारण तरीकों से जल्दी मिलता है—इन्हें सब जानते हैं। सोचा, जितनी मेहनत परमिट लेने में लगाएँगे, उतनी मेहनत से तो घर के सामने के मैदान में फसल खड़ी कर लेंगे। हजारों मील दूर अमरीका से पराया गेहूँ तो आ सकता है, पर डेढ़ सौ मील दूर से अपना गेहूँ नहीं आ सकता। अपनी हर चीज की रफ्तार कम हो गयी है। विदेशी पैसा कैसे दौड़कर आता है, अपना पैसा रेंगता है। मुझे एक ज्ञानी

ने बताया कि अगर तुम यह कह देते कि गेहूँ खाने के लिए नहीं, काला बाजार में बेचने के लिए ले जा रहे हैं तो आ जाने दिया जाता।

हमसे यह नहीं हुआ। गेहूँ और पेट में डेढ़ सौ मील का अन्तर बना हुआ है। भावना से हम उन बोरों से चिपके हुए हैं। कहते हैं, देवताओं का पेट सिर्फ भावनाओं से भर जाता है। देवता होने का फायदा अब समझ आ रहा है। लेकिन शुरू से आदमी बनने की कोशिश में उधर ध्यान नहीं दिया और अब हो गयी बहुत देर। यह पेट आदमी का रह गया, जो भोजन डालने से ही भरता है। पर डेढ़ सौ मील दूर का गेहूँ कैसे खाया जा सकता है? दो तरकीबें हैं। एक तो यह कि हम सब इटारसी जाएँ और जब तक दो बोरे पूरें, उन्हें खाकर वापस लौट आएँ या फिर हर हफ्ते इटारसी जाएँ और हफ्ते-भर के लिए गेहूँ खाकर लौट आएँ। इसमें एक डर है। हम गेहूँ खाकर गाड़ी पर चढ़ने स्टेशन आये, तभी कोई अधिकारी हमारा पेट टटोलकर कहे—'तुम नहीं जा सकते। भरे पेट पर जिलाबन्दी हो गयी है।' तब तो हमें पेट खाली होने तक वहीं रुकना पड़ेगा। नहीं, दोनों तरीके अपने काम के नहीं हैं।

अपनी चिन्ता से बचने के लिए मैं अखबार उठाकर देखता हूँ कि दूसरी जगह क्या हाल है। सब कहीं यही हाल है। मुझे सहसा राष्ट्र की एकता का बोध होता है। हे भारत भाग्यविधाता, पंजाब, सिन्ध, गुजरात, मराठा, द्राविड़ उत्कल बंग—सब जगह अन्न को मारकर दफना दिया गया। कोटि-कोटि नर-नारी अन्न-संकट के सूत्र में बँधकर एक हो गये हैं। भुखमरी और भ्रष्टाचारी हमारी राष्ट्रीय एकता के सबसे ताकतवर तत्त्व बन गये हैं। धर्म, संस्कृति और दर्शन कमजोर पड़ गये हैं। कैसी अद्भुत एकता है। पंजाब का गेहूँ गुजरात के कालाबाजार में बिकता है और मध्य प्रदेश का चावल कलकत्ता के मुनाफाखोर के गोदाम में भरा है। देश एक है। कानपुर का ठग मदुराई में ठगी करता है, हिन्दी भाषी जेबकतरा तमिल भाषी की जेब काटता है और रामेश्वरम् का भक्त बद्रीनाथ का सोना चुराने चल पड़ा है। सब सीमाएँ टूट गयीं। अब जरूरी नहीं है कि हैदराबाद का रेड्डी वहीं भूखा मरे। वह पटना में भी मर सकता है, क्योंकि देश एक है। मुनाफाखोरों, कालाबाजारियों, भ्रष्टाचारियों ने मिलकर राष्ट्र को एक कर दिया है। सुन्दर सपनेवाले रवीन्द्रनाथ की उल्लासमयी जिज्ञासा थी कि ये हिन्दू, मुसलमान, पारसी और ईसाई सब किसके आह्वान पर भारत-महामानवसागर में एकत्र हो गये हैं? मैं पूछता हूँ, कवि, वे तो ठीक आये, मगर ये सब जातियों के लुच्चे किसके आह्वान से इधर आये?

एक मन्त्री ने अभी कहा है कि यदि गरीबी और भुखमरी है, तो इतने लोग सिनेमा क्यों देखते हैं। उन्हें नहीं मालूम कि भोजन से सिनेमा सस्ता पड़ता है। एक

बार के साधारण भोजन में जितना लगता है, उससे आधे दाम में सिनेमा देखा जा सकता है। मन खुश होता है और तीन घण्टे भूख भाग जाती है। आदमी एक खाना छोड़कर सिनेमा क्यों न देखे?

तर्क तो मैंने दे दिया, पर यह कैफियत मुझे ही बड़ी डरावनी लग रही है। जो कौम भूखी मारी जाने पर सिनेमा में जाकर बैठ जाए, वह अपने दिन कैसे बदलेगी! अद्‌भुत सहनशीलता है इस देश के आदमी में! और बड़ी भयावह तटस्थता! कोई उसे पीटकर उसके पैसे छीन ले, तो वह दान का मन्त्र पढ़ने लगता है।

फिर ताज देखा

(इस बार ताज देखते समय मुझे याद आया कि कल-परसों ही भुट्टो ने कहा था कि हमने आठ सौ साल तक भारतीयों को सभ्य बनाने की कोशिश की। मुझे शक हुआ कि हाईस्कूल की पढ़ाई छुड़ाकर जनाब को विदेश मन्त्री बना दिया गया है!–लेखक)

हर शहर का अपना दुःख होता है। आगरा के लिए ताजमहल है, तो हमारे जबलपुर के लिए भेड़ाघाट है। बाहरवालों के लिए तो ये सौन्दर्य-स्थल हैं, पर शहरवालों के लिए संकट-स्थल। हर मेहमान सुबह चाय पीते-पीते हमारी प्रार्थनाओं के बावजूद कहता है–'आज भेड़ाघाट दिखा दीजिए।' आगरे में वह मेजबान से कहता है–'चलिए ताज देख लें।' हम उसे भेड़ाघाट ले जाते हैं और हजारवीं बार उसी नदी, उसी प्रपात और उसी सफेद संगमरमर को देखकर 'बोर' होते हैं। जब वह विभोर होकर कहता है–'वाह, कैसा सुन्दर दृश्य है!' तब हम मन में कहते हैं–'सो तो ठीक है। पर अब यहाँ से टलिए न!' मेरी तरह आगरावाले ताज से परेशान हैं। मेरे इधर तो प्रकृति ने यह मुसीबत पैदा की है, मगर आगरावालों के लिए तो एक शहंशाह ने संकट का निर्माण कराया है। क्यों नहीं आगरावालों ने तभी उससे कहा कि जहाँपनाह, आप अपनी बीवी से मुहब्बत करते हैं सो ठीक है, मगर इस झंझट को जरा शहर से दूर बनवाइए।

भेड़ाघाट और ताज, दोनों के बारे में यह भ्रम फैला है कि ये पूर्णिमा की रात को अद्‌भुत सुन्दर लगते हैं। जो मेहमान एकादशी के बाद भी नहीं जाता, उसके पूर्णिमा तक रुकने का खतरा है। वह चाँदनी में इन्हें देखे बिना जा नहीं सकता। ऐसा बिरला होता है, जो शहर में आकर भेड़ाघाट न देखे। मेरा एक दोस्त आया था। एक दिन कहने लगा–'आज भेड़ाघाट देख आते हैं वरना तुम बुरा मानोगे। कहोगे, हफ्ते-भर रहा, खाया पर हमारा भेड़ाघाट नहीं देखा।' मैंने कहा कि तुम्हारी इच्छा हो तो देखो। उसने कहा–'इच्छा बिल्कुल नहीं है। यही डर है कि तुम कहीं

बुरा न मान जाओ। देखो, कुछ खयाल मत करना। अगली बार जरूर देख लूँगा।' वह मुझे पहले अच्छा लगा, फिर बुरा। भेड़ाघाट से हम कितने ही परेशान हों, उसकी अवहेलना नहीं सह सकते। जब मेहमान जल-प्रपात देखता है, हम उसका चेहरा देखते हैं। उसके मुँह से तारीफ सुनना चाहते हैं। एक बार एक आगरेवाले ने मेरे दिल को चोट पहुँचायी थी। मैं उसे चाँदनी रात में नौका में घुमा रहा था। ऊपर पूरा चाँद था, दोनों तरफ सफेद संगमरमर। मैंने बड़ी आशा से उससे पूछा—'कहिए, कैसा है?' उसने ठण्डे स्वर में कहा—'ठीक है।' मुझे बहुत गुस्सा आया। मन हुआ कि इसे यहीं नदी में फेंक दूँ। जिस दृश्य की प्रशंसा करते लोग नहीं अघाते, उसे यह सिर्फ 'ठीक' कहता है। मैंने उससे बदला ले लिया। ताज दिखाकर जब आगरावालों ने मुझसे पूछा—'कैसा है?' तो मैंने कहा—'कोई खास बात नहीं है।' आगरावाले कटकर रह गये। मैंने बदला ले लिया।

पिछले कुछ सालों से एक प्रकाशक मुझे हर तीन-चार महीनों में ताज दिखाता है। लेखक लोग इस पर विश्वास नहीं करेंगे। वे पूर्वाग्रह के शिकार हैं कि कोई प्रकाशक कभी लेखक का भला नहीं कर सकता। मेरा तो कर रहा है। मुझे ताज दिखा रहा है। उसने आगरा में एक मुकदमा दायर कर दिया है, जिसकी पेशी होती है तो मैं आगरा जाता ही हूँ और ताज देखता हूँ।

यों मैंने ताज बहुत बाद में देखा—अभी तीन-चार साल पहले। कवियों ने मुझे उसके खिलाफ भड़का दिया था। साहिर लुधियानवी की कविता पढ़ी थी कि एक शहंशाह ने दौलत का सहारा लेकर हम गरीबों की मुहब्बत का मजाक उड़ाया है। इसलिए—'मेरे महबूब कहीं और मिलाकर मुझसे' (क्योंकि इधर कभी-कभी बाबूजी घूमने निकल आते हैं)। सुमित्रानन्दन पन्त ने भी लिखा था कि हाय, मृत्यु का ऐसा सुन्दर स्मारक और जीवन की ऐसी अवहेलना! फिर राजा ने जनता के पैसे से अपनी बीवी का स्मारक बनवा लिया। जनता के खून के कतरों से बने इस ताज को मैं कभी नहीं देखूँगा। बाद में मेरा मन बदला। लेनिनग्राड में देखा कि द्वितीय महायुद्ध में नष्ट एक चर्च को रूसी लोग जैसा-का-तैसा बना रहे हैं। वे पीटर महान के सुन्दर महलों को बड़े गौरव के साथ हमें बता रहे थे। मुझे लगा, हमारे कवियों ने ताज के बारे में जल्दबाजी बरती। कच्चे जनवाद के उबाल में उससे नफरत करने लगे। अब तो मैं यह भी सोचता हूँ कि अगर किसी राजा ने अपनी प्रिया की याद में ताज बनवा भी लिया, तो कोई बात नहीं, आज के नये राजा भी यही करते हैं। कार्पोरेशन का सदस्य अपने घर के सामने सीमेण्ट की सड़क बनवा लेता है, जिससे प्रिया के पाँव में कंकड़ न गड़े। घर के सामने बिजली का खम्भा लगवा लेता है, ताकि प्रिया अँधेरे

से न डरे। प्रजातन्त्र में भी हजारों छोटे-बड़े शाहजहाँ हैं। उन्हें जब भी मौका मिलता है, अपनी प्रिया के लिए जनता के पैसे से कुछ कर देते हैं। हर मुमताज उम्मीद लगाये बैठी है कि चुनाव में हमारे शाहजहाँ जीतनेवाले हैं और आगामी मन्त्रिमण्डल के पुनर्गठन में उन्हें जगह दी जा रही है।

मैंने शाहजहाँ को माफ कर दिया और ताज बार-बार देखने लगा। आगरे के एक 'पवित्र' आदमी ने कहा—'अरे साहब, ताज की छाया में क्या नहीं होता। सैकड़ों जोड़े मिलते हैं।' मैंने कहा—'हाँ साहब, प्रेमियों को ताज जैसे सुन्दर स्थान पर, खुले में, बगीचे में हर्गिज नहीं मिलना चाहिए। उन्हें तो गन्दी बदबूदार अँधेरी कोठरियों में मिलना चाहिए—तभी तो हमारी नैतिकता की रक्षा हो सकेगी। सारी नैतिकता पिछवाड़े के दरवाजे से ही तो आती-जाती है।'

इस बार ताज को एक नये सन्दर्भ में देखा। हम ताज के सामने खड़े थे और हर पाँच-दस मिनट में लड़ाकू यान सिर पर घर्राता था। मुझे याद आया कि पाकिस्तान के शासक इस बात पर असन्तोष जाहिर कर चुके हैं कि ताज भारत में ही छूट गया। याद आया कि कल-परसों ही भुट्टो ने कहा था कि हमने आठ सौ सालों तक भारतीयों को सभ्य बनाने की कोशिश की। मुझे शक हुआ कि हाईस्कूल की पढ़ाई छुड़ाकर जनाब को विदेशमन्त्री बना दिया है। आठ सौ सालों में क्या हुआ, इस पर बहस व्यर्थ है। इतना निश्चित है कि सिर्फ अठारह साल से हमसे दूर हो जाने के कारण इतने असभ्य हो गये कि अन्तर्राष्ट्रीय सभाओं में सदस्यों को 'कुत्ता' कहने लगे। अच्छा हुआ, ताज यहीं छूट गया। उसके साथ सौन्दर्य-बोध, कला और संस्कृति भी छूट गयी। यों गलत इतिहास पढ़नेवाले सब जगह हैं। पाकिस्तानी शासक चाहें तो ऐसा इतिहास लिखवा सकते हैं, जिसमें अपना सम्बन्ध द्रविड़ सभ्यता से जुड़े—मोहनजोदड़ो उनके हिस्से में आ गया है।

ऊपर से 'नैट' गुजरते हैं और मैं सोचता हूँ कि ताज के ऊपर तोप फिट हो तो यह कैसा लगे? इसके भीतर कभी गोला-बारूद भरा जाए तो? कभी इसमें युद्धबन्दी भर दिए जाएँ तो? उधर पाकिस्तान में लोग हैं, जो सौन्दर्य की जात-बिरादरी तय करते हैं, जो कला की नस्ल पूछते हैं। और इधर मेरे देश में भी लोग हैं, जो ताज पर गंगाजल छिड़ककर उसे देखना चाहते हैं। दोनों कला, संस्कृति और मनुष्यता के दुश्मन हैं। मगर इन सबसे ऊपर एक बात है—ढाका रेडियो से सुन्दर रवीन्द्र संगीत आता है और दिल्ली रेडियो से इकबाल की गजल गायी जाती है। मुझे विश्वास है, न ताज का कोई मजहब माना जाएगा और न उस पर गंगाजल छिड़कने की कोशिश होगी।

आयी बरखा बहार

शहर की राधा सहेली से कहती है—"हे सखि, नल के मैले पानी में केंचुए और मेंढक आने लगे। मालूम होता है, सुहावनी मनभावनी वर्षाऋतु आ गयी।"

आगे वह 'श्याम नहीं आये' वगैरह प्राइवेट वाक्य बोलती होगी, जिनसे मुझे मतलब नहीं। विरहिणी मेघ नहीं देखती, नल खोलकर केंचुए और मेंढक देखती है। वर्षा का इससे विश्वसनीय संकेत दूसरा अब नहीं है। प्राकृतिक नियम बदल गये, ऋतुओं ने मर्यादा त्याग दी, मगर इस नल ने किसी भी वर्षाऋतु में केंचुए और मेढक उगलने में कमी नहीं की।

सुना है कार्पोरेशन पानी की व्यवस्था में सुधार करनेवाली है। मुझे डर है, इससे नगर के रागात्मक जीवन पर संकट आ जाएगा। विरहिणियों को वर्षाऋतु का आभास नहीं होगा। उनकी भावनाएँ और उच्छ्वास दबे रहेंगे और किसी दिन विस्फोट हो जाएगा। तब भूकम्प भी हो सकता है। कम-से-कम शहर की सुरक्षा के लिए अब नल-व्यवस्था से कोई खिलवाड़ नहीं करना चाहिए।

नगर के भावनात्मक जीवन का इतना ध्यान अब कौन रखता है? वह जमाना गया जब यमुना के किनारे ग्राम पंचायत ने केलिकुंज बनवा दिये थे। अब पार्क भी बनवाते हैं, तो उसमें हजार केण्डिल पावर का बल्ब लगा देते हैं। मेरे शहर की हालत फिर भी अच्छी है। सारे शहर को लपेटता, जो यह ओमती नाला बहता है, उसमें बरसात में घनी कुंजें बन जाती हैं। आसपास की राधाओं की सहेलियाँ उन्हें बरजती हैं—अकेली मत जैयो राधे ओमती के तीर!

राधा पूछती है, "क्यों?"

सहेली कहती है, "वहाँ साँप-बिच्छू रेंगते हैं। तेरा कन्हैया कोई नाग नाथनेवाला नहीं है। वह साँप को देखकर 'अरे बाप रे' चिल्लाकर भाग जाएगा और तू अकेली रह जाएगी।"

राधा को यमुना तट पर अकेली न जाने की सलाह सहेलियाँ क्यों देती थीं? क्या इसलिए कि वहाँ नाग रहता था? या इसलिए कि वहाँ कृष्ण आता था? या

इस उद्देश्य से कि यह डरकर हमें साथ ले जाएगी और कल से हम इसका 'स्केण्डल' फैलाएँगी?

यह तो कृष्णचरित पर शोध का विषय हो गया। मैं तो कमरे में बैठा हूँ और खिड़की से झमाझम वर्षा को देख रहा हूँ। यह कमरा नहीं है, किसी ऋतुशाला का नपना-घट है। मैं यहीं बैठे-बैठे बता सकता हूँ कि आज कितना पानी गिरा। आधा इंच तक एक कोना टपकता है, एक इंच पर दूसरा, डेढ़ इंच पर तीसरा और जब चारों कोने टपकने लगें तब समझना चाहिए कि दो इंच पानी गिर चुका। इससे ऊपर के पानी की नाप भी बीच के टपकों से ठीक-ठीक हो जाती है। सीमेण्ट चुपड़वाते हैं, डामर भरवाते हैं, मगर पानी रुकता नहीं। अब यह स्थिति है कि मकान मालिक और मैं, दोनों मकान को रोते हैं और यह तय करना मुश्किल हो जाता है कि मकान मेरा है या उनका। बरसात में जब मकान मालिक से मेरी भेंट होती है, तब मुझे लगता है, जैसे मकान मेरा है और ये मुझसे शिकायत कर रहे हैं। मैं अपराधी अनुभव करने लगता हूँ।

पर अभी उस दिन मामला हमेशा के लिए खत्म हो गया। मकान मालिक ने बताया कि पिछले कुछ वर्षों में बनी सारी सरकारी इमारतें 'लीक' करती हैं। इसकी जाँच करने के लिए सरकार ने विशेषज्ञ बैठाये थे। विशेषज्ञों ने रिपोर्ट में कहा है कि इस जगह की मिट्टी खराब है।

मुझे हैरानी है, इधर कुछ सालों में ही शहर की 'मिट्टी' कैसे खराब हो गयी! पहले की इमारतें अच्छी हैं।

मिट्टी खराब तो जरूर है। पर कौन-सी मिट्टी? वह मिट्टी खराब हुई है जिससे मकान बनते हैं या वह जिससे आदमी बनने लगे हैं? आदमी ही तो मकान बनाते और बनवाते हैं।

विशेषज्ञ की बात में कोई दखल नहीं दे सकता। हमने अपनी जिन्दगी ही विशेषज्ञों को सौंप रखी है। विशेषज्ञ पुल बनवा देता है और रेलगाड़ी हमें लेकर गिर पड़ती है। बरसात के पहले विशेषज्ञ इमारत पास करता है और बरसात के बाद उसका मलबा उठाने के लिए टेण्डर मँगाता है। अस्पताल में जाकर हम अपने को विशेषज्ञ को सौंप देते हैं और फिर अपने शरीर पर अपना हक नहीं रहता। राजनीति के विशेषज्ञों के हाथ सारी दुनिया ने अपने प्राण सौंप दिये हैं और वे किसी भी दिन सबके प्राण सहर्ष ले लेंगे। विशेषज्ञ के सामने किसकी चलती है! विशेषज्ञ ने कह दिया है, तो इन टपकों को मैं चुपचाप भुगतता हूँ।

बाहर जाना है पर भीगने के डर से छिपा बैठा हूँ। भीगने में भी आनन्द होता होगा, तभी बड़े-बड़े सन्त बच्चों की तरह मैदान में खड़े हो जाते थे। कबीर का दोहा है न—

गगन गरज बरसै अमी बादर गहर गँभीर।
चहुँ दिसि दमकै दामनी भीजै दास कबीर।।

यह कबीरदास का दोहा है या उनके किसी विरोधी का? किसी विरोधी ने शायद लिख दिया हो, यह बताने के लिए कि यह कबीरदास जो सन्त कहलाता है, कैसा पगला है! बादल गरज रहे हैं, अँधेरा छाया है, गहरे बादल हैं, बिजली चमक रही है और यह कबीर कुटिया के बाहर खड़ा भीग रहा है। प्रैक्टिकल—व्यावहारिक आदमी की नजर में यह मस्ती, पागलपन और बेवकूफी तो होगी ही।

अगर यह सही है कि कबीरदास जान-बूझकर भीग रहे थे, तो एक बात निश्चित है—उनके घर में एक-दो जोड़ी सूखे कपड़े होंगे। हो भी सकते हैं, वे खुद कपड़ा बुनते थे। उन पर न महँगाई लगती थी, न मुनाफाखोरी।

मुझे भीगते डर लगता है। मैं खिड़की में से दूसरों को भीगता देख रहा हूँ और उन्हें पागल भी समझ रहा हूँ। बरसात में कुछ चीजें याद आती हैं। एक तो यह कि किसी यक्ष ने मेघ के द्वारा प्रियतमा को सन्देशा भिजवाया था। मनुष्य जाति के इतिहास में यह समस्या रही है। यह पोस्ट और टेलीग्राफ महकमा खुलने के बाद भी हल नहीं हुई। कुछ पोस्टमैन चिट्ठियाँ खोल लेते हैं। उर्दू काव्य से मालूम होता है कि कुछ कवियों ने किसी आदमी के हाथ सन्देशा भेजा था। पर सन्देशवाहक प्रेमी से ज्यादा आकर्षक था, इसलिए उसने प्रेमी को उखाड़कर खुद को जमा लिया। इस घटना के बाद से खूबसूरत आदमी के हाथ सन्देशा भेजना बन्द कर दिया गया।

मेघ से सन्देशा कहलवाना बिल्कुल निरापद है। उस यक्ष से नाराज होकर बड़े साहब ने उसका तबादला कहीं दूर कर दिया होगा। मकान नहीं मिलने के कारण वह 'फेमिली' वहीं छोड़ आया होगा। इधर जब भी पड़ोस की लड़की को यक्ष देखता, उसे घर की याद आने लगती।

ऐसे ही किसी 'मूड' में उसने मेघ को ही दूत बना लिया। वह जानता तो होगा कि मेघ बोल नहीं सकता। पर सन्देशा दे देने का सन्तोष एक अलग चीज है। वह सन्देशा पहुँचता भी है या नहीं, या जिसे भेजा गया है वह उसे समझती है या नहीं—ये बातें उस क्षण ध्यान में नहीं आतीं।

मैं छठी या सातवीं कक्षा का विद्यार्थी था। मेरे घर के पास एक युवा कथावाचक रहता था जो महीनों बाहर घूमता हुआ कथा कहता था। वह बाहर से अपनी नवपरिणीता पत्नी को लम्बी-लम्बी चिट्ठियाँ लिखता। पण्डितानी की शिक्षा अक्षर-ज्ञान से विशेष आगे नहीं थी, पर विरह-विह्वल कथावाचक पत्रों में अपनी सारी प्रतिभा उँड़ेल देता। वह बेचारी मुझे बुलाकर चिट्ठियाँ पढ़वाती। कथावाचक की चिट्ठी खूब भावावेश की होती थी। मैं बरामदे में खड़ा होकर जोर से चिट्ठी सुनाने लगता,

तो वह रोकती—"धीरे पढ़ो, भैया, धीरे।" चिट्ठी में पचीसों बार आता—'प्राणाधिके! प्राणवल्लभे' हर दो वाक्यों के बाद—प्राणाधिके, प्राणवल्लभे! वह बेचारी समझ नहीं पाती थी। उसने मुझसे पूछा कि इनका क्या मतलब होता है। इन शब्दों का अर्थ तब मुझे भी नहीं मालूम था। छठी के विद्यार्थी की क्या बिसात!.

मैं अपने हिन्दी के वयोवृद्ध अध्यापक के पास गया और पूछा, "सर, प्राणाधिके और प्राणवल्लभे का क्या अर्थ होता है?" उन्होंने गुस्से से मेरी तरफ देखा और डाँटा, "तुम इन फालतू बातों में क्यों पड़ते हो!"

गुरुओं की बात मैंने कभी नहीं टाली। उन्होंने कह दिया, तो जिन्दगी-भर 'इन फालतू बातों' में नहीं पड़ा।

इसी मौसम का उपयोग राम ने और ढंग से किया। 'रामचरितमानस' में राम वर्षा-वर्णन के बहाने लक्ष्मण को नीति-बोध कराने के लिए आतुर होते हैं। छोटा भाई अब मेरी एक भी नीति नहीं सुनेगा, क्योंकि व्यवहार में पहले झंझट पैदा हो चुकी हैं। किसे सम्बोधित करूँ? एक मित्र है, जो सुनता सबकी है, पर करता मन की है।

मैं उसी को सम्बोधित करता हूँ।

हे हनुमान, ये बादल कैसे उमड़ रहे हैं, जैसे 20 गाने, 25 नाच, 2 हत्या और 1 आत्महत्यावाली 'बॉक्स-ऑफिस' फिल्म के पहले शो की भीड़ उमड़ रही हो!

देखो, सूर्य बादलों में ऐसे छिप गया जैसे नयी और पुरानी कहानी के विवाद के घटाटोप में अच्छा लेखक छिप गया हो।

हे हनुमान, कभी बादल जोर से गरजते हैं, जैसे खाद्यमन्त्री मुनाफाखोरों को धमकी दे रहे हों। पर पानी न बरसने से गर्मी और बढ़ जाती है, जैसे खाद्यमन्त्री की हर धमकी के बाद भाव और बढ़ जाते हैं।

देखो, अन्धकार में कभी-कभी बिजली चमक उठती है, जैसे किसी रद्दी कविता में एक अच्छी पंक्ति आ गयी हो।

सुनो, मेंढक कैसा शोर कर रहे हैं, जैसे जीते हुए उम्मीदवार का जुलूस निकल रहा है।

हे भाई, हवा के झोंके से ये वृक्ष इस तरह झुक-झुक पड़ते हैं, जैसे सेक्रेट्री की लड़की की शादी में अफसर लोग झुक-झुककर बरातियों को पान दे रहे हों।

हे बन्धु, सड़क पर मोटर राहगीरों के कपड़ों पर छींटे उछालती जा रही है, जैसे किसी 'पीले' पत्र का ताजा अंक बिक रहा हो।

हे बन्धु, इस कटे पेड़ के ठूँठ पर फिर एक हरी फुगनी फूट आयी है, जैसे संसद के चुनाव का हारा, म्युनिसिपल चुनाव में खड़ा हो गया हो।

हवा का झोंका आया और एक बौछार खिड़की से मुझ तक आ गयी। वर्षा मुझे अपनी लपेट में ले रही है। ऐसे ही एक बार जब मैं फुटबाल का खेल देख रहा था, तब गेंद उछलकर मेरे सिर पर लगी थी और मैं खेल में शामिल कर लिया गया था। तटस्थ इसी तरह कभी-कभी लड़ाई में खींच लिये जाते हैं। सिर्फ तटस्थ होने से बचाव नहीं होता, खिड़की भी बन्द करनी चाहिए। मैंने खिड़की बन्द कर ली है। बाहर खूब पानी बरस रहा है, मगर मैं वर्षा से अछूता हूँ। मैं उसे देख भी नहीं रहा हूँ। सिर्फ ये टपके वर्षा का बोध कराते हैं, जैसे अखबार में शीतयुद्ध की खबरें पढ़ रहे हों।

नीलकण्ठ

कहते हैं, शंकर ने जहर पी लिया था। जिस हलाहल की ज्वाला से चराचर सृष्टि अकुला उठी, उसे शंकर सहज ही पी गये। बड़ा अच्छा किया, बड़ी बहादुरी की। पर एक प्रश्न उठता है मेरे मन में कि कण्ठ को नीला क्यों होने दिया? जो इतने अलौकिक शक्ति-सम्पन्न थे, वे यदि चाहते, तो क्या कण्ठ का रंग हस्बे मामूल नहीं रख सकते थे? फिर चाहा क्यों नहीं? शायद इसलिए कि लोग कम-से-कम यह जान तो लें कि उन्होंने जहर पिया है। भला यह भी कोई बात है कि विष भी पिएँ और लोगों को मालूम भी न हो! नीला कण्ठ दिखाने का लोभ शंकर से संवरित नहीं हुआ। वे विष तो पचा गये, रंग नहीं पचा पाये? रंग पचाना आसान नहीं है। मुझे तो सन्देह है कि यदि कण्ठ नीला पड़ने का यकीन न होता, तो शायद शंकर विष पीने से इनकार कर देते।

स्वेच्छा से विषपान करने में 'नील-कण्ठता' एक बड़ा आकर्षण है। अपनी कोशिश यह होती है कि जहर तो कम-से-कम पिएँ, पर कण्ठ अधिक-से-अधिक नीला हो। और कोई तो गले पर नीली स्याही पोतकर 'नीलकण्ठ' बने फिरते हैं।

एक सज्जन स्वतन्त्रता-संग्राम में भाग ले चुके थे। हमारी स्वातन्त्र्य सेना विजयी हुई। परम्परा है कि युद्ध में विजेता पक्ष विजित में लूट-मार करता है। पर हमारे इस संग्राम में विजित पक्ष तो सात समुद्र पार नये बम बनाने लगा। उसे कैसे जाकर लूटते? इसलिए विजितों ने एक नयी परम्परा चलायी—अपने ही पक्ष में लूटमार करने लगे। उक्त सज्जन लड़ाई में पहली कतार में थे, इस नये शूर-कर्म में अन्तिम कतार में हो गये। कुछ हाथ नहीं लगा। तब वे बैठे-बैठे घाव दिखाकर सहानुभूति अर्जित करने लगे। स्वतन्त्रता-संग्राम ने कुछ लोगों को निठल्लेपन के संस्कार भी दे दिये थे। वे मजे में बैठे-बैठे कष्ट भुगतने लगे। लोग कहते, 'वह बेचारा बड़ी तकलीफ उठा रहा है।' वे सुनते; बड़े प्रसन्न होते। ऐसा आनन्द और गर्व अनुभव होने लगा कि यदि कहीं कोई काम-धन्धा मिलता तो भी वे नहीं करते।

स्वातन्त्र्य-शूर नौकरी कैसे करे? 'विक्टोरिया क्रास' वाला किसी सेठ के फाटक पर पुरानी वर्दी में चौकीदारी कैसे करे? कुछ दिनों में घाव भर गये और उन्हें देखनेवाले कम हो गये। तब उन्होंने एक अच्छी नौकरी कर ली।

आत्मीय की मृत्यु पर सिर मुड़ाने के और चाहे जो कारण हों, एक यह तो है ही कि दुःख स्पष्ट दिखे और उसे समाज में मान्यता मिले। सिर मुड़ाकर अजब धज बनाये, जब कोई परिचित मिल जाता है, तो इस बेचारे के हृदय में चाहे उस क्षण आनन्द हिलोरें ले रहा हो, पर उसे देखकर यह एकदम मुँह गिरा लेता है। पूछता है बड़ी गम्भीरता से (गो कि यह जानता है)–"क्यों भाई, सब कुशल तो है?" "भैया, माताराम नहीं रही।" उसे अभ्यास से बँजा हुआ उत्तर मिलता है। वह मुँह और लटका लेता है।

"राम-राम! भैया, बड़ा बुरा हुआ। क्या बीमारी थी?"

"क्या बताऊँ भैया! कुछ पता ही नहीं चला। बात करते-करते चल दीं।"

"राम-राम! कैसी अच्छी मौत पायी है, माताराम ने! बड़ी पुण्यात्मा रही!"

मेरे एक दोस्त के चाचा की मृत्यु हो गयी। उनका कोई लड़का नहीं था, सब सम्पत्ति इसी भतीजे को मिलनेवाली थी। इसने उनकी अरथी ऐसी प्रसन्नता से बाँधी, जैसे अपनी ही शादी में मण्डप तान रहा हो। ऐसे शौक से सिर घुटाया, मानो वर्षों की लालसा पूरी हो रही हो। शाम को वह मेरे साथ घूमने निकला। रास्ते में जो परिचित मिलता, उसी से वह उदास मुँह बनाकर कहता, "भैया, तुमने तो सुन ही लिया होगा। हम पर वज्रपात हो गया।" परिचित आगे बढ़ जाता, तो वह फिर प्रसन्न हो जाता। पुनः कोई मिल जाता तो अद्भुत तत्परता से वह दुःख ओढ़ लेता और कहता, "आपने तो सुन ही लिया होगा। हम पर दुःख का पहाड़ टूट पड़ा।" हमें आठ-दस परिचित मिले; उनमें से किसी ने वज्रपात और पहाड़ टूटने की बात नहीं सुनी थी। उन सबको मेरे दोस्त ने यह बात सुनायी।

अजब चस्का होता है दुःख का! फोड़ा बड़ा दर्द होता है। पर फोड़े को दबाकर, छेड़कर भी तो दर्द का मजा लेते हैं। इसे 'मीठा दर्द' कहते हैं। कहते हैं दाद खुजाने का आनन्द, ब्रह्मानन्द की कोटि का होता है। हम ठीक नहीं कह सकते, क्योंकि हमें कभी हुई नहीं, यद्यपि स्नान के हम बहुत कायल नहीं हैं। ऐसे दर्द का चस्का जब लग जाता है, तो आदमी उपाय करके, फोड़ा उठाकर, उसका मजा लेता है। फिर तो दर्द व्यसन हो जाता है और इसी से प्राण-रस भी मिलने लगता है।

एक भले आदमी को मैं जानता हूँ, जिन्हें दर्द का चस्का लग गया था। एक आदमी उनसे दो सौ रुपये ले गया। साल बीत गया, पर उसने रुपये वापस नहीं किये। अब उन्होंने रोना-कुढ़ना शुरू किया। एक विचित्र बात देखी–रोने-कुढ़ने के

बाद उनके मुख पर बड़ी प्रसन्नता, बड़ी ताजगी आ जाती। चेहरा खिल उठता। कर्जदार ने एक दिन उनसे कहा कि हर माह पचास के हिसाब से मैं आपको चार माह में रुपये चुका दूँगा। वह पचास तुरन्त देने लगा। पर ये सज्जन लेने को तैयार नहीं। कहने लगे, "नहीं भाई, हम ऐसा नहीं करते। जैसे दो सौ ले गये थे, वैसे ही दे जाना।" वह मान गया और फिर कभी नहीं आया। इधर ये भले आदमी हर मित्र के सामने दुखड़ा रोते। जब कोई कहता, 'आपको लोग बहुत तंग करते हैं। आप बड़ा नुकसान उठाते हैं।' तो ये बड़े प्रसन्न हो जाते। मुझे बड़ी देर बाद समझ में आया कि उन्होंने रुपये क्यों नहीं लिये। यदि ले लेते, तो रोने-कुढ़ने का मजा नष्ट हो जाता। दो सौ रुपये उन्होंने दुःख के बैंक में डाल रखे थे और कुढ़न तथा शिकायत के रूप में जो ब्याज मिलता, उससे गुजर करते थे। ऐसे आदमी मुझे हठयोगी लगते हैं—काँटों पर पड़े हैं और भीड़ देख रही है।

एक बात और है। जब हम यह अनुभव करते हैं कि हम औरों से अधिक कष्ट भोगते हैं, तब हमें गर्व होता है। दूसरों की दृष्टि में भी हम गौरवशाली बनना चाहते हैं। दर्द का ताज सिर पर रखे घूमते हैं। दुःख पूज्य माना गया है और दुःख को पूज्य बनाने में सबसे बड़ा हाथ दुःख देनेवालों का है। 'दीन धन्य हैं क्योंकि वही स्वर्ग के अधिकारी होंगे,' ईसा ने कहा। ईसा तो कहकर निपट गये, पर उनके अनुयायियों ने इसका अक्षरशः पालन किया। स्वर्ग का राज्य दीनों के लिए अलग छोड़कर, पृथ्वी का राज्य खुद भोगने लगे। पर स्वर्ग के राज्य के अधिकारी भी तो बनाना चाहिए। यही सोचकर ईसा के भक्तों ने कितनी ही कौमों को, करोड़ों आदमियों को दीन बना दिया। 'क्रूसेड' के जमाने से लेकर इस 'शीतयुद्ध' के जमाने तक स्वर्ग के अधिकारी बनाये जा रहे हैं और समय से पहले स्वर्ग भेजे जा रहे हैं।

हम नहीं जानते, यह स्वर्ग का राज्य कहाँ है। पृथ्वी पर तो वह अभी तक नहीं आया। साम्यवादी दावा करते हैं कि वे दीनों का राज्य स्थापित कर रहे हैं, पर वे तो ईसा को ही नहीं मानते। ईसा के भक्तों से उनकी लड़ाई है। तो क्या ईसा ने अपने अनुयायियों को स्वयं शापित कर दिया? क्या अपने वचन को पूर्ण करने का कार्य उन्हें सौंपा है, जो ईश्वर के अस्तित्व को ही नहीं मानते?

कुछ नहीं कहा जा सकता। अभी तो दुःख पूज्य ही है। सम्पन्नता दिखाने की जितनी तीव्र हविस होती है, उससे कहीं अधिक गरीबी दिखाने की होती है।

जो दुःख की केवल जय बोलते हैं, कहते हैं कि दुःख आदमी को महान बनाता हैं, ये सरासर धोखा देते हैं। दुःख आदमी को 'बड़ा' भी बना सकता है और नीच भी। मन को उजला भी कर सकता है और काला भी। वे घोर निराशा से ग्रस्त होते हैं, जो दुःख का हाथ जोड़कर स्वागत करते हैं—'पधारो महाराज! हम तो कृतार्थ हो गये।'

दुःख तो त्याज्य है, घृणित है! पर इसे किस कदर आसमान पर चढ़ाया गया है। कहते हैं–

> गर्दिशे ऐय्याम तेरा शुक्रिया
> हमने हर पहलू से दुनिया देख ली

ठीक है। दुनिया तुम्हारे सामने खुल गयी। दोस्त धोखा दे गये, अपने पराये हो गये। पर तुम्हारा हाल क्या हुआ? तुम्हारा तो कचूमर निकल गया। भला यह भी कोई सन्तोष हुआ कि हम डूबे तो डूबे, तुम्हें तो नंगा नहाते देख लिया!

दुःख का ऐसा गर्व मुझे बहुत गलत लगता है। या तो जहर पियो मत, यदि पीना ही पड़े, या दूसरों के मंगल के लिए स्वेच्छा से पी लो, तो कण्ठ नीला किये मत घूमो। पर यहाँ तो मैं दुःख का व्यापार फैला देखता हूँ। प्रकाशक से पुस्तक की रायल्टी माँगने गया, तो कहता है, "मैं भी आजकल 'हैण्ड टू माउथ' हूँ।" अँग्रेजी का अक्षर नहीं पढ़ा है, पर हमें खिसकाने के लिए अँग्रेजी मुहावरे रट लिये हैं। कुछ तो पिता या भाई की मृत्यु के बाद सहानुभूति के दलाल के जरिये, दुःख का लम्बा-चौड़ा व्यापार वर्षों करते रहते हैं। वे स्वयं तो बाप को भूल जाते हैं, दूसरों को नहीं भूलने देते।

एक बार हमारा भी व्यापार शुरू हो गया था। तब की बात है, जब नौकरी छोड़कर लेखन से जीविका चलाना आरम्भ किया था। लोगों ने समझाया कि यहाँ हाथी डूब गये हैं, तुम क्या थाह लोगे? पर जब छोड़ ही दी, तो सहानुभूति भी प्रकट करने लगे। कुछ पेशेवर सहानुभूति-प्रदर्शक होते हैं। पता लगाते रहते हैं कि किस पर क्या विपत्ति पड़ी है। किसी-किसी का तो चेहरा भी ऐसा होता है कि मालूम होता है, इन्हें सरकार से मातमपुर्सी के लिए वेतन मिलता है। मेरे बारे में चिन्ताएँ प्रकट की जाने लगीं–'बड़ा दुख उठा रहा है बेचारा! अब तो शायद खाने के भी लाले पड़ने लगें। चेहरे पर कितनी परेशानी नजर आती है।' बात उलटी थी। उन्हीं दिनों मुझे पाठ्य-पुस्तकों से दो हजार इकट्ठे मिले थे और मैं मजे में जी रहा था। पर यह भी सही है कि मेरे मुख पर कष्ट और परेशानी के भाव रहे होंगे। बात यह थी कि मैंने यह सोचकर कि अब जाने कब नया जूता प्राप्त होता है, एक नया जोड़ा पहन लिया था। यह बुरी तरह काटता था। बस यही एक दुख था। मैं जूते को छोड़ नहीं रहा था। जिन्दगी भी तो कितनों को काटता हुआ जूता ही है, पर पहने रो रहे हैं। मैं पानी पीकर जहर पीने का श्रेय ले रहा था। कण्ठ स्याही से रँगा जा रहा था। मैंने शीघ्र ही ढीला जूता खरीद लिया। दर्द सहा नहीं जाता था। और फिर दया का पात्र होना कोई सुखदायक अनुभव नहीं है, समर्थ होकर भी करुणा जैसी मूल्यवान, लोक-मंगलकारी भावना को खींचना, सरासर चोरी है, धोखा है।

पर देख रहा हूँ कि इस जमाने में दुहरा शोषण चल रहा है—आदमी की रोटी तो छीनी ही जाती है, उसके हिस्से की करुणा भी छीन ली जाती है। शंकर के नाम पर एक पक्षी ही 'नीलकण्ठ' बना फिरता है और श्रद्धालुओं की श्रद्धा-भक्ति लेता है। आसपास नीले कण्ठ के परिन्दे उड़ते देखता हूँ और इनकी भीड़ में वास्तव में विषपान करनेवाला बेचारा किसी कोने में दुबका खड़ा रहता है।

कहावतों का चक्कर

जब मैं हाईस्कूल में पढ़ता था, तब हमारे अँग्रेजी के शिक्षक को कहावतें और सुभाषित रटवाने की बड़ी धुन थी। सैकड़ों अँग्रेजी कहावतें उन्होंने हमें रटवायीं और उनका विश्वास था कि यदि हमने नीति-वाक्य रट लिये, तो हमारी जिन्दगी जरूर सुधर जाएगी। हमारी जिन्दगी सुधरी या बिगड़ी, इसका निर्णय करने का समय अभी नहीं आया, पर हमारे कहावत-प्रेमी शिक्षक 'आनेस्टी इज द बेस्ट पालिसी' रटवाते-रटवाते एक बार लड़कों की फीस खा गये और बर्खास्त कर दिये गये।

उनके रटाये उन सैकड़ों सुभाषितों, कहावतों और नीति-वाक्यों में से कई के बारे में तब से अभी तक कई शंकाएँ उठती रहती हैं। एक कहावत है—'लुक बिफोर यू लीप', यानी कूदने के पहले देख लो। मैं तभी सोचता था कि जो कूदने के पहले देख लेगा, वह क्या खाक कूदेगा? उसकी हिम्मत भी होगी? जिसे कूदना है, उसे बिना देखे ही कूद जाना चाहिए—'लीप बिफोर यू लुक!' एक और कहावत रटायी थी—'ए मैन इज़ नोन बाई द कम्पनी ही कीप्स!' कहावत ठीक है। पर पीछे हमने कई आदमी ऐसे देखे जिनकी पत्नियाँ अनेक उल्लेखनीय और गोपनीय कारणों से चर्चा का विषय बन जाती हैं। एक ऐसे जोड़े को नजदीक से जानते थे। पत्नी कितनी ही समितियों में जाती, भाषण देती और खूब नाम कमाती। पति महाशय को पहले कोई नहीं जानता था, पर अब तो सभी जानने लगे—'फलाँ देवी के पति यही हैं।' तब हमें लगा कि ज्यादा ठीक कहावत यों होगी—'ए मैन इज़ नोन बाई द वाइफ ही कीप्स!' एक और कहावत रटी थी—'ब्लड इज़ थिकर दैन वाटर।' पिछले साल की बात है। एक सज्जन बड़े पूर्ण-कण्ठ (फुल थ्रोटेड) मार्क्सवादी थे। होटलों में बैठकर युवकों को द्वन्द्वात्मक भौतिकवाद समझाते थे। एक चुनाव में उनके बड़े भाई जनसंघ की ओर से चुनाव के लिए खड़े हुए। हमारे मार्क्सवादी भाई उम्मीदवार को छोड़कर प्रतिक्रियावादी भाई का प्रचार करने लगे। लोग हैरत में। कहते, "बड़ा आश्चर्य है! यह तो मार्क्सवादी था।" हम समझ गये, 'ब्लड इज़ थिकर दैन मार्क्सिज़्म।'

एक सुभाषित जिसने अभी तक परेशान किया, वह है—'लद दाई नेबर'—अपने

पड़ोसी को प्यार करो। अच्छी बात है। करेंगे! पर क्यों! हर पड़ोसी को प्यार क्यों करें? यह हमारा पड़ोसी हमारे द्वार के सामने कचरा फेंकता है, उसे तो हम प्यार करें। और हमसे चौथे मकान में तहसीलदार का मुंशी रहता है। गऊ आदमी है, उसे प्यार क्यों नहीं करें? ऐसे ही प्रश्न तब मेरे बाल-मन में उठते थे। परेशान था कि आखिर इस सुभाषित का प्रयोजन क्या है? मेरे पड़ोस में मेरा सहपाठी प्रकाशचन्द्र रहता था। वह गणित में बहुत होशियार था और मैं गणित में बहुत बुद्धू, क्योंकि मुझे तो लेखक के व्यर्थत्व के संस्कार डालने थे। प्रकाश मुझे गणित के पर्चे में नकल कराता था। मुझे यह समझ में आया कि सुभाषित में पड़ोसी को प्यार करने की सलाह इसलिए दी गयी है कि यदि पड़ोसी गणित में होशियार हुआ और तुम कमजोर हुए, तो वह तुम्हें नकल कराएगा।

फिर एक दिन अचानक यह सुभाषित मेरी नजर से गिर गया। उस दिन सुना कि गणेश बाबू पिट गये। बड़ों की बातों से जाना कि वे पड़ोस में रहनेवाली एक स्त्री से प्यार करने लगे थे। आज दोपहर में वे उसकी हथेली अपने हाथ में लेकर उसका भाग्य पढ़ रहे थे कि इतने में उनका ही भाग्य-निर्णय हो गया। उसके भाई ने देख लिया, बाप को पुकारा और बाप-बेटे ने गणेश बाबू को पीटा।

बेचारे गणेश बाबू ने इस महान सुभाषित के अनुसार ही काम किया था। 'नेबर' का अर्थ पड़ोसी भी होता है और पड़ोसिन भी। गणेश बाबू ने 'नेबर' को प्यार किया। क्या गुनाह किया? फिर पिटे क्यों? सोचा, यह सुभाषित ही झूठा है। कहना यह चाहिए कि पड़ोसी को चाहे करो, पर 'पड़ोसिन' से प्यार मत करो, नहीं तो किसी दिन उसके बाप-भाई तुम्हारी मरम्मत कर देंगे। पता नहीं, किसने पड़ोसी को प्यार करने का यह सुभाषित गणेश बाबू-जैसे भोले आदमियों को मुसीबत में डालने के लिए बना दिया।

सुभाषित का सच्चा प्रयोजन तब भी मेरी समझ में नहीं आया था। सत्य देशकाल सापेक्ष तो होता ही है, अवस्था सापेक्ष भी होता है। मेरी अवस्था ज्यों-ज्यों बढ़ने लगी, त्यों-त्यों सत्य के नवीन-नवीन स्तर उभरने लगे। कालेज में पढ़ता था, तब पिताजी ने मकान बदला। बदलने की क्रिया में एक कहावत और झूठी पड़ी। कहा है—'टाइम इज़ मनी' समय ही धन है। पिताजी के पास समय-ही-समय था। धन्धा बन्द हो गया था, इसलिए समय खूब था, काटे नहीं कटता था। पर 'मनी' धीरे-धीरे कम होता गया और आखिर हमारा निजी मकान बिका और हम किराये के मकान में आये। पिताजी का टाइम 'मनी' बना ही नहीं, 'मनी' का दुश्मन ही बन गया। हमारे पड़ोस में एक तरुणी रहती थी—सुन्दरी थी और ध्यान देनेवाली थी। स्त्रियाँ दो प्रकार की होती हैं—ध्यान देनेवाली और न ध्यान देनेवाली। अगर आप किसी परीक्षा की तैयारी कर रहे हैं, तो नतीजा इस बात पर निर्भर है कि आपके

पड़ोस में ध्यान देनेवाली रहती है या ध्यान न देनेवाली। मेरा रिजल्ट तो उसी दिन खुल गया जिस दिन मैंने देखा कि पड़ोसिन ध्यान देनेवाली है। मैंने अँग्रेजी, दर्शन, अर्थशास्त्र सब उसे समर्पित कर दिये और जब फेल हुआ, तब होश आया कि मैं कहावत के चक्कर में आ गया। पर कहावत का क्या दोष? अगर 'नेबर' सुन्दर है, तो बिना कहावत जाने भी उससे प्यार करना ही होगा। तो क्या यह सुभाषित कुरूपाओं के लिए प्रेमी की व्यवस्था करने के प्रयोजन से बनाया गया है?

मैंने कहा था कि अवस्था ज्यों-ज्यों बढ़ी, त्यों-त्यों सत्य के नये स्तर खुलने लगे और 'पड़ोसी को प्यार करो' में मुझे नये-नये प्रयोजन दिखने लगे।

लगभग दो साल पहले मैंने फिर मकान बदला। वहाँ आने के दूसरे ही दिन मैं बरामदे में बैठा सुबह का अखबार देख रहा था कि इतने में बड़ी चौड़ी मुस्कान धारण किये पड़ोसी आये। बोले, ''नमस्कार! आ गये! बड़ा भाग्य है हमारा, जो आपके पड़ोस का सौभाग्य प्राप्त हुआ। कहा है–

एक घड़ी आधी घड़ी, आधी में पुनि आध।
तुलसी संगत साधु की, हरै कोटि अपराध।।''

मैं सोचने लगा कि साधु कौन है–मैं या वे। मैंने एक-दो नम्रतासूचक वाक्य कहे। फिर मौन। तब मैंने कहा कि आज मौसम अच्छा है, कल खराब था, शायद कल और अच्छा रहे। फिर मौन। तब मैंने कहा कि यद्यपि मकान में कुछ असुविधाएँ हैं, फिर भी सुविधाएँ हैं। सामने मैदान नहीं है, पर मैदान भी किस काम का? खिड़कियाँ कम हैं, पर ज्यादा खिड़कियाँ होना भी ठीक नहीं! वे 'जी हाँ' कहकर सहमति जतलाते गये। फिर हम मौन! इस बार मौन तोड़ा। बोले, ''और क्या समाचार है?''

''सब ठीक है।'' मैंने कहा।

वे अखबार की ओर देखते हुए बोले, ''वीटो तो हो गया।''

मैं मकान और मौसम की बात से एकदम अन्तर्राष्ट्रीय राजनीति पर कूद पड़ने को तैयार नहीं था। पूछा, ''कैसा वीटो?''

वे बोले, ''सुरक्षा परिषद में कश्मीर सम्बन्धी प्रस्ताव को रूस ने वीटो कर दिया न।''

मैंने कहा, ''हाँ-हाँ, कल के अखबार में पढ़ा था।''

वे बोले, ''हाँ, 'डिटेल्स' आज के अखबार में होंगे। यह आज ही का अखबार है न? देखूँ जरा।'' मेरे हाथ से उन्होंने अखबार ले लिया और बोले, ''अच्छा, आप 'फ्री प्रेस' लेते हैं। 'इट इज़ ए ग्रेट पेपर'। मैं पहले इसी को लेता था।'' उन्होंने उसे जरा देर उलटा-पलटा और सहसा उठकर खड़े हो गये। बोले, ''अभी घण्टे-भर

में लौटा दूँगा।'' और अखबार लेकर चल दिये।

वे रोज सवेरे फरिश्ते की तरह मुस्कराते हुए आते और नमस्कार करके पिछले दिन के समाचार का कोई प्रसंग उठा देते—

''और क्या समाचार है?''

''सब ठीक है।''

''मोहम्मद अली तो हटा दिये गये!''

''हाँ, कल पढ़ा तो था।''

''अब क्या हो रहा है, पाकिस्तान में? आज के अखबार में होगा शायद। ये आज ही का है न! अभी घण्टे-भर में लौटाता हूँ।''

कभी कहते—

''टीटो तो आ गये।''

''हाँ, परसों दिल्ली पहुँचे।''

''पण्डितजी से बातें हो रही होंगी। आज तो अखबार में आया होगा। देखूँ जरा। अभी घण्टे-भर में भेजता हूँ।''

बीच में मैंने 'फ्री प्रेस' बन्द करके 'अमृत बाजार पत्रिका' लेना शुरू कर दिया। उन्होंने देखा तो बोले, ''अरे, आप 'पत्रिका' लेने लगे। वाह! इट इज़ ए ग्रेट पेपर! मैं पहले इसी को लेता था।''

वे मुझे बेहद प्यार करते थे। सवेरे मुस्काते हुए आते, प्रेम से मेरा हाल-चाल पूछते, दो घड़ी बैठते! वे धीरे-धीरे मेरी झंझटें कम करते गये। अब वे अखबारवाले को रोककर पहले ही अखबार ले लेते और पढ़कर फिर मेरे पास लाते और बतला देते कि क्या-क्या खास बात पढ़ने लायक है। इस तरह व्यर्थ का बहुत-सा पढ़ने से मुझे बचा लेते। कभी-कभी उनके बच्चे भी अपने ढंग से अखबार पढ़ डालते; तब वे मेरे पास आकर कहते, ''साले बच्चों ने अखबार फाड़ डाला। मेरी तो नाक में दम है। खैर, कोई खास बात नहीं थी। मुख्य समाचार ये थे—।'' वे समाचार सुना जाते। इस तरह मुझे पढ़ने का परिश्रम नहीं करना पड़ता। फिर वे शाम को अखबार दुबारा बुलाने लगे। फिर यह सोचकर कि पुराने बेकार अखबार को वापस करके मेरे छोटे कमरे में कचरा क्यों जमा करूँ, वे अखबार अपने ही घर रखते जाते। जब काफी अखबार जमा हो जाते, तो वे बेचारे खुद कबाड़ी को बेच देते और यह सोचकर कि मुझ साधु को माया में फँसाना ठीक नहीं, पैसा भी खुद ही रख लेते।

मैं दो साल उनका पड़ोसी रहा। इस अवधि में मेरे सामने उस सुभाषित 'लव दाइ नेबर' का एक और नया प्रयोजन खुला—पड़ोसी को क्यों प्यार करें? इसलिए कि उसका अखबार माँगकर पढ़ सकें और उसकी रद्दी बेच सकें। जिस महापुरुष ने इस सुभाषित को बनाया वह महान भविष्यद्रष्टा रहा होगा। वह जानता था, आगे

चलकर अखबार निकलेंगे और तब पड़ोसी का अखबार पढ़ने का प्रसंग उपस्थित होगा। उस समय यह सुभाषित मानवता के काम आएगा।

वैसे अखबार माँगनेवालों से दुनिया अच्छा सलूक नहीं करती। उन प्रेमी आत्माओं से चिढ़ती है। पर मेरा विश्वास है कि अखबार माँगनेवाले पड़ोसी से बढ़कर आपका शुभचिन्तक दूसरा नहीं। वह आपके दीर्घ जीवन की कामना करता है, जिससे वह आजीवन आपका अखबार पढ़ सके। वह आपसे पहले संसार से विदा होना चाहता है, ताकि वह एक दिन भी बिना अखबार पढ़े इस दुनिया में न-जिये। मेरा विश्वास है कि लम्बी उम्र के लोगों के जीवन का अध्ययन किया जाय, तो मालूम होगा कि पड़ोसियों को अखबार देनेवाले लोग ही लम्बी उम्र पाते हैं।

अखबार माँग लेना और उसे रखे रहना कोई अनैतिक काम नहीं है। असल में इन चीजों की नैतिकता दूसरे किस्म की होती है जिसे ए.जी. गार्डनर ने 'अम्ब्रेला मारल्स' कहा है। 'छाते की नैतिकता' यह है कि पानी गिरते में आप दोस्त का छाता ले गये और फिर लौटाया नहीं, तो यह हड़पना नहीं हुआ। आप लौटाना भूल गये। बस! किसी की पुस्तक माँगकर पढ़ने के बाद हम उसे लौटाते नहीं हैं। हम क्या उसकी पुस्तक दबा लेते हैं? नहीं! हम महज उसे लौटाना भूल जाते हैं। इस नैतिकता का मसीहा वह आदमी था जो अपने दोस्त को अपना पुस्तकालय दिखाने ले गया। हजारों बढ़िया पुस्तकें थीं। मित्र देखकर दंग रह गया। बोला, "बड़ा भारी स्टॉक है आपके पास पुस्तकों का! पर ये ऐसी बेतरतीब पड़ी हैं। इन्हें आप अलमारियों में रखिए।" जवाब मिला, "सो कैसे हो सकता है? पुस्तकें तो माँगे से सब दे देते हैं, पर कोई अलमारी तो देता नहीं है।" इस नैतिकता का पालन करनेवाले बड़े-बड़े धर्मात्मा होते हैं। गार्डनर ने ही कहा है कि एक श्रेष्ठ धर्मोपदेशक पादरी पहले दर्जे के डिब्बे में मरे पाये गये। जब उनकी तलाशी ली गयी, तो उनके जेब में तीसरे दर्जे का टिकट निकला।

अखबार माँगकर रोज पढ़ना और उसकी रद्दी बेच लेना कोई गलत काम नहीं है। यह प्रेम प्रकट करने का तरीका है। अब अगर कोई कहता है कि उसका पड़ोसी उससे प्यार करता है, तो मैं एकदम समझ जाता हूँ कि वह रोज इसका अखबार पढ़ता होगा।

आँगन में बैंगन

मेरे दोस्त के आँगन में इस साल बैंगन फल आये हैं। पिछले कई सालों से सपाट पड़े आँगन में जब बैंगन फल उठा तो ऐसी खुशी हुई जैसे बाँझ को ढलती उम्र में बच्चा हो गया हो। सारे परिवार की चेतना पर इन दिनों बैंगन सवार है। बच्चों को कहीं दूर भी बकरी दिख जाती है, तो वे समझते हैं कि वह हमारे बैंगन के पौधों को खाने के बारे में गम्भीरता से विचार कर रही है। वे चिल्लाने लगते हैं। पिछले कुछ दिनों से परिवार में बैंगन की ही बात होती है। जब भी जाता हूँ, परिवार की स्त्रियाँ कहती हैं—''खाना खा लीजिए। घर के बैंगन बने हैं।'' जब वे 'भरे भटे' का अनुप्रास साधती हैं, तब उन्हें काव्य-रचना का आनन्द आ जाता है। मेरा मित्र भी बैठक से चिल्लाता है—''अरे भई, बैंगन बने हैं कि नहीं!'' मुझे लगता है, आगे ये मुझसे ''चाय पी लीजिए' के बदले कहेंगी, ''एक बैंगन खा लीजिए। घर के हैं।'' और तश्तरी में बैंगन काटकर सामने रख देंगी। तब मैं क्या करूँगा? शायद खा जाऊँ, क्योंकि बैंगन चाहे जैसा लगे, भावना स्वादिष्ट होगी और मैं भावना में लपेटकर बैंगन की फाँक निगल जाऊँगा।

ये बैंगन घर के हैं और घर की चीज का गर्व विशेष होता है। अगर वह चीज घर में ही बनायी भी गयी हो, तो निर्माण का गर्व उसमें और जुड़ जाता है। मैंने देखा है, इस घर के बैंगन का गर्व स्त्रियों को ज्यादा है। घर और आँगन में जो है वह स्त्री के गर्व के क्षेत्र में आता है। इधर बोलचाल में पत्नी को 'मकान' कहा जाता है। उस दिन मेरा एक दोस्त दूसरे दोस्त को सपत्नीक भोजन के लिए निमन्त्रित कर रहा था। उसने पूछा, ''हाँ, यह तो बताइए आपका 'मकान' गोश्त खाता है या नहीं?'' पत्नी अगर 'मकान' कही जाती है, तो पति को 'चौराहा' कहलाना चाहिए। दोनों की पत्नियाँ जब मिलें, तो एक का 'मकान' दूसरे के 'मकान' से पूछ सकता है—''बहन, तुम्हारा 'चौराहा' शराब पीता है या नहीं?''

लोग पान से लेकर बीवी तक घर की रखते हैं। इसमें बड़ा गर्व है और बड़ी सुविधा है। जी चाहा तब पान लगाकर खा लिया और जी हुआ तब पत्नी से लड़कर

जीवन के कुछ क्षण सार्थक कर लिये। कुछ लोग मूर्ख भी घर के रखते हैं। और मेरे एक परिचित तो जुआड़ी भी घर के रखते हैं। दीवाली पर अपने बेटों के साथ बैठकर जुआ खेल लेते हैं। कहते थे, 'भगवान की दया से अपने चार बेटे हैं, सो घर में ही जुआ खेल लेते हैं।'

घर की चीज आपत्ति से भी परे होती है। आदम स्वर्ग से इसलिए निकाला गया कि उसने दूसरों के बगीचे का सेब खा लिया था। माना कि वह बगीचा ईश्वर का था, पर फिर भी पराया था। अगर वह सेब उसके अपने बगीचे का होता, तो वह एतराज करनेवाले से कह देता—'हाँ, हाँ, खाया तो अपने बगीचे का ही खाया। तुम्हारा क्या खा लिया?' विश्वामित्र का 'वैसा' मामला अगर घर की औरत से होता, तो तपस्या भंग न होती। वे कह देते—'हाँ जी, हुआ। मगर वह हमारी औरत है। तुम पूछनेवाले कौन होते हो?' अगर कोई अपनी स्त्री को पीट रहा हो और पड़ोसी उसे रोके, तो वह कैसे विश्वास से कह देता है, 'वह हमारी औरत है। हम चाहे उसे पीटें, चाहे मार डालें। तुम्हें बीच में बोलने का क्या हक है।' ठीक कहता है वह। जब वह कद्दू काटता है, तब कोई एतराज नहीं करता, तो औरत को पीटने पर क्यों एतराज करते हैं? जैसा कद्दू, वैसी औरत। दोनों उसके घर के हैं। घर की चीज में यही निश्चिन्तता है। उसमें मजा भी विशेष है। ये बैंगन चाहे बाजार के बैंगन से घटिया हों, पर लगते अच्छे स्वादिष्ट हैं। घर के हैं न। मैंने लोगों को भयंकर कर्कशा को भी प्यार करते देखा है, क्योंकि वह घर की औरत है।

वैसे मुझे यह आशा नहीं थी कि यह मेरा दोस्त कभी आँगन में बैंगन का पौधा लगाएगा। कई सालों से आँगन सूना था। मगर मैं सोचता था कि चाहे देर से खिले, पर इस आँगन में गुलाब, चम्पा और चमेली के फूल ही खिलेंगे। बैंगन और भिण्डी जैसे भौंड़े पौधों को वह अपने आँगन में जमने नहीं देगा। पर इस साल जो नहीं होना था, वही हो गया। बैंगन लग गया और वह रुचि से खाया भी जाने लगा। मेरे विश्वास को यह दोस्त कैसे धोखा दे गया! उसने शायद घबराकर बैंगन लगा लिया। बहुत लोगों के साथ ऐसा हो जाता है। गुलाब लगाने के इन्तजार में साल गुजरते रहते हैं और फिर घबराकर आँगन में बैंगन या भिण्डी लगा लेते हैं। मेरें एक परिचित ने इसी तरह अभी शादी की है—गुलाब के इन्तजार से ऊबकर बैंगन लगा लिया है।

लेकिन इस मित्र की सौन्दर्य-चेतना पर मुझे भरोसा था। न जाने कैसे उसके पेट से सौन्दर्य-चेतना प्रकट हो गयी! आगे हो सकता है, वह बेकरी को स्थापत्य कला का श्रेष्ठ नमूना मानने लगे और तन्दूरी रोटी की भट्ठी में उसे अजन्ता के गुफा-चित्र नजर आएँ।

इसे मैं बर्दाश्त कर लेता। बर्दाश्त तब नहीं हुआ, जब परिवार की एक तरुणी ने भी कहा—'अच्छा तो है। बैंगन खाये भी जा सकते हैं।' मैंने सोचा, हो गया सर्वनाश! सौन्दर्य, कोमलता और भावना का दिवाला पिट गया। सुन्दरी गुलाब से ज्यादा बैंगन को पसन्द करने लगी। मैंने कहा—'देवी, तू क्या उसी फूल को सुन्दर मानती है, जिसमें से आगे चलकर आधा किलो सब्जी निकल आये? तेरी जाति कदम्ब के नीचे खड़ी होनेवाली है, पर तू शायद हाथ में बाँस लेकर कटहल के नीचे खड़ी होगी। पुष्पलता और कद्दू की लता में क्या तू कोई फर्क नहीं समझती? तू क्या वंशी से चूल्हा फूँकेगी? और क्या वीणा के भीतर नमक-मिर्च रखेगी?'

तभी मुझे याद आया कि अपने आँगन में तो कुछ भी नहीं है। दूसरे पर क्या हँसूँ! एक बार मैंने गेंदे का पौधा लगाया था। यह बड़ा गरीब, सर्वहारा फूल होता है। कहीं भी जड़ें जमा लेता है। मैंने कहा—"हुजूर, अगर आप जम जाएँ और खिल उठें, तो मैं गुलाब लगाने की सोचूँ।" मगर वह गेंदा भी मुरझाकर सूख गया। उसका डण्ठल बहुत दिनों तक जमीन में गड़ा हुआ मुझे चिढ़ाता रहा कि गेंदा तो आँगन में निभ नहीं सका, गुलाब रोपने की महत्त्वाकांक्षा रखते हो! और मैं उसे जवाब देता—'अभागे, मुझे ऐसा गेंदा नहीं चाहिए जो गुलाब का नाम लेने से ही मुरझा जाए। गुलाब को उखाड़कर वहाँ जम जाने की जिसमें ताकत है, ऐसा गेंदा मैं अपने आँगन में लगने दूँगा।' मेरे घर के सामने के बँगले में घनी मेहँदी की दीवार-सी उठी है। उसकी टहनी कहीं भी जड़ जमा लेती है। इसे ढोर भी नहीं खाते। यह सिर्फ सुन्दरियों की हथेली की शोभा बढ़ाती है और इसलिए इस पशु तक के लिए बेकार पौधे की रूमानी प्रतिष्ठा लोक-गीतों से लेकर नयी कविता तक में है। नेल पालिश के कारखानों ने मेहँदी की इज्जत अलबत्ता कुछ कम कर दी है! तो मैंने मेहँदी की कुछ कलमें आँगन में गाड़ दीं। दो-तीन दिन बाद आवारा ढोरों ने उन्हें रौंद डाला। मैं दुखी था। तभी अखबार में पढ़ा कि किसी 'हाइड्रो-इलैक्ट्रिक प्लाण्ट' का पैसा इन्जीनियर और ठेकेदार खा गये और उसमें ऐसी घटिया सामग्री लगायी कि प्लाण्ट फूट गया और करोड़ों बरबाद हो गये। जो हाल मेरे मेहँदी के 'प्लाण्ट' का हुआ वही सरकार के उस बिजली के 'प्लाण्ट' का हुआ—दोनों को उजाड़ ढोरों ने रौंद डाला। मैंने इस एक ही अनुभव से सीख लिया कि 'प्लाण्ट' रोपना, तो उसकी रखवाली का इन्तजाम पहले करना। भारत सरकार से पूछता हूँ कि मेरी सरकार, आप कब सीखेंगी? मैं तो अब 'प्लाण्ट' लगाऊँगा, तो पहले रखवाली के लिए कुत्ता पालूँगा। सरकार की मुश्किल यह है कि उसके कुत्ते वफादार नहीं हैं। उनमें से कुछ आवारा ढोरों पर लपकने के बदले, उनके आसपास दुम हिलाने लगते हैं।

फिर भी भारत सरकार के प्लाण्ट तो जम ही रहे हैं और आगे जम जाएँगे।

उसके आँगन की जमीन अच्छी है और 'प्लाण्ट' सींचने को पैंतालिस करोड़ लोग तैयार हैं। वे प्लाण्ट भी उन्हीं के हैं। सरकार तो सिर्फ मालिन है।

मेरे इस आँगन का भी कुछ निश्चित नहीं है। बगल के मकान के अहाते से गुलाब की एक टहनी, जिस पर बड़ा-सा फूल खिलता है, हवा के झोंके से दीवार पर से गर्दन निकालकर इधर झाँकती है। मैं देखता रहता हूँ। कहता हूँ—'तू ताक चाहे झाँक। मैं इस आँगन में अब पौधा नहीं रोपूँगा। यह अभागा है। इसमें बरसाती घास के सिवा कुछ नहीं उगेगा। सभी आँगन फूल खिलने लायक नहीं होते।' फूलों का क्या ठिकाना! वे गँवारों के आँगन में भी खिल जाते हैं। एक आदमी को जानता हूँ, जिसे फूल सूँघने की तमीज नहीं है, पर उसके बगीचे में तरह-तरह के फूल खिले हैं। फूल भी कभी बड़ी बेशर्मी लाद लेते हैं और अच्छे खाद पर बिक जाते हैं।

मेरा एक मित्र कहता है कि तुम्हारे आँगन में कोमल फूल नहीं लग सकते। फूलों के पौधे चाहे किसी घटिया तुकबन्द के आँगन में जम जाएँ, पर तुम्हारे आँगन में नहीं जम सकते। वे कोमल होते हैं; तुम्हारे व्यंग्य की लपट से जल जाएँगे। तुम तो अपने आँगन में बबूल, भटकटैया और धतूरा लगाओ। ये तुम्हारे बावजूद पनप जाएँगे। फिर देखना कौन किसे चुभता है—तुम बबूल को या बबूल तुम्हें? कौन किसे बेहोश करता है—धतूरा तुम्हें या तुम धतूरे को?

पगडण्डियों का जमाना

मैंने फिर ईमानदार बनने की कोशिश की और फिर नाकामयाब रहा।

एक सज्जन ने मुझसे कहा कि एक परिचित अध्यापक से कहकर मैं उनके लड़के के नम्बर बढ़वा दूँ। यों मैं उनका काम कर देता, पर बहुत अरसे बाद उसी दिन मुझे ईमान की याद आयी थी और मैंने पूरी तरह ईमानदार बन जाने की प्रतिज्ञा कर ली थी। सज्जन की बात सुनकर मुझे पुरानी कथाएँ याद आ गयीं और मैंने सोचा कि प्रतिज्ञा करते मुझे देर नहीं हुई कि ये इन्द्र या विष्णु मेरी परीक्षा लेने आ पहुँचे। उन्हें विश्वास नहीं है कि कोई इस जमाने में लम्बी तपस्या करेगा। चार कहानियाँ लिखकर लोग युग-प्रवर्तक की लिस्ट में नाम खोजने लगते हैं। इसलिए ये देवता अब तपस्या शुरू होते ही परीक्षा लेने आ पहुँचते हैं।

मैंने उन्हें मन-ही-मन प्रणाम किया और प्रकट कहा, ''मैं इसे अनुचित और अनैतिक मानता हूँ। मैं यह काम नहीं करूँगा।''

मुझे आशा थी कि अब ये अपने मौलिक देव-रूप में प्रकट होंगे और कहेंगे—'वत्स, तू परीक्षा में खरा उतरा। बोल, तुझे क्या चाहिए? हम वर देने के 'मूड' में हैं। बोल, हिन्दी साहित्य के इतिहास में तेरे ऊपर एक अध्याय लिखवा दूँ? या कहे, तो किसी समीक्षक की तेरे घर में पानी भरने की ड्यूटी लगा दूँ?'

वे मौलिक रूप में तो आये, पर वह प्रसन्नता का न होकर रोष का था। भुन-भुनाकर चले गये। मैंने सुना, वे लोगों से मेरे बारे में कह रहे थे—'आजकल वह साला बड़ा ईमानदार बन गया है।'

मैं जिसे देवता समझ बैठा था, वह तो आदमी निकला। मैंने अपनी आत्मा से पूछा—'हे मेरी आत्मा, तू ही बता! क्या गाली खाकर, बदनामी करवाकर मैं ईमानदार बना रहूँ?'

आत्मा ने जवाब दिया—'नहीं, ऐसी कोई जरूरत नहीं है। इतनी जल्दी क्या पड़ी है? आगे जमाना बदलेगा, तब बन जाना।'

मेरी आत्मा बड़ी सुलझी हुई बात कह देती है कभी-कभी। अच्छी आत्मा

'फोल्डिंग' कुर्सी की तरह होनी चाहिए। जरूरत पड़ी तब फैलाकर उस पर बैठ गये; नहीं तो मोड़कर कोने में टिका दिया। जब कभी आत्मा अड़ंगा लगाती है, तब मुझे समझ में आता है कि पुरानी कथाओं के दानव अपनी आत्मा को दूर किसी पहाड़ी पर तोते में क्यों रख देते थे। वे उससे मुक्त होकर बेखटके दानवी कर्म कर सकते थे। देव और दानव में अब भी तो यही फर्क है—एक की आत्मा अपने पास ही रहती है और दूसरे की उससे दूर।

मैंने ऐसे आदमी देखे हैं, जिनमें किसी ने अपनी आत्मा कुत्ते में रख दी है, किसी ने सूअर में। अब तो जानवरों ने भी यह विद्या सीख ली है और कुछ कुत्ते और सूअर अपनी आत्मा किसी-किसी आदमी में रख देते हैं।

आत्मा ने कह दिया, तो मैंने ईमानदार बनने का इरादा त्याग दिया।

राधेश्याम ने भी कोशिश की थी और वह भी असफल हो गया। उसकी एक छोटी-सी दूकान है। उसने पैसे-पैसे की बिक्री का सही हिसाब रखा और उसे बिक्री-कर के दफ्तर ले गया। वहाँ उससे कहा गया कि हिसाब झूठा है। तब उसे सच्चे हिसाब को सच्चा मनवाने के लिए घूस देनी पड़ी। कह रहा था—मैं भी अब झूठा हिसाब रखूँगा। उसे घूस देकर सच्चा बनवा लिया करूँगा। सचाई के लिए घूस देने की अपेक्षा यह ज्यादा अच्छा है कि झूठ के लिए घूस दूँ। इतना महँगा ईमान अपनी हैसियत के बाहर है। इससे तो बेईमानी सस्ती पड़ेगी।

एक स्त्री नौकरी के सिलसिले में एक बड़े आदमी के पास सच्चरित्रता का प्रमाणपत्र लेने गयी थी। बड़े आदमी ने उसे पहले अपने शयन-कक्ष में ले जाना चाहा और बाद में सच्चरित्रता का प्रमाणपत्र देना चाहा। पहले देवता आदमी बनकर ठगते थे, अब आदमी देवता बनकर ठगते हैं।

देखता हूँ कि हर सत्य के हाथ में झूठ का प्रमाणपत्र है। ईमान के पास बेईमानी की सिफारिशी चिट्ठी न हो, तो कोई उसे दो कौड़ी को न पूछे। यही सब सोचकर मैं ढीला हो गया। अब मैं बड़े खुले मन से नम्बर बढ़वाता हूँ।

इन दिनों मुझे बहुत स्नेही मिलते हैं। जो कभी-कभी ही मिलते हैं, साल में एक-दो बार, उन्हें आते देखते ही समझ जाता हूँ कि वे किस काम से आये हैं। मैं मौसम देखकर ऐसे आनेवाले का काम बता सकता हूँ। जुलाई के पहले हफ्ते में, जब घटा छायी हो, धरा ने हरी चूनर ओढ़ रखी हो, आसपास मोर-पपीहा बोल रहे हों, बिजली नीग्रो सुन्दरी के दाँतों की तरह चमक रही हो, ऐसे सुहावने समय में कोई कई महीने बाद आता दिखे, तो समझ जाता हूँ कि यह गीत गाने नहीं आया, बच्चों को स्कूल-कॉलिज में भर्ती कराने में मदद लेने आया है।

इधर मार्च से जो आता है, नम्बर बढ़वाने या 'पेपर आउट' करवाने आता

है। बात यह है कि सारे 'सिलेबस' और 'प्रास्पेक्टस' गलत हैं। उनमें उन दो पर्चों का उल्लेख नहीं होता, जो जरूरी होते हैं। एक पर्चा शुरू का और दूसरा आखिरी। पहला पर्चा 'पेपर आउट' करने का होता है और आखिरी नम्बर बढ़वाने का। जो इन्हें अच्छी तरह कर ले, वह पास हो जाता है, पहला दर्जा भी पा सकता है। इन पर्चों को कुछ विद्यार्थी खुद कर लेते हैं। वे प्रतिभावान हैं और उनका भविष्य उज्ज्वल है। कुछ के अभिभावक ये पर्चे करते हैं। ऐसे परमुखापेक्षी विद्यार्थियों का भविष्य सन्दिग्ध है। उनकी अपेक्षा उनके अभिभावक का फिर भी कुछ भविष्य है।

अध्यापकों से सम्बन्ध होने के कारण मेरे पास दोनों पक्षोंवाले काफी आते हैं। कल जो आये थे, वे मुझे बारात में दो साल पहले पहली और अन्तिम बार मिले थे। मुझे यह पता नहीं था कि उस छोटी मुलाकात में ही उन्होंने इतनी आत्मीयता पैदा कर ली थी कि भाई परीक्षा में बैठने लगा, तो उन्हें मेरी याद सताने लगी। सुना है, विरहिन को बरसात में प्रिय की बड़ी याद सताती है। परीक्षा के मौसम में भी कुछ लोगों का विरह जाग उठता है और उन्हें किन्हीं विशेष परिचितों की याद सताने लगती है। वे कहने लगे—'अमुक प्रोफेसर आपके मित्र हैं। उन्होंने एक पर्चा निकाला है। कुछ 'हिण्ट' दिला दीजिए न!' मैंने सोचा, किसी से मित्रता है, तो इसका कुल इतना उपयोग है कि जब जरूरत पड़े, उससे गलत काम करा लिया जाये। कोई यह तो कहता नहीं है कि अमुक से आपकी मित्रता है, तो उन्हें समझाइए न कि ऐसा गलत काम न करें। न कोई यह कहता है कि अमुक आपका दुश्मन है तो उससे पेपर आउट करवाकर उस साले का ईमान बिगाड़ दीजिए। नहीं, दुश्मन सब सुरक्षित हैं। ईमान तो हमेशा मित्र का बिगाड़ा जाएगा। किसी दिन कोई आकर मुझसे कहेगा—'अमुक पुलिस अफसर से आपके अच्छे सम्बन्ध हैं। उनसे कहिए न कि घर में हमें सेंध लगा लेने दें।'

इन सब पर्चा आउट करवानेवालों और नम्बर बढ़वानेवालों पर हँसा भी नहीं जा सकता। इनमें अधिकांश दया के पात्र हैं। ये बेहद परेशान और घबड़ाये हुए लोग हैं। कोई चाहता है कि लड़का पास हो जाए, तो उससे नौकरी करा दें, जिससे परिवार की दुर्दशा कुछ कम हो। किसी को चिन्ता है कि लड़का फेल हो गया, तो और एक साल उसकी पढ़ाई का खर्च कैसे चलाऊँगा। कोई चाहता है कि लड़की पास हो जाए, तो उसकी शादी करके बोझ हल्का करूँ। बहुत दुखी और परेशान लोग होते हैं, इनमें कुछ तो इतने दीन होते हैं कि जी होता है, पहले इनके गले लगकर रो लिया जाए!

मेरी परेशानी का कारण दूसरा है। ये अब बेझिझक, निस्संकोच और निर्लज्जता से काम करने लगे हैं। दस साल पहले भी मैं यह काम करा देता था। तब देखता था, नम्बर बढ़वानेवाला बड़ी झिझक, लज्जा और संकोच से कहता था। लोग

खुलकर नहीं कहते थे। तब ऐसी दबी-छिपी चिट्ठी आती थी—'अपने दोस्त, रमेशचन्द के भाई सुरेश की मोटर साइकिल, जिस पर अँग्रेजी में नम्बर 2431 लिखा है, बिगड़ गयी है। वह आपके मित्र सिन्हा के पास सुधरने गयी है। आप उसे सुधरवा दें कि कम-से-कम 40 प्रतिशत तो काम देने लगे।' इसका मतलब है कि सुरेश का रोल नम्बर 2431 है। उसका अँग्रेजी का पर्चा बिगड़ा है। सिन्हा उसे जाँच रहे हैं और उनसे 40 प्रतिशत नम्बर दिलवाना है। अब सीधी चिट्ठी आ जाती है। खुला कार्ड तक आ जाता है। तब नम्बर बढ़वानेवाला बड़ी देर संकोच से बैठा रहता था, दुविधा में पड़ा रहता था, यहाँ-वहाँ की बातें करता था और तब कहीं शरमाकर बगलें झाँकता हुआ नम्बर बढ़वाने की बात कहता था। अब नम्बर बढ़वानेवाला इस तरह आता है, जैसे बाजार में सब्जी खरीदने जाता है। सीधा मेरी आँखों में देखता है और अधिकारपूर्वक कहता है कि नम्बर बढ़वाने हैं।

दस सालों में यह जो प्रगति हो गयी है, यह मुझे परेशान करती है। भयंकर संकोचहीनता है यह। यह साहस मुझे डराता है। मैं इन्तजार करता हूँ कि कोई तो थोड़ा संकोच लेकर आये कि मैं कुछ आश्वस्त हो जाऊँ।

कोई नहीं आता। मुझे लगता है, हम सबने मान लिया है कि आम सड़कें सब बन्द हो गयी हैं। उन पर तख्ती टँग गयी है—'सड़क मरम्मत के लिए बन्द है।' सालों से ये सड़कें बन्द हैं और सब पगडण्डियों से जा रहे हैं। चलते-चलते पगडण्डियों के काँटे और झाड़ियाँ साफ हो गयी हैं और वे सड़कों जैसी चिकनी और चौड़ी हो गयी हैं। बेझिझक, नंगे पाँव इन पर लोग चल रहे हैं। आम सड़क पर चलनेवाला अब बेवकूफ या पागल समझा जाएगा। अब आम सड़कें खुल भी जाएँ, तो लोग उन पर चलने में झिझकेंगे। मरम्मतवाले भी इसीलिए ढीले पड़ गये हैं। मगर उपयोग न होने से आम सड़कों पर झाड़ियाँ और जंगली पौधे उगेंगे और वे ढँक जाएँगी। तब किसी को आभास भी न होगा कि इस देश में कहीं आम सड़कें भी हैं।

लगता है, आम सड़कें अब भविष्य के पुरातत्त्ववेत्ता को ही मिलेंगी। वही इन्हें खोजेगा। वह निष्कर्ष निकालकर बताएगा कि उस जमाने में इस देश में आम सड़कें तो थीं, पर कोई उन पर चलता नहीं था। सब पगडण्डी पकड़ते थे। अनुपयोग के कारण सड़कें दब गयी थीं।

सफलता के महल का सामने का आम दरवाजा बन्द हो गया है। कई लोग भीतर घुस गये हैं और उन्होंने कुण्डी लगा दी है। जिसे उसमें घुसना है, वह रूमाल नाक पर रखकर नाबदान में से घुस जाता है। आसपास सुगन्धित रूमालों की दुकानें लगी हैं। लोग रूमाल खरीदकर उसे नाक पर रखकर नाबदान में से घुस रहे हैं।

जिन्हें बदबू ज्यादा आती है और जो सिर्फ मुख्य द्वार से घुसना चाहते हैं, वे खड़े दरवाजे पर सिर मार रहे हैं और उनके कपालों से खून बह रहा है।

पहला सफेद बाल

आज पहला सफेद बाल दिखा। कान के पास काले बालों के बीच से झाँकते इस पतले रजत-तार ने सहसा मन को झकझोर दिया।

ऐसा लगा जैसे वसन्त में वनश्री देखता घूम रहा हूँ कि सहसा किसी झाड़ी से शेर निकल पड़े;

या पुराने जमाने में किसी मजबूत माने जानेवाले किले की दीवार पर रात को बेफिक्र घूमते गरबीले किलेदार को बाहर से चढ़ते हुए शत्रु के सिपाही की कलगी दिख जाए;

या किसी पार्क के कुंज में अपनी राधा को हृदय से लगाये प्रेमी को एकाएक राधा का बाप आता दिख जाए।

कालीन पर चलते हुए काँटा चुभने का दर्द बड़ा होता है। मैं अभी तक कालीन पर चल रहा था। रोज नरसीसम जैसी आत्म-रति से आईना देखता था, घुँघराले काले केशों को देखकर, सहलाकर, सँवारकर, प्रसन्न होता था। उम्र को ठेलता जाता था, वार्द्धक्य को अँगूठा दिखाता था। पर आज कान में यह सफेद बाल फुसफुसा उठा, 'भाई मेरे, एक बात 'कानफिडेन्स' में कहूँ—अपनी दुकान समेटना अब शुरू कर दो!'

तभी से दुःखी हूँ। ज्ञानी समझाएँगे—जो अवश्यम्भावी है, उसके होने का क्या दुःख? जी हाँ, मौत भी तो अवश्यम्भावी है। तो क्या जिन्दगी-भर मरघट में अपनी चिता रचते रहें? और ज्ञान से कहीं हर दुःख जीता गया है? वे क्या कम ज्ञानी थे, जो मरणासन्न लक्ष्मण का सिर गोद में लेकर विलाप कर रहे थे—'मेरो सब पुरुषारथ थाको!' स्थितप्रज्ञ दर्शन अर्जुन को समझानेवाले की आँखें उद्धव से गोकुल की व्यथा-कथा सुनकर, डबडबा आयी थीं। मरण को त्यौहार माननेवाले ही मृत्यु से सबसे अधिक भयभीत होते हैं। वे त्यौहार का हल्ला करके अपने हृदय के सत्य भय को दबाते हैं।

मैं वास्तव में दुःखी हूँ। सिर पर सफेद कफन बुना जा रहा है; आज पहला तार डाला गया है। उम्र बुनती जाएगी इसे और यह यौवन की लाश को ढँक लेगा।

दुःख नहीं होगा मुझे? दुःख उन्हें नहीं होगा, जो बूढ़े ही जन्मे हैं।

मुझे गुस्सा है, इस आईने पर। वैसे तो यह बड़ा दयालु है, विकृति को सुधारकर चेहरा सुडौल बनाकर बताता रहा है। आज एकाएक यह कैसे क्रूर हो गया! क्या इस एक बाल को छिपा नहीं सकता था? इसे दिखाये बिना क्या उसकी ईमानदारी पर बड़ा कलंक लग जाता? उर्दू-कवियों ने ऐसे संवेदनशील आईनों का जिक्र किया है, जो माशूक के चेहरे में अपनी ही तस्वीर देखने लगते हैं; जो उस मुख के सामने आते ही गश खाकर गिर पड़ते हैं, जो उसे पूरी तरह प्रतिबिम्बित न कर सकने के कारण चटक जाते हैं। सौन्दर्य का सामना करना कोई खेल नहीं है। मूसा बेहोश हो गया था! ऐसे भले आईने होते हैं, उर्दू-कवियों के। और यह एक हिन्दी लेखक का आईना है!

मगर आईने का क्या दोष? बाल तो अपना सफेद हुआ है। सिर पर धारण किया, शरीर का रस पिलाकर पाला, हजारों शीशियाँ तेल की उँड़ेल दीं—और ये धोखा दे गये। संन्यासी शायद इसीलिए इनसे छुट्टी पा लेता है कि उस विरागी का साहस भी इनके सामने लड़खड़ा जाता है।

आज आत्मविश्वास उठा जाता है; साहस छूट रहा है। किले में आज पहली सुरंग लगी है। दुश्मन को आते अब क्या देर लगेगी!

क्या करूँ? इसे उखाड़ फेंकूँ? लेकिन सुना है, यदि एक सफेद बाल को उखाड़ दो, तो वहाँ एक गुच्छा सफेद हो जाता है। रावण जैसा वरदानी होता है, कमबख्त। मेरे चाचा ने एक नौकर सफेद बाल उखाड़ने के लिए ही रखा था, पर थोड़े ही समय में उनके सिर पर काँस फूल उठा था। एक तेल बड़ा 'मनराखन' हो गया है। कहते हैं उसमें बाल काले हो जाते हैं (नाम नहीं लिखता, व्यर्थ प्रचार होगा)। उस तेल को लगाऊँ? पर उससे भी शत्रु मरेगा नहीं, उसकी वर्दी बदल जाएगी। कुछ लोग खिजाब लगाते हैं। वे बड़े दयनीय होते हैं। बुढ़ापे से हार मानकर, यौवन का ढोंग रचते हैं। मेरे एक परिचित खिजाब लगाते थे। शनिवार को वे बूढ़े लगते और सोमवार को जवान—इतवार उनका रँगने का दिन था। न जाने वे ढलती उम्र में काले बाल किसे दिखाते थे! शायद तीसरे विवाह की पत्नी को। पर वह उन्हें बाल रँगते देखती तो होगी ही। और क्या स्त्री को केवल काले बाल दिखाने से यौवन का भ्रम उत्पन्न किया जा सकता है? नहीं, यह सब नहीं होगा। शत्रु को सिर पर बिठाये रखना पड़ेगा। जानता हूँ, यह धीरे-धीरे सब वफादार बालों को अपनी ओर मिला लेगा।

याद आती है, मेरे समानधर्मा, कवि केशवदास की, जिसे 'चन्द्रवदन मृगलोचनी' ने बाबा कह दिया, तो वह बालों पर बरस पड़ा था। हे मेरे पूर्वज, दुखी, रसिक कवि! तेरे मन की ऐंठन मैं अब बखूबी समझ सकता हूँ। मैं चला आ रहा हूँ, तेरे पीछे।

मुझे 'बाबा' तो नहीं, पर 'दादा' कहने लगी है–बस, थोड़ा ही फासला है!

मन बहुत विचलित है। आत्म-रति के अतिरेक का फल नरसीसम ने भोगा था, मुझे भी भोगना पड़ेगा। मुझे एक अन्य कारण से डर है। मैंने देखा है, सफेद बाल के आते ही आदमी हिसाब लगाने लगता है कि अब तक क्या पाया, आगे क्या करना है और भविष्य के लिए क्या संचय किया। हिसाब लगाना अच्छा नहीं होता। इससे जिन्दगी में वणिक-वृत्ति आती है और जिस दिशा से कुछ मिलता है, आदमी उसी दिशा में सिजदा करता है। बड़े-बड़े 'हीरो' धराशायी होते हैं। बड़ी-बड़ी देवप्रतिमाएँ खण्डित होती हैं। राजनीति, साहित्य, जन-सेवा के क्षेत्र की कितनी महिमा-मण्डित मूर्तियाँ इन आँखों ने टूटते देखी हैं; कितनी आस्थाएँ भंग होते देखी हैं। बड़ी खतरनाक उम्र है यह; बड़े समझौते होते हैं सफेद बालों के मौसम में। यह सुलह का झण्डा सिर पर लहराने लगा है। यह घोषणा कर रहा है–'अब तक के शत्रुओ! मैंने हथियार डाल दिये हैं। आओ, सन्धि कर लें।' तो क्या सन्धि होगी–उनसे, जिनसे संघर्ष होता रहा? समझौता होगा उससे, जिसे गलत मानता रहा?

पर आज एकदम ये निर्णायक प्रश्न मेरे सामने क्यों खड़े हो गये? बाल की जड़ बहुत गहरी नहीं होती। हृदय से तो उगता नहीं है यह! यह सतही है, बेमानी? यौवन सिर्फ काले बालों का नाम नहीं है। यौवन नवीन भाव, नवीन विचार ग्रहण करने की तत्परता का नाम है; यौवन साहस, उत्साह, निर्भयता और खतरे-भरी जिन्दगी का नाम है; यौवन लीक से बच निकलने की इच्छा का नाम है। और सबसे ऊपर, बेहिचक बेवकूफी करने का नाम यौवन है। मैं बराबर बेवकूफी करता जाता हूँ। यह सफेद झण्डा प्रवंचना है। हिसाब करने की कोई जल्दी नहीं है। सफेद बाल से क्या होता है?

यह सब मैं किसी दूसरे से नहीं कह रहा हूँ, अपने आपको ही समझा रहा हूँ। द्विमुखी संघर्ष है यह–दूसरों को भ्रमित करना और मन को समझाना। दूसरों से भय नहीं। सफेद बालों से किसी और का क्या बिगड़ेगा? पर मन तो अपना है। इसे तो समझाना ही पड़ेगा कि भाई तू परेशान मत हो। अभी ऐसा क्या हो गया है! यह तो पहला ही है। और फिर अगर तू नहीं ढीला होता, तो क्या बिगड़नेवाला है!

पहले सफेद बाल का दिखना एक पर्व है। दशरथ को कान के पास सफेद बाल दिखे, तो उन्होंने राम को राजगद्दी देने का संकल्प किया। उनके चार पुत्र थे। उन्हें देने का सुभीता था। मैं किसे सौंपूँ? कोई कन्धा मेरे सामने नहीं है, जिस पर यह गौरवमय भार रख दूँ। किस पुत्र को सौंपूँ? मेरे एक मित्र के तीन पुत्र हैं। सवेरे यह मेरा दशरथ अपने कुमारों को चुल्लू-चुल्लू पानी मिला दूध बाँटता है। इनके कन्धे ही नहीं हैं–भार कहाँ रखेंगे? बड़े आदमियों के दो तरह के पुत्र होते हैं–वे जो वास्तव

में हैं, पर कहलाते नहीं हैं और वे जो कहलाते हैं, पर हैं नहीं। जो कहलाते हैं, वे धन-सम्पत्ति के मालिक बनते हैं और जो वास्तव में हैं, वे कहीं पंखा खींचते हैं या बर्तन माँजते हैं। होने से कहलाना ज्यादा लाभदायक है।

अपना कोई पुत्र नहीं। होता तो मुश्किल में पड़ जाते। क्या देते? राजपाट के दिन गये, धन-दौलत के दिन हैं। पर पास ऐसा कुछ नहीं है, जो उठाकर दे दिया जाए। न उत्तराधिकारी है, न उसका प्राप्य। यह पर्व क्या बिना दिये चला जाएगा।

पर हम क्या दें? महायुद्ध की छाया में बढ़े हम लोग; हम गरीबी और अभाव में पले लोग; केवल जिजीविषा खाकर जिये हम लोग। हमारी पीढ़ी के बाल तो जन्म से ही सफेद हैं। हमारे पास क्या है? हाँ, भविष्य है, लेकिन वह भी हमारा नहीं, आनेवालों का है। तो इतना रंक नहीं हूँ—विराट भविष्य तो है। और अब उत्तराधिकारी की समस्या भी हल हो गयी। पुत्र तो पीढ़ियों के होते हैं। केवल जन्मदाता किसी का पिता नहीं होता। विराट भविष्य को एक पुत्र ले भी कैसे सकता है? इससे क्या कि कौन किसका पुत्र होगा, कौन किसका पिता कहलाएगा! मेरी पीढ़ी के समस्त पुत्रो! मैं तुम्हें वह भविष्य ही देता हूँ। यद्यपि वह अभी मूर्त नहीं हुआ है, पर हम जुटे हैं, उसे मूर्त करने। हम नींव में धँस रहे हैं कि तुम्हारे लिए एक भव्य भविष्य रचा जा सके। वह तुम्हारे लिए एक वर्तमान बनकर ही आएगा—हमारा तो कोई वर्तमान भी नहीं था। मैं तुम्हें भविष्य देता हूँ और इस देने का अर्थ यह है कि हम अपने-आपको दे रहे हैं, क्योंकि उसके निर्माण में अपने-आपको मिटा रहे हैं। लो, सफेद बाल दिखने के इस पर्व पर यह तुम्हारा प्राप्य सँभालो। होने दो हमारे बाल सफेद। हम काम में तो लगे हैं—जानते हैं कि काम बन्द करने और मरने का क्षण एक ही होता है।

हमें तुमसे कुछ नहीं चाहिए। ययाति-जैसे स्वार्थी हम नहीं हैं जो पुत्र की जवानी लेकर युवा हो गया था। बाल के साथ, उसने मुँह भी काला कर लिया।

हमें तुमसे कुछ नहीं चाहिए। हम नींव में धँस रहे हैं; लो हम तुम्हें कलश देते हैं।

गली तो चारों बन्द हुईं!

स्कूल में था तब यह पद सुना था—'गली तो चारों बन्द हुईं अब हरि से मिलूँ कैसे जाय।' मीरा के बारे में उस समय कुछ नहीं जानता था। मेरा सारा ध्यान प्रथम पंक्ति पर अटककर रह गया। सोचा—कहनेवाले की जहाँ-तहाँ उधारी रही होगी, तभी तो साहूकारों से बचने के लिए उसने उन गलियों से निकलना छोड़ दिया था।

हर लड़का ऐसा नहीं सोचेगा। मेरे ऐसे सोचने का कारण था। पिताजी की आर्थिक हालत उन दिनों बहुत खराब थी और वे हम लोगों के पालन के लिए जहाँ-तहाँ कर्ज करते थे। सहपाठियों की देखादेखी यदि अच्छे कपड़े या जूते की माँग करता, तो वे खीझकर कहते—'कहाँ से लाऊँ! उधारी के कारण तो रास्ते बन्द हो गये हैं।'

गीत की पंक्ति को सुनकर मेरे मन ने तरह-तरह के अनुमान लगाये थे। गीत लिखनेवाले को जीने के लिए आटा-दाल-नोन-तेल-लकड़ी की उधारी करनी पड़ती होगी और साहूकार कर्ज के मामले में अपने भगवान को भी नहीं छोड़ेगा। साहूकार परलोक जाता होगा, तो सबसे पहले यह पता लगाता होगा कि यहाँ ब्याज की दर क्या है और दीवानी कचहरी है या नहीं। उसका कोई कर्जदार नर्क में हो और वह स्वर्ग में, (वैसे इसे असम्भव ही समझिए) तो वह वसूली के लिए अपना 'ट्रांसफर' नर्क का करा लेगा।

ऐसे ही विकट साहूकारों के डर से गीतकार ने गलियाँ छोड़ी होंगी और गाया होगा—'गली तो चारों बन्द हुईं अब हरि से मिलूँ कैसे जाय।'

पर नीति है कि राजा के पीछे और साहूकार के आगे रहना चाहिए। राजा सनकी माना जाता है और साहूकार समझदार।

अगर राजा किसी बात पर क्रुद्ध हो गया तो आगेवाले आदमी की गर्दन उतरवा लेगा, पीछेवाला बच जाएगा।

आदमी की गर्दन उतरवाना राजाओं के लिए खेल होता था। किसी देश के प्रवासी राजा को अमेरिका में फाँसी देने की एक नयी कला दिखाई गयी। राजा

ने सहज ही कहा—'मेरे इन नौकरों में से किसी को फाँसी देकर दिखाइए।'

साहूकार के सामने रहने से उस पर ईमानदारी की धाक जमती है और वह सोचता है कि यह दे ही देगा।

कहावतें अपनी जगह पर ठीक हैं। भुगतनेवाला कहावतें नहीं बनाता, उसे फुरसत नहीं होती। और जो कहावत बनाता है, वह भुगतता नहीं। यह साहूकारों की बनायी नीति मालूम होती है जिससे उनकी आगामी पीढ़ियों को कर्जदार की गर्दन पकड़ने में सुभीता हो। बड़ा-से-बड़ा सूरमा जो घमासान युद्ध में दुश्मन के बीच बेखटके घुस जाता है, साहूकार के सामने पत्ते-सा काँपने लगता है। सिकन्दर, सीजर, नेपोलियन, प्रताप, शिवाजी की बहादुरी के किस्से ही हमारे सामने आये हैं। यह शोध बाकी है कि साहूकारों के सामने इनका क्या हाल होता था। शेरपा तेनसिंग हिमालय की चोटी पर तो चढ़ गया, पर नेपाल के अपने उस गाँव में नोन-तेल-लकड़ी उधार देनेवाले उस साहूकार की गली में निकलना उसे दस एवरेस्ट चढ़ने के बराबर लगता होगा। हिमालय की चोटी पर खड़े, दुनिया के सबसे ऊँचे उस आदमी ने भी आसमान के कोने में यही बात कही होगी कि उसे साहूकार के तीन रुपये तेरह आने देना है।

लेकिन पृथ्वी बिल्कुल वीर-विहीन नहीं हो गयी है। मैंने ऐसे भी नरपुंगव देखे हैं जो साहूकार से इस ठाठ से बात करते हैं मानो वही उनका कर्जदार हो। मेरे एक परिचित ही थे। वे कल चुकाने के वादे पर आज लाख रुपये भी उधार ले सकते थे। जब कोई तकाजा करने आता तो वे उसे डाँटते—आ गये सवेरे-सवेरे! तुम्हारे रुपये खा जाऊँगा क्या? कौन दस, पाँच हजार दे दिये हैं! सौ-पचास तो किसी भी दिन बायें हाथ से फेंक दूँगा। मगर उनके बायें हाथ ने कभी भी इस तरह रुपयों का अपमान करना स्वीकार नहीं किया। कुछ दिनों में साहूकार ने आना बन्द कर दिया। मैं खुश था कि दुनिया में पहली बार साहूकार की पराजय हुई। पर एक दिन वह बड़े सवेरे अचानक उनका सामान कुर्क कराने आ गया।

सहनशील साहूकार ज्यादा खतरनाक होता है। एक अर्से तक वह आपको टाल देता रहेगा और जब आप समझ रहे होंगे कि वह भूल गया है, वह गर्दन अचानक पकड़ लेगा। इसलिए कुछ दिन उसके सामने से निकलना चाहिए, साहस से दुआ-सलाम भी करनी चाहिए। फिर उसे धीरे-धीरे टालना चाहिए, ब्लेंक-लुक देना चाहिए। 'ब्लेंक-लुक' देना भी एक कला है। अगर साहूकार की सड़क से निकलना है तो अच्छे कद्दावर दोस्तों के बीच चलिए, ताकि साहूकार की दृष्टि के वार से बचने के लिए उसके कन्धे ढाल बन सकें। अगर मित्र छः फुटा नहीं हो तो उससे बातचीत में इतने मशगूल हो जाइए कि आसपास देखना ही न पड़े, मानो आप किसी गम्भीर अन्तर्राष्ट्रीय समस्या पर विचार कर रहे हों और छेड़ने से विश्व-शान्ति को खतरा हो जाएगा। अगर वहाँ से अकेले ही

निकलना पड़े तो सड़क की दूसरी ओर के साइन बोर्डों को पढ़ते हुए निकल जाइए, या साहूकार की ओर वाली आँख को इस परेशानी से मलते हुए निकल जाइए कि कम्बख्त कीड़ा घुस गया है। कई तरीके हैं—क्षितिज के पार झिलमिल के देश में, ठीक सामने किसी 'मूरत' को देखते बढ़े चलिए। अगर रहस्यवादी कवि हुए, तो उस पार तम के लोक से झाँकते हुए मुख को देखने में सुभीता रहेगा। शून्य पर ध्यान न टिके तो चौराहे पर जाते हुए किसी परम मित्र की कल्पना करके घबराकर सीधे देखते हुए झपटिए। सबसे अचूक नुस्खा है फिलासफर बन जाना—कर्जदार और फिलासफर में विशेष अन्तर भी नहीं है। दोनों दुनिया से मुँह छुपाते हैं। जमीन या आसमान दोनों में से एक को ताकते हुए बेखटके निकल जाइए। इनमें से कोई भी तरीका काफी होगा। लेकिन जैसे मौत के सामने धनवन्तरि का नुस्खा भी नाकामयाब रहता है, वैसे ही साहूकार जब ऊपर टूटेगा, तो इनमें से कोई तरकीब काम न देगी।

कुछ दिन इस तरह 'ब्लेंक-लुक' देने के बाद वह रास्ता छोड़ा जा सकता है। अदालत से दी जानेवाली मियाद की तरह यह समय निकालना होता है। पर इसमें एक जबर्दस्त खतरा है—अगर कभी कहीं अन्यत्र आमना-सामना हो गया तो साहूकार गर्दन पकड़कर कहेगा, 'क्यों साहब, पैसा खा जाने के इरादे हैं क्या? अब तो वह रास्ता ही छोड़ दिया।'

सबसे मुश्किल टालना मकान-मालिक का होता है। दूसरों को टालने के लिए आप घर छोड़ सकते हैं, घर पर न मिलने का इन्तजाम कर सकते हैं। पर दिन-भर कहीं भी रहें, रात को तो घर लौटना ही पड़ता है। सवेरे नींद खुलने के पहले अगर मकान-मालिक आ गया तो सुन्दर सपने तक नष्ट हो जाते हैं। कहते हैं भोर का सपना सच्चा होता है। अगर सुबह आदमी अपना तिमंजिला मकान बनवा रहा हो, पूरा बन चुका हो, सिर्फ रंग-बिरंगी पुताई रह गयी हो, इसी समय अगर मकान-मालिक आकर जगा दे, तो तिमंजिला भवन एक क्षण में ध्वस्त हो जाए। चाहे नींद हराम हो, पर आदमी को अपने सपने बरबाद नहीं होने देना चाहिए।

कर्ज में पहले झिझक होती है, तगादों से शर्म आती है, रास्ता छोड़ने में ग्लानि होती है। ये अपरिपक्व मनुष्यता के लक्षण हैं। परिपक्वता तब आती है जब आदमी इनमें गर्व का अनुभव करता है। हमारा खयाल बनता जा रहा है कि उधारी कोई दैवी व्यापार है। उधार का माल नकद के माल से अधिक पवित्र और महत् होता है। सुदामा जब कृष्ण से मिलने गये, तो जो पाव-भर चावल भेंट के लिए ले गये थे, उन्हें ब्राह्मणी पड़ोसिन से उधार लायी थी। उन उधारी चावलों को जब कृष्ण ने खाया तो तुरन्त दो लोकों का राज दे दिया। देवताओं में तो उधारी की प्रथा इस हद तक थी कि नारद विष्णु से उनका चेहरा उधार माँगकर ले गये थे। पर उस भुवनमोहिनी ने रहस्य जान लिया और कर्जदार के बदले साहूकार के

गले में जयमाला डाल दी। सुन्दरी कभी व्यावहारिक भी हो जाती है।

शायद उधारी कोई परम पवित्र लोकोत्तर प्रवृत्ति है जो महान आत्माओं में निवास करती है। 'ग़ालिब' परिणाम जानते हुए भी कर्ज की मय पीते थे—

कर्ज की पीते थे मय और कहते थे कि हाँ,
रंग लाएगी हमारी फाकामस्ती एक दिन।

गोल्डस्मिथ पर इतना किराया चढ़ गया था कि एक दिन मकान-मालकिन ने उन्हें मकान में ही कैद कर दिया। गोल्डस्मिथ ने किस कदर अपने मित्र डॉ. जानसन को खबर दी और जानसन ने आकर उनके 'विकार ऑफ़ वेकफील्ड' की पाण्डुलिपि ली और उसे साठ पौण्ड में बेचकर किराया चुकाया और कवि को मुक्त कराया।

उस दिन एक महान लेखक के बारे में जब यह पढ़ा कि वे बनियों से बचने के लिए तीन-तीन मील का चक्कर लगाया करते थे, तो ऐसा लगा कि मेरी और उनकी साधना में ढाई मील का अन्तर है—मुझे अभी सिर्फ आधा मील का चक्कर लगाना पड़ता है।

अब तो कर्ज की एक फिलासफी बना ली है—जिसके पास जरूरत से ज्यादा है, वह देता है और जिसके पास जरूरत से कम है, वह उधार लेता है। जब लेनेवाले के पास भी जरूरत से ज्यादा हो जाएगा, तब वह पटा देगा।

अगर एक के पास जरूरत से ज्यादा और दूसरे के पास जरूरत से कम न होता, तो यह उधारी की प्रथा ही न बनती। आपकी केतली में चाय है। मुझे चाय पीना है। मैं एक कप पी लूँगा, दो कप पी लूँगा, आग्रह पर तीसरा भी पी सकता हूँ। मगर चौथा कम मैं हरगिज नहीं लूँगा। उस समय मैं सर्वोच्च नैतिक स्तर पर रहूँगा। न आपकी चाय माँगूँगा, न चुराऊँगा और न छीनूँगा। पर जब तक एक की केतली भरी है और दूसरे को चाय नहीं मिली है, तब तक उस केतली की खैर नहीं है।

विनोबा ने ग्रामवासियों को एक बार बड़ी नेक सलाह दी थी—'कर्ज चुकाने की चिन्ता मत करो जो कमाओ उसमें से पहले अच्छा खाओ, अच्छा पहनो। बच्चों को अच्छा खिलाओ-पिलाओ। फिर अगर दो-चार पैसे बचें तो साहूकार को दे दो। उससे कह दो कि हम पटाएँगे जरूर, पर जो बचेगा वही देंगे। तुम्हारे पास जरूरत से ज्यादा था, तुमने हमें दे दिया। हमारे पास जरूरत से ज्यादा जो होगा, हम तुम्हें दे देंगे।'

एक दिन हम अपने साहूकार को जब यह दर्शन समझाने लगे, तो वह बोला, "जनाब, अगर यह जानता कि आपके विचार इतने सुलझे हुए हैं, तो एक कौड़ी उधार न देता।"

मुझे सुलझे विचारों ने बार-बार मारा है।

गेहूँ का सुख

मुझे याद नहीं इस घर में इतना गेहूँ इकट्ठा कभी आया हो—विवाह और गमी के मौकों को छोड़कर। पर विवाह पिछले दस सालों से कोई नहीं हुआ। गमी एकाध हुई, पर श्राद्ध और ब्राह्मण-भोजन मैंने होने नहीं दिये। हमारे यहाँ रोज ही ब्राह्मण-भोजन होता है क्योंकि हम रोज ही करते हैं—और हमारे पुरखे ब्राह्मण कहलाते थे। मुझे याद है कि प्राथमिक शाला में कापी पर मैं लिखता था—

नाम—हरिशंकर

जाति—ब्राह्मण

आगे चलकर मुझे यह मानना सम्भव नहीं हुआ कि शरीर से स्वतन्त्र कोई आत्मा होती है, जो किसी लोक में बैठी-बैठी देखा करती है कि मेरे परिवारवालों ने किस-किस ब्राह्मण को भोजन कराया; डालडा का उपयोग किया कि शुद्ध घी का और मोतीचूर के लड्डू खिलाये कि नहीं। मेरी अल्प बुद्धि में यही आया कि अगर आत्मा कहीं स्वतन्त्र रूप से रहती भी हो, तो वह, जो शुद्ध-बुद्ध रूप में स्थित है, यह देखकर बड़ी कुढ़ती होगी कि कितने नालायक हैं मेरे बेटे, जो इतने निठल्लों को अकारण ही माल खिला रहे हैं। यों सयानों ने मुझे डर दिखाया कि पुरखों की सद्‌गति नहीं होगी, पर मैंने सोचा कि अपात्रों-कुपात्रों को खिलाने और दान देने के पाप से पुरखों की सद्‌गति तो नहीं, दुर्गति जरूर हो जाएगी।

तो इतना गेहूँ कई सालों से नहीं आया। आज छोटा भाई जब एक साथ तीन बोरे ले आया, तो मेरी हालत उस मुफसिल प्रेमी जैसी हो गयी, जिसके घर एकाएक उसकी ऐश्वर्यशालिनी प्रेमिका आ जाए, जिस पर उसने यह रंग बाँध रखा है कि मैं भी रईसजादा हूँ। बड़ी झेंप लगी, इन बोरों के सामने। इनका सत्कार कैसे करें? कैसी अभ्यर्थना करें? गेहूँ की मात्रा की उस महत्ता के सामने हम सब अपने को बहुत हीन समझने लगे। मेरे मन में प्रार्थना उठी—पधारो देव! हम नहीं जानते, कैसे तुम्हारा स्वागत करें! हमने कल्पना नहीं की थी कि आप कभी इस मात्रा में जो 'आठों पहर मस्तानमाता' रहता था क्योंकि 'काल को निचोरिकै अमृत' पीने का दम

था उसमें। उसके लिए गेहूँ का बोरा छोटी चीज थी।

हमारे लिए नहीं। हमारे उस आदि पुरुष आदम ने गेहूँ के लिए स्वर्ग को लात मार दी थी। उसने गेहूँ खा लिया था तो उसे जन्नत से ही निकाल दिया गया। गेहूँ खाना इतना बड़ा अपराध कैसे हो गया? धर्म की नजर अक्सर ऐसी विसंगत हो जाती है। जो पानी छानकर पीते हैं, वे आदमी का खून बिना छना पी जाते हैं। तब, जब गेहूँ के निर्यात पर प्रतिबन्ध था, एक जून का आटा अँगोछे में बाँधकर चलनेवाले किसान को सजा हो जाती थी और उधर हजारों बोरे गेहूँ रातों-रात सीमा पार हो जाता था, काले बाजार में बिकने के लिए। न्याय को अन्धा कहा गया है—मैं समझता हूँ, न्याय अन्धा नहीं, काना है, एक ही तरफ देख पाता है। आदम इस न्याय-धर्म का शिकार हुआ। स्वर्ग के निवासियों को गेहूँ खानेवाले से इतनी नफरत क्यों हुई? मुझे लगता है—स्वर्ग के वासियों ने सोचा होगा कि आदम को गेहूँ का चस्का लग गया है; अब यह गेहूँ पैदा करेगा, खेत जोतेगा, अनाज बोएगा, फसल काटेगा—यानी परिश्रम करेगा। वे स्वयं तो बिना खुद पैदा किया खाद्य खाते थे। जिन्हें पसीना सिर्फ गरमी और भय से आता है, वे श्रम के पसीने से बहुत डरते हैं। स्वर्ग के आलसी, निठल्ले, परोपजीवी निवासी, कर्मी मनुष्य से डरे होंगे और घबराहट में उसे बाहर निकाल दिया होगा।

गेहूँ व्यर्थ बदनाम हुआ। उसका कोई अपराध नहीं। यहाँ तो उसने हमारी मनःस्थिति ही बदल डाली। मैंने बोरे में हाथ डालकर मुट्ठी-भर गेहूँ निकाला और देखकर कहा, 'अच्छा है!' कुछ ऐसी अदा से राय जाहिर की, गोया जिन्दगी-भर गेहूँ की दलाली करता रहा हूँ। मेरे एक प्रौढ़ मित्र, जो गेहूँ से लेकर राजनीति तक की दलाली करते हैं, मुझे निहायत बेवकूफ आदमी समझते हैं, क्योंकि मैं दलाली नहीं करता और जो करता हूँ, वह बहुत बेमतलब है। वे दलाली को जीवन का चरम लक्ष्य मानते हैं। पर मैं इस मौके पर बिल्कुल दलाल का अभिनय कर उठा। बहुत-से गेहूँ में हाथ डालने को मिले, इस लोभ में कोई भी दलाल हो सकता है।

इस गेहूँ में सबसे अच्छा गुण यह है कि यह इसी भूमि का है। आगे तो विदेशी गेहूँ खाना पड़ेगा। गेहूँ के साथ न जाने किन-किन बीमारियों के कीटाणु चले आते हैं। बाहर से आनेवाले गेहूँ में एक खास जीवन-पद्धति के कीटाणु बड़ी संख्या में आ रहे हैं और इन कीटाणुओं को मारने की ताकत सिर्फ प्रतिफलित संस्कृति में होती है—उस संस्कृति में जो आचरण में प्रतिफलित हो गयी है (किताब में लिखी हुई में नहीं)। जिनकी रोग-निवारण शक्ति कम है, वे बीमार भी पड़ रहे हैं। यों लोग विश्वास दिलाना चाहते हैं कि इस गेहूँ में कोई कीटाणु नहीं; यह शुद्ध है। पर हमें विश्वास नहीं, हम देख चुके हैं कि मेनचेस्टर से आनेवाले कपड़े में कहीं 'यूनियन जैक' छिपा था, जो मौका पाते ही फहराने लगा। बड़ा डर लगता है, बाहर के गेहूँ से।

यह अपना गेहूँ बड़ा सुखदायी है। इसने जादू कर दिया है। कल भाई-बहन में किसी बात पर खटपट हो गयी थी। आज दोनों ने बोरे का एक-एक सिरा पकड़कर जब घसीटा, तो मन मिल गये। बोरा सेतु बन गया। बच्चे अधिक आज्ञाकारी और शिष्ट हो गये हैं। हम अधिक उदार भी हो गये हैं। टूटी सन्दूक कहारिन कई दिनों से माँग रही है और हम उसे टाल रहे हैं। आज उसे बिना माँगे ही दे दी।

गेहूँ के तीन बोरों ने ऐसा परिवर्तन कर दिया। मनुष्य जीवन पर कितने ही मनीषियों ने, दार्शनिकों ने सोचा है और लिखा है, पर गेहूँ की बात अक्सर भूल गये हैं। कुछ लोग गेहूँ की बात को 'भौतिक' कहकर मुँह चिढ़ाते हैं। अगर भौतिक बुरा है, तो सबसे बड़ी भौतिक क्रिया तो जन्म धारण करना ही है। तो भाई, भौतिकता से पिण्ड छुड़ाने के लिए मरते क्यों नहीं? उपनिषद् का वह ब्रह्मचारी मूर्ख नहीं था, जिसने छूटते ही कहा था कि अन्न ब्रह्म है। लेकिन अब कुछ लोग गेहूँ से गुलाब की ओर इस तरह ले जाते हैं, जैसे गेहूँ जरूरत से ज्यादा हो गया, इसलिए गुलाब की खेती करना चाहिए। जहाँ उजड़े हुए गेहूँ के खेत हों, वहाँ गुलाब की फसल किस काम आएगी? जिन्दगी के बारे में जो सोचेगा वह भला गेहूँ को छोड़ देगा? सबसे पहले सोचेगा।

कचहरी जानेवाला जानवर

आदमी दूसरे जानवरों से किस बात में भिन्न है? यानी वह कौन-सी चीज है जो आदमी को जानवर होते हुए भी खास किस्म का जानवर बना देती है? ऐसे प्रश्नों के उत्तर विद्वानों ने दिये हैं, क्योंकि विद्वान प्रश्नों के उत्तर देने के लिए ही जीता है और खुद जिन्दगी-भर कोई प्रश्न न पूछ सकने के कारण बुद्धू बना रहता है। तो एक विद्वान ने कहा है, आदमी औजार बनानेवाला जानवर है। एक दूसरे ने कहा है कि आदमी सोचनेवाला जानवर है। दोनों बातें अर्द्धसत्य हैं। सोचता तो कुत्ता भी है और नाक से सोचता है। इसीलिए अपने दर्जे के आदमी से ऊँचा माना जाता है। पुलिस इन्स्पेक्टर भी चोर का पता लगाता है और पुलिस का कुत्ता भी। मगर एक जासूस कुत्ते की कीमत इन्स्पेक्टर साहब के जिन्दगी-भर के वेतन, जायज-नाजायज भत्ते और घूस से अधिक होती है। और जहाँ तक औजार बनाने की बात है, चींटी को चांस मिले तो आदमी से अच्छे औजार बनाकर बता दे। नहीं, इस दोनों कारणों से आदमी आदमी नहीं है। मैं विद्वान नहीं हूँ, क्योंकि मैं सवाल पूछता हूँ। पर मैंने भी आदमी की परिभाषा बनायी है। आदमी कचहरी जानेवाला जानवर है। कोई और जानवर कचहरी नहीं जाता–जाना भी नहीं चाहेगा। अगर गधे से भी पूछो कि क्यों भाई आदमी बनेगा, तो वह जवाब देगा–''नहीं बाबा, उसमें कचहरी जाना पड़ता है!''

यह ज्ञान एकाएक आज मेरे भीतर उमड़ उठा। तप के बिना ज्ञान नहीं मिलता। मैं तीन-चार दिनों से कचहरी जाने का तप कर रहा हूँ, क्योंकि आदमियत की लाज रखनी थी। मैं आज इन दार्शनिकों से पूरी तरह सहमत हूँ जो कहते हैं, जीव को संसार में दुःख भोगने के लिए भेजा जाता है। और जिन दुःखों को भोगना जरूरी है, उनमें सबसे बड़ा दुःख कचहरी जाना है। कोई-कोई इस दुःख से बच भी जाते हैं। जब ऐसा जीव देह त्यागकर उस लोक जाता है, तब उससे पूछा जाता है, ''क्यों, कचहरी गये थे?'' जीव जवाब देता है, ''नहीं, ऐसा मौका तो नहीं आया।'' ऐसे हीन-तप जीव को फिर पृथ्वी पर भेजा जाता है और मनुष्य ही बनाया

जाता है, क्योंकि कोई और जानवर कचहरी नहीं जाता। जब जीव कचहरी के दुःख काफी भोग लेता है, तब उसे जन्म-मरण के बन्धन से मुक्ति मिलती है और वह ब्रह्म में लीन होकर निरन्तर ब्रह्मानन्द रस का पान करता है, इसीलिए इस जीवन के बाद मुक्ति पाने योग्य वैष्णव व्यवसायी रोज लाल खाता-बही बगल में दबाये कचहरी जाते हैं।

आज मेरी दृष्टि ही बदल गयी। बोध हो गया। गौतम को ज्ञान प्राप्त करने के लिए इतने तप, चिन्तन, मनन की जरूरत ही नहीं थी। दो-चार दिन अपने राज्य की किसी कचहरी में हो आते, तो एकदम बुद्ध हो जाते। अभी तक मैं सोचता था कि अर्जुन युद्ध नहीं करना चाहता था, पर कृष्ण ने उसे लड़वा दिया। यह अच्छा नहीं किया। अगर अर्जुन युद्ध नहीं करता, तो क्या करता? कचहरी जाता। जमीन का मुकदमा दायर करता। लेकिन वन से लौटे पाण्डव अगर जैसे-तैसे कोर्ट-फीस चुका भी देते, तो वकीलों की फीस कहाँ से देते, गवाहों को पैसे कहाँ से देते? और कचहरी में धर्मराज का क्या हाल होता? वे 'क्रॉस-एक्जामिनेशन' के पहले ही झटके में उखड़ जाते। सत्यवादी भी कहीं मुकदमा लड़ सकते! कचहरी की चपेट में भीम की चर्बी उतर जाती। युद्ध में तो अट्ठारह दिन में फैसला हो गया; कचहरी में अट्ठारह साल भी लग जाते। और जीतता दुर्योधन ही, क्योंकि उसके पास पैसा था। सत्य सूक्ष्म है; पैसा स्थूल है। न्याय-देवता को पैसा दिख जाता है; सत्य नहीं दिखता। शायद पाण्डव मुकदमा लड़ते-लड़ते मर जाते क्योंकि दुर्योधन पेशी बढ़वाता जाता। पाण्डवों के बाद उनके बेटे लड़ते; फिर उनके बेटे। बड़ा अच्छा किया कृष्ण ने जो अर्जुन को लड़वाकर अट्ठारह दिनों में फैसला करा लिया। वरना आज कौरव-पाण्डव के वंशज किसी दीवानी कचहरी में वही मुकदमा लड़ते होते।

दिन-भर मैंने वादी-प्रतिवादी देखे, वकील देखे, सच्चे-झूठे गवाह देखे। बयान, एक्जामिनेशन और क्रॉस एक्जामिनेशन सुने। फिर एक विद्वान से पूछा, "यह सब क्यों होता है?" विद्वान ने कहा, "न्याय-देवता एक के बाद एक छन्ना लगाता है और झूठ को छान-छानकर अलग करता जाता है। अन्त में सत्य बच रहता है।" मैंने कहा, "मगर न्याय को तो अन्धा कहा गया है। जब अन्धा छानने बैठे, तो क्या पता कि वह झूठ को छोड़कर अलग कर रहा है या सत्य को?"

न्याय देवता है। हर देवता भेंट लेता है। अगर भक्त से सीधे भेंट ले तो कोई बात नहीं, पर हर देवता का एक मध्यस्थ होता है—'मिडिलमेन' से कहीं छुटकारा नहीं। न्याय-देवता का मिडिलमेन वकील होता है। दुश्मन से छुटकारा मिल सकता है, पर अपने ही वकील से छुटकारा मुश्किल है। एक बार कचहरी चढ़ जाने के बाद सबसे बड़ा काम है, अपने ही वकील से अपनी रक्षा करना। प्रतिपक्षी से उतना डर नहीं रहता, जितना अपने ही वकील से। वह एक के बाद दूसरी उलझन में आपको

फँसाता जाएगा और आप समझ नहीं पाएँगे कि आप कहाँ जा रहे हैं। मुझे इसका अनुभव हुआ। मुख्य मामला जहाँ-का-तहाँ है लेकिन इस बीच मेरा वकील मुझसे कहता है कि विरोधी पर एक-दो झूठे मुकदमे दायर कर दो। मैंने पूछा, ''इससे क्या होगा?'' वह बोला, ''विरोधी हेरास (परेशान) होगा।'' मुझे यह बात समझ में नहीं आयी। मैं झूठा मुकदमा चलाऊँ। विरोधी जानता है कि मुकदमा झूठा है और पहली ही पेशी में खारिज हो जाएगा। तो 'हेरास' वह होगा या मैं होऊँगा।

वकील की टेकनीक डॉक्टर जैसी होती है। सफल डॉक्टर वह है जो मरीज को न मरने दे, पर इलाज चलता रहे। सफल वकील वह है, जो मुवक्किल को न जीतने दे, न हारने दे, बस मुकदमे चलते रहें। इसीलिए सफल डॉक्टर और सफल वकील के हाथों अपने को सौंपना खतरे से खाली नहीं है।

यदि आपके हाथ से चूहा मर गया है और आप कहीं यह बात सफल वकील के सामने कह दें तो वह चौंककर पूछेगा, ''क्या कहा? चूहा मार डाला? आपने? कैसे?'' आप उसे बताएँगे कि अलमारी हटाते समय चूहा चपेट में आ गया। वकील पूछेगा, ''क्या उसने आप पर हमला किया था?'' आप 'नहीं' कहेंगे और तब वकील आपकी तरफ इस तरह देखेगा मानो आप फाँसी पर टँग रहे हैं! कहेगा, ''आपने दफा 302 का जुर्म कर डाला! कत्ल! आत्म-रक्षा का 'प्ली' भी नहीं ले सकते।'' आपके हाथ-पाँव फूलेंगे और आप वकील कर लेंगे। पर वह यह कहकर 'केस' लेने से इनकार करेगा कि मामला कमजोर है, आपको फाँसी होना पक्का है। फिर जब आप उसकी फीस बढ़ाएँगे, तो कहेगा 'केस' जीता-जिताया रखा है, आप साफ बच जाएँगे। आप सोचते रहिए कि जो 'केस' फीस देने से पहले कमजोर रहता है, वह फीस देने के बाद ताकतवर कैसे हो जाता है। पैसे में बड़ा विटामिन होता है।

बात आगे बढ़ाना मेरे लिये अच्छा नहीं। मुकदमा मुझ पर चल रहा है। अगर मेरा वकील इसे पढ़ेगा, तो मुझसे बदला लेगा। बड़ा सफल वकील है वह। कल कह रहा था कि वकालत का पेशा बड़ा 'नोबल' है, इसकी दम पर समाज की नैतिकता टिकी है। फिर बड़े गर्व से कहने लगा, ''हत्या के तेरह मामले आज तक मैंने जीते हैं। तेरह आदमियों को फाँसी से बचाया है।'' मैंने पूछा, ''क्या आप जानते थे कि इन तेरह ने हत्या की थी?'' वकील साहब को ध्यान नहीं रहा कि उनकी 'क्रॉस एक्जामिनेशन' होने लगा है। वे बड़े गर्व से बोले, ''हाँ, जानता था। पर सबको साफ बचा लिया।'' मैंने कहा, ''वकील साहब, यह गर्व की बात हुई कि शर्म की? क्या हत्यारे को सजा से बचाने के कारण ही यह 'नोबल' धन्धा हो गया?''

मेरी सावधानी ढीली हो रही है। वकील का उपहास करूँगा, तो कल वह अदालत में उपहास करेगा।

घायल वसन्त

कल वसन्तोत्सव था। कवि वसन्त के आगमन की सूचना पा रहा था—'प्रिय, फिर आया मादक वसन्त।'

मैंने सोचा, जिसे वसन्त के आने का बोध भी अपनी तरफ से कराना पड़े, उस प्रिय से तो शत्रु अच्छा। ऐसे नासमझ को प्रकृति-विज्ञान पढ़ाएँगे या उससे प्यार करेंगे। मगर कवि को न जाने क्यों ऐसा बेवकूफ पसन्द आता है।

कवि मग्न होकर गा रहा था—

'प्रिय, फिर आया मादक वसन्त।'

पहली पंक्ति सुनते ही मैं समझ गया कि इस कविता का अन्त 'हा हन्त' से होगा और हुआ। अन्त, सन्त, दिगन्त आदि के बाद सिवा 'हा हन्त' के कौन पद पूरा करता? तुक की यही मजबूरी है। लीक के छोर पर यही गहरा गढ़ा होता है। तुक की गुलामी करोगे तो आरम्भ चाहे 'वसन्त' से कर लो, अन्त जरूर 'हा हन्त' से होगा। सिर्फ कवि ऐसा नहीं करता। और लोग भी, सयाने लोग भी, इस चक्कर में होते हैं। व्यक्तिगत और सामाजिक जीवन में तुक पर तुक बिठाते चलते हैं और 'वसन्त' से शुरू करके 'हा हन्त' पर पहुँचते हैं। तुकें बराबर फिट बैठती हैं, पर जीवन का आवेग निकल भागता है। तुकें हमारा पीछा छोड़ ही नहीं रही हैं। हाल ही में हमारी समाजवादी सरकार के अर्थमन्त्री ने दबा सोना निकालने की जो अपील की, उसकी तुक शुद्ध सर्वोदय से मिलायी—'सोना दबानेवालो, देश के लिए स्वेच्छा से सोना दे दो।' तुक उत्तम प्रकार की थी; साँप तक का दिल नहीं दुखा। पर सोना चार हाथ और नीचे चला गया। आखिर कब हम तुक को तिलांजलि देंगे? कब बेतुका चलने की हिम्मत करेंगे?

कवि ने कविता समाप्त कर दी थी। उसका 'हा हन्त' आ गया था। मैंने कहा, "धत्तेरी की!" सात तुकों में ही टें बोल गया। राष्ट्रकवि इस पर कम-से-कम इक्यावन तुकें बाँधते। नौ तुकें तो उन्होंने 'चक्र' पर बाँधी हैं। (देखो 'यशोधरा' पृष्ठ 13)। पर तू मुझे क्या बताएगा कि वसन्त आ गया। मुझे तो सुबह से ही मालूम

है। सवेरे वसन्त ने मेरा दरवाजा भी खटखटाया था। मैं रजाई ओढ़े सो रहा था। मैंने पूछा, "कौन?" जवाब आया, "मैं वसन्त।" मैं घबरा उठा। जिस दुकान से सामान उधार लेता हूँ, उसके नौकर का नाम भी वसन्तलाल है। वह उधारी वसूल करने आया था। कैसा नाम है, और कैसा काम करना पड़ता है इसे! इसका नाम पतझड़दास या तुषारपात होना था। वसन्त अगर उधारी वसूल करता फिरता है, तो किसी दिन आनन्दकर थानेदार मुझे गिरफ्तार करके ले जाएगा और अमृतलाल जल्लाद फाँसी पर टाँग देगा!

वसन्तलाल ने मेरा मुहूर्त बिगाड़ दिया। इधर से कहीं ऋतुराज वसन्त निकलता होगा, तो वह सोचेगा कि ऐसे के पास क्या जाना जिसके दरवाजे पर सवेरे से उधारीवाले खड़े रहते हैं! इस वसन्तलाल ने मेरा मौसम ही खराब कर दिया।

मैंने उसे टाला और फिर ओढ़कर सो गया। आँखें झँप गयीं। मुझे लगा, दरवाजे पर फिर दस्तक हुई। मैंने पूछा, "कौन?" जवाब आया, "मैं वसन्त!" मैं खीझ उठा, "कह तो दिया कि फिर आना।" उधर से जवाब आया, "मैं बार-बार कब तक आता रहूँगा? मैं किसी बनिये का नौकर नहीं हूँ; ऋतुराज वसन्त हूँ। आज तुम्हारे द्वार पर फिर आया हूँ और तुम फिर सोते मिले हो। अलाल, अभागे, उठकर बाहर तो देख। ठूँठों ने भी नव पल्लव पहन रखे हैं। तुम्हारे सामने की नीम प्रौढ़ा तक नवोढ़ा-से हाव-भाव कर रही है—और बहुत भद्दी लग रही है।"

मैंने मुँह उघाड़कर कहा, "भई, माफ करना, मैंने तुम्हें पहचाना नहीं। अपनी यही विडम्बना है कि ऋतुराज वसन्त भी आये, तो लगता है, उधारी के तगादेवाला आया। उमंगें तो मेरे मन में भी हैं, पर यार, ठण्ड बहुत लगती है।" वह जाने के लिए मुड़ा। मैंने कहा; "जाते-जाते एक छोटा-सा काम मेरा करते जाना। सुना है तुम ऊबड़-खाबड़ चेहरों को चिकना कर देते हो; 'फेसलिफ्टिंग' के अच्छे कारीगर हो तुम। तो जरा यार, मेरी सीढ़ी ठीक करते जाना, उखड़ गयी है।"

उसे बुरा लगा। बुरा लगने की बात है। जो सुन्दरियों के चेहरे सुधारने का कारीगर है, उससे मैंने सीढ़ी सुधारने के लिए कहा। वह चला आया।

मैं उठा और शाल लपेटकर बाहर बरामदे में आया। हजारों सालों के संचित संस्कार मेरे मन पर लदे हैं; टनों कवि-कल्पनाएँ जमी हैं। सोचा, वसन्त है तो कोयल होगी ही। पर न कहीं कोयल दिखी न उसकी कूक सुनायी दी। सामने की हवेली के कँगूरे पर बैठा कौआ 'काँव-काँव' कर उठा। काला, कुरूप, कर्कश कौआ—मेरी सौन्दर्य-भावना को ठेस लगी। मैंने उसे भगाने के लिए कंकड़ उठाया। तभी खयाल आया कि एक परम्परा ने कौए को भी प्रतिष्ठा दे दी है। यह विरहणी को प्रियतम के आगमन का सँदेशा देनेवाला माना जाता है। सोचा, कहीं यह आसपास की किसी विरहणी को प्रिय के आने का सगुन न बता रहा हो। मैं विरहणियों के रास्ते में कभी

नहीं आता; पतिव्रताओं से तो बहुत डरता हूँ। मैंने कंकड़ डाल दिया। कौआ फिर बोला। नायिका ने सोने से उसकी चोंच मढ़ने का वायदा कर दिया होगा। शाम की गाड़ी से अगर नायक दौरे से वापस आ गया, तो कल नायिका बाजार से आनेवाले सामान की जो सूची उसके हाथ में देगी, उसमें दो तोले सोना भी लिखा होगा। नायक पूछेगा, ''प्रिये, सोना तो अब काला बाजार में मिलता है। लेकिन अब तुम सोने का करोगी क्या?'' नायिका लजाकर कहेगी, ''उस कौए की चोंच मढ़ाना है, जो कल सवेरे तुम्हारे आने का सगुन बता गया था।'' तब नायक कहेगा, ''प्रिये, तुम बहुत भोली हो। मेरे दौरे का कार्यक्रम यह कौआ थोड़े ही बनाता है; वह कौआ बनाता है जिसे हम 'बड़ा साहब' कहते हैं। इस कलूटे की चोंच सोने से क्यों मढ़ाती हो? हमारी दुर्दशा का यही तो कारण है कि तमाम कौए सोने से चोंच मढ़ाये हैं, और इधर हमारे पास हथियार खरीदने को सोना नहीं है। हमें तो कौओं की चोंच से सोना खरोंच लेना है। जो आनाकानी करेंगे, उनकी चोंच काटकर सोना निकाल लेंगे। प्रिये, यह बड़ी गलत परम्परा है, जिसमें हंस और मोर की चोंच तो नंगी रहे, पर कौए की चोंच पर सुन्दरी खुद सोना मढ़े!'' नायिका चुप हो जाएगी। स्वर्ण-नियन्त्रण कानून से सबसे ज्यादा नुकसान कौओं और विरहणियों का हुआ है। अगर कौए ने चौदह कैरट के सोने से चोंच मढ़ाना स्वीकार नहीं किया, तो विरहणी को प्रिय के आगमन की सूचना कौन देगा?

कौआ फिर बोला। मैं इससे युगों से घृणा करता हूँ; तब से, जब इसने सीता के पाँव में चोंच मारी थी। राम ने अपने हाथ से फूल चुनकर, उनके आभूषण बनाकर सीता को पहनाये। इसी समय इन्द्र का बिगड़ैल बेटा जयन्त आवारा-गर्दी करता वहाँ आया और कौआ बनकर सीता के पाँव में चोंच मारने लगा। ये बड़े आदमी के बिगड़ैल लड़के हमेशा दूसरों का प्रेम बिगाड़ते हैं। यह कौआ भी मुझसे नाराज है, क्योंकि मैंने अपने घर के झरोखों में गौरैयों को घोंसले बना लेने दिये हैं।

पर इस मौसम में कोयल कहाँ है? वह अमराई में होगी। कोयल से अमराई छूटती नहीं है, इसलिए इस वसन्त में कौए की बन आयी है। वह तो मौकापरस्त है; घुसने के लिए पोल ढूँढ़ता है। कोयल ने उसे जगह दे दी है। वह अमराई की छाया में आराम से बैठी है। और इधर हर ऊँचाई पर कौआ 'काँव-काँव' कर रहा है। मुझे कोयल के पक्ष में उदास-पुरातन प्रेमियों की आह भी सुनायी देती है, ''हाय, अब ये अमराइयाँ यहाँ कहाँ हैं कि कोयलें बोलें। यहाँ तो ये शहर बस गये हैं और कारखाने बन गये हैं।' मैं कहता हूँ कि सर्वत्र अमराइयाँ नहीं हैं, तो ठीक ही नहीं हैं। आखिर हम कब तक जंगली बने रहते? मगर अमराई और कुंज और बगीचे भी हमें प्यारे हैं। हम कारखाने को अमराई से घेर देंगे और हर मुहल्ले में बगीचा लगा देंगे। अभी थोड़ी देर है। पर कोयल को धीरज के साथ हमारा साथ

तो देना था। कुछ दिन धूप तो हमारे साथ सहना था। जिसने धूप में साथ नहीं दिया, वह छाया कैसे बँटाएगी? जब हम अमराई बना लेंगे, तब क्या वह उसमें रह सकेगी? नहीं, तब तक तो कौए अमराई पर कब्जा कर लेंगे। कोयल को अभी आना चाहिए। अभी जब हम मिट्टी खोदें, पानी सींचें और खाद दें, तभी से उसे गाना चाहिए।

कौआ फिर बोला। विरहणी की भावना का खयाल करके मैं सह रहा हूँ।

मैं बाहर निकल पड़ता हूँ। चौराहे पर पहली वसन्ती साड़ी दिखी। मैं उसे जानता हूँ। यौवन की एड़ी दिख रही है—वह जा रहा है, वह जा रहा है। अभी कुछ महीने पहले ही शादी हुई है। मैं तो कहता आ रहा था कि चाहे कभी ले, 'रूखी री यह डाल वसन वासन्ती लेगी'—(निराला)। उसने वसन वासन्ती ले लिया। कुछ हजार में उसे यह बूढ़ा हो रहा पति मिल गया। वह भी उसके साथ है। वसन्त का अन्तिम चरण और पतझड़ साथ जा रहे हैं। उसने माँग में बहुत-सा सिन्दूर चुपड़ रखा है। जिसकी जितनी मुश्किल से शादी होती है, वह बेचारी उतनी ही बड़ी माँग भरती है। उसने बड़े अभिमान से मेरी तरफ देखा। फिर पति को देखा। उसकी नजर में ठसक और ताना है, जैसे अँगूठा दिखा रही है कि ले, मुझे तो यह मिल ही गया। मगर यह क्या? वह ठण्ड से काँप रही है और 'सीसी' कर रही है। वसन्त में वासन्ती साड़ी को कँपकँपी छूट रही है।

यह कैसा वसन्त है जो शीत के डर से काँप रहा है? क्या कहा था विद्यापति ने—'सरस वसन्त समय भल पाओलि दछिन पवन बहु धीरे!' नहीं मेरे कवि, दक्षिण से मलय पवन नहीं बह रहा। यह उत्तर से बर्फीली हवा आ रही है। हिमालय के उस पार से आकर इस बर्फीली हवा ने हमारे वसन्त का गला दबा दिया है।[1] हिमालय के पार बहुत-सा बर्फ बनाया जा रहा है जिसमें सारी मनुष्य जाति को मछली की तरह जमाकर रखा जाएगा। यह बड़ी भारी साजिश है—बर्फ की साजिश! इसी बर्फ की हवा ने हमारे आते वसन्त को दबा रखा है।

यों हमें विश्वास है कि वसन्त आएगा। शैली ने कहा है—अगर शीत आ गयी है, तो क्या वसन्त बहुत पीछे होगा? वसन्त तो शीत के पीछे लगा हुआ ही आ रहा है। पर उसके पीछे गरमी भी तो लगी है। अभी उत्तर से शीत-लहर आ रही है तो फिर पश्चिम से लू भी तो चल सकती है।[2] बर्फ और आग के बीच में हमारा वसन्त फँसा है। इधर शीत उसे दबा रही है और उधर से गरमी। और वसन्त सिकुड़ता जा रहा है।

---

1. चीन की युद्ध और शान्ति सम्बन्धी नीति और भारत की सीमा पर 1962 में चीनी हमला।
2. पाकिस्तान।

मौसम की मेहरबानी पर भरोसा करेंगे, तो शीत से निपटते-निपटते लू तंग करने लगेगी। मौसम के इन्तजार से कुछ नहीं होगा। वसन्त अपने-आप नहीं आता; उसे लाया जाता है। सहज आनेवाला तो पतझड़ होता है, वसन्त नहीं। अपने-आप तो पत्ते झड़ते हैं। नये पत्ते तो वृक्ष का प्राण-रस पीकर पैदा होते हैं। वसन्त यों नहीं आता। शीत और गरमी के बीच से जो जितना वसन्त निकाल सके, निकाल ले। दो पाटों के बीच में फँसा है, देश का वसन्त। पाट और आगे खिसक रहे हैं। वसन्त को बचाना है तो जोर लगाकर इन दोनों पाटों को पीछे ढकेलो—इधर शीत को, उधर गरमी को। तब बीच में से निकलेगा हमारा घायल वसन्त।

अपनी-अपनी हैसियत

अखबार खत्म हो जाता है तो विज्ञापन पढ़ने लगता हूँ। यों अखबारों में होता भी क्या है? रोज-रोज वही-वही समाचार—उसने पैसा खाया था, उसकी पोल खुल गयी, उसकी तलाशी हो गयी, वह गिरफ्तार हो गया। मैं न तब उन केन्द्रों के इर्द-गिर्द था जहाँ पैसे खाये जाते थे और न अब उन केन्द्रों के इर्द-गिर्द हूँ जो पोल खोल रहे हैं। मैं वहाँ भी कहीं नहीं हूँ जहाँ पैसे खाने के नये अड्डे खुल गये हैं। यानी अपने जमाने के इतिहास के निर्माण में अपना कोई योगदान नहीं है। मेरे हिस्से में सिर्फ इतिहास की कसम खाने का काम पड़ा है। तो समाचारों पर सरसरी निगाह डालकर मैं विज्ञापन पढ़ने लगता हूँ—खासकर दिल्ली के होटलों के। इसमें बड़ा रस आता है। अशोक होटल में फ्रेंच पकवान। वाह! जनपथ होटल में गुलनार रेस्तराँ में मुगलई भोजन। अकबर होटल में बार-ए-कबाब! पढ़ते-पढ़ते लगता है मेरे मुँह में चिकन मुगलई घुस गया है और—मैं इस स्वाद के साथ घर की दाल-रोटी खा लेता हूँ। वंचित की यही 'सम्पूर्ण क्रान्ति' होती है कि वह अपनी दाल-रोटी के साथ कल्पना में अशोक होटल चबाकर सन्तुष्ट और चुप हो जाए।

आज सब होटलों में जीम चुका तो एक खास विज्ञापन पर ध्यान दिया। ऐसा कोई विज्ञापन रोज ही छपता है। पर पहले मैंने उस पर ध्यान नहीं दिया था। विज्ञापन में अक्सर किसी वृद्ध का चित्र होता है। मैं समझता था यह 'गुमशुदा की तलाश' का विज्ञापन होगा, जैसा उन लड़कों के बारे में छपता है जो फिल्मी हीरो बनने बम्बई भाग जाते हैं। बूढ़े भी घर से भागने लगे, मैं सोचता। लड़कों ने छपाया होगा—पिताजी, आप जहाँ भी हों लौट आइए। आप गये हैं तब से माँ की हालत बहुत खराब है (इस वाक्य को पढ़कर तो बुढ़ऊ कभी नहीं लौटेंगे)।

नहीं! बुढ़ऊ भागे नहीं हैं। ऊपर बड़े अक्षरों में छपा है—इन मेमोरियम—यानी स्मृति में! नीचे बुढ़ऊ के बेटों के नाम हैं। साथ ही कम्पनी का नाम-पता और फोन नम्बर है, जिससे वृद्ध की याद में किसी को रोना आ जाए तो वह फौरन कम्पनी से सामान खरीद ले। दुःख दूर हो जाएगा।

ये कोई लालाजी थे। लाला ने कोई कम्पनी खोल डाली थी। अच्छा किया। लाला कोई बाल काटने की दुकान थोड़े ही खोलते। लालाजी की यह कम्पनी खूब चल निकली। यह भी शुभ हुआ, वरना बेटों को बाप की खर्चीली अखबारी याद का कोई कारण नहीं होता। इसी तारीख को लालाजी की मृत्यु हुई थी। यह भी अच्छा हुआ। क्या पता आगे कम्पनी डूब भी सकती थी। लालाजी की कम्पनी की बेटों ने खूब तरक्की की। सपूत ऐसे ही होते हैं। बेटे लालाजी को आज ऐलानिया याद कर रहे हैं। क्यों नहीं। ऐसा बाप ही तो याद करने लायक होता है जो कम्पनी जमाकर फौरन दुनिया छोड़ दे। लालाजी गये कहाँ? लड़कों को यह भी ठीक मालूम है। छपा है—हू लेफ्ट फार हिज हेवनली एबोड—यानी जो अपने स्वर्गीय निवास को पधार गये। स्वर्ग में लालानगर कालोनी का बँगला नम्बर पाँच लालाजी के लिए पहले से रिज़र्व होगा।

मेरे पिता की मृत्यु को भी कई साल हो गये। मुझे अभी तक पता नहीं कि वे कहाँ हैं? स्वर्ग में या नरक में? पुनर्जन्म हो गया या कहीं नहीं हैं? मुझे उनकी याद में उनका फोटो छपाने की भी प्रेरणा नहीं हुई, क्योंकि वे धन्धा जमाकर नहीं, उजाड़कर मृत्यु को प्राप्त हुए थे। उन्होंने सही पितापन स्थापित ही नहीं किया। लालाजी ने सही पितापन स्थापित करके यह असार संसार छोड़ा और सार-रूप धन्धा जमा गये। लालाजी स्वर्गीय हो गये और मेरे पिता सिर्फ मरे। अँग्रेजी में मरे को 'दी लेट' कह देते हैं। हम उसे 'स्वर्गीय' या 'दिवंगत' कहते हैं। विश्वासों और संस्कारों का छल भाषा में आ ही जाता है।

बेटों को क्या पक्का पता है? मुझे शक है। शायद लालाजी का पुनर्जन्म हो चुका है। मनुष्य जन्म दुबारा चौरासी लाख योनियों में भटकने के बाद मिलता है। लालाजी इतने जल्दी मनुष्य तो बने न होंगे। हो सकता है कि श्वान योनि में चले गये हों और अपने कारखाने के फाटक पर ही हों। बेटों को क्या पता कि वे जो कारखाने के फाटक पर भौंकते हैं, वे पूज्य पिताजी ही हैं। वे मजमून नहीं पढ़ेंगे और घबराहट में अखबार छिपा लेंगे कि कहीं कोई देवता इनाम के लोभ में उन्हें पकड़वा न दे।

ये बेटे लालाजी को क्यों दुःखी और परेशान करते हैं।

इस अखबार को उस कारखाने के कर्मचारी भी देखेंगे। वे शायद कहें—यही है वह दुष्ट लाला। मजदूरों का खून चूसता था। कितनी कम तनखा देता था और कितना काम लेता था। मजदूर एक दिन बीमार पड़ जाय तो पैसा काट लेता था। अब रौरव नर्क भोग रहा होगा।

व्यापारी भी इसे देखेंगे। वे शायद कहें—अरे, आज सवेरे किसका मुँह देख लिया। अरे, इस लाला ने जिसका पैसा लिया, वापस नहीं किया। इसके नाम को कई लेनदार रो रहे हैं।

मेरी सलाह मानते तो मैं इन पिता-भक्तों से कहता—उमर-दराज पिताजी की फोटो इस तरह मत छपाया करो। लोग उनके बारे में बुरी-बुरी बातें कहते हैं। उनकी दबी हुई बदनामी उभर आती है।

पर लड़के मेरी बात नहीं मानते। पिता का फोटो छपाना उनके लिए सजावट और विज्ञापन है। जिस दिन लालाजी मरे उस दिन उनका फोटो छपाना लड़कों के लिए वैसा ही है जैसे दीवाली पर नया रंगीन साइन-बोर्ड बनवाना। वरना लालाजी को कौन जानता। किसे मतलब है कि उन्होंने कौन-सा पराक्रम किया। किसे इससे गरज है कि वे मरे कि नहीं और कब मरे। मगर लड़कों ने लालाजी की याद को राष्ट्रीय महत्त्व दे डाला।

पैसा ऊपर हो जाता है तो वह अपना रूप प्रकट करना चाहता है। वह अकुलाता है कि मैं हूँ और दिख नहीं रहा हूँ। मैं अपने को अभिव्यक्त करूँ। और पैसा इस तरह फूटकर प्रकट हो जाता है जैसे पके फोड़े का मवाद।

फूहड़पन के लिए भी हैसियत चाहिए। मेरी हैसियत नहीं है तो लालाजी के बेटों पर हँस रहा हूँ। पैसा और फूहड़पन दोनों आ जाएँ तो मैं गहरा रंग खरीदकर चेहरे को रँगवा लूँ—एक गाल पीला, दूसरा लाल, नाक हरी, कपाल नीला।

मेरे सामने एक पैसेवाले युवक की शादी का निमन्त्रण-पत्र रखा है। कई रंगों का है। इतने गहरे रंग हैं कि पढ़ा नहीं जाता कि शादी के बारे में लिखा है या श्राद्ध के। वर की तस्वीरें भी हैं—बैठे हुए, सोचते हुए, लिखते हुए, सितार बजाते हुए। मुझे मालूम है यह युवक लेन-देन के मामलों में एक बार पिट भी चुका है। एक फोटो इसका भी छपना था—वर जूते खाते हुए। इस निमन्त्रण-पत्र को देखकर मतली आती है। फोड़ा पककर फूट गया है और मवाद बिखर रहा है।

कल इधर एक बारात आयी थी। मजदूरों के सिर पर कई गैस-बत्तियाँ रखी थीं। दूल्हे की सजावट ऐसी कि वधू को उसे देखकर उल्टी हो जाए। दो बैण्ड और इनके साथ ही लाउडस्पीकर। बड़ा घमासान कोलाहल। बारातियों को विभिन्न रंगों से पोत दिया होता तो अच्छा होता।

मेरी दीवार पर एक कैलेण्डर टँगा था जो मैंने निकलवा दिया। बड़े व्यापारी का कैलेण्डर था। उसमें धन की देवी लक्ष्मी फूल पर बैठी हैं। फूल में सौन्दर्य होता है, गन्ध होती है, कोमलता होती है। मगर ये लक्ष्मी फूल को कुर्सी समझकर उस पर बैठी हैं। धन की देवी हैं न। जब इनका यह हाल है तो देवी के कृपापात्र फूहड़पन क्यों नहीं करेंगे। फिर भी मैं कहता हूँ—देवी, तू अपनी बैठक बदल दे। सिंहासन पर बैठ और हाथ में फूल ले ले। या फूल जूड़े में खोंस ले। फिर तू जिसे चाहे धन दे। मगर उसके साथ ही थोड़ी-सी सुरुचि एकाध किलोग्राम दे दिया कर। इससे इन्फेक्शन नहीं होगा और सम्पन्नता के फोड़े से बदबूदार मवाद नहीं बहेगा।

विकलांग श्रद्धा का दौर

अभी-अभी एक आदमी मेरे चरण छूकर गया है। मैं बड़ी तेजी से श्रद्धेय हो रहा हूँ, जैसे कोई चलतू औरत शादी के बाद बड़ी फुर्ती से पतिव्रता होने लगती है। यह हरकत मेरे साथ पिछले कुछ महीनों से हो रही है कि जब-तब कोई मेरे चरण छू लेता है। पहले ऐसा नहीं होता था। हाँ, एक बार हुआ था, पर वह मामला वहीं रफा-दफा हो गया। कई साल पहले एक साहित्यिक समारोह में मेरी ही उम्र के एक सज्जन ने सबके सामने मेरे चरण छू लिये। वैसे चरण छूना अश्लील कृत्य की तरह अकेले में ही किया जाता है। पर वह सज्जन सार्वजनिक रूप से कर बैठे, तो मैंने आसपास खड़े लोगों की तरफ गर्व से देखा—तिलचट्टो, देखो मैं श्रद्धेय हो गया। तुम घिसते रहो कलम।...पर तभी उस श्रद्धालु ने मेरा पानी उतार दिया। उसने कहा, ''अपना तो नियम है कि गौ, ब्राह्मण, कन्या के चरण जरूर छूते हैं।'' यानी उसने मुझे बड़ा लेखक नहीं माना था। बम्हन माना था।

श्रद्धेय बनने की मेरी इच्छा तभी मर गयी थी। फिर मैंने श्रद्धेयों की दुर्गति भी देखी। मेरा एक साथी पी-एच.डी. के लिए रिसर्च कर रहा था। डॉक्टरेट अध्ययन और ज्ञान से नहीं, आचार्य-कृपा से मिलती है। आचार्यों की कृपा से इतने 'डॉक्टर' हो गये हैं कि बच्चे खेल-खेल में पत्थर फेंकते हैं तो किसी डॉक्टर को लगता है। एक बार चौराहे पर यहाँ पथराव हो गया। पाँच घायल अस्पताल में भर्ती हुए और वे पाँचों हिन्दी के 'डॉक्टर' थे। नर्स अपने अस्पताल के डॉक्टर को पुकारती : 'डॉक्टर साहब', तो बोल पड़ते थे ये हिन्दी के डॉक्टर।

मैंने खुद कुछ लोगों के चरण छूने के बहाने उनकी टाँग खींची है। लँगोटी धोने के बहाने लँगोटी चुरायी है। श्रद्धेय बनने की भयावहता मैं समझ गया था। वरना मैं समर्थ हूँ। अपने आपको कभी का श्रद्धेय बना लेता। मेरे ही शहर में कालेज के एक अध्यापक थे। उन्होंने अपने नेमप्लेट पर खुद ही 'आचार्य' लिखवा लिया था। मैं तभी समझ गया था कि इस फूहड़पन में महानता के लक्षण हैं। आचार्य बम्बईवासी हुए और वहाँ उन्होंने अपने को 'भगवान् रजनीश' बना डाला। आजकल

वह फूहड़ से शुरू करके मान्यता-प्राप्त भगवान हैं। मैं भी अगर नेम-प्लेट में नाम के आगे 'पण्डित' लिखवा लेता तो कभी का 'पण्डितजी' कहलाने लगता।

सोचता हूँ, लोग मेरे चरण अब क्यों छूने लगे हैं? यह श्रद्धा एकाएक कैसे पैदा हो गयी? पिछले महीनों में मैंने ऐसा क्या कर डाला? कोई खास लिखा नहीं है। कोई साधना नहीं की। समाज का कोई कल्याण भी नहीं किया। दाढ़ी नहीं बढ़ायी। भगवा भी नहीं पहना। बुजुर्गी भी कोई नहीं आयी। लोग कहते हैं, ये वयोवृद्ध हैं। और चरण छू लेते हैं। वे अगर कमीने हुए तो उनके कमीनेपन की उम्र भी साठ-सत्तर साल की हुई। लोग वयोवृद्ध कमीनेपन के भी चरण छू लेते हैं। मेरा कमीनापन अभी श्रद्धा के लायक नहीं हुआ है। इस एक साल में मेरी एक ही तपस्या है—टाँग तोड़कर अस्पताल में पड़ा रहा हूँ। हड्डी जुड़ने के बाद भी दर्द के कारण टाँग फुर्ती से समेट नहीं सकता। लोग मेरी इस मजबूरी का नाजायज फायदा उठाकर झट मेरे चरण छू लेते हैं। फिर आराम के लिए मैं तख्त पर लेटा ही ज्यादा मिलता हूँ। तख्त ऐसा पवित्र आसन है कि उस पर लेटे दुरात्मा के भी चरण छूने की प्रेरणा होती है।

क्या मेरी टूटी टाँग में से दर्द की तरह श्रद्धा पैदा हो गयी है? तो यह विकलांग श्रद्धा है। जानता हूँ, देश में जो मौसम चल रहा है, उसमें श्रद्धा की टाँग टूट चुकी है। तभी मुझे भी यह विकलांग श्रद्धा दी जा रही है। लोग सोचते होंगे—इसकी टाँग टूट गयी है। यह असमर्थ हो गया। दयनीय है। आओ, इसे हम श्रद्धा दे दें।

हाँ, बीमारी में से श्रद्धा कभी-कभी निकलती है। साहित्य और समाज के एक सेवक से मिलने मैं एक मित्र के साथ गया था। जब वह उठे तब उस मित्र ने उनके चरण छू लिये। बाहर आकर मैंने मित्र से कहा, "यार, तुम उनके चरण क्यों छूने लगे?" मित्र ने कहा, "तुम्हें पता नहीं है, उन्हें डायबटीज हो गया है।" अब डायबटीज श्रद्धा पैदा करे, तो टूटी टाँग भी कर सकती है। इसमें कुछ अटपटा नहीं है। लोग बीमारी से कौन फायदे नहीं उठाते। मेरे एक मित्र बीमार पड़े थे। जैसे ही कोई स्त्री उन्हें देखने आती, वह सिर पकड़कर कराहने लगते। स्त्री पूछती, "क्या सिर में दर्द है?" वे कहते, "हाँ, सिर फटा पड़ता है।" स्त्री सहज ही उनका सिर दबा देती। उनकी पत्नी ने ताड़ लिया। कहने लगी, "क्योंजी, जब कोई स्त्री तुम्हें देखने आती है तभी तुम्हारा सिर क्यों दुखने लगता है?" उसने जवाब भी माकूल दिया। कहा, "तुम्हारे प्रति मेरी इतनी निष्ठा है कि परस्त्री को देखकर मेरा सिर दुखने लगता है। जान प्रीत-रस इतनेहु माहीं।"

श्रद्धा ग्रहण करने की भी एक विधि होती है। मुझसे सहज ढंग से अभी श्रद्धा ग्रहण नहीं होती। अटपटा जाता हूँ। अभी 'पार्ट टाइम' श्रद्धेय ही हूँ। कल दो आदमी आये। वे बात करके जब उठे तब एक ने मेरे चरण छूने को हाथ बढ़ाया। हम दोनों

ही नौसिखुए। उसे चरण छूने का अभ्यास नहीं था, मुझे छुआने का। जैसा भी बना उसने चरण छू लिये। पर दूसरा आदमी दुविधा में था। वह तय नहीं कर पा रहा था कि मेरे चरण छुए या नहीं। मैं भिखारी की तरह उसे देख रहा था। वह थोड़ा-सा झुका। मेरी आशा उठी। पर वह फिर सीधा हो गया। मैं बुझ गया। उसने फिर जी कड़ा करके कोशिश की। थोड़ा झुका। मेरे पाँवों में फड़कन उठी। फिर वह असफल रहा। वह नमस्ते करके ही चला गया। उसने अपने साथी से कहा होगा—तुम भी यार, कैसे टुच्चों के चरण छूते हो। मेरे श्रद्धालु ने जवाब दिया होगा—काम निकालने को उल्लुओं से ऐसा ही किया जाता है। इधर मुझे दिन-भर ग्लानि रही। मैं हीनता से पीड़ित रहा। उसने मुझे श्रद्धा के लायक नहीं समझा। ग्लानि शाम को मिटी जब एक कवि ने मेरे चरण छुए। उस समय मेरे एक मित्र बैठे थे। चरण छूने के बाद उसने मित्र से कहा, "मैंने साहित्य में जो कुछ सीखा है, परसाई जी से।" मुझे मालूम है, वह कवि सम्मेलनों में हूट होता है। मेरी सीख का क्या यही नतीजा है? मुझे शर्म से अपने आपको जूता मार लेना था। पर मैं खुश था। उसने मेरे चरण छू लिये थे।

अभी कच्चा हूँ। पीछे पड़नेवाले तो पतिव्रता को भी छिनाल बना देते हैं। मेरे ये श्रद्धालु मुझे पक्का श्रद्धेय बनाने पर तुले हैं। पक्के सिद्ध-श्रद्धेय मैंने देखे हैं। सिद्ध मकरध्वज होते हैं। उनकी बनावट ही अलग होती है। चेहरा, आँखें खींचनेवाली। पाँव ऐसे कि बरबस आदमी झुक जाए। पूरे व्यक्तित्व पर 'श्रद्धेय' लिखा होता है। मुझे ये बड़े बौड़म लगते हैं। पर ये पक्के श्रद्धेय होते हैं। ऐसे एक के पास मैं अपने मित्र के साथ गया था। मित्र ने उनके चरण छुए जो उन्होंने विकट ठण्ड में भी श्रद्धालुओं की सुविधा के लिए चादर से बाहर निकाल रखे थे। मैंने उनके चरण नहीं छुए। नमस्ते करके बैठ गया। अब एक चमत्कार हुआ। होना यह था कि उन्हें हीनता का बोध होता कि मैंने उन्हें श्रद्धा के योग्य नहीं समझा था। हुआ उलटा। उन्होंने मुझे देखा। और हीनता का बोध मुझे होने लगा—हाय, मैं इतना अधम हूँ कि अपने को इनके पवित्र चरणों को छूने के लायक नहीं समझता। सोचता हूँ, ऐसा बाध्य करनेवाला रोब मुझ ओछे श्रद्धेय में कब आएगा।

श्रद्धेय बन जाने की इस हल्की-सी इच्छा के साथ ही मेरा डर बरकरार है। श्रद्धेय बनने का मतलब है 'नान परसन'—'अव्यक्ति' हो जाना। श्रद्धेय वह होता है जो चीजों को हो जाने दे। किसी चीज का विरोध न करे। जबकि व्यक्ति की, चरित्र की, पहचान ही यह है कि वह किन चीजों का विरोध करता है। मुझे लगता है, लोग मुझसे कह रहे हैं तुम अब कोने में बैठो। तुम दयनीय हो। तुम्हारे लिए सब कुछ हो जाया करेगा। तुम कारण नहीं बनोगे। मक्खी भी हम उड़ाएँगे।

और फिर श्रद्धा का यह कोई दौर है देश में? जैसा वातावरण है, उसमें किसी

को भी श्रद्धा रखने में संकोच होगा। श्रद्धा पुराने अखबार की तरह रद्दी में बिक रही है। विश्वास की फसल को तुषार मार गया। इतिहास में शायद कभी किसी जाति को इस तरह श्रद्धा और विश्वास से हीन नहीं किया गया होगा। जिस नेतृत्व पर श्रद्धा थी, उसे नंगा किया जा रहा है। जो नया नेतृत्व आया है, वह उतावली में अपने कपड़े खुद उतार रहा है। कुछ नेता तो अण्डरवियर में ही हैं। कानून से विश्वास गया। अदालत से विश्वास छीन लिया गया। बुद्धिजीवियों की नस्ल पर ही शंका की जा रही है। डॉक्टरों को बीमारी पैदा करनेवाला सिद्ध किया जा रहा है। कहीं कोई श्रद्धा नहीं, विश्वास नहीं।

अपने श्रद्धालुओं से कहना चाहता हूँ—'यह चरण छूने का मौसम नहीं, लात मारने का मौसम है। मारो एक लात और क्रान्तिकारी बन जाओ।'

तीसरे दर्जे के श्रद्धेय

बुद्धिजीवी बहुत थोड़े में सन्तुष्ट हो जाता है। उसे पहले दर्जे का किराया दे दो ताकि वह तीसरे में सफर करके पैसा बचा ले। एकाध माला पहना दो, कुछ श्रोता दे दो और भाषण के बाद थोड़ी तारीफ–वह मान जाता है, इतने में। मैं भी विश्वविद्यालय में भाषण देकर सन्तुष्ट था। उस शहर से बीस मील इधर के स्टेशन से मैं तीसरे से पहले दर्जे में आ गया था, जिससे मेजबानों को बुद्धिजीवी को तीसरे दर्जे से उतारने की शर्म न झेलनी पड़ी। मैं दरवाजे पर हैण्डिल पकड़े तब तक खड़ा रहा, जब तक उन्होंने मुझे देख नहीं लिया। ऐसा हो चुका है कि स्वागतकर्ता मुझे पहले दर्जे में तलाश कर रहे हैं और मैं चुपचाप तीसरे दर्जे से उतरकर उनका इन्तजार कर रहा हूँ। जब वे मिलते हैं, तो दोनों पार्टियों को शर्म महसूस होती है। वे सोचते हैं, किस थर्ड-क्लासिये को बुला लिया। और मैं सोचता हूँ–इन्होंने मुझे पकड़ लिया। कभी मौका मिला तो नजर बचाकर प्लेटफॉर्म पर तीसरे दर्जे के सामने से सरककर पहले के सामने आ जाता हूँ और फिर बाबू को टिकट इस तरह देता हूँ कि मेजबान जान न सके कि वह तीसरे दर्जे का है।

श्रद्धेय के भी दर्जे होते हैं। तीसरे दर्जे का श्रद्धेय प्रेरणा नहीं देता। वह शर्म देता है। गाँधीजी की बात अलग थी। वे तीसरे को भी पहले दर्जे की महिमा दे देते थे। हम तो पहले दर्जे में बैठकर भी तीसरे की हीनता अनुभव करते हैं। सन्त और बुद्धिजीवी में यही फर्क है। मुझे विशेष सावधान रहना पड़ता है। पाठ्यक्रम में आ गया हूँ। कोर्स का लेखक हो गया हूँ। कोर्स का लेखक वह पक्षी है, जिसके पाँवों में घुँघरू बाँध दिये गये हैं। उसे ठुमककर चलना पड़ता है। ये आभूषण भी हैं और बेड़ियाँ भी। रायल्टी मिलने लगती है, तो जी होता है कि 'सत्साहित्य' ही लिखो, जिससे लड़के-लड़कियों का चरित्र बने। उसे आचार्यगण तुरन्त गले लगा लेंगे। परेशानी यही है कि 'सत्साहित्य' कुल आठ-दस वाक्यों में आ जाता है, जैसे–सत्य बोलो, किसी को कष्ट मत दो, ब्रह्मचर्य से रहो, परायी स्त्री को माता समझो, आदि।

एक तो बुद्धिजीवी, फिर कोर्स का बुद्धिजीवी–मुझे विशेष सावधान रहना

पड़ता है। कितना ही प्रखर बुद्धिजीवी हो, अगर तीसरे दर्जे से उतरता हुआ देख लिया जाता है, तो उसका मनोबल घट जाता है। तीसरे दर्जे से उतरा और बुद्ध (नहीं, अबुद्ध) शाकाहारी होटल में ठहरा बुद्धिजीवी आधा बुझ जाता है। मैं मनोबल बनाये रखने के लिए पन्द्रह-बीस मील पहले तीसरे से पहले दर्जे में आ जाता हूँ और पेट चाहे पचा न सके, अच्छे मांसाहारी होटल में ठहरता हूँ। पहला दर्जा और गोश्त बुद्धिजीवी को प्रखर बनाते हैं।

लौटते में मैं तीसरे दर्जे में यह कहकर बैठ जाता हूँ कि पहला दर्जा रात को असुरक्षित रहता है। यही बुद्धिजीवी की मिश्रित अर्थव्यवस्था है, जो देश की मिश्रित अर्थव्यवस्था के अनुरूप ही है। देश के प्रति बुद्धिजीवी बहुत जागरूक है। वह पहले दर्जे से उतरता और तीसरे में चढ़ता है।

मेरे भाषण का विषय था–'आजादी के पच्चीस वर्ष'। सामने लड़कियाँ बैठी थीं, जिनकी शादी बिना दहेज के नहीं होनेवाली थी। बैल की तरह मार्केट में उनके लिए पति खरीदना ही होगा। वर का बाप जचकी तक का खर्च जोड़कर ले लेगा। स्त्री के लिए अभी भी पत्नी के पद पर नौकरी सबसे सुरक्षित जीविका है। और लड़के बैठे थे, जिन्हें डिग्री लेने के बाद सिर्फ सिनेमाघर पर पत्थर फेंकने का काम मिलनेवाला है। आजादी के पच्चीस वर्षों का यही हिसाब है। पर पिछले दो वर्षों से कहा जा रहा है कि देश में क्रान्ति हो रही है। बुद्धिजीवी इसे समझे और इस प्रक्रिया में सहयोगी बने। बुद्धिजीवी को क्रान्ति की बात करने में क्या लगता है। वह सारा गुस्सा सरकार पर उतार देता है। इससे वाहवाही मिलती है, वह साहसी कहलाता है, लोकप्रिय होता है–मगर वह छद्म क्रान्तिकारिता है। ऐसा लेखक सरकार पर नाटकीय हमले करके सारी क्रान्तिविरोधी बुर्जुआ ताकतों को बचा ले जाता है। इस तरह वह बुर्जुआ समर्थक हो जाता है। लुकाच का तो यही निष्कर्ष है। माँग है तो मैंने क्रान्तिकारिता की बात की। पहले दर्जे का किराया और पेट में मुर्गा बुद्धिजीवी को क्रान्तिकारी बना देता है। मुर्गा दिन में सबसे पहले क्रान्ति का आह्वान करता है। क्रान्ति की बाँग देता है और फिर घूरे पर दाने बीनने लगता है। भारतीय बुद्धिजीवी का भी यही हाल है। क्रान्ति की बाँग, घूरे पर दाने चुगना और हलाल होने का इन्तजार करना। यों दूध और कलाकन्द खानेवाले (नहीं, सेवन करनेवाले) भी अपने को क्रान्तिकारी बुद्धिजीवी कहते हैं, पर मैं नहीं मानता।

लौटने के लिए स्टेशन पहुँचा तो टहलते हुए सोचने लगा–इन पच्चीस वर्षों ने क्या दिया? इस समय मेरी क्या चिन्ता है। क्या मैं क्रान्ति की बात सोच रहा हूँ? नहीं, मुझमें यात्रा की घबराहट है। बर्थ की घबराहट है। मैं बार-बार टिकट निकालकर देखता हूँ आज का ही है? कहीं जाली तो नहीं है? रिजर्वेशन सही है कि नहीं? कोई भरोसा नहीं।

मुझे गाड़ी के समय की चिन्ता है। मैं चिपका हुआ टाइम-टेबल देखता हूँ। कहीं ऐसा तो नहीं है कि गाड़ी निकल गयी हो। टाइम-टेबल देखता हूँ। पर मुझे इस पर भरोसा नहीं। यह पुराना भी हो सकता है। मैं वहीं खड़े बाबू से पूछता हूँ। वह कहता है, ''आपने अभी तो वह चिपका हुआ टाइम-टेबल देखा है!'' मैं कहता हूँ, ''चिपके का क्या भरोसा! पच्चीस सालों से क्या-क्या नहीं चिपका है इस देश में! संविधान के निर्देशक सिद्धान्त चिपके हैं। पर अमल नहीं। चिपका है गाँधीजी का वाक्य–'स्वराज्य में हर आँख का आँसू पोंछा जाएगा।' मगर यही तय नहीं हो पा रहा है कि रुला कौन रहे हैं। पचपन करोड़ के हाथों में एक-एक रूमाल दे दिया गया है कि लो, एक-दूसरे के स्वराज्य के आँसू पोंछो। चिपके कागज का क्या भरोसा! समाजवादी ढंग का नारा चिपका था। पर काम सब बेढंगा हो रहा था। फिर 'जनतान्त्रिक समाजवाद' चिपक गया। फिर 'समाजवाद' चिपका। अब 'गरीबी हटाओ' चिपका है। मगर कीमतें बढ़ रही हैं। चिपके कागज का कोई भरोसा नहीं रह गया।''

बाबू मुझे गाड़ी का समय बताता है। पर मैं एक बार बाबू पर भरोसा नहीं करता। एक पर भरोसा करके नागपुर में भुगत चुका हूँ। उसने कहा था कि यह गाड़ी बैतूल रुकती है। पर बाद में मालूम हुआ कि नहीं रुकती। मैं दूसरे बाबू से पूछता हूँ। थोड़ा आश्वस्त होता हूँ।

मैं अब काले तख्ते पर देखता हूँ। लिखा है–'राइट टाइम'। मुझे भरोसा नहीं होता। कल का लिखा हो और मिटाया न गया हो। या कोई और गाड़ी 'राइट टाइम' हो, लेकिन लिख इसके सामने दिया गया हो। मैं फिर दो बाबुओं से पूछता हूँ, जो कहते हैं कि गाड़ी 'राइट टाइम' है। फिर भी मुझे विश्वास नहीं होता। गाड़ी समय से पहले भी आ सकती है और लेट भी।

अब मुझे समय की चिन्ता लग गयी है। रेलवे की घड़ी का भरोसा नहीं। महीनों बन्द पड़ी रहती हैं ये घड़ियाँ। अपनी घड़ी देखता हूँ, पर उस पर भी मुझे भरोसा नहीं। पता नहीं, कब चाबी दी। फिर इन घड़ियों का कोई ठिकाना है! मैं एक-दो लोगों से समय और पूछ लेता हूँ।

अब मैं प्लेटफॉर्म पर खड़ा गाड़ी का इन्तजार कर रहा हूँ। मैं जानता हूँ, गाड़ी पूर्व से आती है, पर मैं पश्चिम की तरफ भी देखता हूँ। दोनों तरफ से गाड़ी का इन्तजार करता हूँ। कोई ठिकाना नहीं है। पूर्व से आनेवाली गाड़ी पश्चिम से भी आ सकती है।

सोचता हूँ–मुझे हो क्या गया है? इतना अनिश्चय, इतना अविश्वास! क्या आजादी के पच्चीस वर्षों ने यही अनिश्चय और अविश्वास की मानसिकता दी है हमारी पीढ़ी को? और यही हम आगामी पीढ़ी को विरासत में दे रहे हैं?

जिस रास्ते पर चल रहे हैं, वह 'समाजवाद' मार्ग है, पर ले कहीं और जा रहा है। महात्मा गाँधी मार्ग पर सारे ठग रहते हैं। रवीन्द्र मार्ग पर बूचड़खाना खुला है। परीक्षा में कोई बैठता है, और पास दूसरा हो जाता है। सारे देश में शक्कर के दाम दो रुपये किलो निश्चित किये गये हैं, पर इस घोषणा के बाद ही उसका दाम चार रुपये से बढ़कर सवा-चार रुपये हो जाता है। सहकारी दुकान के सामने कतार लगी है और पीछे के दरवाजे से चीजें काला बाजार में चली जा रही हैं। क्षेत्र में काम कोई करता है और टिकिट दूसरे को मिल जाती है। हम किसी को महान भ्रष्टाचारी घोषित करते हैं और वह सदाचार-अधिकारी बना दिया जाता है।

अनिश्चय और अविश्वास!

दवा की शीशी पर नाम सही है, पर पता नहीं क्या खा रहे हैं। 'हनुमान भक्त' मेरा एक मित्र कहता है, "अब आदमी पर भरोसा नहीं रहा। कुछ निश्चित नहीं है। अब तो हनुमानजी से प्रार्थना करते हैं कि अब के जब राम के काम से गन्धमादन जाओ तो हमारे लिए भी पेचिश की दवा लेते आना।"

गाड़ी आती है। तीसरे दर्जे के श्रद्धेय जब अपनी सुरक्षित बर्थ पर जाते हैं, तो देखते हैं कि वहाँ कोई दूसरा बिस्तर फैला रहा है।

जिन्दगी और मौत का दस्तावेज

(वसीयतनामा फरमाइशी)

मेरे दुश्मनो, खुश होने में जल्दी मत करना। अभी वह शुभ क्षण नहीं आया कि मैं मरूँ। मैं जानता हूँ कि तुम एक अरसे से मेरी मृत्यु का शुभ समाचार सुनने को लालायित हो, पर फिलहाल मैं तुम्हें निराश कर रहा हूँ। इन्तजार करो। किसी दिन सचमुच मरकर तुम पर मेहरबानी करूँगा। दयालु आदमी हूँ। कोशिश करूँगा कि जितनी जल्दी हो सके, तुम्हारी मनोकामना पूरी करूँ। तुम धीरज से प्रार्थना किये जाओ।

और मेरे दोस्तो, रोने की जल्दी मत करो। अभी मेहनत से रोने की तैयारी करो। जब मैं सचमुच प्राण-त्याग करूँगा, तब इस बात की आशंका है कि झूठे रोनेवाले सच्चे रोनेवालों से बाजी मार ले जाएँगे। तुम अभी से प्रभावकारी ढंग से रोने का अभ्यास करो। एक योजना बनाकर रोने का रिहर्सल करो। जब तुम कह दोगे कि तैयारी पूरी है, तब मैं फौरन मर जाऊँगा।

अभी तो यारो, दुनिया छोड़ने का अपना कतई इरादा नहीं। और फिर कबीर ने कहा है—जग मरिहै, हम न मरब।

तो फिर मैं यों ही ख्वामख्वाह क्यों मर रहा हूँ। असल में मैं जीने के लिए मर रहा हूँ। सम्पादक चाहते हैं कि मैं मरूँ, तो मर रहा हूँ। मेरे इस बयान के पत्रिका मुझे पैसे देगी। उन पैसों से कुछ समय जिन्दा रहूँगा। सम्पादकों की बात मैंने कभी नहीं टाली। वे कहें कि रो दो, तो मैं रो पड़ूँगा। वे कहें कि नंगे हो जाओ, तो नंगा हो जाऊँगा। साहित्य में नंगेपन का पेमेण्ट अच्छा होता है।

सम्पादकों ने कभी कहा था—इमरजेन्सी है तो डरो। मैं डरा। फिर कहा—इमरजेन्सी की तारीफ में लिखो। मैंने लिखा। ईमान से लिखा। इमरजेन्सी उठी तो कहा—इमरजेन्सी के खिलाफ लिखो। मैंने इमरजेन्सी के खिलाफ भी लिखा। ईमान से लिखा। साथ ही घोषणा भी की थी कि मैं एक मात्र बहादुर बुद्धिजीवी हूँ। बाकी सब कायर हैं। शेर कोई दूसरा मारे, उसकी दुम मैं काट लेता हूँ। यानी मैं प्रतिनिधि बुद्धिजीवी हूँ।

बुद्धिजीवी वह होता है जो किसी सत्ता या दाता के हरम की रक्षा करे। राजाओं-नवाबों के हरम की रक्षा करनेवाले पौरुषहीन खोजा होते थे। तभी वे ठीक रक्षा करते थे। पर जब उनकी ड्यूटी खत्म होती थी, तब वे तलवार घुमाकर बताते थे कि मैं वीर हूँ। मैंने भी सत्ता और दाता के दो हरमों की तब रक्षा की थी और अब दूसरी सत्ता और दाता के हरमों की रक्षा कर रहा हूँ। फुरसत में तलवार घुमाकर बहादुर बन जाता हूँ। मैं प्रतिनिधि बुद्धिजीवी हूँ।

तो मर रहा हूँ। शगल के लिए ही सही। कुछ रूमानी होने को जी चाहता है।

मगर हटाओ, नहीं होते रूमानी। गाड़ियाँ लेट चल रही हैं—खाक हो जाएँगे हम उनको खबर होने तक। तो क्या करूँ। राम का नाम लूँ। ईश्वर को याद करूँ? मैं निरीश्वरवादी रहा। आखिरी वक्त क्या खाक मुसलमाँ होंगे। पर मुझे डर लगता है कि कहीं सचमुच कोई ईश्वर हुआ तो मेरी बड़ी दुर्गति करेगा। पर मुझमें साहस नहीं है। वाल्तेयर में था। उसने जीवन-भर ईसाइयत के पाखण्ड पर हमला किया। मर रहा था तो पादरी आये। वाल्तेयर ने पूछा, "क्यों आये?" पादरी बोले, "तुम्हारी आत्मा की शान्ति के लिए।" वाल्तेयर ने कहा, "पर तुम्हें किसने भेजा?" पादरी बोले, "ईश्वर ने!" वाल्तेयर ने उस हालत में भी कहा, "अच्छा, तो ईश्वर का पत्र दिखाओ।"

नहीं, ऐसा अपने से नहीं बनेगा। न कबीर सरीखा बनेगा कि रहे काशी में और मरने गये मगहर, जहाँ मरने से नरक मिलता है। मैं तो कहता हूँ—ईश्वर, अगर तू नहीं है तो कोई बात नहीं। पर अगर तू है तो हे मालिक, माई-बाप, मुझे माफ करना। मैं तुझे नहीं पहचानता था। मेरी कमजोरी है। मैं अपने एरिया के थानेदार को भी नहीं पहचानता था। पर ईश्वर होता भी तो क्या होता? कष्ट भोगते-भोगते तो जिन्दगी कटी।

जिन्दगी अपनी जब इस तौर से गुजरी गालिब,
हम भी क्या याद करेंगे कि खुदा रखते थे।

घड़ी रखता था, पेन रखता था, चश्मा रखता था। बस खुदा ही नहीं रखता था, क्योंकि उसे रखने की जगह मेरे पास नहीं थी। मसजिद का खुदा तो 'पब्लिक सेक्टर' का होता है। प्राइवेट खुदा दिल की तिजोरी में रखा जाता है। मगर और चीजों के कारण दिल में जगह नहीं बची थी। इस कबाड़खाने में खुदा को तकलीफ होती। और फिर खुदा के रखने से फायदा भी क्या होता! मैं कुकर्मी तो रहा नहीं।

बहरहाल, मेरी मौत के बारे में पक्का कर लिया जाये। मेरी जिन्दगी में कई

चीजें होते-होते रह गयीं। मेरी शादी दो बार होते-होते रह गयी। एक बार पुलिस थानेदार होते-होते रह गया। एक बार शहीद होते-होते रह गया। एक अखबार ने मेरा फोटो शहीदों में छाप दिया था (बात न खुलती तो अभी ताम्रपत्र व पेंशन लेता)। दो बार मैं डूबते-डूबते रह गया। एक बार रेलगाड़ी के नीचे आते-आते बचा। एक बार कॉलेज का प्रिन्सिपल होते-होते रह गया।

हो सकता है, इस बार मरते-मरते रह जाऊँ। कहा जाता है कि चीते की जब तक खाल न उतार लो, जब तक यह न मानो कि वह मर गया। ऐसा ही मेरा हाल है। डॉक्टर से तीन-चार बार जाँच करवायी जाए। हो सकता है डॉक्टर सीने पर मेरे दिल की धड़कन देखें, मगर मेरा दिल तब तक टाँगों में पहुँच गया हो। कुछ ठिकाना नहीं है। खूब जाँच की जाए। एक परीक्षा यह भी की जाए : कोई कहे—परसाईजी, रायल्टी का चेक आया है। अगर मैं एकदम उठकर न बैठ जाऊँ तो समझा जाए कि पक्का मर गया। फिर भी पक्का करने के लिए मेरी नाक पर सौ का नोट रखा जाए। अगर तब भी न उठूँ तो पक्का मर गया।

इसके बाद शोक-प्रदर्शन शुरू हो सकता है।

इतना बाहर के लिफाफे में रहेगा। मौत पक्की होने पर भीतर का लिफाफा खोला जाए, जिसमें यह होगा—

मैं हरिशंकर परसाई पूरे होशोहवास में यह लिख रहा हूँ।

मैं लेखक माना जाता रहा हूँ, पर मैं लेखक अपनी इच्छा से नहीं, मजबूरी से बना। मैं सरकारी नौकरी में था। मेरा तबादला एक छोटी जगह हो गया। तब तक मैंने कुछ लिखकर छपा लिया था और मैं अपने को बड़ा लेखक मानने लगा था। मैंने सोचा—बड़ा लेखक छोटी जगह क्यों जाए? वह बड़ी जगह में रहेगा। मैंने इस्तीफा दे दिया। इस्तीफा नहीं देता तो मेरे कर्म ऐसे थे कि डिसमिस होता। अब क्या बचा? नौकरी गयी। कुछ करने को नहीं रहा तो लेखक हो गया। ओ हेनरी गबन में जेल गया था। जेल ने उसे लेखक बना दिया, बेकारी ने मुझे। मैं और कुछ करने को न होने के कारण लिखने का काम करने लगा। दूसरा कारण था—रोजी-रोटी कमाना। कुछ वर्षों में साहित्य के और मेरे साथ एक दुर्घटना घटी—मैं लेखक मान लिया गया। यह लेखकपन, जो मेरे सिर पर लाद दिया गया, एक बोझ बन गया, मैं इसे ढोने को मजबूर था। मैं कुछ और तो बना नहीं था, केवल लेखक बना था, तो जो बना दिया गया उसे निभाना एक मजबूरी हो गयी।

दूसरी दुर्घटना हुई—मुझे व्यंग्य-लेखक माना जाने लगा और यह कहा जाने लगा कि मैं हिन्दी में व्यंग्य के अभाव को दूर कर रहा हूँ। मैंने मूर्खतावश इसे भी गम्भीरता से ले लिया। तीसरी दुर्घटना हुई—कहा जाने लगा कि मैं सामाजिक चेतनासम्पन्न लेखक हूँ। मैंने इसे भी मान लिया। देखिए, एक भोले-भाले आदमी

की जिन्दगी किस तरह बरबाद की जाती है। मुझमें पुलिस के संस्कार और प्रकृति थी ही। सामाजिक चेतनासम्पन्न लेखक कहा जाने लगा तो मैं साहित्य में थानेदार हो गया। सोचने लगा, समाज को मैं ही सुधारूँगा, मैं कानून और व्यवस्था स्थापित करूँगा, गुण्डा तत्त्वों को उखाड़ फेंकूँगा। अब गुण्डों से निपटने के लिए पुलिसवाले को खुद बड़ा गुण्डा होना पड़ता है। तो आगे चलकर मैं साहित्य में निरा गुण्डा रह गया।

मुझे ज्ञानियों ने लगातार सलाह दी कि कुछ शाश्वत लिखो। ऐसा लिखो, जो अमर रहे। ऐसी सलाह देनेवाले कभी के मर गये। मैं जिन्दा हूँ, क्योंकि जो मैं आज लिखता हूँ, कल मर जाता है। लेखकों को मेरी सलाह है कि ऐसा सोचकर कभी मत लिखो कि मैं शाश्वत लिख रहा हूँ। शाश्वत लिखनेवाले तुरन्त मृत्यु को प्राप्त होते हैं। अपना लिखा जो रोज मरता देखते हैं, वही अमर होते हैं।

जो अपने युग के प्रति ईमानदार नहीं हैं, वह अनन्त काल के प्रति क्या ईमानदार होगा!

मैंने एक गलती और की। साहित्य को सीढ़ी मानना चाहिए। मैंने उसे छज्जा मान लिया और जिन्दगी-भर सीढ़ी पर बैठा-बैठा छज्जों को देखता रहा। लोग मेरे सामने ही साहित्य की सीढ़ी से चढ़कर छज्जों पर जा बैठे। कोई बड़ा अफसर हो गया, कोई बड़ा सम्पादक, कोई विदेश विभाग में, कोई सांस्कृतिक सलाहकार। कई प्रकाशक हो गये। उन्होंने साहित्य की सीढ़ी से छलाँग लगायी और छज्जे पर जा बैठे। मैं सीढ़ी पर बैठा रहा। मेरे अगल-बगल से लोग सीढ़ी चढ़ते जाते रहे—ऊँचे और ऊँचे।

मैंने व्यंग्य लिखा। पर वह जरा कठिन हो गया। मुझे हँसोड़, मसखरा, जोकर होना था। तब अधिक सफल होता। मेरे सामने ही लोग यश लूटते रहे और पैसा भी। वे हास्यरस भी नहीं, हास्यास्पद रस के लोग थे। एक हास्यरस के कवि थे। उनकी कविता में 'कुत्ता' शब्द आ जाता तो वे भौंक पड़ते और लोग खूब हँसते। उन्हें बहुत पैसे मिलते। पर मैं तो इस ऐंठ में रहा कि समाज के तल में जाकर परीक्षण करूँगा और समाज-परिवर्तन के लेख लिखूँगा। मैं साहित्य में आर्यसमाजी हो गया। इससे अच्छा होता, मैं केवल 'कॉमिक' लिखता और करता।

अच्छा लिखने की मेरी प्रबल इच्छा थी, पर अब वह धरी रह गयी। मैंने कई बार बड़ा और श्रेष्ठ उपन्यास लिखने की कोशिश की। इसके दो कारण थे। एक तो उपन्यास लिखे बिना कोई पक्का लेखक नहीं बन सकता। दूसरे, उपन्यास पकौड़े की तरह बिकता है। खूब पैसे मिलते हैं। लोकप्रिय उपन्यास के फार्मूले होते हैं। एक ही स्त्री को कभी नर्स, कभी शिक्षिका, कभी क्लर्क, कभी टेलीफोन-ऑपरेटर

बना दो। दो-चार रोचक उपन्यास हो गये।

विवाहित पुरुष दूसरी स्त्री से प्रेम करता है, मगर पत्नी और समाज बाधक है। ऐसे में पत्नी से बलिदान करा दो। सारे पुरुष खुश। बढ़िया उपन्यास। स्त्री परपुरुष से प्रेम करती है। बाधक पति और समाज हैं। ऐसे में पति का बलिदान करा दो। सारी स्त्रियाँ खुश। फर्स्ट क्लास उपन्यास। ऐसे वाक्य हों—प्रिये, मैं निशा के प्रति तुम्हारी लगन को जानती हूँ। तुम्हारे पवित्र प्रेम में मैं बाधक नहीं बनूँगी। मैं आत्महत्या कर लेती हूँ। या फिर—प्रिये, नरेश के प्रति तुम्हारे अन्तर के भाव मैं समझता हूँ। पवित्र प्रेम से प्रेरित दो व्यक्तियों के रास्ते, मैं नहीं आना चाहता। मैं आत्महत्या कर लेता हूँ। बढ़िया कथा।

मैंने प्रेम-उपन्यास लिखने की कोशिश की, पर मेरे प्रेमी-प्रेमिका एक बार बिछुड़ते तो उनके मिलन का संयोग ही मैं नहीं बना पाता। मैंने पाँच उपन्यास आरम्भ किये, पर आगे नहीं बढ़ पाया। चाहता हूँ, इन अंशों का संग्रह छप जाए। शीर्षक हो : पाँच असफल उपन्यासों का आरम्भ।

अब जब वह तय ही हो गया, तो मरणोपरान्त क्या होना है इसकी हिदायतें देना चाहिए।

पहली बात तो यह है कि मेरी मृत्यु के कारणों की जाँच होनी चाहिए। यह जाँच होनी चाहिए कि क्या मेरा इलाज ठीक हुआ। ऐसा मैं इसलिए चाहता हूँ कि कुछ समय तक अखबारों में मेरा नाम चलता रहेगा। विवादास्पद मृत्यु यश फैलाती है। मैं मामूली मौत मरना भी नहीं चाहता था। डॉक्टर मुझे माफ करें। मैं यशलोलुप हूँ।

मेरे बारे में अखबारों में क्या छपे, यह मैं खुद तैयार करके रखे जा रहा हूँ। मुझे किसी पर भरोसा नहीं। ये लेख दूसरों के नाम से छापे जाएँ। अपने कई फोटोग्राफ मैंने रख छोड़े हैं। ये छापे जाएँ।

मेरी शोकसभा शानदार हो। बैंक में मेरा कुछ रुपया जमा है। इस पैसे से शोकसभा का प्रबन्ध करना चाहिए। हो सका तो मैं कुछ देर छुट्टी लेकर अपनी शोकसभा देखने आऊँगा। अगर कुछ कमी हुई तो आयोजकों के सिर पर भूत बनकर चढ़ जाऊँगा।

मित्रों से मेरा यह आग्रह है कि जैसे जीवन में उन्होंने मेरा साथ दिया, वैसे ही मौत के बाद दें। मेरा यह मतलब नहीं है कि वे भी जल्दी ही मेरे पास आ जाएँ। वे जिएँ। मित्रों ने मुझे बहुत बर्दाश्त किया, बहुत सहा, बहुत माफ किया। ऐसे मित्र दुर्लभ हैं, पर वे अब मेरे यश को स्थायी बनाने के लिए जो बन सके, करें। मेरे बारे में संस्मरण लिखें, जिनमें मेरी कमजोरियों का जिक्र न करें। मुझे एक साधु या महामानव बना दें।

मेरी हैसियत होती, तो मैं जीवनकाल में ही अपना अभिनन्दन-ग्रन्थ छपवाकर किसी बड़े आदमी के करकमलों से ले लेता। साहित्य में मेरे बुजुर्गों ने ऐसा किया है कि अपना अभिनन्दन-ग्रन्थ खुद तैयार करके ग्रहण कर लिया। मैं पैसे से मारा गया। पर मेरे मित्र अब मेरा स्मृति-ग्रन्थ जरूर निकालें। इसके लिए वे चन्दा करें और 33 प्रतिशत खा जाएँ। यदि वे चन्दा नहीं खाएँगे तो मेरी आत्मा को पीड़ा होगी। मैंने खुद कई बार चन्दा किया था और कमीशन खाया था। इससे चन्दे की पवित्रता बनी रही।

पण्डित नेहरू ने अपनी वसीयत में गंगा की कवित्वमय महिमा गायी थी और लिखा था कि मेरी अस्थियाँ प्रयाग (गंगा) में विसर्जित की जाएँ। मैं गंगा में डर और ठण्ड के मारे कभी नहीं नहाया। नर्मदा तो मेरे पास ही है। उसमें भी नहीं नहाया। बचपन में मैं नर्मदा में डूबते-डूबते बच गया था। तभी से मुझे पवित्र नदियों से घृणा हो गयी। यों भी मैं बहुत कम नहाया। ज्यादा नहाने से प्रतिभा कम हो जाती है। जिस घर में मैं रहा, उसके पास एक गन्दा नाला है 'ओमती'। यह नाला सारे शहर की गन्दगी और गन्दा पानी लेकर बहता है। बरसात में यह नाला मेरी सीढ़ियों तक आ जाता है और मैला उस पर उतराता है। इसे पार करके सड़क तक जाने में नरक का अनुभव हो जाता है। यह नाला मच्छर भी मुझे सप्लाई करता रहा है। इस नाले से मेरा आत्मिक सम्बन्ध रहा है। मेरी अस्थियाँ इसी नाले में विसर्जित की जाएँ।

मेरा स्मारक जरूर बनवाया जाए, पर इसका डिजाइन साधारण नहीं होना चाहिए। ग़ालिब की याद में जो ग़ालिब अकादमी बनी है, उसका बाथरूम भी अगर उसे रहने को मिल जाता तो वह निहाल हो जाता। ऐसा विरोधाभास नहीं होना चाहिए। मैं जिन्दगी-भर जिस मकान में रहा वह बरसात में इतना टपकता था कि सोने के लिए कोना ढूँढ़ना पड़ता था। मेरा स्मारक भी ऐसा ही बने। उसकी छत ऐसी हो कि बरसात में पानी भीतर आए। उसकी कभी पुताई और मरम्मत न की जाए। इस स्मारक के अहाते में बबूल के झाड़ लगाये जाएँ। रातरानी वगैरा के पौधे लगाये गये तो मरी आत्मा को शान्ति नहीं मिलेगी। मैंने जिन्दगी-भर बबूल और भटकटैया पसन्द की थी।

मेरी कोई सन्तान नहीं है, क्योंकि उनकी माँ ही नहीं थी। कहीं कोई बेटा-बेटी हो तो मैं उनका उल्लेख करके पतिव्रताओं को संकट में नहीं डालना चाहता। मेरे वारिस मेरे भानजे-भानजी होंगे। इनमें रायल्टी को लेकर झगड़ा न हो, इसलिए मेरे मरने के बाद मेरी पुस्तकें कभी न छापी जाएँ। मैं नहीं चाहता कि ऐसा कुत्सित, ध्वंसकारी, नकारात्मक साहित्य लोग पढ़ें और बिगड़ें। मेरा यश मेरे लिखे हुए से बना नहीं रहेगा। इसलिए जिससे मेरा यश बना रहे वह रहस्य खोल रहा हूँ। यह

रहस्य मैंने अभी तक नहीं खोला। पर अब मरते वक्त झूठ नहीं बोलूँगा। लोग इस पर विश्वास करें। वह रहस्य है...

मोहन राकेश और फणीश्वरनाथ रेणु के नाम से मैं ही लिखता था। ये दोनों उपनाम थे।

और क्या कहूँ। कुछ लोग मेरे लिए रोने के 'मूड' में होंगे। वे आँसू बरबाद न करें। किसी और के लिए बचा रखें।

ग़ालिबे-खस्ता के बगैर कौन-से काम बन्द हैं,
रोइए जार-जार क्यों, कीजिए हाय-हाय क्यों।

पवित्रता का दौरा

सुबह की डाक से चिट्ठी मिली, उसने मुझे इस अहंकार में दिन-भर उड़ाया कि मैं पवित्र आदमी हूँ क्योंकि साहित्य का काम एक पवित्र काम है। दिन-भर मैंने हर मिलनेवाले को तुच्छ समझा। मैं हर आदमी को अपवित्र मानकर उससे अपने को बचाता रहा। पवित्रता ऐसी कायर चीज है कि सबसे डरती है और सबसे अपनी रक्षा के लिए सचेत रहती है। अपने पवित्र होने का अहसास आदमी को ऐसा मदमाता बनाता है कि वह उठे हुए साँड की तरह लोगों को सींग मारता है, ठेले उलटाता है, बच्चों को रगेदता है। पवित्रता की भावना से भरा लेखक उस मोर जैसा होता है जिसके पाँव में घुँघरू बाँध दिये गये हों। वह इत्र की ऐसी शीशी है जो गन्दी नाली के किनारे की दुकान पर रखी है। यह इत्र गन्दगी के डर से शीशी में ही बन्द रहता है।

वह चिट्ठी साहित्य की एक मशहूर संस्था के सचिव की तरफ से थी। मैं उस संस्था का, जिसका लाखों का कारोबार है, सदस्य बना लिया गया हूँ। स्थायी समिति का सदस्य हूँ। यह संस्था हम लोगों को बैठकों में शामिल होने का खर्च नहीं देती, क्योंकि पैसा साहित्य के पवित्र काम में लगे हुए पवित्र पदाधिकारियों के हड़पने में ही खर्च हो जाता है। सचिव ने लिखा है कि साहित्य भवन के सामने एक सिनेमा बनने की मंजूरी मिल रही है। सिनेमा बनने से साहित्य भवन की पवित्रता, सौम्यता और शान्ति भंग होगी। वातावरण दूषित होगा। हम मुख्यमन्त्री को सिनेमा निर्माण न होने देने के लिए ज्ञापन दे रहे हैं। आप भी इस पर दस्तखत कर दीजिए।

इस चिट्ठी से मुझे बोध हुआ कि साहित्य पवित्र है, हम साहित्यकार पवित्र हैं और साहित्य की यह संस्था पवित्र है। मेरे दुष्ट मन ने एक शंका भी उठायी कि हो सकता है किसी ऐसे पैसेवाले ने, जिसे उस जगह दुकान खोलनी है, हमारे पवित्र साहित्य के पवित्र सचिव को पैसा खिला दिया हो कि सिनेमा न बनने दो। पर मैंने इस दुष्ट शंका को दबा दिया। नहीं, नहीं, साहित्य की संस्था पवित्र है, सिनेमा अपवित्र है। हमें अपवित्रता से अपना पल्ला बचा लेना चाहिए।

शाम की डाक से संस्था के विपक्षी गुट के नेता की चिट्ठी आयी, जिसमें संस्था में किये जा रहे भ्रष्टाचार का ब्यौरा दिया गया था।

इस पत्र ने मुझे झकझोरा। अपनी पवित्रता पर मुझे शंका हुई। साहित्य के काम की पवित्रता पर शंका हुई। साहित्य की संस्था की पवित्रता की मेरी उठान शान्त हुई और मैं नार्मल हो गया।

इतने साल साहित्य के क्षेत्र में हो गये। मैं कई बार पवित्र होने की दुर्घटना में फँसा, पर हर बार बच गया। मुझे लिखते जब कुछ ही समय हुआ था, तभी बुजुर्ग साहित्यकार मुझसे कहते थे—आपने साहित्य-रचना का कार्य अपने हाथ में लिया है। माता वीणा-पाणि के मन्दिर की पवित्रता बनाये रखिए। मैं थोड़ा फूलता था। सोचता था, सिगरेट पीना छोड़ दूँ, क्योंकि इस धुएँ से देवी के मन्दिर के धूप की सुगन्ध दबती होगी। पर मैं उबर आया। वे बुजुर्ग कहते—माँ भारती ने आपके सामने अंचल फैलाया है। उसे मणियों से भर दीजिए (वैसे कवि 'अंचल' उस दिन कह रहे थे कि हम तो अब 'रजाई' हो गये)। जी हाँ, माँ भारती के अंचल में आप कचरा डालते जाएँ और उसी में मैं मणि छोड़ता जाऊँ। ये पवित्र लोग और पवित्र ही लिखनेवाले लोग बड़े दिलचस्प होते हैं। एक मुझसे बार-बार कहते—आप अब कुछ शाश्वत साहित्य लिखिए। मैं तो शाश्वत साहित्य ही लिखता हूँ। वे सट्टे का फिगर रोज नया लगाते थे, मगर साहित्य शाश्वत लिखते थे। वे मुझे वाल्मीकि की तरह दीमकों के बमीठे में दबे हुए लगते थे। शाश्वत साहित्य लिखने का संकल्प लेकर बैठनेवाले मैंने तुरन्त मरते देखे हैं। एक शाश्वत साहित्य लिखनेवाले ने कई साल पहले मुझसे कहा था—अरे, आप स्कूल में मास्टर होकर भी इतना अच्छा लिखते हैं। मैं तो सोचता था, आप प्रोफेसर होंगे। उन्होंने स्कूल-मास्टर लेखक की हमेशा उपेक्षा की। वे खुद प्रोफेसर रहे। पर आगे उनकी यह दुर्गति हुई कि उन्हें कोर्स में लगी मेरी रचनाएँ कक्षा में पढ़ानी पढ़ीं। उनका शाश्वत साहित्य कोर्स में नहीं लगा।

सोचता हूँ, हम कहाँ के पवित्र हैं। हममें से अधिकांश ने अपनी लेखनी को रण्डी बना दिया है, जो पैसे के लिए किसी के भी साथ सो जाती है। सत्ता इस लेखनी से बलात्कार कर लेती है और हम रिपोर्ट तक नहीं करते। कितने नीचों की तारीफ मैंने नहीं लिखी। कितने मिथ्या का प्रचार मैंने नहीं किया। अखबारों के मालिकों का रुख देखकर मेरे सत्य ने रूप बदले हैं। मुझसे सिनेमा के चाहे जैसे डॉयलाग कोई लिखा ले। मैं इसी कलम से बलात्कार की प्रशंसा में भी फिल्मी गीत लिख सकता हूँ और भगवद्भजन भी लिख सकता हूँ। मुझसे आज पैसे देकर मजदूर-विरोधी अखबार का सम्पादन करा लो और कल मैं उससे ज्यादा पैसे लेकर ट्रेड यूनियन के अखबार का सम्पादन कर दूँ। इसी कलम से तो मैंने पहले 'इन्दिरा गाँधी जिन्दाबाद' लिखा था, फिर 'इन्दिरा गाँधी मुर्दाबाद' लिखा, और अब फिर

'इन्दिरा भारत है' लिख रहा हूँ।

क्या हमारी पवित्रता है? साहित्य भवन की पवित्रता को सिनेमा भवन क्या नष्ट कर देगा? पर होता तो है पवित्रता, शराफत, चरित्र का एक गुमान। इधर ही एक मुहल्ले में सिनेमा बननेवाला था, तो शरीफों ने बड़ा हल्ला मचाया—यह शरीफों का मुहल्ला है। यहाँ शरीफ स्त्रियाँ रहती हैं और यहाँ सिनेमा बन रहा है। गोया सिनेमा गुण्डों के मुहल्ले में बनना चाहिए, ताकि इनके घरों की शरीफ औरतें सिनेमा देखने गुण्डों के बीच जाएँ। मुहल्ले में एक आदमी रहता है। उससे मिलने एक स्त्री आती है। एक सज्जन कहने लगे—यह शरीफों का मुहल्ला है। यहाँ यह सब नहीं होना चाहिए। देखिए, फलाँ के पास एक स्त्री आती है। मैंने कहा—साहब, शरीफों का मुहल्ला है, तभी तो वह स्त्री अपने पुरुष मित्र से मिलने बेखटके आती है। वह क्या गुण्डों के मुहल्ले में उससे मिलने जाती?

पवित्रता का यह हाल है कि जब किसी मन्दिर के पास से शराब की दुकान हटाने की माँग लोग करते हैं, तब पुजारी बहुत दुःखी होता है। उसे लेने के लिए दूर जाना पड़ेगा। यहाँ तो ठेकेदार भक्ति-भाव में कभी-कभी मुफ्त भी पिला देता था।

मैं शामवाले पत्र से हल्का हो गया। पवित्रता से मेरा नशा उतर गया। मैंने सोचा साहित्य भवन के सचिव को लिखूँ—मुझे दूसरे पक्ष का पत्र भी मिल गया है, जिसमें बताया गया है कि अपनी संस्था में कितना भ्रष्टाचार है। अब तो सिनेमा मालिक को ही माँग करनी चाहिए कि यह साहित्य की संस्था यहाँ से हटायी जाए, जिससे हमारे दर्शकों की नैतिकता पर बुरा असर न पड़े। इसमें बड़ा भ्रष्टाचार है।

परमात्मा का लोटा

एक छोटे-से आलोचक ने उस दिन मुझसे कहा—अब आप कुछ शाश्वत साहित्य लिख डालो।

मैंने फौरन तय किया कि सूर्य पर लिखूँगा। पुराना बहुत-सा कथा साहित्य इसीलिए तो आज तक पढ़ा जाता है कि उसका पहला वाक्य होता है—पूर्व में भगवान भुवन भास्कर उदित हो रहे थे। या यह होता था—पश्चिम में भगवान अंशुमाली अस्ताचलगामी हो रहे थे। ये लेखक भगवान भुवन भास्कर को चैन नहीं लेने देते थे। जब लेखक के आसपास ऊँची अटारियाँ बन गयीं, और सूर्य का उगना-डूबना नहीं दिखा, तब भगवान अंशुमाली को फुरसत मिली। फिर भी कुछ हठी हाथी-दाँत की मीनार पर बैठकर उसका उदय देखने लगे।

समीक्षक ने कहा है, तो मुझे मानना ही होगा। सनद रहे कि साहित्य में मैं उस लड़के की तरह आज्ञाकारी रहा, जिसकी स्कूल में फीस माफ रहती है।

अपनी तरफ से कोशिश करके हमने कभी सूर्य नहीं देखा। वह और हम साथ-साथ नहीं उठते। दिख गया तो देख भी लेते हैं। यों तो उस मन्त्री को भी अक्सर देख लेते हैं, जो चार दल बदल चुका है। ईमान को लपेटकर उसने कुर्सी की गद्दी के नीचे रख लिया है। देख लेते हैं, तो कोई दोष नहीं लगता। लगा भी तो घर जाकर नहा लेते हैं।

रात की गाड़ी से भोपाल जाता हूँ, तो सुबह बुदनी स्टेशन के आगे की पहाड़ियों में होती है। किस काली पहाड़ी के शिखर पर उगता हुआ सूर्य दिख जाता है। मुझे यह दृश्य अच्छा नहीं लगता। लगता है, कोई काली कुरूपा स्त्री माथे पर रेखड़ी पहने हो। यह दृश्य जिन्हें लुभाता है, उनके घर में काली कुरूपा पत्नी होगी, जो फूहड़ शृंगार करती होगी। कुरूपा पत्नी आदमी के सौन्दर्य-बोध का दायरा बढ़ाती है। सुन्दर पत्नीवाले की सौन्दर्यानुभूति सीमित हो जाती है।

पिछले महीने मैंने सूर्य को निकलते देखा, तो लगा जैसे राष्ट्रपति शासन लागू हो गया। चन्द्रमा का सप्तर्षि मन्त्रिमण्डल और नक्षत्रों की विधान-सभा भंग। संविद

के घटकों में पटी नहीं। अब गृहमन्त्री का किरणों का डण्डा है और हम।

पुराने जमाने के ऋषि उगते सूर्य को इसलिए देख लेते थे कि जंगल में रहते थे और जानवरों के डर के मारे नींद नहीं आती थी। डर भी सौन्दर्यानुभूति को बढ़ाता है। जेबकट पुलिस की पगड़ी के लाल तुर्रे को उत्सव का वन्दनवार समझता है। हम ऋषि नहीं हैं, इसलिए घर में देर तक सोते हैं और उधर जब सूर्य निकलता है, तब हम उसे सपने में देख लेते हैं। सपना बड़ी सुभीते की चीज है। जो हो रहा है, उसमें हिस्सा न लेकर उसे सपने में देखा जा सकता है। सपनों में क्रान्तियों में भाग लेकर लहुलूहान हुए बहुत लोग मिल जाएँगे। उनसे खून का सबूत माँगना नामसझी है, क्योंकि रक्तपात सपने में हुआ था।

शहर में सूर्य अटारियों के पीछे छिपकर उगने लगा है। देख रहा हूँ, बड़ों-बड़ों का उदय छिपकर अटारियों के पीछे होने लगा है। मेरा एक दोस्त एकाएक कहीं चला गया। महीने-भर बाद मालूम हुआ कि वह दिल्ली में छिपकर उदित हो चुका है। अब वह सिर पर आ गया है और तप रहा है।

उगते सूर्य को देखना हो तो किसी अटारी की ऊपरी मंजिल पर चढ़ो। ऊपरी मंजिल पर तो हम किसी मामले में नहीं गये। फिर किसी का उदय देखने के लिए ऊँचा उठ जाना आसान नहीं है।

एक बात और है। उगते सूर्य को देखने की ताव नहीं है। हम तो चाँदनी में छाता लगाकर चलनेवाले लोग हैं। सदियों से हम चाँदनी में छाता लगाते आये हैं। एक बार मैं एक अन्तर्राष्ट्रीय सम्मेलन में विदेश गया था। देखा कि विदेशी लोग रात को बड़ी देर तक नाचते, गाते, आनन्द मनाते रहते। मगर भारतीय ठीक वक्त पर सात्विक भोजन करके, कुनकुने पानी के साथ तीन चुटकी त्रिफला चूर्ण लेकर सो जाता या छिपकर औरत को देखता। चाँदनी में वह हमेशा छाता लगा लेता है। हम दो-तीन मित्र विदेशियों का गाना, बजाना, नाचना देखते रहे। नाचनेवाले को हम भगवान 'नटराज' मानते हैं, मगर खुद नाचना बुरा समझते हैं। सारी चाँदनी देवताओं को दे रखी है, सारी धूप आदमी ने ले ली है।

एक रात विदेशियों ने हम लोगों से भी कुछ गाने को कहा। क्या गाएँ? उन्होंने सुझाया—कोई राष्ट्रीय भावनावाला गीत गाइए। मन में जो गीत आया वह था—'शरण में आये हैं हम तुम्हारी, दया करो हे दयालु भगवन्!' स्कूल में कई साल यह प्रार्थना-गीत गाया था। मगर लगा कि वर्तमान में भी यही गीत वास्तविक राष्ट्रीय भावना को व्यक्त करता है। किस-किसको भगवान नहीं मानते? किस-किसकी शरण नहीं गये? बड़े अमेरिका से गेहूँ ले लिया और छोटे-से थाईलैण्ड से भी चावल ले लिया। दया करो हे दयालु भगवन्। यह सच्चा राष्ट्रीय गीत है—'शरण में आये हैं हम तुम्हारी, दया करो हे दयालु भगवन्।'

पर इस गीत को गाने का मन नहीं हुआ। मेरे साथी का खूब मजे का मूड था। वे बोले—ये कोई अपनी भाषा नहीं समझते। वही नौटंकीवाला गा दो—'मैंने लाखों के बोल सहे, सितमगर तेरे लिए।' और उन्होंने गाना चालू कर दिया। विदेशी लोगों ने अपने साज़ों से संगत दी। वे बड़े श्रद्धाभाव से भर गये थे, क्योंकि उनकी समझ से यह कोई राष्ट्रीय गीत था। खत्म होने पर वे वही औपचारिक वाक्य बोलने लगे—वाह, राष्ट्रीय भावनाओं से ओतप्रोत गीत है। इसमें आपके देश की लम्बी उज्ज्वल परम्परा के तत्त्व हैं।

हम उनसे क्या कहते? नासमझो, जिस लम्बी उज्ज्वल परम्परा की तारीफ कर रहे हो, वह तो चाँदनी में छाता लगाकर चलती है। वह कुनकुने पानी के साथ तीन चुटकी त्रिफला खाकर बिस्तर पर लेटी है। उसका हाजमा खराब है—सदियों से। जब हाजमा अच्छा था तब समूची जातियों को पचा लेती थी। जब से हाजमा बिगड़ा है, उसे उलटी हो रही है। हम तो इस परम्परा से नफरत करते हैं और लाखों के बोल सहते हैं।

अभी ग्वालियर से रात की बस से सफर करके सुबह उतरा, तो फिर उगता सूरज दिख गया। मैंने कहा—यार, इतने साल हो गये। पूर्व से निकल रहे हो। बड़े दकियानूस हो।

वह बोला बड़ी गम्भीरता से—रोशनी देनेवाले दिशा नहीं बदला करते। और जो दिशा तथा फोकस बदलते रहते हैं वे क्या रोशनी नहीं देते? नहीं, वे रंगमंच के स्पॉट लाइट होते हैं। मेरे बहुत भ्रम टूटे। कई समीक्षकों को मैं सूर्य समझता था। वे मात्र स्पॉट लाइट हैं। रंग बदलते हैं और फोकस। कभी कोई पत्रिका 'नयी कहानी' आन्दोलनवालों के हाथ थी तो नयी कहानी का दर्शन लिखकर छपाते थे। फिर प्रगतिवादी के हाथ में आ गयी तो फौरन सामाजिक यथार्थवाद पर फोकस साध लिया। अगर दिगम्बर पीढ़ी की कोई बड़ी पत्रिका हो जाए, तो फौरन कपड़े उतारकर नंगे हो जाएँगे। स्पॉट लाइट के ईमान की बराबरी सूर्य क्या करेगा।

उदय होते सूर्य की बात बहुत हो गयी। अब अस्त होते सूर्य की बात करता हूँ। मेरे बरामदे से यह दिख जाता है। जब फुरसत होती है, देख लेता हूँ। शाम को डूबते सूरज को देख रहा था। निर्मल मन का कवि होता, तो सोचता कि नीले सरोवर में कमल खिला है। इतना निर्मल मन हम कहाँ से लाएँ। मुझे सूर्य उस पुलिस अफसर के कपाल के टीके की तरह लग रहा था जिसने मेरे एक दोस्त को झूठे फौजदारी मामले में फँसा दिया है। वह बड़ा-सा लाल टीका लगाता है। शायद हनुमान का सिन्दूर है। मैंने उससे कहा था—साहब, यह टीका क्या झूठ पचाने के लिए लवणभास्कर चूर्ण है? वह हँस दिया।

मेरे सामने की झोंपड़ी के सामने एक आदमी बैठा हुआ, एकटक डूबते सूर्य

को देख रहा था। वह बड़ा सौन्दर्य-प्रेमी मालूम होता है। पर ज्यों ही सूर्य डूबा, वह लोटा उठाकर पास के नाले में उतर गया।

इस आदमी के मन में क्या प्रतीक उभरता होगा? वह सूर्य को परमात्मा का लोटा समझता है। सूर्य के लोटे को उठाकर परमात्मा क्षितिज के नाले में उतर जाता है, क्योंकि परमात्मा के घर में पाखाना नहीं है। जब तक इस आदमी का अपना पाखाना नहीं बन जाता, यह सूर्य को परमात्मा का लोटा समझता रहेगा। सूर्य को कुछ अपनी इज्जत का खयाल है या नहीं? किसी का लोटा होना, चाहे वह परमात्मा का ही क्यों न हो, बड़ी बेइज्जती की बात है।

अभिनन्दन

पहले मेरा दूसरा विचार था। यह कि लेखक को आदरणीय होने से बचना चाहिए। आदरणीय हुआ कि गया। एक लेखक से मैंने एक दिन पूछा, "दादा, कुछ दिनों से आपका लिखना नहीं हो रहा है?" उन्होंने कहा, "तुम्हें नहीं मालूम कि पिछले साल मेरा अभिनन्दन हो चुका? तुम साहित्य में रहते हो या किराना व्यापार में?"

मैं साहित्य में ही रहता था, रहना भी चाहता था। मैंने तय किया कि अपने को कभी आदरणीय नहीं होने दूँगा। जब-जब आदरणीय होने का खतरा पैदा होता, मैं कोई बेवकूफी या उचक्कापन कर जाता। लोग कहते—अभी लड़कपन नहीं गया। छोटे शहरों में आदरणीयता से बचने का सबसे अच्छा तरीका यह है कि आदरोत्सुकों के बीच बैठकर आप कभी अपने मुँह से 'अलकोहल' की सुगन्ध निकल आने दें। सम्मान कुछ साल टल जाएगा। हिन्दी की यह परम्परा है कि भाँग के गन्नाटेवाले का सम्मान अलकोहल की गन्धवाले से पाँच साल पहले हो जाता है। बड़े शहर में यह उपाय कारगर नहीं होता, मगर वहाँ आदर करनेवाले भी तो बहुत कम होते हैं। प्रतिभा को वहाँ खतरा आदर से नहीं होता, आदर पाने की कोशिश से होता है। बहुत-से बुजुर्ग साहित्यकार इन बड़े शहरों में है, जिनका सारा दिन अनादर करनेवालों से बदला लेने की तरकीबों में गुजरता है।

लेकिन ये मेरे पहले के विचार हैं। अब तो मैं सोचता हूँ कि जल्दी-से-जल्दी अपना सम्मान या अभिनन्दन करवा लेना चाहिए। पिछले दो-तीन वर्षों में काफी अभिनन्दन हो गये। इनमें से कुछ की रिपोर्ट मुझे मिली और कुछ मैंने आँखों से देखे। पचास सालवालों के हो गये। हिन्दी में अभिनन्दन की उम्र घट रही है। पहले पचहत्तर साल पर होता था। अब अगर लेखक में दम है तो पचास पर हो जाता है। मैं चालीस से आगे बढ़ रहा हूँ और उधर अभिनन्दन की उम्र घट रही है। जिस गति से मेरी उम्र बढ़ रही है, उसी गति से अभिनन्दन की उम्र घटे तो ही वह सुनहरा दिन आ सकता है, जब मेरे कारण शहर में मालाओं के दाम बढ़ जाएँगे। तब फायदा कराने के कारण नगरमाली संघ की तरफ से भी एक माला मेरे गले में पड़ सकती

है। साहित्य के बाहर के कुछ लोगों को माला पहनाने के लिए तैयार रखना चाहिए। साहित्यवालों का कोई भरोसा नहीं। हो सकता है, अभिनन्दन करनेवालों में दो गुट हो जाएँ और ठीक उसी सुनहरे दिन वे लड़ बैंठे और समारोह चौपट कर दें। इसलिए चतुर साहित्यकार अपने साथ दुकानदार, डाकिये, पुलिसमैन, आबकारी दारोगा आदि रखते हैं।

लेकिन अभिनन्दन कराना है, तो उसकी पृष्ठभूमि पहले से बनानी चाहिए, इशारे छोड़ते जाना चाहिए। एक दिन हम कुछ लोग बैठे थे। दो साहित्यिक आपस में बातें कर रहे थे–

–हम भी पचास पार कर गये।

–पचास तो हम भी पूरे कर ही रहे हैं।

–तीस साल साहित्य-सेवा करते हो गये।

–हमें भी तीसेक साल होने को आये।

–अब युवकों को अपना कर्तव्य समझना चाहिए।

–हाँ, अपना कर्तव्य हम कर चुके। अब युवक अपना कर्तव्य करें।

युवकों ने सुना। इशारे को समझा। अपने कर्तव्य पर वे विचार भी करने लगे। चार-छः बार युवकों को इस तरह उनके कर्तव्य की याद दिलायी गयी, तो जल्दी ही दोनों का अभिनन्दन हो जाएगा। शेष जीवन में यहाँ सुख और बाद में आत्मा की सद्‌गति। लेकिन हर युवक अपना कर्तव्य एक ही नहीं समझता। कुछ युवक ऐसे भी हैं, जिन्हें उनके कर्तव्य की याद दिलाओ, तो वे आपको साहित्य से बाहर ढकेलने लगेंगे। वे अपना यही कर्तव्य समझते हैं।

इसीलिए मैंने उन सुशील आदमियों से बात की, जो सम्मान वगैरह करते ही रहते हैं।

मैंने कहा, "साहित्य-सेवा करते हमें भी काफी साल हो चुके। अब हमारा भी कुछ हो जाए।"

उन्होंने पूछा, "क्या हो जाय?"

मैंने कहा, "यही सम्मान, अभिनन्दन वगैरह।"

उन्होंने कहा, "पचास के हो जाओ, तब विचार करेंगे।"

मैंने कहा, "यारो, उसमें तो बहुत देर है। देह क्षणभंगुर है। बीमारियाँ फैली हैं। सड़कों पर ट्रैफिक बढ़ गया है। पचास के पहले ही चल दिये, तो आत्मा की सद्‌गति नहीं होगी।"

वे बोले, "तो हम क्या करें? इतनी जल्दी कैसे कर दें? लोग क्या कहेंगे?"

मैंने कहा, "सरकारी नौकरी में किसी की उम्र 'कण्डोन' हो जाती है, यानी उम्र ज्यादा हो तो कम मानकर उसकी नियुक्ति हो जाती है। साहित्य में क्या उम्र

बढ़ाकर अभिनन्दन नहीं किया जा सकता?"

वे बोले, "किया जा सकता है। हमने किया भी है। मगर तुम्हारा नहीं हो सकता। तुम न किसी का फायदा कर सकते हो, न नुकसान। तुम्हारे नाम से पैसा भी इकट्ठा नहीं हो सकता।"

यह सरासर धाँधली है। जब तक अभिनन्दन व्यक्तिगत हाथों में रहेगा, ऐसी ही धाँधली होगी। सरकार को अभिनन्दन का राष्ट्रीयकरण कर लेना चाहिए। शिक्षा मन्त्रालय या सांस्कृतिक मन्त्रालय अपने हाथ में ले ले। सबसे अच्छा तो यह है कि गृह-विभाग को सौंप दिया जाए। वह अपनी पुलिस के द्वारा जिसका चाहेगा अभिनन्दन करवा देगा—जैसे हाल ही मध्य प्रदेश और उत्तर प्रदेश में कॉलेजों में घुसकर पुलिस ने आचार्यों का अभिनन्दन किया।

व्यक्तिगत क्षेत्र में अभिनन्दन रहा तो अपना कभी नहीं होगा। सामर्थ्य ही नहीं है। सामर्थ्यवानों का मैंने होते देखा है। एक बड़े नेता और हिन्दी-सेवी का ऑल इण्डिया में जब-तब कुछ होता रहता है। कैसे होता है, यह तब मालूम हुआ, जब एक मित्र ने उनकी एक चिट्ठी मुझे बतायी। लिखा था—'आप अपने शहर में मेरा जन्म-दिन समारोह मनाने के लिए तीन सौ रुपये ले गये थे। पर न आपने समारोह किया, न रुपये लौटाये। कम-से-कम रुपये तो लौटा दीजिए।'

माई गॉड, एक-एक शहर में कराने में तीन सौ रुपये लगते हैं। हम तो एक मुहल्ले के समारोह का खर्च भी नहीं उठा सकते। सारी जिन्दगी सिर्फ आदर करते गुजर जानेवाली है।

मेरे एक मित्र ने मुझे समझाया कि अभिनन्दन तीन तरह से होते हैं—कुछ तो अपने-आप हो जाते हैं—यानी जिसमें श्रद्धेय को माला पहनने और मुस्कराने के सिवा कुछ नहीं करना पड़ता। कुछ कराये जाते हैं—जिनमें सारा काम श्रद्धेय को करना पड़ता है, पैसा इकट्ठा करने से लेकर अभिनन्दन-पत्र छपाने तक। कभी-कभी शामियाना भी उन्हीं को तनवाना पड़ता है। फिर माला पहनकर मुस्कराया भी वही करते हैं। कुछ अभिनन्दन मिश्रित होते हैं—यानी कुछ लोग अभिनन्दन करने को उत्सुक रहते हैं, पर उन्हें प्रोत्साहित करना पड़ता है और उनकी मदद करनी पड़ती है। इनमें पहले प्रकार के अभिनन्दन बहुत कम होते हैं, अधिकांश अभिनन्दन के पात्रों को अपने ही पुरुषार्थ पर निर्भर रहना पड़ता है।

मेरी निराशा को कम करने के लिए मेरे मित्र ने कहा, "तुम साहित्यिकों के पीछे ही क्यों पड़े हो? वे अगर नहीं करते हैं, तो दूसरों से करा लो। अमुक साहब को जानते हो न? उन्हें राजनीति में सम्मान नहीं मिला, तो उन्होंने साहित्य में करवा लिया। एक दूसरे सज्जन हैं जिन्हें चुनाव टिकट तक नहीं मिला। वे निराश नहीं हुए। उन्होंने अपने मोहल्ले की सेवा-समिति से मानपत्र ले लिया। तुम चाहो तो अपने

मुहल्ले की सहकारी समिति से मानपत्र ले सकते हो। सम्मान का रास्ता कोई एक ही नहीं है। एक मोर्चे पर हार रहे हो, तो दूसरा खोल दो। जब साहित्य के लोग सेठों और नेताओं का अभिनन्दन करते हैं तो लेखक कोशिश करके 'चेम्बर ऑफ कॉमर्स' से भी मानपत्र ले सकता है। सारे क्षेत्रों के पिटे हुए आदमी जब साहित्य में आकर सम्मान ले लेते हैं, तब साहित्य में पिटे आदमी को भी दूसरे क्षेत्र में कोशिश करनी चाहिए।''

मुझे कुछ धीरज बँधा। पर मैंने कहा, ''यार साहित्य के सम्मान की बात ही अलग है। वे जैसा सम्मान करते हैं, वैसा दूसरे नहीं कर सकते। कोऑपरेटिव वाले मेरी तारीफ में बढ़िया कविताएँ तो नहीं लिख सकते। यह तो साहित्यवाले ही कर सकते हैं। व्यापारी भी कितना ही दाम बढ़ाने का अभ्यासी हो, कवि सरीखी अतिशयोक्ति नहीं कर सकता। इसीलिए बड़े-बड़े देवताओं की लालसा रहती है कि हम साहित्य में सम्मान पाएँ।''

मैंने अपनी इच्छा को दबा लिया था। सोचा, ईश्वर चाहेगा, तभी सम्मान होगा। मुझ जैसे मनुष्य के सामर्थ्य के बाहर की यह बात है।

पर एक दिन मैंने एक अभिनन्दन-समारोह देख लिया और इच्छा की आग भड़क उठी।

एक श्रद्धेय का सम्मान था। वे सचमुच बहुत लोगों के श्रद्धा के पात्र हैं। श्रद्धा मन में रहे तो कोई बात नहीं, प्रकट होने लगे तो कभी-कभी हास्यास्पद हो जाती है। इस समारोह में श्रद्धा का प्रकटीकरण दुर्लभ मनोरंजन का कारण बन रहा था। सबसे अच्छी बात तो यह थी कि अश्रद्धा श्रद्धा की अपेक्षा जोर से बोल रही थी।

श्रद्धेय विद्वान ब्राह्मण हैं। उनका नाम कृष्ण का पर्यायवाची है। वे उपकुलपति भी हैं।

एक श्रद्धा प्रकट करनेवाले विद्वान कायस्थ थे।

उन्होंने कहा, ''श्रीकृष्ण ने बड़े-बड़े काम किये, पर उपकुलपति वे नहीं हो सके थे। अब इस रूप से उपकुलपति बने।'' (मेरे मुँह से 'हाय' निकल पड़ी)।

यह सुनकर हॉल में ब्राह्मण विद्वान गद्‌गद हो गये और कायस्थ विद्वान खिन्न हुए।

विद्वान ज्यों-ज्यों बढ़ता जाता है, त्यों-त्यों जात-परजात का बोध भी बढ़ता जाता है। इसी को ज्ञान कहते हैं। यही अपनी आत्मा को पहचानना है।

एक दृश्य मेरे हृदय पर अंकित हो गया हैं। पैण्ट पहने हुए श्रद्धालु चरण छू रहे थे। जब वे कठिनाई से झुकते, तो मुझे डर लगता कि पैण्ट अब फटा, अब फटा। पैण्ट जिन लोगों ने चलाया है, उनमें चरण छूने की परम्परा नहीं है। हमें पैण्ट भी

पहनना है और चरण भी छूना है। इससे पैण्ट फट जाने का खतरा पैदा हो जाता है। मेरा अभिनन्दन जब होगा, तब मैं सर्कुलर निकाल दूँगा कि जिन्हें चरण छूना है, वे कृपया धोती पहनकर आएँ। मैं अपने अभिनन्दन में कोई भद्दा दृश्य उपस्थित नहीं होने देना चाहता।

इस अभिनन्दन ने मुझे उतावला कर दिया। मैं फिर उन लोगों की खोज कर रहा हूँ, जो इस पवित्र कार्य को हाथ में ले लें। यदि जल्दी ऐसे लोग नहीं मिले, तो मुझे अखबारों में 'टेण्डर' बुलाने की विज्ञप्ति देनी पड़ेगी। इतना बड़ा देश है, कहीं तो भले लोग होंगे ही।

संस्कारों और शास्त्रों की लड़ाई

मेरे एक दोस्त हैं। वैज्ञानिक दृष्टिवाले आधुनिक बुद्धिवादी। कट्टर मार्क्सवादी हैं। परिवार से नाता तोड़कर बीसेक सालों से राजनैतिक कार्यों में लगे हैं। उनका भी कोई है, मुझे पता नहीं था। पर उनका भी कोई था। पिछले हफ्ते वे प्रयाग की गाड़ी में मुँडे सिर मिल गये।

पूछा, ''कहाँ जा रहे हो?''

बोले, ''प्रयाग।''

लोग चोरी करने जाते हैं, तब इस शहर को इलाहाबाद कहते हैं। पिण्डदान करने जाते हैं, तब प्रयाग कहते हैं।

पूछा, ''मुण्डन किसलिए?''

बोले, ''फादर की मृत्यु हो गयी।''

मैंने कहा, ''मुझे पहली बार मालूम हुआ कि आप भी फादर रखते थे।''

यों कोई बुरी बात नहीं है। जिनकी हैसियत है, वे एक से ज्यादा भी बाप रखते हैं—एक घर में, एक दफ्तर में, एक-दो बाजार में, एक-एक हर राजनैतिक दल में। इधर एक आदमी है, जिसके परसों तक पैंतीस बाप थे। कल संविद सरकार टूट रही थी तो पन्द्रह रह गये। आज वह सरकार थम गयी तो उसके अड़तीस हो गये हैं।

मुझे उनके पिता की मृत्यु का कतई दुःख नहीं था। उन्हें मैं जानता नहीं था। फिर वे अस्सी के थे और उनके मरने से कोई अनाथ नहीं हुआ था। दोस्त को भी दुःख नहीं था, कुछ पछतावा जरूर था।

मुझे उसकी चिन्ता थी जिसे उन्होंने बीस सालों से सच्चा पिता मान रखा था—यानी मार्क्सवाद की। उन्होंने खुद अपने हाथों मार्क्सवाद का मुण्डन कर दिया था।

उनके हाथ में एक छोटी-सी थैली थी। मैंने पूछा, ''इसमें क्या है?'' बोले, ''उनकी राख है। तुम्हें इतना भी नहीं मालूम?''

मैंने कहा, "मैं समझा, इसमें द्वन्द्वात्मक भौतिकवाद है, जिसका संगम में विसर्जन होगा।"

पहले वे चिढ़े। फिर कहने लगे, "यार, यह बड़ा विकट संघर्ष है। एक तो संस्कार और फिर परिवार की भावना।"

इस संघर्ष से मैं अनजान नहीं। चाचा की मृत्यु के बाद मैंने श्राद्ध नहीं करने का ऐलान कर दिया। मेरी जो फजीहत हुई, मैं ही जानता हूँ। उनके करनेवाले और भी थे। चाचा मेरे भरोसे तो परलोक गये नहीं थे। मुझ-जैसे के भरोसे कोई परलोक क्या, यह लोक भी नहीं बनाएगा।

मेरे मन में एक ही सवाल था—अगर किसी सामाजिक क्रान्ति में बौद्धिक विश्वास के साथ कोई लगा हो, और तभी चाची कह दे कि बेटा, तुम्हारे चाचा की आत्मा को दुःख होगा, परलोक में उनकी दुर्गति हो जाएगी तब क्रान्तिकारी क्या करेगा? परिवार की भावना की रक्षा भी तो करनी पड़ती है। तब क्या वह यह कहेगा कि चाची, अगर तुम्हारी यह भावना है तो मैं क्रान्ति को छोड़े देता हूँ।

मेरे एक और दोस्त हैं। मुझसे ज्यादा वैज्ञानिक दृष्टि-सम्पन्न, विचार और कर्म दोनों से क्रान्तिकारी। मैं ही उनसे ज्ञान और प्रेरणा लेता रहा हूँ। एक दिन मैंने उन्हें धोती पहने, पालथी मारे सत्यनारायण की कथा पर बैठे, रँगे हाथों पकड़ लिया।

मुझे लगा, जैसे एम्बुलेंस की गाड़ी ने ही मुझे कुचल दिया हो।

मैंने दूसरे दिन उनसे पूछा, "झूठ नारायण, यह तुम्हारी क्या हरकत है?" उसने कहा, "यार, 'मदर इन ला' (सास) ने बहुत जोर डाला था।"

मेरा खयाल था, 'मदर इन ला' सास से अलग किस्म की होती होगी। नहीं, सिर्फ तजुर्बे का फर्क है।

यह जो 'मदर इन ला' कहलाती है, क्रान्ति की दुश्मन होती है। क्रान्तिकारी का पहला और सबसे बड़ा संघर्ष 'मदर इन ला' से निपटना है। बात यह है कि वह बीवी दे देती है। बीवी कर्तव्य को आगे बढ़ाते हुए बच्चे दे देती है। तब 'मदर इन ला' आकर कहती हैं, "लाला, अपना नहीं तो बच्चों का तो खयाल करो।"

लाला की क्रान्तिकारिता भ्रान्तिकारिता में बदल जाती है।

'मदर इन लॉ' के शिकार बीस-पच्चीस क्रान्तिदर्शियों की हड्डियाँ तो इधर मेरे पास ही रखी हुई हैं। और लोगों के पास भी होंगी।

संस्कार और शास्त्र की लड़ाई बड़ी दिलचस्प होती है। संस्कार और अर्थशास्त्र की एक लड़ाई मैंने साफ देखी।

एक शहर में दो साल पहले किसी सांस्कृतिक आयोजन में गया था। एक साहित्यिक रुचि के सज्जन बहुत पीछे पड़े कि मेरे घर चाय पीने चलिए। हर बार आग्रह के साथ वे यह जरूर जोड़ते—सरिता ने भी कहा है। समझा, सरिताजी इनकी

पत्नी होंगी। साहित्य पढ़ती होंगी। कुछ कविता वगैरह भी लिखती होंगी। चाय पीने पहुँचा, तो बैठक से उन्होंने पर्दे की तरफ मुँह करके मेरे आने की घोषणा कर दी। दुविधाग्रस्त अर्द्ध आधुनिक परिवारों में इसके बाद क्या होता है, इसका मुझे बहुत अनुभव है। पत्नी आती है। नमस्ते के बाद बने-बनाये वाक्य बोलती है—हम आपकी कहानियाँ पढ़ते रहे हैं। इतनी हँसी आती है, इतनी हँसी आती है कि बस कुछ मत पूछिए! इसी वक्त उसे याद आता है कि 'दाम्पत्य संहिता' का नियम 73 कहता है—'पत्नी अपना स्वतन्त्र मत व्यक्त न करे। व्यक्त करना जरूरी हो, तो उसमें पति को शामिल करे।' वह पति को शामिल कर लेती है—क्यों, वह कौन-सी कहानी पढ़ी थी हम लोगों ने पिछले हफ्ते?

अगर बच्चा भी हुआ, तो 'अंकलजी' को उससे नमस्ते कराया जाता है। कहा जाता है—अंकल तुम्हें बहुत मजेदार कहानी सुनाएँगे। कभी मुझसे वहीं बच्चे को कहानी सुना देने का आग्रह भी किया जाता है। नुस्खे मेरे पास सब तरह के रहते हैं। प्रौढ़ों के लिए डायबिटीज का नुस्खा भी रखता हूँ और बच्चों के लिए कुकुरखाँसी का भी। मैं बच्चे को राक्षस की कहानी फौरन सुना देता हूँ। आग्रह हो तो उनके ससुर को भी कृष्ण-सुदामा की कहानी सुना दूँ।

बैठक में मैंने सोचा कि अब सरिताजी बाहर आएँगी और वही यान्त्रिक चर्चा चलेगी। बड़ी देर हो गयी। सरिताजी तो क्या, नालीजी भी नहीं निकलीं। सोचा, चाय लेकर आएँगी। पर थोड़ी देर बाद साँकल बजी। पति महोदय भीतर गये और चाय की ट्रे लेकर आ गये।

भीतर से एक बिल्ली निकली। उस घर में बिल्ली एकमात्र मादा थी, जो पर्दा नहीं करती थी।

साँकल धातु युग से चली आती घरेलू 'कॉलबेल' है। सरिताजी कुछ संस्कार अपने घर से लेकर आयी होंगी, कुछ यहाँ मिले होंगे। वह पाँव दरवाजे की तरफ बढ़ाती हैं तो हाथ साँकल पर चला जाता है।

मगर जब यह स्थिति है, तो इस आदमी ने बार-बार क्यों कहा था—सरिता ने भी आने को कहा है। इस दृश्य में सरिता का कुल इतना 'रोल' है कि वह नेपथ्य में साँकल बजाती है। अगर इस आदमी को सरिता को भी मंच पर लाना है तो साँकल को निकाल फेंकना चाहिए। मगर तब वह थाली बजाने लगेगी।

दो साल बाद अभी फिर उस शहर में गया। वे फिर मुझे चाय के लिए ले गये। इस बार उन्होंने नहीं कहा कि सरिता ने भी आग्रह किया है। उसने नेपथ्यवाला हिस्सा नाटक से काट दिया होगा। मैं बैठक में पहुँचा। उसने पर्दे की तरफ मुँह करके मेरे आने की घोषणा नहीं की। पर जरा देर बाद ही सरिताजी ट्रे लेकर बाहर आयीं। एकाध औपचारिक बात की, फिर घड़ी देखी। बोलीं, "आप लोग चाय पिएँ। मेरा

तो स्कूल का वक्त हो गया।'' वे चप्पल फटफटाती सीढ़ी से उतर गयीं।

श्रीयुत सरितापति बोले, ''स्कूल में नौकरी कर ली है। आजकल एक की कमाई से पूरा नहीं पड़ता।''

समझ गया, अर्थशास्त्र ने संस्कार को धोबी-पछाड़ दे दी।

हमारे जमाने में नारी को जो भी मुक्ति मिली है, क्यों मिली है? आन्दोलन से? आधुनिक दृष्टि से? उसके व्यक्तित्व की स्वीकृति से? नहीं, उसकी मुक्ति का कारण महँगाई है। नारी-मुक्ति के इतिहास में यह वाक्य अमर रहेगा–'एक की कमाई से पूरा नहीं पड़ता।'

अर्थशास्त्र संस्कारों के सीने पर चढ़कर गला दबा रहा है। इधर एक लड़के ने लड़की को उसी की इच्छा से भगाकर 'सरकारी शादी' कर ली। लड़का योग्य, सुन्दर और अच्छी नौकरीवाला। पहले लड़की की माँ के संस्कारों ने जोर मारा और उसने हाय-तोबा मचाया। अर्थशास्त्र से यह बरदाश्त नहीं हुआ। उसने संस्कारों को एक पटकनी दी। माँ ने सोचा वह जो पन्द्रह हजार दहेज के लिए रखे थे, साफ बचे। फिर पन्द्रह हजार में भी इतना अच्छा लड़का नहीं मिलता। उन्होंने कार्ड बाँटकर दावत दे दी।

अच्छी माँ, क्यों न यह इच्छा करे कि कोई अच्छा लड़का लड़की को भगाकर शादी कर ले और हमें बाद में बता दे, तो हम एक भोज दे दें।

लड़ाई शास्त्रों की भी आपस में होती है। अर्थशास्त्र जब धर्मशास्त्र के ऊपर चढ़ बैठता है, तब गोरक्षा आन्दोलन के नेता पण्डित द्वारकानाथ जूतों की दुकान खोल देते हैं और 'कॉफ लेदर' (बछड़े के चमड़े) के जूते बेचते हैं। गाय के बछड़े के चमड़े के जूते को हाथ में भागवत की तरह लेकर, ग्राहक से कहते हैं–यह जूता बड़ा मुलायम होता है। पहले 'कॉफ लेदर' विलायत से आता था, पर अब अपने देश में भी उतरने लगा है। अपना देश भी काफी आगे बढ़ गया है।

सड़क पर जुलूस में होते हैं तब कहते हैं–गोहत्या के कारण देश गिर गया है। दुकान पर होते हैं तब कहते हैं–बछड़े का चमड़ा उतरने के कारण देश आगे बढ़ गया है। दोनों ही बातें सही हैं। देश गिरा जरूर, पर फिर घिसटता हुआ आगे भी बढ़ा और उनके कारखाने तक आ गया। वहाँ उन्होंने देश का चमड़ा उतारकर उसके जूते बना लिये और बेचने लगे।

शिकायत मुझे भी है

मगर मेरी शिकायत यह नहीं है कि वैज्ञानिक को देश में ही नौकरी और अनुसन्धान की सुविधा क्यों नहीं मिली? क्यों उसे दूसरे देश में अनुसन्धान करके विदेशी की हैसियत से नोबुल पुरस्कार मिला? क्यों नहीं यह गौरव इसी देश को मिला?

डॉ. खुराना के मामले को लेकर ये शिकायतें कुछ लोग सोच रहे हैं। मगर मुझे शिकायत नहीं। विदेशों से हम गेहूँ, चावल वगैरह मँगाकर खाते हैं, मगर उसके दाम चुकाने की हैसियत है नहीं। उसके चुकाने में अगर प्रतिभाएँ दे देते हैं, तो क्या बुरा है? तुमने गेहूँ दिया—लो, चार वैज्ञानिक ले जाओ। मुझमें कोई प्रतिभा नहीं है, मगर मेरे बदले में अगर एक किलो गेहूँ भी मिलता हो तो मैं बिकने को तैयार हूँ। प्रतिभा को यहीं रखकर क्या करेंगे? वह खाने के काम भी तो नहीं आती।

मगर लोग हैं कि चिल्ला रहे हैं—नौकरशाही जीनियस को पनपने नहीं देती।

यह शिकायत बेबुनियाद है। मैंने बड़े बाबू से पूछ लिया है। उन्होंने कहा, "वैज्ञानिक के पास 'एम्प्लायमेण्ट एक्सचेन्ज' का कार्ड था?" मैंने कहा, "बहुत करके नहीं था।" बड़े बाबू बोले, "तो फिर कैसे नौकरी मिलती? कार्ड लेकर आता, तो मैं ही कहीं 'चिपका' देता।"

थूक लगाकर बड़े बाबू टिकट चिपकाते हैं तो थोड़ा थूक ज्यादा लगाकर प्रतिभा को भी चिपका देते। मगर कार्ड चाहिए और प्रतिभा पर थोड़ी गोंद तो होनी चाहिए। किसी को चिपकाने के लिए कोई पास से गोंद थोड़े ही खर्च करेगा। लोग क्या मिलते नहीं हैं? ऐसे-ऐसे मिलते हैं जिनके शरीर से गोंद के झरने बहते रहते हैं।

कार्ड तो मैं ही सौ-पचास लिखाकर किसी रोजगार दफ्तर से दिलवा देता। इसमें 'सदाचार' वगैरह की बात करना व्यर्थ है। लोग बकते बहुत हैं, पर इसका ठीक अर्थ नहीं जानते। एक साहब ने मुझे समझा दिया था। उनके पास मैं पाँच सौ रुपया घूस लेकर पहुँचा, तो वे बोले, "सदाचार सप्ताह चल रहा है। कुछ तो

शर्म करो। हजार रुपये के काम के लिए पाँच सौ दे रहे हो। यही तुम्हारा सदाचार है?'' मैं शरमा गया था।

प्रतिभाओं के बड़े साहब की भी मुझसे बात हो चुकी है। उन्होंने समझाया—भई, ये तुम्हारे प्रतिभावान लोग, एल.डी.सी. और यू.डी.सी. को बरकाकर निकलना चाहते हैं। एक वैज्ञानिक को मैंने चिपका दिया था। एक दिन वह बड़ी फुर्ती में कहीं चला जा रहा था। हमारे एल.डी.सी. ने उसे पकड़ लिया। पूछा, ''कहाँ जा रहे हो?'' उसने कहा, ''प्रयोगशाला। एक बढ़िया चीज सूझ गयी है।'' एल.डी.सी. ने उसका हाथ पकड़कर कहा, ''ऐसे नहीं जा सकते। 'थ्रू प्रापर चैनल' जाओ। लौटो।'' वह 'थ्रू प्रापर चैनल' समझा ही नहीं। वह उसे इंग्लिश चैनल समझा और पार कर गया। सुना है इंग्लिश चैनल अपनी 'प्रापर चैनल' से कम चौड़ी है। सैकड़ों सालों की मेहनत से हमारी यह 'प्रापर चैनल' बनी है। तुम्हारी ये प्रतिभाएँ उसे तोड़ना चाहती हैं। राष्ट्रीय सम्पत्ति का ऐसा नुकसान कौन बर्दाश्त करेगा?

मैंने एक मन्त्रीजी से भी इस मामले में बात करके देखी है। उन्होंने कहा, ''हमने तो जी, छठवीं कक्षा की किताब में पढ़ा था कि न्यूटन ने सेब गिरते देखकर ही कोई खोज कर ली थी। और वाट नाम के लड़के ने जी, उबलती केतली से ही खोज कर ली थी और वह कौन था जी, हाँ, आर्कमेडीज, उसने तो नहाते-नहाते खोज कर ली थी। पर आज के इन वैज्ञानिकों को तो बड़ा तामझाम चाहिए। मैं कहता हूँ जी, इतने आम गिरते हैं, पर उन्हें देखकर कोई खोज क्यों नहीं करता? वैज्ञानिक रोज नहाता है, पर खोज नहीं करता। हमने तो जी छठवीं की किताब में पढ़ा था...

मैंने कौम के रहनुमा से भी बात कर ली है। उसने कहा, ''यह देश पछतावे पर जी रहा है। यह पछतावा खाता है। पछतावा इसका 'स्टेपल फूड' (मुख्य खाद्य) है। अगर पछतावे में कमी पड़ जाएगी तो देश मर जाएगा। पछतावों की नयी-नयी फसल जरूरी है, देश के जिन्दा रहने के लिए।''

अगर प्रतिभाओं की कद्र होने लगे, तो पछतावा कम हो जाएगा और देश भूखा मर जाएगा। इसलिए जो हुआ, देश के स्वास्थ्य के लिए अच्छा हुआ।

सबसे मैंने पूछ लिया है। मेरी शिकायत यह नहीं है कि अपनी प्रतिभाओं की कद्र यहाँ क्यों नहीं होती।

मेरी शिकायत है कि 'इण्डियन पेनल कोड' यानी भारतीय दण्ड संहिता को साहित्य का नोबेल पुरस्कार क्यों नहीं मिला अभी तक?

भारतीय दण्ड संहिता अपना महान महाकाव्य है। वह एकमात्र 'क्लासिक' है। वह काव्य है और धर्मग्रन्थ भी। सारा जातीय जीवन इसी ग्रन्थ से संचालित हो रहा है। इसी की प्रेरणा से हम राष्ट्रीय जीवन की सिर्फ एक ही साधना कर रहे हैं। उसे 'लॉ एण्ड आर्डर' यानी 'कानून और व्यवस्था' कहते हैं। सारी प्रतिभा हमने कानून

और व्यवस्था की साधना में लगा दी, फिर भी 'भारतीय दण्ड संहिता' को अभी तक नोबुल पुरस्कार नहीं मिला—यह मेरी शिकायत है।

'भारतीय दण्ड संहिता' अगर महाकाव्य है, तो जब-तब रचे जानेवाले अध्यादेश ललित गीत हैं। इनका संग्रह अगर 'नव गीतांजलि' के नाम से छप जाए, तो पश्चिम के मनीषी 'गीतांजलि' के धोखे में इसे नोबुल पुरस्कार दे देंगे। वे समझेंगे रवीन्द्रनाथ अपनी प्रतिभा के शिखरकाल में अध्यादेश लिखा करते थे। सच्चे कवि की पहचान यही है कि वह अध्यादेश लिख सकता है या नहीं।

मेरी शिकायत यह भी है कि जिसने सबसे पहले पुलिस की लाठी के दोनों सिरों पर लोहे के गुट्टे लगाये, उसे भौतिकशास्त्र का नोबेल पुरस्कार क्यों नहीं मिला?

उस दिन अखबारों में पढ़ा कि देश अश्रुगैस में आत्मनिर्भर हो गया, तो समझ गया कि 'रिनॉसाँ' हो गया। यों तो पिछले बीस सालों से इस देश में हर चीज अश्रुगैस में बदलती जा रही है। यह अजब रासायनिक क्रिया चल रही है। दुनिया के वैज्ञानिक शोध करें कि देश में गेहूँ और शक्कर अश्रुगैस में कैसे बदल जाते हैं। महँगाई, कालाबाजारी, सूखा और बाढ़ भी अश्रुगैस में बदल जाते हैं। मुझे तो लगता है, पूरा देश ही अश्रुगैस का एक कारखाना है। दुनिया-भर को हम सप्लाई कर सकते हैं। फिर भी अश्रुगैस कम पड़ती थी, तो दूसरे देशों से मँगाते थे। ऐसे देश भी हैं, जिनकी अश्रुगैस में यह खूबी है कि उससे दूसरे लोगों के आँसू ही निकलते हैं। हम ऐसी बहुत-सी गैस बाहर से मँगाते थे। खिलाने का इन्तजाम चाहे न हो, पर रुलाने का इन्तजाम तो सरकारों को पूरा रखना ही पड़ता है। विदेशी गैस से आँसू आते थे, तो राष्ट्र को शर्म आती थी। अब अपनी ही गैस से जितना चाहे रोओ और रुलाओ।

मेरी यह भी शिकायत है कि जिसने अश्रुगैस में देश को आत्मनिर्भर बना दिया उसे शान्ति का नोबुल पुरस्कार क्यों नहीं मिला?

पुलिस मन्त्री महाकवि है। 'मेघदूत' लिखता है। लिखता है—'आषाढस्य प्रथम दिवसे'—(आगे सरल हिन्दी में)—आषाढ़ के प्रथम दिन जब आकाश में श्याम मेघ छाये थे, सुहावना मौसम देख, यक्ष ने गोली चलाने का हुक्म दे दिया। थोड़ी देर में आकाश ने मनुष्य के रक्त से धरती की माँग भर दी। यह देख यक्ष को प्रिया की याद सताने लगी। उसने मेघ के द्वारा प्रिया को सन्देश भेजा। हे मेघ, तू उड़कर उत्तर में मेरी प्रिया के पास जा। जब तू तीर्थराज प्रयाग पहुँचेगा, तब वहाँ विश्वविद्यालय में पुलिस अश्रुगैस छोड़ रही होगी। तू वहाँ बरसना मत। पानी से गैस का असर खत्म हो जाएगा। अगर बरसा तो सख्त कार्यवाही की जाएगी। जब तू कानपुर पहुँचेगा तब वहाँ लाठीचार्ज हो रहा होगा। तू वहाँ भी मत बरसना। पानी गिरने से भीड़ तितर-बितर हो जाएगी और पुलिस को सिर फोड़ने का सुख नहीं मिलेगा। जब

आगरा पहुँचेगा, तब मूसलाधार बरसना, जिससे सड़क पर का खून धुल जाए। वहाँ जाँच-कमीशन आनेवाला है। जब तू सुन्दर इन्द्रप्रस्थ पर पहुँचेगा तब वहाँ गोली चल रही होगी। तू नीचे मत उड़ना। गोली लग जाएगी।

हे मेघ, उड़ता हुआ तू मेरी प्रिया के पास पहुँचकर कहना—प्रिये! (यह मेरी तरफ से कहना। अपनी तरफ से नहीं, वरना साले, दस साल जेल में सड़ा दूँगा) कहना, यक्ष ने सन्देश कहलाया है कि इधर 'लॉ एण्ड ऑर्डर' की हालत अभी अच्छी नहीं है, इसलिए कुछ दिन और 'कण्ट्रोल रूम' में रहूँगा।

मेरी शिकायत है कि इस काव्य पर साहित्य का नोबुल पुरस्कार क्यों नहीं मिलता?

सड़क बन रही है

सामने सड़क बन रही है। मैं बैठा-बैठा देख रहा हूँ। गिट्टियों को कुचलनेवाला भयंकर रोलर दिन-भर धड़धड़ाता रहता है। बचपन से देख रहा हूँ, यह सड़क का रोलर वैसा ही भयंकर और बेडौल है। इस बीच दुनिया के सारे कुचलनेवाले सुडौल हो गये। साम्राज्यवाद ने पहले की कुरूपता त्यागकर सुन्दर रूप ले लिया है। कुचलनेवाले को निरन्तर सुडौल होते जाना चाहिए, तभी कुचले जानेवाले उसे अपने ऊपर चलने देते हैं। मगर यह रोलर वैसा ही विकर्षक है। उसे नहीं मालूम कि खूबसूरत डीजल इंजन चलने से आत्महत्याओं की संख्या बढ़ी है। अगर यह रोलर होता, तो एक भी गिट्टी उचककर न भागती।

यह सड़क कौन बनवा रहा है? क्यों बनवा रहा है? अभी तो चुनाव के कई महीने हैं। अभी से पैसा क्यों बरबाद किया जा रहा है? निर्वाचन-केन्द्रित जनकल्याण में सड़क मतदान के एक दिन पहले ही बननी चाहिए।

यह क्या ऊटपटाँग सोचने लगा। पिछले कुछ सालों में मन की ऐसी वृत्ति हो गयी है कि अच्छी चीज भी देखता हूँ, तो बुरी बातें मन में आती हैं। पहले कोयल का स्वर स्वाभाविक मीठा लगता था। अब वह कूकती है, तो शक होता है कि इसने किसी संगीत विद्यालय में नौकरी के लिए दरख्वास्त दी है और सिफारिश कराना चाहती है। कोई आदमी मुहल्ले में 'मौत मट्टी' में ज्यादा शामिल होता है, तो सोचता हूँ, यह अगली बार वार्ड मेम्बरी का चुनाव लड़ेगा। जिसे वोट नहीं चाहिए, वह क्यों किसी के दुःख में शामिल होगा?

सड़क बन रही है तो यह अच्छी बात है। यह बिना मिलावट के अच्छी बात है। मगर मन में मिलावट हो गयी है। तो मैं बैठा-बैठा सोच रहा हूँ कि इस सड़क में से किसका बँगला बन जाएगा? किसके अहाते की दीवार उठ जाएगी? बड़ी इमारतों के पेट से बँगले पैदा होते मैंने देखे हैं। एक होस्टल की इमारत शहर में बनी और बँगला पैदा हुआ तो चार-पाँच मील दूर उपनगर में गिरा। बड़ा चमत्कारी प्रसव है। आल्हा-ऊदल की कथा में ऐसा प्रसंग है कि भैंस गढ़ महोबे में ब्याई

तो बच्चा फर्रुखाबाद में जाकर गिरा। इमारत से बँगला प्रगट होना तो स्वाभाविक है, पर सड़क के पेट से बँगला पैदा होना चमत्कार है–भैंस के पेट से कुत्ता पैदा होने की तरह। सड़क बनवाने के पुण्य के प्रताप से ऐसा होता होगा। दशरथ की रानियों को यज्ञ की खीर खाने से पुत्र हो गये थे। पुण्य का प्रताप अपार है, अनाथालय में से हवेली पैदा हो जाती है।

बुरी बातें हैं ये। मगर मैं क्या करूँ? मन में उठती हैं, तो क्या सारी जिम्मेदारी मेरी है?

अच्छा, सड़क पर लौटता हूँ और कुछ मीठी बात सोचता हूँ। पहले यह सड़क ऊबड़-खाबड़ थी, गिट्टियाँ निकली हुई थीं। सुन्दरियाँ इस सड़क पर चलतीं तो डरता कि कहीं पाँवों में गिट्टी न गड़ जाए। जब सड़कें नहीं थीं, 'गैल' थी तब गैल चलती सुन्दरी के पाँव में काँटा गड़ता था। इस प्रसंग का वह खूब प्रचलित लोकगीत सबने सुना होगा–'काँटा लागा रे बालमवा मोसे गैल चली ना जाय।' नायक काँटा निकालता था। यह बड़ा रसमय प्रसंग होता था। चतुर नायिका जान-बूझकर काँटा गड़ा लेती थी या बिच्छू से कटवा लेती थी। अब कंक्रीट की सभ्यता ने रस-धारा के ऊपर पक्का पुल बना दिया है। ऊपर से अछूते निकल जाइए। कंक्रीट की सड़कों पर काँटे नहीं गड़ते, दुर्घटना होती है; और दुर्घटना कोई रसमय प्रसंग नहीं है–गो प्रेम की फिल्म इससे भी बन सकती है। स्त्री की जिन्दगी में कातरता के मौके कम होते जा रहे हैं। एक ही मौका बढ़ा है–जब वह परीक्षा में फेल होती है। मगर यह भी कातरता से ज्यादा लज्जा का प्रसंग है।

कातरता का एक दृश्य और इन सड़कों पर दिखता है। नायक स्कूटर को तेज दौड़ाता है, तब पीछे की सीट पर बैठी नायिका डरकर उसे जकड़ लेती है। पुराने जमाने में नौका-विहार में ऐसे प्रसंग आते थे। भय-कातर सुन्दरी पुरुष को हमेशा अच्छी लगी है। बेवकूफ हो, तब तो और अच्छी लगती है। पुरुष पूछता है–'तुमने वह कबूतर कैसे उड़ा दिया?' सुन्दरी ने दूसरा भी उड़ाकर कहा–'ऐसे!' पुरुष इस बेवकूफी पर मुग्ध हो जाता है। वाह, कितनी उच्च कोटि की मूर्खा है। यह प्रसंग प्रेम और राजनीति दोनों के इतिहास में चला गया।

कातर और बेवकूफ स्त्री पुरुष को क्यों अच्छी लगती है? शायद इसलिए कि उसका अपना भिन्न व्यक्तित्व तो दूर, अस्तित्व तक नहीं हो पाता। वह पूरी तरह किसी का हिस्सा बनकर रह जाती है। बहुत-सी स्त्रियाँ होती हैं जो उम्र और शिक्षा के बावजूद जीवित प्राणी न होकर किसी का 'लगेज' होती हैं। उनका अपना स्वर नहीं होता, वे सिर्फ प्रतिध्वनि होती हैं। बुद्धि, भावना, इच्छा तक अपनी नहीं होती। अगर उनसे पूछा–देवीजी, आज मौसम कैसा है? तो वे आसमान की तरफ न देखकर उसकी तरफ देखेंगी, जिसका हिस्सा हैं। इस आशय से कि क्यों, बता

दें कि नहीं। क्या बताएँ? तुम्हीं न इन्हें बता दो कि कैसा मौसम है।

फिर सड़क की बात करता हूँ। मुहल्ले के सारे आवारा कुत्ते पिट चुके। बच्चों को गिट्टी के ढेर मिल गये। मिट्टी के ढेले से कुत्ते को मारने में वह मजा नहीं है, जो गिट्टी से मारने में। बच्चों को आवारा कुत्तों को मारने का अभ्यास हो जाए तो अच्छा है। आगे चलकर ये देश को सँभालेंगे। एक ही आशंका है–इन्हें ऊँची नस्ल के कुत्तों को मारने का अभ्यास नहीं हो रहा है। ऊँची नस्ल का चाहे कुत्ता ही क्यों न हो, दबंग होता है। जूठन चुराकर खानेवाले घटिया कुत्ते ही पिट रहे हैं। 10 किलो अनाजवाला जेल जा रहा है, 10 ट्रक चोरी से बेचनेवाला अटारी में बेखटके रहता है। पाँच रुपये घूसवाला पकड़ा जाता है, पाँच लाखवाला पकड़नेवाले को 'डिसमिस' करा देता है। अल्सेशियन पर ये बच्चे भी गिट्टी नहीं फेंकते।

मेरे सामने एक कैलेण्डर टँगा है। तस्वीर में एक बच्चा फौजी पोशाक पहने बर्फ पर बैठा है। सामने शिवलिंग है और बगल में राइफल संगीन के जरिये बर्फ में गड़ी है। बच्चा हाथ जोड़े बैठा है। स्कूल जाते हुए बच्चे का चित्र नहीं है। पाकिस्तान में भी स्कूल जाते बच्चे का चित्र नहीं मिलेगा। चीन में भी नहीं। सब जगह राइफल। इधर तो बच्चा राइफल के साथ शिव को नमन कर रहा है। पाकिस्तान का बच्चा किसकी मूर्ति को नमन करता होगा? मूर्ति पूजा वहाँ है नहीं और अय्यूब खाँ देवता नहीं बने। चीन में माओ-त्से-तुंग देवता बन गये हैं। तो राइफल और माओ की मूर्ति चीनी बच्चे के सामने होगी। हमारे यहाँ का सिख ट्रक ड्राइवर कहता है–रास्ता खराब था जी, मगर वाहे गुरुजी की किरपा से मजे में चले आए। हिन्दू ड्राइवर कहता है–ईश्वर की कृपा से रास्ता ठीक कट गया। मुसलमान ड्राइवर कहता है–खुदा का शुक्र है कि ट्रक किसी तरह आ गया। चीन का ड्राइवर कहता है–माओ के विचारों के प्रताप से बिना दुर्घटना के ट्रक आ गया। बिना देवता के शायद आदमी का काम नहीं चलता। देवता बदलते जाएँ, यह अलग बात है। अमरीका के कैलेण्डर का बच्चा किसे नमन करता होगा? क्या राइफल और लिंकन को? लिंकन को नमन करके क्या वह वियतनाम जाता होगा? अभागा बच्चा होगा वह।

यों ये सभी बच्चे अभागे हैं, दुनिया-भर के, जिनके सामने इनके बुजुर्ग राइफल और देवता को रख देते हैं। यह मेरे सामने का बच्चा भी कम अभागा नहीं है। इसके हिस्से का दूध राइफल पी रही है।

बहुत 'वल्गर' (गँवारू) है यह चित्र। मगर यह देशभक्ति का चित्र है। मुझे लगता है, दुनिया में कहीं का हो, देशभक्त थोड़ा 'वल्गर' होता ही है।

गिट्टी के ढेर में से बची कचूमर मुहल्ले के बच्चे लाकर घरों के सामने डाल रहे हैं। कीचड़ से बचाव होगा। बच्चों को सफलता का रहस्य मिल रहा है। जो

सड़क पर की चीज को घर में डाल ले, वह इस जमाने में सफल होता है।

रोलर फिर धड़धड़ाता आ गया है। सोचता हूँ, यह कुचलने की ताकत कायम रखकर थोड़ा सुडौल क्यों नहीं हो जाता। गुजरे जमाने का उपनिवेशवादी कब तक बना रहेगा? मॉडर्न क्यों नहीं होता?

व्यंग्य कथा

एक मध्यवर्गीय कुत्ता

मेरे मित्र की कार बँगले में घुसी तो उतरते हुए मैंने पूछा, "इनके यहाँ कुत्ता तो नहीं है?"

मित्र ने कहा, "तुम कुत्ते से बहुत डरते हो!"

मैंने कहा, "आदमी की शक्ल में कुत्ते से नहीं डरता। उनसे निपट लेता हूँ। पर सच्चे कुत्ते से बहुत डरता हूँ।"

कुत्तेवाले घर मुझे अच्छे नहीं लगते। वहाँ जाओ तो मेजबान के पहले कुत्ता भौंककर स्वागत करता है। अपने स्नेही से 'नमस्ते' हुई ही नहीं कि कुत्ते ने गाली दे दी–'क्यों यहाँ आया बे? तेरे बाप का घर है? भाग यहाँ से!'

फिर कुत्ते के काटने का डर नहीं लगता–चार बार काट ले। डर लगता है उन चौदह बड़े-बड़े इंजेक्शनों का जो डॉक्टर पेट में घुसेड़ता है। यूँ कुछ आदमी कुत्ते से अधिक जहरीले होते हैं। एक परिचित को कुत्ते ने काट लिया था। मैंने कहा, "इन्हें कुछ नहीं होगा। हालचाल उस कुत्ते के देखो और इंजेक्शन उसे लगाओ।"

एक नये परिचित ने मुझे घर पर चाय के लिए बुलाया। मैं उनके बँगले पर पहुँचा तो फाटक पर तख्ती टँगी दीखी–'कुत्ते से सावधान!' मैं फौरन लौट गया। कुछ दिनों बाद वे मिले तो शिकायत की, "आप उस दिन चाय पीने नहीं आये।"

मैंने कहा, "माफ करें। मैं बँगले तक गया था। वहाँ तख्ती लटकी थी–'कुत्ते से सावधान।' मेरा खयाल था, उस बँगले में आदमी रहते हैं। पर नेमप्लेट कुत्ते की टँगी दीखी।"

यूँ कोई-कोई आदमी कुत्ते से बदतर होता है। मार्क ट्वेन ने लिखा है–'यदि आप भूखे मरते कुत्ते को रोटी खिला दें, तो वह आपको नहीं काटेगा। कुत्ते में और आदमी में यही मूल अन्तर है।'

बँगले में हमारे स्नेही थे। हमें वहाँ तीन दिन ठहरना था। मेरे मित्र ने घण्टी बजायी तो जाली के अन्दर से वही 'भौं-भौं' की आवाज आयी। मैं दो कदम पीछे हट गया। हमारे मेजबान आये। कुत्ते को डाँटा–'टाइगर, टाइगर!' उनका मतलब

था—'शेर, ये लोग कोई चोर-डाकू नहीं हैं। तू इतना वफादार मत बन।'

कुत्ता जंजीर से बँधा था। उसने देख भी लिया था कि हमें उसके मालिक खुद भीतर ला रहे हैं पर वह भौंके जा रहा था। मैं उससे काफी दूर से लगभग दौड़ता हुआ भीतर गया।

मैं समझा, यह उच्चवर्गीय कुत्ता है। लगता ऐसा ही है। मैं उच्चवर्गीय का बड़ा अदब करता हूँ। चाहे वह कुत्ता ही क्यों न हो। उस बँगले में मेरी अजब स्थिति थी। मैं हीनभावना से ग्रस्त था—इसी अहाते में एक उच्चवर्गीय कुत्ता और इसी में मैं! वह मुझे हिकारत की नजर से देखता।

शाम को हम लोग लॉन में बैठे थे। नौकर कुत्ते को अहाते में घुमा रहा था।

मैंने देखा, फाटक पर आकर दो 'सड़किया' आवारा कुत्ते खड़े हो गये। वे सर्वहारा कुत्ते थे। वे इस कुत्ते को बड़े गौर से देखते। फिर यहाँ-वहाँ घूमकर लौट आते और इस कुत्ते को देखते रहते। पर यह बँगलेवाला उन पर भौंकता था। वे सहम जाते और यहाँ-वहाँ हो जाते। पर फिर आकर इस कुत्ते को देखने लगते।

मेजबान ने कहा, "यह हमेशा का सिलसिला है। जब भी यह अपना कुत्ता बाहर आता है, वे दोनों कुत्ते इसे देखते रहते हैं।"

मैंने कहा, "पर इसे उन पर भौंकना नहीं चाहिए। यह पट्टे और जंजीरवाला है। सुविधाभोगी है। वे कुत्ते भुखमरे और आवारा हैं। इसकी और उनकी बराबरी नहीं है। फिर यह क्यों चुनौती देता है!"

रात को हम बाहर ही सोये। जंजीर से बँधा कुत्ता भी पास ही अपने तखत पर सो रहा था। अब हुआ यह कि आसपास जब भी वे कुत्ते भौंकते, यह कुत्ता भी भौंकता। आखिर यह उनके साथ क्यों भौंकता है? यह तो उन पर भौंकता है। जब वे मुहल्ले में भौंकते हैं तो यह भी उनकी आवाज में आवाज़ मिलाने लगता है, जैसे उन्हें आश्वासन देता हो कि मैं यहाँ हूँ, तुम्हारे साथ हूँ।

मुझे इसके वर्ग पर शक होने लगा है। यह उच्चवर्गीय कुत्ता नहीं है। मेरे पड़ोस में ही एक साहब के पास थे दो कुत्ते। उनका रोब ही निराला! मैंने उन्हें कभी भौंकते नहीं सुना। आसपास कुत्ते भौंकते रहते, पर वे ध्यान नहीं देते थे। लोग निकलते, पर वे झपटते भी नहीं थे। कभी मैंने उनकी एक धीमी गुर्राहट ही सुनी होगी। वे बैठे रहते या घूमते रहते। फाटक खुला होता, तो भी बाहर नहीं निकलते थे। बड़े रोबीले, अहंकारी और आत्मतुष्ट।

यह कुत्ता उन सर्वहारा कुत्तों पर भौंकता भी है और उनकी आवाज में आवाज भी मिलाता है। कहता है—'मैं तुममें शामिल हूँ।' उच्चवर्गीय झूठा रोब भी और संकट के आभास पर सर्वहारा के साथ भी—यह चरित्र है इस कुत्ते का। यह मध्यवर्गीय चरित्र है। यह मध्यवर्गीय कुत्ता है। उच्चवर्गीय होने का ढोंग भी करता है और

सर्वहारा के साथ मिलकर भौंकता भी है।

तीसरे दिन रात को हम लौटे तो देखा, कुत्ता त्रस्त पड़ा है। हमारी आहट पर वह भौंका नहीं, थोड़ा-सा मरी आवाज में गुर्राया। आसपास वे आवारा कुत्ते भौंक रहे थे, पर यह उनके साथ भौंका नहीं। थोड़ा गुर्राया और फिर निढाल पड़ गया।

मैंने मेजबान से कहा, ''आज तुम्हारा कुत्ता बहुत शान्त है।''

मेजबान ने बताया, ''आज यह बुरी हालत में है। हुआ यह कि नौकर की गफलत के कारण यह फाटक के बाहर निकल गया। वे दोनों कुत्ते तो घात में थे ही। दोनों ने इसे घेर लिया। इसे रगेदा। दोनों इस पर चढ़ बैठे। इसे काटा। हालत खराब हो गयी। नौकर इसे बचाकर लाया। तभी से यह सुस्त पड़ा है और घाव सहला रहा है। डॉक्टर श्रीवास्तव से कल इसे इंजेक्शन दिलाऊँगा।''

मैंने कुत्ते की तरफ देखा। दीन भाव से पड़ा था। मैंने अन्दाज लगाया। हुआ यों होगा–

यह अकड़ से फाटक के बाहर निकला होगा। उन कुत्तों पर भौंका होगा। उन कुत्तों ने कहा होगा–'अबे, अपना वर्ग नहीं पहचानता। ढोंग रचता है। ये पट्टा और जंजीर लगाये है। मुफ्त का खाता है। लॉन पर टहलता है। हमें ठसक दिखाता है। पर रात को जब किसी आसन्न संकट पर हम भौंकते हैं, तो तू भी हमारे साथ हो जाता है। संकट में हमारे साथ है, मगर यों हम पर भौंकेगा। हममें से है तो निकल बाहर। छोड़ यह पट्टा और जंजीर। छोड़ यह आराम। घूरे पर पड़ा अन्न खा या चुराकर रोटी खा। धूल में लोट।'

यह फिर भौंका होगा। इस पर वे कुत्ते झपटे होंगे। यह कहकर–'अच्छा ढोंगी, दगाबाज, अभी तेरे झूठे वर्ग का अहंकार नष्ट किये देते हैं।'

इसे रगेदा, पटका, काटा और धूल खिलायी।

कुत्ता चुपचाप पड़ा अपने सही वर्ग के बारे में चिन्तन कर रहा है।

असहमत

यह सिर्फ दो आदमियों की बातचीत है—

"भारतीय सेना लाहौर की तरफ बढ़ गयी—अन्तर्राष्ट्रीय सीमा पार करके।"

"हाँ, सुना तो। छम्ब में पाकिस्तानी सेना को रोकने के लिए यह जरूरी है।"

"खाक जरूरी है! जहाँ वे लड़ें, वहाँ लड़ना चाहिए या हर कहीं घुसना चाहिए?"

"हाँ, उधर नहीं बढ़ना था।"

"मगर मैं कहता हूँ, क्यों नहीं बढ़ना था? उधर से दबाव पड़ेगा तो इधर तुम्हारे बाप रोक सकते हैं उन्हें?"

"फिर तो उधर बढ़ना ठीक ही हुआ।"

"ठीक हुआ! ठीक हुआ! कुछ समझते भी हो! इसका मतलब क्या होता है? इसका मतलब होता है—टोटल वार! पूर्ण युद्ध! हमला!"

"हाँ जी, यह तो हमला जैसा ही हो गया।"

"मगर मैं कहता हूँ, जो इसे हमला कहता है, वह बेवकूफ है। हम तो हमले का मुकाबला करने के लिए बढ़े हैं।"

"इस दृष्टि से तो हमारा बढ़ना सुरक्षात्मक कार्रवाई हुआ।"

"मगर सुरक्षात्मक कार्रवाई कहकर तुम दुनिया की नजरों में धूल नहीं झोंक सकते! जो हुआ है, वह सबको दिख रहा है।"

"हाँ, विल्सन ने तो ऐसा कुछ कहा भी है।"

"तुम विल्सन के कहने की परवाह क्यों करते हो? जो तुम्हें सही दिखे, करो।"

"बिल्कुल ठीक है। जो देश के हित में हो, वही हमें करना चाहिए।"

'देशहित की बात करते हो! देशहित कोई समझता भी है? सिर्फ देशहित देखोगे या अन्तर्राष्ट्रीय प्रतिक्रिया का भी खयाल रखोगे?"

"ठीक कहते हो। आज की दुनिया में अन्तर्राष्ट्रीय प्रतिक्रिया देखना भी जरूरी है।"

"मगर मैं कहता हूँ, अन्तर्राष्ट्रीय रुख ही देखते रहोगे या देश के भले की भी कुछ सोचोगे? अन्तर्राष्ट्रीयता की धुन में ही तो तुम लोगों ने देश को गारत कर रखा है!"

इस बातचीत में जो लगातार सहमत होने की कोशिश करता रहा, वह मैं हूँ। मैं उससे बहस नहीं करता, मतभेद जाहिर नहीं करता, सिर्फ सहमत होना चाहता हूँ। पर वह सहमत नहीं होने देता। वह कभी किसी को सहमत नहीं होने देता। अगर कोई सहमत होने लगता है तो वह झट असहमति पर पहुँच जाता है। सहमति से भी वह नाराज होता है और असहमति से भी। पर असहमति का विस्फोट बड़ा भयंकर होता है। इसलिए मैं सहमत होते-होते निकल जाता हूँ, जैसे आँधी आने पर आदमी जमीन पर लेट जाए।

उसने मेरी तरफ देखा। मैं कुछ नहीं बोला। दूसरी तरफ देखने लगा। वह खिसियाया–कैसे बेवकूफ से पाला पड़ा है! खीजा–कैसे बेईमान लोग हैं। क्रोधित हुआ–सबको देखूँगा! तना–मैं किसी की परवाह नहीं करता! ढीला हुआ–कैसा दुर्भाग्य है! दुःखी हुआ–ऐसों की चलती है, मेरी नहीं चलती! मन में फिर तनाव आया। वह अँगुलियों के कटाव गिनता हुआ जल्दी-जल्दी चला गया।

सारी दुनिया गलत है। सिर्फ मैं सही हूँ, यह अहसास बहुत दुःख देता है। इस अहसास में आगे अपेक्षा होती है कि मुझे सही होने का श्रेय मिले, मान्यता मिले, कीमत भी मिले। दुनिया को इतनी फुरसत होती नहीं है कि वह किसी कोने में बैठे उस आदमी को मान्यता देती जाए जो सिर्फ अपने को हमेशा सही मानता है। उसकी अवहेलना होती है। अब सही आदमी क्या करे। वह सबसे नफरत करता है। खीजा रहता है। दुःख-भरे तनाव में दिन गुजारता है।

इसकी दुनिया से इसी तरह की लड़ाई है। पर वह मुझसे ही क्यों उलझता है? हर बार मुझे गलत सिद्ध क्यों करता है? बात यह है कि पूरी दुनिया से एक साथ नहीं लड़ा जा सकता। दुनिया के हजारों मोर्चे हैं और करोड़ों लड़नेवाले हैं। मगर दो देशों की लड़ाई में पूरे देश आपस में नहीं लड़ते। सिपाही से सिपाही लड़ता है। लड़ने के मामले में सिपाही देश का प्रतिनिधि होता है। उन कुछ लोगों को, जिनसे उसकी अक्सर भेंट होती है, उसने दुनिया का प्रतिनिधि मान लिया है। इनमें भी सबसे ज्यादा मुलाकात मुझसे होती है, इसलिए इन कुछ का प्रतिनिधि मैं हुआ। इस तरह दुनिया का प्रतिनिधि मैं बन गया। मुझे गलत बताता है तो दुनिया गलत होती है। मुझे गाली देता है तो दुनिया को गाली लगती है। मुझ पर नाराज होता है तो दुनिया पर नाराजगी जाहिर होती है। मैं दबता हूँ तो दुनिया को दबा देने का सुख उसे मिलता है। सारी दुनिया की तरफ से इस मोर्चे पर मैं खड़ा हूँ और पिट रहा हूँ। वह मुझसे नफरत करता है। मगर मुझे ढूँढ़ता है। कुछ दिन नहीं मिलूँ, तो वह

परेशान होता है। जिससे नफरत है, उससे मिलने की इतनी ललक प्रेम-सम्बन्ध में भी नहीं होती। मुझसे मिलकर मुझे गलत बताकर, मुझ पर खीजकर और मुझे दबाकर जो सुख उसे मिलता है, उसके लिए वह मुझे तलाशता है। विश्व-विजय के गौरव और सन्तोष के लिए योद्धा दुनिया-भर की खाक छानते थे। वह कुल चार-पाँच मील सड़कों पर मुझे खोजता है तो दुनिया को जीतने के लिए कोई ज्यादा नहीं चलता।

अगर सारी दुनिया गलत और वह सही है तो मैं गलत हूँ और वह सही है। मैं पहले उससे असहमत भी हो जाता था। तब वह भयंकर रूप से फूट पड़ता था। उसे गलत माने जाने पर गुस्सा आता है। वह लड़ बैठता था। गाली-गलौज पर आ जाता था। मैंने सहमत होने की नीति अपनायी। मैं सहमत होता हूँ तो वह सोचता है, यह कैसे हो सकता है कि मैं और दुनिया, दोनों सही हों। दुनिया सही हो ही नहीं सकती। वह झट ठीक उल्टी बात कहकर असहमत हो जाता है। तब वह एकमात्र सही आदमी और दुनिया गलत हो जाती है। मैं फिर सहमत हो जाता हूँ तो वह फिर उस बात पर आ जाता है जिसे खुद काट चुका है।

"बहुत भ्रष्टाचार फैला है।"

"हाँ, बहुत फैला है।"

"लोग हल्ला ज्यादा मचाते हैं। इतना भ्रष्टाचार नहीं है। यहाँ तो सब सियार हैं। एक ने कहा, भ्रष्टाचार तो सब कोरस में चिल्लाने लगे भ्रष्टाचार!"

"मुझे भी लगता है, लोग भ्रष्टाचार का हल्ला ज्यादा उड़ाते हैं।"

"मगर बिना कारण लोग हल्ला क्यों मचाएँगे जी? होगा तभी तो हल्ला करते हैं। लोग पागल थोड़े ही हैं।"

"हाँ, सरकारी कर्मचारी भ्रष्ट तो हैं।"

"सरकारी कर्मचारी को क्यों दोष देते हो? उन्हें तो हम-तुम ही भ्रष्ट करते हैं।"

"हाँ, जनता खुद घूस देती है तो वे लेते हैं।"

"जनता क्या जबरदस्ती उनके गले में नोट ठूँसती है? वे भ्रष्ट न हों तो जनता क्यों दे?"

कोई घटना होती है तो वह उसके बारे में एक दृष्टिकोण बना लेता है और उससे उसका उल्टा दृष्टिकोण पहले ही मन में हमारे ऊपर मढ़ देता है। फिर वह हमसे उस आरोपित दृष्टिकोण के लिए नफरत करता है। नफरत इतनी इकट्ठी हो जाती है कि वह उस घटना के लिए जिम्मेदार भी हमें मान लेता है। चीन ने भारत को तीन दिन का अल्टीमेटम दिया तो उसे लगा, जैसे अल्टीमेटम हमने दिया हो। बस्तर में आदिवासियों पर गोली हमने ही चलायी। रोडेशिया में गोरी तानाशाही

कायम हो गयी तो, उसे लगा, जैसे हमने ही इयान स्मिथ की सरकार बनवा दी हो। वियतनाम पर अमेरिकी बमबारी फिर शुरू हो गयी तो उसने मान लिया कि हमने ही बम-वर्षा का हुक्म दिया है। कुछ दिन वह खूब भन्नाता रहा। मिला नहीं। एक दिन वह मिल गया। ऐसे मिला, जैसे युद्ध-अपराधियों से मिल रहा हो। मिलते ही फूट पड़ा—

"तुम्हारे अमेरिका ने फिर बम बरसाना शुरू कर दिया।"

उसने ऐसे देखा, जैसे पुलिस हत्यारे को देखती है।

हमने कहा, "यह बहुत बुरा किया। इससे क्रान्ति की आशा फिर नष्ट हो गयी।"

वह एक क्षण को सहम गया। वह कई दिनों से हमें बमबारी का समर्थक मानकर हमसे नफरत कर रहा था। मगर हम तो बमबारी की निन्दा कर रहे थे। अब वह क्या रुख अपनाये! उसे सँभलने में ज्यादा देर नहीं लगी। खीजकर बोला, "शान्ति? वॉट डु यू मीन बाइ शान्ति? यह शब्द झूठा है। सब साले शान्ति की बात करते हैं और लड़ाई की तैयारी करते हैं!"

हम चुप। उसे सन्तोष नहीं हुआ। उसने साफ रुख अपना लिया, "कह दिया, बुरा किया! क्या बुरा किया? उत्तर से दक्षिण में फौज आती है, चीनी हथियार आते हैं। उसके ठिकानों पर बम गिराये बिना कैसे काम चलेगा?"

"इस दृष्टि से तो बमबारी ठीक मालूम होती है।"

"क्यों ठीक है? नागरिक क्षेत्रों पर बम बरसाना ठीक है, यह कहते शर्म आनी चाहिए!"

"हाँ, नागरिक क्षेत्र पर अलबत्ता बम नहीं गिराना चाहिए।"

"मैं कहता हूँ, कहीं भी क्यों गिराना चाहिए? अमेरिका को क्या हक है इधर आने का? यह उसके राज्य का हिस्सा नहीं है।"

"ठीक कहते हो। एशिया में अमेरिका को हस्तक्षेप नहीं करना चाहिए।"

"मगर बहुत-से बेवकूफ इस नारे को बिना समझे लगाते हैं। वे भूल जाते हैं कि इधर चीन बैठा है जो सबको निगल जाएगा।"

हम चुप हो गये। वह कुछ भुनभुनाता रहा। फिर झटके से उठा और अँगुलियों के कटाव गिनता हुआ फुर्ती से चला गया।

गोरे और सुडौल इस जवान के कपाल पर तीन रेखाएँ खिंची रहती हैं। हमेशा तनाव में रहता है। नौकरी उसकी साधारण है। एक कॉलेज में पढ़ाता है। कॉलेज से नफरत करता है। लौटता है तो जैसे पाप करके लौट रहा हो। प्रिंसिपल से, साथियों से, विद्यार्थियों से नफरत करता है। बगीचे के खिले फूलों से भी उसे नफरत है। मकान मालिक से इसलिए नाराज है कि मकान उसका है। नगरपालिका से सड़क

के लिए नाराज है। नाले से मच्छरों के लिए नाराज है। दुनिया से क्यों नाराज है, यह ठीक वही जानता होगा। मैं अन्दाज ही लगा सकता हूँ।

शुरू में ही उसने दुनिया से कुछ ज्यादा उम्मीद कर ली होगी। बहुत-से नौजवान मौजूदा हालातों के सन्दर्भ में महत्त्वाकांक्षा नहीं बनाते। वह अनुपात से ज्यादा हो जाती है। बहुत से तो अपने पिता के जमाने के सन्दर्भ में महत्त्वाकांक्षा बना लेते हैं—पिता के जमाने में हर एम.ए. पास प्रोफेसर हो जाता था, अब नहीं होता। मगर उस सन्दर्भ में जो एम.ए. होकर प्रोफेसर बनने का तय कर लेता है, वह अक्सर निराश होता है। महत्त्वाकांक्षा के कारण वह स्कूल की नौकरी भी नहीं करता, बेकार रहता है। घुटता है। इस आदमी ने भी जवानी के शुरू में तय कर लिया होगा कि मुझे दुनिया से इतना मिलना चाहिए, यह मेरा हक है। इस हिसाब में कहीं वह गड़बड़ कर गया। उसने योग्यता के हिसाब से महत्त्वाकांक्षा नहीं बनायी। अपने मूल्य-निर्धारण में वह ज्यादा उदार हो गया। उसने शुरू में ही विशिष्टता से अपने को मण्डित कर लिया। साधारण से विशिष्ट बनने की जरूरत उसने नहीं समझी। उसने मौजूदा जमाने की स्पर्धा, पक्षपात और चतुरता को भी नजरअन्दाज कर दिया। कॉलेज में पढ़ाना चाहता था तब उसे स्कूल मास्टरी करनी पड़ी। विश्वविद्यालय में जाना चाहता था तब इस घटिया कॉलेज में नौकरी मिली। उसने मान लिया कि दुनिया ने उसकी कीमत नहीं दी। उसके साथ अन्याय किया और सिर्फ उसी के साथ। वह आसपास आगे बढ़ते हुए तुच्छ लोगों की भीड़ देखता है और सबसे नफरत करता है। उसका व्यक्तित्व टूटता है, वह उसे जैसे-तैसे समेटकर दुनिया के सामने चुनौती देकर खड़ा होता है। स्थायी असहमति उसका अपने आपको जोड़ने का प्रयत्न है। इससे वह विशिष्ट बने रहने की कोशिश करता है क्योंकि विशिष्ट हुए बिना वह जी नहीं सकता।

एक बार ही मैंने उसे सहमत होते पाया है। उसने केन्द्रीय सरकार में किसी बड़ी नौकरी के लिए आवेदन किया था। वह उसे नहीं मिली। मुझे मिला तो मैंने पूछा।

उसने कहा, ''नहीं मिली।''

मैं डर रहा था कि कहीं इसने इसके लिए मुझे ही जिम्मेदार न मान लिया हो। पर उसकी आँखों में ऐसा आरोप-भाव नहीं था। मेरी हिम्मत बढ़ी। मैंने कहा, ''आजकल पक्षपात बहुत चलता है।''

वह सहमत हो गया। बोला, ''ठीक कहते हो। ऊपर के लोग अपनों को अच्छी जगहों पर फिट करते हैं।''

''और योग्य आदमियों की अवहेलना होती है।''

''हाँ, और नालायक ऊँचे पदों पर बिठाये जाते हैं।''

"तभी तो सब जगह स्तर गिर रहा है।"

"अरे भाई, स्तर तो कुछ रहा नहीं!"

"पता नहीं कब तक यह अन्धेर चलेगा!"

"मैं भी यही सोचता हूँ कि आखिर ऐसा कब तक!"

सहमति के इस दुर्लभ क्षण को मैं बिगड़ने नहीं देना चाहता था। इसलिए इसके पहले कि वह किसी बात पर असहमत हो उठे, मैं चल दिया। वह भी मुड़ा। मगर वह अँगुलियों के कटाव नहीं गिन रहा था।

बुद्धिवादी

आशीर्वादों से बनी जिन्दगी है।

बचपन में एक बूढ़े अन्धे भिखारी को हाथ पकड़कर सड़क पार कर दिया था। अन्धे भिखारी ने आशीर्वाद दिया—बेटा, मेरे जैसा हो जाना। अन्धे भिखारी का मतलब लम्बी उम्र से रहा होगा। पर उन्होंने दूसरा मतलब निकाला और अध्यापक हो गये।

अध्यापक थे, तब एक टिटहरी की प्राण-रक्षा की थी। टिटहरी ने आशीर्वाद दिया—भैया, मेरे जैसा होना। टिटहरी का चाहे जो मतलब रहा हो, पर वे 'इण्टेलेक्चुअल' हो गये। हवा में उड़ते हैं, पर जब जमीन पर सोते हैं तो टाँगें ऊपर करके। इस विश्वास और दम्भ के साथ कि आसमान गिरेगा तो पाँवों पर थाम लूँगा।

आशीर्वादों से बनी जिन्दगी का अब यह हाल है कि बँधी आमदनी दो-ढाई हजार की है। बँगला है, कार है। दोनों लड़के अच्छी नौकरी पा गये हैं। लड़की रिसर्च कर रही है। ऐसे में शरीफ-से-शरीफ आदमी इण्टेलेक्चुअल हो जाएगा—वे कोई खास शरीफ भी नहीं हैं। वे होने में ऐसे ही लेट हो गये।

दो साल विदेशों में रहकर वे लौटे तो परिचितों में हल्ला हो गया कि वे बुद्धिवादी हो गये हैं। तमाशा-प्रेमी लोग उन्हें देखने जाते और बताते कि वे सचमुच बुद्धिवादी हो गये। एक ने उन्हें खिड़की से झाँककर देखा और हमें बताया—वह तो सचमुच बुद्धिवादी हो गया। कमरे में बैठा छत को ऐसे देख रहा था जैसे यह हिसाब लगा रहा हो कि छत कितने सालों में गिर जाएगी। एक ने उन्हें बगीचे में घूमते देख लिया। कहने लगा—जब वह फूल की तरफ देखता, तो फूल काँपने लगता। वह भयंकर बुद्धिवादी हो गया है।

एक दिन हम उनसे मिलने पहुँचे—मैं और मेरा एक मित्र। फोन पर उन्होंने आधे घण्टे बाद आने को कहा था। हम उन दिनों पूर्वी बंगाल के तूफान-पीड़ितों के लिए चन्दा इकट्ठा कर रहे थे। सोचा, बुद्धिवादी को देख भी लेंगे और कुछ चन्दा भी ले लेंगे।

उनके कमरे में हम घुसे। सचमुच वे बदल गये थे। काली फ्रेम का चश्मा निकल गया था। उसकी जगह पतली सुनहरी फ्रेम का चश्मा वे लगाये थे। आँखों की चमक और फ्रेम की चमक एक-दूसरी को प्रतिबिम्बित करके चकाचौंध पैदा कर रही थी। मुद्रा में स्थायी खिन्नता। खिन्नता दुःखदायी होती है। मगर उनके चेहरे पर सुखदायी खिन्नता थी। खिन्नता दुनिया की दुर्दशा पर थी। उसमें सुख का भाव इस गर्व से मिला दिया था कि मैंने इस दुर्दशा को देख लिया। बायीं तरफ का नीचे का होठ कान की तरफ थोड़ा खिंच गया था, जिससे दोनों होंठों के बीच थोड़ी जगह हो गयी थी। स्थायी खिन्नता व लगातार चिन्तन से ऐसा हो गया था। पूरे मुँह में वही एक छोटी-सी सेंध थी जिसमें से उनकी वाणी निकलती थी। बाकी मुँह बन्द रहता था। हम पूरे मुँह से बोलते हैं, मगर बुद्धिवादी मुँह के बायें कोने को जरा-सा खोलकर गिनकर शब्द बाहर निकालता है। हम पूरा मुँह खोलकर हँसते हैं, बुद्धिवादी बायीं तरफ के होंठों को थोड़ा खींचकर नाक की तरफ ले जाता है। होंठ के पास के नथुने में थोड़ी हलचल पैदा होती है और हम पर कृपा के साथ यह संकेत मिलता है कि—आई एम एम्यूज़्ड! तुम हँस रहे हो, मगर मैं सिर्फ थोड़ा मनोरंजन अनुभव कर रहा हूँ। गँवार हँसता है, बुद्धिवादी सिर्फ रंजित हो जाता है।

टेबिल पर पाँच-छः किताबें खुली हुई उलटी इस तरह पड़ी हैं जैसे पढ़ते-पढ़ते लापरवाही से डाल दी हों। पर वे लापरवाही से ऐसे छोड़ी गयी हैं कि हर किताब का नाम साफ दिख रहा है। किताबों की समझदारी पर मैं न्यौछावर हो गया। लापरवाही से एक-दूसरी पर गिरेंगी तो भी इस सावधानी से कि हर किताब का नाम न दबे। मैं समझ गया कि वे किताबों को पढ़ नहीं रहे थे। हमें आधा घण्टा बाद उन्होंने बुलाया था। इस आधे घण्टे में उन्होंने बड़ी मेहनत से इन किताबों की बेतरतीबी साधी होगी। बुद्धिजीवी बार-बार किताबों की तरफ हमारा ध्यान खींचने की कोशिश करता है। वह चाहता है, हम चकित हों और कहें—कितनी तरह की पुस्तकें पढ़ते हैं आप! इनके तो हमने नाम भी नहीं सुने। हम चकित होने में देर कर रहे हैं। बुद्धिवादी थोड़ा बेचैन होता है।

उन्होंने हमें इस तरह बिठाया है कि हमारी तरफ देखने में उन्हें सिर को 35 डिग्री घुमाना पड़े। 35 डिग्री सिर घुमाकर, सोफे पर कुहनी टिकाकर, हथेली पर ठुड्डी को साधकर वे जब भर-नजर हमें देखते हैं तो हम उनके बौद्धिक आतंक से दब जाते हैं। हम अपने को बहुत छोटा महसूस करते हैं। उनकी मुद्रा और दृष्टि में जादू पैदा हो जाता है। जब इस कोण से हमें देखकर वे पेट में से निकलती-सी धीमी गम्भीर आवाज में कहते हैं—टु माई माइण्ड—तो हमें लगता है, यह आवाज ऊपर बादलों से आ रही है। पर आसमान तो साफ है। बड़ी कोशिश से हम यह जान पाते कि यह आवाज बुद्धिवादी के होंठों के बायें बाजू की पतली सेंध में से निकली

है। जब वे 'टु माई माइण्ड' कहते हैं, तब मुझे लगता है, मेरे पास दिमाग नहीं है। दुनिया में सिर्फ एक दिमाग है और वह इनके पास है। जब वे 35 डिग्री सिर को नहीं घुमाये होते और हथेली पर ठुड्डी नहीं होती, तब वे बहुत मामूली आदमी लगते हैं। कोण से बुद्धिवाद साधने की कला सीखने में कितना अभ्यास लगा होगा उनको।

बुद्धिवादी में लय है। सिर घुमाने में लय है, हथेली जमाने में लय है, उठने में लय है, कदम उठाने में लय है, अलमारी खोलने में लय है, किताब निकालने में लय है, किताब के पन्ने पलटने में लय है। हर हलचल धीमी है। हल्का व्यक्तित्व हड़बड़ाता है। इनका व्यक्तित्व बुद्धि के बोझ से इतना भारी हो गया है कि विशेष हरकत नहीं कर सकता। उनका बुद्धिवाद मुझे एक थुलथुल मोटे आदमी की तरह लगा जो भारी कदम से धीरे-धीरे चलता है।

वे बोले, "मुझे यूरोप जाकर समझ में आया कि हम लोग बहुत पतित हैं।"

मैंने कहा, "अपने पतन को जानने के लिए आपको इतनी दूर जाना पड़ा?"

बुद्धिवादी ने जवाब दिया, "जो गिरनेवाला है वह नहीं देख सकता कि वह गिर रहा है। दूर से देखनेवाला ही उसके गिरने को देख सकता है।"

उस वक्त हमें लगा कि हम एक गड्ढे में गिरे हुए हैं और यह गड्ढे के ऊपर से हमें बता रहा है कि हम गिर गये हैं। उसने हमारा गिरना देख लिया है, इसलिए वह गिरनेवालों में नहीं है।

मेरे मित्र ने पूछा, "हमारे पतन का कारण क्या है?"

बुद्धिवादी ने आँखें बन्द करके सोचा। फिर हमारी तरफ देखकर कहा, "टु माई माइण्ड, हममें करेक्टर नहीं है।"

अपने पतन की बात उन्होंने इस ढंग से कही कि लगा, उन्हें हमारे पतन से सन्तोष है। अगर हम पतित न होते तो उन्हें यह जानने और कहने का सुयोग कैसे मिलता कि हम गिरे हुए हैं और हमारा गिरना वे साफ देख रहे हैं।

साथी ने अब मुद्दे की बात कहना जरूरी समझा। बोला, "पूर्वी बंगाल में तूफान से बड़ी तबाही हो गयी है।"

उसने मृत्यु, बीमारी, भुखमरी की करुण गाथा सुना डाली।

बुद्धिवादी सुनता रहा। हम दोनों असर का इन्तजार कर रहे हैं। असर हुआ। बुद्धिवादी ने मुँह के कोने से शब्द निकाले, "हाँ, मैंने अखबार में पढ़ा है।"

उस वक्त हमें लगा कि पूर्वी बंगाल के लोग कृतार्थ हो गये कि उनकी दुर्दशा के बारे में इन्होंने पढ़ लिया। तूफान सार्थक हो गया। बीमारी और भुखमरी पर उन्होंने बड़ा अहसान कर डाला।

मैंने कहा, "हम लोग उन पीड़ितों के लिए धन-संग्रह करने निकले हैं।"

हम चन्दा लेने आये थे, वे समझे, हम ज्ञान लेने आये हैं।

उन्होंने हथेली पर ठुड्डी रखी और उसी मेघ-गम्भीर आवाज में बोले, ''टु माई माइण्ड—प्रकृति सन्तुलन करती चलती है। पूर्वी बंगालस्तान की आबादी बहुत बढ़ गयी थी। उसे सन्तुलित करने के लिए प्रकृति ने तूफान भेजा था।''

इसी बीच पूर्वी बंगाल में उनकी सहायता के अभाव में एक आदमी और मर गया होगा।

अगर कोई आदमी डूब रहा हो, तो वे उसे बचाएँगे नहीं, बल्कि सापेक्षिक घनत्व के बारे में सोचेंगे।

कोई भूखा मर रहा हो, तो बुद्धिवादी उसे रोटी नहीं देगा। वह विभिन्न देशों के अन्न उत्पादन आँकड़े बताने लगेगा।

बीमार आदमी को देखकर वह दवा का इन्तजाम नहीं करेगा। वह विश्व स्वास्थ्य संगठन की रिपोर्ट उसे पढ़कर सुनाएगा।

कोई उसे अभी आकर खबर दे कि तुम्हारे पिताजी की मृत्यु हो गयी, तो बुद्धिवादी दुःखी नहीं होगा। वह वंश-विज्ञान के बारे में बताने लगेगा।

हमने चन्दे की उम्मीद छोड़ दी। अगर हमने बुद्धिवादी से चन्दा माँगा तो वह दुनिया की अर्थव्यवस्था बताने लगेगा।

अब हमने अपने-आपको बुद्धिवादी को सौंप दिया।

वह सोच रहा था, सोच रहा था। सोचकर बड़ी गहराई से वह खोजकर लाया वह सत्य, जिसे आज तक कोई नहीं पा सका था। बोला, ''टु माई माइण्ड, अवर ग्रेटेस्ट एनिमी इज़ पावर्टी।'' (मेरे विचार में, हमारा सबसे बड़ा शत्रु गरीबी है।)

एक वाक्य सूत्र रूप में कहकर बुद्धिवादी ने हमें सोचने के लिए वक्त दे दिया। हमने सोचा, खूब सोचा। मगर गरीबी की समस्या के हल के लिए फिर बुद्धिवादी की तरफ लौटना पड़ा। मैंने पूछा, ''गरीबी दुनिया से कैसे मिट सकती है?''

बुद्धिवादी ने कहा, ''मैंने सोचा है। पूँजीवाद और साम्यवाद दोनों मनुष्य-विरोधी हैं। ये दोनों गरीबी नहीं मिटा सकते। हमें आधुनिक तकनीकी साधनों का प्रयोग करके खूब उत्पादन बढ़ाना चाहिए।''

मैंने पूछा, ''मगर वितरण के लिए क्या व्यवस्था होगी?''

बुद्धिवादी ने कहा, ''वही मैं आजकल सोच रहा हूँ। एक थ्योरी बनाने में लगा हूँ।''

मनुष्य जाति की तरफ आशा की एक किरण बढ़ाकर बुद्धिवादी चुप हो गया।

मेरे साथी ने कहा, ''हमें समाज का नव-निर्माण करना पड़ेगा।''

बुद्धिवादी ने फिर हम बौनों को घूरकर देखा। बोला, ''समाज का पहला फर्ज यह है कि वह अपने को नष्ट कर ले। सोसाइटी मस्ट डेस्ट्राय इटसैल्फ! यह जाति,

वर्ण और रंग और ऊँच-नीच के भेदों से जर्जर समाज पहले मिटे, तब नया बने।"

सोचा, पूछूँ–सारा समाज नष्ट हो जाएगा तो प्रकृति को मनुष्य बनाने में कितने लाख साल लग जाएँगे? मैंने पूछा नहीं। यह सोचकर सन्तोष कर लिया कि सिर्फ मैं समझता हूँ, यह अहसास आदमी को नासमझ बना देता है।

बुद्धिवादी मार्क्सवाद की बात कर लेता है। फ्रॉयड और आइन्सटीन की बात कर लेता है। विवेकानन्द और कन्फूसियस की बात कर लेता है। हर बात कहकर हमें उसे समझने और पचाने का मौका देता है। वह जानता है, ये बातें हम पहली बार सुन रहे हैं।

हम पूछते हैं, "फिर दुनिया की बीमारी के बारे में आपने क्या सोचा है? किस तरह यह बीमारी मिटेगी?"

वह आँख बन्द कर लेता है। सोचता है! हम बड़ी बात सुनने के लिए तैयार हो जाते हैं। बुद्धिवादी कहता है, "अल्टीमेटली आई हेव टु रिटर्न टु गेण्डी।" (आखिर मुझे गाँधी की तरफ लौटना पड़ता है।) 'लव्ह'–प्रेम।

बुद्धिवादी अब क्रान्तिकारिता पर आ गया है। कहता है, "स्टुडेण्ट पावर! यूथ पावर! हमें अपने समाज के युवा वर्ग को आजादी देनी चाहिए। वही पलटेंगे इस दुनिया को। वही बदलेंगे। जो कौम अपने युवा वर्ग को दबाती है, वह कभी ऊपर नहीं उठ सकती। यह किताब देखिए प्रोफेसर मार्क्यूज की। यह कोहेन बेण्डी की किताब!"

बुद्धिवादी गम्भीर हो गया। उसने अन्तिम सत्य कह दिया।

हम उठने की तैयारी करने लगे। इसी वक्त नौकर ने एक लिफाफा लाकर उन्हें दिया।

बुद्धिवादी चिट्ठी पढ़ने लगा। पढ़ते-पढ़ते उसमें परिवर्तन होने लगे। 35 डिग्री का कोण धीरे-धीरे कम होने लगा। बुद्धिवादी सीधा बैठ गया। होंठ की मरोड़ मिट गयी। आँखों में बैठी बुद्धि गायब हो गयी। उसकी जगह परेशानी आ गयी। चेहरा सपाट हो गया। साँस जोर से चलने लगी। बुद्धिवादी निहायत बौड़म लगने लगा।

बुद्धिवादी ने चिट्ठी को मुट्ठी में कस लिया। चश्मा उतार लिया। हम नंगी आँखें देख रहें थे। वे बुझ गयी थीं। चमक चश्मे के साथ ही चली गयी थी। दम्भ शायद मुट्ठी में चिट्ठी के साथ दब गया था।

मैंने कहा, "आप परेशान हो गये। सब खैर तो है।"

बुद्धिवादी हतप्रभ था। वह हमारे सामने अब उस असहाय बच्चे की तरह हो गया जिसका खिलौना बाल्टी में गिर गया हो।

गहरी साँस लेकर बुद्धिवादी ने कहा, "यह जमाना आ गया!"

मैंने पूछा, "क्या हो गया?"

बुद्धिवादी ने कहा, "लड़की अपनी मौसी के घर लखनऊ गयी थी। वहीं उसने शादी कर ली। हमें पता तक नहीं।"

मैंने पूछा, "लड़का क्या करता है?"

बोले, "इन्जीनियर है।"

मैंने कहा, "फिर तो अच्छा है।"

बुद्धिवादी उखड़ पड़ा, "क्या अच्छा है? मैं उसे जेल भिजवाकर रहूँगा।"

हमारे सामने एक महान क्षण उपस्थित था। मनुष्य जाति के आन्तरिक सम्बन्धों के बारे में कोई महान सत्य निकलनेवाला है उनके मुख से। अब उनका मुँह पूरा खुलने लगा है। चश्मा लगाये वे तब होंठों की सम्पुट के कोने से गुरु-गम्भीर आवाज निकालते थे। अब पूरा मुँह खोलकर बोलते हैं।

बुद्धिवादी इस स्थिति का क्या विश्लेषण देता है। यूथ पावर? स्त्री-पुरुष-सम्बन्धों की बुनियाद? विवाह की स्वतन्त्रता?

हम उनके मुँह की तरफ देखते हैं। उनकी परेशानी बढ़ती जाती है। चिट्ठी को वे लगातार भींच रहे हैं। वे शायद पत्नी को यह खबर बताने को आतुर हैं। पर हम यह जानने को आतुर हैं कि इतनी अच्छी शादी को लेकर ये परेशान क्यों हैं? जरूर इसमें कोई महान दार्शनिक तथ्य निहित है, जो सिर्फ बुद्धिवादी समझता है।

मैंने कहा, "लड़का-लड़की बड़े हैं। शादी मौसी के यहाँ हुई। वर अच्छा है। फिर आप दुःखी और परेशान क्यों हैं? हम जिज्ञासुओं को वह रहस्य बताइए ताकि हम जीवन के प्रति बुद्धिवादी दृष्टिकोण अपना सकें।"

उन्होंने नंगी-बुझी आँखों से हमारी तरफ देखा। फिर अत्यन्त भारी आवाज में कहा, "वह लड़का कायस्थ है न!"

जिसकी छोड़ भागी

यह जो आदमी मेरे सामने बैठा है, जवान है और दुखी है। जवान आदमी को दुःखी देखने से पाप लगता है। मगर मजबूरी में पाप भी हो जाता है। बेकारी से दुःखी जवानों को सारा देश देख रहा है और सबको पाप लग रहा है। सबसे ज्यादा पाप उन भाग्य-विधाताओं को लग रहा है, जिनके कर्म, अकर्म और कुकर्म के कारण वह बेकार है। इतना पाप और फिर भी ये ऐसे भले-चंगे! क्या पाप की भी क्वालिटी गिर गयी है? उसमें भी मिलावट होने लगी है?

नहीं, आप गलत समझे। यह जवान बेकारी के कारण दुःखी नहीं है। नौकरी उसकी है। नौकरी बीवी की माँग करती है—तो शादी उसने कर ली थी। हाल में उसकी बीवी उसे छोड़कर एक पैसेवाले के घर में बैठ गयी है। वह दुःखी है। मैं उसके दुःख को महसूस करने की कोशिश करता हूँ। पर कैसे कर सकता हूँ? जिसकी न कभी हुई, न भागी, वह उसके दुःख को महसूस नहीं कर सकता। वह गलत आदमी के पास सलाह लेने आ गया है। उसे ऐसे आदमी के पास जाना चाहिए था जिसकी भाग चुकी है और उससे पूछना था कि भैया, ऐसे मौके पर क्या किया जाता है। बहरहाल, मैं सुन रहा हूँ और समझने की कोशिश कर रहा हूँ। इसकी तनख्वाह कम है। इतने में पत्नी के पद पर बने रहना उस औरत को शोभा नहीं दिया। उसे ज्यादा रुपयों की बीवी बनना था। यह आदमी आमदनी नहीं बढ़ा सका। घूस लेना इससे बनता नहीं है। घूस से पारिवारिक जीवन सुखी होता है। मेरे एक पुराने पड़ोसी बिक्रीकर विभाग में थे और भरपेट घूस खाते थे। उनकी बीवी उन्हें इतना प्यार करती थी कि वे मर जाते तो वह उनकी चिता पर सती हो जाती। उसे यह कतई बरदाश्त न होता कि पति तो स्वर्ग में घूस खाए और वह यहाँ उसके लाभ से वंचित रह जाए। कितने सुखी लोग थे। शाम को सारा परिवार भगवान की आरती गाता था—जय जगदीश हरे! भगवान के सहयोग के बिना शुभ कार्य नहीं होते। आरती में आगे आता—सुख सम्पत्ति घर आवे! शाम को यह बात कही जाती और सुबह बनियों के लाल वस्त्रों में बँधी सुख-सम्पत्ति चली आती। जिस दिन

घूसखोरों की आस्था भगवान पर से उठ जाएगी, उस दिन भगवान को पूछनेवाला कोई नहीं रहेगा। आरती में आता—तुम अन्तर्यामी! भगवान तुम जानते हो, मेरे अन्तर में घूस लेने की इच्छा है और तुम दिलाते भी हो। आरती की एक पंक्ति से मुझे भी आशा बँधती—श्रद्धा-भक्ति बढ़ाओ सन्तन की सेवा! मुझे लगता, जिस दिन इसे सन्त की सेवा करनी होगी, वह सन्त ढूँढ़ने दूर कहाँ जाएगा। मैं तो पड़ोस में रहता हूँ, पर उसने कभी मुझे सन्त के रूप में मान्यता नहीं दी।

यह आदमी भी अगर मेरे पड़ोसी जैसा भगवद्भक्त होता तो इसकी बीवी नहीं भागती। उसकी तो बीवी छोड़ गयी है, मगर मेरे मन में दूसरी ही बातें उठने लगी हैं। मैं कहना चाहता हूँ—पगले, जमाने को समझ। यह जमाना ही किसी समर्थ के घर में बैठ जाने का है। वह तो औरत है। तू राजनीति के मर्दों को देख। वे उसी के घर में बैठ जाते हैं, जो मन्त्रिमण्डल बनाने में समर्थ हो। शादी इस पार्टी से हुई थी। मगर मन्त्रिमण्डल दूसरी पार्टीवाला बनाने लगा, तो उसी की बहू बन गये। राजनीति के मर्दों ने वेश्याओं को मात कर दिया। किसी-किसी ने तो घण्टे-भर में तीन-तीन खसम बदल डाले। आदमी ही क्यों समूचे राष्ट्र किसी समर्थ के घर में बैठ जाते हैं। इसी देश में कुछ लोग कहते हैं कि स्वतन्त्र विदेश नीति बदल डालो—यानी औरत बनाकर देश को किसी बड़े के घर में बिठा दो।

इन बातों से न उसे शान्ति मिलेगी न रास्ता मिलेगा। जिसकी बीवी छोड़ भागी है, उसका मन राजनीति में नहीं रम सकता।

वह कहता है—वह बूढ़ा है, उसके बाप की उम्र का।

वह जवान के घर बैठती, तो उसे शायद कम दुःख होता। इस जवान को बूढ़े से हार जाने का विशेष दुःख है या अभी भी उस स्त्री के सुख का इसे ध्यान है।

इस अभागे को नहीं मालूम कि पैसे में बड़ी मर्दानगी होती है। आदमी मर्द नहीं होता है, पैसा मर्द होता है। अमरीका के अच्छे-अच्छे जवान टापते रह गये और जेकलिन को ले गया बूढ़ा अरबपति ओनासिस।

एक साठ साल के बूढ़े की तीन बीवियाँ मर चुकी थीं। बूढ़ा जायदादवाला। सन्तान कोई नहीं। उसे चौथी बीवी की जरूरत महसूस हुई। उसे बीवी तो चाहिए ही थी, जायदाद का वारिस भी चाहिए था। वारिस न हो तो जायदाद हाय-हाय करती रहती है कि मेरा क्या होगा। आदमी को आदमी नहीं चाहिए। जायदाद को आदमी चाहिए। बूढ़े की नजर गाँव की एक कन्या पर थी। पर उसके माँ-बाप राजी कैसे हों। बूढ़ा चतुर था। उसने लड़की के रिश्तेदारों से कहा—चलो भैया, तीरथ कर आएँ। तीर्थ में उसने कुछ रुपये देकर साधु को मिला लिया। फिर लड़की के रिश्तेदारों के साथ उसके पास गया और हाथ दिखाया। साधु पहले से सधा हुआ था। उसने हाथ

देखकर कहा–तुम्हारी एक और शादी होगी। लिखी है। बूढ़े ने बनकर कहा–अरे नहीं महात्मा, इस उम्र में मायाजाल में मत फँसाओ। साधु ने कहा–तुम चाहो या नहीं, वह तो होगी। लिखी है। लिखी को कोई नहीं मिटा सकता। लड़का भी होगा। रिश्तेदारों ने गाँव पहुँचकर लड़की के माँ-बाप से कहा–उसके तो लिखी है। लड़का भी लिखा है। बहुत जायदाद है। लड़की दे दो। लिखी थी, तो बूढ़े की शादी हो गयी। सदियों से यह समाज लिखी पर चल रहा है। लिखाकर लाये हैं तो पीढ़ियाँ मैला ढो रही हैं और लिखाकर लाये हैं तो पीढ़ियाँ ऐशोआराम भोग रही हैं। लिखी को मिटाने की कभी कोशिश ही नहीं हुई। दुनिया के कई समाजों ने लिखी को मिटा दिया। लिखी मिटती है। आसानी से नहीं मिटती तो लात मारकर मिटा दी जाती है। इधर कुछ लिखी मिट रही है। भूतपूर्व राजा-रानी की लिखी मिट गयी। अछूतों के लड़के पढ़-लिखकर अफसर भी होने लगे हैं और जिन विप्र-परिवारों में उनका बाप सफाई करता है, उनके लड़के उसे झुककर सलाम करते हैं। जो लिखाकर लाये थे कि उनके हमेशा चरण छुए जाएँगे, उनकी भी लिखी मिट रही है।

यह जवान आदमी अगर यही मान ले कि वह औरत इसके नहीं लिखी थी उस पैसेवाले को लिखी थी, तो यह शान्त हो सकता है।

ऐसी घटनाएँ होना जरूरी हैं। इनसे फिल्मों में बेवफाई के गाने बनते हैं। पर फिल्म में जो बेवफाई करती है वह पत्नी नहीं, प्रेमिका होती है और बावफा प्रेमी का काम आसान हो जाता है। वह 'हाय बेवफा' कहकर रोता है और हृदय-परिवर्तन की राह देखता है।

प्रेमिका की बात अलग है, पत्नी की अलग। पश्चिम ने कम-से-कम इतना कर लिया है कि पति-पत्नी की न पटे तो तलाक ले लिया मगर इस देश में चोरी-छुपे का मामला है। यहाँ तलाक नहीं होता, औरत की नाक काट ली जाती है या उसकी हत्या कर दी जाती है। गाँववाला कुल्हाड़ी से मारता है, शहरवाला जहर देता है।

यह आदमी क्या इरादा रखता है? मैं कहता हूँ, "तुम उस बूढ़े की औरत को भगा लाओ।"

वह कहता है, "उसकी तो मर गयी। और होती भी तो उस बुढ़िया को लाता!"

मैं कहता हूँ, "तो तुम दूसरी से शादी कर लो।"

उसने कहा, "मेरा तो जी होता है कि जाकर उस हरामजादी के कलेजे में छुरा घुसेड़ दूँ।"

आखिर यह भी सच्चा भारतीय मर्द निकला। तलाक नहीं देगा, छुरा घुसेड़ेगा। यह समझता है कोई उसके घड़े को उठाकर ले गया है। यह उसे पत्थर से फोड़ना चाहता है–मैं इसमें पानी नहीं पिऊँगा, तो तू भी नहीं पिएगा।

मैं कहता हूँ, ''औरत प्रॉपर्टी नहीं है।''

वह भर-आँख मुझे देखता है। कहता है, ''औरत प्रॉपर्टी नहीं है?''

मैं कहता हूँ, ''नहीं।''

वह नीचा सिर करके अपने-आप बार-बार कहता है, ''अच्छा, औरत प्रॉपर्टी नहीं है। हूँ, औरत प्रॉपर्टी नहीं है!''

आठ-दस बार ऐसा कहकर वह उठकर चला जाता है।

सोचता हूँ—क्या यह उसे छुरे से मार डालेगा? नहीं, वह कहता है—ऐसा जी होता है कि छुरा घुसेड़ दूँ। पर जिसको जी दिया उसे छुरा कैसे घुसेड़ूँ। मारनेवाला पहले छुरा घुसेड़ता है, बाद में अपने को।

मैं उसे भूल जाता हूँ। किसे फुरसत है कि पति को छोड़नेवाली का हिसाब रखे।

एक दिन वह मुझे बस-स्टैण्ड पर मिल जाता है। खुश है। वह मुझसे 'नमस्ते' करता है। उसी क्षण उसकी औरत आ जाती है।

वह कहता है, ''यह मेरी बीवी है।''

मैं पूछता हूँ, ''तुमने दूसरी शादी कर ली, यह अच्छा किया।''

उसने कहा, ''नहीं, वही है।''

अरे, औरत को राजनीति की बीमारी लग गयी। दो महीने में दो बार दल-बदल कर डाला।

वह मेरी तरफ अजब ढंग से देखतां है। लगता है, कह रहा है—तुम तो कहते थे औरत प्रॉपर्टी नहीं है! अब देखो।

मैं औरत को देखता हूँ। वह सचमुच प्रॉपर्टी की तरह ही खड़ी थी।

पुराना खिलाड़ी

सरदारजी जबान से तन्दूर को गर्म करते हैं। जबान से बर्तन में गोश्त चलाते हैं। पास बैठे आदमी से भी इतने जोर से बोलते हैं, जैसे किसी सभा में बिना माइक बोल रहे हों। होटल के बोर्ड पर लिखा है—यहाँ चाय हर वक्त तैयार मिलती है। नासमझ आदमी चाय माँग बैठता है और सरदारजी कहते हैं—चाय ही बेचना होता तो उसे बोर्ड पर क्यूँ लिखता बाश्शाओ! इधर नेक बच्चों के लिए कोई चाय नहीं है। समझदार 'चाय' का मतलब समझते हैं और बैठते ही कहते हैं—एक चवन्नी!

सरदारजी मुहल्ले के रखवाले हैं। इधर के हर आदमी का चरित्र वे जानते हैं। अजनबी को ताड़ लेते हैं। तन्दूर में सलाख मारते हुए चिल्लाते हैं—

"वो दो बार ससुराल में रह आया है जी। जरा बचके।"

"उसके घर में दो हैं जी। किसी के गले में डालना चाहता है। जरा बचके बाश्शाओ!"

"दो जचगी उसके हो चुकी हैं। तीसरी के लिए बाप के नाम की तलाश जारी है। जरा बचके।"

"उसकी खादी पर मत जाणाजी। गाँधी को फुटकर बेचता है। जरा बचके।"

उस आदमी को मेरे साथ दो-तीन बार देखकर सरदारजी ने आगाह किया था—वह पुराना खिलाड़ी है। जरा बचके!

जिसे पुराना खिलाड़ी कहा था, वह पैंतीस-चालीस के बीच का सीधा आदमी लगता था। हमेशा परेशान। हमेशा तनाव में। कई आधुनिक कवि, उससे तनाव उधार माँगने आते होंगे। उससे बचने लायक कोई बात मुझे नहीं लगती थी।

एक दिन वह अचानक आ गया था। पहले से बिना बताये, बिना घण्टी बजाये, बिना पुकारे, वह दरवाजा खोलकर घुसा और कुर्सी पर बैठ गया। बदतमीजी पर मुझे गुस्सा आया था। बाद में समझ गया कि इसने बदतमीजी का अधिकार इसलिए हासिल कर लिया है कि वह अपने काम से मेरे पास नहीं आता। देश के काम से आता है। जो देश का काम करता है, उसे थोड़ी बदतमीजी का हक है।

देश-सेवा थोड़ी बदतमीजी के बिना शोभा भी नहीं देती। थोड़ी बेवकूफी भी मिली हो, तो और चमक जाती है।

वह उत्तेजित था। उसने अपना बस्ता टेबिल पर पटका और सीधे मेरी तरफ घूरकर बोला, "तुम कहते हो कि बिना विदेशी मदद के योजना चला लोगे। मगर पैस कहाँ से लाओगे? है तुम्हारे पास देश में ही साधन जुटाने की कोई योजना?"

वह जवाब के लिए मुझे घूर रहा था और मैं इस हमले से उखड़ गया था। योजना की बात मैंने नहीं, अर्थमन्त्री ने कही थी। वह अर्थमन्त्री से नाराज था। डाँट मुझे पड़ रही थी।

उत्तेजना में उसने तीन कुर्सियाँ बदलीं। बस्ते से पुलिन्दा निकाला। बोला, "जीभ उठाकर तालू से लगा देते हो। लो, आन्तरिक साधन जुटाने की यह स्कीम।"

घण्टा-भर अपनी योजना समझाता रहा। कुछ हल्का हुआ। पुलिन्दा बस्ते में रखा और चला गया।

हफ्ते-भर बाद वह फिर आया। वैसे ही तनाव में। भड़-से दरवाजा खोला। बस्ते को टेबिल पर पटका और अपने को कुर्सी पर। बोला, "तुम कहते हो रोड ट्रांसपोर्ट के कारण रेलवे की आमदनी कम हो रही है। मगर कभी सोचा है, मोटर-ट्रकवाले माल भेजनेवालों को कितने सुभीते देते हैं? लो यह स्कीम है। इसके मुताबिक काम करो।"

उसने रेलवे की आमदनी बढ़ाने के तरीके मुझे समझाये।

वह जब-तब आता। मुझे किसी विभाग का मन्त्री समझकर डाँटता और फिर अपनी योजना समझाता। उसने मुझे शिक्षामन्त्री, कृषिमन्त्री, विदेशमन्त्री सब बनाया। उसे लगता था, वह सब ठीक कर सकता है लेकिन विवश है। सत्ता उसके हाथ में है नहीं। उससे जो बनता है, करता है। योजना और सुझाव भेजता रहता है।

देश के लिए इतना दुखी आदमी मैंने दूसरा नहीं देखा। सड़क पर चलता, तो दूर से ही दुखी दिखता। पास पहुँचते ही कहता—रिजर्व बैंक के गर्वनर का बयान पढ़ा? सारी इकॉनमी को नष्ट कर रहे हैं ये लोग। आखिर यह क्या हो रहा है? जरा प्रधानमन्त्री से कहो न!

सरदारजी ने फिर आगाह किया, "बहुत चिपकने लगा है। पुराना खिलाड़ी है। जरा बचके।"

मैंने कहा, "मालूम होता है, उसका दिमाग खराब है।"

सरदारजी हँसे। बोले, "दमाग? अजी दमाग तो हमारा-आपका खराब है जो दिन-भर काम करते हैं, तब खाते हैं। वह दस साल से बिना कुछ किये मजे से दिल्ली में रह रहा है। दमाग तो उसका आला दर्जे का है।"

मैंने कहा, "मगर वह दुःखी है। रात-दिन उसे देश की चिन्ता सताती रहती है।"

सरदारजी ने कहा, "अजब मुल्क है ये। भगवान ने इसे सट्टा खेलते-खेलते बनाया होगा। इधर मुल्क की फिक्र में से भी रोटी निकलती है। फिर मैं आपसे पूछता हूँ, पिद्दी का कितना शोरबा बनता है? बताइए, कुछ अन्दाज दीजिए। मुल्क की फिक्र करते-करते गाँधी और नेहरू जैसे चले गये। अब यह पिद्दी क्या सुधार लेगा? इस मुल्क को भगवान ने खासतौर से बनाया है। भगवान की बनायी चीज में इनसान सुधार क्यों करे? मुल्क सुधरेगा तो भगवान के हाथ से ही सुधरेगा। मगर इस इनसान से जरा बचके। पुराना खिलाड़ी है।"

मैंने कहा, "पुराना खिलाड़ी होता तो ऐसी हालत में रहता?"

सरदारजी ने कहा, "उसका सबब है। वह छोटे खेल खेलता है। छोटे दाँव लगाता है। मैंने उसे समझाया कि एक-दो बड़े दाँव लगा और माल समेटकर चैन की बंसी बजा। मगर उसकी हिम्मत ही नहीं पड़ती।"

सरदारजी मुझे उससे बचने के लिए बार-बार आगाह करते, पर खुद उसे कभी नाश्ता करा देते, कभी रोटियाँ दे देते, कभी रुपये दे देते। मैंने पूछा, तो सरदारजी ने कहा, "आखिर इनसान है। फिर उसके साथ बीवी भी है। उसने वह कमाल कर दिखाया है, जो दुनिया में किसी से नहीं हुआ—उसने बीवी को यह मनवा लिया है कि वह देश की किस्मत पलटने के लिए पैदा हुआ है। वह कोई मामूली काम करके जिन्दगी बरबाद नहीं कर सकता। उसका एक मिशन है। बीवी खुद भी भगवान से प्रार्थना करती है कि उसके घरवाले का मिशन पूरा हो जाए।"

वह दिन-पर-दिन ज्यादा परेशान होता गया। जब-तब मुझे मिल जाता और किसी मन्त्रालय की शिकायत करता।

अचानक वह गायब हो गया। आठ-दस दिन नहीं दिखा, तो मैंने सरदारजी से पूछा। उन्होंने कहा, "डिस्टर्ब मत करो। बड़े काम में लगा है।"

मैंने पूछा, "कौन काम?"

सरदारजी ने कहा, "उसकी तफसील में मत जाओ। बम बना रहा है। इन्कलाबी काम कर रहा है। एक दिन वह सरकार के सिर पर बम पटकनेवाला है।"

मैंने कहा, "सच, वह बम बना रहा है?"

सरदारजी ने कहा, "हाँ जी, वह नया कान्स्टीट्यूशन बना रहा है। उसे सरकार के सिर पर दे मारेगा। दुनिया पलट देगा, बाश्शाओ!"

एक दिन वह संविधान लेकर आ गया। और दुबला हो गया था। मगर चेहरा शान्त था। फरिश्ते की तरह बोला, "नथिंग विल चेन्ज अण्डर दिस कान्स्टीट्यूशन। संविधान बदलना ही पड़ेगा। इस देश को बुनियादी क्रान्ति चाहिए और बुनियादी क्रान्ति के लिए क्रान्तिकारी संविधान चाहिए। मैंने नया संविधान बना लिया है।"

बस्ते से उसने पुलिन्दा निकाला और मुझे संविधान समझाने लगा, "यह

प्रीएम्बल है–यह फण्डामेण्टल राइट्स का खण्ड है। इस संविधान में एक बुनियादी क्रान्ति की बात है। देखो, मनुष्य ने अपने को राज्य के हाथों क्यों सौंपा था? इसलिए कि राज्य उसका पालन करे। राज्य का यह कर्तव्य है। मगर राज्य आदमी से काम करवाना चाहता है। यह गलत है। बिना काम किये आदमी का पालन होना चाहिए। मैं जो पिछले दस साल से कुछ नहीं कर रहा हूँ, सो मेरा प्रोटेस्ट है। मैं राज्य पर नैतिक दबाव डालकर उसका कर्तव्य कराना चाहता हूँ। मैं जानता हूँ, लोग मेरे बारे में क्या कहते हैं। आई डोण्ट माइण्ड। छोटे लोग हैं। मेरे मिशन को नहीं समझ सकते।''

मैंने कहा, ''कोई काम नहीं करेगा, तो उत्पादन नहीं होगा। तब राज्य पालन कैसे कर सकेगा?''

उसने समझाया, ''आप आदमी को नहीं जानते। वह मना करने पर भी काम करता है। यह उसकी मजबूरी है। मैन इज़ डूम्ड टु वर्क। अगर राज्य कह भी दे कि कोई काम मत करो, तुम्हारा पालन हम करेंगे, तब भी लोग काम माँगेंगे। साधारण आदमी ऐसा ही होता है। इने-गिने मुझ-आप जैसे लोग होंगे, जो काम नहीं करेंगे। हमारा पालन उन घटिया बहुसंख्यकों के उत्पादन से होगा।''

वह अपने संविधान से बहुत सन्तुष्ट था। एक दिन वह एक फोटोग्राफ लेकर आया। फोटो में वह संविधान प्रधानमन्त्री को दे रहा है। बोला, ''मैंने संविधान प्रधानमन्त्री को दे दिया। उन्होंने आश्वासन दिया है कि जल्दी ही इसे लागू किया जाएगा।''

सरदारजी ने कहा, ''आजकल फोटो पर जिन्दा है। प्रधानमन्त्री से मिल आया है। उसकी बीवी घर से भाग रही थी, सो थम गयी है। इस फोटो को अच्छे धन्धे में लगाये तो अच्छी कमाई कर सकता है। मगर वह जिन्दगी-भर 'रिटेल' करता रहेगा।''

दो-तीन महीने उसने इन्तजार किया। संविधान लागू नहीं हुआ। वह अब फिर परेशान हो गया। कहता–यह सरकार झूठ पर जिन्दा है। मुझे प्रधानमन्त्री ने आश्वासन दिया था कि ज़ल्दी ही वे मेरा संविधान लागू करेंगे, पर अभी तक संसद को सूचना नहीं दी। अन्धेर है मगर मैं छोड़ूँगा नहीं।

एक दिन सरदारजी ने बताया, ''पुराना खिलाड़ी संसद के सामने अनशन पर बैठ गया है। राम-धुन लग रही है। बीवी गा रही है–सबको सन्मति दे भगवान। इसे सबकी क्या पड़ी है? यही क्यों नहीं कहती कि मेरे घरवाले को सन्मति दे भगवान!''

तीसरे दिन उसे देखने गया। वह दरी पर बैठा था। उसका चेहरा सौम्य हो गया था। भूख से आदमी सौम्य हो जाता है। तमाशाइयों को वह बड़ी गम्भीरता

से समझा रहा था, "देखो, इनसान आजाद पैदा होता है, मगर वह हर जगह जंजीरों से जकड़ा रहता है। मनुष्य ने अपने को राज्य को क्यों सौंपा? इसलिए न, कि राज्य उसका पालन करेगा। मगर राज्य की गैर-जिम्मेदारी देखिए कि मुझ जैसे लोगों को राज्य ने लावारिस की तरह छोड़ रखा है। नथिंग विल चेन्ज अण्डर दिस कान्स्टीट्यूशन, मेरा संविधान लागू करना ही होगा। लेकिन इसके पहले राज्य को फौरन मेरे पालन की व्यवस्था करनी होगी। यही मेरी माँगें हैं।"

सरदारजी ने उस दिन कहा था, "बिजली मँडरा रही है बाश्शाओ! देखो किसके सिर पर गिरती है। जरा बचके।"

सरकार की तरफ से उसे धमकी दी जा रही थी। घर जाने के लिए किराये का लोभ भी दिया जा रहा था। मगर वह अपना संविधान लागू करवाने पर तुला था।

सातवें दिन सुबह जब मैं बैठा अखबार पढ़ रहा था, वह अचानक अपनी बीवी के सहारे मेरे घर में घुस आया। पीछे कुली उसका सामान लिये थे। उसने मुझे मना करने का मौका ही नहीं दिया। वह अपने घर की तरह इत्मीनान से घुस आया था।

मेरे सामने वह बैठ गया। आँखें धँस गयी थीं। शरीर में हड्डियाँ रह गयी थीं। मैं भौंचक उसे देख रहा था। वह इस तरह मेरे घर में घुस आया था कि मुझसे कुछ कहते नहीं बन रहा था। मगर उसके चेहरे पर सहज भाव था।

धीरे-धीरे बोला, "प्रधानमन्त्री ने आश्वासन दें दिया है।"

मैं कुछ नहीं बोल सका।

वह बोला, "कमजोरी बहुत आ गयी है।"

कुछ ऐसा भाव था, उसका जैसे मेरे लिए प्राण दे रहा हो। कमजोरी भी उसे मेरे लिए आयी हो।

उसने बीवी से कहा, "उस कमरे में कुछ दिन रहने का जमा लो।"

मेरी बोलती बन्द थी। उसने अचानक हमला कर दिया था। मुझे लगा, जैसे किसी ने पीछे से मेरी कनपटी पर ऐसा चाँटा जड़ दिया है कि मेरी आँखों में तितलियाँ उड़ने लगी हैं। उसने मना करने की हालत भी मेरी नहीं रहने दी। मैं मूढ़ की तरह बैठा था और वह बगल के कमरे में जम गया था।

थोड़ी देर बाद वह आया। बोला, "जरा एक-दो सेर अच्छी मुसम्मी मँगा दो।"

कहकर वह चला गया। मैं सोचता रहा—इसने मुझे किस कदर अपाहिज बना दिया है। इस तरह मुसम्मी मँगाने के लिए कहता है, जैसे मैं इसका नौकर हूँ और इसने मुझे पैसे दे रखे हैं।

मैंने मुसम्मी मँगा दीं।

वह मेरे नौकर को जब-तब पुकारता और हुक्म दे देता—शक्कर ले आओ!

चाय ले आओ! उसने मुझे अपने ही घर में अजनबी बना दिया था।

वह दिन में दो बार मुझे दर्शन देने निकलता। कहता—वीकनेस अभी काफी है। दस-पन्द्रह दिन में निकलेगी। जरा दो-तीन रुपये देना।

मैं रुपये दे देता। बाद में मुझे अपने पर खीझ आती। मैं किस कदर सत्वहीन हो गया हूँ। मैं मना क्यों नहीं कर देता?

चौथे दिन सरदारजी ने कहा, "घुस गया घर में बाश्शाओ! मैंने पहले कहा था—पुराना खिलाड़ी है, जरा बच के। छह महीने से पहले नहीं निकलेगा। यही उसकी तरकीब है। जब वह किसी मकान से निकाला जाता है, तो कोई 'इशू' लेकर अनशन पर बैठ जाता है और उसी गिरी हालत में किसी के घर में घुस जाता है।"

मैंने कहा, "उसकी हालत जरा ठीक हो जाए तो मैं उसे निकाल बाहर करूँगा।"

सरदारजी ने कहा, "नहीं निकाल सकते। वह पूरा वक्त लेगा।"

जब वह चलने-फिरने लायक हो गया, तो सुबह-शाम खुले में वायु-सेवन के लिए जाने लगा। लौटकर मेरे पास दो घड़ी बैठ जाता। कहता—प्राइम मिनिस्टर अब जरा सीरियस हुए हैं। एक कमेटी जल्दी ही बैठनेवाली है।

एक दिन मैंने कहा, "अब आप दूसरी जगह चले जाइए। मुझे बहुत तकलीफ है।"

उसने कहा, "हाँ, हाँ प्रधानमन्त्री का पी.ए. मकान का इन्तजाम कर रहा है। होते ही चला जाऊँगा। मुझे खुद यहाँ बहुत तकलीफ है।"

उसमें न जाने कहाँ का नैतिक बल आ गया था कि मेरे घर में रहकर, मेरा सामान खाकर, वह यह बताता था कि मुझ पर अहसान कर रहा है। कहता है—मुझे खुद यहाँ बहुत तकलीफ है।

सरदारजी पूछते हैं, "निकला?"

मैं कहता हूँ, "अभी नहीं।"

सरदारजी कहते हैं, "नहीं निकलेगा। पुराना खिलाड़ी है।"

मैंने कहा, "सरदारजी, आपके यहाँ इतनी जगह है। उसे वहीं कुछ दिन रख लीजिए।"

सरदारजी ने कहा, "उसके साथ औरत है। अकेला होता, तो कहता, पड़ा रह। मगर औरत! औरत के डर से तो पंजाब से भागकर आया और तुम इधर औरत ही यहाँ डालना चाहते हो।"

उसके रवैये में कोई फर्क नहीं पड़ा। सुबह स्नान-पूजा के बाद वह नाश्ता करता। फिर पोर्टफोलियो लेकर निकल जाता। जाते-जाते मुझसे कहता—जरा संसदीय मामलों के मन्त्री से मिल आऊँ।

आखिर मैंने सख्ती करना शुरू किया। सुबह-शाम उसे डाँटता। उसका अपमान करता। उसके चेहरे पर शिकन नहीं आती। कभी वह कह देता—मैं अपमान का बुरा नहीं मानता। मुझे इसकी आदत पड़ चुकी है। फिर जिस महान 'मिशन' में मैं लगा हुआ हूँ, उसे देखते छोटे-छोटे अपमानों की अवहेलना ही करनी चाहिए।

कभी जब वह देखता कि मेरा 'मूड' बहुत खराब है, तो वह बात करना टाल जाता। कागज पर लिख देता—आज मेरा मौन व्रत है।

आखिर मैंने पुलिस की मदद लेने का तय किया। उसने कागज पर लिख दिया—आज मेरा मौन व्रत है।

मैंने कहा, "तुम मौन व्रत रखे रहो। कल पुलिस सामान बाहर फेंक देगी।"

उसने मौन व्रत फौरन त्याग दिया और मुझे मनाता रहा। कहा, "तीन-चार दिनों में कहीं रहने का इन्तजाम कर लूँगा।"

सुबह वह तैयार होकर निकला। मुझसे कहा, "एक जगह रहने का इन्तजाम कर रहा हूँ। जरा पाँच रुपये दीजिए।"

मैंने कहा, "पाँच रुपये किसलिए?"

उसने कहा, "जगह तय करने जाना है न। स्कूटर से जाऊँगा।"

मैंने कहा, "बस में क्यों नहीं जाते? मैं रुपया नहीं दूँगा।"

उसने कहा, "तो मैं नहीं जाता। यहीं रहे जाऊँगा।"

मैंने पस्त होकर उसे पाँच रुपये दे दिये।

शाम को वह लौटा और बोला, "मैं दूसरी जगह जा रहा हूँ। आपको एक महीने में ही छोड़ दिया। किसी का घर मैंने छः महीने से पहले नहीं छोड़ा। एक तरह से आपके ऊपर मेरा अहसान ही है। जरा पच्चीस रुपये दीजिए।"

मैंने कहा, "पच्चीस रुपये किसलिए?"

वह बोला, "कुली को पैसे देने पड़ेंगे। फिर नयी जगह जा रहा हूँ। दो-चार दिनों का खाने का इन्तजाम तो होना चाहिए।"

मैंने कहा, "यह मेरी जिम्मेदारी नहीं है। मेरे पास रुपये नहीं हैं।"

उसने शान्ति से कहा, "तो फिर आज नहीं जाता। जिस दिन आपके पास पच्चीस रुपये हो जाएँगे, उस दिन चला जाऊँगा।"

मैंने पच्चीस रुपये उसे फौरन दे दिये। उसने सामान बाहर निकलवाया। बीवी को बाहर निकाला। फिर मुझसे हाथ मिलाते हुए बोला, "कुछ खयाल मत कीजिए। नो इल विल! मैं जिस मिशन में लगा हूँ उसमें ऐसी स्थितियाँ आती ही रहती हैं। मैं बिल्कुल फील नहीं करता।"

मैं बाहर निकला, तो सरदारजी चिल्लाये, "चला गया?"

मैंने कहा, "हाँ, चला गया।"

वे बोले, "कितने में गया?"

मैंने कहा, "पच्चीस रुपये में।"

सरदारजी ने कहा, "सस्ते में चला गया। सौ रुपये से कम में नहीं जाता वह।"

पुराना खिलाड़ी अब भी कभी-कभी कहीं मिल जाता है। वैसा ही परेशान, वैसा ही तनाव। वह भूल गया है कि कभी मैंने उसे जबरदस्ती घर से निकाला था।

कहता है—प्रधानमन्त्री की अक्ल पर क्या पाला पड़ गया? कहते हैं कि हम किसी भी स्थिति में रुपये को 'डिवैल्यू' नहीं करेंगे। मैं कहता हूँ, डिवैल्यू नहीं करोगे, तो दुनिया के बाजार से निकाल नहीं दिये जाओगे। जरा प्रधानमन्त्री को समझाइए न।

वह चिन्ता करता हुआ आगे बढ़ जाता है।

सदाचार का तावीज़

एक राज्य में हल्ला मचा कि भ्रष्टाचार बहुत फैल गया है।

राजा ने एक दिन दरबारियों से कहा, "प्रजा बहुत हल्ला मचा रही है कि सब जगह भ्रष्टाचार फैला हुआ है। हमें तो आज तक कहीं नहीं दिखा। तुम लोगों को कहीं दिखा हो तो बताओ।"

दरबारियों ने कहा, "जब हुजूर को नहीं दिखा तो हमें कैसे दिख सकता है?"

राजा ने कहा, "नहीं, ऐसा नहीं है। कभी-कभी जो मुझे नहीं दिखता, वह तुम्हें दिखता होगा। जैसे मुझे बुरे सपने कभी नहीं दिखते पर तुम्हें तो दिखते होंगे!"

दरबारियों ने कहा, "जी, दिखते हैं। पर वह सपनों की बात है।"

राजा ने कहा, "फिर भी तुम लोग सारे राज्य में ढूँढ़कर देखो कि कहीं भ्रष्टाचार तो नहीं है। अगर कहीं मिल जाए तो हमारे देखने के लिए नमूना लेते आना। हम भी तो देखें कि कैसा होता है।"

एक दरबारी ने कहा, "हुजूर, वह हमें नहीं दिखेगा। सुना है, वह बहुत बारीक होता है। हमारी आँखें आपकी विराटता देखने की इतनी आदी हो गयी हैं कि हमें बारीक चीज नहीं दिखती। हमें भ्रष्टाचार दिखा भी तो उसमें हमें आपकी ही छवि दिखेगी, क्योंकि हमारी आँखों में तो आपकी ही सूरत बसी है। पर अपने राज्य में एक जाति रहती है, जिसे 'विशेषज्ञ' कहते हैं। इस जाति के पास कुछ ऐसा अंजन होता है कि उसे आँखों में आँजकर वे बारीक चीज भी देख लेते हैं। मेरा निवेदन है कि इन विशेषज्ञों को ही हुजूर भ्रष्टाचार ढूँढ़ने का काम सौंपें।"

राजा ने 'विशेषज्ञ' जाति के पाँच आदमी बुलाये और कहा, "सुना है, हमारे राज्य में भ्रष्टाचार है। पर वह कहाँ है, यह पता नहीं चलता। तुम लोग उसका पता लगाओ। अगर मिल जाए तो पकड़कर हमारे पास ले आना। अगर बहुत हो तो नमूने के लिए थोड़ा-सा ले आना।"

विशेषज्ञों ने उसी दिन से छानबीन शुरू कर दी।

दो महीने बाद वे फिर से दरबार में हाजिर हुए।

राजा ने पूछा, “विशेषज्ञो, तुम्हारी जाँच पूरी हो गयी?”

“जी, सरकार।”

“क्या तुम्हें भ्रष्टाचार मिला?”

“जी, बहुत-सा मिला।”

राजा ने हाथ बढ़ाया, “लाओ, मुझे बताओ। देखूँ, कैसा होता है।”

विशेषज्ञों ने कहा, “हुजूर, वह हाथ की पकड़ में नहीं आता। वह स्थूल नहीं, सूक्ष्म है, अगोचर है। पर वह सर्वत्र व्याप्त है। उसे देखा नहीं जा सकता, अनुभव किया जा सकता है।”

राजा सोच में पड़ गये। बोले, “विशेषज्ञो, तुम कहते हो कि वह सूक्ष्म है, अगोचर है और सर्वव्यापी है। ये गुण तो ईश्वर के हैं। तो क्या भ्रष्टाचार ईश्वर है?”

विशेषज्ञों ने कहा, “हाँ महाराज! अब भ्रष्टाचार ईश्वर हो गया है।”

एक दरबारी ने पूछा, “पर वह है कहाँ? कैसे अनुभव होता है?”

विशेषज्ञों ने जवाब दिया, “वह सर्वत्र है। वह इस भवन में है। वह महाराज के सिंहासन में है।”

“सिंहासन में है”... कहकर राजा साहब उछलकर दूर खड़े हो गये।

विशेषज्ञों ने कहा, “हाँ, सरकार, सिंहासन में है। पिछले माह इस सिंहासन पर रंग करने के जिस बिल का भुगतान किया गया है, वह बिल झूठा है। वह वास्तव से दुगने दाम का है। आधा पैसा बीचवाले खा गये। आपके पूरे शासन में भ्रष्टाचार है और वह मुख्यतः घूस के रूप में है।”

विशेषज्ञों की बात सुनकर राजा चिन्तित हुए और दरबारियों के कान खड़े हुए।

राजा ने कहा, “यह तो बड़ी चिन्ता की बात है। हम भ्रष्टाचार बिल्कुल मिटाना चाहते हैं। विशेषज्ञो, तुम बता सकते हो कि वह कैसे मिट सकता है?”

विशेषज्ञों ने कहा, “हाँ महाराज, हमने उसकी भी योजना तैयार की है। भ्रष्टाचार मिटाने के लिए महाराज को व्यवस्था में बहुत परिवर्तन करने होंगे। एक तो भ्रष्टाचार के मौके मिटाने होंगे। जैसे ठेका है तो ठेकेदार है। और ठेकेदार है तो अधिकारियों को घूस है। ठेका मिट जाए तो उसकी घूस मिट जाए। इसी तरह और बहुत-सी चीजें हैं। किन कारणों से आदमी घूस लेता है, यह विचारणीय है।”

राजा ने कहा, “अच्छा, तुम अपनी पूरी योजना रख जाओ। हम और हमारा दरबार उस पर विचार करेंगे।”

विशेषज्ञ चले गये।

राजा और दरबारियों ने भ्रष्टाचार मिटाने की योजना को पढ़ा। उस पर विचार किया।

विचार करते दिन बीतने लगे और राजा का स्वास्थ्य बिगड़ने लगा। एक दिन एक दरबारी ने कहा, "महाराज, चिन्ता के कारण आपका स्वास्थ्य बिगड़ता जा रहा है। उन विशेषज्ञों ने आपको झंझट में डाल दिया।"

राजा ने कहा, "हाँ, मुझे रात को नींद नहीं आती।"

दूसरा दरबारी बोला, "ऐसी रिपोर्ट को आग के हवाले कर देना चाहिए। जिससे महाराज की नींद में खलल पड़े।"

राजा ने कहा, "पर करें क्या? तुम लोगों ने भी भ्रष्टाचार मिटाने की योजना का अध्ययन किया है। तुम्हारा क्या मत है? क्या उसे काम में लाना चाहिए?"

दरबारियों ने कहा, "महाराज, वह योजना क्या है, एक मुसीबत है। उसके अनुसार कितने उलटफेर करने पड़ेंगे! कितनी परेशानी होगी! सारी व्यवस्था उलट-पुलट हो जाएगी। जो चला आ रहा है, उसे बदलने से नयी-नयी कठिनाइयाँ पैदा हो सकती हैं। हमें तो कोई ऐसी तरकीब चाहिए जिससे बिना कुछ उलटफेर किये भ्रष्टाचार मिट जाए।"

राजा साहब बोले, "मैं भी यही चाहता हूँ। पर यह हो कैसे? हमारे प्रपितामह को तो जादू आता था; हमें वह भी नहीं आता। तुम लोग ही कोई उपाय खोजो।"

एक दिन दरबारियों ने राजा के सामने एक साधु को पेश किया और कहा, "महाराज, एक कन्दरा में तपस्या करते हुए इन महान साधक को हम ले आये हैं। इन्होंने सदाचार का तावीज़ बनाया है। वह मन्त्रों से सिद्ध है और उसके बाँधने से आदमी एकदम सदाचारी हो जाता है।"

साधु ने अपने झोले में से एक तावीज़ निकालकर राजा को दिया। राजा ने उसे देखा। बोले, "हे साधु, इस तावीज़ के विषय में मुझे विस्तार से बताओ। इससे आदमी सदाचारी कैसे हो जाता है?"

साधु ने समझाया, "महाराज, भ्रष्टाचार और सदाचार मनुष्य की आत्मा में होता है; बाहर से नहीं होता। विधाता जब मनुष्य को बनाता है तब किसी की आत्मा में ईमान की कल फिट कर देता है और किसी की आत्मा में बेईमानी की। इस कल में से ईमान या बेईमानी के स्वर निकलते हैं, जिन्हें 'आत्मा की पुकार' कहते हैं। आत्मा की पुकार के अनुसार ही आदमी काम करता है। प्रश्न यह है कि जिनकी आत्मा से बेईमानी के स्वर निकलते हैं, उन्हें दबाकर ईमान के स्वर कैसे निकाले जाएँ? मैं कई वर्षों से इसी के चिन्तन में लगा हूँ। अभी मैंने यह सदाचार का तावीज़ बनाया है। जिस आदमी की भुजा पर यह बँधा होगा, वह सदाचारी हो जाएगा। मैंने कुत्ते पर भी प्रयोग किया है। यह तावीज़ गले में बाँध देने से कुत्ता भी रोटी

नहीं चुराता। बात यह है कि इस तावीज़ में से भी सदाचार के स्वर निकलते हैं। जब किसी की आत्मा बेईमानी के स्वर निकालने लगती है तब इस तावीज़ की शक्ति आत्मा का गला घोंट देती है और आदमी को तावीज़ के ईमान के स्वर सुनायी पड़ते हैं। वह इन स्वरों को आत्मा की पुकार समझकर सदाचार की ओर प्रेरित होता है। यही इस तावीज़ का गुण है, महाराज!''

दरबार में हलचल मच गयी। दरबारी उठ-उठकर तावीज़ को देखने लगे।

राजा ने खुश होकर कहा, ''मुझे नहीं मालूम था कि मेरे राज्य में ऐसे चमत्कारी साधु भी हैं। महात्मन्, हम आपके बहुत आभारी हैं। आपने हमारा संकट हर लिया। हम सर्वव्यापी भ्रष्टाचार से बहुत परेशान थे। मगर हमें लाखों नहीं, करोड़ों तावीज़ चाहिए। हम राज्य की ओर से तावीज़ों का एक कारखाना खोल देते हैं। आप इसके जनरल मैनेजर बन जाएँ और अपनी देखरेख में बढ़िया तावीज़ बनवाएँ।''

एक मन्त्री ने कहा, ''महाराज, राज्य क्यों इस संकट में पड़े? मेरा तो निवेदन है कि साधु बाबा को ठेका दे दिया जाए। वे अपनी मण्डली से तावीज़ बनवाकर राज्य को सप्लाई कर देंगे।''

राजा को यह सुझाव पसन्द आया। साधु को तावीज़ बनाने का ठेका दे दिया गया। उसी समय उन्हें पाँच करोड़ रुपये कारखाना खोलने के लिए पेशगी मिल गये।

राज्य के अखबारों में खबरें छपीं–'सदाचार के तावीज़ की खोज!' 'तावीज़ बनाने का कारखाना खुला!'

लाखों तावीज़ बन गये। सरकार के हुक्म से हर सरकारी कर्मचारी की भुजा पर एक-एक तावीज़ बाँध दिया गया।

भ्रष्टाचार की समस्या का ऐसा सरल हल निकल आने से राजा और दरबारी सब खुश थे।

एक दिन राजा की उत्सुकता जागी। सोचा, ''देखें तो कि यह तावीज़ कैसे काम करता है!''

वह वेश बदलकर एक कार्यालय गये। उस दिन 2 तारीख थी। एक दिन पहले ही तनख्वाह मिली थी।

वह एक कर्मचारी के पास गये और कई काम बताकर उसे पाँच रुपये का नोट देने लगे।

कर्मचारी ने उन्हें डाँटा, ''भाग जाओ यहाँ से! घूस लेना पाप है!''

राजा बहुत खुश हुए। तावीज़ ने कर्मचारी को ईमानदार बना दिया था।

कुछ दिन बाद वह फिर वेश बदलकर उसी कर्मचारी के पास गये। उस दिन इकतीस तारीख थी–महीने का आखिरी दिन।

राजा ने फिर उसे पाँच का नोट दिखाया और उसने लेकर जेब में रख लिया।

राजा ने उसका हाथ पकड़ लिया। बोले, "मैं तुम्हारा राजा हूँ। क्या तुम आज सदाचार का तावीज़ बाँधकर नहीं आये?"

"बाँधा है, सरकार, यह देखिए!"

उसने आस्तीन चढ़ाकर तावीज़ दिखा दिया।

राजा असमंजस में पड़ गये। फिर ऐसा कैसे हो गया?

उन्होंने तावीज़ पर कान लगाकर सुना। तावीज़ में से स्वर निकल रहे थे—"अरे, आज इकतीस है। आज तो ले ले!"

साहब महत्त्वाकांक्षी

उस क्लब में देश की दुर्दशा पर भाषण देने के लिए हम चार लोगों को बुलाया गया था।

यों विषय था–'देश की वर्तमान दशा', मगर सारे वक्ता और श्रोता जानते हैं कि वर्तमान दशा का मतलब हमेशा 'दुर्दशा' होता है।

हम पहुँचे, तो दस मिनट तक हाथ मिलाते रहे और यह होता रहा–ग्लेड टू मीट यू! दी प्लेज़र इज़ माइन! (आपसे मिलकर प्रसन्न हुआ। सुख तो मेरा ही है)।

देश की दुर्दशा सुनने के लिए लोग कितने बढ़िया कपड़े पहनकर आये थे।

मेरा एक दोस्त भी क्लब का सदस्य है। उसने भी खास अदा से कहा, "ग्लेड टू मीट यू। इट्स ए प्लेज़र एण्ड ए प्रिविलेज।"

मैंने उसे अलग ले जाकर कहा, "बाहर तो तू इस तरह मिलता नहीं है। यहाँ क्या हो गया?"

उसने जवाब दिया, "रामलीला का रावण क्या बाहर भी सीताहरण करता है?"

उनमें से एक ने मेरा विशेष ध्यान खींचा। उसकी किस्मत में कहानी का पात्र होना लिखा था। उनमें सबसे अच्छे कपड़े उसी के थे। मुस्कान का अभ्यास उसने औरों से ज्यादा किया था। मुस्कराहट के सच्ची होने का धोखा हो जाता था। वह अपनी अधकटी मूँछ के किनारे के एक बाल को पकड़कर खींचने की लगातार कोशिश कर रहा था। परेशान था, जैसे वह बाल ओठ को छेदकर जबड़े में घुसा जा रहा हो।

हम लोगों ने जमकर देश की दुर्दशा का वर्णन किया। जब-जब दुर्दशा ज्यादा मार्मिक हो जाती, वे लोग ताली बजाते। उनका कार्यक्रम सफल हो रहा था। देश की दुर्दशा अगर जरा कम होती, तो कार्यक्रम इतना सफल न होता। मैंने सोचा–मेरे देश, तू कितना विचित्र और महान है। कुछ लोगों के कार्यक्रमों की सफलता के लिए तू अपनी कितनी दुर्दशा करवा रहा है!

वे सब खुश थे। मगर खुश होने का भी उनका अलग ढंग था। वे साधारण आदमी की तरह खुश नहीं थे। ज्यादा खुश हो जाना गँवारूपन है और ऐसे मौके

पर खुश न होना अशिष्टता है। वे नापकर खुशी जाहिर कर रहे थे। हमारे लिए खुशी की मुस्कान में दो दाँत दिखना काफी था; ढाई भी हो सकते हैं। मुख्यमन्त्री आएँ, तब चार दाँतों के लायक खुशी होगी। उनमें हर एक दो या ढाई दाँत की मुस्कान लेकर हाथ मिलाता और कहता, इट वाज वण्डरफुल! मोस्ट इण्टरेस्टिंग!

वह आदमी बाल उखाड़ता हुआ बढ़ा और हम चारों से हाथ मिलाकर बोलता गया–मोस्ट इण्टरेस्टिंग! शार्ट एण्ड स्वीट!

उन्होंने आपस में भी एक-दूसरे से कहा कि कार्यक्रम अच्छा रहा।

भोज पर बैठे, तो बातें देश की ही होती रहीं। वे लोग अत्यन्त भावुक हो उठे थे। कहते–रीयली, दी कण्ट्री इज़ गोइंग टु डाग्ज। दूसरा कहता–आई से, वी आर दी मोस्ट फॉलन पीपुल। तीसरा कहता–रीयली, दी होल कण्ट्री इज़ स्टारविंग।*

मुझे पहली बार मालूम हुआ कि तली मछली और सलाद के साथ देश की दुर्दशा इतनी स्वादिष्ट लगती है।

विदा के वक्त उन्होंने फिर कहा, ''इज़ वाज वण्डरफुल। मोस्ट इण्टरेस्टिंग!''

वह आदमी अभी भी बाल से उलझा था। शायद बीस-पच्चीस सालों से उस बाल को खींचने की कोशिश कर रहा था। इतनी मेहनत से तो अकेला ही एक नहर खोद सकता था। उसने हम लोगों से कहा, ''मोस्ट इण्टरेस्टिंग! शार्ट एण्ड स्वीट!''

आगे हम कभी वहाँ किसी शोक-समारोह में भी जाएँगे, मार्मिक शोक-भाषण देंगे, तब भी वे लोग कहेंगे मोस्ट इण्टरेस्टिंग! शार्ट एण्ड स्वीट!

लगभग महीने-भर बाद वह आदमी मुझे फिर कॉफी हाउस में मिल गया। बाल खींचने में अभी तक सफल नहीं हुआ था। कोशिश बराबर जारी थी।

वह बड़े उत्साह से मिला। कहने लगा, ''परसों रेडियो पर आपकी कविता सुनी। बहुत अच्छी थी।''

मैंने कहा, ''वह कहानी थी।''

उसने कहा, ''कहानी थी? तब तो और भी बढ़िया थी, शार्ट एण्ड स्वीट!''

यहाँ-वहाँ की कुछ बातों के बाद, जब उसका विषयों का 'स्टॉक' खत्म होने लगा, तो उसने कहा, ''और क्या हाल है?''

मैंने भी 'स्टॉक' खत्म होने की घोषणा कर दी, ''सब ठीक है। आप सुनाइए।''

उसने कहा, ''क्या कहें साहब! देश की हालत इस वक्त बड़ी नाजुक है।''

देश के बारे में उसने मुझे मार लिया। मैं 'सब ठीक' समझ रहा था, मगर उसे देश की नाजुक हालत का अहसास था।

मैं डरा भी! जो देश की हालत से बात शुरू करे, वह भयानक 'चिपकू' होता

---

* सचमुच देश बरबाद हो रहा है। हम बहुत गिरे लोग हैं। सारा देश भूखा मर रहा है।

है। दुनिया की हालतवाला तो और खतरनाक होता है। दो साल पहले वियतनाम की बात करता एक आदमी मुझे मिला था। अब वह सिवा अपने और किसी की बात नहीं करता।

मैंने तय किया–एक तो इससे बचूँगा। दूसरे इसे गम्भीर नहीं होने दूँगा। इसकी बातें मजाक में टालूँगा।

वह न जाने क्यों, एकाएक सामाजिक हो गया। अक्सर मिल जाता और वही बात कहता—इस वक्त देश की हालत बहुत नाजुक है।

बहुत हो गया, तो मैंने नक्शा फैलाकर उसका 'देश' ढूँढ़ने की कोशिश की। कहीं नहीं मिला। मेरी भूगोल की पढ़ाई बेकार गयी। आखिर इसका देश है कहाँ? किस देश की चिन्ता कर रहा है? घर और क्लब मिलाकर जिसकी दुनिया बनती है, उसका देश क्या बाथरूम है या बार है? अगर उसका वही देश है, जो हम सबका, तो इस देश पर नया संकट क्या आ गया? क्या बाजार में स्कॉच ह्विस्की नहीं मिलती या इसका रसोइया छुट्टी पर चला गया?

वह पहले एक सरकारी प्रतिष्ठान का मैनेजर था। दो-तीन साल पहले उसे 'कम्पलसरी रिटायरमेण्ट' मिल गया। बड़े भ्रष्टाचारी को बाइज्जत अलग कर देने की विधि को 'कम्पलसरी रिटायरमेण्ट' कहते हैं। चपरासी या बाबू का भ्रष्टाचार पकड़ा जाय, तो यह 'डिसमिस' होता है। जेल भी भेजा जा सकता है, क्योंकि वह सिर्फ पाँच-दस रुपये खाता है; मगर बड़ा अफसर जब पाँच-दस लाख दबा लेता है और सरकार उस पर ध्यान देने के लिए मजबूर हो जाती है, तब उससे हाथ जोड़कर कहती है—हुजूर, आशा है, आप अब तक काफी खा चुके हैं। अब अगर आप उचित समझें तो बाकी जिन्दगी चैन से गुजारें।

वह सरकार के प्रति करुणा से भरकर 'कम्पलसरी रिटायरमेण्ट' ले लेता है और बाइज्जत बाकी उम्र काटता है।

जब चपरासी भी लाख रुपये खाने लगेगा, तब वह भी बर्खास्त नहीं होगा। 'कम्पलसरी रिटायरमेण्ट' पर बैठेगा।

यह आदमी बड़े ठाठ से और बाइज्जत जिन्दगी गुजार रहा था। बँगले, कारें और बेहिसाब रुपया। शौक उसके कई थे मगर इधर उसे यह देश का नया शौक लग गया था। देश की लत भी बुरी होती है। एक बार लग जाए, तो छूटती नहीं।

मैंने सुना, वह बहुत लोगों से मिलने लगा है और सबसे देश की नाजुक हालत की बात करता है। जो उसे जानते थे, वे कहते थे, या तो उसका दिमाग खराब हो गया है, या देश के सचमुच बुरे दिन आ गये हैं।

एक सुबह वह मेरे घर आ गया। कार से उतरा, तो पहचानने में देर लगी। वह बदल गया था। कोट, पैण्ट, टाई छूट गये थे। कुरता, पायजामा, जाकिट पहने

हुए था।

मैंने पूछा, "यह क्या हुआ?"

उसने जरा झेंपते हुए कहा, "मैं अब बदल गया हूँ। बिल्कुल राष्ट्रीय हो गया हूँ।"

15 अगस्त, 1947 को ऐसा सामूहिक रूप से हुआ था। ज्योंही तिरंगा झण्डा ऊपर गया था, बहुत लोगों के पैण्ट नीचे खिसक गये थे। उनकी जगह धोती आ गयी थी। बीस साल बाद फिर यह पैण्ट खिसका। राष्ट्रीय होने का फैशन अभी गया नहीं है।

वह बोला, "देश को परिवर्तन चाहिए।"

मैंने कहा, "कैसा परिवर्तन? जैसे कपड़े बदलना?"

वह गम्भीर था। कहने लगा, "मजाक छोड़िए। देश की हालत इस वक्त बड़ी नाज़ुक है।"

मैंने कहा, "सो तो देख रहा हूँ और नाजुक हो जाएगी, तब क्या एकदम नंगे हो जाएँगे?"

वह बोला, "आपकी हमेशा मजाक करने की यह आदत मुझे पसन्द नहीं है। मैं गम्भीर बात करने आया हूँ।"

मैंने कहा, "तो एक बार साफ कह दीजिए। अपने सारे पत्ते खोल दीजिए। क्या है आपका इरादा?"

उसने कहा, "देखिए, देश की..."

मैंने काटा, "देश को फिलहाल बिल्कुल छोड़ दीजिए। अपनी बात कहिए।"

उसने कहा, "मैंने संसद का चुनाव लड़ने का निश्चय कर लिया है।"

अब मैं समझा कि पिछले दो-तीन महीनों से देश की हालत क्यों नाजुक है।

मैंने पूछा, "आपने ऐसा क्यों तय कर लिया?"

उसने कहा, "देश परिवर्तन माँगता है। वह हमसे कुछ अपेक्षा करता है। हम भी तो भारत माता की सन्तान हैं।"

मेरे मुँह से फिर निकल गया, "मुझे तो मालूम ही नहीं था।"

वह चौंका! बोला, "मजाक नहीं। मैं बहुत 'सीरियस' हूँ। मैं एकदम 'पब्लिक लाइफ' में आना चाहता हूँ।"

मैंने कहा, "मगर आप उलटा कर रहे हैं। लोग 'पब्लिक लाइफ' में पहले आते हैं, चुनाव बाद में लड़ते हैं। आप चुनाव पहले लड़ेंगे, पब्लिक लाइफ में बाद में आएँगे।"

उसके पास जवाब था। बोला, "देश इस वक्त बड़ी जल्दी में है।"

मेरे लिए बड़ी समस्या थी। इसने ऐसा निर्णय कैसे ले लिया? बहुत सोचने

पर मैंने कल्पना की कि ऐसा हुआ होगा—

एक दोपहर को 'लंच' टेबिल पर इसकी पत्नी से बातें हो रही होंगी।

पत्नी ने कहा होगा—अपने पास बँगले हैं, कारें हैं, गहने हैं, पैसा है। अब कोई और बढ़िया चीज लाओ।

इसने पूछा होगा—क्या ले आऊँ?

पत्नी बोली होगी—कोई ऐसी चीज, जिससे इज्जत बढ़े। पैसा तो बहुत है।

इसने सोचकर कहा होगा—अच्छा, इस बार 'लोक सभा' घर में ले आऊँगा।

पत्नी ने उत्साह से कहा होगा—हाँ, जरूर ले आओ। हम उसे 'फ्रिज' में रख देंगे। मिसेज चोपड़ा का घमण्ड भी टूट जाएगा। मैं उससे कहूँगी—चोपड़ा साहब से कहकर विधान-सभा ही बुलवा लें। क्यों? कितने में आ जाएगी लोक सभा?

इसने कहा होगा—लेना है तो दाम की क्या चिन्ता? पहले सस्ती आती थी। अब कुछ कीमत बढ़ गयी है।

पत्नी ने कहा होगा—जैसे भी मिले, ले जरूर आओ।

इसके बाद ही इसे महसूस हुआ होगा कि देश की हालत बड़ी नाजुक है।

मैंने उसे समझाया, "आपकी कोई सार्वजनिक सेवा नहीं है। बहुत लोग आपको नहीं जानते हैं। आप कैसे जीतने की उम्मीद करते हैं?"

वह मुझसे ज्यादा समझा हुआ था। कहने लगा, "वह सब मैंने समझ लिया है। अपने देश का चुनाव तो एक नाटक है। हमारा गँवारों का देश है। सच पूछा जाय, तो हम प्रजातन्त्र के लायक ही नहीं हैं। यहाँ वोट पाने के कई तरीके हैं। मैं सब जानता हूँ। सारा प्रबन्ध कर लिया है।"

आखिरी बात कहते-कहते उसने एक आँख बन्द करके इशारा किया।

मैंने कहा, "फिर जीतने के लिए लगभग दो लाख वोट चाहिए।"

वह बोला, "हाँ-हाँ मैं बतलाता हूँ। देखिए छः लाख का क्षेत्र है यह। इसमें से लगभग चार लाख का मतदान होगा। इन चार लाख मतदाताओं में करीब पचास हजार ऐसे होंगे, जो घबड़ाते हुए मतदान केन्द्र में घुसेंगे और घबड़ाकर कहीं सील लगा देंगे। वे हर दफ्तर को पुलिस थाना समझते हैं। अवर्स इज़ ए बैकवर्ड कण्ट्री। इनमें से लगभग तीस हजार तो घबड़ाकर अपने निशान पर सील लगा ही देंगे। तीस हजार तो वे हुए। अब आगे चलिए—"

मैंने रोका, "आगे बिल्कुल मत चलिए, आपने प्रजातन्त्र की नस पकड़ ली है। घबड़ाते हुए मतदाता पर जो निर्भर है, उसकी जीत पक्की है।"

वह खुश हुआ। और ध्यान से उस बाल को खींचने की कोशिश करने लगा।

बोला, "बस, सारा प्रबन्ध तो कर लिया है। प्रचार का जिम्मा आप ले लीजिए।"

जिम्मा मैंने ले लिया। पर कर नहीं सका।

हुआ यह कि वह पर्चे में लिखवाना चाहता था—'जनता के जाने-माने सेवक' मगर मेरे हाथ से लिखा गया—'जनता के जाने-माने भ्रष्टाचारी।' मैंने उसे बताया नहीं, पर आगे प्रचार-कार्य का खतरा मोल नहीं लिया।

वह लड़ा। जमानत उसकी जब्त हो गयी।

मिला, तो मैंने पूछा, "यह कैसे हो गया? आपका हिसाब तो पक्का था।"

उसने कहा, "जनता ने धोखा दिया।"

मैंने कहा, "यानी वह इस बार घबड़ायी नहीं।"

उसने कहा, "हाँ, ऐसा ही मालूम होता है। आपने उस दिन क्लब में ठीक कहा था—वी आर ए मोस्ट फॉलन पीपुल। दी कण्ट्री इज़ गोइंग टू डाग्ज! बड़े गिरे हुए लोग हैं!"

वह गुस्से से उस बाल को खींचने लग गया।

सत्य-साधक मण्डल

इधर हमारा एक 'सत्य-साधक मण्डल' चलता था। हम कुछ लोग शनिवार की शाम को एक जगह बैठकर सत्य, ईश्वर, धर्म आदि पर चर्चा करते थे। धर्म-ग्रन्थों से पाठ होता। भजन होता।

हम सब सादा लोग हैं और हमारे इस कार्यक्रम में कोई टीम-टाम नहीं थी। सत्य की टीम-टाम हो तो लोग पूछने लगते हैं कि इसके लिए खर्च कौन-सा असत्य दे रहा है? अब यह सवाल खड़ा होता ही है कि सारे भारतवासी 'ध्यान' में खो जाएँ, इसके प्रचार के लिए कौन-से चोर धन दे रहे हैं।

हम हर तरह के सन्देह से परे थे। कुल पन्द्रह-बीस लोग आते थे। ज्यादा प्रचार नहीं था। प्रचार हो जाता तो हमारे सत्य को कोई बड़ी पार्टी झपट लेती।

मैं इसलिए चला जाता था कि मेरे घर से यह साधना-कक्ष दस कदम पर है। सत्य पास ही मिलता है तो मैं उसे ग्रहण कर लेता हूँ। दूर नहीं जाता सत्य के लिए। उसमें रिक्शा-किराया लग जाता है।

दो-तीन रिटायर्ड लोग आते थे। इनके लिए सत्य-शोधन बैठे से बेगार भली जैसा था।

एक प्राइवेट कॉलेज के तीन अध्यापक आते थे, जहाँ छः-छः महीने वेतन नहीं मिलता था। जिसे छः-छः महीने वेतन न मिले, वह वैसे ही आध्यात्मिक हो जाता है। कहते हैं जनक 'विदेह' थे। यानी देह की सुध-बुध नहीं रहती थी। यह तपस्या का परिणाम नहीं था। जिसके घर में चार लड़कियाँ बिन ब्याही बैठी हों, वह विदेह हो ही जाएगा।

कॉलेज की एक युवा सुन्दरी अध्यापिका मिस सक्सेना आती थीं। पर उनका तबादला हो गया और वे अपने सामान के साथ हमारे चार साधकों का सत्य बाँधकर ले गयीं। चारों ने आना छोड़ दिया।

हमने मुहल्ले में रहनेवाले आयकर अधिकारी को लाने की कोशिश की। सोचा, व्यापारी उनकी देखादेखी आने लगेंगे। पर वे नहीं आये, क्योंकि आयकर की

सत्य-साधना एकान्त में होती है।

फिर चोपड़ा साहब हमारे मण्डल में आने लगे। वे इमारतों के ठेकेदार थे। उनके शामिल होने से हमारे सत्य में थोड़ी बुलन्दी आयी। चोपड़ा साहब निहायत भले इन्सान थे। बड़े सरल और बड़े निष्ठावान। वे पहले ही दिन जब आये तो प्रसाद साथ ले आये थे। पेड़े और बरफी।

हमारी सत्य-साधना में उन्होंने मिठाई का प्रवेश करा दिया। इससे सत्य में कुछ कटुता रही हो, तो वह चली गयी। भजन के बाद फौरन चोपड़ा साहब उठे और "लीजिए जी परसाद" कहकर सबको मिठाई बाँटी। इसके बाद आँखें बन्द किये जरा देर खड़े रहे और बड़ी गम्भीरता से बोलने लगे, "स्वाल है जी कि सत्य क्या है, ईश्वर क्या है? ह्वाट इज ट्रुथ? ह्वाट इज गॉड? बड़े-बड़े साधु-महात्मा, ऋषि, मुनि सोचते रहे, मगर जवाब किसी को नहीं मिला। भगवान कृष्ण ने कहा कि मैं ही सब कुछ हूँ। हे अर्जुन, तू सब धर्म छोड़कर मेरी शरण में आ जा। मंसूर ने कहा, 'अनलहक' यानी मैं ही ईश्वर हूँ। उसे सूली पर चढ़ा दिया गया। कहा है—

किया दावा अनलहक का
हुआ सरदार आलम का
अगर चढ़ता न सूली पर
तो वह मंसूर क्यों होता।

"मूसा तूर पर ईश्वर का दर्शन करने गये थे। वहाँ ऐसी रोशनी हुई कि मूसा को गश आ गया। वे कुछ नहीं देख सके। कहा है—देखना आपका तसलीम मगर क्या देखा? कबीर कहते हैं—हमारा यार है हममें हुमन को इन्तजारी क्या। तो जी, सत्य ही ईश्वर है और ईश्वर ही सत्य है। वह हमारे अपने अन्दर है। मगर हम उसे देख नहीं सकते। स्वाल है—क्यों नहीं देख सकते? बताइए, क्यों नहीं देख सकते सत्य को और ईश्वर को? इसमें रुकावट है—हमारा अहम्, हमारा मैं, हमारा सेल्फ, हमारा ईगो। हमने मेरा-तेरा लगा रखा है। हमारा 'मैं' सबसे ऊँचा होता है। तो दोस्तो, जब तक हम इस अहम् को, मैं को, सेल्फ को, ईगो को नहीं गलाएँगे, तब तक सत्य और ईश्वर को नहीं पा सकते। तो आइए, हम इस अहम् को, मैं को, सेल्फ को, ईगो को गलाएँ। खत्म कर दें इसे।"

मैंने बहुत संक्षेप में उनके प्रवचन का सार ही दिया है। वे लगभग आधा घण्टा बोले होंगे।

बोलकर सन्तुष्ट भाव से बैठ गये और थोड़ी देर ध्यान-मग्न ही रहे।

अगले शनिवार भजन के बाद चोपड़ा साहब फिर उठे और "लीजिए जी

परसाद'' कहकर बरफी बाँटी। फिर थोड़ी देर आँखें बन्द करके खड़े रहे।

फिर बोलने लगे, ''स्वाल है जी कि सत्य क्या है, ईश्वर क्या है? ह्वाट इज ट्रुथ? ह्वाट इज गॉड?...''

फिर अन्त किया,...''तो आइए, हम इस अहम् को, मैं को, सेल्फ को, ईगो को गलाएँ, खत्म कर दें इसे।''

हर बार चोपड़ा साहब यह करने लगे। भजन के बाद उठते, आँखें बन्द करके ध्यान करते और प्रवचन शुरू कर देते।

प्रसाद-वितरण और प्रवचन एक-दूसरे से इस कदर जुड़े थे कि दोनों के बीच में विसर्जन की गुंजाइश नहीं थी। परेशान हमलोग सब थे। पर बड़ी गम्भीरता से ध्यान से हम प्रवचन सुनते रहते।

चोपड़ा साहब हम सब पर चौकस नजर रखते हुए बोलते। हम कुल बारह-पन्द्रह तो होते ही थे। हम अगल-बगल भी नहीं देख सकते थे। एक-दूसरे के कान में रिमार्क भी नहीं डाल सकते थे। मुस्कराकर हल्के भी नहीं हो सकते थे। इस मामले में पक्का गानेवाले कितने दयालु होते हैं जो आँखें बन्द करके गाते हैं। श्रोता हँसकर, फुसफुसाकर, रिमार्क करके हल्के हो जाते हैं। जो चाहें खिसक सकते हैं। गायक का स्वास्थ्य अच्छा रहता है।

एक बहुत वृद्ध पक्के गायक ने आँखें बन्द करके दो घण्टे गाया। मैं सोचने लगा, इनकी इतनी लम्बी उम्र और ऐसे अच्छे स्वास्थ्य का कारण क्या है? समझ में आया, वे आँखें बन्द करके गाते हैं। अगर आँखें खोलकर गाते तो अपने श्रोताओं का हाल देखकर जवानी में ही वे हाय खाकर मर जाते।

चोपड़ा साहब के चले जाने के बाद अब उनकी आलोचना होने लगी।

सत्य-साधक पीठ पीछे आलोचना करते हैं।

मिश्रजी कहते, ''चोपड़ा साहब अच्छे आदमी हैं। पर परेशान करते हैं। आधा-पौन घण्टा वही-वही प्रवचन हर बार करते हैं।''

शुक्लजी ने कहा, ''हाँ भई, बैठना मुश्किल हो जाता है। उन्हें खुद इतना समझना चाहिए कि लोगों को परेशानी होती है। हर बार वही–'स्वाल है जी कि सत्य क्या है, ईश्वर क्या है?' और अन्त में–'तो आइए इस अहम् को, मैं को, सेल्फ को, ईगो को गला डालें।' आखिर वे क्या अपने को सबसे ज्ञानी समझते हैं?''

मिश्रजी ने कहा, ''वे प्रसाद लाते हैं। आप तो कोई नहीं लाते। जो प्रसाद लाएगा, वह प्रवचन करेगा ही। और आपको सुनना होगा क्योंकि आप प्रसाद खाते हैं।''

हम कुड़मुड़ाते थे और सहते थे। चोपड़ा साहब का स्वास्थ्य अच्छा था। वे

किसी शनिवार को बीमार नहीं पड़े।

शुक्लजी ने एक दिन कहा, "हर बार चोपड़ा साहब ही प्रसाद लाते हैं। अच्छा नहीं लगता। कभी हमें भी ले चलना चाहिए। क्या खयाल है?"

मैंने कहा, "आप बिल्कुल ठीक कहते हैं। मैं भी ऐसा ही कुछ सोच रहा था।"

शुक्लजी ने कहा, "तो इस शनिवार को मैं प्रसाद ले चलूँगा।"

शनिवार की शाम को हम एकत्र हुए। शुक्लजी प्रसाद का डिब्बा बगल में रखकर बैठ गये। थोड़ी देर बाद चोपड़ा साहब भी आये और अपनी जगह पर बैठ गये।

साधना हुई। भजन हुआ। चोपड़ा साहब तो इत्मीनान से प्रसाद लेकर उठते थे। उन्हें कोई जल्दी तो थी नहीं। यह उनका नियमित कार्यक्रम ही था। पर शुक्लजी पहली बार प्रसाद लाये थे। वे उत्तेजित थे और हड़बड़ी में थे। वे भजन खत्म होते-होते ही उठ खड़े हुए और प्रसाद बाँटने लगे। उत्साह में वे ज्यादा प्रसाद ले आये थे। बरफी के दो-दो टुकड़े बाँट रहे थे।

मैंने देखा, चोपड़ा साहब कुछ परेशान थे। वे कड़ी नजर से शुक्लजी को देख रहे थे। उनके सौम्य मुख पर तनाव आ गया था। उन्होंने चेहरे का पसीना भी पोंछा। वे बहुत बेचैन लग रहे थे।

शुक्लजी ने चोपड़ा साहब को भी प्रसाद दिया। चोपड़ा साहब की आँखों में अब तक क्रोध आ चुका था। उन्होंने सिर्फ एक टुकड़ा लिया। उसे भी खाया नहीं, अखबार पर रख दिया। किसी ने कहा, तब उन्होंने कड़वी दवा की तरह बरफी खायी।

चोपड़ा साहब के बगल में प्रसाद का डिब्बा रखा था। हम आशा कर रहे थे कि अब वे उठेंगे और प्रसाद बाँटेंगे। पर वे नहीं उठे।

मैंने कहा, "चोपड़ा साहब, आप भी तो प्रसाद देंगे।"

चोपड़ा साहब ने भन्नाकर कहा, "ये रखा है। ले लीजिए।"

चोपड़ा साहब की तबीयत एकाएक खराब हुई लगती थी।

हममें से एक ने प्रसाद बाँटा। मैंने कहा, "चोपड़ा साहब, अब आपका प्रवचन हो जाये।"

चोपड़ा साहब ने लाल आँखों से देखा और कहा, "मैं कोई प्रवचन नहीं करूँगा।"

फिर उन्होंने शुक्लजी की तरफ तनी हुई आँखों से देखा और कहा, "आप प्रवचन करिए साहब! अब प्रवचन भी करिए।"

शुक्लजी सकपका गये। उन्होंने कहा, "नहीं, मैं इस योग्य नहीं हूँ।"

चोपड़ा साहब ने कहा, "हैं क्यों नहीं साहब! करिए, प्रवचन करिए।"

हम सब चुप थे। जरूर चोपड़ा साहब की तबीयत खराब हो गयी।

वे एकाएक उठे। बोले, "मैं अब चलूँगा।"

वे फुर्ती से चले गये।

हम बातें करते रहे कि चोपड़ा साहब आये तो प्रसन्न थे। यहीं अचानक उनकी तबीयत खराब हो गयी।

चोपड़ा साहब अगले शनिवार को नहीं आये। उसके बाद भी कभी नहीं आये। वे अपने अहम् को, मैं को, सेल्फ को, ईगो को गलाने में लग गये होंगे।

सुदामा के चावल

(कृष्ण से मनमानी सम्पत्ति प्राप्त करके विप्र सुदामा अपने भवन में आराम से रहने लगे। उन्हें कोई काम तो करना नहीं पड़ता था, इसलिए पण्डितानी से लड़ने और जम्हाई लेने के बाद भी जो समय बचता उसमें कुछ लिख-पढ़ लेते, उसमें से संस्मरण और डायरी के कुछ भाग अब मिल गये हैं। उसमें से कृष्ण से भेंटवाला प्रसंग यहाँ उद्धृत किया जाता है।—लेखक)

...लोगों की टीका-टिप्पणी से मैं तंग आ गया। लोग मुझे चैन क्यों नहीं लेने देते? कहते हैं कि कृष्ण ने प्रजा के कोष का धन उठाकर अपने मित्र को दे दिया। कृष्ण ने ऐसा क्या अनुचित किया, जो मुझे थोड़ा धन दे दिया। राजपद पाकर कौन अपने भाई-भतीजों और मित्रों का भला नहीं करता? कुछ लोग तो मुझे ही मूर्ख कहते हैं। कहते हैं कि कृष्ण ने मेरे दो मुट्ठी चावल खाकर मुझे दो लोक दे दिये थे, पर मैंने मूर्खतावश वापस कर दिये। कल प्रातःकाल मैं भवन के बाहर मैदान में दातौन चबाता घूम रहा था—मुझे एक प्रहर तक दातौन करने की आदत है, क्योंकि किसी तरह समय तो काटना है। सामने से ब्राह्मण देवदत्त अपने किसी परदेशी बन्धु के साथ निकला और मेरी ओर संकेत करके उससे कहने लगा, ''यह वही मूर्ख सुदामा है, जिसे कृष्ण ने दो लोक दे दिये थे, पर इसने वापस कर दिये।'' सुनकर मेरे अंग-अंग में आग लग गयी पर मैं क्रोध पी गया। क्या करता? मैंने ही तो यह बात फैलायी थी। मनुष्यों की बुद्धि को इस युग में क्या हो गया है! किसी ने यह नहीं कहा कि हे मिथ्यावादी सुदामा, यदि कृष्ण हर मिलनेवाले को एक-दो लोक दान में देते हों, तो प्रतिदिन हजारों लोक बाँटते होंगे। पर लोक तो तीन ही हैं और मथुरा तीन लोकों से न्यारी है। और हे मिथ्यावादी ब्राह्मण, तू यदि यह कहे कि केवल तू ही उनसे मिलने गया, तो यह भी झूठ है। जब कोई राजधानी जाता है, तब ऊँचे पदों पर बैठे अपने पूर्व-परिचित से मिल आता है। फिर कृष्ण तो बहुत हँसमुख और मिलनसार है; उसे नृत्य-संगीत-नाट्य का शौक है और

उसके आसपास कलावन्त सुन्दरियों का जमघट रहता है। जिस राजनेता के आसपास सुन्दरियों का गुच्छा होता है, उसे मिलनेवालों का टोटा नहीं पड़ता।

किसी ने ऐसी शंका नहीं की। और युगों तक यह बात मानी जाएगी कि कृष्ण ने मेरे दो मुट्ठी चावल खाकर मुझे दो लोक दे दिये, पर मैंने बाद में उन्हें लौटा दिया, पर आज मैं सत्य बात लिख देना चाहता हूँ, जिससे 'निरवधि काल और विपुला पृथ्वी' में कोई कभी इन पृष्ठों के आधार पर विश्व से कह सकेगा कि दो मुट्ठी चावल और दो लोकवाली बात झूठ है; सुदामा ने कृष्ण से दान नहीं लिया; उसने परस्पर सुभीते के लिए सौदा किया था।

मैं जब द्वारिका के लिए चला, तब ब्राह्मणी ने पड़ोसिन से एक पाव चावल उधार लेकर मेरे गमछे में बाँध दिये। वह जानती थी कि राजपुरुष बिना भेंट लिये किसी का काम नहीं करते। मेरे घर में एक पाव चावल भी न हों, ऐसी बात नहीं थी; पर ब्राह्मणी जानती थी कि राजपुरुष उधारी या चोरी के माल से बहुत प्रसन्न होते हैं।

कृष्ण ने मुझे बड़े स्नेह से पास बिठाया और मेरी काँख में दबे गमछे को खींचा, उलट-पलटकर देखा। उसमें चावल का एक दाना भी नहीं था। कृष्ण ने मेरी ओर बड़े अचरज और खीझ से देखा और कहा, "कहाँ गये चावल? तुमने फिर कपट किया। मैंने अपनी दिव्य-दृष्टि से देख लिया था कि भाभी ने मेरे लिए गमछे में चावल बाँध दिये थे।"

मेरा मन हुआ कि कह दूँ कि हे मेरे राजमित्र, जिस दृष्टि से तुम मित्रों की पत्नियों को पति के गमछे में चावल बाँधते देखते रहते हो, उससे लोगों की गरीबी और भुखमरी क्यों नहीं देखते। पर कुछ सोचकर मैं चुप रहा।

कृष्ण चावल खाने के लिए बहुत उत्सुक था। उसका आग्रह प्रेम के कारण कम था, इस कारण अधिक था कि आसपास चित्रकार लोग चावल खाते हुए महाराज का चित्र खींचने के लिए तैयार खड़े थे। चित्र खींचकर उसके नीचे लिखा जाता, 'दीनबन्धु एक दीन के चावल खाते हुए।'

उसने बनावटी रोष से पूछा, "क्या तुम चावल भी खा गये?"

"नहीं।" मैंने कहा।

"तो फिर कहाँ गये?" उसने हठ किया।

मैंने कहा, "नहीं बताऊँगा। मैं वचनबद्ध हूँ।"

"किससे वचनबद्ध हो?"

"तुम्हारे रक्षक-विभाग के अधिकारी से। उसने कहा है कि यदि तुम यह सब मामला महाराज को बताओगे, तो तुम्हारी ब्राह्मणी विधवा हो जाएगी।"

कृष्ण हँसा। पूछा, "कैसा मामला? मित्र, तुम मुझे बताओ तो। मैं तुम्हें

अभयदान देता हूँ। मैं तुम्हें अपने व्यक्तिगत रथ में घर सकुशल पहुँचाऊँगा।"

आश्वासन पाकर मैंने कहा, "अच्छा, बतलाता हूँ। पर पहले राज्य-शासन में मैं तुम्हारी परीक्षा लेता हूँ। बतलाओ, खुरचन किसे कहते हैं और अच्छे शासन में इसका क्या महत्त्व है?"

कृष्ण मेरी ओर मूढ़ की तरह देखने लगा। बोला, "मैंने तो यह शब्द ही नहीं सुना।"

मैंने कहा, "आश्चर्य है। शासन की सबसे महत्त्वपूर्ण नीति को नहीं जानते और राज्य करते हो।"

कृष्ण ने उतावली से कहा, "पर तुम पहले चावल की बात तो बताओ।"

तब मैंने पूरी घटना सिलसिलेवार सुनायी, जिसे यहाँ लिखता हूँ–

माँगते-खाते मैं द्वारिका नगरी पहुँचा। नगरी का वैभव देखकर चकित रह गया। सारा धन सिमटकर द्वारिका में आ गया था और सारी विद्या इकट्ठी हो गयी थी। बड़े-बड़े कलावन्त, पण्डित, कवि और गायक राजधानी में आकर बस गये थे। क्योंकि यहाँ राज-पुरस्कार खूब बँटते थे। इनमें मुझ दीन ब्राह्मण को कौन पूछता? मैंने नगरी के बाहर ही, बिना नहाये, मस्तक पर चन्दन लगा लिया था, इसलिए नागरिक पूछने पर कम-से-कम मार्ग बता देते थे।

पूछते-पूछते मैं कृष्ण के महल के सामने पहुँच गया। वहाँ एक कर्मचारी से मैंने कहा, "भाई, मुझे महाराज से मिलना है।" उसने मुझे ध्यान से देखा और सम्भवतः टालने के लिए कहा, "उस बायें बाजूवाले कार्यालय में जाओ। वहाँ पूछताछ के पश्चात् जब अनुमति मिलेगी, तब जा सकोगे।"

कुछ सोचकर उसने पुनः कहा, "तुम भाई क्यों कहते हो?"

मैंने उत्तर दिया, "मनुष्य मनुष्य को 'भाई' ही तो कहेगा।" उसने मुझे समझाया, "बहुत भोले हो। आगे किसी राज-कर्मचारी को भाई मत कहना। वह मनुष्य होने में अपनी अप्रतिष्ठा समझता है। उसे 'देवता' कहना चाहिए।"

मैंने उसकी बात की गाँठ बाँध ली और उस विशाल कार्यालय के द्वार पर पहुँचा। वहाँ कितने ही कर्मचारी बैठे थे जिनमें से अधिकांश गपशप कर रहे थे। वे अपने स्थान से उठते और पास के जलपान-गृह में जाकर बैठ जाते। मैं समझा कि इन सबको यही करने के लिए ही राज्य से वेतन मिलता है।

मैं बड़ी देर तक खड़ा रहा। फिर साहस बटोर भीतर घुसा। एक कर्मचारी ने बड़े कड़े स्वर में कहा, "ए कहाँ घुसा आता है? यह धर्मशाला नहीं है। उधर जाओ, वहाँ धर्मशाला है और सदावर्त्त बँटता है।" उसने अँगुली से दक्षिण दिशा की ओर संकेत किया।

मैंने कहा, "देवता, मुझे महाराज से मिलना है।"

कर्मचारी हैरत से मुझे देखता ही रहा। फिर ठहाका मारकर हँसा और बोला, ''विप्रदेव, तुम गलत जगह आ गये। यह पागलखाना नहीं है।''

मैंने कहा, ''भगवन्, मेरे कृश शरीर और फटे वस्त्रों पर मत जाओ। मेरे होश-हवास दुरुस्त हैं। मैं विक्षिप्त नहीं हूँ। मुझे वास्तव में महाराज कृष्ण से मिलना है।''

इतने में कई कर्मचारी आकर मुझे घेरकर खड़े हो गये। उनमें से एक कहने लगा, ''बड़ी ऊँची आकांक्षाएँ हैं आपकी विप्रदेव! क्या काम है आपको महाराज से?''

मैंने कहा, ''वे मेरे मित्र हैं, सहपाठी हैं।'' इस पर वे सब एक साथ हँस पड़े।

एक बोला, ''वाह, महाराज को आप ही साथ पढ़ने के लिए मिले!''

दूसरा कहने लगा, ''विप्रदेव, आप भाँग-वाँग छानते हैं क्या?''

तीसरा बोला, ''आप किस देश के नरेश हैं?''

मेरे संकट के मारे शरीर और दरिद्रता से छिन्न वस्त्रों को देख-देखकर वे उपहास करते रहे। मैं ग्लानि से मरा जा रहा था। चाहता था कि पृथ्वी फट जाए और मैं उसमे समा जाऊँ। दीनबन्धु के सेवकों का कैसा व्यवहार था, एक दीन के प्रति।

इसी समय कार्यालय के दूसरे छोर से एक दबंग कर्मचारी चिल्लाया, ''अरे, कुछ 'खुरचन' का सिलसिला भी है या यों ही मिलने चला आया है।'' चारों ओर से 'खुरचन-खुरचन' की आवाजें लगने लगीं।

'खुरचन' मेरे लिए नया शब्द था। मैंने कहा, ''भाई, खुरचन मैं नहीं जानता। शब्दकोश में तो यह शब्द नहीं है। किसी काव्य और दर्शन में भी यह नहीं आया। यह सम्भवतः शासन का कोई विशेष शब्द है। मैं जानता हूँ कि अच्छे शासन कुछ शब्दों और आँकड़ों के बल पर चलते हैं।''

उनमें से एक, जो सयाना था, कहने लगा, ''ब्राह्मण देवता, राजदरबार में आये हो, और शासन की नीति नहीं जानते? तुम तो 'खुरचन' तक नहीं समझते।''

मैंने बड़ी नम्रता से कहा, ''बन्धु, मैं तो ग्रामवासी हूँ। शासन हमारे पास केवल कर वसूल करने पहुँचता है। भला राजधानी की रीति-नीति मैं कैसे जान सकता हूँ? हमारे ग्रामों में तो दूध उबाल लेने के बाद जो मलाई कड़ाही में चिपकी रहती है, उसे खुरच लेते हैं और उसी को 'खुरचन' कहते हैं।''

वह बोला, ''ठीक इसी तरह से शासन की कड़ाही में जो मलाई चिपकी रहती है उसे हम खुरचते हैं और उसे हम भी 'खुरचन' कहते हैं।''

मैं तब भी नहीं समझा। उन सबको मेरे ऊपर दया-सी आयी।

सयाना बोला, ''तुम समझे नहीं विप्रदेव! हमारा मतलब है, यह भी एक मन्दिर है। कुछ भेंट वगैरह तो लाये ही होंगे। महाराज से क्या बिना भेंट के मिलोगे? हमारा

भी तो कुछ हिस्सा होगा।''

मैं अड़चन में पड़ गया। मुझे चुप देख एक कर्मचारी कहने लगा, ''तुम्हारी काँख में दबी उस पोटली में क्या है ब्राह्मण देवता? स्वर्ण है?''

मैंने चावल की पोटली और कसकर दबा ली।

सयाना कर्मचारी बोला, ''क्या है उसमें? खोलो उसे!''

मैं घबराया। यदि चावल इनके सामने खुल गये, तो ये मेरा बड़ा उपहास करेंगे। मैं जड़ हो गया।

तभी वह रक्षक-विभाग का अधिकारी आगे बढ़ा। उसका बलिष्ठ शरीर, कठोर मुख और बिच्छू के डंक-जैसी मूँछें देखकर मैं काँप गया। उसने कर्कश स्वर में कहा, ''अरे, दो धप्प लगाओ, अभी बता देगा यह ब्राह्मण का बच्चा।''

मैं काँप उठा। मैंने झट पोटली खोल दी। चावल देखकर वे सब हैरत में पड़ गये। एक-दूसरे की ओर देखने लगे। एक बोला, ''यह ब्राह्मण पागल है। भला कोई चावल लेकर महाराज से मिलने जाएगा?''

अब तक वह दबंग कर्मचारी आ गया था। उसने कहा, ''भई, इसमें कुछ भेद है। ये साधारण नहीं मालूम होते। भला कोई महाराज के लिए साधारण चावल लाएगा? ये ब्राह्मण लोग बड़े रहस्यमय होते हैं। कई तरह के तन्त्र-मन्त्र करते रहते हैं। ये चावल मन्त्रों से सिद्ध किये मालूम होते हैं, जो महाराज को देने जा रहा है।''

मैंने सोचा कि इस भ्रम की बाँह पकड़कर कृष्ण के पास पहुँच सकता हूँ। मैंने कहा, ''ग्यारह रात्रि और दिन निरन्तर मन्त्रोच्चार करके चावल सिद्ध किये हैं।''

''क्या गुण है इनमें?''

''मन-वांछित फल-धन प्राप्ति, स्त्री-सुख, स्वास्थ्य, पुत्रलाभ, शत्रु-नाश!''

इतना सुनते ही वे सब चावलों पर टूट पड़े। प्रत्येक की कुछ इच्छा थी। कार्यालय में काम बन्द हो गया। सब कर्मचारी वहीं एकत्र हो गये। जो आता, वह एक चुटकी चावल खा जाता।

जब आधी मुट्ठी चावल बचे, तो मैं उन्हें लपेटते हुए बोला, ''अब इतने महाराज के लिए रहने दो।'' इसी समय एक बड़ा अधिकारी वहाँ आया और डपटकर बोला, ''कहाँ ले चले? मुझे भी खाना है। महाराज को दूसरे चक्कर में ला देना।''

उसने शेष चावल मुँह में डाल लिये।

मैंने खाली अँगोछा झटककर लपेटा और काँख में दबा लिया।

बड़ी-बड़ी मूँछोंवाले उस भयावह रक्षक-विभाग के अधिकारी ने एक सेवक को बुलाया और उसे आदेश दिया, ''इन्हें महाराज के पास पहुँचा दे।''

मैं सेवक के पीछे चला। चार कदम ही बढ़ा था कि वह मूँछोंवाला आया और

मेरा हाथ पकड़कर बोला, "देख बे ब्राह्मण के बच्चे, यदि तूने महाराज को यह चावलवाला मामला बताया, तो तेरी ब्राह्मणी विधवा हो जाएगी।"

उसने हाथ छोड़ा, तो मैं जल्दी-जल्दी महल में चला गया।

यह घटना मैंने कृष्ण को सुनायी। वह बड़ी चिन्ता में पड़ गया।

मैंने कहा, "तुम राज करते हो या सोते हो? कैसी धाँधली मची है। तुम्हारे राज-कर्मचारी चावल तक छीन खाते हैं।"

कृष्ण ने कहा, "मुझे वास्तव में यह नहीं मालूम था। मैं आज ही जाँच समिति नियुक्त करता हूँ। पर बाहर यह बात तुम किसी को मत बताना। राज्य की बड़ी बदनामी होगी।"

मैं अकड़ गया। मैंने कहा, "मैं ब्राह्मण हूँ—सत्यवादी। प्राण चाहे चले जाएँ, सत्य नहीं त्याग सकता। मैं डंके की चोट पर कहूँगा कि राज्य में ऐसा अन्धेर मचा है।"

कृष्ण की हालत बड़ी दयनीय हो गयी। कहने लगा, "देखो, तुम मेरे मित्र हो। क्या मित्र के लिए थोड़ा झूठ भी नहीं बोलोगे?"

मैंने व्यंग्य से कहा, "अब तुम्हें मित्रता याद आने लगी। पहले नहीं सोचा कि मेरा एक मित्र सुदामा दरिद्रता में दिन काट रहा है।"

कृष्ण ने कहा, "मेरी स्थिति को तुम क्या समझो। मैं यही नहीं समझ पाता कि कौन मेरा है और कौन पराया। जब से मुझे यह राजपद मिला है, असंख्य आदमी मेरे आत्मीय बनकर मेरे पास सहायता के लिए आ चुके। अभी तक बीस सहस्र चाचा, पन्द्रह सहस्र काका, पच्चीस सहस्र भतीजे, दस सहस्र मौसियाँ और आठ सहस्र चाचियाँ आ चुकीं। अब बताओ, मैं किस-किसका काम करूँ? और सच पूछो तो मुझे अभी भी विश्वास नहीं है कि तुम वही सुदामा हो, जो मेरा सहपाठी था, क्योंकि आठवें सुदामा तो कल ही आये थे जिन्हें मैंने बाहर से ही लौटा दिया था। तुम न जाने कैसे भीतर घुस आये। आ गये तो कोई बात नहीं, पर मित्रता इत्यादि की बात मत करो; क्योंकि मैं क्या जानूँ कि तुम कौन हो। मैं तुमसे सौदा कर सकता हूँ। तुम्हारे पास राज्य का एक रहस्य है जिसे प्रकट करने से शासन कलंकित होगा। बोलो, इस रहस्य को गुप्त रखने का क्या लोगे? यहाँ इसी तरह दे-लेकर मुँह बन्द कर दिया जाता है।"

मैं सोचने लगा। जब मित्रता से सौदे पर बात आ गयी है, तो संकोच त्यागना चाहिए।

मैंने कहा, "अच्छा, ऐसा ही सही। क्या दोगे?"

"दस सहस्र स्वर्ण-मुद्राएँ।" वह बोला।

मैंने बनावटी रोष से कहा, "क्या तुमने मेरा ईमान सस्ता समझा है?"

"तो एक लाख स्वर्ण-मुद्रा, एक भवन और एक ग्राम ले लो।"

इस कीमत पर मैंने ईमान बेच दिया।

कृष्ण ने मुझे अपने रथ पर वापस पहुँचाया। लौटकर मैंने दो मुट्ठी चावल और दो लोकवाली बात बनाकर फैला दी। लोग इसी पर विश्वास करते जाएँगे।

कभी जब ये पृष्ठ प्रकाश में आएँगे तब यह सत्य प्रकट होगा कि चावल का एक दाना भी कृष्ण को नहीं मिला। चावल तो कर्मचारियों की 'खुरचन' हो गये। यह भी लोग जानेंगे कि मैंने कृष्ण से दान नहीं लिया, सौदा किया था, कुछ काल के लिए ईमान गिरवी रखा था।

दो नाकवाले लोग

मैं उन्हें समझा रहा था कि लड़की की शादी में टीमटाम में व्यर्थ खर्च मत करो।

पर वे बुजुर्ग कह रहे थे, ''आप ठीक कहते हैं, मगर रिश्तेदारों में नाक कट जाएगी।''

नाक उनकी काफी लम्बी थी। मेरा खयाल है, नाक की हिफाजत सबसे ज्यादा इसी देश में होती है। और या तो नाक बहुत नर्म होती है या छुरा तेज, जिसने छोटी-सी बात से भी नाक कट जाती है। छोटे आदमी की नाक बहुत नाजुक होती है। यह छोटा आदमी नाक को छिपाकर क्यों नहीं रखता?

कुछ बड़े आदमी, जिनकी हैसियत है, इस्पात की नाक लगवा लेते हैं और चमड़े का रंग चढ़वा देते हैं। कालाबाजार में जेल हो आये हैं, औरत खुलेआम दूसरे के साथ 'बाक्स' में सिनेमा देखती है, लड़की का सार्वजनिक गर्भपात हो चुका है। लोग उस्तरा लिये नाक काटने को घूम रहे हैं। मगर काटें कैसे? नाक तो स्टील की है। चेहरे पर पहले जैसी ही फिट है और शोभा बढ़ा रही है।

स्मगलिंग में पकड़े गये हैं। हथकड़ी पड़ी है। बाजार में से ले जाए जा रहे हैं। लोग नाक काटने को उत्सुक हैं। पर वे नाक को तिजोरी में रखकर स्मगलिंग करने गये थे। पुलिस को खिला-खिलाकर बरी होकर लौटेंगे और नाक फिर पहन लेंगे।

जो बहुत होशियार हैं, वे नाक को तलवे में रखते हैं। तुम सारे शरीर में ढूँढ़ो, नाक ही नहीं मिलती। नातिन की उम्र की दो लड़कियों से बलात्कार कर चुके हैं। जालसाजी और बैंक को धोखा देने में पकड़े जा चुके हैं। लोग नाक काटने को उतावले हैं, पर नाक मिलती ही नहीं। वह तो तलवे में है। कोई जीवशास्त्री अगर नाक की तलाश भी कर दे तो तलवे की नाक काटने से क्या होता है? नाक तो चेहरे पर की कटे, तो कुछ मतलब होता है।

और जो नाक रखते ही नहीं हैं, उन्हें तो कोई डर ही नहीं है। दो छेद हैं, जिनसे साँस ले लेते हैं।

कुछ नाकें गुलाब के पौधे की तरह होती हैं। कलम कर दो तो और अच्छी शाखा बढ़ती है और फूल भी बढ़िया लगते हैं। मैंने ऐसी फूलवाली खुशबूदार नाकें बहुत देखी हैं। जब खुशबू कम होने लगती है, ये फिर कलम करा लेते हैं, जैसे किसी औरत को छेड़ दिया और जूते खा गये।

'जूते खा गये'—अजब मुहावरा है। जूते तो मारे जाते हैं। वे खाये कैसे जाते हैं? मगर भारतवासी इतना भुखमरा है कि जूते भी खा जाता है।

नाक और तरह से भी बढ़ती है। एक दिन एक सज्जन आये। बड़े दुःखी थे। कहने लगे, "हमारी तो नाक कट गयी। लड़की ने भागकर एक विजातीय लड़के से शादी कर ली। हम ब्राह्मण और लड़का कलाल! नाक कट गयी।"

मैंने उन्हें समझाया कि कटी नहीं है, कलम हुई है। तीन-चार महीनों में और लम्बी बढ़ जाएगी।

तीन-चार महीने बाद वे मिले तो खुश थे। नाक भी पहले से लम्बी हो गयी थी। मैंने कहा, "नाक तो पहले से लम्बी मालूम होती है।"

वे बोले, "हाँ, कुछ बढ़ गयी है। काफी लोग कहते हैं—आपने बड़ा क्रान्तिकारी काम किया। कुछ बिरादरीवाले भी कहते हैं। इसीलिए नाक बढ़ गयी है।"

कुछ लोग मैंने देखे हैं, जो कई साल अपने शहर की नाक रहे हैं। उनकी नाक अगर कट जाय, तो सारे शहर की नाक कट जाती है। अगर उन्हें संसद का टिकट न मिले, तो सारा शहर नकटा हो जाता है। पर अभी मैं एक शहर गया तो लोगों से पूछा, "फलाँ साहब के क्या हाल हैं? वे अभी भी शहर की नाक हैं।" तभी एक मसखरे ने कहा, "हाँ साहब, वे अभी भी शहर की नाक है, मगर 'छिनकी हुई'।" (यह बीभत्स रस है। रस-सिद्धान्त प्रेमियों को अच्छा लगेगा)।

मगर बात मैं उन सज्जन की कर रहा था, जो मेरे सामने बैठे थे और लड़की की शादी पुराने ठाठ से ही करना चाहते थे। पहले वे रईस थे—यानी मध्यम हैसियत के रईस। अब गरीब थे। बिगड़ा रईस और बिगड़ा घोड़ा एक तरह के होते हैं—दोनों बौखला जाते हैं। किससे उधार लेकर खा जाएँ, ठिकाना नहीं। उधर बिगड़ा घोड़ा किसे कुचल दे, ठिकाना नहीं। आदमी को बिगड़े रईस और बिगड़े घोड़े, दोनों से दूर रहना चाहिए। मैं भरसक कोशिश करता हूँ। मैं तो मस्ती से डोलते आते साँड को देखकर भी सड़क के किनारे की इमारत के बरामदे में चढ़ जाता हूँ, 'बड़े भाई साहब आ रहे हैं। इनका आदर करना चाहिए।'

तो जो भूतपूर्व सम्पन्न बुजुर्ग मेरे सामने बैठे थे, वे प्रगतिशील थे। लड़की का अन्तर्जातीय विवाह कर रहे थे। वे खत्री और लड़का शुद्ध कान्यकुब्ज। वे खुशी से शादी कर रहे थे। पर उनमें विरोधाभास यह था कि शादी ठाठ से करना चाहते थे। बहुत लोग एक परम्परा से छुटकारा पा लेते हैं, पर दूसरी से बँधे रहते हैं। रात

को शराब की पार्टी से किसी ईसाई दोस्त के घर से आ रहे हैं, मगर रास्ते में हनुमान का मन्दिर दिख जाय, तो थोड़ा तिलक भी सिन्दूर का लगा लेंगे। मेरा एक घोर नास्तिक मित्र था। हम घूमने निकलते तो रास्ते में राम-मन्दिर देखकर वे कह उठते, 'हरे राम!' बाद में पछताते भी थे।

तो मैं उन बुजुर्ग को समझा रहा था, "आपके पास रुपये हैं नहीं। आप कर्ज लेकर शादी का ठाठ बनाएँगे। पर कर्ज चुकाएँगे कहाँ से? जब आपने इतना नया कदम उठाया है कि अन्तर्जातीय विवाह कर रहे हैं, तो विवाह भी नये ढंग से कीजिए। लड़का कान्यकुब्ज का है। बिरादरी में शादी करता तो कई हजार उसे मिलते। लड़के शादी के बाजार में मवेशी की तरह बिकते हैं। अच्छा मालवी बैल और हरियाणा की भैंस ऊँची कीमत पर बिकती है! लड़का इतना त्याग तो लड़की क़े प्रेम के लिए कर चुका। फिर भी वह कहता है—अदालत जाकर शादी कर लेते हैं। बाद में एक पार्टी कर देंगे। आप आर्य समाजी हैं। घण्टे-भर में रास्ते में आर्य-समाज मन्दिर में वैदिक रीति से शादी कर डालिए। फिर तीन-चार सौ रुपयों की एक पार्टी दे डालिए। लड़के को एक पैसा भी नहीं चाहिए। लड़की के कपड़े वगैरह मिलाकर शादी हजार में हो जाएगी।"

वे कहने लगे, "बात आप ठीक कहते हैं। मगर रिश्तेदारों को तो बुलाना ही पड़ेगा। फिर जब वे आएँगे तो इज्जत के खयाल से सजावट, खाना, भेंट वगैरह देनी होगी।"

मैंने कहा, "आपका यहाँ तो कोई रिश्तेदार है नहीं। वे हैं कहाँ?"

उन्होंने जवाब दिया, "वे पंजाब में हैं। पटियाला में ही तीन करीबी रिश्तेदार हैं। कुछ दिल्ली में हैं। आगरा में हैं।"

मैंने कहा, "जब पटियालावाले के पास आपका निमन्त्रण-पत्र पहुँचेगा, तो पहले तो वह आपको दस गालियाँ देगा—मई का यह मौसम, इतनी गर्मी। लोग तड़ातड़ लू से मर रहे हैं। ऐसे में इतना खर्च लगाकर जबलपुर जाओ। कोई बीमार हो जाए तो और मुसीबत। पटियाला या दिल्लीवाला आपका निमन्त्रण पाकर खुश नहीं, दुःखी होगा। निमन्त्रण-पत्र न मिला तो वह खुश होगा और बाद में बात बनाएगा। कहेगा, 'आजकल जी, डाक की इतनी गड़बड़ी हो गयी है कि निमन्त्रण-पत्र ही नहीं मिला। वरना ऐसा हो सकता था कि हम न आते'!"

मैंने फिर कहा, "मैं आपसे कहता हूँ कि दूर से रिश्तेदार का निमन्त्रण-पत्र मुझे मिलता है, तो मैं घबरा उठता हूँ।"

सोचता हूँ—जो ब्राह्मण ग्यारह रुपये में शनि को उतार दे, पच्चीस रुपयों में सगोत्र विवाह करा दे, मंगली लड़की का मंगल पन्द्रह रुपयों में उठाकर शुक्र के दायरे में फेंक दे, वह लग्न सितम्बर से लेकर मार्च तक सीमित क्यों नहीं कर देता? मई

और जून की भयंकर गर्मी की लग्नें गोल क्यों नहीं कर देता? वह कर सकता है। और फिर ईसाई और मुसलमानों में जब बिना लग्न शादी होती है, तो क्या वर-वधू मर जाते हैं? आठ प्रकार के विवाहों में जो 'गन्धर्व विवाह' है वह क्या है? वह यही शादी है जो आज होने लगी है, कि लड़का-लड़की भागकर कहीं शादी कर लेते हैं। इधर लड़की का बाप गुस्से में पुलिस में रिपोर्ट करता है कि अमुक लड़का हमारी 'नाबालिग' लड़की को भगा ले गया है। मगर कुछ नहीं होता; क्योंकि लड़की मैट्रिक का सर्टिफिकेट साथ ले जाती है जिसमें जन्म-तारीख होती है।

वे कहने लगे, "नहीं जी, रिश्तेदारों में नाक कट जाएगी।"

मैंने कहा, "पटियाला से इतना किराया लगाकर नाक काटने इधर कोई नहीं आएगा। फिर पटियाला में कटी नाक को इधर कौन देखेगा? काट लें पटियाला में।"

वे थोड़ी देर गुमसुम बैठे रहे।

मैंने कहा, "देखिए जी, आप चाहें तो मैं पुरोहित हो जाता हूँ और घण्टे-भर में शादी करा देता हूँ।"

वे चौंके। कहने लगे, "आपको शादी कराने की विधि आती है?"

मैंने कहा, "हाँ, ब्राह्मण का बेटा हूँ। बुजुर्गों ने सोचा होगा कि लड़का नालायक निकल जाय और किसी काम-धन्धे के लायक न रहे, तो इसे कम-से-कम सत्यनारायण की कथा और विवाह-विधि सिखा दो। ये मैं बचपन में ही सीख गया था।"

मैंने आगे कहा, "और बात यह है कि आजकल कौन संस्कृत समझता है? और पण्डित क्या कह रहा है, इसे भी कौन सुनता है? वे तो 'अम' और 'अह' इतना ही जानते हैं। मैं इस तरह मंगल-श्लोक पढ़ दूँ तो भी कोई ध्यान नहीं देगा—

> ओम् जेक एण्ड विल वेण्ट अप दी हिल् टु फेच् ए पेल आफ वाटरम्,
> ओम् जेक फैल डाउन एण्ड ब्रोक हिज क्राऊन एण्ड जिल केम ट्रम्बलिंग
> आफ्टरम् कुर्यात् सदा मंगलम्...

इसे लोग वैदिक मन्त्र समझेंगे।"

वे हँसने लगे।

मैंने कहा, "लड़का उत्तर प्रदेश का कान्यकुब्ज और आप पंजाब के खत्री—एक-दूसरे के रिश्तेदारों को कोई नहीं जानता। आप एक सलाह मेरी मानिए। इससे कम में भी निपट जाएगा और नाक भी कटने से बच जाएगी। लड़के के पिता की मृत्यु हो चुकी है। आप घण्टे-भर में शादी करवा दीजिए। फिर रिश्तेदारों को चिट्ठियाँ लिखिए—इधर लड़के के पिता को दिल का तेज दौरा पड़ा। डॉक्टरों ने उम्मीद छोड़ दी थी। दो-तीन घण्टे वे किसी तरह जी सकते थे। उन्होंने इच्छा प्रकट की कि मृत्यु के पहले लड़के की शादी हो जाय तो मेरी आत्मा को शान्ति मिल जाएगी। लिहाजा

उनकी भावना को देखते हुए हमने फौरन शादी कर दी। लड़का-लड़की वर-वधू के रूप में उनके सामने आये। उनके चरणों पर सिर रखे। उन्होंने इतना ही कहा, 'सुखी रहो।' और उनके प्राण-पखेरू उड़ गये। आप माफ करेंगे कि इसी मजबूरी के कारण हम आपको शादी में नहीं बुला सके। कौन जानता है आपके रिश्तेदारों में कि लड़के के पिता की मृत्यु कब हुई?"

उन्होंने सोचा। फिर बोले, "तरकीब ठीक है जी! पर इस तरह की धोखाधड़ी मुझे पसन्द नहीं।"

खैर, मैं उन्हें काम का आदमी लगा नहीं।

दूसरे दिन मुझे बाहर जाना पड़ा। दो-तीन महीने बाद लौटा तो लोगों ने बताया कि उन्होंने सामान और नकद लेकर शादी कर डाली।

तीन-चार दिन बाद से ही साहूकार सवेरे से तकादा करने आने लगे।

रोज उनकी नाक थोड़ी-थोड़ी कटने लगी।

मैंने पूछा, "अब क्या हाल है?"

लोग बोले, "अब साहूकार आते हैं, तो यह देखकर निराश लौट जाते हैं कि काटने को नाक ही नहीं बची।"

मैंने मजाक में कहा, "साहूकारों से कह दो कि इनकी दूसरी नाक पटियाला में पूरी रखी है। वहाँ जाकर काट लो।"

टार्च बेचनेवाला

वह पहले चौराहों पर बिजली के टार्च बेचा करता था। बीच में कुछ दिन वह नहीं दिखा। कल फिर दिखा। मगर इस बार उसने दाढ़ी बढ़ा ली थी और लम्बा कुरता पहन रखा था।

मैंने पूछा, ''कहाँ रहे? और यह दाढ़ी क्यों बढ़ा रखी है?''

उसने जवाब दिया, ''बाहर गया था।''

दाढ़ीवाले सवाल का उसने जवाब यह दिया कि दाढ़ी पर हाथ फेरने लगा।

मैंने कहा, ''आज तुम टार्च नहीं बेच रहे हो?''

उसने कहा, ''वह काम बन्द कर दिया। अब तो आत्मा के भीतर टार्च जल उठा है। ये 'सूरजछाप' टार्च अब व्यर्थ मालूम होते हैं।''

मैंने कहा, ''तुम शायद संन्यास ले रहे हो। जिसकी आत्मा में प्रकाश फैल जाता है, वह इसी तरह हरामखोरी पर उतर आता है। किससे दीक्षा ले आये?''

मेरी बात से उसे पीड़ा हुई। उसने कहा, ''ऐसे कठोर वचन मत बोलिए। आत्मा सबकी एक है। मेरी आत्मा को चोट पहुँचाकर आप अपनी ही आत्मा को घायल कर रहे हैं।''

मैंने कहा, ''यह सब तो ठीक है। मगर यह बताओ कि तुम एकाएक ऐसे कैसे हो गये? क्या बीवी ने तुम्हें त्याग दिया? क्या उधार मिलना बन्द हो गया? क्या साहूकारों ने ज्यादा तंग करना शुरू कर दिया? क्या चोरी के मामले में फँस गये हो? आखिर बाहर का टार्च भीतर आत्मा में कैसे घुस गया?''

उसने कहा, ''आपके सब अन्दाज गलत हैं। ऐसा कुछ नहीं हुआ। एक घटना हो गयी है, जिसने जीवन बदल दिया। मैं उसे गुप्त रखना चाहता हूँ। पर क्योंकि मैं आज ही यहाँ से दूर जा रहा हूँ, इसलिए आपको सारा किस्सा सुना देता हूँ।''

उसने बयान् शुरू किया—

''पाँच साल पहले की बात है। मैं अपने एक दोस्त के साथ हताश एक जगह बैठा था। हमारे सामने आसमान को छूता हुआ एक सवाल खड़ा था। वह सवाल था—'पैसा कैसे पैदा करें?' हम दोनों ने उस सवाल की एक-एक टाँग पकड़ी और

उसे हटाने की कोशिश करने लगे। हमें पसीना आ गया, पर सवाल हिला भी नहीं। दोस्त ने कहा–'यार, इस सवाल के पाँव जमीन में गहरे गड़े हैं। यह उखड़ेगा नहीं। इसे टाल जाएँ।'

हमने दूसरी तरफ मुँह कर लिया। पर वह सवाल फिर हमारे सामने आकर खड़ा हो गया। तब मैंने कहा–'यार, यह सवाल टलेगा नहीं। चलो, इसे हल ही कर दें। पैसा पैदा करने के लिए कुछ काम-धन्धा करें। हम इसी वक्त अलग-अलग दिशाओं में अपनी-अपनी किस्मत आजमाने निकल पड़ें। पाँच साल बाद ठीक इसी तारीख को इसी वक्त हम यहाँ मिलें।'

दोस्त ने कहा–'यार, साथ ही क्यों न चलें?'

मैंने कहा–'नहीं। किस्मत आजमाने वालों की जितनी पुरानी कथाएँ मैंने पढ़ी हैं, सबमें वे अलग-अलग दिशा में जाते हैं। साथ जाने में किस्मतों के टकराकर टूटने का डर रहता है।'

तो साहब, हम अलग-अलग चल पड़े। मैंने टार्च बेचने का धन्धा शुरू कर दिया। चौराहे पर या मैदान में लोगों को इकट्ठा कर लेता और बहुत नाटकीय ढंग से कहता–'आजकल सब जगह अँधेरा छाया रहता है। रातें बेहद काली होती हैं। अपना ही हाथ नहीं सूझता। आदमी को रास्ता नहीं दिखता। वह भटक जाता है। उसके पाँव काँटों से बिंध जाते हैं, वह गिरता है और उसके घुटने लहूलुहान हो जाते हैं। उसके आसपास भयानक अँधेरा है। शेर और चीते चारों तरफ घूम रहे हैं, साँप जमीन पर रेंग रहे हैं। अँधेरा सबको निगल रहा है। अँधेरा घर में भी है। आदमी रात को पेशाब करने उठता है और साँप पर उसका पाँव पड़ जाता है। साँप उसे डस लेता है और वह मर जाता है।'

आपने तो देखा ही है साहब, कि लोग मेरी बातें सुनकर कैसे डर जाते थे। भर-दोपहर में वे अँधेरे के डर से काँपने लगते थे। आदमी को डराना कितना आसान है!

लोग डर जाते, तब मैं कहता–'भाइयो, यह सही है कि अँधेरा है। मगर प्रकाश भी है। वही प्रकाश मैं आपको देने आया हूँ। हमारी 'सूरज छाप' टार्च में वह प्रकाश है, जो अन्धकार को दूर भगा देता है। इसी वक्त 'सूरज छाप' टार्च खरीदो और अँधेरे को दूर करो। जिन भाइयों को चाहिए, ऊँचा हाथ करें।'

साहब, मेरे टार्च बिक जाते और मैं मजे में जिन्दगी गुजारने लगा।

वायदे के मुताबिक ठीक पाँच साल बाद मैं उस जगह पहुँचा जहाँ मुझे दोस्त से मिलना था। वहाँ दिन-भर मैंने उसकी राह देखी, वह नहीं आया। क्या हुआ? क्या वह भूल गया? या अब वह इस असार संसार में ही नहीं है?

मैं उसे ढूँढ़ने निकल पड़ा।

एक शाम जब मैं एक शहर की सड़क पर चला जा रहा था, मैंने देखा कि पास के मैदान में खूब रोशनी है और एक तरफ मंच सजा है। लाउडस्पीकर लगे हैं। मैदान में हजारों नर-नारी श्रद्धा से झुके बैठे हैं। मंच पर सुन्दर रेशमी वस्त्रों से सजे एक भव्य पुरुष बैठे हैं। वे खूब पुष्ट हैं, सँवारी हुई लम्बी दाढ़ी है और पीठ पर लहराते लम्बे केश हैं।

मैं भीड़ के एक कोने पर जाकर बैठ गया।

भव्य पुरुष फिल्मों के सन्त लग रहे थे। उन्होंने गुरु-गम्भीर वाणी में प्रवचन शुरू किया। वे इस तरह बोल रहे थे जैसे आकाश के किसी कोने से कोई रहस्यमय सन्देश उनके कान में सुनायी पड़ रहा है जिसे वे भाषा दे रहे हैं।

वे कह रहे थे–'मैं आज मनुष्य को एक घने अन्धकार में देख रहा हूँ। उसके भीतर कुछ बुझ गया है। यह युग ही अन्धकारमय है। यह सर्वग्राही अन्धकार सम्पूर्ण विश्व को अपने उदर में छिपाये है। आज मनुष्य इस अन्धकार से घबरा उठा है। वह पथभ्रष्ट हो गया है। आज आत्मा में भी अन्धकार है। अन्तर की आँखें ज्योतिहीन हो गयी हैं। वे उसे भेद नहीं पातीं। मानव-आत्मा अन्धकार में घुटती है। मैं देख रहा हूँ, मनुष्य की आत्मा भय और पीड़ा से त्रस्त है।'

इसी तरह वे बोलते गये और लोग स्तब्ध सुनते गये।

मुझे हँसी छूट रही थी। एक-दो बार दबाते-दबाते भी हँसी फूट गयी और पास के श्रोताओं ने मुझे डाँटा।

भव्य पुरुष प्रवचन के अन्त पर पहुँचते हुए कहने लगे–'भाइयो और बहनो, डरो मत। जहाँ अन्धकार है, वहीं प्रकाश है। अन्धकार में प्रकाश की किरण हैं, जैसे प्रकाश में अन्धकार की किंचित् कालिमा है। प्रकाश भी है। प्रकाश बाहर नहीं है, उसे अन्तर में खोजो। अन्तर में बुझी उस ज्योति को जगाओ। मैं तुम सबका उस ज्योति को जगाने के लिए आह्वान करता हूँ। मैं तुम्हारे भीतर वही शाश्वत ज्योति को जगाना चाहता हूँ। हमारे 'साधना-मन्दिर' में आकर उस ज्योति को अपने भीतर जगाओ।'

साहब, अब तो मैं खिलखिलाकर हँस पड़ा। पास के लोगों ने मुझे धक्का देकर भगा दिया। मैं मंच के पास जाकर खड़ा हो गया।

भव्य पुरुष मंच से उतरकर कार पर चढ़ रहे थे। मैंने उन्हें ध्यान से पास से देखा। उनकी दाढ़ी बढ़ी हुई थी, इसलिए मैं थोड़ा झिझका। पर मेरी तो दाढ़ी नहीं थी। मैं तो उसी मौलिक रूप में था। उन्होंने मुझे पहचान लिया। बोले–'अरे तुम!' मैं पहचानकर बोलने ही वाला था कि उन्होंने मुझे हाथ पकड़कर कार में बिठा लिया। मैं फिर कुछ बोलने लगा तो उन्होंने कहा–'बँगले तक कोई बातचीत नहीं होगी। वहीं ज्ञान-चर्चा होगी।'

मुझे याद आ गया कि वहाँ ड्राइवर है।

बँगले पर पहुँचकर मैंने उसका ठाठ देखा। उस वैभव को देखकर मैं थोड़ा झिझका, पर तुरन्त ही मैंने अपने उस दोस्त से खुलकर बातें शुरू कर दीं।

मैंने कहा—'यार, तू तो बिल्कुल बदल गया।'

उसने गम्भीरता से कहा—'परिवर्तन जीवन का अनन्त क्रम है।'

मैंने कहा—'साले, फिलासफी मत बघार। यह बता कि तूने इतनी दौलत कैसे कमा ली पाँच सालों में?'

उसने पूछा—'तुम इन सालों में क्या करते रहे?'

मैंने कहा—'मैं तो घूम-घूमकर टार्च बेचता रहा। सच बता, क्या तू भी टार्च का व्यापारी है?'

उसने कहा—'तुझे क्या ऐसा ही लगता है? क्यों लगता है?'

मैंने उसे बताया कि जो बातें मैं कहता हूँ वही तू कह रहा था।

मैं सीधे ढंग से कहता हूँ; तू उन्हीं बातों को रहस्यमय ढंग से कहता है। अँधेरे का डर दिखाकर लोगों को टार्च बेचता हूँ। तू भी अभी लोगों को अँधेरे का डर दिखा रहा था, तू भी जरूर टार्च बेचता है।

उसने कहा—'तुम मुझे नहीं जानते। मैं टार्च क्यों बेचूँगा! मैं साधु, दार्शनिक और सन्त कहलाता हूँ।'

मैंने कहा—'तुम कुछ भी कहलाओ, बेचते तुम टार्च हो। तुम्हारे और मेरे प्रवचन एक जैसे हैं। चाहे कोई दार्शनिक बने, सन्त बने या साधु बने, अगर वह लोगों को अँधेरे का डर दिखाता है, तो जरूर अपनी कम्पनी का टार्च बेचना चाहता है। तुम-जैसे लोगों के लिए हमेशा ही अन्धकार छाया रहता है। बताओ, तुम्हारे जैसे किसी आदमी ने हजारों में कभी भी यह कहा है कि आज दुनिया में प्रकाश फैला है? कभी नहीं कहा। क्यों? इसलिए कि उन्हें अपनी कम्पनी का टार्च बेचना है। मैं खुद भर-दोपहर में लोगों से कहता हूँ कि अन्धकार छाया है। बता किस कम्पनी का टार्च बेचता है?'

मेरी बातों ने उसे ठिकाने पर ला दिया था। उसने सहज ढंग से कहा—'तेरी बात ठीक ही है। मेरी कम्पनी नयी नहीं है, सनातन है।'

मैंने पूछा—'कहाँ है तेरी दुकान? नमूने के लिए एकाध टार्च तो दिखा। 'सूरजछाप' टार्च से बहुत ज्यादा बिक्री है उसकी।'

उसने कहा—'उस टार्च की कोई दुकान बाजार में नहीं है। वह बहुत सूक्ष्म है। मगर कीमत उसकी बहुत मिल जाती है। तू एक-दो दिन रह, तो मैं तुझे सब समझा देता हूँ।'

तो साहब मैं दो दिन उसके पास रहा। तीसरे दिन 'सूरजछाप' टार्च की पेटी

को नदी में फेंककर नया काम शुरू कर दिया।

वह-अपनी दाढ़ी पर हाथ फेरने लगा। बोला—'बस, एक महीने की देर और है।''

मैंने पूछा—'तो अब कौन-सा धन्धा करोगे?'

उसने कहा—'धन्धा वही करूँगा—यानी टार्च बेचूँगा। बस कम्पनी बदल रहा हूँ।' ''

अकाल-उत्सव

दरारोंवाली सपाट सूखी भूमि नपुंसक पति की सन्तानेच्छु पत्नी की तरह बेकल नंगी पड़ी है।

अकाल पड़ा है।

पास ही एक गाय अकाल के समाचारवाले अखबार को खाकर पेट भर रही है। कोई 'सर्वेवाला' अफसर छोड़ गया होगा। आदमी इस मामले में गाय-बैल से भी गया-बीता है। गाय तो इस अखबार को भी खा लेती है, मगर आदमी उस अखबार को भी नहीं खा सकता जिसमें छपा है कि अमेरिका से अनाज के जहाज चल चुके हैं। एक बार मैं खा गया था। एक कालम का छः पंक्तियों का समाचार था। मैंने उसे काटा और पानी के साथ निगल गया। दिन-भर भूख नहीं लगी। आजकल अखबारों में आधे पृष्ठों पर सिर्फ अकाल और भुखमरी के समाचार छपते हैं। अगर अकालग्रस्त आदमी सड़क पर पड़ा अखबार उठाकर उतने पन्ने खा ले, तो महीने-भर भूख नहीं लगे। पर इस देश का आदमी मूर्ख है। अन्न खाना चाहता है। भुखमरी के समाचार नहीं खाना चाहता।

हर साल वसन्त आता है। हर साल मंगलवर्षा आती है। हर साल शारदोत्सव आता है।

हर साल अकाल आता है, जैसे हर साल स्वाधीनता दिवस और गणतन्त्र दिवस आते हैं। ये मंगल-उत्सव अपने आप आते हैं। शरद में कोई चाँद की प्रार्थना नहीं करता कि हे अमृतघट, उत्सव के लिए अमृत बरसा।

मगर अकाल के लिए बड़ी प्रार्थनाएँ, बड़े अनुष्ठान करते हैं। अकाल के लिए इन्द्र-पूजा होती है। पहले इन्द्र-पूजा वर्षा के लिए होती थी। मगर अब अवर्षा के लिए इन्द्र-पूजा होती है। कृष्ण का गोवर्द्धन पर्वत कुछ दिनों में धूल होकर बिखर जाएगा। इन्द्र का कोप अब भीषण वर्षा में नहीं, अवर्षा में प्रकट होता है। गोवर्द्धन को तस्कर यूरोप में बेच डालेंगे।

बड़ी प्रार्थना होती है। जमाखोर और मुनाफाखोर साल-भर अनुष्ठान कराते

हैं। स्मगलर महाकाल को नरमुण्ड भेंट करता है। इंजीनियर की पत्नी भजन गाती हैं—'प्रभु, कष्ट हरो सबका।' भगवन्, पिछले साल अकाल पड़ा था तब सक्सेना और राठौर को आपने राहत कार्य दिलवा दिया था। प्रभो, इस साल भी इधर अकाल कर दो और 'इनको' राहत कार्य का इंचार्ज बना दो। तहसीलदारिन, नायबिन, ओवरसीअरन सब प्रार्थना करती हैं। सुना है विधायक-भार्या और मन्त्री-प्रिया भी अनुष्ठान कराती हैं। जाँच कमीशन के बावजूद मैं ऐसा पापमय विचार नहीं रखता। इतने अनुष्ठानों के बाद इन्द्रदेव प्रसन्न होते हैं और इलाके के तरफ से नल का कनेक्शन काट देते हैं।

हर साल वसन्त!

हर साल शरद!

हर साल अकाल!

फिर अकाल-उत्सव क्यों न हो जाय? इसे मनाने की एक निश्चित विधि होती है, जैसे दूसरे उत्सवों की होती है। गणतन्त्र दिवस पर परेड होती है। अकाल में सस्ते गल्ले की राशन-दुकान पर भी परेड होती है और ज्यादा जोश से होती है। गणतन्त्र-परेड कुछ घण्टे होती है, अकाल-परेड महीने में हर रोज होती है। राशन-दुकान पर खाली झोला लिये खड़ी फौज में उन फौजियों से ज्यादा जोश होता है।

साल में दस महीने पहलवान ऐलान करता है—इस साल वो रियाज किया है कि कोई अखाड़े में मुकाबले में नहीं उतर सकता। चुनौती देता हूँ—कोई अप्रैल-मई में लड़ ले। मगर पहलवान को अप्रैल में टाइफाइड हो जाता है और वह कहता है—अब मैं लाचार हूँ। टाइफाइड ने सारी बादाम उतार दी।

मन्त्री लोग ऐसे ही पहलवान हैं—नौ महीने ताल ठोंकते हैं—अन्न का अभाव सामने आने की हिम्मत नहीं कर सकता। इतने लाख क्विण्टल का स्टाक होगा। 'लेह्वी' ली जाएगी। लड़ ले कोई जमाखोर—पछाड़ दिया जाएगा।

मगर मई आते ही उसे भी टाइफाइड हो जाता है। कहता है—क्या करूँ? जमाखोरी का 'टाइफाइड' सरकार को हो गया। विरोधी तो विरोधी, अपनी पार्टी के लोग भी रोग के कीटाणु लिये हैं। दवा लेने अमेरिका भेजा है आदमी। मई में वीर मन्त्रियों की भी बादाम उतर जाती है।

इधर मैंने देखा, उलटी 'लेह्वी' ली जाने लगी है। एक शहर में भारतीय निगम के गोदाम से गलत नम्बर प्लेट के ट्रक में लदकर डेढ़ सौ बोरे गेहूँ जा रहा था कि फाटक पर चौकीदार ने पकड़ लिया। उसने पूछा—यह 'लेह्वी' का गेहूँ कहाँ जा रहा है? विभाग के आदमी ने कहा—तुम्हें नया कानून नहीं मालूम? नये क़ानून के मुताबिक खाद्य निगम खुद लेह्वी देगा। वही लेह्वी है यह, जो जमाखोर को दी जा रही है। नये आर्डर पूछ लिया करो।

मैं एक विधायक से पूछता हूँ—अकाल की स्थिति कैसी है?

वह चिन्तित होता है। मैं समझता हूँ, यह अकाल से चिन्तित है। मुझे बड़ा सन्तोष होता है।

वह जवाब देता है—हाँ, अकाल तो है पर ज्यादा नहीं है। कोशिश करने से जीता जा सकता है। सिर्फ ग्यारह विधायक हमारी तरफ आ जाएँ, तो हमारी मिनिस्ट्री बन सकती है।

हर आदमी का अपना अकाल होता है। इनका अकाल दूसरा है। इन्हें सिर्फ ग्यारह 'क्विण्टल' विधायक मिल जाएँ, तो अकाल समस्या हल हो जाय—सत्ता की।

दिन में यह सब सोचता हूँ और रात को मुझे विचित्र सपने आते हैं।

एक रात सपना आया—राष्ट्र ने अकाल-उत्सव मनाना तय कर लिया है। कई क्षेत्रों में हो रहा है। एक क्षेत्र में अकाल-उत्सव मैंने सपने में देखा।

आसपास के चार-पाँच गाँवों के किसान, स्त्रियाँ, बच्चे इकट्ठे थे।

पण्डाल सजाया गया था। मन्त्री अकाल-समारोह का उद्‌घाटन करने आनेवाले थे। पटवारी ने भूखों से चन्दा करके गुलाबों की मालाएँ कस्बे से बुलवा ली थीं।

स्त्रियाँ खाली मंगल-घटों में सूखे नाले के किनारे की घास रखकर कतार में चल रही थीं। वे गा रही थीं—

'अबके बरस मेघा फिर से न बरसो, मंगल पड़े अकाल रे।'

ओवरसीयर और मेट उनमें से अपने लिए छाँट रहे थे—

—सा'ब, उसे देखो कैसी मटकती है।

—अरे, मगर इस सामनेवाली को तो देख! दो बार पूरी रोटी खा ले तो परी हो जाय।

—मगर सा'ब, सुना है, तहसीलदार सा'ब भी तबीयत फेंक देते हैं।

—अरे तो 'थ्रू प्रापर चेनल'! सरकारी नियम हम थोड़े ही तोड़ेंगे।

हड्डी ही हड्डी। पता नहीं किस गोंद से इन हड्डियों को जोड़कर आदमी के पुतले बनाकर खड़े कर दिए गये हैं।

यह जीवित रहने की इच्छा की गोंद है। यह हड्डी जोड़ देती है। आँतें जोड़ देती है।

सिर मील-भर दूर पड़ा हो तो जुड़ जाता है।

जीने की इच्छा की गोंद बड़ी ताकतवर होती है।

पर सोचता हूँ, ये जीवित क्यों हैं।

ये मरने की इच्छा को खाकर जीवित हैं। ये रोज कहते हैं—इससे तो मौत आ जाय तो अच्छा!

पर मरने की इच्छा को खा जाते हैं। मरने की इच्छा में पोषक तत्त्व होते हैं।

जीने की इच्छा गोंद होती है जो शरीर जोड़े रखती है।

मरने की इच्छा में पोषक तत्त्व होते हैं।

अकाल-उत्सव शुरू हुआ।

उत्सव में कवि जरूरी होते हैं। वह उत्सव का 'मूड' बनाते हैं। वहाँ दो कवि भी थे जो समयानुकूल कविता बना लाये थे।

विधायक ने संक्षिप्त भाषण दिया—"बड़े सौभाग्य का विषय है कि मन्त्री महोदय हमारे बीच पधारे हैं। उन्हें कई उत्सवों का निमन्त्रण था, पर इस क्षेत्र के अकाल से उन्हें विशेष प्रेम है, इसलिए वे यहीं पधारे। हम उनका स्वागत करते हैं।"

माला पड़ी और तालियाँ पिटीं।

सबसे खूबसूरत तालियाँ पीटीं मन्त्रीजी के आसपास बैठे जमाखोर, मुनाफाखोर, चोरबाजारिये और इनके सरकारी मौसेरे भाइयों ने। तब मन्त्रीजी ने भाषण दिया—

"मैं आपका आभारी हूँ कि इस अकाल-उत्सव के उद्घाटन के लिए आपने मुझे आमन्त्रित किया। अकाल भारत की पुरानी परम्परा है। आप जानते हैं कि भगवान राम के राज्य में भी अकाल पड़ा था। हमारे राज में भी अकाल पड़ता है। हम गाँधीजी के आदेश के अनुसार राम-राज ला रहे हैं। अकाल राम-राज का आधार है। मर्यादा पुरुषोत्तम भगवान राम राम-राज का स्वर्ग नहीं ला सकते थे, यदि अकाल न पड़ता। इसलिए अकाल का स्वागत करना चाहिए। अकाल के बिना राम-राज नहीं आ सकता। मेरे विपक्षी मित्र जो भारतीय संस्कृति के पूजक हैं, मुझसे सहमत होंगे कि अकाल हमारी महान भारतीय संस्कृति का एक प्रमुख तत्त्व है। द्रोणाचार्य जैसे वीर तक भूखे मरते थे।

"मेरी इच्छा है, आप खूब खुशी के साथ अकाल-उत्सव मनाएँ। हम घोर संकट में भी प्रसन्न रहते हैं। आप जानते हैं, प्रियजन की मौत के बाद हम श्राद्ध करते हैं तब हाथ पर मलकर शुद्ध घी की परीक्षा करते हैं और उसका लड्डू खाते हैं।

"मैं अधिक समय नहीं लूँगा, क्योंकि रेस्ट हाउस में मेरा मुर्गा पक गया होगा। मेरी कामना है कि उत्सव सफल हो।"

वे बैठ गये।

इसके बाद दो कविताएँ हुईं—एक गम्भीर और दूसरी हास्य रस की। गम्भीर कवि ने पढ़ा—

स्वागत अकाल! स्वागत अकाल!
भारत के गौरव के प्रतीक;
गाँधी के सपने के प्रतीक
गोदामों में रखी सुरक्षित

हरित क्रान्ति के प्रिय प्रतीक
मनु भी करते बैठे जुगाल!
स्वागत अकाल! स्वागत अकाल!

फिर हास्य रस की कविता कवि 'मामा' ने पढ़ी—

मामी बोली मामा से देखो
रोटी तो बिल्ली निगल गयी
मामा बोले रोटी वापस लेने को
तुम निगलो बिल्ली को तुरन्त!

इसके बाद थोड़ी और औपचारिकता के बाद समारोह समाप्त हुआ क्योंकि रेस्ट हाउस में मुर्गे पककर बाँग देने लगे थे! दूसरे दिन से राहत कार्य शुरू हो गये।

मुझे सपने बहुत आते हैं।

मैं देखता हूँ—भूखे बिलबिला रहे हैं। मजदूरी पूरी नहीं मिलती। मिलती है तो दाना नहीं मिलता। मिलता है तो महँगा मिलता है। महँगा मिलता है तो उसमें न ज़ाने क्या-क्या कचरा मिला रहता है।

भूखे और अधमरे चिल्लाते हैं—रोटी नहीं तो उत्सव काहे का! उत्सव फेल हो गया।

मुझे एक सपना और आता है। कुछ दूसरी पार्टियों के लोग सेठों, जमाखोरों, सूदखोरों, मुनाफाखोरों को लेकर जाते हैं और लोगों से कहते हैं—

तुम्हें रोटी नहीं मिलती। रोटी नहीं मिलती क्योंकि गल्ला नहीं मिलता। गल्ला क्यों नहीं मिलता, क्योंकि ये लोग जो आये हैं, इनका गल्ला सरकार ने दबा लिया है। जबरदस्ती दबा लिया है।

आप लोग बताओ—पीढ़ियों से गल्ला तुम किन्हें बेचते थे?

लोग बोले—इन आपके साथ के लोगों को। मगर ये लोग—

नेता लोग बोले—'मगर' बन्द करो अब। इस सरकार ने इनका खरीदना बन्द कर दिया है। फिर बताओ—गल्ला तुम कौन से लेते थे?

लोग बोले—इन्हीं से। मगर—

नेता बोले—पर सरकार ने इनका बेचना भी बन्द कर दिया है।

लोगों ने कहा—तो हम लोग क्या करें? किसके ईमान पर भरोसा करें।

नेता बोले—अब हमारी बात मानो। इस सरकार का अकाल-उत्सव तुम लोग भुगत चुके। इस सरकार को बदलो। अब हमें वोट दो। हमें विधान सभा और संसद में भेजो। हमारी सरकार बनवाओ। तुम देखोगे कि तुम सब सुखी हो जाओगे। खरीदनेवाले खरीदेंगे और बेचनेवाले बेचेंगे। यही आदिकाल से चला आ रहा है। यही सनातन धर्म है। हमारे अकाल-उत्सव से तुम्हें कोई शिकायत नहीं होगी।

लोग बोले—मगर...

नेता बोले—तुम बार-बार 'मगर' क्यों बोलते हो?

'मगरमच्छ' बोलो न!

मुझे फिर सपना आता है। मैं सपनों से परेशान हूँ। वे कितने सुखी हैं, जिन्हें सपने नहीं आते। मुझे लगने लगा है कि वही सुख की गहरी नींद सोता है, जिसे सपने नहीं आते। मेरा पहले ख्याल था कि सूअर और कुत्ता ऐसे प्राणी हैं जिन्हें सपने नहीं आते। पर अब अन्न का दाना न मिलने से चूहे को भी सपने आते हैं।

सपने में देखता हूँ कि भूखे लोग तरह-तरह की सरकारें बनाते हैं। अकाल-उत्सव भी मनाते हैं। बड़ा आनन्द है। पर रोटी नहीं मिलती। अन्न नहीं मिलता।

'अथा तो ब्रह्म जिज्ञासा!' मैं दार्शनिक हो जाता हूँ। ऋषि शिष्य से ब्रह्म के रूप के बारे में चिन्तन करने को कहता है। जिज्ञासु शिष्य उपवास करके चिन्तन करता है और भूखा ब्रह्मचारी आकर कहता है—गुरु, अन्नं ब्रह्म। अन्न ही ब्रह्म है, गुरु! अन्न! अन्न! इसके बाद ही 'आनन्द ब्रह्म' है।

इधर हलचल बढ़ रही है।

न जाने कौन इन लोगों को समझाते हैं कि जो सरकार अकाल को उत्सव मानेगी रोटी नहीं देगी।

मगर लोगों को उत्सव मनाने की आदत पड़ गयी है।

उत्सव का रूप चाहे बदले, उत्सव मनाएँगे।

मुझे भयंकर सपना आता है।

देखता हूँ कि अकाल-उत्सव के मूड में ढोलक बजाकर नाचते-गाते भूखे, अधमरे राजधानी में आ गये हैं और बड़ा भयकारी दृश्य मुझे दिखता है।

एक विधायक पहचान का मिलता है। उसका एक हाथ ही नहीं है। आस्तीन से खून टपक रहा है।

मैं पूछता हूँ—यह क्या हो गया?

वह कहता है—वही अकाल-उत्सववाले लोग मेरा हाथ खा गये।

किसी विधायक की टाँग खा ली गयी है। किसी मन्त्री की नाक चबा ली गयी है, किसी का कान!

भीड़ बढ़ती जाती है।

विधायक और मन्त्रीगण भाग रहे हैं।

एकाएक सैकड़ों जमाखोरों और मुनाफाखोरों को लोग पकड़ लाते हैं और उन्हें भून रहे हैं। कहते हैं—तुम्हारी भूख इतनी विकट है कि अपना ही भुना गोश्त खाये बिना तुम्हारा पेट नहीं भरेगा।

हमें खाओगे तो भूखे रह जाओगे। हममें खाने लायक कितना कम है।

अब वे पुलिस और रायफल की राह देख रहे हैं।

सारे विधान भवनों में सन्नाटा!

संसद और उसके अहाते में सन्नाटा!

अब ये भूखे क्या खाएँ? भाग्य-विधाताओं और जीवन के थोक ठेकेदारों की नाक खा गये, कान खा गये, हाथ खा गये, टाँग खा गये। वे सब भाग गये। अब क्या खाएँ?

अब क्या खाएँ? आखिर वे विधान-सभा और संसद की इमारतों के पत्थर और ईंटें काट-काटकर खाने लगे।

भयंकर सपना! मेरी नींद टूट गयी। मैं पसीने से लथपथ हो जाता हूँ। घबराहट होती है। क्या करूँ? सपना ही तो है—यह सोचकर शान्त होना चाहता हूँ।

मगर चैन नहीं मिलता। मानस चतुश्शती वर्ष है, इसलिए मैं 'रामचरितमानस' श्रद्धापूर्वक फिर से पढ़ रहा हूँ। मैं 'रामचरितमानस' उठा लेता हूँ। इससे शान्ति मिलेगी।

यों ही कोई पृष्ठ खोल लेता हूँ।

संयोग से 'लंका काण्ड' निकल पड़ता है।

मैं पढ़ता हूँ। अशोक वाटिका में त्रिजटा सीताजी को धीरज बँधाती है—

त्रिजटा को भी मेरी तरह सपना आया था।

त्रिजटा मुझसे अधिक देखती और समझती थी। उसे बहुत आगे दिखता था।

वह कहती है—

> यह सपना मैं कहौं विचारी।
> हुइहै सत्य गये दिन चारी।।

इन्स्पेक्टर मातादीन चाँद पर

वैज्ञानिक कहते हैं, चाँद पर जीवन नहीं है।

पर सीनियर पुलिस इन्स्पेक्टर मातादीन (डिपार्टमेण्ट में एम.डी. सा'ब) कहते हैं, "वैज्ञानिक झूठ बोलते हैं, वहाँ हमारे जैसे ही मनुष्यों की आबादी है।"

विज्ञान ने हमेशा इन्स्पेक्टर मातादीन से मात खायी है। फिंगर प्रिण्ट विशेषज्ञ कहता रहता है—छुरे पर पाये गये निशान मुलजिम की अँगुलियों के नहीं हैं। पर मातादीन उसे सजा दिला ही देते हैं।

मातादीन कहते हैं, "ये वैज्ञानिक केस का पूरा इनवेस्टिगेशन नहीं करते। उन्होंने चाँद का उजला हिस्सा देखा और कह दिया, वहाँ जीवन नहीं है। मैं चाँद का अँधेरा हिस्सा देखकर आया हूँ। वहाँ मनुष्य जाति है।"

यह बात सही है, क्योंकि मातादीन अँधेरे-पक्ष के माहिर माने जाते हैं।

पूछा जाएगा इन्स्पेक्टर मातादीन चाँद पर क्यों गये थे? टूरिस्ट की हैसियत से या किसी फरार अपराधी को पकड़ने? नहीं, वे भारत की तरफ से सांस्कृतिक आदान-प्रदान के अन्तर्गत गये थे। चाँद सरकार ने भारत सरकार को लिखा था—"यों हमारी सभ्यता बहुत आगे बढ़ी है। पर हमारी पुलिस में पर्याप्त सक्षमता नहीं है। वह अपराधी का पता लगाने और उसे सजा दिलाने में अक्सर सफल नहीं होती। सुना है आपके यहाँ रामराज है। मेहरबानी करके किसी पुलिस अफसर को भेजें जो हमारी पुलिस को शिक्षित कर दे।"

गृहमन्त्री ने सचिव से कहा, "किसी आई.जी. को भेज दो।"

सचिव ने कहा, "नहीं सर, आई. जी. नहीं भेजा जा सकता। प्रोटोकॉल का सवाल है। चाँद हमारा एक क्षुद्र उपग्रह है। आई. जी. के रेंक के आदमी को नहीं भेजेंगे। किसी सीनियर इन्स्पेक्टर को भेज देता हूँ।"

तय किया गया कि हजारों मामलों के इनवेस्टिगेटिंग ऑफिसर सीनियर इन्स्पेक्टर मातादीन को भेज दिया जाय।

चाँद की सरकार को लिख दिया गया कि आप मातादीन को लेने के लिए

पृथ्वी-यान भेज दीजिए।

पुलिस-मन्त्री ने मातादीन को बुलाकर कहा, "तुम भारतीय पुलिस की उज्ज्वल परम्परा के दूत की हैसियत से जा रहे हो। ऐसा काम करना कि सारे अन्तरिक्ष में डिपार्टमेण्ट की ऐसी जय-जयकार हो कि पी. एम. (प्रधान मन्त्री) को भी सुनायी पड़ जाये।"

मातादीन की यात्रा का दिन आ गया। एक यान अन्तरिक्ष अड्डे पर उतरा। मातादीन सबसे विदा लेकर यान की तरफ बढ़े। वे धीरे-धीरे कहते जा रहे थे—"प्रविसि नगर कीजै सब काजा, हृदय राखि कौसलपुर राजा।"

यान के पास पहुँचकर मातादीन ने मुंशी अब्दुल गफूर को पुकारा, "मुंशी!"

गफूर ने एड़ी मिलाकर सेल्यूट फटकारा। बोला, "जी, पेक्टसा!"

"एफ. आई. आर. रख दी है?"

"जी, पेक्टसा!"

"और रोजनामचे का नमूना?"

"जी, पेक्टसा!"

वे यान में बैठने लगे। हवलदार बलभद्दर को बुलाकर कहा, "हमारे घर में जचकी के बखत अपने खटला (पत्नी) को मदद के लिए भेज देना।"

बलभद्दर ने कहा, "जी, पेक्टसा!"

गफूर ने कहा, "आप बेफिक्र रहें, पेक्टसा! मैं अपने मकान (पत्नी) को भी भेज दूँगा खिदमत के लिए।"

मातादीन ने यान के चालक से पूछा, "ड्राइविंग लाइसेंस है?"

"जी है, साहब!"

"और गाड़ी में बत्ती ठीक है?"

"जी, ठीक है।"

मातादीन ने कहा, "सब ठीक-ठाक होना चाहिए, वरना हरामजादे का बीच अन्तरिक्ष में चलान कर दूँगा।"

चन्द्रमा से आये चालक ने कहा, "हमारे यहाँ आदमी से इस तरह नहीं बोलते।"

मातादीन ने कहा, "जानता हूँ, बे! तुम्हारी पुलिस कमजोर है। अभी मैं उसे ठीक करता हूँ।"

मातादीन यान में कदम रख ही रहे थे कि हवलदार रामसंजीवन भागता हुआ आया। बोला, "पेक्टसा, एस. पी. साहब के घर में से कहे हैं कि चाँद से एड़ी चमकाने का पत्थर लेते आना।"

मातादीन खुश हुए। बोले, "कह देना बाई सा'ब से, जरूर लेता आऊँगा।"

वे यान में बैठे और यान उड़ चला। पृथ्वी के वायुमण्डल से यान बाहर निकला ही था कि मातादीन ने कहा, "अबे, हार्न क्यों नहीं बजाता?"

चालक ने जवाब दिया, "आसपास लाखों मील में कुछ नहीं है।"

मातादीन ने डाँटा, "मगर रूल इज़ रूल। हार्न बजाता चल।"

चालक अन्तरिक्ष में हार्न बजाता हुआ यान को चाँद पर उतार लाया। अन्तरिक्ष अड्डे पर पुलिस अधिकारी मातादीन के स्वागत के लिए खड़े थे। मातादीन रोब से उतरे और उन अफसरों के कन्धों पर नजर डाली। वहाँ किसी के स्टार नहीं थे। फीते भी किसी के नहीं लगे थे। लिहाजा मातादीन ने एड़ी मिलाना और हाथ उठाना जरूरी नहीं समझा। फिर उन्होंने सोचा, 'मैं यहाँ इन्स्पेक्टर की हैसियत से नहीं, सलाहकार की हैसियत से आया हूँ।'

मातादीन को वे लोग लाइन में ले गये और एक अच्छे बँगले में उन्हें टिका दिया।

एक दिन आराम करने के बाद मातादीन ने काम शुरू कर दिया। पहले उन्होंने पुलिस लाइन का मुलाहजा किया।

शाम को उन्होंने आई.जी. से कहा, "आपके यहाँ पुलिस लाइन में हनुमानजी का मन्दिर नहीं है। हमारे रामराज में हर पुलिस लाइन में हनुमानजी हैं।"

आई. जी. ने कहा, "हनुमान कौन थे? हम नहीं जानते।"

मातादीन ने कहा, "हनुमान का दर्शन हर कर्तव्यपरायण पुलिसवाले के लिए जरूरी है। हनुमानजी सुग्रीव के यहाँ स्पेशल ब्रांच में थे। उन्होंने सीता माता का पता लगाया था। एब्डक्शन का मामला था, दफा 362। हनुमानजी ने रावण को सजा वहीं दे दी। उसकी प्रॉपर्टी में आग लगा दी। पुलिस को यह अधिकार होना चाहिए कि अपराधी को पकड़ा और वहीं सजा दे दी। अदालत में जाने का झंझट नहीं, मगर यह सिस्टम अभी हमारे रामराज में भी चालू नहीं हुआ। हनुमानजी के काम से भगवान रामचन्द्र बहुत खुश हुए। वे उन्हें अयोध्या ले आये और टौन ड्यूटी में तैनात कर दिया। वही हनुमानजी हमारे आराध्य देव हैं। मैं उनकी फोटो लेता आया हूँ। उससे मूर्तियाँ बनवाइए और हर पुलिस लाइन में स्थापित करवाइए।"

थोड़े ही दिनों में चाँद की हर पुलिस लाइन में हनुमानजी स्थापित हो गये।

मातादीनजी उन कारणों का अध्ययन कर रहे थे जिनसे पुलिस लापरवाह और अलाल हो गयी है। वह अपराधों पर ध्यान नहीं देती। कोई कारण नहीं मिल रहा था। एकाएक उनकी बुद्धि में एक चमक आयी। उन्होंने मुंशी से कहा, "जरा तनखा का रजिस्टर बताओ।"

तनखा का रजिस्टर देखा, तो सब समझ गये। कारण पकड़ में आ गया।

शाम को उन्होंने पुलिस-मन्त्री से कहा, "मैं समझ गया कि आपकी पुलिस

मुस्तैद क्यों नहीं है। आप इतनी बड़ी तनख्वाहें देते हैं इसीलिए, सिपाही को पाँच सौ, हवलदार को सात सौ, थानेदार को हजार—यह क्या मजाक है! आखिर पुलिस अपराधी को क्यों पकड़े? हमारे यहाँ सिपाही को सौ और इन्स्पेक्टर को दो सौ देते हैं तो वे चौबीस घण्टे जुर्म की तलाश करते हैं। आप तनख्वाहें फौरन घटाइए।"

पुलिस-मन्त्री ने कहा, "मगर यह तो अन्याय होगा। अच्छा वेतन नहीं मिलेगा तो वे काम ही क्यों करेंगे?"

मातादीन ने कहा, "इसमें कोई अन्याय नहीं है। आप देखेंगे कि पहली घटी हुई तनखा मिलते ही आपकी पुलिस की मनोवृत्ति में क्रान्तिकारी परिवर्तन हो जाएगा।"

पुलिस-मन्त्री ने तनखाहें घटा दीं और दो-तीन महीनों में सचमुच बहुत फर्क आ गया। पुलिस एकदम मुस्तैद हो गयी। सोते से एकदम जाग गयी। चारों तरफ नजर रखने लगी। अपराधियों की दुनिया में घबराहट छा गयी। पुलिस-मन्त्री ने तमाम थानों के रिकार्ड मँगाकर देखे। पहले से कई गुने अधिक केस रजिस्टर हुए थे। उन्होंने मातादीन से कहा, "मैं आपकी सूझ की तारीफ करता हूँ। आपने क्रान्ति कर दी। पर यह हुआ किस तरह?"

मातादीन ने समझाया, "बात बहुत मामूली है। कम तनखा दोगे, तो मुलाजिम की गुजर नहीं होगी। सौ रुपयों में सिपाही बच्चों को नहीं पाल सकता। दो सौ में इन्स्पेक्टर ठाठ-बाट मेनटेन कर सकता है? उसे ऊपरी आमदनी करनी ही पड़ेगी। और ऊपरी आमदनी तभी होगी जब वह अपराधी को पकड़ेगा। गरज कि वह अपराधों पर नजर रखेगा। सचेत, कर्तव्यपरायण और मुस्तैद हो जाएगा। हमारे रामराज के स्वच्छ और सक्षम प्रशासन का यही रहस्य है।"

चन्द्रलोक में इस चमत्कार की खबर फैल गयी। लोग मातादीन को देखने आने लगे कि वह आदमी कैसा है जो तनखा कम करके सक्षमता ला देता है। पुलिस के लोग भी खुश थे। वे कहते—'गुरु, आप इधर न पधारते तो हम सभी कोरी तनखा से ही गुजर करते रहते।' सरकार भी खुश थी कि मुनाफे का बजट बननेवाला था।

आधी समस्या हल हो गयी। पुलिस अपराधी पकड़ने लगी थी। अब मामले की जाँच-विधि में सुधार करना रह गया था। अपराधी को पकड़ने के बाद उसे सजा कैसे दिलायी जाय। मातादीन इन्तजार कर रहे थे कि कोई बड़ा केस हो जाय तो नमूने के तौर पर उसका इनवेस्टिगेशन कर बताएँ।

एक दिन आपसी मारपीट में एक आदमी मारा गया। मातादीन कोतवाली में आकर बैठ गये और बोले, "नमूने के लिए इस केस का 'इनवेस्टिगेशन' मैं करता हूँ। आप लोग सीखिए। यह कत्ल का केस है! कत्ल के केस में 'एविडेंस' बहुत पक्की होनी चाहिए।"

कोतवाल ने कहा, "पहले कातिल का पता लगाया जाएगा, तभी तो 'एविडेंस' इकट्ठा की जाएगी।"

मातादीन ने कहा, "नहीं, उलटे मत चलो। पहले एविडेंस देखो। क्या कहीं खून मिला? किसी के कपड़ों पर या और कहीं?"

एक इन्स्पेक्टर ने कहा, "हाँ, मारनेवाले तो भाग गये थे। मृतक सड़क पर बेहोश पड़ा था। एक भला आदमी वहाँ रहता है। उसने उठाकर अस्पताल भेजा। उस भले आदमी के कपड़ों पर खून के दाग लग गये हैं।"

मातादीन ने कहा, "उसे फौरन गिरफ्तार करो।"

कोतवाल ने कहा, "मगर उसने तो मरते हुए आदमी की मदद की थी।"

मातादीन ने कहा, "वह तो सब ठीक है। पर तुम खून के दाग ढूँढ़ने और कहाँ जाओगे? जो एविडेंस मिल रहा है, उसे तो कब्जे में करो।"

वह भला आदमी पकड़कर बुलवा लिया गया। उसने कहा, "मैंने तो मरते आदमी को अस्पताल भिजवाया था। मेरा क्या कसूर है?"

चाँद की पुलिस उसकी बात से एकदम प्रभावित हुई। मातादीन प्रभावित नहीं हुए। सारा पुलिस-महकमा उत्सुक था कि अब मातादीन क्या तर्क निकालते हैं।

मातादीन ने उससे कहा, "पर तुम झगड़े की जगह गये क्यों?"

उसने जवाब दिया, "मैं झगड़े की जगह नहीं गया। मेरा वहाँ मकान है। झगड़ा मेरे मकान के सामने हुआ।"

अब फिर मातादीन की प्रतिभा की परीक्षा थी। सारा महकमा उत्सुकता से देख रहा था।

मातादीन ने कहा, "मकान है, तो ठीक है। पर मैं पूछता हूँ झगड़े की जगह जाना ही क्यों?"

इस तर्क का कोई जवाब नहीं था। वह बार-बार कहता, "मैं झगड़े की जगह नहीं गया। मेरा वहीं मकान है।"

मातादीन उसे जवाब देते, "सो ठीक है, पर झगड़े की जगह जाना ही क्यों?" इस तर्क-प्रणाली से पुलिस के लोग बहुत प्रभावित हुए।

अब मातादीनजी ने इनवेस्टिगेशन का सिद्धान्त समझाया—

"देखो, आदमी मारा गया है, तो यह पक्का है कि किसी ने उसे जरूर मारा। कोई कातिल है। किसी को सजा होनी है। सवाल है—किसको सजा होनी है? पुलिस के लिए यह सवाल इतना महत्त्व नहीं रखता। जितना यह सवाल कि जुर्म किस पर साबित हो सकता है या किस पर साबित होना चाहिए। कत्ल हुआ है, तो किसी-न-किसी मनुष्य को सजा होगी ही। मारनेवाले को होती है या बेकसूर को, यह अपने सोचने की बात नहीं है। मनुष्य, मनुष्य सब बराबर हैं। सबमें उसी परमात्मा का

अंश है। हम भेदभाव नहीं करते। यह पुलिस का मानवतावाद है।

"दूसरा सवाल है, किस पर जुर्म साबित होना चाहिए। इसका निर्णय इन बातों से होगा–(1) क्या वह आदमी पुलिस के रास्ते में आता है? (2) क्या उसे सजा दिलाने से ऊपर के लोग खुश होंगे?"

मातादीन को बताया गया कि वह आदमी भला है, पर पुलिस अन्याय करे तो विरोध करता है। जहाँ तक ऊपर के लोगों का सवाल है–वह वर्तमान सरकार की विरोधी राजनीतिवाला है।

मातादीन ने टेबिल ठोंककर कहा, "फर्स्ट क्लास केस! एविडेंस। और ऊपर का सपोर्ट।"

एक इन्स्पेक्टर ने कहा, "पर हमारे गले यह बात नहीं उतरती कि एक निरपराध भले आदमी को सजा दिलायी जाय।"

मातादीन ने समझाया, "देखो, मैं समझा चुका हूँ कि सबमें उसी ईश्वर का अंश है। सजा इसे हो या कातिल को, फाँसी पर तो ईश्वर ही चढ़ेगा न! फिर तुम्हें कपड़ों पर खून मिल रहा है। इसे छोड़कर तुम कहाँ खून ढूँढ़ते फिरोगे? तुम तो भरो एफ. आई. आर.।"

मातादीनजी ने एफ. आई. आर. भरवा दी 'बखत जरूरत के लिए' जगह खाली छुड़वा दी।

दूसरे दिन पुलिस कोतवाल ने कहा, "गुरुदेव, हमारी तो बड़ी आफत है। तमाम भले आदमी आते हैं और कहते हैं, उस बेचारे बेकसूर को क्यों फँसा रहे हो? ऐसा तो चन्द्रलोक में कभी नहीं हुआ। बताइए, हम क्या जवाब दें? हम तो बहुत शर्मिन्दा हैं।"

मातादीन ने कोतवाल से कहा, "घबराओ मत। शुरू-शुरू में इस काम में आदमी को शर्म आती है। आगे तुम्हें बेकसूर को छोड़ने में शर्म आएगी। हर चीज का जवाब है। अब आपके पास जो आये, उससे कह दो–हम जानते हैं कि वह निर्दोष है। पर हम क्या करें? यह सब ऊपर से हो रहा है।"

कोतवाल ने कहा, "तब वे एस. पी. के पास जाएँगे।"

मातादीन ने कहा, "एस. पी. भी कह दें कि ऊपर से हो रहा है।"

"तब वे आई. जी. के पास शिकायत करेंगे।"

"आई. जी. भी कहें कि सब ऊपर से हो रहा है।"

"तब वे लोग पुलिस-मन्त्री के पास पहुँचेंगे।"

"पुलिस-मन्त्री भी कहेंगे–'भैया, मैं क्या करूँ? यह ऊपर से हो रहा है'।"

"तो वे प्रधानमन्त्री के पास जाएँगे।"

"प्रधानमन्त्री भी कहें कि मैं जानता हूँ, वह निर्दोष है। पर यह ऊपर से हो

रहा है।"

कोतवाल ने कहा, "तब वे..."

मातादीन ने कहा, "तब वे क्या? तब वे किसके पास जाएँगे? भगवान के पास न? मगर भगवान से पूछकर कौन लौट सका है?"

कोतवाल चुप रह गया। वह इस महान प्रतिभा से चमत्कृत था।

मातादीन ने कहा, "एक मुहावरा—ऊपर से हो रहा है—हमारे देश में पच्चीस सालों से सरकारों को बचा रहा है। तुम इसे सीख लो।"

केस की तैयारी होने लगी। मातादीन ने कहा, "अब चार-छः चश्मदीद गवाह लाओ।"

कोतवाल ने कहा, "चश्मदीद गवाह कोई कैसे मिलेंगे? जब किसी ने उसे मारते देखा ही नहीं, चश्मदीद गवाह कोई कैसे होगा?"

मातादीन ने सिर ठोंक लिया, "किन बेवकूफों के बीच फँसा दिया गवर्नमेंट ने। इन्हें तो ए. बी. सी. डी. भी नहीं आती।"

झल्लाकर कहा, "चमश्मदीद गवाह किसे कहते हैं, जानते हो? चश्मदीद वह नहीं है, जो देखे—बल्कि वह है जो कहे कि मैंने देखा।"

कोतवाल ने कहा, "ऐसा कोई क्यों कहेगा?"

मातादीन ने कहा, "कहेगा। समझ में नहीं आता कैसे डिपार्टमेण्ट चलाते हो! अरे, चश्मदीद गवाहों की लिस्ट पुलिस के पास पहले से रहती है। जहाँ जरूरत हुई उन्हें चश्मदीद बना दिया। हमारे यहाँ ऐसे आदमी हैं जो साल में तीन-चार सौ वारदातों के चश्मदीद गवाह होते हैं। हमारी अदालतें भी मान लेती हैं कि इस आदमी में कोई दैवी शक्ति है, जिससे वह जान लेता है कि अमुक जगह वारदात होनेवाली है और वहाँ पहले से पहुँच जाता है। मैं तुम्हें चश्मदीद गवाह बनाकर देता हूँ। आठ-दस उठाईगीरों को बुलाओ जो चोरी, मारपीट, गुण्डागर्दी करते हों, जुआ खिलाते हों या शराब उतारते हों।"

दूसरे दिन शहर के आठ-दस नवरत्न कोतवाली में हाजिर थे। उन्हें देखकर मातादीन गद्गद हो गये। बहुत दिन हो गये थे, ऐसे लोगों को देखे, बड़ा सूना-सूना लग रहा था।

मातादीन का प्रेम उमड़ पड़ा। उसने कहा, "तुम लोगों ने उस आदमी को लाठी मारते देखा था न?"

वे बोले, "नहीं देखा सा'ब! हम वहाँ थे ही नहीं।"

मातादीन जानते थे, यह पहला मौका है। फिर उन्होंने कहा, "वहाँ नहीं थे, यह मैंने माना। पर लाठी मारते देखा तो था।"

उन लोगों को लगा कि यह पागल आदमी है, तभी ऐसी ऊटपटाँग बात करता

है। वे हँसने लगे।

मातादीन ने कहा, "हँसो मत, जवाब दो।"

वे बोले, "जब थे ही नहीं, तो कैसे देखा?"

मातादीन ने गुर्राकर देखा। कहा, "कैसे देखा, तो बताता हूँ। तुम लोग जो काम करते हो, सब इधर दर्ज हैं। हर एक को कम-से-कम दस साल जेल में डाला जा सकता है। तुम ये काम आगे भी करना चाहते हो या जेल जाना चाहते हो?"

वे घबराकर बोले, "सा'ब, हम जेल नहीं जाना चाहते।"

मातादीन ने कहा, "ठीक। तो तुमने उस आदमी को लाठी मारते देखा। देखा न!"

वे बोले, "देखा सा'ब। वह आदमी घर से निकला और जो लाठी मारना शुरू किया, तो वह बेचारा बेहोश होकर सड़क पर गिर पड़ा।"

मातादीन ने कहा, "ठीक है, आगे भी ऐसी वारदातें देखोगे?"

वे बोले, "सा'ब, जो आप कहेंगे, सो देखेंगे।"

कोतवाल इस चमत्कार से थोड़ी देर तो बेहोश हो गया। होश आया तो मातादीन के चरणों पर गिर पड़ा।

मातादीन ने कहा, "हटो। काम करने दो।"

कोतवाल पाँवों से लिपट गया। कहने लगा, "मैं जीवन-भर इन श्रीचरणों में पड़ा रहना चाहता हूँ।"

मातादीन ने आगे की सारी कार्यप्रणाली तय कर दी। एफ. आई. आर. बदलना, बीच में पन्ने डालना, रोजनामचा बदलना, गवाहों को तोड़ना—सब सिखा दिया।

उस आदमी को बीस साल की सजा हो गयी।

चाँद की पुलिस शिक्षित हो चुकी थी। धड़ाधड़ केस बनने लगे और सजा होने लगी। चाँद की सरकार बहुत खुश थी। पुलिस की ऐसी मुस्तैदी भारत सरकार के सहयोग का नतीजा थी। चाँद की संसद ने एक धन्यवाद का प्रस्ताव पास किया।

एक दिन मातादीनजी का सार्वजनिक अभिनन्दन किया गया। वे फूलों से लदे खुली जीप पर बैठे थे। आसपास जय-जयकार करते हजारों लोग। वे हाथ जोड़कर अपने गृहमन्त्री की स्टाइल में जवाब दे रहे थे।

जिन्दगी में पहली बार ऐसा कर रहे थे, इसलिए थोड़ा अटपटा लग रहा था। छब्बीस साल पहले पुलिस में भरती होते वक्त किसने सोचा था कि एक दिन दूसरे लोक में उनका ऐसा अभिनन्दन होगा। वे पछताये—अच्छा होता कि इस मौके के लिए कुरता, टोपी और धोती ले आते।

भारत के पुलिस-मन्त्री टेलीविजन पर बैठे यह दृश्य देख रहे थे और सोच रहे थे, मेरी सद्भावना यात्रा के लिए वातावरण बन गया।

एक दिन चाँद की संसद का विशेष अधिवेशन बुलाया गया। बहुत तूफान खड़ा हुआ। गुप्त अधिवेशन था, इसलिए रिपोर्ट प्रकाशित नहीं हुई, पर संसद की दीवारों से टकराकर कुछ शब्द बाहर आये।

सदस्य गुस्से से चिल्ला रहे थे—

"कोई बीमार बाप का इलाज नहीं करता।"

"डूबते बच्चों को कोई नहीं बचाता।"

"जलते मकान की आग कोई नहीं बुझाता।"

"आदमी जानवर से बदतर हो गया। सरकार फौरन इस्तीफा दे।"

दूसरे दिन चाँद के प्रधानमन्त्री ने मातादीनजी को बुलाया। मातादीन ने देखा—वे एकदम बूढ़े हो गये थे। लगा, कई रातें सोये नहीं हैं।

रुआँसे होकर प्रधानमन्त्री ने कहा, "मातादीनजी, हम आपके और भारत सरकार के बहुत आभारी हैं, अब आप कल देश वापस लौट जाइए।"

मातादीन ने कहा, "मैं तो 'टर्म' खत्म करके ही जाऊँगा।"

प्रधानमन्त्री ने कहा, "आप बाकी 'टर्म' का वेतन ले जाइए—डबल ले जाइए, ट्रिपल ले जाइए।"

मातादीन ने कहा, "हमारा सिद्धान्त है। हमें पैसा नहीं, काम प्यारा है।"

आखिर चाँद के प्रधानमन्त्री ने भारत के प्रधानमन्त्री को एक गुप्त पत्र लिखा।

चौथे दिन मातादीनजी को वापस लौटने के लिए अपने आई. जी. का आर्डर मिल गया।

उन्होंने एस. पी. साहब के घर के लिए एड़ी चमकाने का पत्थर यान में रखा। और चाँद से विदा हो गये।

उन्हें जाते देख पुलिसवाले रो पड़े।

बहुत अरसे तक यह रहस्य बना रहा कि आखिर चाँद में ऐसा क्या हो गया कि मातादीनजी को इस तरह एकदम लौटना पड़ा। चाँद के प्रधानमन्त्री ने भारत के प्रधानमन्त्री को क्या लिखा था?

एक दिन वह पत्र खुल ही गया। उसमें लिखा था—

'इन्स्पेक्टर मातादीन की सेवाएँ हमें प्रदान करने के लिए अनेक धन्यवाद। पर अब आप उन्हें फौरन बुला लें। हम भारत को मित्र देश समझते थे, पर आपने हमारे साथ शत्रुवत व्यवहार किया है। हम भोले लोगों से विश्वासघात किया है।

आपके मातादीनजी ने हमारी पुलिस को जैसा कर दिया है, उसके नतीजे ये हुए हैं—

कोई आदमी किसी मरते हुए आदमी के पास नहीं जाता, इस डर से कि वह कत्ल के मामले में फँसा दिया जाएगा। बेटा बीमार की सेवा नहीं करता। वह डरता

है, बाप मर गया तो उस पर कहीं हत्या का आरोप नहीं लगा दिया जाय। घर जलते रहते हैं और कोई बुझाने नहीं जाता—डरता है कि कहीं उस पर आग लगाने का जुर्म कायम न कर दिया जाय। बच्चे नदी में डूबते रहते हैं और कोई उन्हें नहीं बचाता। इस डर से कि उस पर बच्चे को डुबाने का आरोप न लग जाय। सारे मानवीय सम्बन्ध समाप्त हो रहे हैं। मातादीनजी ने हमारी आधी संस्कृति नष्ट कर दी है। अगर वे यहाँ रहे तो पूरी संस्कृति नष्ट कर देंगे। उन्हें फौरन रामराज में बुला लिया जाए।'

बेचारा 'कामनमैन'

शीर्षक देखकर रूढ़िवादी साहित्यिक पिता, पितामह और प्रपितामह सिर ठोंक लेंगे, "कैसी उच्छृंखलता है!" और अन्य भाषाओं के शब्दों के स्पर्श से पल्ला बचानेवाले पण्डित घृणा से नाक सिकोड़ेंगे, "यह क्या खिचड़ी है।" और एक पैर जमाने के पहले ही दूसरा पैर उठाकर 'लाँग जम्प' करने को उतावले, हर एक विचित्रता को प्रगति माननेवाले प्रगतिवादी लोग मेरा नाम लिखकर चूम लेंगे और दस बार सिर से लगाएँगे, "कैसी नवीनता है। इसे कहते हैं प्रगति!" पर मेरा दुर्भाग्य कि मैं इनमें से कोई नहीं!

कहानी के नाम की भी राम कहानी है। एक दिन कहानी लिख रहा था। भूमिका ही लिख रहा था कि एक मित्र आ गये। मैंने कहा, "सुनो।" भला सुनाने का शौकीन कौन न होगा? पर कोई सुनानेवाले की पीड़ा, विवशता, संकट को जान पाता! मैंने सुनाना शुरू किया–"सम्राट अशोक का राज्य था। मगध में..." "बस-बस!..." मित्र ने टोका, "प्राचीनता के बैंक में जमा की हुई गौरव की बपौती में से कब तक धन निकालते रहोगे? यह अच्छा नहीं! अब तो तुम कभी-कभी झूठा जाली चेक बनाकर भी धन खींचने लगे! जीवन में यथार्थ से पराजित होकर प्राचीन के कल्पना-लोक में शरणार्थी बनकर विचरना चाहते हो? बार-बार पीछे देखने में प्रगति में बाधा पहुँचती है।" मैंने घबराहट को छिपाकर जवाब दिया, "प्राचीन में जो कुछ शिव है, जो उज्ज्वल है उसे समाज के सामने लाने में ही तो कल्याण है।"

"नहीं, नहीं भाई! खाक कल्याण करते हो तुम! वही बात लिखोगे न?–राजा, सात रानियाँ, हर एक के सात-सात बच्चे–'साते-साते उनचास' अरे बाप रे!... हिन्दुस्तान में भोजन की उत्पत्ति कम और बच्चों की ज्यादा। क्या धरा है ऐसी तुम्हारी कहानियों में?"

"अच्छा भाई, तो वर्तमान की ही लिखता हूँ। देखो ऐसा लिखूँ–"अमेरिका नामक महादेश में राकफेलर नाम के एक सज्जन रहते थे..." मुझे बोलने नहीं दिया आगे मित्र ने।

वे बोले, ''अरे राम! यह क्या बक रहे हो!''

''अच्छा भाई, मालूम होता है तुमने संकीर्ण राष्ट्रीयता की मदिरा अधिक पी ली है। खैर, स्वदेश की कहानी ही सुनो–भारत में एक डालमिया परिवार प्रसिद्ध है। इस परिवार में...'' मेरे मित्र ने यहाँ कुछ ऐसा भाव बनाया कि मुझे डर लगा, कहीं मार न बैठे।

बोले वे, ''अरे जमाना गया भाई धनकुबेरों का। धन की प्रभुता का गान सुनने को कोई तैयार नहीं। यह शताब्दी बीसवीं है–सेन्चुरी आफ कामनमेन, जनसाधारण की शताब्दी है यह। जनसाधारण के जीवन से हटा हुआ साहित्य तुम कहाँ खपाओगे? किसके काम आएगा? कुछ 'कामनमेन' के बारे में लिखो मेरे भाई!'' पहले तो मुझे मित्र के इन शब्दों से 'कम्यूनिज़्म' की बू आयी और अपनी भलाई के लिए इनसे दूर रहना ही उचित समझा, पर बात कुछ ऐसी मन पर चढ़ी कि यह 'कामनमेन' की कहानी बन गयी।

''तेरी ठठरी बँध जाए! हाथ पै हाथ धरे बैठा है। आज तीन दिन हो गये। इत्ता भी नहीं बनता कि आस-पास की काँजीहौस ही देख लेता।'' बुढ़िया ने हलकू के माथे पर एक चपत जड़कर, मंगल-कामना सहित तिरस्कार किया।

हलकू बुढ़िया का पुत्र था और बुढ़िया हलकू की माँ, यह बात साधारणतया लोगों को तब तक ज्ञात नहीं होती थी जब तक हलकू एक-दो महीने में घर से चुपचाप एक-दो रोज के लिए भाग न जाता और बुढ़िया 'हाय-हाय' करती भटकती न फिरती।

हलकू ग्वाला था। दो भैंसें थीं, जो बाप छोड़ मरा था। हलकू रोज सवेरे बर्तन में दूध रखकर शहर बेचने ले जाता और म्युनिसिपैलिटी के नलों का सदुपयोग करके काफी लाभ उठाता। उसके बर्तन वशिष्ठ के कमण्डल की तरह खाली ही न होते।

हलकू की अक्ल पर यदि किसी को सबसे कम विश्वास था तो उसकी माँ को। एक रुपये की चिल्लर भी नहीं गिन पाता था; चार सेर के दाम भी नहीं लगा पाता। हलकू की अवस्था लगभग पैंतीस साल की थी; और अगर उम्र के साथ-साथ ज्ञान और भी बढ़ता तो वह गाँव के स्कूल का हैडमास्टर जरूर हो जाता। पर हलकू ने होश सँभालने के बाद बीड़ी पीने और गाली देने के सिवा और कुछ न सीखा था।

हलकू की शादी भी नहीं हुई थी, बालब्रह्मचारी था। ऐसे पगले, सनकी, मूरख को कौन लड़की देता? और हलकू ने इन आरोपों का खण्डन करने की चिन्ता भी नहीं की। पढ़ा-लिखा होता तो अखबार में प्रतिवाद छपाता, स्पीच में कहता और विवाह-विज्ञापनोंवाले पृष्ठ पर नजर दौड़ाता, दो से चार हाथ कर ही लेता। क्योंकि इस विशाल देश में कोई ऐसा पुरुष नहीं, जिसे रूप, गुण, शील में समानता करनेवाली

योग्य स्त्री न मिल सके।

हलकू को बुढ़िया की बात लग गयी। बोला, ''अच्छा जाता हूँ रामपुर की काँजीहौस देखने। ला पैसे टिकिट के।''

बुढ़िया ने दूसरी स्टेशन रामपुर की टिकट के आने-जाने के दस आने पैसे और चना-चबैना के लिए पाँच आने ऐसे पन्द्रह आने हाथ पर रख दिये। हलकू ने लाठी उठायी और चल दिया। स्टेशन जाकर टिकिट लिया और जल्दी-जल्दी में सैकेण्ड क्लास के डब्बे में ही घुस पड़ा!

उसी दिन रामपुर में परचे छपकर बँट रहे थे–

'प्रसिद्ध किसान नेता स्वामी राघवानन्दजी रामपुर में आज शाम को जिला किसान परिषद् का उद्घाटन करेंगे। जनता यह भूली न होगी कि महान क्रान्तिकारी स्वामी राघवानन्दजी हाल ही में सात वर्ष के कठिन कारावास के बाद छूटे हैं।'

रामपुर से एक स्टेशन इसी तरफ मोहनपुर नाम का कस्बा था। सवेरे सेठ रामजीवन की दुकान पर गाँव के गण्यमान्य नागरिक इकट्ठे हुए। सेठ-साहूकार, नेता, मास्टर सब थे। रामजीवन ने कहा, ''आज शाम को रामपुर में स्वामी राघवानन्दजी का भाषण है। आज ही 12 बजे की गाड़ी से वे रामपुर जा रहे हैं जबलपुर से। अगर दो घण्टे के लिए अपने यहाँ उतर जाएँ, तो गाँव के भाग्य खुल गये, समझ लो।''

''पर वे रुक कैसे सकते हैं। उनका तो कार्यक्रम बन गया होगा न।'' परताप सिंह मास्टर ने कहा।

''अरे यह कौन मुश्किल बात है! लोगों ने तो महात्मा गाँधी की स्पेशल तक रोक ली थी। स्टेशन चलकर अड़ जाओ। जनता का प्रेम देखकर उतर पड़ेंगे। चार बजेवाली गाड़ी से रामपुर भेज देंगे।'' रामजीवन सेठ के उत्साही उद्गार थे वे। ''अच्छा तो कुछ स्वागत की तैयारी कर लो। थोड़ा-बहुत चन्दा भी इकट्ठा कर लो भाई।'' सेठ किशनलाल, काँग्रेस के मण्डलेश्वर की हैसियत से बोले। किशनलालजी देश-सेवा करना चाहते थे, पर धन पर आँच न आने देते थे। एकाध बार स्वागत का खर्च उनके माथे पड़ चुका था। अब सतर्क हो गये थे।

चन्दा भी हो गया। हमारे विश्वास-परायण समाज में चन्दा मिलना मुश्किल नहीं है। अब तो 25 प्रतिशत कमीशन पर पेशेवर चन्दा इकट्ठा करनेवाले भी मिल जाते हैं। दिन-भर किसी नाम से चन्दा इकट्ठा करके शाम को नौ आनेवाली सिनेमा सीट पर सुरैया की एक्टिंग देखनेवाले आपको अनेक मिलेंगे। चन्दा इकट्ठा करनेवाले का उत्साह हमेशा खतरनाक समझें।

रामजीवन सेठ के नेतृत्व में एक भीड़ स्टेशन चली। रास्ते में रामजीवन कहते जा रहे थे, ''अरे अब मेरे तो साथ पढ़े हैं। हमेशा फर्स्ट आते थे। और मुख से

तो जैसे फूल झड़ते हैं।"

स्टेशन पर गाड़ी रुकी। सब भीड़ जल्दी-जल्दी सारी गाड़ी के दो-चार चक्कर लगा गयी। पर स्वामी राघवानन्दजी न मिले। रामजीवन सबके आगे थे। अचानक भीड़ ने सैकेण्ड क्लास के डब्बे के हैण्डल पकड़े हलकू को देखा। विचित्रता और असामंजस्य अक्सर महानता का भ्रम कराते ही हैं। सैकेण्ड क्लास के डिब्बे में 'ऐसे' आदमी को देखकर बरबस भीड़ चिल्ला उठी, "वे हैं स्वामीजी! कैसा सरल वेश है।"

रामजीवन ने भी अपने परिचय को पक्का करने के लिए कहा, "हाँ-हाँ, वे ही तो हैं। वही नाक, वही गोल चेहरा, वे ही आँखें—हाँ, रंग जरा साँवला पड़ गया है।"

भीड़ ने नारे लगाये, "स्वामी राघवानन्द की जय!" हलकू को सैकेण्ड क्लास के डिब्बे से निकालने के लिए आया हुआ टिकट-चेकर रुक गया, महान के सामने नतमस्तक हुआ।

रामजीवन ने हाथ जोड़कर मास्टर प्रतापसिंह द्वारा लिखकर रटवाए गये वाक्य दुहराए—"महात्मन्! यद्यपि हमें विदित है कि आपको आज सन्ध्या समय रामपुर में विराट जनसमूह पर अपनी वाणी से अमृत वृष्टि करनी है। तथापि इस नगर के क्षुद्र जन भी आपके सदुपदेशों को श्रवण करने के लिए लालायित हैं। केवल दो घण्टे समय देकर हम लोगों को कृतार्थ करेंगे, ऐसी आशा ही नहीं विश्वास है।" ऐसा निवेदन कर रामजीवन ने आसपास देखा और जब साथियों की आँखों में 'शाबाश' का संकेत पढ़ लिया तो डिब्बे से ससम्मान उतारने के लिए बढ़ा।

"रामपुर उतरूँगा।" हलकू ने विरोध किया। रामजीवन ने फिर हाथ जोड़कर कहा, "जी हाँ महात्मन्, हमें विदित है, आपको अवकाश नहीं है। फिर भी हम लोगों के इस विन्रम निवेदन की अवहेलना कृपा कर न करिए।"

सेठ किशनलाल ने कान में कहा कि नेता लोगों को जबरदस्ती उतारना होता है, तब उन्हें जनता का प्रेम मालूम होता है। आखिर किशनलाल और रामजीवन दोनों ने हलकू को जबरदस्ती उतार लिया और एक पालकी पर बिठाकर ले चले। पीछे बड़ी भारी भीड़ थी। स्वामी राघवानन्द की जय के नारे लगा रहे थे। हलकू भौंचक्का-सा बैठा था; घबरा रहा था, पर भाग भी न सकता था।

लोग कह रहे थे—"कैसी सरल चितवन है! और वेशभूषा भी कैसी सरल। दाढ़ी बनवाने की भी चिन्ता नहीं। कपड़े भी कैसे मैले-से, फटे हुए!"

हलकू नाखून चबाने लगा घबराहट में। रामजीवन ने किशनलाल के कान में कहा, "पूरे परमहंस हैं। जरा भी सुधबुध नहीं शरीर की!"

आधे रास्ते में पहुँचकर हलकू पालकी से कूद पड़े। "अरे-अरे स्वामीजी क्षमा! जल्दी-जल्दी में मोटर का प्रबन्ध न हो सका।"

"पैदल चलौगो।" हलकू ने कहा।

"वाह, क्या नम्रता है! क्या विनय है? मान-सम्मान से कोसों दूर भागते हैं।" किशनलाल ने कहा।

दो-चार कदम चलने पर हलकू आसपास देखकर फिर चिल्लाया, "भागो यहाँ से। इत्ते आदमी ने क्यों भीड़ लगायी है?"

मास्टर प्रतापसिंह भीड़ से कह रहे थे, "देखा? इसे कहते हैं महानता! प्रदर्शन नहीं चाहते, प्रोपेगेण्डा नहीं चाहते, नाम नहीं चाहते। चुपचाप देश-सेवा करना चाहते हैं। धन्य है।" और फिर हलकू के आगे हाथ जोड़कर बोले, "भगवन्, यह जनसमुदाय आपके दर्शन करके कृतकृत्य होने को उत्सुक है।"

इतने में रास्ते के पास से एक गाय और एक भैंस निकली। अच्छी सुन्दर, हृष्ट-पुष्ट! हलकू की आँखें चमक उठीं, मुँह से निकल पड़ा, "वाह! क्या बनायी है!"

दैनिक 'सन्देश' का संवाददाता वहीं था। उसने लिखा—'स्वामीजी ने भारत में गोधन के ह्रास पर खेद प्रकट करते हुए कहा कि गोधन की वृद्धि से ही भारत का कल्याण हो सकता है। वर्तमान पीढ़ी भी, दूध के अभाव में निर्बल, निस्तेज हो रही है।'

जुलूस एक अट्टालिका के सामने पहुँचा। हलकू को रामजीवन ससम्मान भीतर ले गये। सोफे लगे थे। एक पर रामजीवन ने हलकू को बैठाया। हलकू ज्यों ही उस पर बैठा त्यों ही स्प्रिंगदार सोफे में छाती तक समा गया। घबराकर एक चिहुँक के साथ दूर कूद गया और एक कोने में फर्श पर बैठ गया। एकत्रित जनसमूह आश्चर्य से देखने लगा। पर रामजीवन ने मुस्कराकर बुद्धिमानी से सिर हिलाया और धीरे-धीरे कहा, "स्वामीजी सादा जीवन पसन्द करते हैं। जब तक भारत में किसान राज्य न हो जाय, फर्श पर सोने की प्रताप प्रतिज्ञा कर ली है।"

जनसमूह धीरे-धीरे चला गया। सब सभा की तैयारी में लग गये। रामजीवन ने चाय बनवाकर भिजवायी। हलकू ने जल्दी से प्याला पकड़कर मुँह से लगा दिया। गरम चाय थी, मुँह जल गया और हाथ से प्याला छूटकर फर्श पर गिर पड़ा। नौकर घबराकर मालिक के पास गया और हाल सुनाया।

दैनिक 'उत्कर्ष' का संवाददाता वहीं बैठा था। उसने लिखा—'स्वामीजी ने कहा कि चाय भारत के नौजवानों को बलहीन बना रही है। यह विष है जो देश के जीवन को खाये जा रहा है। इससे देश के लोग निस्तेज, बलहीन हो रहे हैं। चाय का उपयोग बन्द होना चाहिए।'

थोड़ी देर के बाद मधुर पकवान बनवाकर रामजीवन ने भोजन के लिए भेजे। हलकू ने साग-रोटी और दाल के सिवा और कुछ न खाया था। पहले खाना ध्यान से देखा और फिर बोला, "भाजी रोटी!"

साप्ताहिक 'इण्डियन हीरो' पत्र का संवाददाता भी आ चुका था। उसने

लिखा—"द स्वामीजी एडवाइज़्ड सिम्पल फुड एण्ड इम्फेसाइज़्ड ऑन द नीड ऑफ टेकिंग ग्रीन वेजिटेबल्स।"

इधर जबलपुर किसान सभा का एक तार रामपुर किसान परिषद् की स्वागत समिति के पास पहुँचा—'स्वामीजी इनडिस्पोज़्ड अनेवल टू कम।'

और रामजीवन ने मोहनपुर से एक तार रामपुर किसान परिषद् की स्वागत समिति के सभापति को किया।

स्वामीजी डिटेण्ड। विल कम इन द ईवनिंग। स्वामीजी रोक लिये गये हैं, शाम को आएँगे।

स्वागत समिति के सभापति के सामने इन दो तारों ने बड़ी समस्या खड़ी कर दी। आखिर उन्होंने तुरन्त कार ली और दस मिनट में मोहनपुर आ गये।

रामजीवन ने देखा तो प्रसन्न हो गये। बोले, "अच्छा हुआ आप आ गये। स्वामीजी मोटर से ही चले जाएँगे। क्या कहना है साहब! बड़ी सौम्यमूर्ति हैं। कैसे सरल हैं। किसी बात की परवाह नहीं, विचारों में मग्न, भूले-से रहते हैं। बातचीत भी नहीं करते। हम लोग तो बस कृतार्थ हो गये। आइए, दर्शन कर लीजिए आप भी।"

सभापति बोले, "अरे, यह क्या कह रहे हैं आप? जबलपुर से तो तार आया है कि स्वामीजी अस्वस्थ हैं, नहीं आ सकते। और तुम कहते हो यहाँ।"

रामजीवन बड़े जोर से हँसे, "ये है राजनीति। किसी खिलाफ पार्टीवाले ने झूठा तार कर दिया होगा आपको। आइए, देख लीजिएगा।"

सभापतिजी चले उस मकान की ओर जहाँ हलकू बैठे थे। बाहर काफी भीड़ थी।

सभापतिजी के साथ जबलपुर के 'किसान मित्र' साप्ताहिक के सहकारी सम्पादक पण्डित कौशलनाथ रसिकेश भी आये थे। रसिकेशजी के यहाँ हलकू आज सात साल से दूध देता है।

ज्योंही रसिकेशजी कमरे में प्रविष्ट हुए त्योंही हलकू उठा और उनके पैर पर गिरकर रोने लगा—"मैन्ना भैया मेरे को बचा लो! जे मेरे को मार डालेंगे। मैं तो भैंस...!" बस यहीं हलकू चूक गया। वरना उसमें और स्वामी राघवानन्द में कोई फर्क नहीं था, अभी तक। हलकू ईमानदार और सीधा होने के कारण आजीवन सन्त के पद का लाभ नहीं ले सका। वह भाग गया।

पर जो उसे राघवानन्द बनाकर स्वार्थ-साधन करना चाहते थे, उनके मुँह जनता में बहुत दिन तक नहीं दिखे।

मैं नर्क से बोल रहा हूँ!

हे पत्थर पूजनेवालो! तुम्हें जिन्दा आदमी की बात सुनने का अभ्यास नहीं; इसलिए मैं मरकर बोल रहा हूँ। जीवित अवस्था में तुम जिसकी ओर आँख उठाकर नहीं देखते उसकी सड़ी लाश के पीछे जुलूस बनाकर चलते हो। जिन्दगी-भर तुम जिससे नफरत करते रहे उसकी कब्र पर चिराग जलाने जाते हो। मरते वक्त तक जिसे तुमने चुल्लू-भर पानी नहीं दिया, उसके हाड़ गंगाजी ले जाते हो। अरे, तुम जीवन का तिरस्कार और मरण का सत्कार करते हो। इसीलिए मैं मरकर बोल रहा हूँ। मैं नर्क से बोल रहा हूँ।

मगर मुझे क्या पड़ी थी कि जिन्दगी-भर बेजुबान रहकर, यहाँ नर्क के कोने से बोलता! पर यहाँ एक बात ऐसी सुनी कि मुझ अभागे की मौत को लेकर तुम्हारे यहाँ के बड़े-बड़े लोगों में चखचख हो गयी। मैंने सुना कि तुम्हारे यहाँ के मन्त्री ने संसद में कहा कि मेरी मौत भूख से नहीं हुई, मैंने आत्महत्या कर ली थी। मारा जाऊँ और खुद ही मौत का जिम्मेदार ठहराया जाऊँ? भूख से मरूँ और भूख को मेरे मारने का श्रेय न मिले? 'अन्न! अन्न!' की पुकार करता मर जाऊँ और मेरे मरने के कारण में भी अन्न का नाम न आवे? लेकिन खैर, मैं यह सब भी बरदाश्त कर लेता। जिन्दगी-भर तिरस्कार का स्वाद लेते-लेते सहानुभूति मुझे उसी प्रकार अरुचिकर हो गयी थी जिस प्रकार शहर के रहनेवाले को देहात का शुद्ध घी। लेकिन आज ही एक घटना और यहाँ इस लोक में घट गयी।

हुआ यह कि स्वर्ग और नर्क को जो दीवार अलग करती है, उसकी सेंध में से आज सवेरे मेरे कुत्ते ने मुझे देखा और 'कुर-कुर' करके प्यार जताने लगा। और मेरे आश्चर्य और क्षोभ का ठिकाना न रहा कि मैं यहाँ नर्क में और मेरा कुत्ता उस ओर स्वर्ग में! यह कुत्ता—मेरा बड़ा प्यारा कुत्ता; युधिष्ठिर के कुत्ते से अधिक! जब से मेरी स्त्री एक धनी के साथ भाग गयी थी तभी से यह कुत्ता मेरा संगी रहा; ऐसा कि मरा भी साथ ही। कभी मुझे छोड़ा नहीं इसने। बगल का सेठ इसे पालना चाहता था, सेठानी तो इसे बेहद प्यार करती, पर यह मुझे छोड़कर गया नहीं, लुभाया नहीं।

सो मुझे सुख ही हुआ कि वह स्वर्ग में आनन्द से है पर मेरे अपने प्रति किए गये अन्याय को तो भुलाया नहीं जा सकता। और भाई यह तुम्हारा मृत्युलोक तो है नहीं जहाँ फरियाद नहीं सुनी जाती; जहाँ फरियादी को ही दण्ड दिया जाता है; जहाँ लालफीते के कारण आग लगने के साल-भर बाद बुझाने का आर्डर आता है। यहाँ तो फरियाद तुरन्त सुनी जाती है। सो मैं भी भगवान के पास गया और प्रार्थना की, "हे भगवन्! पृथ्वी पर अन्याय भोगकर इस आशा से यहाँ आया कि न्याय मिलेगा, पर यह क्या कि मेरा कुत्ता तो स्वर्ग में और मैं नर्क में! जीवन-भर कोई बुरा काम नहीं किया। भूख से मर गया, पर चोरी नहीं की। किसी के आगे हाथ नहीं फैलाया। और यह कुत्ता—जैसे कुत्ता होता है वैसा ही तो है यह। कई बार आपका भोग खाते पिटा यह! और इसे आपने स्वर्ग में रख दिया।"

और भगवान ने एक बड़ी बही देखकर कहा कि इसमें लिखा है कि तुमने आत्महत्या की! मैंने कहा कि नहीं महाराज, मैं भूख से मरा। मैंने आत्महत्या नहीं की। पर वे बोले, "नहीं, तुम झूठ बोलते हो। तुम्हारे देश के अन्न-मन्त्री ने लिखा है कि तुमने आत्महत्या की। तुम्हारे शरीर के पोस्टमार्टम से यह बात सिद्ध हुई है।" और भगवान आसमान से गिरते-गिरते बचे, जब मैंने कहा कि महाराज, यह रिपोर्ट झूठ है। मेरा पोस्टमार्टम हुआ ही नहीं। अरे, मैं तो जला दिया गया था। इसके दस दिन बाद संसद में प्रश्नोत्तर हुए। तो क्या मेरी राख का पोस्टमार्टम हुआ? और तब मैंने उन्हें पूरा हाल सुनाया।

लो तुम भी सुनो। तुम नहीं जानते मैं कहाँ जिया, कहाँ रहा, कहाँ मरा? दुनिया इतनी बड़ी है कि कोई किसी का हिसाब नहीं रखता।

और तुम क्या जानो कि जब मेरी साँस चलती थी तब भी मैं जिन्दा था। मैं इस अर्थ में जीवित था कि मैं रोज मृत्यु को टालता जाता था। वास्तव में तो मैं जन्म के पश्चात् एक क्षण ही जीवित रहा और दूसरे क्षण से मेरी मौत शुरू हो गयी। तो बाजार की उस अट्टालिका को तो जानते हो। उसी के पीछे एक ओर से पाखाना साफ करने का दरवाजा है और दूसरी ओर दीवार के सहारे मेरी छपरी। अट्टालिका का मालिक मेरी छपरी तोड़कर वहाँ भी अपना पाखाना बनाना चाहता था। अगर मैं मर न जाता तो गरीब आदमी की झोंपड़ी पर अमीर के पाखाने की विजय भी इन आँखों से देखता। अब तो तुम मेरा स्थान जान गये होगे—आदमी से अधिक तो तुम अट्टालिका को पहचानते हो। अट्टालिका के सहारे आदमी को जानना तो तुम्हें खूब आता है।

बस यहीं झोपड़ी में रहा मैं। मेरे आसपास अन्न-ही-अन्न था। दीवाल के उस पार से जो चूहे आते थे वे दिन-पर-दिन मोटे होते जाते और दो रोज तक तो वे इसलिए नहीं आये कि निकलने का थोड़ा मार्ग बनाते रहे। पर मैं फिर भी भूखा

रहा। बेकार था। अनाज दस रुपये सेर था। इससे तो मेरे लिए मौत सस्ती थी।

आखिर मेरी मौत भी आयी। जिस दिन आयी, उस दिन अट्टालिका के उस पारवाले रईस के लड़के की शादी थी। बड़ा अमीर था। सारा गाँव जानता था कि उसके पास हजारों बोरे अन्न था, पर कोई कुछ नहीं कहता था। पुलिस उसकी रक्षा करती थी। और उस दिन मेरी मौत धीरे-धीरे काला पंजा बढ़ाती आती थी। मेरे पेट में ऐंठ आयी; आँखें धुँधली पड़ीं। दीवाल के उस पार पकवानों की सुगन्ध आ रही थी। यही सन्तोष रहा कि पकवानों के बीच मेरी मौत हुई।

मौत के जरा पहले मेरा प्यारा कुत्ता बरबस दीवाल के उस पार घुस गया और पकवान खा गया। मालिक ने उसे खींचकर एक डण्डा मारा और वह कराहता हुआ मेरे पास आकर पड़ गया। चीखता रहा, चीखता रहा। मेरे भी प्राण निकल रहे थे। पर मुझे इस जानवर के सामने चीखने में लज्जा आयी। इधर मेरे पेट में आखिरी ऐंठ आयी और पंछी ने पिंजरा खाली किया, उधर मेरे कुत्ते की भी दम टूटी। डण्डे की चोट बड़े मर्म की थी। दोनों मरे; एक साथ मरे—फर्क इतना कि वह खाकर मरा और मैं बिना खाये।

उधर बारात उठी, इधर चाण्डालों ने टीन की गाड़ी में मुझे पटककर घसीटा। सड़क के उस ओर से अमीर के लड़के की बारात जा रही थी, इस ओर से मेरी यह सरकारी अरथी। सरकार ने भोजन का प्रबन्ध नहीं किया था, पर मरनेवालों की लाशों को दफनाने का इन्तजाम बहुत अच्छा किया था। उधर बारात के पीछे मंगलगान हो रहा था। मेरी लाश के पीछे एक भी रोनेवाला नहीं था। ऐसी सफाई से मरा कि किसी को कष्ट न हुआ, कुत्ते तक को नहीं। बारात पहुँच गयी थी। गोले छूट रहे थे; और इधर अपर्याप्त लकड़ी में मेरी हड्डियाँ चटचटा रही थीं।

ऐसा मरा। और मरकर यहाँ जब आया तो मुझे कुछ दुःख नहीं हुआ, जब मैं नर्क में भेज दिया गया। मैंने प्रतिवाद करना सीखा नहीं था और यह स्थान भी उससे ज्यादा खराब नहीं था जहाँ मैं जिन्दगी-भर रह चुका था।

कहानी भगवान ने सुनी। बोले, तुम भूख से मरे न? फिर भी तुम नर्क में रहोगे। और यह कुत्ता; स्वर्ग में रहेगा। और यह तुम्हारे बगल का कमरा उस झूठे मन्त्री के लिए खाली होगा।

मैंने पैर पकड़ लिये। बोला, "भगवन्, यह कैसा न्याय है!"

वे बोले, "मूर्ख कायर; तू कुत्ते से भी हीन है! बेचारा कुत्ता दीवाल को लाँघकर घुस गया और खाना खा आया। और तू आदमी कहलानेवाला, हाय-हाय करके मर गया। तू दीवाल लाँघ नहीं सकता था? दीवाल तोड़ नहीं सकता था?"

"लेकिन भगवन्!" मैंने कहा, "वह दीवाल कैसे तोड़ता? कैसे लाँघता? यह पाप न होता?"

भगवान ने क्रोध से कहा, "पाप-पुण्य के झमेले में पड़नेवाले कायर! वह दीवाल क्या मेरी बनायी हुई है? तमाम दीवालें आदमियों ने खड़ी की हैं? और तू उन्हें तोड़ने में पाप-पुण्य देखता है? मूर्ख! तेरा कुत्ता तुझसे ज्यादा समझदार है। वह घुस गया, खाया और डण्डे की मार से मरकर यहाँ आ गया। उसमें मनुष्यत्व है, तुझमें पशुत्व भी नहीं! मैंने तुम्हें बुद्धि दी है; हाथ-पैर दिए हैं, कार्यशक्ति दी है—और तू अकर्मण्य; बुजदिल कीड़े-सा मर गया। मनुष्यों ने मुझे बहुत निराश किया, अब मैं कुत्ते-ही-कुत्ते निर्माण करने का विचार कर रहा हूँ। तुम जैसे अकर्मण्य, कायर, भीरु, मूर्ख को नर्क नहीं तो क्या इन्द्रासन मिलेगा?"

मैं नर्क में ढकेल दिया गया। और मैं इस कोने से तुमसे कह रहा हूँ कि हे मेरे देशवासियो! मेरी जैसी मौत न मरना, मेरे कुत्ते की तरह मरना।

तीन सयाने

एक गाँव में तीन सयाने रहते थे। लोग कहते थे कि गाँववालों की घोर तपस्या के फलस्वरूप उन्हें ये तीन सयाने मिले थे। वे वहाँ कब से थे, कोई नहीं जानता था। अनेक पीढ़ियाँ उन्हें उसी रूप में देखती आ रही थीं। गाँव की सुख-समृद्धि के कारण वे ही कहे जाते थे।

उनमें एक स्त्री थी और दो पुरुष।

स्त्री का नाम था—'कला।'

शुभ्र वस्त्रों से सज्जित, सौम्य रूपवाली इस नारी के नयनों से सरल स्नेह झरता था, मंगल की वर्षा होती थी। उसकी दृष्टि पड़ते ही कुसुम खिल जाते, पत्ते लहराने लगते, उषा का सौन्दर्य बढ़ जाता; सन्ध्या में अधिक गाढ़ा रंग भर जाता और चन्द्रिका अधिक स्निग्ध, अधिक उज्ज्वल हो जाती। प्रातःकाल वीणा पर भैरवी के स्वर छेड़कर वह ग्रामवासियों को जगाती। उनकी आँख मधुर संगीत के बीच खुलती। संगीत की धुन पर कदम बढ़ाते, गीत गाते, ग्रामीण जन काम पर जाते और जब वे काम करते, तो समस्त दिशाओं से संगीत उठता और उसकी ताल पर हँसिये चलते, करघे खटखटाते, हथौड़े गिरते और चरखे घूमते। सन्ध्या समय कला, नृत्य, गान और नाट्य से ग्रामवासियों का समस्त श्रम हर लेती। अद्‌भुत आनन्द, उत्साह, आशा और माधुर्य का स्रोत उस ग्राम में बहता।

दूसरा था एक वृद्ध पुरुष—'धर्म।'

श्वेत लम्बी दाढ़ी और लम्बे गेरुए कोपीन में वह दिव्य लगता। उसकी दृष्टि में बड़ी पवित्रता, बड़ी करुणा, बड़ा वात्सल्य, बड़ी संवेदना थी। वह भ्रातृत्व, स्नेह, त्याग और परोपकार की ओर ग्रामवासियों को प्रेरित करता। वह उन्हें सत्-असत् का बोध कराता, उलझनें हल करता, द्वन्द्वों को सुलझाता। उसके प्रभाव से ग्रामवासी ईर्ष्या, द्वेष, घृणा और प्रतिहिंसा से मुक्त हो गये थे।

तीसरा एक बलिष्ठ पुरुष था—'विज्ञान।'

अद्‌भुत बल और सिद्धियों से युक्त यह पुरुष अन्धा था। वह स्वयं मार्ग नहीं

देख सकता था, इसलिए वह कला और धर्म का अनुगामी था। उसके मन में इच्छा जाग्रत नहीं होती थी। वह सदैव दूसरे की इच्छा से परिचालित होता था। उसके पास अद्भुत मन्त्र थे। सन्ध्या समय वह एक मन्त्र से सारे गाँव को जगमगा देता। मन्त्रों से मनुष्य पक्षी-सा उड़ता, दिव्यदृष्टि प्राप्त कर सहस्त्रों योजनों के दृश्य देखता, सहस्त्रों योजनों के शब्द सुनता। वह ग्रामवासियों को सुख-साधन देता, उनका श्रम कम करता, अच्छे औजार देता।

ये तीनों गाँव में विचरण करते और उनके दर्शन-मात्र से ग्रामवासी उल्लसित हो उठते। उनकी आज्ञा सारा गाँव मानता। लोग किसी अन्य देवता या भगवान को नहीं जानते थे। वह सुखी गाँव स्वर्ग से भी श्रेष्ठ था, क्योंकि देवताओं जैसी निष्क्रियता, ईर्ष्या, द्वेष और शंका वहाँ न थी। सब श्रम करते और सब सुखी रहते।

एक दिन इन सयानों के पास एक रूपवती तरुणी आयी। उसका नाम था–'राजनीति।' उसके वस्त्र चटकदार थे। साज-सज्जा में बड़ा तीव्र आकर्षण था। वेशभूषा में कृत्रिमता और भड़कीलापन था। आँखों में मद, गति में अल्हड़ता और मुख पर उत्कट लालसा थी। उसके समस्त व्यक्तित्व से मद, लालसा, विलास और सत्ता टपकते थे।

उसने उन तीनों सयानों को प्रणाम किया और बोली, "दिव्य आत्माओ, मैं आप लोगों का यश सुनकर आपके पास आयी हूँ। मेरी इच्छा है कि मैं आपके साथ रहकर आप लोगों की सेवा करूँ।"

धर्म ने कहा, "देवी, हम सब मनुष्य के सेवक हैं, और जो सेवक हैं, वे दूसरों से क्या सेवा लें?"

राजनीति ने कहा, "तो मैं भी आपके साथ ही ग्रामवासियों की सेवा करूँगी। मेरे पास भी कुछ विद्या है। मैं व्यवस्था देती हूँ। नीति-नियम बनाती हूँ, राजतन्त्र जानती हूँ।"

धर्म ने कहा, "सो यहाँ कौन नहीं जानता? श्रम करके जीना और दूसरे का मंगल साधना, इसके बाहर क्या व्यवस्था? और क्या नीति-नियम?"

कला ने कहा, "परन्तु बहन, तुम सेवा के लिए नहीं बनीं। तुम्हारे नयनों में लालसा है। चाल में मद और सत्ता है, भाव-भंगिमा में चंचलता है, कटाक्ष में कुटिलता है, वाणी में प्रवंचना है। तुम सुख-भोग के लिए बनी हो। सेवा तो त्याग का मार्ग है। तुम तो किसी ऐश्वर्यशाली के हृदय पर राज करने के लिए बनी हो। तुम सेवा में मिट नहीं सकतीं।"

विज्ञान ने कहा, "मैं देख नहीं सकता, पर अनुभव कर रहा हूँ कि इसकी वाणी में बड़ी माया है। नहीं देवि, हमारा तुम्हारा साथ नहीं बनेगा।"

राजनीति ने अब रुदन का नाट्य किया। उसकी आँखों से टप-टप आँसू

टपकने लगे। सिसकियाँ उठने लगीं। वह बोली, ''मेरे जीवन की एकमात्र अभिलाषा थी, वह भी पूरी नहीं हो रही है। मैं केवल सेवा का अधिकार माँगती हूँ, पर देखती हूँ कि आप लोगों ने सेवा को भी सम्पत्ति बना लिया है। एकाधिकार स्थापित कर लिया है।''

धर्म ने कहा, ''तू भ्रम में है देवी! सेवा के मार्ग का आदि-अन्त नहीं है। इस पर किसी का अधिकार नहीं है। इसमें संघर्ष भी नहीं है। पर इस पर फूल नहीं बिछे हैं। काँटे अलबत्ता मिलते हैं। तेरे कोमल चरणों को देखकर हमने कहा था कि कहीं सेवा का मार्ग तेरे इन कोमल चरणों के रक्त से न भर जाय। तू सह सकेगी? तो फिर रह जा।''

दूसरे दिन से ग्राम में कला, धर्म और विज्ञान के पीछे राजनीति भी चलने लगी। पर वह आँख बचाकर ग्रामीणों को कटाक्ष से वशीभूत करने का प्रयास करती। रूप के जादू से उन्हें विजित करना चाहती।

उसमें महत्त्वाकांक्षा थी, वैभव की लालसा थी, भोग का लोभ था, सत्ता का मोह था। उसे लगा कि इतनी रूपवती होकर भी उसकी स्थिति इन तीनों की अनुगामिनी सेविका से अधिक कुछ नहीं है।

उसने धीरे-धीरे प्रपंच रचना आरम्भ किया। रूप की मोहनी डाली। ग्रामवासियों की कृपा प्राप्त की, और एक दिन वह रानी बन गयी।

तीन सयानों ने समाचार सुना, तो बोले, ''वह रानी बन गयी! अच्छा ही हुआ। पर हमें पहली बार ज्ञात हुआ कि यहाँ कोई राजसत्ता भी है।''

दिन बीतते गये। राजनीति रानी महल में रहती, पर उसके अधिकारों की परिधि राजमहल से बाहर नहीं जाती। धर्म, कला और विज्ञान के सामने उसका वही हाल था, जो सूर्य के उदय के समय हत्तेज चन्द्र का होता है।

उसने फिर कूटनीति का प्रयोग किया। एक दिन एक दूत आकर तीन सयानों से बोला, ''महात्मन्, राजरानी ने आपको महल में आमन्त्रित किया है। वे आपका अभिनन्दन करना चाहती हैं।''

कला ने कहा, ''भाई, हम तो जन-पथ पर विचरण करनेवाले हैं। हमें राजमहल से क्या काम? फिर हम सेवाव्रती हैं, और सेवा स्वयं ही बड़ा अभिनन्दन है।''

दूत ने कहा, ''रानीजी आपकी पुरानी सेविका हैं। उनकी करबद्ध प्रार्थना है कि आप चरण-रज से उनके महल को पवित्र करें।''

धर्म ने कला से कहा, ''देवि, सेवक का आग्रह टाला नहीं जाता। चलो चलें।''

धर्म, कला और विज्ञान राजमहल में गये। वहाँ राजनीति का षड्यन्त्र तैयार था। वे तीनों बन्दी कर लिये गये और एक दृढ़, किन्तु सुख-साधन-सम्पन्न कारावास में बन्द कर दिए गये।

उस दिन से धर्म, कला और विज्ञान राजमहल में राजनीति के बन्दी हो गये। बाहर जन-समाज अकुलाया, अधीर हुआ। वे तीनों उसके पथ-प्रदर्शक थे। साँस की तरह उनके जीवन के आधार थे। उनके प्राणों के प्राण थे। ग्रामवासी राजमहल के सामने एकत्र हुए और चिल्लाये–

"हमारी कला को मुक्त करो!"

"हमारा धर्म हमें दो!!"

"हमारा विज्ञान हमें लौटाओ!!!"

राजनीति महल के छज्जे पर आ गयी और बोली, "नागरिको, मैं भी उन सयानों की सेविका हूँ। मैंने सबके हित की बात ही की है। कला, धर्म और विज्ञान को मैंने बड़े आराम से अतिथि के रूप में राजमहल में रखा है। जन-पथों पर चलते-चलते वे थक गये हैं; कुछ दिन विश्राम करेंगे तो क्लान्ति मिट जाएगी।"

भीड़ भ्रमित-सी लौट गयी।

दूसरे दिन फिर जन-समूह वहाँ एकत्र हुआ। लोग चिल्लाये–"हमने अपनी कला की वाणी नहीं सुनी। हमने धर्म के दर्शन नहीं किये, हमने विज्ञान नहीं देखा। हमारा जीवन रिक्त मालूम होता है। हमारे देवता हमें लौटाओ।" राजनीति ने कहा, "नागरिको, वे विश्राम कर रहे हैं। उन्हें कष्ट मत दो। तुम्हें उनकी वाणी, उनका सन्देश राजसेवक सुनाएँगे।"

और राजसेवकों ने कला की वाणी सुनायी–गीत, जिसमें वासना, निराशा, अहंकार, शून्य कल्पना, पराजित भावना।

धर्म का सन्देश सुनाया–जिसमें पाखण्ड, आडम्बर, स्वार्थ, घृणा और अहंकार।

विज्ञान का सन्देश कहा–वीरता के नाम पर विध्वंस, प्रतिहिंसा, संहार.।

जनसमूह असन्तुष्ट हुआ। वह चिल्लाया, "यह हमारी कला की वाणी नहीं है। हमारे धर्म ने ऐसा कभी नहीं कहा। हमारे विज्ञान ने विध्वंस कभी नहीं सिखाया। हमारी सच्ची कला हमें दो। हमारा वास्तविक धर्म हमारे बीच आने दो। हमारा. सच्चा विज्ञान मुक्त करो।"

रानी उस पुकार को अनसुनी करके चली गयी।

इधर कारावास में धर्म ने विज्ञान से कहा, "भाई, तुम इतने बलशाली हो। तुम तो एक मन्त्र से कारागार को ध्वस्त कर सकते हो।"

विज्ञान ने उत्तर दिया, "महात्मन्, मैं तो शापित शक्ति हूँ। मैं स्वयं में शून्य हूँ। निष्क्रिय हूँ। जिसका मुझ पर अधिकार होता है, उसी की इच्छा से परिचालित होता हूँ। पहले आप लोगों के अधिकार में था और अब दुष्टा राजनीति के अधिकार

में हूँ। इसीलिए उसी की इच्छा से चलूँगा।"

राजनीति ने अपनी योजना चालू रखी। उसने समाज की स्वतन्त्र चिन्ता को समाप्त किया। उसमें निष्क्रियता, भोग-लालसा भरी। निराशा में आनन्द लेना सिखाया। देशभक्ति के नाम पर प्रतिहिंसा और घृणा सिखायी। हत्या को वीरता बताया। स्वार्थ और लोभ को मनुष्यता बताया।

एक दिन उसने ग्रामवासियों से कहा, "तुम्हारा जीवन अत्यन्त दरिद्र है। जिसे तुम सन्तोष कहते हो, वह तुम्हारी पराजित भावना है। जिसे त्याग कहते हो, वह तुम्हारी असमर्थता है। जिसे शान्ति कहते हो, वह तुम्हारी निष्क्रियता है। देखो, उस पास के ग्राम में सोने की खानें हैं। वहाँ के निवासियों के घरों में सोना भरा है। तुम आक्रमण करो, उसे विजित करो और सब स्वर्ण लाकर अपने घरों में भर लो।"

लोगों ने कहा, "परन्तु दूसरे का भाग छीनना तो उचित नहीं है।"

राजनीति ने कहा, "तुम मूर्ख हो। वह किसका भाग है? जो छीन सके, उसी का भाग होता है। छीनो, नहीं तो जो तुम्हारे पास है, वह भी कोई छीन लेगा।"

भ्रमित भीड़ ने पूछा, "पर उस ग्राम के वासी बड़े शक्तिवान हैं। उन्हें हम कैसे जीत पावेंगे?"

राजनीति ने कहा, "हमारे हाथ में विज्ञान है। उसके एक मन्त्र से सारा गाँव नष्ट हो जाएगा।"

दुविधा-भरे ग्रामवासी मैदान में एकत्र हुए। कुछ कहते, "यह अनुचित है।" कुछ कहते, "हम तो कुछ समझने-बूझने लायक रह ही नहीं गये। हमें कुछ नहीं सूझता। अब तो जहाँ वह ले जाय, वहीं जाना होगा।"

राजनीति ने विज्ञान का मुख उस ग्राम की ओर करके आदेश दिया, "विध्वंस का मन्त्र पढ़ो!"

विज्ञान ने विध्वंस-मन्त्र पढ़ा और उस ग्राम पर अग्नि की बरसा हुई—तप्त लौह बरसा, शूल बरसे। ग्रामवासी जब वहाँ पहुँचे तो उन्होंने अग्नि में तपे हुए सोने की दमक के ऊपर मानव-रक्त का लेप देखा। सर्वत्र चीत्कार सुनाई पड़ी। शव, कटे सिर, धड़, भूमि पर बिखरे दिखे। स्वर्णराशि और मानव-रक्त एक साथ देखकर उसके मन में फिर द्वन्द्व आरम्भ हुआ।

वे बहुत क्षुब्ध मन से वहाँ से लौटे। दो-चार मुखिया उस कारावास के पीछे की ओर गये, जिसमें धर्म, कला और विज्ञान बन्दी थे। वहाँ उन्होंने उनकी एक झलक देखी। ग्रामीणों को देखकर वे खिड़की के पास आये। ग्रामीणजनों ने सारी घटना बतलाकर कहा, "महात्माओ, हमें बताओ हम क्या करें? वहाँ रक्त की नदी बह रही है। क्रन्दन से आकाश भर गया है। पर वह सारा स्वर्ण हमारा हो गया है! क्या हम ले आवें? क्या यह उचित हुआ?"

कला और धर्म ने कहा, "तुम सब हिंसक पशु हो गये हो। स्वर्ण को मनुष्य-जीवन से तौलने लगे हो। तुम मनुष्य के शव पर हेम-मन्दिर निर्मित करने लगे हो। तुम धरा को जल के बदले मानव-रक्त से सींचने लगे हो। तुम कैसे हो गये हो?"

ग्रामीण बोले, "देव, हम स्वयं नहीं जानते हम कैसे हो गये हैं? हमें अपने स्वरूप का ज्ञान ही नहीं रहा। हम यह भी भूल गये कि हम क्या थे? हमें आप लोग मार्ग समझाइए, आप बाहर आइए।"

"पर हम तो बन्दी हैं।" कला ने कहा।

वे बोले, "आप अलौकिक शक्ति-सम्पन्न हैं। यह कारागार आपके लिए तृण के समान है। आपमें अतुल शक्ति है।"

धर्म और कला ने कहा, "तुम भूलते हो। यथार्थ शक्ति तो तुम्हारे पास है। तुम्हारे पास जनशक्ति का समुद्र है। हम तो उसमें उठनेवाली तरंगें मात्र हैं। तुम क्षुब्ध हो जाओ, आन्दोलित हो जाओ, तुम अजेय हो जाओगे। पर अभी तो तुम भी बन्दी हो। हम भी बन्दी हैं। हम कारावास के भीतर बन्दी हैं, तुम कारावास के बाहर बन्दी हो। हमारा केवल शरीर बन्दी है, तुम्हारा केवल शरीर मुक्त है। तुम्हारे चिन्तन, विचार, भावनाएँ, विश्वास, श्रद्धा—सबके पैरों में बेड़ियाँ पड़ी हैं। पहले तुम मुक्त हो जाओ, फिर हमें मुक्त करना।"

ग्रामीणों ने विस्फारित नेत्रों से सयानों की ओर देखा और बोले, "तो हम क्या करें? कैसे मुक्त हों?"

सयानों ने कहा, "खून से धोया हुआ स्वर्ण कदापि ग्रहणीय नहीं है। जिसने तुम्हें बर्बर बना दिया है और जिसने उस ग्राम के निवासियों का संहार करा दिया है, उसने तुम्हें असहाय पशु की तरह बाँध रखा है। स्वर्ण लूटने जानेवाली भीड़ को राजमहल की ओर मोड़ो और सबसे पहले उस दुष्टा राजशक्ति पर आधिपत्य प्राप्त करो। तब तुम मुक्त हो जाओगे।"

ग्रामीण चले गये। और उस दिन सन्ध्या को ग्राम का समस्त जन-समाज मुक्ति के गाने गाता हुआ, मानवता का जयघोष करता हुआ, राजमहल के सामने एकत्र हुआ।

राजनीति ने जन-शक्ति के इस प्रबल प्रवाह को देखा, तो उसके पाँव काँपे, पर उसने अन्तिम कुटिल प्रयास किया। उसने लोभ दिखाया, क्षमा-याचना की, झूठी प्रतिज्ञा की, रोयी, गिड़गिड़ायी, पर अन्त में अपने ही द्वारा निर्मित प्रासाद में वह बन्दिनी हुई।

कारागार के द्वार टूटे और बाहर जन-पथ पर आये—मनुष्य की सच्ची कला, धर्म और विज्ञान!

जिन्दगी और मौत

सेनेटोरियम लगभग दो मील दूर है। सात घण्टे एम्बुलेन्स कार में बैठे हो गये। भीतर कवि हैं। रह-रहकर उन्हें खाँसी आती है और मैं काँप-काँप उठता हूँ। बगल में बैठा ड्राइवर भी, जो ऐसे अनगिनती मनुष्यों को मौत से मिलने आधे रास्ते तक पहुँचा आया है, 'हे राम!' कहकर गहरी साँस छोड़ता है।

मोटर रुक गयी है—एक आदमी पास के कुएँ से पानी लेने गया है। कवि ने मुझे पास बुलाया। कहा, "देखो, तुम जीवन से भरपूर हो! मैं खाली हो गया हूँ! मैं नहीं चाहता कि तुम मेरे इतने नजदीक रहो।" मैं कुछ कहूँ, इसके पहले ही वे क्षीण स्वर में बोले, "मेरी अन्तिम कविता—'जीवन-दान न दो' तुमने सुनी है न?"

"हाँ, मुझे उसके कई पद याद हैं।" मैंने कहा।

वे बोले, "उसका अन्तिम पद याद है? कहो भला।"

मुझे अन्तिम पद याद है; पर दो वर्ष पहले इस पद में जिस चलाचली की तैयारी का संकेत किया था, वह वेला सामने है। अब वह पद जैसे कण्ठ से नहीं निकलना चाहता। कवि की आँखें मेरी ओर लगी हैं। मैंने पद कहा—

'आज धरा के श्रीचरणों में मेरा नमन चढ़ेगा।
कहते हैं, काफिला यहाँ से आगे और बढ़ेगा।।
सब कुछ भूलूँ, मुझसे मेरा अन्तिम गान न लो।
जीवन-दान न दो।।'

वे बोले, "फिर मुझे क्यों जहाँ-तहाँ लिये फिरते हो, भाई? अपने बीच जीने दिया है, तो अपने बीच मरने का हक भी तो दो। यहाँ इस सेनेटोरियम के वीराने में, बिना विदाई के ही काफिला कूच कर जाएगा।"

उनके नेत्रों में बधिक के बाण से बिद्ध प्राणी की तरह कातरता और विवशता है। मौत के शिकंजे में कसे प्राणों की छटपटाहट झलक रही है। मैं कैसे इस हाहाकार को शान्त करूँ? मेरे पास धीरज के रटे-रटाये दो बोल हैं। उनसे क्या होगा! यह

कवि है—शब्दों का बादशाह! उसने शब्दों की असीम शक्ति को देखा है और भारी-भरकम शब्दों के पीछे छिपी दुर्बलता की पहचान भी उसे है। उसे शब्दों से कैसे भुलाऊँ? नहीं, शब्द व्यर्थ हैं।

एक परिचित आ गये हैं। उन्हें समाचार दिया था, इसलिए वे मोटर लेकर शहर से बाहर से साथ हो लेने के लिए आये हैं। उन्होंने कवि को देखा और बोले, "अरे, ये तो स्वस्थ थे। ऐसा कैसे हो गया है?" कवि ने बात सुन ली। झँपती हुई आँखें खुलीं और एक अजब कड़क से वे बोले, "पॉवर्टी सफरिंग!" आँखों से दो प्रखर किरणें ऐसी निकलीं, जैसे दो लपलपाती तलवारें गरीबी और दुःख को काट फेंकने के लिए चल पड़ी हों।

परिचित ने मुझसे धीरे-से कहा, "पहले क्यों नहीं लाये?"

मैंने कहा, "लाना क्या अपने वश की बात है! लाने का प्रबन्ध करते-करते इतना समय लग गया। पर इधर बीमारी भी तो अपना प्रबन्ध करती रही है। रोग बड़ा बुजदिल दुश्मन है, भाई! निरस्त्र पर वार करता है, सँभलने नहीं देता।"

ऐम्बुलेन्स चल पड़ी है। चारों ओर हरियाली है। सड़क के साथ-साथ एक झरना बह रहा है। साँझ उतरने लगती है। वृक्ष पक्षियों के कलरव से गूँज उठे हैं—यह जीवन का मुक्त कल्लोल है। और इधर निर्बल फेफड़ों से निकली यह मजबूर खाँसी—मृत्यु का क्रन्दन! दोनों ओर के वृक्षों से उठते इस कलरव के बीच से यह खाँसी बढ़ रही है—जैसे मरण के स्वागत में दोनों ओर गीत गाती जिन्दगी खड़ी है।

सेनेटोरियम के फाटक पर मोटर रुक गयी। जरूरी पूछताछ करने वे परिचित सज्जन भीतर गये हैं। मैं मोटर के पीछे आ गया हूँ। कवि तकिए के सहारे बैठ गये हैं और उनकी दृष्टि सामने की पहाड़ी पर लगी है। पहाड़ी के सिर पर सूर्य को किसी ने करीने से कस दिया है। कवि की टकटकी लगी है—मुग्ध नयनों से वे उस सम्पूर्ण दृश्य को जैसे आत्मा में समेट रहे हैं। आँखों में बड़ी लालसा, बड़ी जीवनाशा। वे भर-आँख उस छवि को देख रहे हैं—क्या यही है?

उनके ओंठ खुले। वे अपनी ही कविता की पंक्तियाँ गुनगुनाने लगे—

'हे चिरन्तन! ठहर कुछ क्षण, शिथिल कर ये मर्मबन्धन।
देख लूँ भर-भर नयन, जन, वन, सुमन, उडुगन, किरन, घन।'

सूर्य पहाड़ी में छिप गया—एकदम, एक क्षण में, जैसे कोई बच्चा घर की छत पर खेलते-खेलते सहसा नीचे गिर पड़े। कवि एकदम आँखें बन्द करके बिस्तर पर लुढ़क गये। बड़े आर्त्त स्वर में बोले, "देखो, यह पहाड़ सूरज को खा गया।" उनकी बन्द आँखों से दो बूँदें निकलीं और गालों के गढ़ों में समा गयीं। वे अस्फुट स्वर में बड़े भावावेश में बोलते गये, "यह काला पहाड़ रोज इसी तरह सूरज को खा

जाता है, और हम कुछ नहीं कर सकते। मैं तो हार गया, तुम लोग सूरज को बचाना; पहाड़ उसे खा न पाये; हमारी रोशनी न छीन ले। अपने संकीर्ण, अँधेरे, घिनौने पेट में यह जमाने-भर का सूरज छिपा लेता है! घड़ी-भर आराम के लिए रुका था कि यह उसे लील ही गया! तुम सूरज के लिए लड़ना, हमारी रोशनी को निगल जानेवाले से जूझना!'' आवेश-जनित कमजोरी के कारण उन्होंने गर्दन डाल दी और मौन हो गये।

उनकी आँखों से फिर अश्रुधार बहने लगी है—जैसे मृत सूर्य के लिए उनकी आत्मा विलाप कर रही है। मैंने कहा, ''आप में इतनी दुर्दम प्राणशक्ति है, आप ऐसे कच्चे कैसे हो रहे हैं?'' उन्हें ब्राउनिंग की एक कविता बड़ी प्रिय है। उसकी कुछ पंक्तियों पर तो बड़े मुग्ध होते हैं! मैंने कहा, आप ब्राउनिंग की इन पंक्तियों को भूल गये क्या?

आई वाज़ एवर ए फाइटर, सो—
वन फाइट मोर—

मैं चुप हो गया। अन्तिम शब्द इस प्रसंग में कैसे कहूँ? पर वे बोले, ''पूरी कहो पंक्ति को—द बेस्ट ऐण्ड द लास्ट!...सत्य को क्यों छिपाते हो? जिसे तुम जानते हो, जिसे मैं जानता हूँ, उसी को हम आपस में एक-दूसरे से छिपा रहे हैं। सो वन फाइट मोर; द बेस्ट एण्ड द लास्ट! ठीक कहते हो; जरा सलीके से लड़ूँगा!''

सामने लम्बा-चौड़ा मैदान, सर्वत्र हरियाली—लेकिन इस हरियाली में जिन्दगी का हरापन कहीं नहीं दिखता। सम्पूर्ण प्रकृति जैसे किसी आशंका से हर क्षण सहमी रहती है। इतने मनुष्य हैं—मरीज, डॉक्टर, नर्स; लेकिन जीवन का स्पन्दन कहीं अनुभव नहीं होता! ठण्डी हवा हल्की-सी सिहरन पैदा कर रही है। जहाँ-तहाँ 'हट्स' हैं—एक-दूसरी से दूर, अपने-आप में एक भिन्न संसार। हरियाली में बल्बों से जगमगाती वे झोंपड़ियाँ आकाश में झिलमिल करते नक्षत्रों-सी मालूम होती हैं।

'जनरल वार्ड' के सामने हम आ गये हैं। नया मरीज आता देख पचास-साठ रोगी एकदम बरामदे में आ गये हैं। ये मनुष्य लगते ही नहीं हैं—इतने पास हैं फिर भी लगता है कि ये बहुत दूर से हमें देख रहे हैं। ये मनुष्य लगते ही नहीं हैं—ये केवल अस्तित्व हैं—बिल्कुल वायवी! शून्य आँखों में केवल उत्सुकता! मरीज की मायूसी, पीड़ा, चिन्ता भी इनकी आँखों में नहीं है। केवल कुतूहल; केवल उत्सुकता—बच्चों की तरह! नये रोगी के माध्यम से ये दुनिया से सम्बन्ध जोड़ना चाहते हैं। प्रश्नों की बौछार लग गयी—

''कहाँ से आये हैं?''

''कौन-सी स्टेज?''

''एक लंग?''

"दोनों लंग?"

"कलेप्स करना पड़ेगा?"

ये सब टी.बी. के विशेषज्ञ हो गये हैं। जरा देर हलचल रुक गयी है। मैं जवाब दे रहा हूँ, वे कान खोले सुन रहे हैं। फिर हलचल हुई—"अरे राम राम! बड़ी देर कर दी!"

और अब इनमें एक विचित्र व्यस्तता आ गयी है। उनके भटके हुए सामर्थ्य को सहारा मिल गया है। उनके अस्तित्व को सार्थकता मिल गयी है। वे नये मरीज के प्रबन्ध में लग गये हैं।

"कौन-सा बैड है?"

"सिस्टर को बुलाओ?"

"डॉक्टर को खबर करो?"

"चादर बदलने को बोलो।"

सब बच्चों की तरह दौड़ रहे हैं। एक क्षण को उन्हें लगा कि वे सब स्वस्थ हैं और नये मरीज की परिचर्या कर रहे हैं। मेरा काम कुछ नहीं रह गया। उनके अन्दर की मानवी करुणा, संवेदना उमड़ पड़ रही है। वे कुछ कर सकने को आतुर हैं। वे इस घर के वासी हैं और मेहमान की सेवा-चाकरी में लग गये हैं। सामान जमा रहे हैं, बिस्तर ठीक कर रहे हैं, पानी ला रहे हैं। दो-चार कवि के पास खड़े हैं और उन्हें धीरज दे रहे हैं—"कोई चिन्ता नहीं है। जल्दी ठीक हो जाएँगे। मैं भी ऐसा ही आया था, पर अब देखिए।"

वही धैर्य, जो उन्हें मिला था, वे नये मरीज को दे रहे हैं। वे जान गये हैं कि कोई उम्मीद नहीं है; मगर मरीज मरीज को धोखा दे रहा है। उनकी आत्मीयता उमड़ रही है, उन्होंने नये मरीज को स्वीकार कर लिया है, परिवार में शामिल कर लिया है। मुझसे बोले, "आप चिन्ता न करना। हम सब ठीक कर लेंगे। समझ लो कि घर में आ गये हैं।"

कैसा यह घर? और कैसे उसके ये वासी? इनमें अनेक उस लोक की यात्रा पर निकल पड़े हैं—यह सेनेटोरियम एक पड़ाव है—दो घड़ी रुके हैं और एक क्षीण आशा है कि शायद घर से वापस लौटने की खबर आ जाय; नहीं तो आगे तो बढ़ना ही है।

"सर, नमस्ते!" मैंने चौंककर देखा। एक नव-तरुण है! बोला, "आपने मुझे नहीं पहचाना? मैं आपका विद्यार्थी रहा हूँ। मेरा नाम नगेन्द्रनाथ है।"

'सर, नमस्ते' से मेरा पिण्ड नहीं छूटता। शहर के किसी भी मुहल्ले में जाऊँ, चाहे वीराने में जाऊँ, कोई 'सर नमस्ते' कह ही देता है। अगर शहर में कहीं से चोरी करके भागूँ, तो जगह-जगह 'सर, नमस्ते' होगी और पकड़ लिया जाऊँगा। एक

बार मित्रों के साथ सिनेमा में बैठा खूब हल्का फिल्म देख रहा था। हँसी-मजाक-चुहल! इण्टरवल हुई तो पीछे से आवाज आयी, 'सर, नमस्ते!' दो विद्यार्थी ठीक पीछे बैठे थे। डटा रहा—सोचा, 'प्राप्तेषु षोडषे वर्षे।'

यह नगेन्द्र यहाँ! तीन साल पहले इसे पढ़ाया था। अच्छा खूबसूरत, स्वस्थ लड़का; हाकी बढ़िया खेलता था। और आज यह यहाँ?

मैंने पूछा, "अरे तुम यहाँ कैसे?" प्रश्न मेरा निरर्थक था। यहाँ तफरीहन कोई नहीं आएगा। वह बोला, "छः महीने हो गये सर! बी.ए. के बाद ही आ गया।"

"अब?" मैंने पूछा।

"छः महीने और रहना पड़ेगा।" वह बोला।

सेनेटोरियम के भोजन, हवा और आराम ने इसके शरीर को क्षीण नहीं होने दिया। मगर भीतर? इसके तारुण्य को खोखला करनेवाला वह घुन तो लगा है। मैंने उसकी पीठ पर हाथ रखा। उसकी आँखों में आँसू आ गये। वह बोला, "सर, माँ और छोटे भाई का क्या होगा? मैं नौकरी पर जा ही रहा था कि यह हो गया। मुझे अपनी चिन्ता नहीं, पर उनको कौन पालेगा?"

मैं उसकी पीठ पर हाथ फेर रहा हूँ। उसे धीरज बँधा रहा हूँ। बुजुर्ग कहते थे, यह राज-रोग कहलाता है, राजाओं को हुआ करता था—उन्हें फुरसत थी। पर जो जीवन की कशमकश में उलझे हैं; जो पसीने की एक-एक बूँद से एक-एक दाना कमाते हैं; जिन्हें बीमार पड़ने की फुरसत नहीं है; उन्हें यह क्यों होता है? इसने कब से वर्ग-भेद छोड़ दिया?

डॉक्टर आ गया है। कवि को देख रहा है। "मैं शान्ति से विदा होने आ गया हूँ, डॉक्टर! परिवार से, मित्रों से दूर!" डॉक्टर ने कहा, "यह कैसी बात करते हैं! अभी तो कुछ नहीं बिगड़ा है। जरा-सा दाग एक लंग पर है।" कवि के मुख पर विश्वास आ गया है, उन बुझी-बुझी आँखों में जीवनाशा जगमगाने लगी है। वे बोले, "एक कप चाय और कुछ बिस्कुट चाहिए!" एक कदम जिन्दगी की ओर बढ़ाने का उल्लास उनके मुख पर है। चाय और बिस्कुट उनके लिए जीवन का लक्षण है। चाय और बिस्कुट उनकी जीवन की दुर्दम आकांक्षा का प्रतीक है। जिन्दगी की डोर को वे खूब कसकर पकड़े हैं, उनके संघर्ष का प्रयत्न चेहरे पर साफ झलक रहा है।

मैं बरामदे में आ गया हूँ। आसपास मरीज हैं। दुनिया की तमाम बातें पूछ रहे हैं। व्यक्तिगत से लेकर अन्तर्राष्ट्रीय तक, जैसे कोई यात्री वर्षों पहाड़ों में भटकता रहा हो और लौटकर वर्षों के हालचाल पूछ रहा हो। वे सब बाहर की दुनिया से सम्बन्ध जोड़ना चाहते थे, अनुभव करना चाहते थे कि इस विराट विश्व में उनका अस्तित्व भी है। वे दूर नहीं हैं। विश्व की जीवन-धारा में वे बह रहे हैं।

एक नर्स आयी। चेहरे से चिड़चिड़ी मालूम होती है। बोली, "अरे, तुम लोगों

ने यहाँ क्यों भीड़ लगा रखी है? जाओ अपनी जगह पर!'' वह मरीजों को बच्चा समझती है, ऊधम करते बच्चों को अपने-अपने बिस्तर पर सुलाना चाहती है। मगर वे इस समय अपने को बच्चा मानने के लिए तैयार नहीं हैं। वे पूर्ण विकसित व्यक्तित्ववाले मनुष्य हैं, वे बाहर से आये एक आदमी से बातचीत कर रहे हैं। उन्हें बुरा लगा। उनका आहत आत्मसम्मान रो पड़ा, बच्चों की तरह। वे बोले, ''सिस्टर, तुम्हारी बात से हमारा खून जल जाता है। कैसा बोलती हो तुम? हम क्या आदमी नहीं हैं?'' वे सब डाँटे हुए बच्चे की तरह दुबककर रह गये हैं, निर्बल क्रोध और विवशता से एक-दो के गले भर आये। इन्हें मीठी बात चाहिए; स्नेह की वाणी चाहिए। घर से दूर, परिवार से दूर, मित्रों, सम्बन्धियों से दूर इस घेरे में बन्द ये आत्माएँ जीवन का संस्पर्श चाहती हैं। उन्हें स्नेह की चाह है; उन्हें रस की भी चाह है, उन्हें विश्वास की चाह है; आत्मीयता की चाह है, माधुर्य की चाह है—उन्हें वह सब चाहिए जो जीवन को अर्थ देता है। नर्स के नीरस कड़वे बोल जैसे उन्हें जीवन से दूर ढकेलते हैं।

वे मुझे घेरे हैं, जैसे अपने बीच खड़ी जिन्दगी को पकड़े हों।

''बड़ी चिड़चिड़ी है।'' एक बोला।

दूसरे ने कहा, ''कुछ नहीं—रिप्रेसन है।'' मैंने उसकी ओर देखा। दक्षिण का आदमी है। मैंने पूछा, ''आप कहाँ से आये?''

वह बोला, ''मैं टाटा इन्स्टीट्यूट ऑफ सोशलाजी में था। कोर्स का एक साल रह गया था, सो यहाँ काटना पड़ रहा है।''

वे सब बिस्तरों पर आ गये हैं। आठ की घण्टी बजी और वे आरती गाने लगे। डार्मिटरी के दोनों ओर बिस्तरों पर हाथ जोड़कर वे बैठ गये हैं; एक आदमी बिस्तर पर बैठे-बैठे ही आरती की थाली घुमा रहा है।

रोज का क्रम है। विचित्र दृश्य है। वे बड़े करुण कण्ठ से गा रहे हैं—

'जय जगदीश हरे, जय जगदीश हरे!
भक्त जनों के संकट पल में दूर करे!'

गले उनके रुँधे हैं। पीड़ित आत्मा का आर्तनाद-सा लगता है। टी.बी. के मरीज को इस युग में भी लगता है कि उसका अन्त आ गया। ये सब अपने को गया हुआ मान बैठे हैं, जीवन इनका खो गया है। इनका विश्वास गया, आशा गयी, निष्ठा गयी! ये किसी अलक्ष्य, पर सर्वोपरि शक्ति से आसरा चाहते हैं। नदी में गिरे उस आदमी-जैसे हैं, जो आसपास किसी तैरती लकड़ी को न पाकर चीखता है कि किनारे पर कोई कहीं सुन ले और बचा ले। कण्ठ से घनीभूत पीड़ा प्रवाहित हो रही है।

गाते-गाते दो-तीन आदमी फूट-फूटकर रोने लगे। बच्चों की तरह सिसक रहे हैं।

अब मेरे लौटने का वक्त हो गया है। मैं कवि के पास पहुँचा। ''अब मैं चलता हूँ। रात में ही लौटना है।'' मैंने कहा।

उन्होंने मेरी ओर देखा। टकटकी लगाकर देख रहे हैं–जैसे अपने इस अन्तिम सम्पर्क को साथ ले जाना चाहते हैं। कुछ ऐसा लग रहा है उन्हें कि मेरे दूर होने से संसार से बाँधनेवाला अन्तिम सूत्र भी टूट रहा है।

मैंने कहा, ''दो-चार दिन में फिर आऊँगा, मैं। आप चिन्ता न करें। जल्दी अच्छे हो जाएँगे। सब प्रबन्ध ठीक हो गया है।''

वे बोले, ''हाँ देखो–''

बाहर चलने लगा, तो उन चालीस-पचास मरीजों ने 'नमस्कार', 'जैरामजी की' की झड़ी लगा दी। कैसी आत्मीयता! और दो घण्टे के इस परिचित के जाने का कैसा दुःख! जैसे जन्म का साथी जा रहा हो।

मैं बाहर आ गया हूँ। मोटर की घर्र में वे क्षीण आवाजें दबी जा रही हैं।

दुःख का ताज

कोई क्षण ऐसा होता है जब मनुष्य अपनी आत्मा को निकालकर हथेली पर रख लेना चाहता है; उसे पूर्ण निर्वैयक्तिक भाव से निर्लिप्त रहकर, चारों ओर से जी-भर देखना चाहता है; उसे दूसरों को दिखाते हुए घूमना चाहता है। ऐसी घड़ी में संकोच की दीवारें सहसा टूट जाती हैं, लाज-शरम के परदे हट जाते हैं और मनुष्य अपने सच्चे नंगे रूप में खड़ा हो जाता है।

वह रात ऐसी ही थी। दिसम्बर का महीना। कड़ाके की ठण्ड। शाम को तीन घण्टे पानी बरसा था। शरीर को छेदनेवाली ठण्डी, गीली हवा सनसना रही थी। दूसरी मंजिल पर उखड़ी सीमेण्ट के फर्श पर बिस्तर बिछाए वे दोनों एक कम्बल में लिपटे पड़े थे। सँकरे कमरे की दीवारें पैर और सिर को लगभग छूती थीं। कम्बल दो थे मगर फटे थे और उन दोनों को उन्होंने ऐसी चतुराई से दुनया लिया था कि वे परस्पर एक-दूसरे के छिद्रों को ढाँके हुए थे।

एक-दूसरे के छिद्रों को ढाँकनेवाले कम्बलों की तरह ही ये दोनों मित्र थे। एक ही दफ्तर में काम करते थे और एक फर्श पर, एक छत की छाया में, एक बिस्तर पर, एक ही कम्बल में लिपटे पड़े रहते थे। मामूली पढ़े-लिखे ये दोनों 'इम्पलायमेण्ट एक्सचेंज' की धूल महीनों छानकर अब आठ-आठ महीने के लिए नौकरी पा गये थे। यह पाँचवाँ महीना चल रहा था। तीन महीने बाद फिर दोनों सड़क पर होंगे; फिर कहीं दो-चार माह की नौकरी। वर्षों से यही क्रम चल रहा था।

दिन-भर दफ्तर में काम करते, शाम को किसी सस्ते होटल में खाना खा लेते, थोड़ी देर यहाँ-वहाँ घूमते; सिनेमाघरों में दीवार पर चिपके इश्तिहारों की तस्वीरें जी-भर देखते और आकर फटे दुहरे कम्बल में सो जाते। ऐसा नहीं था कि नये सस्ते कम्बल खरीद नहीं सकते थे। खरीदने का मन नहीं होता था। दस-पाँच रुपये ज्यादा देकर बड़े कमरे में भी रह सकते थे, पर इस गन्दे-अन्धे कमरे को वे छोड़ना नहीं चाहते थे। इसका उखड़ा-उखड़ा फर्श, खुदी हुई गन्दी दीवार; बिना चटखनी की खिड़की; गन्दे कोने; भनभनाते मच्छड़; ये सब उन्हें अच्छे लगते थे। खटमल-भरे गन्दे

बिस्तर पर इस कमरे में सोने में उन्हें एक सुख और गर्व का अनुभव होने लगा था। वे इस गन्दगी को; दरिद्रता को गर्वपूर्वक सिर पर धारण किये घूमते थे, जैसे कोई ताज पहने हों।

हवा के झोंके ने खिड़की को धक्का मारा और दोनों पलवों को दबाये जो ईंट रखी थी, उसे गिरा दिया। खिड़की खुल गयी और छुरी जैसी एक वायु-तरंग ने कम्बल को चीरकर उनके शरीर को छेद दिया।

गोविन्द पड़े-पड़े फुटफुटाया, "धत्तेरी हवा की...यार, जरा ईंट फिर से रख देना।"

रामेश्वर बोला, "अरे बाप रे, इतनी ठण्ड में मुझसे नहीं उठा जाएगा। घण्टे-भर में फिर शरीर गरम होगा।"

गोविन्द ने मनाया, "मैं तुझे गरम कर दूँगा। आकर चिपट जाना। खुली रही, तो सबेरे निमोनिया से दोनों मरे मिलेंगे।"

रामेश्वर बड़बड़ाता उठा। मकान-मालिक को खूब गालियाँ दीं—'साला, हरामखोर, हर महीना किराया झपट लेता है और एक साँकल लगवाने का नाम नहीं लेता। अबकी पहली को आएगा, तो जूते मारकर निकाल दूँगा।' ईंट जमाकर रखी और सी-सी करता एकदम कम्बल में घुस गया।

दोनों बड़ी देर मौन पड़े रहे। ठण्ड ने जैसे दोनों के मन को बर्फ-सा जमा दिया था। ठण्डा अवसाद चारों ओर से हृदय को घेरे था। बड़ी देर तक वे पड़े-पड़े न जाने क्या-क्या सोचते रहे। फिर दोनों के मुँह से अकस्मात् निकला, "यह भी क्या जिन्दगी है!" फिर दोनों मौन हो गये। रात की मौन भयानकता ने उनके मन की पीड़ा को उभार दिया था; भुगते दुःख ऊपर आ गये, लापरवाही से ढँकी उनकी दुर्दशा एकदम उठकर जैसे सामने खड़ी हो गयी थी।

गोविन्द कहने लगा, "तुम नहीं जानते, मैंने कितने दुःख भोगे हैं। मैं मैट्रिक पास हुआ, तभी पिताजी भी बीमार पड़े। मैंने उनकी छटपटाहट देखी है। वे जीना चाहते थे। मगर सहारा कहाँ से आता। दवा-दारू को पैसा ही कहाँ था! उनका वह सूखा हुआ, दयनीय मुख, वे निराश आँखें, अभी मेरी आँखों के सामने झूल जाती हैं। जब किसी बीमार वृद्ध को देखता हूँ, तो मुझे अपने पिता का मरने के पहले का चेहरा याद आ जाता है, मैं रो पड़ता हूँ।"

उसका गला भर आया। जरा रुककर बोला, "और मरते समय उनकी आँखों की वह लाचारी! मानो कह रहे हों कि बेटा, मैं तुम लोगों के लिए जीना तो चाहता हूँ, पर मौत से लड़ने लायक शक्ति ही नहीं रह गयी है! अब तुम्हारा क्या होगा? और उसके बाद से दोस्त, हमलोग भूखे ही मरते रहे हैं। माँ ने घर के बर्तन बेचकर भाई-बहिनों का पेट कुछ दिन भरा। मैं मारा-मारा फिरता रहा, नौकरी की तलाश

में। रेलवे प्लेटफार्म की बेंचों पर चौबीस-चौबीस घण्टे भूखा पड़ा रहा हूँ। फिर पेट की आग में झोंकने के लिए होटल से पूड़ियों की चोरी की ओर पिटा; पर पिटते-पिटते भी पूड़ी मुँह में भर ली।'' रामेश्वर ने टोका, ''छोड़ भी यार! यह तो हमेशा का रोना है। कोई और बात कर।''

गोविन्द कराहकर बोला, ''और मेरे पास क्या है? प्यार की बात करूँ? भूख से बचने में ही जिसका हर क्षण लगा रहा है, उसे प्यार करने की फुरसत कैसे मिलेगी? तुम नहीं जानते, तुमने दुःख भोगा कहाँ है। भाई और बहिन को दवाई के अभाव में प्राण त्यागते देखा है मैंने! मैं बैठा-बैठा टुकुर-टुकुर देखता रहा और वे एक के बाद एक मरते गये। और अब माँ और एक बहिन घर में है। मेरी नौकरी का ठिकाना नहीं। बहिन जवान हो गयी है। मैं उसके डर के मारे घर नहीं जाता। उसे देखता हूँ तो जैसे कलेजे में तेजाब उतर जाता है। यह उसकी ससुराल में रहने की उम्र है। पर बिना पैसे के कौन उससे शादी करेगा? और अब तीन महीने बाद बेकार हो जाऊँगा, तब घर क्या मुँह लेकर जाऊँगा?''

उसकी आँखें सजल हो गयीं और गहरी साँस लेकर वह दुःख के आवेग में रामेश्वर से चिपट गया और बोला, ''इससे तो मौत अच्छी।''

रामेश्वर जैसे पत्थर हो गया था। वह हिला-डुला तक नहीं। दुःखी मित्र के ऊपर सहानुभूति का हाथ तक नहीं फेरा। गोविन्द का दुःखी मन तड़पकर रामेश्वर का सहारा लेना चाह रहा था, पर उसे लगा कि उसने निष्प्राण पत्थर को कलेजे के लगा लिया हो।

रामेश्वर की समस्त चेतना अपने भीतर के उठ रहे आवेग को सँभालने में लगी थी। वह गोविन्द की दुःख-कथा सुन रहा था। सुनते-सुनते उसके हृदय के किसी कोने से दर्द उठा। धीरे-धीरे उसने उसकी पूरी चेतना को अभिभूत कर दिया। उस ठण्डी रात में उसे ऐसा लगा जैसे उसका शरीर जल रहा हो। दुःखी वह भी था और शायद वह दुःख ही था, जो इन दोनों को इतने समीप लाया था। परस्पर छिपाने लायक उनके पास कुछ नहीं था। वे एक-दूसरे की दुखती रगों को जानते थे, एक-दूसरे से कितनी बार अपने दुःख कह चुके थे। पर आज तो जैसे उनके दुःखी प्राण निकलकर बाहर मँडराना चाहते हैं।

रामेश्वर मौन रहने का प्रयास कर रहा था। वह अपने दुःख नहीं कहना चाहता था। पर उसने सब कुछ कहाँ कहा था? कुछ अनकहा रह गया था! घर की गरीबी, भुखमरी, बेकारी, मौत; ये सब दोनों ने भुगती थीं! पर रामेश्वर को कितने ही दुःख थे, जो उसने अभी तक छिपा रखे थे। पर आज की ठण्डी रात, सनसनाती हवा और गोविन्द के हाल ही के दुःख के विवरण से उसके मन के सब बन्धन टूट गये।

अपने कलेजे से चिपटे इस मित्र के प्रति उसके मन में करुणा जाग्रत नहीं

हुई। और मौकों पर वे एक-दूसरे को समझाते थे, सान्त्वना देते थे, धीरज बँधाते थे। पर आज रामेश्वर कुछ और सोच रहा था—'ऐसा रोता है, जैसे सारी दुनिया का दुःख इसी ने भोगा है! अभी दुःख इसने देखा कहाँ है। यह समझता है कि मैं बहुत मजे में हूँ। और यही दुःखी है!'

और तब वह सहसा बोला, ''तूने अभी कुछ नहीं भुगता है। जब भीतर पेट की ज्वाला धू-धू करे और बाहर मुँह भी काला हो जाय, तब आदमी को मौत से प्यारा कुछ और लगता नहीं है। मगर मैं जी रहा हूँ। कभी-कभी मरा बाप जिन्दा बाप से अच्छा होता है। मेरे पिता जिन्दा हैं, लेकिन मेरी तनख्वाह के आधे पैसे उनकी दवा और शराब में चले जाते हैं। जिन्दगी-भर पीते रहे और एक औरत को रखे रहे। घर जाने में मेरा प्राण क्यों काँपता है, जानते हो? मेरे वे दो भाई-बहिन जिनकी आँखों में भूख झाँकती है, मुझसे चिपट जाते हैं, तो मन में आता है कि इसी दम मर जाऊँ। वह भयानक गरीबी और भुखमरी। और भाईसाहब, तुम्हें अपनी बिनब्याही बहिन की फिक्र है। पर बिनब्याही बहिन उस बहिन से अच्छी है, जो परिवार के मुँह पर कालिख पोतकर चली जाय। ससुराल से भाग आयी थी मेरी बहिन; और न जाने किसके साथ चली गयी। दो साल हो गये। कोई पता नहीं। गाँव-जाति में कोई हमारा मुँह नहीं देखना चाहता। कोई पास बिठाकर चुल्लू-भर पानी पिलानेवाला नहीं। मैं क्या जी रहा हूँ? अरे, मैं तो मर चुका। यह तो मेरी लाश है, जिसको निचोड़कर मेरा बाप शराब पीता है और जिसके मांस को चीथकर परिवार भूख शान्त करता है।''

वह जरा देर चुप हो गया। न जाने क्या हुआ गोविन्द को, वह एकदम उससे दूर हट गया। बिस्तर के दूसरे कोने पर कम्बल के अन्तिम छोर को दबाये निश्छल पड़ा रहा। एक विचित्र प्रकार की घृणा उसे रामेश्वर से हुई। एक घनीभूत विकर्षण पैदा हो गया। ज्यों-ज्यों रामेश्वर अपने दुःख का तार चढ़ाता जाता, गोविन्द के मन से सहानुभूति घटती जाती; क्रोध बढ़ता जाता।

रामेश्वर ने कहा, ''इतना भुगता है मैंने। कोई और होता तो उसकी राख भी उड़ गयी होती।''

गोविन्द अनमने भाव से बोला, ''अपना-अपना दुःख सबको बड़ा लगता है।''

रामेश्वर को चिढ़ आ गयी, ''मेरे जैसा भुगतते, तब पता चलता। मेरे पास क्या रह गया? भूख, बेइज्जती, हड्डीतोड़ काम और समय से पहले मौत! तुझे तो मुझसे एक-चौथाई भी नहीं भोगना पड़ा।''

दोनों की स्पर्धा-सी चल रही थी। दोनों दुःखी थे और दुःख को गर्वपूर्वक वहन करते थे। जिसके पास कुछ नहीं होता, अनन्त दुःख होता है, वह धीरे-धीरे शहादत के गर्व के साथ कष्ट भुगतता है। जीने के लिए आधार चाहिए। और सब अभाव

में यह दुःख ही जीवन का आधार हो जाता है। वे उसे जकड़े रहते हैं, उसमें गौरव समझते हैं।

वे दोनों दुःख का आधार पकड़े थे। गोविन्द समझता था कि मैंने अधिक दुःख भोगा है और रामेश्वर सोचता था कि अभी यह जानता नहीं है, कि मैंने और क्या भुगता है। कह दूँगा तब जानेगा कि मेरे जैसी जिन्दगी वह एक दिन भी नहीं जी सकता।

आज उसने कह दिया और कुछ इस भाव से ताना मारा, जैसे गोविन्द के सिर का मुकुट छीनकर अपने सिर पर रख लिया हो।

गोविन्द के मन में रामेश्वर के प्रति घोर कटुता भर गयी। उसे लगा कि वह शत्रु के साथ एक ही कम्बल में सो रहा है। उसे उस क्षण का अनुभव हुआ, जैसे उसकी रही-सही जीवनी शक्ति भी चली गयी।

तभी रामेश्वर बोला, ''इन पाँच-छः सालों में जितना दुःख भोगा है, उतना तुम दो जन्मों में भी नहीं भोगोगे।''

गोविन्द एक झटके के साथ कम्बल को फेंककर खड़ा हो गया। उसके भीतर अपार क्रोध और घृणा भर गयी। दुःख का ताज मानो उसका छिन गया था, शत्रु उसके सामने ताज पहने उसकी हँसी उड़ा रहा था। वह बड़बड़ाया, ''साले, दुःख में भी तू मुझसे बढ़ गया। मेरे पास गर्व करने को दुःख के सिवा और क्या था। तू उस गर्व को भी छीनना चाहता है।''

उसने धमाधम रामेश्वर को लात मारना शुरू किया। चार-छः लात मारकर वह हाँफता हुआ बैठ गया और जोर से रोने लगा।

रामेश्वर चुपचाप लात सहता गया। तनिक भी उसने विरोध नहीं किया। ऐसा प्रसन्न था, जैसे उसके मुकुट में नये हीरे जड़े जा रहे हैं।

नया धन्धा

एक अद्भुत आदमी से भेंट

मैं शाम को कॉफी हाउस में बैठता था, क्योंकि मेरा मित्र भी वहीं बैठता था। और मेरा मित्र वहाँ बैठता, क्योंकि उसके पास बहुत पैसे थे।

मैं रोज ही कॉफी हाउस जाता था, क्योंकि वह मित्र मुझे रोज ही ले जाता था, क्योंकि वह शाम को मेरी संगति चाहता था।

मेरे पास पैसे बिल्कुल नहीं थे। मेरे मित्र के पास केवल पैसे थे।

हम लोग कॉलेज में साथ पढ़ते थे। मैंने बी.ए. के बाद पढ़ना छोड़ दिया, क्योंकि मेरे पिता की मृत्यु हो गयी। उसने पढ़ना नहीं छोड़ा, क्योंकि उसके पिता की मृत्यु नहीं हुई।

मैं बी.ए. पास करके एक साप्ताहिक पत्र में काम करने लगा। वह एम.ए. करके दवाइयों की दुकान करने लगा।

उसके पास बहुत धन था। मेरे पास सुन्दर विनोद था। मित्र को मेरी संगति अच्छी लगती थी, मुझे मित्र की कॉफी अच्छी लगती थी। मैं अपनी संगति को कॉफी के बदले में बेचता था। यह हमारी मित्रता का आधार था। मित्रता का सर्वत्र यही आधार होता है। एक-दूसरे का पूरक होकर रहना।

दिन-भर बाजार की धूल की जो परत उसके मन पर जम जाती, उसे मैं शाम को अपने हास्य-व्यंग की नोक से कुरेदकर अलग कर देता; और दिन-भर काम की जो थकान मेरे मन पर जम जाती, उसे उसकी कॉफी बहा देती। शाम को वह व्यापारी से आदमी हो जाता; मैं आदमी से व्यापारी।

हम लोग पश्चिमोत्तर के कोने पर की टेबिल पर बैठते, क्योंकि उसके पास ही हरे रंग के परदे के भीतर स्त्रियों और जोड़ों के बैठने का प्रबन्ध था। वहाँ हमें इसलिए बैठना पड़ता था कि मित्र रेशमी कुरता पहनकर आता था और कान में इत्र का फोहा खोंसता था। और अगर स्त्रियों के पास नहीं बैठे, तो रेशमी कुरता पहनने और इत्र लगाने से क्या फायदा?

हमारे ठीक सामने की टेबिल पर दूसरे कोने में एक आदमी अक्सर बैठता था। वह अच्छे कपड़े पहनता था और सुनहरी फ्रेम का चश्मा लगाता था। वह बहुत शिक्षित शिष्ट आदमी लगता था। पर मेरे मित्र की तरह उसकी आँखें भी उस हरे परदे पर ही लगी रहतीं। कभी-कभी इन दोनों की आँखें लड़ जातीं और तब मेरा मित्र खीझकर कहता, "देखो, वह साला वहीं आँखें गड़ाए है। बदमाश मालूम होता है।"

वह अकेला ही वहाँ बैठता था। कभी किसी से बोलते हमने उसे नहीं देखा। वह बैठे-बैठे एकदम वहाँ से उठकर चल देता।

उसके सम्बन्ध में मेरे मन में तरह-तरह की जिज्ञासाएँ उठतीं। एक दिन मैंने उसके बारे में जानने का निश्चय कर लिया। वह जब उठा तो मैं भी उठ खड़ा हुआ और मित्र विनोद से बोला, "यार, आओ आज जरा इस आदमी का पीछा करें। देखें यह कहाँ जाता है।"

विनोद बड़े बेमन से बोला, "होगा कोई! अपने को क्या मतलब?"

विनोद व्यापारी था, इसलिए व्यर्थ के झमेले में कभी नहीं पड़ता था। वह दुनिया को अपनी राह चलने देता था, बशर्ते कि दुनिया उसे उसकी राह चलकर पैसा कमाने दे। उसे दूसरे आदमी के मामलों से कोई मतलब नहीं था, जब तक कि वे मामले उसके व्यापार पर कोई प्रभाव न डालते। मैंने उसे वहीं छोड़ा और उसके पीछे हो लिया।

'काउण्टर' पर एक तरुण और तरुणी बिल चुका रहे थे। उनके पीछे ही वह आदमी खड़ा था। युवक और युवती कॉफी हाउस से निकले और सड़क पर चलने लगे। वह आदमी भी कुछ फासले से उनके पीछे हो लिया और उसके लगभग दस-पन्द्रह गज पीछे मैं भी चलने लगा।

एक बँगले के सामने वृक्ष की छाया में युवक-युवती खड़े हो गये। वह आदमी भी एक वृक्ष की आड़ में छुप गया। एक-दो मिनट बाद युवक आगे बढ़ गया और युवती बँगले की ओर बढ़ी। उसी समय वह आदमी आड़ से निकला और उसने लड़की को पुकारा, "शीला!" वह तरुणी मुड़ी; थोड़ी देर दोनों में बातें हुईं। इसके बाद वह आदमी आगे बढ़ गया और तरुणी बँगले में चली गयी। लगभग आधा मील चलकर वह आदमी एक मामूली मकान के सामने रुका और ताला खोलकर भीतर चला गया।

मेरे मन में एक बड़ा कुतूहल जाग्रत हो गया। वह आदमी बड़ा रहस्यमय लगा। मन में तरह-तरह के सवाल उठने लगे—वह कौन है? उस लड़की से उसका क्या सम्बन्ध है?

दूसरे दिन हम जब कॉफी हाउस पहुँचे तो हमें वह उसी स्थान पर बैठा मिला।

थोड़ी देर बाद एक युवक और युवती कॉफी पीकर परदे की आड़ से निकले। वह आदमी भी उनके पीछे हो लिया। मैं भी विनोद को छोड़कर उसका पीछा करने लगा।

ठीक पिछले दिन सरीखा हुआ। आज शीला की जगह 'विमला' थी।

यह क्रम तीन-चार दिन चलता रहा। कोई जोड़ा वहाँ से उठता, उसके पीछे वह आदमी हो जाता और उसके पीछे मैं। कभी शीला होती, कभी विमला, कभी कामिनी, कभी रागिनी। उस आदमी का रहस्य घना होता जाता था।

एक दिन मेरा मित्र विनोद बाहर चला गया। वह कॉफी पीने की तो आदत डाल गया था, पर पैसे नहीं दे गया था। आदत से मजबूर मैं कॉफी हाउस गया और उसी टेबिल पर बैठ गया। आँखें उठाकर देखा तो सामने हजरत बैठे थे। वह मेरी ओर गौर से देखता रहा। फिर एकाएक उठा और मेरे पास आकर बोला, "आपके मित्र आज नहीं आये?"

मैं अचकचा गया। बोला, "जी नहीं, वे आज बाहर चले गये हैं।"

"यहाँ क्या काम करते हैं, आप?" उसने पूछा। मैंने जवाब दिया, "मैं एक अखबार में काम करता हूँ।"

"क्या नाम है आपका?"

"शरदेन्दु शर्मा।"

"शरदेन्दु शर्मा आप ही हैं?" वह आँखें फाड़कर बोला, "मैंने आपकी कविताएँ और कहानियाँ पढ़ी हैं। आप बड़े कलाकार हैं।"

मैंने ससंकोच कहा, "यों ही कुछ लिख लेता हूँ।" वह तपाक से बोला, "नहीं साहब, आप बड़े कलाकार हैं। आप स्रष्टा हैं, आप द्रष्टा हैं, आप ब्रह्मा हैं। मैं आपको प्रणाम करता हूँ।" उसने सिर झुकाकर हाथ जोड़े। इतनी भक्ति से मैं घबड़ा गया। मैंने कहा, "आप शायद मजाक कर रहे हैं।" वह बड़े भाव-भरे स्वर में बोला, "नहीं साहब, मैं क्यों आपकी मजाक करूँगा। हम लोग तो अन्धे प्राणी हैं—राग-द्वेष का परदा आँखों पर डाले हुए। आप दिव्यदृष्टि वाले देव हैं, जो मनुष्य के बाह्य को भेदकर उसके मन में शाश्वत सत्य को देखते हैं। आप आनन्द की वृष्टि करते हैं। आप दाता हैं, हम केवल याचक।"

मैं बड़े असमंजस में पड़ गया। जिसे मैं गुण्डा समझ रहा था, उसके मुख से कविता झर रही थी। मैं मुग्ध हो गया। इसी समय मेरे मन में पिछले दिनों की उसकी हरकतें आयीं और मैं यह तय नहीं कर सका कि उसे क्या समझकर बातें करूँ।

इसी समय वेटर आया। और उसने 'आर्डर' दिया, "दो कॉफी और टोस्ट।"

फिर मेरी ओर मुड़कर बोला, "पिछली कुछ रातों से आप मेरे पीछे बड़े परेशान हैं।"

मैं अवाक् रह गया। उसके मुख की ओर देखता रहा।

वह बोला, "आपका कुतूहल बड़ा स्वाभाविक है। आप लेखक ठहरे। मानव-व्यवहार और मानव-स्वभाव का उद्घाटन करना तो आपका काम है।"

कॉफी आ गयी और खाने-पीने में बात का सिलसिला कुछ देर टूट गया। फिर कुछ बातें चल पड़ीं। वह बड़े सहज भाव से निर्मल मन से बात करता था। वह मुझे बहुत अच्छा लगा। पर ज्यों ही वह उस परदे की ओर देखने लगता, मेरे मन में उसकी सारी भलाई गायब हो जाती। हमारे मन में एक बना-बनाया नैतिक सिद्धान्त है। जो स्त्रियों की ओर देखे वह बुरा आदमी, जो न देखे वह अच्छा आदमी।

बड़ी देर वह स्नेह से बातें करता रहा, फिर उठा। बोला, "अब मैं चलूँगा। आपको आज मेरे पीछे परेशान होने की जरूरत नहीं है। आज मैं सीधा घर जाऊँगा।"

मैं तो चकित हो गया। मेरी परेशानी देखकर वह बोला, "आप परेशान न हों। आपकी जिज्ञासा स्वाभाविक है।"

मुझे समझ में नहीं आ रहा था कि मैं लड़कियों का पीछा करनेवाले गुण्डे के सामने हूँ, कि किसी कालेज के हिन्दी-प्रोफेसर के।

मैं तब तक सँभल गया था। मैंने कहा, "लेकिन परिचय एकतरफा रह गया। आपने अपने बारे में कुछ नहीं बताया।"

वह बोला, "आप मेरे साथ मेरे घर चलिए।"

मैं इस प्रस्ताव से सहमा। शंका हुई। पर मेरा कुतूहल आखिर जीत गया और मैं उसके साथ चला।

मैं उसके घर पहुँचा। छोटा-सा सुन्दर मकान था। बैठक में सोफा, टेबिल तथा पुस्तकों की एक अलमारी। स्वयं ताला खोलकर अन्दर घुसा था, इससे यह तो मैं जान गया कि वह वहाँ अकेला ही रहता है।

मुझे कुर्सी पर बिठाकर वह बोला, "मैं आपको बड़ा रहस्यात्मक व्यक्ति लगता हूँ न?"

मैंने कहा, "हाँ, मैं कई दिनों से जानने के लिए परेशान हूँ कि आप इस तरह लड़कियों का पीछा क्यों करते हैं?"

वह बोला, "मैं बता तो दूँ आपको, पर आप इसे लिखे बिना मानेंगे नहीं और तब मेरा काम चौपट हो जाएगा।"

मेरे उत्तर की प्रतीक्षा किए बिना ही वह बोला, "खैर, मैं आपको बतलाए देता हूँ।"

उसने टेबिल की दराज में से एक पैकेट निकाला, जिसमें कुछ तरुणों की तस्वीरें थीं जिनके नीचे नम्बर लिखे थे–1–2–3–4–फिर उसने दूसरा पैकेट निकालकर दिखाया, जिसमें तरुणियों की तस्वीरें थीं, जिनके नीचे भी नम्बर लिखे थे।

वह बोला, "ये शहर के कुछ तरुण-तरुणियों के चित्र हैं। इन दोनों के नम्बरों का मिलान करिए—सब समझ में आ जाएगा। यह नम्बर तीन की युवती और यह नम्बर तीन का युवक—यानी दोनों प्रेमी। इस प्रकार मेरे पास कई जोड़ों के चित्र हैं। बड़ी मेहनत से मैंने इकट्ठे किए हैं। इनके अतिरिक्त कुछ चित्र जोड़े से भी हैं। आप किसी युवती का नाम लीजिए, मैं इसके प्रेमी का नाम इस 'डाइरेक्टरी' में से देखकर बता दूँगा।"

मैंने कहा, "परन्तु, परन्तु किसी के पीछे दो-दो नम्बर लिखे हैं और कहीं दो चित्रों में एक ही नम्बर है। इन दो युवतियों के चित्रों के नीचे चार नम्बर लिखा है।"

वह बोला, "नम्बर चारवाले युवक इन दोनों के प्रेमी हैं।"

मैंने कहा, "बड़ा विचित्र शौक है, आपका।"

वह बोला, "शौक नहीं है साहब, 'बिजनिस' है, धन्धा है। देखिए मैं भी पढ़ा-लिखा आदमी हूँ—'ग्रेजुएट' हूँ। मैं काम भी कर सकता हूँ पर मुझे काम मिला नहीं। नौकरी नहीं मिलती इस देश में। आदमी को पेट तो भरना ही है। मैंने सोचा कि आजकल किस कमोडिटी (वस्तु) का बाजार गर्म है। समझा कि प्रेम का ही बाजार गर्म है। जैसे उच्च शिक्षित वर्ग में स्नो, पाउडर आदि का फैशन है, वैसे ही प्रेम का भी। मैंने सोचा कि देश में स्नो, पाउडर का व्यापार खूब हो रहा है तो प्रेम का भी हो सकता है। बस, मैंने पता लगाना शुरू किया। ये जोड़े मिले। मैंने इन पर प्रकट कर दिया कि मेरे पास उनका रहस्य है और सबूत भी, जो मैं उनके माता-पिता पर प्रकट कर सकता हूँ। नहीं करता हूँ, इसके लिए मैं उनसे पैसे लेता हूँ।"

मैंने कहा, "आप इनके प्रेम में बाधा उत्पन्न करते हैं, यह ठीक नहीं है।"

वह बोला, "मैं तो सिर्फ कमीशन लेता हूँ। स्नो, पाउडर का व्यापारी भी तो कमीशन लेता है। स्नो, पाउडर कोई खाना तो है नहीं, थोड़ा मुँह पर ही लगाते हैं। वह फैशन है। इसी तरह ये प्रेमी हैं। ये विवाह करना चाहें तो मैं इनकी मदद करता हूँ। पर विवाह के बिना प्रेम करना तो भाईसाहब गेहूँ नहीं हुआ, स्नो, पाउडर ही हुआ। मैं कमीशन लेता हूँ या यह कहिए कि मैं इनसे मनोरंजन-कर लेता हूँ। सरकार को जो मनोरंजन-कर लेने का अधिकार है, वही मुझे है। सरकार को यह अधिकार 'निधेषात्मक' रूप से प्राप्त है। सरकार मनोरंजन रोक सकती है, पर रोकती नहीं है इसलिए वह 'कर' लेती है। मेरी भी यही स्थिति है।"

मैंने कहा, "लेकिन आपके भय के कारण ये बेचारे प्रेम का आनन्द भी नहीं ले पाते होंगे।"

वह बोला, "नहीं, बात इससे बिल्कुल उलटी है। प्रेम में भय का तत्त्व तो

जरूर है। सच्ची प्रीत तो परकीया की ही होती है न? क्यों? इसलिए कि इसमें स्वजनों, परिजनों का भय रहता है। 'जोगते कठिन संजोग पर नार को।' तुम्हारे काव्य के आदर्श राधा-कृष्ण भी तो पति-पत्नी नहीं थे। जो पत्नी ही है, वह क्या प्रेम करने की चीज है। परतिरिया के प्रेम में भय और आशंका होती है, जिसके कारण प्रेम में अधिक खिंचाव और आकर्षण होता है। मैं अपनी ओर से भय का तत्त्व इनके प्रेम में मिलाता हूँ, इसलिए एक प्रकार से उनका उपकार ही करता हूँ।''

मैंने पूछा, ''तो आपको कितना रुपया मिल जाता है?''

''यही दो-तीन सौ रुपये माहवार। मजे में जी रहा हूँ। धन्धा कोई बुरा नहीं है।'' वह बोला।

वह तीन-चार दिन नहीं मिला। किसी और अड्डे पर चला गया होगा। एक दिन वह हमें उसी टेबिल पर बैठा हुआ मिला। थोड़ी देर बाद वह मेरे पास आकर बोला, ''आज जरा बाजार चलिएगा।''

मैंने पूछा, ''क्यों?''

वह बोला, ''एक चीज खरीदना है। एक से दो भले।''

विनोद को वह आदमी अच्छा नहीं लगता था। पता नहीं क्यों? शायद इसलिए कि दोनों की निगाहें उस हरे पर्दे पर लड़ पड़ती थीं। विनोद किसी काम का बहाना करके चला गया। मैं और वह आदमी बाजार चल दिये।

रास्ते में वह बोला, ''एक बढ़िया साड़ी खरीदना है।''

मैंने पूछा, ''साड़ी का क्या करेंगे आप?''

वह बोला, ''विवाह के उपहार में देना है। मेरे एक क्लाइंट की कल शादी है—रागिनी की। उसी को देना है।''

मैं बड़ा चकित हुआ। बोला, ''यह भी बड़ी अजीब बात है। अब आप उसे साड़ी देंगे। बिजनेस से यह उदारता मेल नहीं खाती।''

वह बोला, ''मैं तो ऐसा ही करता रहा हूँ। उससे मेरा दो साल का सम्बन्ध है। लगभग चार सौ रुपये मिल चुके हैं, उससे मुझे। अब जब उसकी शादी हो रही है, तो क्या मैं उसे एक उपहार भी नहीं दूँ।''

मैं तय नहीं कर पाया कि उसे देव कहूँ, दानव कहूँ या सनकी कहूँ।

खैर, साड़ी तो खरीदी गयी।

अब मेरी उससे खासी घनिष्ठता हो गयी थी।

एक दिन वह अपनी भुजा पर काला पट्टा लगाये था। मैंने पूछा, ''यह काहे का मातम है? कौन मर गया?''

वह बोला, "मरा कोई नहीं है। आज मेरे एक क्लाइंट का तलाक हो गया। मुझे बड़ा अफसोस है।"

एक दिन मैंने कहा, "विवाह के बाद तो तुम इन क्लाइंट्स से ज्यादा रुपया ऐंठ सकते हो। उन्हें यह भय दिखाओ कि तुम उनका सारा इतिहास पति को बतला दोगे।"

वह बोला, "छिः-छिः मैं इतना नीच नहीं हूँ कि किसी की गृहस्थी बिगाड़ूँ। विवाह होते ही मैं 'डाइरेक्टरी' से उनका नाम काट देता हूँ और फोटो फाड़कर फेंक देता हूँ।"

दो महीने पहले मेरी उससे अन्तिम भेंट हुई। तब से वह न जाने कहाँ चला गया। कॉफी हाउस में मैंने उसे कभी नहीं देखा। घर पर एकाध बार गया तो मालूम हुआ कि उसने मकान बदल दिया। वह क्यों गुप्त हो गया, मैं नहीं जान पाया? शायद विनोद जानता है, पर बतलाना नहीं चाहता।

विनोद का उससे बिल्कुल परिचय नहीं था। दो महीने पहले विनोद की शादी हो रही थी, जो एकाएक उसी के मना करने पर टल गयी।

एक दिन हम दोनों मित्र कॉफी पी रहे थे कि वह आदमी आया और बोला, "आज फिर बाजार चलना पड़ेगा। मेरे एक क्लाइंट की शादी है।"

मैंने पूछा, "अपने प्रेमी के साथ, कि?..." वह बोला, "नहीं, माता-पिता के प्रेमी के साथ। कोई दुकानदार है। पर सुना है लड़का पढ़ा-लिखा काफी है।"

मैंने कहा, "दिखाओ अपने क्लाइंट का नम्बर और तस्वीर।"

वह विनोद की ओर देखकर जरा झिझका, पर मैंने आँखों के संकेत से समझा दिया कि विश्वासी मित्र है।

उसने पॉकेट खोला और एक लड़की की तस्वीर दिखाकर बोला, "देखो यह है कुसुम, नम्बर सात।" और फिर एक तरुण की तस्वीर दिखाकर बोला, "यह रहे प्रेमी नम्बर सात।"

विनोद ने देखा और बिना कुछ कहे एकदम उठकर चल दिया।

मैं और वह, दोनों चकित रह गये।

उसने कहा, "आपके मित्र क्यों एकदम उठकर चले गये?"

मैंने कहा, "मुझे भी आश्चर्य है!"

वह बड़ा परेशान हो गया।

"आपके मित्र का नाम क्या है?"

मैंने कहा, "विनोद कुमार शर्मा।"

उसने तपाक से दूसरा प्रश्न पूछा, "इनकी दवाई की दुकान है?"

मैंने कहा, "हाँ।"

वह पसीने से तर हो गया। चेहरे पर बड़ी घबराहट थी। ठण्डी लम्बी साँस छोड़कर बोला, "अरे, अरे आज बड़ा अनर्थ हो गया।"

वह उठा और चल दिया। तब से आज तक वह प्रेम का व्यापारी नहीं मिला।

स्मारक

माल से लदे भारी-भरकम मोटर ठेले जब पेट्रोल पम्प से शराब पीकर सड़क पर मदमस्त हो बेतहाशा दौड़ते हैं, तब अगर आप एकदम सड़क के किनारे नहीं हुए, तो दुनिया से किनारा काटने का मौका आ जाता है। 'लोकवाहक' नाम का मुकुट पहने ये ठेले एक क्षण में 'परलोकवाहक' बन जाते हैं।

लेकिन जिस ठेले की यह कहानी है, वह 'परलोकवाहक' नहीं था, 'निजीवाहक' था, और कभी-कभी आदमी को निजी तौर पर परलोक पहुँचा आता था।

एक दिन शाम को लगभग चार बजे चन्द्रशेखर का लड़का नरेन्द्र साइकिल पर स्कूल से लौट रहा था। म्यूनिसिपल दफ्तर के सामने के चौराहे पर उसने ज्यों ही साइकिल मोड़ी कि उस ओर से धड़धड़ाता हुआ यह ठेला आया और एक मिनट में धरती खून से नहा गयी। साइकिल टूटकर अलग पड़ी थी, पुस्तकें सड़क पर बिखर गयी थीं, नाश्ते का डिब्बा खुला पड़ा था—सुबह जो घर से नाश्ता लेकर चला था वह इस महायात्रा पर बिना पाथेय के ही चल पड़ा था। किताबें खुली पड़ी थीं और उन पर जगह-जगह खून के दाग पड़ गये थे, मानो विद्यार्थी ने उन स्थलों को परीक्षा के लिए महत्त्वपूर्ण मानकर उन पर लाल निशान लगा दिए हों।

भीड़ जमा हो गयी। ड्राइवर पकड़ लिया गया। पूछताछ होने लगी। ड्राइवर ने बतलाया कि ठेला शिवचरण लाल का है।

खबर पाकर लड़के के माता-पिता और भाई-बहिन भी आ गये और उनके सम्मिलित क्रन्दन से वातावरण भर गया। संयोग की बात है कि चन्द्रशेखर और ठेकेदार शिवचरण बड़े घनिष्ठ मित्र थे।

शिवचरण आये तो देखकर एकदम चीख उठे। इस लड़के को वे बहुत प्यार करते थे। उन्हें लगा कि उनका अपना बेटा नहीं रहा। वे सिर पीटकर कहने लगे, "मेरे ही ठेले से यह होना था। यह दिन देखने के पहले मैं मर क्यों नहीं गया? इस ठेले को आग क्यों नहीं लग गयी?"

लोगों ने समझाया-बुझाया। अरथी उठी, चिता बनी और थोड़ी देर में शेष भी

अशेष हो गया।

शिवचरण लाल का मन इस ग्लानि से टूटा जा रहा था कि उन्हीं के ठेले से उनके प्रिय मित्र के पुत्र की मृत्यु हुई। वे दुःखी दम्पती को ढाढस बँधाने के लिए उनके पास घण्टों बैठते, पर उन्हें सान्त्वना देने के बदले स्वयं उनके साथ रोने लगते। अपने को कोसते, ''भैया, मैं ही हत्यारा हूँ। मैंने ही बेटे के प्राण लिये हैं!'' तब चन्द्रशेखर स्वयं अपना दुःख भुलाकर शिवचरण को समझाते, ''भैया, उसे तो जाना ही था, सो चला गया। ठेला तो इसमें निमित्त मात्र था। इसमें तुम्हारा क्या दोष? होनी को कौन रोक सकता है?''

दिन बीतते गये। दम्पती के मन पर से दुःख का बोझ कम हुआ तो नीचे दबे हुए दूसरे भाव झाँकने लगे। विशेषकर चन्द्रशेखर की पत्नी को यह बात बार-बार काटने लगी कि जिस ठेले से नरेन्द्र की मृत्यु हुई वह शिवचरण लाल का था। एक-दो बार उसने भीतर से कह दिया, ''अपने ही घर के डाँड़े से हमारे भाग फूटने थे।''

शिवचरण ने एक-दो बार यह बात सुनी और दम्पती का बदलता हुआ रुख देखा तो उन्हें भी बुरा लगा। वैसे तो वे स्वयं भी अपने को कई बार कोसते थे, हत्यारा कहते थे, पर नरेन्द्र की माँ के मुख से सांकेतिक भाषा में यह सुना तो अच्छा नहीं लगा। स्वयं यही बात कहते, तो उसमें आत्मस्वीकृति और पश्चात्ताप का गौरव और सन्तोष रहता। दूसरे के मुँह से वही बात निकली तो उसमें आरोप की कटुता आ गयी।

उन्होंने चन्द्रशेखर के यहाँ आना-जाना कम कर दिया। दम्पती ने जब यह देखा तो कहने लगे कि बेटे की जान ले ली और अब मुँह भी नहीं दिखाते।

शिवचरण अपने मन का बोझ उतारना चाहते थे। वे कुछ ऐसा करना चाहते ा, जिससे उनके मन को शान्ति मिले और दुःखी दम्पती को भी सन्तोष हो। कुछ ुसा करना चाहते थे जिससे उनकी सद्भावना, उदारता और प्रेम का परिचय मिले। हुत सोच-विचार के बाद उन्होंने तय किया कि नरेन्द्र की स्मृति में उसके स्कूल ं ही एक पुस्तकालय खुलवा दिया जाए। बच्चे की स्मृति भी सुरक्षित रहेगी और नका मन हल्का होगा। दम्पती के मन पर भी इसका प्रभाव अच्छा पड़ेगा। उन्होंने कूल के अधिकारियों से बात की और स्कूल के अहाते से लगी हुई जमीन का टुकड़ा रीदकर उस पर पुस्तकालय की इमारत बनवाने की बात तय की। चन्द्रशेखर के हाँ आना-जाना वे काफी कम कर चुके थे। वे अपनी इस योजना से उन लोगों ो चकित कर देना चाहते थे।

इधर दुःखी दम्पती के पास से मित्र अलग हुआ, तो अन्य लोग आने लगे। ुभचिन्तकों' ने उन्हें घेरा। 'बिन कारन पर उपकारी' लोग मुफ्त सलाह पेश करने गे। एक वर्ग है, जिसकी जीविका संघर्ष में से निकलती है। लड़ाई-झगड़ा, छीना-झपटी,

मार-पीट, गबन, चोरी आदि जिन्हें हम बुरी चीज कहते हैं, इस वर्ग की खुशहाली की फसल के लिए खाद का काम करते हैं। सब कहीं शान्ति, प्रेम, बन्धुत्व हो तो इसे बहुत अखरता है। यह है वकीलों का वर्ग। वकीलों ने चन्द्रशेखर को घेरा, सलाह दी कि चूँकि यह ठेला शिवचरण लाल का निज़ी ठेला था, इसलिए उन पर हरजाने का दावा किया जा सकता है।

पहले तो चन्द्रशेखर को यह बात ठीक नहीं लगी। पर समझाने पर वे मान गये। जो वकील अदालत में मजिस्ट्रेट को इस हद तक भ्रमित कर सकते हैं कि उन्हें हत्यारा भी महात्मा बुद्ध दिखने लगता है, वे अगर चन्द्रशेखर को मित्र के विरुद्ध कर पाये, तो इसमें अचरज की कोई बात नहीं हुई। अब अक्सर चन्द्रशेखर के यहाँ वकीलों की बैठक होती। अभी भी नरेन्द्र की याद होती, पर अब उसमें पीड़ा नहीं होती। अब वह एक क्रयशील सम्पत्ति हो गया था, जिसकी कीमत आँकी जा रही थी। माल की कीमत वसूल करते समय दुकानदार को माल के जाने की कसक कहाँ होती है? जो शान्ति मित्र, कुटुम्बी, धर्म और ज्ञान उन्हें नहीं दे पाये, वह हरजाने के दावे ने उन्हें सहज ही दे दी।

एक दिन चन्द्रशेखर शिवचरण लाल को हरजाने के दावे का नोटिस देने के लिए कचहरी पहुँचे। कागजों पर दस्तखत करके उन्होंने अपने वकील को दिये और स्वयं बरामदे में से निकलकर बाहर जा रहे थे कि सामने से अनायास शिवचरण आ पहुँचे। इतने दिनों की प्रगाढ़ मित्रता का स्मरण चन्द्रशेखर को हो आया और जब नोटिस देने की बात उनके मन में आयी, तो उनकी हिम्मत मित्र का सामना करने की नहीं हुई। वे बचना चाहते थे, पर शिवचरण बिल्कुल ही नजदीक आ गये थे।

आखिर नमस्कार हुई।

पहले चन्द्रशेखर ने ही पूछा, "क्यों, कैसे आये आज?"

शिवचरण ने कहा, "यों ही। सोचा नरेन्द्र की यादगार में एक लाइब्रेरी खुलवा दूँ। उसी के लिए जमीन खरीदने की कार्रवाई करने आया था।"

चन्द्रशेखर को लगा कि वे धीरे-धीरे जमीन के अन्दर धुसे जा रहे हैं। आत्मग्लानि से उनका अंग-अंग जलने लगा। वे वहाँ से भागना चाहते थे।

शिवचरण ने पूछा, "और तुम कैसे आये?"

चन्द्रशेखर ने कहा, "यों ही एक मामले की पेशी थी।" जल्दी ही छूटकर चन्द्रशेखर वकीलों के कमरे में गये और अपने वकील से हरजाने के नोटिस के कागज माँगे। हाथ में लेकर तनिक देर उन्हें देखते रहे फिर जैसे कोई शत्रु पर प्रहार करता है, इस गुस्से और फुर्ती से उन्हें फाड़कर फेंक दिया। वे फौरन घर आ गये। इधर शिवचरण आगे बढ़े तो उन्हें एक परिचित मिल गये। वे बोले, "ठेकेदार साहब, कुछ खबर है?

चन्द्रशेखर आप पर लड़के की मौत के हरजाने का दावा कर रहा है, 25 हजार का।''

शिवचरण क्रोध से जलने लगे। मन-ही-मन बोले, 'इतना नीच है यह? मुझसे बेटे की कीमत वसूल करना चाहता है? देखता हूँ, मुझसे एक कौड़ी भी कैसे लेता है?'

वे तुरन्त दफ्तर में गये। जमीन की खरीद के कागज वापस लिये? तनिक उन्हें हाथ में लेकर देखा। फिर जैसे कोई शत्रु पर प्रहार करता है, इस क्रोध और फुर्ती से फाड़कर फेंक दिया। इसके बाद वे तुरन्त ही घर आ गये।

एक सप्ताह बीत गया। एक ग्लानि में जलता रहा, दूसरा क्रोध में। न इन्हें नोटिस मिला, न लाइब्रेरी की इमारत का काम शुरू हुआ। आठवें दिन चन्द्रशेखर शिवचरण के घर गये। आँखों में आँसू भरकर बोले, ''भाई, मुझे माफ कर दो। मैं बहुत नीच हूँ। मैं तुम पर हरजाने का दावा करने जा रहा था। उस दिन तुम न मिलते तो अभी तक तुम्हारे पास नोटिस आ गया होता। तुमसे भेंट होने के बाद मैंने उसे फाड़कर फेंक दिया।''

शिवचरण की भी आँखें गीली हो गयीं। वे बोले, ''मैं भी कुछ कम नीच नहीं हूँ। क्रोध तो तुम पर आया और बेटे की स्मृति की हत्या कर दी मैंने। तुमसे भेंट होने के बाद मैंने जाना कि तुम कचहरी आये थे। बस गुस्से में मैंने जमीन के कागजात फाड़कर फेंक दिये।''

उस दिन दोनों मित्र बड़ी देर तक साथ बैठे रहे। पश्चात्ताप के जल ने दोनों के मन को निर्मल कर दिया।

दूसरे दिन दोनों कचहरी गये। जमीन खरीदी गयी। विशाल लाइब्रेरी बनी।

अभी भी बच्चे का यह भव्य स्मारक खड़ा है।

परन्तु इसके पीछे मनुष्य की करुणा और क्रूरता, उदारता और कृपणता, स्नेह और घृणा के ईंट-गारे से बना हुआ जो स्मारक खड़ा है, उसे कौन देख पाता है?

विविध

मनीषीजी

शहर के मध्य भाग में स्थित एक चाय का होटल है जो होटल से अधिक क्लब है। बाहर से बहुत भद्दा दिखनेवाले इस होटल में तीस-चालीस सदस्य रोज नियमित रूप से चाय पीते हैं। यहाँ असामान्य व्यक्ति ही मैंने देखे हैं। सीमान्तों पर स्थित मनुष्यों का जमघट यहाँ होता है—यानी वे जिनके मुख से निरन्तर ज्ञान झरता है, और वे जिनके मुख से गालियों की अजस्र वर्षा होती है; वे जो बीड़ी तक नहीं छूते और वे जो गाँजे की चिलम फूँके बिना घर से बाहर नहीं निकलते; वे जो अखण्ड संयमी हैं, और वे जो वेश्या के यहाँ जाकर पड़े रहते हैं; वे जो गऊ-से सीधे हैं, और वे जो सियार-से धूर्त हैं। पण्डित, ज्ञानी, नेता, लेखक, कवि, शराबी, जुआड़ी, वेश्यागामी, गुण्डे—सब यहाँ आते हैं और अँधेरे कमरे की भारी-भरकम टेबिल के आसपास टूटी कुर्सियों पर बैठकर उपनिषद् की व्याख्या से लेकर 'बर्थ कण्ट्रोल' के विषयों तक चर्चा होती है।

मेरी असामान्यता की साधना जब पूरी हुई, तब मैं भी एक मित्र के द्वारा यहाँ लाया गया और मेरा प्रथम परिचय 'मनीषीजी' से कराया गया। प्रथम दृष्टि में ही जिस व्यक्ति को मैं ग्रहण कर सका, वह कुछ ऐसा था, अब भी ऐसा ही है—और शायद हमेशा ऐसा रहेगा।

घुटनों तक खादी की धोती, खादी की मिरजई, पाँव में फटी चप्पलें, ऐसी कि पाँवों की रक्षा कम करें, इज्जत की ज्यादा—आँखों पर चश्मा, काले धागे से जेब में लटकी घड़ी, बायें हाथ में छड़ी, कन्धों पर खद्दर-वसना काँग्रेसी भक्तिन की साड़ी की तरह बेलबूटेदार किनारी का चद्दर।

स्वस्थ तगड़ा शरीर, रंग खूब गोरा, बड़ा सिर जिस पर लम्बे-लम्बे घुँघराले चिकने केश, उन्नत मस्तक, प्रशस्त ललाट, नुकीली नाक, बड़ी-बड़ी पानीदार आँखें जिनमें एक क्षण में दार्शनिक-सी चिन्ता, और दूसरे क्षण मूढ़-सी शून्यता, चौड़ा चेहरा जिस पर पहाड़ी झरने-सी निर्मल हँसी तथा बड़प्पन और सद्भावना की झलक।

उम्र, अभिनेत्री की उम्र जैसी धोखेबाज और स्थिर।

वेश और शरीर को मिलाकर यह रूप 'मनीषी' के व्यक्तित्व की किताब की रंगीन 'जैकिट' है, जिसके भीतर जासूसी उपन्यास की तरह एक के बाद एक रहस्यमय अध्याय भरे हैं जिन्हें पढ़ते हुए मुझे दस साल हो गये, फिर भी जब अन्तिम अध्याय पर पहुँचता हूँ, तो देखता हूँ कि आगे कोई परिशिष्ट जुड़ गया है।

पदवियों सहित पूरा नाम 'पण्डित महादेव प्रसाद शास्त्री, साहित्य-मनीषी, भूतपूर्व सम्पादक—हिमाचल, आयुर्वेदाचार्य, ज्योतिषरत्न' है। 'शास्त्री', 'साहित्य-मनीषी', 'आयुर्वेदाचार्य' और 'ज्योतिषरत्न' पदवियाँ उन्होंने बिना किसी परीक्षा पास किए अपने आपको प्रदान कर ली हैं। ये 'ऑनरेरी डिगरियाँ' हैं, जैसी अरब के शाह को भारतीय विश्वविद्यालयों द्वारा दी गयी 'डॉक्टरेट'। 'हिमाचल' साप्ताहिक के कभी मनीषी स्वयं सम्पादक, व्यवस्थापक, कम्पोजिटर, मशीनमैन, हॉकर—सब एक साथ ही थे। यह साप्ताहिक जब उनका मन होता था, तब निकलता था। एक बार किसी अन्य पत्र के सम्पादक ने उनका नाम महादेव प्रसाद मनीषी की जगह 'महादेव प्रसाद मवेशी' छाप दिया। मनीषीजी को जब्त कहाँ? दूसरे ही अंक में उस सम्पादक के लिए माता और भगिनी से सम्बन्धित सब अश्लील गालियाँ छाप दीं। मुकदमा चला और वे शीघ्र ही 'भूतपूर्व सम्पादक' हो गये।

'ऐलोपैथी' और 'आयुर्वेद' के वे समान रूप से पण्डित हैं—कुनैन और कड़ुआ, चिरायता की सीमाओं को लाँघने की बदतमीजी उनके ज्ञान ने कभी नहीं की। वे अपने को गरीबों का वैद्य कहते हैं। रोगी की जाँच का दो पैसा और एक खुराक दवा का एक पैसा, जो उनका रेट है, अक्सर उधार ही रहता है।

उनके चिकित्सा-ज्ञान पर किसी ने आक्षेप किया तो उन्होंने समझाया—'देखो भाई, गरीब आदमी न तो ऐलोपैथी से अच्छा होता है, न होमियोपैथी से; उसे तो 'सिम्पैथी' चाहिए। मैं 'सिम्पैथी' की सहस्रपुटी मात्रा देता जाता हूँ, रोगी अच्छा होता जाता है।' अपनी चिकित्सा की सफलता के सम्बन्ध में उन्होंने एक बार कहा, 'सौ में पचास रोगी अपने आप अच्छे हो जाते हैं—दस डॉक्टर की दवा से अच्छे होते हैं। जो चालीस मरते हैं, उनमें पन्द्रह तो जीवनी-शक्ति की समाप्ति के कारण मरते हैं और पच्चीस को डॉक्टर की दवा मार डालती है। मैं इन पच्चीस लोगों को साफ बचा लेता हूँ, क्योंकि मेरी पुड़िया न अच्छा असर करती है न बुरा। पन्द्रह तो धन्वन्तरि के इलाज में भी मरेंगे ही। शेष को मैं अपनी 'सिम्पैथी' की डोज से बचा लेता हूँ। इस तरह मेरे इलाज में पचासी फीसदी रोगी अच्छे हो जाते हैं।'

मनीषी इसी होटल के ऊपरी हिस्से में न जाने कब से रह रहे हैं, और इस इमारत के गिरने तक शायद यहाँ रहेंगे। उनका धन्धा कुछ भी नहीं है। भोजन के आने का क्या जरिया है, किसी को नहीं मालूम। कपड़े कहाँ से मिल जाते हैं और हमेशा इतने उजले कैसे रहते हैं, यह भी एक रहस्य है। परन्तु इस व्यक्ति के मुख

पर मैंने कभी चिन्ता-रेखा नहीं देखी, कभी परेशानी की छाया नहीं देखी, कभी दुःख की मलिनता नहीं देखी, जिसके खाने का ठिकाना नहीं है, जो दो दिन भूखा पड़ा रहता है; एक फटा टाट जिसकी शय्या है, वर्षों पहले जिसके ईंट के चूल्हे पर अभी तक मिट्टी नहीं चढ़ पायी, एक मिट्टी का घड़ा, एक टीन का गिलास, एक तवा और डेगची जिसकी समस्त सम्पत्ति है; शरीर पर पहने हुए कपड़ों के सिवा जिसके पास एक अँगोछा और एक फटा कम्बल मात्र है—बस चिर-यौवन से कैसे लदा है? वार्धक्य इससे क्यों डरता है? केश किस भय से श्वेत नहीं होते? झुर्रियाँ चेहरे को क्यों नहीं छूतीं? चिन्ताओं के दैत्य इससे क्यों दूर रहते हैं? दुःख इसके पास क्यों नहीं फटकता? यह किस स्रोत से जीवन-रस खींचता है कि सदा हरा-भरा रहता है? किस अमृत-घट से इसने घूँट पी लिया है कि संसार का जहर उस पर चढ़ता ही नहीं?

एक दिन मैं होटल में बैठा था। ऊपर से बाँसुरी की आवाज आयी। मैंने होटल-मालिक से पूछा, "बाँसुरी कौन बजा रहा है।" उन्होंने कहा, "वही होगा, मनीषी। खाना नहीं मिला होगा, तो बाँसुरी बजा रहा है।" उन्होंने उसे पुकारा और पूछा, "अरे, खाना खाया कि नहीं?" भूखे मनीषी के मुख पर मुस्कान आयी, जैसी भरे पेटवाले के मुख पर भी दुर्लभ है। वह बोला, "खाया तो था, लेकिन परसों।" होटल-मालिक ने उसे कुछ पैसे देकर कहा, "जा, कुछ खा ले और यह गाना-बजाना बन्द कर दे।" बाद में मुझे मालूम हुआ कि अगर मनीषी बाँसुरी बजाता हो तो इसका यह अर्थ है कि वह भूखा है। भरपेट वह कभी बाँसुरी नहीं बजाता। एक-दो रोज का भूखा होता है, तब टाट पर पड़ा-पड़ा बाँसुरी बजाया करता है। आगामी कल की जिसे चिन्ता न हो ऐसा आदमी दुर्लभ है, पर मनीषी को आज की भी चिन्ता नहीं है। कल कहीं से रोटी मिल गयी थी, तो आज भी कहीं से मिल जाएगी। आज न आयी तो झक मारकर कल आएगी—ऐसा उसका विश्वास है।

उसके कमरे में एक मिट्टी का घड़ा है, जिसमें ज्वार, बाजरा, गेहूँ—किसी का भी या सबका मिला हुआ आटा कभी-कभी रखा रहता है। एक छोटे-से बर्तन में नमक और मिर्च है। जब कहीं से खाना नहीं मिलता और घड़े में आटा हुआ तो मनीषी एक-दो रोटी सेंककर नमक-मिर्च से खा लेता है। यदि आटा नहीं हुआ तो पड़ा-पड़ा बाँसुरी बजाता है। भूख को इस प्रकार संगीत बनाकर आस-पास बिखेरता है कि कोई सुन लेता है, और भोजन करा देता है।

अपने खाने का ठिकाना नहीं है पर उदारता में कर्ण है। बड़े शरणागत वत्सल हैं। कोई भी आफत का मारा आ जाय, मनीषी के गज-भर टाट पर और मक्के की दो रोटी पर उसका अधिकार है। जब तक घड़े में आटा है तब तक रोटी खिलाएगा और आप खाएगा। जब आटा चुक जाएगा, तब मनीषी बाँसुरी बजाएगा

और अतिथि कुढ़ता हुआ सुनेगा। जिसे कहीं जगह नहीं मिलती, उसे मनीषी के यहाँ जरूर आश्रय मिल जाएगा। जिसे सब तिरस्कृत करें, वह अगर मनीषी के यहाँ पहुँच गया तो मनीषी अपना भाई बना लेंगे। कितने ही लोग उसका आश्रय पाते हैं। घर से निकले हुए लड़के, बेकार आदमी, तिरस्कृत नारियाँ—सब उसके औदार्य की छाया में आ बैठते हैं। कोई-कोई कृतघ्न जिस वृक्ष की छाया में बैठते हैं उसे एक-दो कुल्हाड़ी मार जाते हैं या कुछ शाखाएँ ही नोच जाते हैं। सुनते हैं ये आश्रयहीन लोग जाते वक्त उसका फटा कम्बल या लोटा ही ले भागे हैं।

एक बार अनाथालय से भागी हुई तीन-चार तिरस्कृत और लांछित लड़कियाँ मनीषी के आश्रम में आयीं। मनीषी ने उन्हें 'धर्मपुत्री' मान लिया। दो-चार दिनों में उनके यहाँ 'धर्मपुत्र' भी आने लगे और जब इन 'धर्मपुत्रों' ने उसकी 'धर्मपुत्रियों' को 'धर्मपत्नियाँ' बनाने का उपक्रम किया तो मुहल्लेवालों ने बड़ा हल्ला-गुल्ला मचाया। वे लड़कियाँ 'धर्मपिता' को छोड़कर भागीं। अभी भी मनीषी बड़े दर्द से धर्मपुत्रियों को याद करते हैं। कहते हैं, "न जाने बेटियाँ कहाँ हैं? किस हालत में हैं?"

ऐसा नहीं है कि उसने श्रम करने का प्रयास नहीं किया हो। 'हिमालय' की सम्पादकी के सिवा वे अनेक कार्य करके छोड़ चुके हैं। अपने इन अनुभवों को मनीषी खाली समय में बड़े रोचक ढंग से सुनाते हैं। एक प्याले चाय में एक ही अनुभव सुनाते हैं। कहने लगे, "स्टण्ट पिक्चर में मुझे काम मिला। पूना में शूटिंग हो रही थी। मेरा काम था कि मैं पुल पर नाले के किनारे खड़ा रहूँ और जब 'हीरो' घोड़े पर वहाँ से निकले, तो तलवार का ऐसा वार करूँ कि तलवार उसे लगती हुई दिखे, पर लगे नहीं। मैं तैयार हो गया। 'हीरो' आया तो कम्बख्त ने मुझे ही कोड़ा घुमाकर कनपटी में मार दिया! मुझे गुस्सा आ गया। बस मैंने भोथरी तलवार का ऐसा वार किया कि बेटा नाले में गिर पड़े। हाथ की हड्डी टूट गयी पर मेरी नौकरी भी उसी वक्त खत्म हो गयी।"

फिल्म-कम्पनी के अनुभव आगे बढ़ाते हुए वे बोले, "एक और फिल्म में काम मिला। मैं बनाया गया हीरो का नौकर। चार-छः दिन बाद 'हीरोइन' एक दिन एकान्त में बोली, 'मिस्टर मनीषी, आई लव यू।' मैंने कहा, 'लेडी, देन आइ शैल लीव दिस प्लेस एट वन्स!' बस मैं भाग आया।"

हमने पूछा, "वह तो तुम पर मोहित थी। तुम भाग क्यों आये?"

मनीषी बड़ी समझदारी से बोले, "अरे, अरे, प्यार करनेवाली स्त्री बड़ी खतरनाक होती है। न जाने कब किससे प्यार करने लगे और तुम्हें पिटवा दे। उस अभिनेत्री से डायरेक्टर खुद प्यार करता था। अगर उसे मालूम हो जाता तो मुझे कहीं मरवाकर फिंकवा देता। मनीषी की जान अभिनेत्रियों पर न्यौछावर होने के लिए नहीं है।"

फिर मनीषी ने राजनीति का व्यवसाय अपनाया। नेता हो जाना बड़ा अच्छा

धन्धा है! पर वे किसी भी दल के प्रति पक्षपात नहीं करते थे। वे एक साथ ही काँग्रेस, समाजवादी दल, साम्यवादी दल, जनसंघ, रामराज्य परिषद आदि सबमें थे। हर मंच से भाषण देते—घण्टों बोलते और लोग ऊबते नहीं, क्योंकि वे कुछ बोलते ही नहीं हैं। एक बार वे एक सभा में बोलने खड़े हो गये। बड़े जोश में बोले, "काँग्रेसी चोर हैं। समाजवादी उचक्के हैं। साम्यवादी लुच्चे हैं।" आदि-आदि। आधा घण्टे तक सब दलों को गाली देते रहे। श्रोताओं ने हल्ला मचाया, "अपने शब्द वापस लो।" मनीषीजी ने हँसते हुए कहा, "तुम शब्द वापस लेने को कहते हो, मैं अपना पूरा भाषण वापस लेता हूँ, और फिर नया भाषण आरम्भ करता हूँ। सुनो। भाइयो और बहनो!" फिर आधा घण्टे तक भाषण देते रहे।

एक दिन उनके निवास-स्थान के सामने के सभास्थल में रामराज्य परिषद की सभा हो रही थी। मनीषी बे-बुलाये पहुँच गये और सिंह की तरह मंच पर चढ़ गये। मंच पर बैठे नेता बोले, "आप कौन हैं? क्या चाहते हैं?" मनीषी ने कहा, "मैं नेता हूँ, भाषण देने आया हूँ।"

"आप किस दल के नेता हैं?"

"मैं सब दलों का नेता हूँ।"

मंच पर के नेताओं ने उन्हें भाषण नहीं देने दिया। पर जनता मनीषी को देखकर हर्षध्वनि करने लगी। लोग चिल्लाये—"मनीषीजी को बोलने दो।"

मनीषीजी लाउडस्पीकर लेकर खड़े हो हुए और धुआँधार भाषण आरम्भ कर दिया। आसपास के लोग निकट आ गये और सभास्थल खचाखच भर गया। भाषण क्या था—अनर्गल प्रलाप और गाली-गलौच, पर मनीषी से यही सुनकर मजा लेने की उम्मीद से लोग इकट्ठा हुए थे। बीच-बीच में ताली और हर्षध्वनि होने लगी। पूरे एक घण्टे तक मनीषी बोलते रहे और वे नेता भाग खड़े हुए। मनीषी मंच से उतरे और विजयी योद्धा की तरह झूमते हुए, आसपास देखते हुए, जाकर अपने जीने पर चढ़ गये। नीचे जनसमूह इकट्ठा हुआ। चिल्लाया, "मनीषीजी की जय! मनीषीजी दर्शन दो।" भक्तों की पुकार पर मनीषीजी खिड़की पर आये। हाथ जोड़कर मुस्कराते हुए दर्शन दिये।

दो-चार भक्त ऊपर चढ़ गये और उन्हें नीचे उतार लाये। एक जुलूस बनाकर होटल में उन्हें ले गये, चाय पिलायी और छः पैसों की थैली भेंट की।

फिर मनीषी ने राजनीति का धन्धा भी छोड़ दिया।

सब काम कर देखे और जब कोई नहीं बना तब मनीषी ने सोचा कि कोई काम नहीं करना ही अच्छा है।

पर हौसले उनके बहुत ऊँचे हैं। मुझसे कभी-कभी बड़ी गम्भीरता से कहते हैं कि मैं शीघ्र ही 'अन्तर्राष्ट्रीय पत्रकार-संघ' खोलनेवाला हूँ। एक फिल्म कम्पनी

खोलने की भी उनकी योजना चल रही है, जिसमें मुझे खलनायक का काम देने का वादा वे कर चुके हैं।

नीचे वे मुझसे फिल्म कम्पनी की योजना पर चर्चा करते रहे। थोड़ी देर बाद ऊपर उठकर गये तो बाँसुरी बजाने लगे। भूखे थे।

थोड़ी देर बाद नीचे उतरे तो चेहरे पर वही मस्ती, वही हँसी थी। मैं सोचता हूँ, क्या यह हँसी विक्षिप्त की हँसी है? क्या यह निरपेक्ष जीवन का हास्य है? क्या यह उस चरम विफलता की हँसी है, जब आदमी सोच लेता है कि हमसे अब कुछ नहीं बनेगा? क्या यह उस उदासीन वृत्ति का हास्य है कि हमारे बनने या बिगड़ने में कोई मतलब नहीं? अथवा दर्द को कलेजे की भट्ठी में गलाकर इसने हँसी के रूप में प्रवाहित कर दिया है?

रामदास

आँधी से उड़कर एक जगह का बीज दूसरी जगह जा पड़ता है, वहीं उसमें पीका फूटता है, वह पौधा बनता है, बढ़ता है, फूलता है, फलता है। यह रामदास भी मुसीबत की आँधी से उड़कर कहीं से आ पड़ा है। लेकिन ऐसा कहाँ होता है कि हर पौधा जमीन में फले-फूले? हमारे रामदास को भी यहाँ की जमीन कुछ अनुकूल नहीं पड़ी। यहाँ वह जी रहा है—बस वैसे तो 'गाँव का जोगी जोगिया आन गाँव में सिद्ध' हो जाता है; पर यह रामदास गाँव में भी जोगिया था और वहाँ भी जोगिया ही रह गया। जोगिया से सिद्ध तक का जो रास्ता है, वह छल, कपट, प्रपंच और पाखण्ड के बीहड़ वन में से गुजरता है और रामदास को इस वन से बड़ा भय लगता है। इसे तो ईमानदारी की बीमारी लग गयी है। तभी तो वह सूखा-सूखा, दुबला-पतला है।

बाजार के चौराहे पर, एक इमारत की दूसरी मंजिल पर एक अखबार का दफ्तर है। एक नाटे-से आदमी को हाफ पैण्ट पहने आप अगर इस दफ्तर की सीढ़ियों पर चढ़ते-उतरते देखें तो समझ लीजिए कि वह रामदास है। और अगर निश्चय करना हो, तो जब वह सीढ़ियों से नीचे उतरे तो उससे पूछिए, 'आनन्दजी हैं?' अगर वह 'जरा ठहरिए, सोच लेने दीजिए' कहकर अपने सिर पर एक अँगुली से ठोका मारे और नीचे देखते हुए क्षण-भर सोचकर जवाब दे, 'हाँ, ठीक है' या 'हाँ, ठीक है, नहीं है', तो यह पक्का है कि वह रामदास ही है। हर बात को इतना सोचकर बोलनेवाला इस शहर में दूसरा आदमी नहीं है।

बड़ी खुरदरी खादी की कमीज और उसी का हाफ पैण्ट, यही रामदास की पोशाक है—हर मौसम में, हर जगह, हर समय। अब यह मोटी खादी समय से रगड़ खाते-खाते छनकर कबीर की 'झीनी चदरिया' सी हो गयी है। कमीज और पैण्ट में जगह-जगह लटें लटकने लगी हैं, मानो गरीबी ने झालर डाल दी हो। हर दूसरे-तीसरे दिन वह दफ्तर के दरवाजे बन्द करके कपड़ों को धोकर सुखा लेता है।

अभी तक पैंतीस पतझरों को परास्त कर चुका है। यौवन की कमजोरी देखकर बुढ़ापे ने अपने गुप्तचर, सफेद बाल, इसके यौवन के राज्य में भेज दिये हैं, जो

एक-एक काले बाल को फुसलाकर विद्रोह करवा रहे हैं। लम्बी नुकीली नाक है। आँखें बड़ी-बड़ी, जिनमें दार्शनिक-सी गम्भीरता है। चेहरा लम्बा है और सुडौल, पर झुर्रियों से भरा हुआ। वर्ण कभी गोरा रहा होगा, पर अब तो उस पर मुसीबत का रंग चढ़ गया है। इसे देखकर बुलन्द इमारत का खँडहर भी नहीं कह सकते। खँडहर में कुछ ऐसी बात होती है, जो इमारत की बुलन्दी का संकेत कर सके। रामदास की जिन्दगी की इमारत ऐसी है जिसका ईंट, गारा, चूना बीच में ही समाप्त हो और वह अधबनी ही पड़ी हो। वह उस पौधे जैसा है जो थोड़ा बढ़ते ही ढाँक दिया जाय, जिसे खुली हवा और रोशनी न मिले। वह बढ़ता तो है, पर कैसा पीला-पीला मरियल-सा, मानो उसकी खुलकर बढ़ने की उमंग पूरी न हो पायी हो।

यह रामदास सोचता ही रहता है। न जाने क्या सोचता है? खाते-खाते सोचता है, चलते-चलते सोचता है, बैठे-बैठे सोचता है। बाजार की चहल-पहल के बीच भी यह अपने आस-पास से बिल्कुल बेखबर जमीन देखता हुआ विचार में डूबा चला जाता है। इतने धीरे-धीरे चलता है, इतनी सावधानी से कदम रखता है कि लगता है इसके पास यह हिसाब भी होगा कि अब तक वह कितने कदम चल चुका होगा। वह बिना सोचे-विचारे कुछ कहता ही नहीं; कुछ करता ही नहीं। मुझे कभी बाजार में मिल जाता है, और मैं कहता हूँ, 'रामदास, चाय पी लो।' वह माथा ऊँचा करके देखेगा। कहेगा, 'अयँ!' फिर क्षण-भर सोचकर बोलेगा—'अच्छा' आप पूछिए, ''रामदास कहाँ जा रहे हो?'' तो सिर ऊँचा करके यह कहेगा—'अयँ!' इसके बाद क्षण-भर सोचकर बोलेगा, ''हाँ, याद आया, पोस्ट आफिस जा रहा हूँ।'' वह सन्त की तरह हर शब्द सावधानी से सँभालकर बोलता है क्योंकि सन्त जानता है कि उसकी वाणी पर कितनी ही पीढ़ियों के बनने-बिगड़ने की जिम्मेदारी है।

कभी-कभी वह मुझे सदर की सूनी सड़क पर रात को दस-ग्यारह बजे घूमता मिल जाता है; निपट अकेला, धीरे-धीरे पास-पास कदम रखता हुआ। जमीन को देखता हुआ चला जाता है। न जाने कहाँ आसपास के वृक्ष, बगीचे, बँगले सब उसके लिए जैसे निरर्थक हों। सम्पूर्ण प्रकृति का मानो उसके लिए कोई अस्तित्व ही नहीं। वह अपने आप में पूर्ण है। उस समय वह स्थित-प्रज्ञ-सा लगता है। मैं पूछता हूँ, ''रामदास, कहाँ चल दिये?'' वह चौंककर ऊपर देखता है, फिर मुस्कुराकर कहता है, ''मास्टर साहब, नमस्ते!'' मैं प्रश्न दुहराता हूँ तो वह जवाब देता है—''दोस्त-भाई के यहाँ जा रहा हूँ।'' और चल देता है। प्रश्नोत्तर का यही बँधा क्रम वर्षों से चल रहा है। वह इससे अधिक नहीं बोलता। उसने मुझसे आज तक नहीं पूछा कि मैं कहाँ जा रहा हूँ। उसे किसी के आने-जाने से कोई मतलब नहीं। कौन उसका दोस्त-भाई है, यह मैं आज तक नहीं जान पाया। सोचकर सन्तोष कर लेता हूँ कि कोई प्राणी इस शहर में है जिसे वह अपना मानता है, जिससे नपी-तुली बात न

करता होगा, जिसके सामने शायद हृदय खोलकर रख देता हो।

तीन सालों से जानता हूँ इस रामदास को। आनन्दजी मेरे मित्र हैं। वे एक अखबार के सम्पादक हैं। रामदास उन्हीं के दफ्तर में काम करता है। डाक लाता-ले जाता है, दफ्तर झाड़ता है, रखवाली करता है और दूसरे छोटे-मोटे काम करता है। इसे शायद 40 रुपये माहवार मिलता है। आनन्दजी का कहना है कि उन्हें वर्षों बाद यह ईमानदार आदमी मिला है। उनका ख्याल है कि ईमानदारी इसका गुण न होकर, असमर्थता है। बेईमानी के लिए आवश्यक चतुरता उसमें है ही नहीं।

रामदास भोजन नहीं करता, यानी उस अर्थ में, जिसमें हम सामान्यतः भोजन करते हैं। फिर यह जीता कैसे है? दफ्तर के नीचे एक होटल है जिसमें वह चाय पी लेता है और एक-दो आने का नमकीन खा लेता है। यही उसका भोजन है। आनन्दजी के दफ्तर से किसी आगन्तुक के लिए यदि चाय और नमकीन आता है, तो उसमें से भी कुछ पा जाता है। सप्ताह में एक-दो बार आनन्दजी के यहाँ खाना खा लेता है। वर्षों से वह इसी तरह जी रहा है। लेकिन रामदास अपने को किसी से हीन नहीं समझता। उसके आत्म-सम्मान का झण्डा कभी झुकता नहीं। मेरी दी हुई चाय पी लेता है, यह उसकी मेहरबानी है। वह मुझ पर अनुग्रह करता है, मुझे गौरवान्वित ही करता है। शहर में यदि फैला दूँ, तो इस खबर से यशवृद्धि हो सकती है कि रामदास मेरी चाय पी लेता है। वरना वह कितने लोगों को 'नहीं' कहकर टाल देता है। वह किसी की कृपा स्वीकार नहीं करता। मुझे वह बदला देना नहीं भूलता। अगर आमना-सामना हो जाय, और संयोगवश मैं उसे न देख पाऊँ, तो कभी वही कह देता है, "मास्टर साहब, चाय पी लीजिए।" तब यदि मैं इस उलझन में पड़ जाऊँ कि इस गरीब से दो आने क्यों खर्च कराऊँ, तो उसे बुरा लगता है। इसलिए मुझे तुरन्त स्वीकार करना पड़ता है। इस स्थिति से बचने के लिए मैं दूर से ही उसे देखकर चिल्ला देता हूँ, "रामदास, चाय पी लो।" कोशिश करता हूँ कि मैं ही उसे पहले देखूँ। वह मुझे पहले न देख पाये।

हम सब लोगों को वह अपनी बराबरी का मानता है, अपने से बड़ा नहीं। अपने मालिक आनन्दजी से भी बराबरी का व्यवहार करता है। हँसी की बात पर वह आनन्दजी के हाथ-पर-हाथ मारकर अट्टहास भी करता है।

पर रामदास अपने विचारों में ही इतना डूबा रहता है कि बाकी बहुत कुछ भूल-सा जाता है। कभी आनन्दजी मोहन बाबू को बुलाने भेजते हैं, तो वह सोहन बाबू को बुला लाता है और जब उसे भूल बतलायी जाती है, तो वह एकदम आँखें बन्द करके कहता है, "ठहरिए, जरा सोच लेने दीजिए।" फिर अँगुली से सिर पर ठोका मारकर सोचेगा, तब कहेगा, "हाँ याद आया, गलती हो गयी, खैर!" और तुरन्त मोहन बाबू को बुलाने चल देगा। कई बार वह बाजार से आलू के बदले करेला,

पान के बदले सिगरेट, और लौंग के बदले इलायची ले आया है। एक दिन आनन्दजी ने उसे कुछ लिफाफे टिकिट लगाकर, डाक में छोड़कर आने के लिए दिये। वापस आया तो आनन्दजी ने देखा कि रुपये में पैसे कुछ अधिक बच गये हैं। वे बोले, "कम टिकट लगा आये रामदास।" दरवाजे पर खड़े होकर उसने सिर पर ठोका मारकर विचार को जाग्रत किया। थोड़ी देर बाद सोचकर बोला, "नहीं, ठीक है। पहले समझ लीजिए।" उसके मुख पर निश्चयात्मक दृढ़ता आ गयी थी। फिर वह समझाने लगा कि किस लिफाफे पर कितनी टिकटें लगायी थीं। समझाते-समझाते जब उसे खुद समझ में आ गया कि उसी की भूल है, तो झट बोला, "हाँ, याद आया। गलती हो गयी। खैर।" बस यह लम्बी 'खैर' उसकी हर गलती की क्षमा-याचना है। इससे अधिक वह कुछ नहीं कहता।

रामदास कहाँ से आया है? उसके बाल-बच्चे हैं या नहीं? वह अभी तक क्या करता था? कहाँ रहा? ये सब बातें बहुत कम लोग जानते हैं। वह अपनी जिन्दगी की किताब को बड़ी सावधानी से बन्द करके रखता है कि कहीं कोई पृष्ठ उलट न जाय और कोई पढ़ न ले।

एक दिन मैंने पूछा, "रामदास, तुम कहाँ के रहनेवाले हो?" उनसे उत्तर दिया, "कानपुर का।" मैंने पूछा, "तुम्हारे बाल-बच्चे हैं?" उसने जवाब दिया, "हाँ, हैं। स्त्री है, तीन बच्चे हैं।" मैंने देखा उसकी आँखों की वेदना कुछ गहरी होती जाती थी। उसका मुख कुछ अधिक लटक गया था। गला भी उसका कुछ भर्रा गया। पर मेरी उत्सुकता का अन्त नहीं था। मैंने फिर उसकी पीड़ा को कुरेदा। पूछा, "उनकी गुजर कैसे होती होगी? कौन के पास रहते हैं वे?" उसने उसी गम्भीर वेदना के साथ कहा, "पास तो कोई नहीं है। कुछ रुपये भेज देता हूँ, कुछ वहीं हो जाता है।"

मुझे लगा कि यह बड़ा अप्रिय प्रसंग छिड़ गया। वह एक अभाव-जनित पीड़ा को कहीं हृदय के किसी कोने में छिपाये था, वह अब उभर आयी थी। वह अन्यमनस्क हो गया था। एक क्षण में ही जैसे वह वहाँ नहीं रहा, कानपुर चला गया। पर मुझ जैसे बकवादी लोग कहीं किसी को शान्त रहने देते हैं! मैंने पूछा, "उन्हें यहाँ नहीं ले आओगे?" उसका मुख आशा की दीप्ति से चमक उठा। वह उस समय दस वर्ष छोटा लगा। आँखों में अधिक उल्लास भरकर वह बोला, "अच्छा-सा मकान मिल जाय तो ले आऊँ।" पर यह वाक्य कहते ही उसके मुख पर उसी गम्भीर वेदना का रंग आ गया। मैं बहुधा उससे पूछ बैठता—"रामदास, अब बच्चों को कब लाओगे?" और वह उसी प्रकार आशा से जगमगाकर बोलता, "अच्छा-सा मकान मिल जाय तो ले आऊँ।" वाक्य समाप्त करते ही वह फिर उदास हो जाता, जैसे उसका मिला-मिलाया मकान छूट गया हो।

तीन साल से यही पूछ रहा हूँ, और वह यही उत्तर दे रहा है। अच्छे से मकान तो शहर में बहुत हैं, पर इसके योग्य शायद उनमें कोई नहीं है और यदि उन स्त्री-बच्चों को वह ले भी आवे, तो खिलाएगा क्या। पर आशा के छोर को वह खूब कसकर पकड़े है। नये काम ढूँढ़ता है, आमदनी के नये जरिये खोजता है, पर हर जगह उसकी ईमानदारी और दार्शनिक बेखबरी बाधा देती है। तीन-चार सालों से वह घर नहीं गया है। उसके वे स्त्री-बच्चे समस्त अभावों और विपदाओं के बीच जिन्दगी को इसलिए घसीट रहे होंगे कि कभी परदेशी आवेगा, और बहुत-से पैसे लावेगा। गरीबी के विस्तार का पार नहीं। रामदास और उसके स्त्री-बच्चों के बीच जैसे गरीबी की गहरी नदी बह रही है और वे मिल नहीं सकतें। स्त्री-बच्चों का इतने दिनों का बिछोह क्या होता है, यह स्वानुभव से नहीं जानता। पर मुझे ठीक याद है कि बचपन में जब छुट्टियों में माता-पिता के पास गाँव रहकर शहर पढ़ने आने लगता, तो माता-पिता की आँखों से आँसू झरने लगते। मैं साल में तीन बार घर हो आता था। यह चार साल में एक बार भी नहीं गया। कैसी मजबूरी है कि पिता बच्चों से न मिल सके, पत्नी पति से नहीं मिल सके। कुछ होते हैं जो दुःख भी सुविधा से मानते हैं, जिनका विछोह भी अजब रंगीनियों से भरा होता है, जिनका दुःख भी एक त्योहार हो जाता है। पर जैसा यह गरीब, वैसा इस गरीब का दुःख।

एक दिन वह मुझे बहुत उदास दिखा। मैंने पूछा, "रामदास, आज बहुत उदास दिख रहे हो? घर पर तो सब ठीक है न?" उसने एक गहरी साँस छोड़ी और बोला, "बड़ा लड़का नहीं रहा। घर से चिट्ठी आयी है।" वह आसमान की ओर शून्य में देखने लगा। हृदय की वेदना मुख से चीख बनकर न निकल पड़े, इसलिए उसने ओठों को दाँतों से दबा लिया। पर पलकों में यह सामर्थ्य कहाँ कि आँसुओं को रोक सकें! उसकी आँखों से आँसू झरकर नाक को भिगोते हुए ओठ तक बहने लगे और उसकी साँस जोरों से चलने लगी।

मैं बड़ी देर तक स्तब्ध बैठा रहा। मुझे उस समय लगा कि दुःख जाहिर करने के जितने उत्तम तरीके हैं, जितने सुन्दर वाक्य और शब्द हैं, वे झूठे हैं। वे सब दुःख के उत्सव के काम आनेवाले हैं। इस गरीब के सच्चे दुःख के सामने मेरी परिष्कृत समृद्ध वाणी व्यर्थ है। चुप नहीं रहा गया तो मैंने कहा, "तुम घर जाओगे न?" उसने आँसू पोंछते-पोंछते बड़े तटस्थ भाव से कहा, "अब जाने से क्या फायदा?" मैं समझ गया कि वह जानता है कि जाने से क्या फायदा है। वह जानता है जिस स्त्री का बेटा मर गया है, उसे पति का सहारा चाहिए। वह जानता है कि उसकी बिलखती पत्नी और चीखते बच्चों के बीच उसे होना चाहिए। पर वह मजबूर था।

मैं उठा। उठने से पहले कुछ और कहना जरूरी मालूम हुआ। मेरे पास तो

अब कुल वही पूँजी बची थी। "तो बच्चों को ले आओ न रामदास?" उसका मुख एक क्षण में जैसे विद्युत-प्रभाव से चमक उठा। आँखों में आशा की किरण फूट पड़ी। वह उसी प्रकार विश्वास से बोला, "अच्छा-सा मकान मिल जाय तो ले आऊँ।" पर उसे कभी अच्छा-सा मकान नहीं मिलेगा। और वह यहीं बैठा-बैठा कानपुर से चिट्ठियाँ पाता रहेगा कि अब दूसरा लड़का नहीं रहा, अब लड़की भी नहीं रही, और अब स्त्री भी नहीं रही।

एक घण्टे का साथ

सुबह का वक्त था। रेलवे प्लेटफार्म की घड़ी के मुख पर महकमे की कार्य-कुशलता का प्रमाण-पत्र, सफेद कागज चिपका है। बन्द है। एक आदमी अभी कहता निकल गया था, "साली, एक हफ्ते से बिगड़ी है।" इस एटम युग में 250 करोड़ के बजट वाले महकमे की घड़ी को सुधारने की सुविधा एक सप्ताह तक नहीं जुट पाती। महान देश है। उत्तर में संसार का सबसे ऊँचा पर्वत हिमालय गर्दन ताने जो खड़ा है! और हाथ में? एक बार कभी घड़ी बाँधी थी। पर वह एक दिन विधवा की चूड़ी की तरह झड़ गयी। तब से हाथ खाली ही है।

लेकिन तार-घर की मैली खिड़कियों से सूरज झाँकने लगा है। उसकी एक छनी किरण आलसी घड़ी के मुख पर थप्पड़ जमा रही है।

रात को तीन-चार घण्टे पानी बरसा था। कहीं-कहीं गढ़ों में अभी भी पानी भरा है, जैसे हठी लड़का बहुत रोकर भी माँ-बाप का ध्यान न खींच सके, तो आँसुओं की अन्तिम एक-दो बूँदें पलकों में इस आशा से सप्रयास अटकाये रहता है कि शायद अब नजर पड़े।

भीड़ कम है। पर वे चार-छः तरुण बराबर घूम रहे हैं, जो अपनी एकमात्र पोशाक को रोज धोकर, हर गाड़ी पर नियमित रूप से गतिवान सौन्दर्य को निहारने आ पहुँचते हैं।

चहल-कदमी करके 'लेट' आनेवाली गाड़ी के नाज उठा रहा हूँ। सामने परिचित चाल, फिर परिचित वस्त्र, और अब तो वह परिचित मुख! वह मेरे नजदीक आ गया है। वही खादी के कुरता-पायजामा, वैसे ही रूखे बाल, उनसे भी रूखा चेहरा, नंगे पाँव, आँखों में निराशा का नशा, मुख पर परेशानी की रेखाएँ।

मैंने पूछा, "क्यों इतने सवेरे कैसे आये? क्या कहीं जा रहे हो? किसी को पहुँचाने आये हो?" खूब देर से उठने की जिसने बरसों से ख्याति फैला ली है, वह इस समय, इस हालत में सामने खड़ा है। अचरज की बात ही तो है। उसने एक बार मेरी ओर देखा, फिर छत और आकाश की सीमान्त रेखा पर नजर गड़ाकर मेरे

प्रश्नों को अभिनय की वाणी में दुहराने लगा, जैसे आकाश-भाषित सुन रहा हो या अपने ही मुख से सुने बिना उसे मेरे प्रश्नों पर भरोसा नहीं होगा। कहने लगा, "हूँ! इतने सवेरे कैसे आये? क्या कहीं जा रहे हो? किसी को पहुँचाने आये हो?. ..इतने सारे प्रश्न पूछने का अधिकार-पत्र मैंने कभी आपको नहीं दिया!" उसकी गर्दन फूल गयी—ठीक तोते जैसी, जब वह बिल्ली को देखता है। नाक भी उसकी फूल गयी और चिबुक लगभग वक्ष से लग गयी जिससे उसकी गर्दन बिल्कुल गालों की ऊँचाई पर पहुँच गयी। उसकी आँखों में रोष और दर्प के भाव बहुत स्पष्ट।

तीन-चार सालों से जानता हूँ इसे। कुछ लोग हम दोनों को मित्र समझते हैं, कुछ कहते हैं, हम शत्रु हैं। वह स्वयं आज मित्र है, तो कल शत्रु। महीनों मेरे साथ मेरे मकान में रहा है, और फिर महीनों मुझे गाली देता फिरा है। कोई मेरी प्रशंसा करता है, तो वह निन्दा करने लगता है! और कोई मेरी निन्दा करता, तो वह मेरा पक्ष लेकर मारपीट तक करने को उतारू हो जाता है।

मैंने कहा, "फिर भी जब हम लोग मिल गये हैं, तो कुछ बात करनी ही पड़ेगी।"

वह उसी भाव से बोला, "हाँ, बात तो करनी ही पड़ेगी, क्योंकि हम कुत्ते या बिल्ली नहीं हैं, मनुष्य हैं और यही मजबूरी है। तो सुनिए "आई एम गोइंग टू द ईण्ड ऑफ द वर्ल्ड। (मैं दुनिया के छोर तक जा रहा हूँ)।" उसकी आँखों में बड़ी वेदना और निराशा आ गयी। मैंने वातावरण को हल्का करने के लिए कहा, "लेकिन गाड़ी तो नागपुर तक ही ले जाएगी।" वह खिन्न हँसी हँसकर बोला, "गाड़ी के ऊपर बैठूँगा तो नागपुर ले जावेगी और अगर गाड़ी के नीचे बैठा तो दुनिया के अन्त तक नहीं ले जावेगी?"

उसने फिर एक गहरी साँस छोड़कर वातावरण को निराशा से भर दिया है। दृष्टि उसकी अब फिर छत और आकाश की सीमान्त रेखा पर अटक गयी। दृष्टि का शून्य जैसे महाशून्य में मिलाने से उसे चैन मिल रहा है। आज वह बहुत निराश है। दुनिया से जाने की बात आज तक उसने नहीं कही थी।

मैंने कहा, "चाय पियोगे?" वह बोला, "हाँ, जरूर पीऊँगा। आपकी कृपा है। कृपा तो आप लोग करते ही रहते हैं। कृपा करना तो आप लोगों का शौक है, लक्ज़री है। भला हम गरीब आप लोगों के शौक में बाधक बनने की हिम्मत कैसे कर सकते हैं?"

'आप लोग' और 'हम लोग' ये दो वर्ग उसने स्पष्ट कर लिये हैं। मेरी नौकरी लगी है। मुझे हर महीने कुछ रुपये मिल जाते हैं, इसलिए मैं 'आप लोग' में शामिल हूँ। उसके पास नौकरी नहीं है, उसे हर महीने नियमित रूप से रुपये नहीं मिलते,

इसलिए वह 'हम लोग' में शामिल है। इस प्रकार के वर्ग-भेद पर आधारित वर्ग-चेतना उसमें हर क्षण जाग्रत रहती है।

मैं अब उसे चाय की दूकान पर ले आया हूँ। कप सामने आ गये हैं। वह चाय को गौर से देखकर दूकानदार से बोला, "भाई, चाय में कम-से-कम दूध की सुगन्ध तो दी होती! इतना निर्मल जल! इतना शुद्ध सत्य न बाँटा करो दुनिया को!" फिर मेरी ओर देखकर बोला, "क्या आपकी कृपा की डोर में फँसकर एकाध बिस्किट मेरे पास तक नहीं आ सकता?" मैंने दो बिस्किट बुला दिये हैं।

गाड़ी अब सिगनल पर आ गयी है। वह अन्तिम घूँट ले रहा है। मैंने कहा, "जल्दी करो। बहिन को गाड़ी पर बिठाना है।" वह बोला, "बहिन इस गाड़ी से जा रही हैं चलो।" अब मेरा कोई काम नहीं रह गया। उसने सामान और बच्चे सब गाड़ी में चढ़ा दिये। मैंने बहिन के चरण छुये। उसने भी चरण-स्पर्श किया और उसकी आँखों से आँसू झरने लगे। मुसीबतों को तो उसने पालतू पशु की तरह पाल रखा था। पर स्नेह और सहानुभूति के सामने उसका हृदय द्रवित हो गया।

मैंने उसका हाथ पकड़कर कहा, "चलो चलें।" वह बोला, "कहाँ चलूँ? मेरे लिए कहीं जगह है?"

मैंने कहा, "मेरे साथ चलो।" उसके उत्तर की प्रतीक्षा किये बिना मैं उसे सड़क पर खींच लाया हूँ। मैंने उससे कहा, "आखिर, तुम आत्महत्या क्यों करना चाहते हो?" वह तपाक से बोला, "इसलिए कि और कुछ करने को नहीं है।" फिर दोनों हाथों से अभिनय करते हुए बोला, "खूब अँधेरी रात है। तुम एक गहरी खाई की कगार पर खड़े हो। तुम्हारे पीछे एक भयंकर शेर खड़ा है। तुम्हारी जेब में सिर्फ एक जहर की पुड़िया है। तुम क्या करोगे?" मैंने हँसकर कहा, "मैं पहले शेर को जहर खिला दूँगा। जब वह मर जाएगा, तब मैं घर लौट आऊँगा।" वह भी खिलखिलाकर हँस दिया। फिर एकदम गम्भीर हो गया। कहने लगा, "तुम बदमाश हो। झूठ बोलते हो। अरे तुम जहर खा लोगे। सबसे कम कष्टकर तुम्हारे लिए यही होगा। मैं भी सबसे कम कष्टकर मार्ग अपना रहा हूँ। बहुत लुभावना है। पर जब जीना मरने से अधिक कष्टकर हो जाय, तो मरने को ही सच्चा जीवन मान लेना चाहिए।"

अब हम दोनों, सड़क पर मौन चल रहे हैं। वह एम.ए. पास है। अंग्रेजी, हिन्दी और राजनीति का विद्वान है। पहले होटलों में बैठकर घण्टों मार्क्सवाद की व्याख्या करता था। स्वभाव से खूब मस्त और अल्हड़। खूब स्वस्थ, खूब सुडौल। अपनी लम्बी नुकीली नाक पर अँगुली फेरकर पूछता था, 'हैव यू सीन ए रोमन नोज़?' सब लोग मजा लेते थे।

लेकिन उसे नौकरी अच्छी नहीं मिली। अपनी विद्या-बुद्धि के योग्य उसे काम

नहीं मिला। मालिक लोग आदमी के व्यक्तित्व को कागज की पुड़िया की तरह जेब में रख लेना चाहते हैं। इसका व्यक्तित्व जरा कड़ा कागज था। पुड़िया बनती नहीं थी और कौआ अगर न्यायाधिकार लेकर बैठ जाय तो हर उज्ज्वल हंस को कोढ़ी कहकर तिरस्कृत करेगा। मालिकों ने इसके साथ ऐसा ही किया। जगह-जगह से तिरस्कृत हुआ। उसे अपनी योग्यता का मूल्य नहीं मिला। निपट मूर्खों को उसने ऊँचे आसन पर प्रतिष्ठित देखा।

परिणाम—वह ऐसा हो गया। अब वह विचित्र हो गया है। पर कितने लोग जानते हैं कि अपने-आपको खोकर उसने यह वैचित्र्य अर्जित किया है। अब उसे हर आदमी से शिकायत है। उसे लगता है कि हर आदमी उसका दुश्मन है। उसकी आस्था टूट रही है। कोई हँसता है, तो वह सोचता है, यह मेरा उपहास कर रहा है। गम्भीर रहता है, तो यह कि मुझे देखकर मुँह फुला लेता है। कोई नमस्कार करता है, तो सोचता है व्यंग्य करता है। बिना नमस्कार किये निकल जाता है, तो यह कि घमण्ड करता है। कोई उसे नाश्ता कराता है तो सोचता है कि यह अपनी सम्पन्नता का ढोल पीटता है। नाश्ता नहीं कराता है, तो यह कि घोर स्वार्थी है। प्रेम प्रकट करने पर चिढ़ता है, सहानुभूति पर खीझ उठता है।

अब उसकी बात पर लोग हँसते हैं। वह मनोरंजन का साधन भी बन जाता है। पहले दार्शनिक मस्ती के साथ जब घूमता था और अपनी तीखी उक्तियों से लोगों के पाखण्ड उघाड़ता था, तब ऐसा लगता था जैसे एथेन्स की सड़कों पर सुकरात घूम रहा है। अब उसे लोग टालते हैं।

बहुत देर से हम लोग मौन चल रहे हैं। मैंने मौन भंग किया, ''तुमने म्युनिसिपैलटी की नौकरी क्यों छोड़ दी?'' वह जैसे नींद से जागा। अपने समस्त शरीर को आन्दोलित करके बोला, ''बात यह थी कि उस संस्था में दो दल हैं। सुभीते के लिए एक को 'कुत्ता पार्टी' कहो और दूसरे को 'ग़धा पार्टी'। मुझे कुत्ता पार्टी ने नियुक्त कराया था, इसलिए वे कहने लगे कि तुम हमारे आदमी हो, हमारा माल शहर में बिना चुंगी के आने दो। मैंने नहीं आने दिया। बस, वे सब लगे भौंकने। इधर गधा पार्टी ने कहा कि यह तो विरोधी दल का आदमी है। बस, वे लगे दुलत्ती झाड़ने। एक तरफ से कुत्तों का भौंकना और दूसरी तरफ गधों की दुलत्ती—आदमी भाग निकला।''

अब वह अन्यमनस्क हो गया है। मैंने पूछा, ''फ़िर तुम मारे-मारे क्यों फिरते हो? तुम्हारे भाई हैं, माता-पिता हैं, बहिनें हैं। क्या वे तुम्हें प्रेम और सम्मान से नहीं रख सकते?'' उसने कहा, ''तुम गलत सोचते हो। मेरी क्रय-शक्ति इस समय शून्य पर है। प्रेम खरीद नहीं सकता। लेकिन आसमान और जमीन सरीखे कोई उदार नहीं हैं। न ऊपर से आसमान की छाया हटती है, और न नीचे से जमीन खिसकती है।''

वह अब बहुत उदास हो गया है। सामने से निकलनेवाले मोटर, रिक्शा, ताँगा आदि को देखता है, और कुछ अस्पष्ट कह जाता है। सामने से सैकड़ों आदमी फौजी सामान के कारखाने में काम करने जा रहे हैं। मेरा साथी आहें भरकर बोला, "जानते हो, यह सब कहाँ जा रहे हैं? ये फौजी कारखानों में काम करने जा रहे हैं। वहाँ आदमी को मारने के लिए गोला-बारूद बनता है। वे दिन-भर आदमी को मारने का सामान बनाते हैं। आज आदमी को मारकर आदमी को पेट भरना पड़ता है। कैसी निकृष्ट जीविका है। सब मौत का व्यवसाय है।"

उसने अपनी जेब से एक टूटी बीड़ी निकाली और एक राहगीर से माचिस माँगकर जला ली। धुआँ छोड़ता हुआ वह अब मस्ती से चल रहा है। मेरे परिचित अब राह में मिलने लगे हैं। उनसे नमस्कार का आदान-प्रदान करता हुआ मैं चल रहा हूँ। ज्योंही किसी से मेरी नमस्कार होती है, वह बड़े गौर से उसे देखता है, उसके मुख पर घृणा का भाव खेल जाता है और वह बड़े दबे, पर गहरे स्वर में 'हूँ' कहकर अपनी खीझ जाहिर करता है। उसे हँसता-खेलता आदमी देखकर बड़ा कष्ट होता है। सहज खुशी को सह नहीं सकता। फिर भी, कभी-कभी वह छोटे बच्चों के साथ आँख-मिचौनी भी खेल लेता है।

एक परिचित सज्जन रुक गये हैं। सहज ही मेरे साथी से पूछ बैठे, "कहिए, आपके क्या हाल हैं?" साथी के भीतर जैसे मुद्दत से सूखी बारूद भरी थी। इस चिनगारी से फूट पड़ी। बड़ी देर से वह 'हूँ-हूँ' शब्द निकालकर गुर्रा रहा है, किसी पर तो उसको क्रोध उतारना ही है। ये सज्जन ही बेचारे फँस गये। वह गुस्से में बोला, "आपको क्या मतलब? इतना दर्प क्यों पालते हैं आप? मेरा हाल पूछते समय क्या आपके मन में यह अहंकार नहीं रहता कि हम तो बहुत अच्छे हैं, पर तुम्हारे क्या हाल हैं। आपके हाल अच्छे हैं, तो आप जाइए।" बेचारे हतप्रभ हो चल दिये। तब मैंने कहा, "इतने सरल-से प्रश्न से तुम चिढ़ते क्यों हो?" वह उसी मुद्रा से बोला, "चिढ़ने की बात है। यह सब पाखण्ड है। अहंकार का प्रदर्शन है। जिसे मेरे सुख-दुःख से कोई मतलब नहीं, वह क्यों मेरी जिन्दगी में दिलचस्पी लेने की अनधिकार चेष्टा करता है?"

मगर उसका गुस्सा अभी निकला नहीं है। हर परिचित से मिलने पर वह 'हूँ' कहकर गुर्रा लेता है। एक सज्जन सड़क के उस ओर से चिल्लाये, "नमस्कार!" प्रत्युत्तर में मेरे हाथ भी उठे और मेरे साथी के भी। बस, अब उसका क्रोध मुझ पर फूट पड़ा है, कहता है, "उसने तो मुझे नमस्कार की थी, आपको नहीं। आपने बीच में ही झेल ली। बड़े सफल व्यक्ति हैं आप! हम गरीबों का नमस्कार तक हड़प लेते हैं। वाह!"

मैं मौन हूँ, उसे जवाब देने से क्या लाभ? वह बार-बार मेरी ओर देखता है,

प्रत्युत्तर चाहता है, पर मैं मौन हूँ। अब वह बड़ा परेशान हो गया है। उसे न जाने क्या हो गया? मेरी ओर बड़े अपराधी नेत्रों से देख रहा है। भावावेश में उसने मेरे गले में हाथ डाल दिये हैं। गला उसका भर आया है। आँखें छलछला आयी हैं। कहने लगा, "देखो, मैं तुमसे सत्य बात कहता हूँ। आज मेरी आत्मा का सत्य जाग्रत हो गया है। जब पेट भरा होता है तब भोजन के नीचे सत्य दब जाता है। मैंने तीन दिन से कुछ खाया नहीं है। मैं आज शुद्ध-बुद्ध हूँ। मैं सत्य कहूँ? मैं तुमसे ईर्ष्या करता हूँ। कारण यही कि तुम्हारे इतने मित्र हैं, परिचित हैं, तुम्हारी प्रसिद्धि है। मैं वास्तव में तुमसे ईर्ष्या करता हूँ।"

मैं बड़े असमंजस में पड़ गया हूँ। क्षण-क्षण में जिसके भीतर वेदना, प्रेम, प्रतिहिंसा, ईर्ष्या, करुणा और क्रोध के भाव बिजली की तरह कौंध जाते हैं, उसकी किस बात को मानूँ? जब उसका मनुष्यत्व टूटने लगता है, तब वह रोकर इसी प्रकार उसमें टेका लगाता है। मैंने कहा, "ईर्ष्या तो मुझे तुमसे करनी चाहिए। तुम्हारे समान विद्या-बुद्धि मेरे पास कहाँ हैं? खैर, चलो, किसी होटल में खाना खा लें।"

हम एक होटल के सामने आ गये हैं। वह बोला, "पहले भोजन नहीं। पाखाना जाऊँगा। दुर्जनं प्रथमं वन्दे।" मैंने कहा, "यहाँ तुम्हें कहाँ पाखाना मिलेगा?" वह बोला, "यह मनुष्यों का मोहल्ला है। मिलेगा।" मेरा हाथ पकड़कर वह सामने के छापाखाने में घुस गया। अभी काम शुरू नहीं हुआ था, पर मालिक बैठा है। मेरा परिचित है। मेरा साथी उनसे बोला, "फैक्ट्री ऐक्ट के अनुसार आपके कारखाने में नल-टट्टी होना चाहिए। आप इस नियम का पालन करते हैं या नहीं?" वे बेचारे बड़े चकित हुए। बोले, "जी हाँ, टट्टी है। पर आपको मतलब?" वह बोला, "दिखाइए, कहाँ है? मुझे जाना है।"

शौच से निवृत्त होकर वह होटल के दरवाजे पर आ गया है। सामने चार-पाँच भिखारी खड़े हैं। इन्हें देखकर वह फिर भड़क गया। उनकी ओर संकेत करके मुझसे बोला, "आप लोग इन्हें जीने तो देते नहीं हो, मरने भी नहीं देते। अगर ये मर गये, तो आप लोग जिन पर गर्व करते हैं, वे करुणा, दया और संवेदना के भाव कहाँ खेलेंगे? आपके शौक के लिए ये जरूरी हैं। इन्हें आप इतना देते हैं कि ये मर न पावें। मैं भी इनमें से एक हूँ। इन्हें भी मेरे साथ ले चलो।" फिर उन्हें सम्बोधन करके चिल्लाया, "चलो रे, तुम लोग सब। होटल में बैठकर खाओ। आज मेरे साथ दानवीर कर्ण हैं!" वह बार-बार उन्हें बुलाता है और वे हँसते हैं। समझ रहे हैं कि यह कोई सिर-फिरा है। हारकर वह बोला, "नहीं आते? तो जाओ मरो, अभागो! सड़ा माल खाने के आदी, तुम्हें भरोसा ही नहीं होता कि कोई तुम्हें होटल में बिठाकर खिला भी सकता है।"

उसने भरपेट खा लिया है। मुख पर तृप्ति है। मैंने पूछा, "अब मरने कब

जाओगे?" वह बोला, "अब तो मरने की बात को फिर से सोचना पड़ेगा। कम-से-कम चौबीस घण्टे नहीं मरूँगा। मेरे पेट में इतना अन्न है, जिससे आदमी चौबीस घण्टे मजे में जी सके। अन्न जीने के लिए है; मरने के लिए नहीं। मैं एक आदमी का भोजन पेट में रखकर नहीं मरूँगा।"

अचानक उसने हाथ उठाकर कहा, "अच्छा, अब जाता हूँ। बहुत वक्त खराब किया आपने मेरा।"

वह चला गया।

मूल्यों का विघटन

प्रिय भाई,

आपका पत्र मिला। आपने चाहा है कि मैं 'कल्पना' में प्रतिमास, नियमित रूप से व्यंग्य स्तम्भ लिखूँ। यह प्रस्ताव मुझे मंजूर है; पर मेरी भी कुछ शर्तें हैं :

1. 'नियमित' का अर्थ मेरे लिए, 'जब मन चाहे तब लिखना' है। अँग्रेजी में इस स्थिति को 'मूड' कहते हैं पर मैं इस शब्द का प्रयोग नहीं कर रहा, क्योंकि आप 'अँग्रेजी हटाओ' आन्दोलन चला रहे हैं। बात यों है कि आसपास ऐसी भीषण घटनाएँ हो जाती हैं कि मनःस्थिति बिगड़ जाती है—मसलन, मेरे घर के सामने के नीम की पत्तियाँ झड़ गयी हैं और मेरा मन बेहद उदास हो गया है। शहर में घोर दंगा भी हुआ है और मैं तनिक विचलित नहीं हुआ। पर इस नंगे, अपत्र नीम को देखकर मेरा मन रोता है। जब तक इसमें कोंपलें न आ जाएँ, मैं एक शब्द नहीं लिख सकता। इधर लोग दंगे से परेशान हैं, पीड़ितों के लिए हाय-हाय करते हैं, शान्ति और सद्भाव के लिए प्रयत्न करते हैं। किसी को परवाह नहीं है कि मेरे सामने के नीम के पत्ते झड़ गये हैं। क्या किया जाय? 'मूल्यों का विघटन' जो हो रहा है।

2. आम पत्रिकाएँ 'पत्रं पुष्पं' देती हैं। मैं 'पत्रं पुष्पं' बहुत पा चुका। अब 'फलं तोयं' लूँगा। फल खाकर पानी पीना चाहता हूँ। फूल सूँघकर पत्ते कानों में बहुत खोंस चुका।

3. जितना पारिश्रमिक आपने प्रस्तावित किया है, उतने से काम नहीं चलेगा, क्योंकि आप देख ही रहे हैं, 'मूल्यों का विघटन' हो रहा है। मैं उससे डेवढ़ा लूँगा और यह रकम मेरे-आपके बीच एक रहस्य रहेगी। अपने शत्रुओं को मैं दुगनी बताऊँगा और आपके शत्रुओं को आधी, जिससे मेरे शत्रु जलेंगे और आपके शत्रु प्रसन्न होंगे। मेरे इस प्रचार का खण्डन करने का अधिकार आपको नहीं होगा।

4. पारिश्रमिक आपको कम-से-कम एक वर्ष बाद भेजना होगा, जब मैं पन्द्रह-बीस तगादे के कार्ड लिख चुकूँ। यदि इससे पहले आप भेज देंगे तो मैं स्वीकार नहीं करूँगा, क्योंकि तब मुझे वह रकम चोरी की लगेगी और आपको लगेगा कि

आप लूट लिये गये। मेरे हर तगादे पर आपको यह उपदेश देने का हक होगा कि साहित्य-रचना, अन्ततः तपस्या ही है और लेखक को परचून की दूकान खोलकर पेट भरते हुए, अपनी रचनाएँ प्रकाशक को बिना मूल्य देना चाहिए। प्रकाशक अगर सामने यह कहे, तो ऐसा अच्छा लगता है कि उसका मुँह चूम लेने को जी चाहता है। मेरा ख्याल है कि लेखक-प्रकाशक में ऐसा सुलझा हुआ समझौता हो जाना चाहिए, क्योंकि आप देख ही रहे हैं, 'मूल्यों का विघटन' बड़ी तेजी से हो रहा है।

5. साहित्य-रचना के सम्बन्ध में मैं कुछ मर्यादाएँ मानता हूँ, जैसे यही कि विद्या, साहित्य, कला का अधिकारी केवल ब्राह्मण है। जिन विप्रगुरु के चरणों में बैठकर मैंने विद्या पायी है, वे पहले विद्यापति ठाकुर को कवि ही नहीं मानते थे, क्योंकि 'ठाकुर' से उन्हें कवि ठाकुर होने का भ्रम हो गया था। फिर, जब उन्हें बताया गया कि मैथिल ब्राह्मणों में 'ठाकुर' उपनाम होता है, तब उन्होंने विद्यापति को महान कवि घोषित किया। ऐसे निष्ठावान हैं मेरे गुरु! और आज ऐसी निष्ठा विशेष आवश्यक है, क्योंकि आप देख ही रहे हैं, 'मूल्यों का विघटन' हो रहा है।

6. इस पत्र के साथ मैं आपको अपने शत्रुओं और मित्रों की दो 'लिस्टें' (ओफ! शान्तं पापं) नामावलियाँ भेज रहा हूँ। अपने स्तम्भ में मैं शत्रुओं को उखाड़ूँगा और आपका कर्तव्य होगा, जड़ों में मठा डालना। मित्रों को मैं जमाऊँगा, और आप जड़ों में खाद देंगे। आप भी इसी तरह मुझे अपने शत्रुओं-मित्रों की नामावली भेज सकते हैं। मैं अपना कर्तव्य पहचानता हूँ। हमें इसी पद्धति से काम करना चाहिए, क्योंकि आप देख ही रहे हैं, 'मूल्यों का विघटन' हो रहा है।

7. मैं अपने को निर्दल घोषित करता हूँ, और जहाँ तक जानता हूँ, आप भी अपने को यही बताते हैं। आइए, हम मिलकर एक नया दल बना लें—'निर्दलीय दल'! आप और मैं मिलकर प्रयत्न करेंगे, तो शीघ्र ही अपना दल बड़ा और शक्तिशाली हो जाएगा। हिन्दी साहित्य के कल्याण के लिए दल बनाना आवश्यक है, क्योंकि आप देख ही रहे हैं, 'मूल्यों का विघटन' हो रहा है।

8. अपने दल को बढ़ाने के लिए हमें कुछ अपने नये लेखक भी बनाने चाहिए। मेरे 7, 10 और 13 वर्षों के तीन भानजे हैं। मैं इनकी रचनाएँ भेजूँगा और आप छापने को बाध्य होंगे। तीन-चार रचनाओं के बाद, मैं अपने स्तम्भ में, इन्हें हिन्दी के इस दशक की सबसे प्रधान 'उपलब्धि' सिद्ध कर दूँगा। जो नहीं मानेगा, उसे मैं देख लूँगा—मेरे हाथ में स्तम्भ जो है। आप अपने घर के बच्चों के लिए भी ऐसे ही प्रयत्न करें। इस समय अपने घर के जितने लेखक हो जाएँ, उतना ही अच्छा होगा, क्योंकि आप देख ही रहे हैं, 'मूल्यों का विघटन' हो रहा है।

9. स्तम्भ शुरू करते ही मैं यह प्रचार करने लगूँगा कि अब तो 'कल्पना' पर

मेरा कब्जा हो गया। आप मेरे इस दावे का खण्डन नहीं कर सकेंगे। जिसे दल चलाना है, उसका कब्जा किसी पत्रिका पर होना ही चाहिए, क्योंकि आप देख ही रहे हैं, 'मूल्यों का विघटन' बड़ी तेजी से हो रहा है।

10. मैं योजनाबद्ध साहित्य-व्यापार करता हूँ। मेरा भी एक संगठन है, जिसमें पचास-साठ मित्र हैं। आप इन्हें 'पाठक' कह सकते हैं। मैंने इन्हें पेशगी डाक खर्च दे रखा है और—मेरी रचना कहीं छपते ही ये सम्पादक को प्रशंसा-पत्र लिख देते हैं। ये आपको भी मेरे स्तम्भ के विषय में लिखेंगे और आपको इन पत्रों को छापना होगा। इन पत्रों के लिए जो डाक-खर्च लगेगा, उसमें से आधा आपको देना होगा। इस प्रकार के पाठकों की आज बहुत आवश्यकता है, क्योंकि आप देख ही रहे हैं, 'मूल्यों का विघटन' हो रहा है।

11. जब स्तम्भ शुरू हुआ है, तो वह किसी दिन बन्द भी होगा। तब मैं आपकी बदनामी करूँगा और आप मेरी करेंगे। सही कारण बताने का अधिकार न मुझे होगा, न आपको। आप यह कह सकेंगे कि मैं स्तम्भ में व्यक्तिगत राग-द्वेष में जाता था और मैं यह कहूँगा कि आपके पत्र की नीति ही ढुलमुल है। आज सत्य कारण नहीं बताया जा सकता, क्योंकि आप देख ही रहे हैं, 'मूल्यों का विघटन' हो रहा है।

आप इन शर्तों पर विचार कर लें और यदि आपको ये स्वीकार्य हों, तो इस पत्र को ही पहली किस्त मानकर आगामी अंक में छाप दें। मेरे नीम में कोंपल आ जाएँगे, तब मैं आगामी किस्त लिख भेजूँगा।

आशा है प्रसन्न हैं।

पारिश्रमिकाभिलाषी
ह.शं.प.

साहित्य के गतिरोध

प्रिय बन्धु,

इधर मैं एक आंचलिक उपन्यास के लिए सामग्री जुटा रहा हूँ। आप जानते हैं कि मुझे यूँ ही काफी देर हो गयी है। देखते-देखते एक के बाद एक अंचल उठते गये। 'रेणु' ने पूर्णिया जिला उठाया और फिर गढ़वाल उठा, काश्मीर गया, समुद्री अंचल उठा, बस्तर भी हाल ही में उठ गया। मेरे पड़ोसी बुन्देलखण्ड को, भूत-वर्तमान-भविष्य समेत बाबू वृन्दावनलाल वर्मा ने ले लिया है। सुना है, कोई भाई मालवा पर भी कब्जा कर रहा है। अंचल उठते गये और मैं बैठा-बैठा देखता रहा, जैसे अच्छी लड़कियाँ उठती जाएँ और दुबेजी क्वाँरे बैठे रहें। तमाम अंचलों पर लेखकों के कब्जे हो गये; एक जागीरदारी खत्म हुई तो साहित्यिक जागीरदारी जम गयी। अब कोई अंचल बचा नहीं। अगर किसी लेखक के अंचल पर मैं लिख डालूँ और वह मुकदमा दायर कर दे तो? मैं एक दिन इसी चिन्ता में मशगूल था कि अब हिन्दी कथा-साहित्य का क्या होगा? इससे भी अहम सवाल है—मेरा क्या होगा?

मेरा एक मित्र आया। मैंने कहा, "मित्र, अब तो कोई अंचल खाली नहीं है। हिन्दी माता की गोद काहे से भरी जाएगी? माँ भारती का क्या भविष्य होगा?" उसने कहा, "पहले तुम आँसू पोंछो, फिर जरा स्पष्ट बात करो। हिन्दी माता पर ऐसा क्या संकट आ गया? मुख्यमन्त्रियों ने राष्ट्रीय एकता के हल्ले में अँग्रेजी को अनन्त काल तक चलाने का निश्चय कर लिया है। अब हिन्दी उसी तरह निश्चिन्त रह सकती है जिस तरह अँग्रेजों की छत्रछाया में देशी रजवाड़े रहते थे।" मैंने कहा, "दोस्त, तुम समझे नहीं। मेरा मतलब है कि कथा-साहित्य में गतिरोध आ गया।" इस पर वह हँस पड़ा। कहने लगा, "तुम किस मुँह से गतिरोध का नारा लगाते हो? यह वही कह सकता है जो स्वयं रास्ते पर रोड़ा बनकर अड़ गया है। क्या तुमने ऐसे लेख कहीं पढ़े—'हिन्दी कविता में गतिरोध'...

—पं. विद्यानन्दन पाण्डे

अर्थात् पं. विद्यानन्दन पाण्डे हिन्दी कविता में गतिरोध हैं। तुम तो किसी के रास्ते

में नहीं हो। तुम क्यों हल्ला मचाते हो?"

मैंने कहा, "मुझे मेरी चिन्ता है। आंचलिकता का भूत भागा जा रहा है और चाहता हूँ कि उसकी लँगोटी छीन लूँ। पर कोई अंचल मेरे लिए खाली नहीं है।"

वह बोला, "तुम फिजी द्वीप के निवासियों के जीवन पर लिखो। वह भी एक सुदूर अंचल है।"

मैंने कहा, "न मैंने फिजी देखा, न वहाँ के निवासी देखे और न उनके जीवन का अध्ययन किया।"

मित्र बोला, "इसकी क्या जरूरत है? मैं तुम्हें फिजी सरकार के प्रकाशन विभाग की पुस्तिकाएँ दे दूँगा। उनमें तुम्हें निवासियों के नाम, गाँवों के नाम और व्यवहार की चीजों के नाम मिल जाएँगे। कुछ प्रथाओं का भी अनुमान हो जाएगा। इतने से तो तुम ऐसा प्रामाणिक उपन्यास लिख सकते हो कि फिजी के लेखक भी चकरा जाएँ।"

उसने मुझे पुस्तिकाएँ लाकर दीं। उन्हें पढ़कर मुझमें बड़ा आत्मविश्वास जाग उठा। मुझे विश्वास हो गया कि किसी जीवन के मध्य में रहनेवाले लेखक से अच्छा उस जीवन के बारे में वह लिख सकता है जो प्रकाशन विभाग की पुस्तिकाएँ पढ़ता है। पर मैं फिजी अंचल पर नहीं लिखूँगा। मुझे यहीं अपने पास एक खाली अंचल मिल गया है। मैं एक मुहल्ले पर आंचलिक उपन्यास लिखूँगा।

मुहल्ले का नाम है—बाबूपुरा; मेरे उपन्यास का नाम होगा—'बाबूपुरा परिकथा।' नाम पसन्द आया आपको? बाबूपुरा में अंचल होने के सब गुण मौजूद हैं। अंचल में दूर की घटनाओं की अनुगूँज होती है। बाबूपुरा में भी होती है। शहर के दूसरे छोर पर दंगा हुआ था, पर बाबूपुरावासी दिन-रात काँपते रहते थे।

बन्धु, अंचल तो अच्छा हाथ लग गया। अब नायक चाहिए। मेरे सामने नमूने के लिए परम आंचलिक रेणु की 'परती परिकथा' है। इसी के अनुसार नायक की व्यवस्था करनी है। पर 'परती परिकथा' का नायक है कौन? आप कहेंगे—जित्तन या जितेन्द्र बाबू। मैं नहीं मानता। मैं चार सालों से इस पर विचार कर रहा हूँ और इस निष्कर्ष पर पहुँचा हूँ कि नायक वह कुत्ता मीत है। इस कुत्ते के चरित्र का लेखक ने अधिक कुशलता से विकास किया है। आरम्भ से अन्त तक उसके चरित्र में एक संगति है जो जित्तन के चरित्र में नहीं है। मीत का व्यक्तित्व उपन्यास में आद्योपान्त व्याप्त है। हर अध्याय में, हर प्रसंग में वह हाजिर है। किसी-किसी अध्याय का तो आरम्भ ही उसकी वाणी से होता है—भौं-भौं-भौं-भौं! मीत बहुत समझदार और जिम्मेदार है। खेतों में ट्रैक्टर चलवाते समय किसानों का एक दल जित्तन का विरोध करने आता है। उस क्षण मीत की कर्तव्य-भावना जाग्रत होती है। वह जानता है कि नायक वह है, जित्तन नहीं है; और इस समस्या को हल करना उसकी

जिम्मेदारी है। वह जित्तन को बोलने भी नहीं देता और खुद किसानों पर टूट पड़ता है। वह वीर है, कर्त्तव्यनिष्ठ है। और वह शहीद की मौत मरता है जो नायक होने के लिए बहुत जरूरी है। यदि मुझे 'परती परिकथा' जैसा उपन्यास लिखना है, तो किसी पशु को नायक बनाना पड़ेगा। इस मुहल्ले में एक अच्छा बकरा था, जो घरों में घुसकर अनाज खा जाता था। पर पिछले महीने ही बीमारी से मर गया। मैंने उसे जाँचकर रखा था। यदि वह जीवित रहता तो उसे उपन्यास का नायक बनाता। अभागा मर गया और मुझे उलझन में डाल गया।

जित्तन, नायक मीत का साथी है। आदमी में जितने गुणों की कल्पना की जा सकती है, वे सब उसमें हैं। ऐसे पात्र पुराणों में होते हैं। एक तो वह जमींदार का बेटा है। फिर उसके पिता पर एक मेम न्यौछावर हो गयी थी। जिस पर मेमसा'ब मुग्ध हो जाएँ, वह महान पुरुष होता है। जित्तन न जाने कहाँ-कहाँ क्रान्ति करने के लिए घूमता रहता है और अन्त में उदास और निराश होकर अपने गाँव लौट आता है। रेणु ने प्रसंग निकाल-निकालकर उसके अलौकिक गुण बतलाये हैं। वह छद्म नाम से स्त्रियों की पत्रिका में स्तम्भ भी लिखता है। उसके सब काम ऐसे चामत्कारिक हैं जैसे हनुमान के। हनुमान भी कभी छोटे और कभी बड़े हो जाते थे। वे पूँछ को चाहे जितनी लम्बी कर सकते थे। ऐसा ही अद्भुत व्यक्ति जित्तन है। भारत के भूतपूर्व नरेश और जमींदार यदि इस प्रकार उपन्यासों में आना स्वीकार लें, तो साहित्य का कितना भला हो। जित्तन ही एक ऐसा व्यक्ति है, जो हर बार ठीक है। सब गलती करते हैं, पर वह कभी कोई गलती नहीं करता। बस्तर के भूतपूर्व नरेश प्रवीणचन्द्र भंजदेव पर उपन्यास लिखा जा सकता था। पर एक तो बस्तर के रेणु के ध्यान में वह आया नहीं; फिर उसने शादी भी कर ली। बाबूपुरा में एक बरखास्तशुदा सरकारी अफसर है। वह घूस के पैसे से ठाठ से रहता है, उसकी स्त्री मर गयी है, बेटा आवारा हो गया है और लड़की भाग गयी है। यह आदमी भी जित्तन की तरह अकेले ही क्रान्ति करना चाहता है। जब मुहल्ले के लोग इसके साथ हो जाते हैं, तब यह उनसे एकदम दूर हो जाता है और उल्टा काम करने लगता है। इस तरह नायक के साथी या उपनायक की समस्या यह बरखास्त अफसर हल कर देता है।

अब ताजमनी की तरह एक प्रेमिका चाहिए जो जीवन-भर पास रहकर भी दूर रहती है। वह 'पवित्र प्रेम' करती है। 'पवित्र प्रेम' अपनी पिछले दरवाजे की नैतिकता की एक विशेषता है। एक स्त्री मेरी नजर में है, पर वह बरखास्त अफसर साहब से अन्त तक 'पवित्र प्रेम' कर सकेगी, इसमें मुझे शक है।

इसके बाद सब आसान है। इस अंचल के कुछ पक्षियों की बोलियाँ इकट्ठी कर रहा हूँ। जब कोई पक्षी बोलता है, तो उसके स्वर को लिपिबद्ध कर लेता हूँ।

अभी तक इतनी बोलियाँ इकट्ठी की हैं...

कौआ—काँव-काँव

गौरैया—चिरिप-चिरिप

मुर्गी—किड़ी-कों-कों

इन बोलियों को उपन्यास में जगह-जगह जमा देने से वातावरण बनेगा।

मैं अंचल की स्त्रियों द्वारा गाये जानेवाले लोक-गीत भी चुन रहा हूँ। मुश्किल है कि ये मध्यमवर्गीय स्त्रियाँ सिनेमा के गीत गाती हैं! मैं लोकप्रिय सिनेमा गीतों की धुनों का पार्श्व-संगीत दूँगा।

आप देखेंगे कि मैंने काफी तैयारी कर ली है। अब मैं यह देख रहा हूँ कि किस राजनैतिक दल का समर्थन मेरे लिए सबसे लाभदायक होगा। रेणु ने जो गलती की है, वह मैं नहीं करूँगा। उन्होंने हर दल के नेता की गलतियाँ बतायी हैं। इसलिए कोई उनसे पूरी तरह खुश नहीं है। कामरेड मकबूल तक की भूल बतायी है। फिर भी 'परती परिकथा' की प्रशंसा प्रगतिवादियों ने सबसे अधिक की है। इतनी उदारता के पात्र रेणु नहीं थे, क्योंकि कामरेड मकबूल को उन्होंने हर बार ठीक नहीं बताया है। रेणु अपने भाग्य को सराहें कि बीसवीं कांग्रेस हो गयी। मैं सोचता हूँ कि बूढ़ों ने जो सबसे नया दल, स्वतन्त्र दल, बनाया है, उससे कुछ समझौता करूँ। शीघ्र ही मसानी से पत्र-व्यवहार करके उपन्यास की राजनीति तय करता हूँ।

सबसे बड़ा प्रश्न यह है कि मेरे बरखास्त अफसर साहब का उद्देश्य क्या होगा? इस विषय में 'परती परिकथा' से कोई निर्देश नहीं मिलता। जित्तन बाबू नहीं जानते कि वे क्या करना चाहते हैं। जो भी स्थिति सामने आती है, उसमें वे पराक्रम बताकर अलग हो जाते हैं। अन्त में वे एक नाटक करते हैं। स्वतन्त्र दल की सलाह से मैं अपने उपनायक को स्वतन्त्र उद्योग-नीति का योद्धा बनाऊँगा। इस तरह यह उपन्यास आंचलिक कथा साहित्य में आगे की कड़ी हो जाएगा।

इस सम्बन्ध में आपके कुछ सुझाव हों, तो तुरन्त मुझे लिख भेजें।

आपका

नव आंचलिक

ह.शं.प.

मुर्दे का मूल्य

बैलाडिला में मजदूरों पर गोली चल गयी। मजदूर छँटनी के विरोध में आन्दोलन कर रहे थे। वे शान्तिपूर्ण आन्दोलन कर रहे थे, पैंतालीस दिनों से। इतने दिनों तक शान्तिपूर्ण आन्दोलन न खदानों के अधिकारियों को अच्छा लग रहा था, न शासन को, न पुलिस को।

दो-चार दिनों का शान्तिपूर्ण आन्दोलन अच्छा लगता है। पैंतालीस दिनों तक कौन धीरज रखे बैठा रहेगा कि अब भगवान की दया से गोली चलाने का शुभ अवसर मिलेगा। आखिर ऊबकर अधिकारियों ने एक दिन शान्तिपूर्ण को अशान्तिपूर्ण बना दिया।

बेचारे कब तक बन्दूक लिये इन्तजार करते रहते? पुलिस ने औरतों पर लाठी चला दी। वे कँटीले तारों में से फँसती, उलझती, फटी साड़ी, फटी चोली, आधी नंगी, पूरी नंगी, अपनी झोंपड़ियों में अपने मर्दों के सामने पहुँचीं। मर्दों ने औरतों को अधनंगी देखा।

जो शान्तिपूर्ण था, वह अशान्तिपूर्ण हो गया। अधिकारियों की मनोकामना पूरी हुई। पुलिस ने गोलियाँ भर लीं। भगवान सबकी सुनता है। भगवान के राज में देर है, अन्धेर नहीं है।

मध्यप्रदेश के मुख्यमन्त्री ने ऐसी शान्ति और प्रसन्नता से बयान दिया, जैसे शतचण्डी यज्ञ की सफलता बता रहे हों। कुल नौ आदमी पुलिस की गोली से मारे गये, वे कहते हैं।

एक ने कहा—नौ नहीं, सौ मारे गये हैं।

मुख्यमन्त्री ने देखा—हाँ, कांग्रेसी है। दूसरे ने कहा—यह तार मेरे पास है। पाँच सौ मजदूर मारे गये हैं।

मुख्यमन्त्री ने देखा—हूँ, मोतीवाला वोरा है, इन्दिरा कांग्रेसवाला। तीसरे ने कहा—बहुत ज्यादा मौतें हुई हैं, तथ्यों को छिपाये जा रहे हैं।

मुख्यमन्त्री ने देखा—हाँ, है तो जनता पार्टी का, पर कमबख्त समाजवादी है।

रघु ठाकुर का भड़काया हुआ है।

मुख्यमन्त्री ने अपने जनसंघी साथियों की तरफ देखा। वे आँखों से कह रहे थे—अरे सखलेचा, तेरी अकल क्या काली टोपी में ही रखी रह गयी! नौ भी क्यों कहा? कह देता कि एक भी नहीं मरा। जो पता लगाने जाते, उन्हें भी मार डालते। किसे मालूम होता है!

अब मुख्यमन्त्री ने मौत का हिसाब किया—बिल्कुल बनिये की तरह। खून की कीमत तय करके दे दी। देखो भाई, तुम्हारे आलू के इतने पैसे हुए, बैंगन के इतने और टमाटर के इतने। न भूलचूक, न लेना-देना।

जो मरा, उसके परिवारवालों को पाँच हजार रुपये देंगे। जो ज्यादा घायल होकर अस्पताल में हैं, उसे हजार रुपये। जिसकी सिर्फ मरहम-पट्टी हुई है, उसे ढाई सौ रुपये। हो गया हिसाब साफ!

अब फायरिंग के शिकार लोगों के परिवार की औरतें यों बात करती हैं—हमारी तो किस्मत फूट गयी। हमारे मर्द को मामूली मरहम-पट्टी हुई है तो हमें सौ ही मिलेंगे। तू भागवान है बाई, कि तेरा मर्द मर गया तो तुझे पाँच हजार मिलेंगे। हमारा मर्द तो शुरू से निखट्टू है। इस चमेली का घरवाला फिर भी ठीक है। अस्पताल में पड़ा है तो हजार रुपये तो मिलेंगे। हमारे मर्द से तो इत्ता भी न बना।

सरकार ने मरनेवालों के परिवारों का मनोबल कितना ऊँचा उठा दिया है। लोग रोटी के बदले गोली खाने को तैयार हैं। सरकार के लिए भी रोटी से गोली सस्ती पड़ती है। वह रोटी की जगह गोली सप्लाई कर देती है।

सखलेचा कहते हैं—मजदूरों को भड़काने के लिए बंगाल से लोग आये थे, यानी ज्योति बसु ने भेजा होगा। सब कम्युनिस्टों की बदमाशी है। भूखे आदमी को यही कम्युनिस्ट तो बताते हैं कि वह भूखा है, वरना हमारा सीधा-सादा मजदूर क्या जाने कि वह भूखा है!

कर्पूरी ठाकुर कहते हैं—चार हरिजन मारे गये। ठीक है, पर सरकार ने तो उन्हें नहीं मारा। जमींदारों ने मारा। हम उनका पेमेण्ट क्यों करें? खैर, हम तो उदार हैं। हर मरे हुए के लिए दो हजार दे देते हैं। रेट काफी घटा दिया है सरकार ने।

सरकार चीजों की कीमत कम करने के लिए कटिबद्ध है। हमने आदमी की कीमत काफी घटा दी है। जनता सरकार की यह सबसे बड़ी सफलता है। प्याज की कीमत चाहे बढ़ जाय, पर हम आदमी की कीमत हरगिज नहीं बढ़ने देंगे।

चेन्ना रेड्डी कहते हैं—हैदराबाद में जो हुआ, वह नक्सलवादियों ने कराया।

रामनरेश यादव कह देते हैं—इन्दिरा कांग्रेसियों ने कराया।

तीन परदे हैं—इन्दिरा कांग्रेस, कम्युनिस्ट और नक्सलवादी। मुख्यमन्त्री की अक्षमता, अपराध, निकम्मेपन से जब उसका चेहरा विकृत होकर भेड़िये जैसा हो

जाता है तब वह इन्दिरा कांग्रेस, कम्युनिस्ट या नक्सलवादी के परदे से अपने घिनौने चेहरे को छिपा लेता है।

इन मुख्यमन्त्रियों से अब काम नहीं माँग सकते, रोटी नहीं माँग सकते, तनख्वाह नहीं माँग सकते, न्याय नहीं माँग सकते। इनसे अब सिर्फ एक ही माँग की जा सकती है—मरनेवाले आदमी की कीमत बढ़ाओ, हुजूर! पाँच हजार बहुत कम होते हैं। सब जिन्सों के दाम बढ़ गये हैं, आदमी का भी दाम बढ़ाइए।

सात हजार कर दें, हुजूर! आदमी हम शुद्ध सप्लाई करेंगे। मिलावट नहीं होगी। जितना चाहिए उतना माल सप्लाई करेंगे। आप जितने चाहें उतने आदमी मार डालिए। इसी मुआवजा बढ़ाने की माँग को लेकर आन्दोलन हो जाए। देखें, फायरिंग के बाद एक-एक आदमी के शिकार के पाँच हजार देते हैं कि सात।

हमारे कठोरमुख गृहमन्त्री को आदमी से मतलब ही नहीं है। उन्होंने आदमी को आँकड़े में बदल दिया है। हम कहते हैं, गोलीचालन से आदमी मरे। गृहमन्त्री के लिए आँकड़े मरते हैं। हम समझते हैं, हरिजन जलाये जाते हैं। गृहमन्त्री मानते हैं कि हरिजन नहीं, आँकड़े जलाये गये।

गृहमन्त्री हर बार आँकड़े निकालकर बता देते हैं—देखो, इस परम मोदमयी रसभीनी वसन्त ऋतु में इन्दिरा सरकार के राज में 177 आदमी मारे गये थे, जबकि इसी वसन्त ऋतु में हमारे राज में कुल 140 आदमी मारे गये, यानी इन्दिरा गाँधी का सीजन अच्छा रहा। हमारा कुछ कम पड़ गया।

मैं कहता हूँ कि गृहमन्त्री अपने विभाग की माँगों के साथ संसद से यह भी मंजूरी ले लें कि 37 आदमी गोली से और मारे जाएँ। फिर राज्य सरकारों को सर्कुलर भेज दें कि जल्दी आँकड़े पूरे करो। हरिजनों को जलाने के मामले में भी अगर इन्दिरा गाँधी के सीजन से चरणसिंह का सीजन घटिया जा रहा हो, तो ऊँची जातिवालों और भूपतियों से कह दें कि आँकड़े पूरे करो।

मिलावट की सभ्यता

साधो, एक सप्ताह बीत गया, जब मैंने तुम्हारे सामने 'उम्मीदवार' और 'नाउम्मीदवार' की व्याख्या की थी। इस बीच तुममें से कई ने चुनाव टिकिट के लिए अर्जियाँ दे दी होंगी। तुम्हारी क्षीण संख्या देखकर मैं समझ गया कि तुममें से आधे, भोपाल या दिल्ली गये हैं—दूसरों की पत्ती काटने और अपनी गोट जमाने।

खैर, छोड़ो इस चक्कर को। मुझे तुमसे एक अक्ल की बात कहनी है। चुनाव-प्रपंच में फँसे तुम लोग इस बात पर ध्यान नहीं दे रहे हो कि हमारी सभ्यता पर विदेशों से प्रहार हो रहे हैं। हाल ही में भारत सरकार के एक ऊँचे असफर ने कहा है कि विदेशों में भारतीय माल की खपत में कठिनाई आती है, क्योंकि भारतीय व्यापारी मिलावटी माल देते हैं। अफसर ने बताया कि स्विट्ज़रलैण्ड के व्यापारियों ने शिकायत की कि भारत से उन्होंने जो इलायची खरीदी उसमें कचरा मिला हुआ था।

साधो, बात बहुत गम्भीर है। ये विदेशी भारत को अभी तक समझ ही नहीं पाये हैं। भूल जाते हैं कि हमारी हजारों सालों की महान संस्कृति है और यह समन्वित संस्कृति है, यानी यह संस्कृति द्रविड़, आर्य, ग्रीक, मुस्लिम आदि संस्कृतियों के समन्वय से बनी है। इसलिए स्वाभाविक है कि महान समन्वित संस्कृतिवाले भारतीय व्यापारी इलायची में कचरे का समन्वय करेंगे, गेहूँ में मिट्टी का, शक्कर में सफेद पत्थर का, मक्खन में स्याहीसोख कागज का। जो विदेशी हमारे माल में 'मिलावट' की शिकायत करते हैं, वे नहीं जानते कि यह मिलावट नहीं है, 'समन्वय' है जो हमारी संस्कृति की आत्मा है। और चाहे कोई हमसे एक पैसे का पान भी न खरीदे, पर हम अपनी प्यारी प्राचीन संस्कृति को नहीं छोड़ सकते। साधो, मुझे उस अफसर पर बड़ा क्रोध है, जिसने शिकायत को स्वीकार किया। भारत सरकार को फौरन स्विस सरकार को एक विरोध-पत्र भेजना चाहिए कि तुमने मिलावट की शिकायत करके हमारी राष्ट्रीय संस्कृति का अपमान किया है। यदि तुम्हारी गरज हो तो खरीदो। हम जैसे तटस्थ विदेशनीति नहीं छोड़ रहे हैं; वैसे ही मिलावट की सभ्यता नहीं छोड़ेंगे। कोई विदेशी 'शुद्ध' माल माँगकर भारतीय व्यापारी का अपमान न करे।

साधो, भारतीय व्यापारी को बड़ा गलत समझा जाता है। कोई नहीं समझता कि उसने भारत में एक नवीन सभ्यता का सूत्रपात किया है। अपनी पूर्ववर्तिनी सामन्ती सभ्यता से यह बिल्कुल भिन्न है। सामन्त इज्जत के लिए जान दे देता था, व्यापारी पैसे के लिए इज्जत दे देता है। सामन्त को कोई एक जूता मार देता था, तो वह मारनेवाले की जान ले लेता था और अपनी दे देता था। पर व्यापारी को कोई कहे कि एक जूता मारकर पाँच रुपया दूँगा, तो वह कहेगा कि तू मुझे दस जूते मार ले और पचास रुपये दे दे—कमीशन काटकर चालीस में भी मार सकता है। साधो, यह हमारी नवीन 'महाजनी सभ्यता' है; जिसे न समझने के कारण विदेशी मिलावट की शिकायत करते हैं।

साधो, हमारे दूतावास कुछ काम नहीं कर रहे हैं। उन्हें भारत के सम्बन्ध में सही जानकारी विदेशों को देना चाहिए, जिससे कुप्रचार का प्रभाव न पड़े। न जाने किसने विदेशों में यह भ्रम फैला रखा है कि भारतीय व्यापारी बिना 'समन्वय' के माल भेजता है। हमारे दूतावासों को स्पष्ट रूप से बता देना चाहिए कि हमारे यहाँ किस चीज में किसकी मिलावट की जाती है। स्विस व्यापारी को अगर हमारा दूतावास पहले बता देता कि भाई, इलायची में कचरा मिलाकर भेजा जाता है, तो इतना हल्ला-गुल्ला क्यों होता? स्विस व्यापारी हमारी इलायची को नमन करके स्वीकार करता और हमारी सरकार को लिखता कि धन्य हैं भारतीय व्यापारी, जो एक चीज मँगाने पर दो भेज देते हैं। यह भारतीय उदारता के अनुकूल ही है। अभी पश्चिम को भारत से बहुत कुछ सीखना है। आप हमें आशीर्वाद दें। हम लोग भी घड़ी के पुर्जों में मिलावट करने का प्रयत्न कर रहे हैं। इस बार तो इलायची में कचरा मिलाया है, आशा है अगली बार कचरे में इलायची मिलायी जाएगी।

साधो, भलाई का इतना अनादर कभी नहीं देखा। लोग भारतीय व्यापारी को बदनाम करते हैं कि वे विदेशी व्यापार को धक्का पहुँचा रहे हैं, विदेशी बाजारों में भारत की साख मिटा रहे हैं। ये लोग कहते हैं कि 'स्विस वाच' और 'शेफील्ड के चाकू' की तरह विश्वसनीय वस्तु का नाम भारत के साथ नहीं जुड़ सकेगा। साधो, इनका सोचने का ढंग गलत है। ये यह नहीं देखते कि भारतीय व्यापारी मिट्टी से और कचरे से विदेशी मुद्रा कमा रहा है और भारत के विदेशी विनिमय को बढ़ा रहा है। जिस विदेशी मुद्रा के लिए और देश अपना अच्छा माल बाहर भेजते हैं, उसे भारतीय व्यापारी मिट्टी और कचरे के बदले में ले लेता है। पर उसकी इस राष्ट्र-सेवा पर कोई ध्यान नहीं देता।

साधो, मुझे प्रसन्नता है कि व्यापारियों को लेकर यहाँ राजनैतिक दल बन गये हैं। जिस दिन इनके हाथों में सत्ता आ जाएगी, उस दिन संसार को भारतीय संस्कृति का पता लगेगा। तब बोरे में एक भी इलायची नहीं मिलेगी। तब 'ब्लडबैंकों' में

शीशियों में पानी भरा रखा रहेगा। अभी तो यह सरकार संस्कृति छोड़ चुकी है, इसलिए स्विस व्यापारी शिकायत कर लेता है कि इलायची में कचरा था। तब अगर ऐसी बदतमीजी करेगा, तो हम युद्ध की घोषणा कर देंगे।

साधो, कुछ भी हो; अपनी संस्कृति-सभ्यता नहीं छोड़े जाते। यह राष्ट्रीय विशेषता है और हम यह बच्चों को छोटी उम्र से ही सिखाते हैं। उनके संस्कार के लिए गणित में यह पढ़ाते हैं—एक ग्वाला 21 रु. मन के भाव से 2 मन दूध खरीद कर उसमें 20 सेर पानी मिलाता है और 1 रुपये में 2 सेर के भाव बेचता है, तो उसे कितना लाभ होगा?

साधो, आगे चलकर यही बालक देश के कर्णधार बनेंगे, यही व्यवसायी होंगे और महाजनी सभ्यता का विकास करेंगे। साधो, 'संस्कृति' का नारा लगानेवाले दलों को यह मामला एकदम उठाकर आन्दोलन खड़ा कर देना चाहिए। नारे ये हो सकते हैं—'शुद्ध माल मुर्दाबाद! मिलावटी संस्कृति जिन्दाबाद! महाजनी सभ्यता अमर हो!'

सरकार और साहित्यकार

पिछले दो-तीन सालों से, जबसे हिन्दी के लेखकों-कवियों की 'भरती' रेडियो और सरकारी पदों में अधिक होने लगी है, यह आवाज जगह-जगह से उठने लगी है कि सरकार स्वतन्त्र चिन्तक को सरकारी फर्मे में जमा रही है, प्रतिभा का उपयोग सरकारी 'रोटीन' में करती है, साहित्यकार के सत्य, निर्भय और स्पष्ट स्वर को कुण्ठित कर रही है। इसे सरकार द्वारा साहित्यकारों की 'खरीद' भी कहा जा रहा है। इस प्रकार की आवाजें विभिन्न क्षेत्रों से आ रही हैं, जिनमें एक स्वर उनका भी है, जिन्हें अभी ये नौकरियाँ मिलने में देर है। अक्षमता घृणा को जन्म देती है। विफल आशा भी उपदेश-वृत्ति की जननी है। लेकिन केवल यही है, यह मानना शुतुरमुर्ग की आत्मरक्षा की क्रिया से कुछ कम मूर्खतापूर्ण नहीं है। इस आवाज में अनेक स्वर उन ईमानदार, स्वार्थहीन, स्वतन्त्रचेता साधकों के हैं, जिन्हें 'पराई विभूति' देख सकने का अभ्यास है। 'हिन्दुस्तान' साप्ताहिक में जो पत्र छपते रहते हैं, वे इस बात के द्योतक हैं कि इस बात को लेकर हिन्दी संसार में कितनी हलचल है। दिल्ली से प्रधानमन्त्री, सचिव और नेताओं के आसपास हिन्दी की बड़ी-बड़ी दुमें हिलने की जो खबरें आती हैं, वे बड़ी शर्म दे जाती हैं। हाल ही में 'अमृत बाजार पत्रिका' में श्रीकृष्णलाल श्रीधरानी का एक लेख इस सम्बन्ध में छपा था। 26 जनवरी वाले राजधानी के सर्व-भाषा कवि सम्मेलन में हिन्दी के ही दो कवि ऐसे निकले, जिन्होंने पण्डित नेहरू की प्रशंसा में कविताएँ लिखीं—दोनों डॉक्टर कवि, जिनमें एक भारत के विदेश विभाग में, दूसरे उसके बाद काठमाण्डू में नियुक्त। अन्य भाषाओं की कविताओं की तुलना में उस रात हिन्दी की कविताएँ काफी घटिया रहीं, क्योंकि बड़े-बड़े कवियों ने उस राष्ट्रीय पर्व पर राष्ट्र की महती आत्मा, आशा और आकांक्षा को सतही करना ज्यादा जरूरी समझा। राज्यों की राजधानियों से भी खबरें आती हैं कि किस प्रकार साहित्यकार सचिवों और मन्त्रियों को खीसें दिखाते हैं और अपनी सफलता की फसल के लिए अपने खेत में दूसरे की 'निन्दा-चुगली का खाद' देते रहते हैं।

ये सब परिस्थितियाँ बड़ी भयावह हैं। विगत मास की 'राष्ट्रवाणी' में धर्मवीर भारती का काफी क्षुब्ध मन से लिखा गया एक लेख छपा है, जिसमें दो मूर्धन्य साहित्य-सेवकों का उदाहरण देकर बतलाया है कि हिन्दी के कलाकार 'धुरीहीन' हैं।

हिन्दी के साधक की गरीबी सर्वविदित है। आराम का लोभ सबसे संवरण नहीं हो सकता। जीने के लिए साधन चाहिए; सरकारी नौकरी अच्छा साधन ही है। पर सवाल यह है कि अगर ये सरकारी नौकरियों पर न जाएँ, तो करें क्या? इसका एक आम जवाब यह है कि साहित्य-रचना धन्धा नहीं है; तपस्या है। कबीर कपड़ा बुनकर कविता लिखते थे; रैदास जूते बनाकर पेट भरते थे। उन्होंने साहित्य को कभी जीविका का साधन नहीं बनाया। यह जवाब बड़ा मोहक लगने पर भी असंगत और अयथार्थ है। एक तो वह जमाना दूसरा था। फिर हर आदमी कबीर और रैदास बन भी नहीं सकता। यह माना कि भारत में अभी तक लिखने से रोटी नहीं मिलती। फिर भी यह तो सही है ही कि रोटी कमाने के काम में सारी शक्ति और समय लगाकर श्लथ मन और तन से लेखक आखिर क्या लिखेगा? जो आदमी जिस चीज का निर्माण करता है, उससे उसे रोटी मिलती है। कुम्हार को बर्तनों से रोटी मिलती है, चमार को जूते से। जो साहित्य का निर्माण करता है, उसे ही आखिर उससे रोटी क्यों न मिले? नहीं मिलती, इसका कारण है कि घड़े खरीदनेवाले तो समाज में हैं, पर पुस्तक खरीदनेवाले नहीं हैं। जो हैं वे जासूसी पढ़ते हैं या वे उपन्यास पढ़ते हैं जिनमें हर पैराग्राफ के बाद आता है—'फिर हाथ और साड़ी के युद्ध में साड़ी हार गयी।' हल्की फिल्म और हल्का साहित्य चला है। अच्छी फिल्में फेल होती हैं, अच्छा साहित्य अलमारियों में रखा रहता है। परिणाम यह है कि हिन्दी का लेखक वास्तव में भूखा मरता है।

ऐसे समय में सरकार ने बड़ी कृपा की है (?) कि उसे रोटी देना आरम्भ कर दिया। लेकिन गलों में रस्सी बाँधकर, खूँटे से कसकर, रोटी पशु के लिए शायद हितकर हो, साहित्य रचनेवाले के लिए घातक ही है। कोई भी देख सकता है कि आमतौर पर सरकारी पदों पर जाने के बाद लेखक की रचनाओं में वह ओज, वह स्पष्ट स्वर नहीं मिलता, जो पहले मिलता था। 'केरिअर' बहुत बुरी बला है, 'क्लास टू' से 'क्लास वन' तक चढ़ जाने की आकांक्षा बड़े पतन का कारण बन रही है। सचिवालय की घुटन में और रेडियो के संकीर्ण साँचे में प्रतिभाएँ नष्ट हो रही हैं, आत्माएँ कलुषित हो रही हैं; छल, कपट, प्रवंचना धीरे-धीरे इस पवित्र क्षेत्र में आ रही है। जागरूक साधक इस शिकंजे में चीख-चीख पड़ता है।

साहित्य-सृजेता को स्वतन्त्र होना ही चाहिए, तभी उसका स्वर निर्भय और स्वतन्त्र होगा। शासन का पिछलग्गू साहित्य, समाज को पतन की ओर ले जाएगा। लेकिन जो लेखक को सामान्य समाज से ऊपर ऐश-आराम की जिन्दगी की सुविधा

कर देना चाहते हैं, वे उसकी साहित्यिक मौत का प्रबन्ध करना चाहते हैं। उसे सामान्य जन-जीवन के सुख-दुःख में भाग लेना चाहिए, उसी स्तर पर जीना चाहिए, तभी उसके साहित्य में सत्य उभरकर आएगा। 'एयरकण्डीशण्ड' कमरे में वह 'यूटोपिया' के ख्वाब देखेगा। जो 'केरिअर' की धुन में है, उसे तो एकदम साहित्य रचना बन्द ही कर देना चाहिए। साहित्य रचना तपस्या तो है ही। इसमें मिटना तो पड़ता ही है। तहसीलदार को डिप्टी कमिश्नर होते देखकर अगर कलेजे से ठण्डी साँस निकल जाती है, तो तुरन्त नौकरी कर लेना चाहिए, साहित्य रचना वश की बात नहीं है। जो बेलाग जिन्दगी जी सकते हैं, उनसे ही कुछ नये की उम्मीद कर सकते हैं।

पर यह लिखने का मतलब यह नहीं है कि हिन्दी के लेखक को मर जाने के लिए छोड़ देना चाहिए। उसे जीने के साधन तो देने ही होंगे। और यह साधन उसकी कृतियों से होने चाहिए। सरकार अगर वास्तव में लेखक की सहायता करना चाहती है तो उसकी रचनाओं की बिक्री का प्रबन्ध करना चाहिए। गाँव-गाँव में पुस्तकालयों की स्थापना करनी चाहिए, जिससे पुस्तकें खप सकें। फिर पत्रों द्वारा शोषण बन्द होना चाहिए। विज्ञापन में हजारों रुपये कमाकर कितने पत्र लेखक को पाँच या दस में निपटा देते हैं या केवल 'नमस्कार' कर लेते हैं। फिर सामाजिक रुचि का भी परिष्कार जरूरी है। अच्छा साहित्य पढ़ने की और खरीदकर पढ़ने की आदत जब तक लोगों में नहीं आएगी, लेखक की जिन्दगी कष्टमय रहेगी ही।

अन्तिम रूप से इस सम्बन्ध में कोई योजना देना अभी कठिन है, पर समाज और साहित्य के हितचिन्तकों को शीघ्र ही कोई रास्ता निकालना होगा, अन्यथा धीरे-धीरे सरकारी फाइलों की श्रेणी का साहित्य निकलने लगेगा। साहित्य को सरकारी चीज बनने देने से बचाना होगा।

आलोचना की आवश्यकता

'नया पथ', नवम्बर में उदयनारायण तिवारी द्वारा लिखित 'नीरज की पाती' की आलोचना हमें अच्छी लगी। अच्छी इसलिए नहीं लगी, कि उसमें 'निन्दा सबद रसाल' का आनन्द आया, बल्कि इसलिए कि 'कविता' के नाम से जो माल साहित्य के बाजार में स्वर के डिब्बों में बन्द होकर बिक रहा है, उसकी साहसपूर्ण, स्पष्ट और निष्पक्ष आलोचना की परम्परा हम हिन्दी में चाहते हैं। हिन्दी में कविता पढ़ाई नहीं जाती, केवल सुनी जाती है। और जिसे सुना है, उसे छपा पढ़ने पर न जाने कैसा-कैसा लगता है, लज्जा आती है अपने आप पर कि हमने कवि-सम्मेलन में इसी की दाद दी थी।

आम कवि-सम्मेलनों में या तो गाना जमता है, या गाली, क्योंकि ये दोनों सहज ही समझ में आते हैं; इन दोनों के परे जो कविता नाम की चीज है, वह अगर सुनायी जाए, तो कवि को 'हूट' कर दिया जाएगा। परिणाम यह हो रहा है कि कवि स्वर-साधना अधिक करता है, काव्य-साधना कम, क्योंकि उसे मंच पर 'जमना' है और अच्छे कवियों की 'मट्टी पलीद' करना है। इसलिए वह अच्छी हल्की चीज लिखता है, जिसमें कहीं चिक और कहीं जाली, कहीं महावर और कहीं चितवन और कहीं कम्पन आदि जड़कर, बिल्कुल नट की तरह झूमकर जब मंच पर पढ़ता है, तो सस्ते भावों और शब्दों से विकल हो श्रोता दाद देते ही हैं। ये न छायावादी कवि, न प्रगतिवादी कवि, न प्रयोगवादी कवि—ये केवल 'कण्ठ-कवि।' कवि न होहुँ नहिं चतुर कहाऊँ। मति अनुरूप सिनेमा गाऊँ!

कविता जिसके लिए है, उसके पास पहुँचायी जाए, इसे हम मानते हैं! मंच से सहस्रों जनों को कविता सुनने को मिलती है, मंच के द्वारा कवि जनता के पास पहुँचता है। लेकिन वह क्या लेकर पहुँचता है? उसे क्या देता है? उसे किस कदर धोखा देता है? जिसे स्वस्थ, उदात्त, उच्च भाव देना चाहिए, उसे कैसी हल्की चीज सौंपता है?

विज्ञापनों को देखिए—साइकिल का विज्ञापन है, तो स्त्री की तस्वीर उसमें जरूर है। बीड़ी के विज्ञापन में स्त्री, मोटर के विज्ञापन में स्त्री, डालडा में स्त्री—हर चीज के विज्ञापन में स्त्री की तस्वीर जरूर होगी। बिना स्त्री की छाप के कोई चीज अच्छी या लोकप्रिय नहीं। विज्ञापनबाजों ने जिस तरह नारी का उपयोग किया है, उसी तरह हमारे कुछ कवि कर रहे हैं। नारीछाप साबुन और नारीछाप कविता—एक ही टाइप है। कभी स्त्रियों ने विज्ञापनबाजी के खिलाफ आन्दोलन किया था, क्या वे कवियों के खिलाफ नहीं करेंगी? क्यों नहीं उनसे कहतीं कि यह क्या मचा रखा है? हमारा यह क्या उपयोग है? हम क्या केवल 'छुईमुई' हैं? हम क्या तुम्हारे ड्राइंगरूम के गुलदस्ते हैं? क्या केवल कुम्हला जाने का नाम नारीत्व है? क्या नारी का कर्म केवल सिंगार करना और तुम्हें देखकर लजा जाना है? उदयनारायण तिवारी ने ठीक ही पूछा है—

"नीरज साहब का झाँसी की रानी लक्ष्मीबाई या गोवा के मोर्चे पर प्राणोत्सर्ग कर देनेवाली उस लड़की के बारे में क्या खयाल है?"

राजपूत जब युद्ध के लिए तैयार होता तो उसकी पत्नी उसे तिलक करके तलवार हाथ में देती थी और कहती थी कि या तो जीतकर आना या युद्धभूमि में प्राणों की बलि चढ़ा देना। और मुगल राज्य के अन्तिम समय में बादशाही फौज रणभूमि में जाती तो साथ में 'हरम' भी चलता था। हमारे काव्य की जययात्रा में जो 'हरम' साथ चल रहा है, वह हमें कहाँ ले जाएगा? हिन्दी के मूर्धन्य गीतकार बच्चन की कविता की दो-एक पंक्तियों का मुलाहजा फरमाइए—"हमने पास बिस्तर कर लिया था! जानती हो, क्या कर गुजरने के लिए" या "कर दिया मजबूर तुमने!"

कवि पर जिम्मेदारी है कि वह जन-रुचि का परिष्कार करे। यह कहना गलत है कि जनता समझती नहीं है। हम ही जनता को नहीं समझते। हमने अपने ऊपर नट, गायक और मेमने का 'रोल' ले लिया है। तो जनता जाति की शक्ति हुंकारती भी है। हमने तो केवल घुटन के गीत सुनाये! हमारी आधी कविता का स्रोत तो यह है कि 'उसका' पिता उसे हमसे मिलने नहीं देता—इसलिए हम घुट रहे हैं! और आधी का विषय है, उस न मिल सकनेवाली के सलमा सितारे! बस प्रेम-गीत हो गया! नर भी प्रसन्न, नारी भी प्रसन्न! ताली, 'वंसमोर' और फिर एक प्याला काव्य-वारुणी! इस किस्म का क्षयग्रस्त प्यार हमें नहीं चाहिए, बीमार आदमी के प्यार के गीत हमें नहीं चाहिए। हमें स्वस्थ आदमी का स्वस्थ प्यार गीतों में ढालकर देना होगा! नारी को गुलदस्ता बनाने से काम नहीं चलेगा। इस पतनशील प्रवृत्ति को रोकना होगा।

हिन्दी में मंच शरीफ पर रंग जमाने के लिए जो ये सस्ते गीत लिखे जा रहे

हैं, उससे अच्छी प्रतिभाएँ नष्ट हो रही हैं। जिनमें अच्छा लिखने की क्षमता है, वे भी रंगमंचीय सफलता के लिए स्वरमय हल्का-फुल्का लिखते हैं। और जो अच्छी कविता होती है, उसे कोई सुनता नहीं। अतएव, केवल रंगमंचीय गीतों की इस बाढ़ की जाँच करनी होगी, उसमें जो कूड़ा-करकट होगा, उसे कूड़ा-करकट कहना होगा। कवि-सम्मेलन की ताली किसी भी आलोचना-शास्त्र में समीक्षा-पद्धति नहीं मानी गयी।

साहित्यकार का साहस

पं. सुन्दरलाल ने 'विशाल भारत' के प्रथम अंक (जनवरी, सन् 1928) में लिखा था–

"लोकमान्य के कारावास के विरोध में एक सभा की गयी थी। मुख्य वक्ता था इन पंक्तियों का लेखक और सभापति थे पण्डित बालकृष्ण भट्ट। श्रोताओं की संख्या लगभग सौ के रही होगी, जिसमें आधे स्कूलों व मुहल्ले के लड़के थे और आधे में थोड़े-से हिम्मतवाले बड़ी उम्र के लोग, और शेष पुलिसवाले। वक्ता ने लोकमान्य की जीवनी पर व्याख्यान दिया और अन्त में उनके कारावास पर दुःख प्रकट करते हुए अपना स्थान लिया। भट्टजी उठे। वह सदा अपनी सामान्य भाषा में ही बोला करते थे। अत्यन्त सरल स्वभाव, किन्तु भरे हुए हृदय से पूर्व वक्ता की बात को एक प्रकार से काटते हुए भट्टजी कहने लगे–

"का तिलक-तिलक करत हौ? अपने देश के लिए गये हैं। फिर आय जइहैं। हमको दुःख उन लोगन का है जो फिर कभी हमसे आयकर न मिलिहैं, जो बिन खिले ही मुर्झाय गये। हमको दुःख खुदीराम बोस का है..."

लेखक खुदीराम बोस का नाम सुनते ही कुछ डरा। उसने पीछे से बूढ़े भट्टजी को सावधान करने के लिए हल्के से उनका पल्ला खींचा। भट्टजी तुरन्त पीछे को लौट पड़े और चिल्लाकर बोले, "हमरा पल्ला काहे खींचत हौ? सच तो कहित हैं।" फिर श्रोताओं की ओर मुँह करके कहने लगे, "हमरा पल्ला खींचत हैं? हमसे कहत हैं, न कहो? कही काहे न? हिये में तो लगी आग; कही काहे न?"

भट्टजी के भाषण की रिपोर्ट अधिकारियों तक पहुँची। शिक्षा विभाग के डाइरेक्टर ने उन्हें आगाह करने के लिए बुला भेजा। अभी डाइरेक्टर के कमरे में कुर्सी पर बैठे कुछ मिनट ही हुए थे और डाइरेक्टर साहब ने असली विषय की ओर रुख ही किया था कि भट्ट जी फौरन "राम-राम, राम-राम! हमका अस नौकरी न चाही!" कहते हुए उठ खड़े हुए और बिना इजाजत चिक उठाकर बाहर निकल आये। फिर डाइरेक्टर साहब की ओर रुख न किया। इस स्पष्ट वक्तृत्व के मूल्य

में भट्ट जी को कायस्थ पाठशाला की प्रोफेसरी से हाथ धो डालने पड़े। उनके जीवन के अन्तिम छह वर्ष बड़े ही जबरदस्त आर्थिक कष्ट के साथ बीते...

स्व. पं. बालकृष्ण भट्ट की सत्यनिष्ठा, दिलेरी, आत्माभिमान और देशभक्ति की एक झलक इस घटना से मिलती है।

पुरातन काल से कलाकार को राजसिंहासन के आसपास परिक्रमा करने के लिए बाध्य करने का प्रयास किया गया है, उसके कण्ठ को राजभय से अवरुद्ध करने की कोशिश की गयी है, उसके मुँह में लोभ के ताले जड़ना चाहा है!

अनेक कलाकारों ने असत्य से समझौता किया है, अन्याय का समर्थन किया है।

फिर अनेक कलाकार ऐसे भी हुए हैं, जिन्होंने सत्य के लिए जीवन की आहुति दे दी, जो टूट गये, पर झुके नहीं। अकबर ने जब गोस्वामीजी को मनसबदारी 'आफर' की, तो सन्तकवि ने उत्तर दिया—

हम चाकर रघुवीर के, पटौ लिखौ दरबार।
अब 'तुलसी' का होंहिंगे, नर के मनसबदार।।

अँग्रेज काल में भारत में देशभक्ति की बात करना राजद्रोह था। उस समय हिन्दी के कितने ऐसे कवि थे, जिन्होंने क्रान्ति का आह्वान किया? कितने स्वातन्त्र्य का उद्घोष कर जेल गये? बहुत थोड़े।

इस युग में जब सारे देश में इतना बड़ा तूफान आया था; जब चालीस कोटि नर-नारी स्वातन्त्र्य-प्राप्ति के लिए कसमसा रहे थे; जब इतनी बड़ी क्रान्ति हो रही थी—तब कितने ही बड़े कवि गढ़वाल की शोभा देख रहे थे, पत्तों पर किरण का नर्तन देख रहे थे, रजनीगन्धा की सुगन्ध ले रहे थे; मेघों के साथ आसमान में घूम रहे थे, तरंगों का संगीत सुन रहे थे। अनेक इस कुतूहल में मग्न थे कि विद्युत में कौन चमकता है? कुसुम में कौन हँसता है? और पूर्वाकाश से प्रातःकाल कौन झाँकता है? बड़ी विचित्र समाज-निरपेक्षता थी यह! जन-समाज इतने बड़े संघर्ष में से गुजर रहा है और तुम आत्मकेन्द्रित!

स्वतन्त्रता के इस युग में यह खरीद कुछ कम नहीं चल रही है। कुछ माल बिकता जाता है—रेडियो के दलाल के मार्फत, सरकारी पदों के दलाल के मार्फत! कितने क्रान्तिवादी और जनवादी अब धीरे-धीरे शून्यवादी या 'ब्लाउजवादी' होते जा रहे हैं!

सरकारी पुरस्कार-योजना और टेक्स्ट-बुक योजना जैसे नये प्रलोभन हैं, जिनमें

पुरस्कार देनेवालों को अच्छी लगनेवाली बात लिखने के लोभ में कितनी बार आत्मा की आवाज दबानी पड़ती है।

आजकल राजशक्ति और साहित्य का संघर्ष बहुत तीव्र होता जा रहा है। राजनेता सरकते हुए धीरे-धीरे साहित्य के मंच पर आसीन होते जाते हैं; कुछ 'पीछे के दरवाजे' से घुस आते हैं और कुछ तो राजशक्ति के बल पर ससैन्य आ धमकते हैं। लज्जा तो हमारे ही हिस्से पड़ी है कि हम जुलूस बनाकर, बाजे-गाजे के साथ साहित्य के मन्दिर में राजनीति की प्रतिमा स्थापित कर देते हैं। फिर नमन तो करते ही हैं, जो नहीं करते उन्हें बुरा कहते हैं।

उधर राजनीति अपने क्षेत्र में साहित्य को फटकने नहीं देती। आदरणीय पदुमलाल बख्शी एक छोटा-सा चुनाव लड़ना चाहते थे—उन्हें राजनीति ने निकाल बाहर कर दिया! पं. माखनलाल चतुर्वेदी जीवन-भर भारतीय स्वतन्त्रता के लिए लड़े; कभी प्रदेश काँग्रेस कमेटी के उपसभापति थे। पर राजनीति ने केवल भाषण देने के लिए उनका उपयोग किया! बाकी के लिए जाति से बाहर!

जीवन की दरिद्रता और अभाव से तंग आकर अनेक साहित्यकार राजनीति की गोद में जाने को मजबूर होते हैं। फिर तो उसके स्तनपान करके उसकी समस्त कूटनीति, अवसरवादिता, छल और प्रपंच सीख लेते हैं और उनके सत्य का स्वर उठ नहीं पाता। कुछ सम्पन्न होते हुए भी, ऊँचे पद और सम्मान और धन के लोभ में अपने को 'होलसेल' बेच देते हैं।

हमने अनेक साहित्य-समारोह देखे हैं, जिनमें 'पुच्छविषाणहीन' राजपुरुष पधारे हैं। तब उनके आसपास उज्ज्वल दन्तावलि को दिखाते हुए अनेक साहित्यकार ऐसे घूमते हैं कि लगता है उन्हें पछतावा होता है—'हाय रे! आज अगर हमारी पूँछ होती तो हिलाने के काम आती!' रावण के दस सिरों में उन्हें एक ही लाभ दिखता है—दस बार सिजदा करने का सुभीता उसे था।

जो नहीं समर्पण करते हैं—वे बहुत दुःखी हैं। जीवन उनके लिए काँटों का जाल है। लेकिन वे ही धन्य हैं। उन्हीं की वाणी युग की वाणी है। उन्हीं की वाणी से समाज का नव-निर्माण होता है। साहित्य हमारे यहाँ व्यापार कभी नहीं रहा, वह धर्म रहा है। अभी भी वह धर्म है, एक मिशन है। इसमें मिटना पड़ता है। जो इसमें बनना चाहते हैं, वे बेहतर है कि आढ़त की दुकान खोलें। इसमें तो कबीर की तरह घर फूँककर बाहर निकलना पड़ता है; यह 'खाला का घर' नहीं है।

मुक्तिबोध

राजनाँदगाँव में तालाब के किनारे पुराने महल का दरवाजा है—नीचे बड़े फाटक के आसपास कमरे हैं, दूसरी मंजिल पर एक बड़ा हॉल और कमरे, तीसरी मंजिल पर कमरे और खुली छत। तीन तरफ से तालाब घेरता है। पुराने दरवाजे और खिड़कियाँ, टूटे हुए झरोखे, कहीं खिसकती हुई ईंटें, उखड़े हुए पलस्तर की दीवारें। तालाब और उसके आगे विशाल मैदान। शाम को जब ज्ञानरंजन और मैं तालाब की तरफ गये और वहाँ से धुँधलके में उस महल को देखा, तो एक भयावह रहस्य में लिपटा वह नजर आया।

दूसरी मंजिल के हॉल के एक कोने में विकलांग मुक्तिबोध खाट पर लेटे थे। लगा, जैसे इस आदमी का व्यक्तित्व किसी मजबूत किले-सा है। कई लड़ाइयों के निशान उस पर हैं। गोलों के निशान हैं, पलस्तर उखड़ गया है, रंग समय ने धो दिया है—मगर जिसकी मजबूत दीवारें गहरी नींव में जमी हैं और वह सिर ताने गरिमा के साथ खड़ा है।

मैंने मजाक की, ''इसमें तो ब्रह्मराक्षस ही रह सकता है।''

मुक्तिबोध की एक कविता है, 'ब्रह्मराक्षस'। एक कहानी भी है जिसमें शापग्रस्त ब्रह्मराक्षस महल के खँडहर में रहता है।

मुक्तिबोध हँसे। बोले, ''कुछ भी कहो पार्टनर, अपने को यह जगह पसन्द है।''

मुक्तिबोध में मैत्री-भाव बहुत था। बहुत-सी बातें वे मित्र को सम्बोधित करते हुए कहते थे। कविता, निबन्ध, डायरी सबमें यह 'मित्र' प्रत्यक्ष-परोक्ष रूप से रहता है। एक खास अदा थी उनकी। वे मित्र को 'पार्टनर' कहते थे। कुछ इस तरह बातें करते थे—''कुछ भी कहो पार्टनर, तुम्हारा यह विनोद है ताकतवर...आपको चाहे बुरा लगे पार्टनर, पर अमुक आदमी अपने को तो बिल्कुल नहीं पटता।'' ज्यादा प्यार में आते तो कहते, ''आप देखना मालक, ये सब भागते नजर आएँगे।''

मुक्तिबोध जैसे सपने में डूबते-से बोले, ''जहाँ आप बैठे हैं। वहाँ किसी समय

राजा की महफिल जमती थी। खूब रोशनी होती होगी, नाच-गाने होते होंगे। तब यहाँ ऐश्वर्य की चकाचौंध थी। कुछ भी कहो, पार्टनर, 'फ्युडलिज़्म' (सामन्तवाद) में एक शान तो थी...बरसात में आइए यहाँ। इस कमरे में रात को सोइए। तालाब खूब जोर पर होता है, साँय-साँय हवा चलती है और पानी रात-भर दीवारों से टकराकर छप-छप करता है...कभी-कभी तो ऐसा लगता है, जैसे कोई नर्तकी नाच रही हो, घुँघरुओं की आवाज सुनायी पड़ती है। पिछले साल शमशेर आये थे। हम लोग दो-तीन बजे सुबह तक सुनते रहे...और पार्टनर बहुत खूबसूरत उल्लू...मैं क्या बताऊँ आपसे, वैसा खूबसूरत उल्लू मैंने कभी देखा ही नहीं...कभी चमगादड़ें घुस आती हैं''...बड़े उत्साह से वे उस वातावरण की बातें करते रहे। अपनी बीमारी का जरा अहसास नहीं।

दोपहर में हम लोग पहुँचे थे। हमें देखा, तो मुक्तिबोध सदा की तरह—''अरे वाह, अरे वाह!'' कहते हुए हँसते रहे। मगर दूसरे ही क्षण उनकी आँखों में आँसू छलक पड़े। डेढ़-एक महीने पहले वे जबलपुर आये थे। एक्ज़िमा से परेशान थे। बहुत कमजोर। बोलते-बोलते दम फूल आता था। तब मुझे वे बहुत शंकाग्रस्त लगे थे। डरे हुए-से। तब भी उनकी आँखों में आँसू छलछला आये थे, जब उन्होंने कहा था—''पार्टनर अब बहुत टूट गये हम। ज्यादा गाड़ी खिंचेगी नहीं। दस, पाँच साल मिल जाएँ, तो कुछ काम जमकर कर लूँ।''

आँसू कभी पहले उनकी आँखों में नहीं देखे थे। इस पर हम लोग विशेष चिन्तित हुए। मित्रों ने बहुत जोर दिया कि आप यहाँ एक महीने रुककर चिकित्सा करा लें। पर उन्हें रुग्ण पिता को देखने नागपुर जाना था। सप्ताह-भर में लौट आने का वादा करके वे चले गये। फिर वे लौटे नहीं।

क्षण-भर में ही वे सँभल गये। पूछा, ''आप लोगों का सामान कहाँ है?''

शरद कोठारी ने कहा, ''मेरे घर रखा है।''

वे बोले, ''वाह साहब, इसका क्या मतलब? आप लोग मेरे यहाँ आये हैं न?''

हम लोगों ने परस्पर देखा। शरद मुस्कराया। इस पर हम लोग मुक्तिबोध को कई बार चिढ़ाया करते थे—''गुरु, कितने ही प्रगतिशील विचार हों, आपके, आदतों में 'फ्यूडल' हो। मेरा मेहमान है, मेरे घर सोएगा, मेरे घर खाएगा, कोई बिना चाय पिये नहीं जाएगा, होटल में मैं ही पैसे चुकाऊँगा, सारे शहर को घर में खाना खिलाऊँगा—यह सब क्या है?''

शरद को मुस्कराते देख वे भी मुस्करा दिये। बोले, ''यह आपकी अनधिकार चेष्टा है, बल्कि साजिश है।''

यह औपचारिक नहीं था। मुक्तिबोध की किसी भावना में औपचारिकता नहीं—न स्नेह में, न घृणा में, न क्रोध में। जिसे पसन्द नहीं करते थे, उसकी तरफ

घण्टे-भर बिना बोले आँखें फाड़े देखते रहते थे। वह घबरा जाता था।

बीमारी की बात की, तो वैज्ञानिक तटस्थता से—जैसे ये हाथ-पाँव और यह सिर उनके नहीं, किसी दूसरे के हैं। बड़ी निर्वैयक्तिकता से, जैसे किसी के अंग-अंग काटकर बता रहे हैं कि बीमारी कहाँ है, कैसे हुई, क्या परिणाम है?

"तो यह है साहब, अपनी बीमारी"—बोलकर चुप हो गये।

फिर बोले, "चिट्ठियाँ आती हैं कि आप यहाँ आ जाइए या वहाँ चले जाइए। पर कैसे जाऊँ? जाना क्या मेरे वश की बात है?...हाँ, एक भयंकर कविता हो गयी। सुनाऊँगा नहीं। मुझे खुद उससे डर लगता है। बेहद डार्क, ग्लूमी! भयंकर 'इमेजें' हैं। न जाने कैसी मनःस्थिति थी। कविता वात्स्यायनजी को भेज दी है।...पर अब लगता है, वैसी बात है नहीं। जिन्दगी में दम है। बहुत अच्छे लोग हैं, साथ। कितनी चिट्ठियाँ चिन्ता की आयी हैं। कितने लोग मुझे चंगा करना चाहते हैं! कितना स्नेह, कितनी ममता है, आसपास!...पार्टनर, अब एक दूसरी कविता लिखी जाएगी। यानी ठीक बात लिखी जाएगी।"

ज्ञानरंजन ने कहा, "पिछली भी सही थी और अब जो होगी, वह भी सही होगी।"

वे आश्वस्त-से लगे। हम लोगों ने समझाया कि बीमारी मामूली है, भोपाल में एक-दो महीने में ठीक हो जाएगी।

उनकी आँखों में चमक आ गयी। बोले, "ठीक हो जाएगी न! मेरा भी यही खयाल है। न हो पूरी ठीक, कोई बात नहीं। मैं लँगड़ाकर चल लूँगा। पर लिखने-पढ़ने लायक हो जाऊँ।"

इतने में प्रमोद वर्मा आ गये। देखते ही मुक्तिबोध फिर हँस पड़े, "लो, अरे लो, ये भी आ गये! वाह, बड़ा मजा है, साहब!"

प्रमोद और मैं शान्ता भाभी तथा रमेश से सलाह करने दूसरे कमरे में चले गये। इधर मुक्तिबोध ज्ञानरंजन से नये प्रकाशनों पर बातें करने लगे।

तय हुआ कि जल्दी भोपाल ले चलना चाहिए। मित्रों ने कुछ पैसा जहाँ-तहाँ से भेज दिया था। हम लोगों ने सलाह की कि इसे रमेश के नाम से बैंक में जमा कर देना चाहिए।

मुक्तिबोध पर बड़ी विचित्र प्रतिक्रिया हुई इसकी। बिल्कुल बच्चे की तरह वे खीझ उठे। बोले, "क्यों? मेरे नाम से खाता क्यों नहीं खुलेगा? मेरे ही नाम से जमा होना चाहिए। मुझे क्या आप लोग गैर-जिम्मेदार समझते हैं?"

वे अड़ गये। खाता मेरे नाम से खुलेगा। थोड़ी देर बाद कहने लगे, "बात यह है पार्टनर कि मेरी इच्छा है ऐसी। 'आई विश इट।' मैं नहीं जानता कि बैंक में खाता होना कैसा होता है। एक नया अनुभव होगा मेरे लिए। तर्कहीन लालसा

हो—पर है जरूर, कि एक बार अपना भी एकाउण्ट हो जाए! जरा इस सन्तोष को भी देखूँ।''

मुक्तिबोध हमेशा ही घोर आर्थिक संकट में रहते थे। अभावों का ओर-छोर नहीं था। कर्ज से लदे रहते थे। पैसा चाहते थे, पर पैसे को ठुकराते भी थे। पैसे के लिए कभी कोई काम विश्वास के प्रतिकूल नहीं किया। अचरज होता था कि जिसे पैसे-पैसे की तंगी है, वह रुपयों का मोह बिना खटके के कैसे छोड़ देता है। बैंक में खाता खुलेगा—यह कल्पना उनके लिए बड़ी उत्तेजक थी। गजानन माधव मुक्तिबोध का बैंक में खाता है—यह अहसास वे करना चाहते थे। वे शायद अधिक सुरक्षित भी अनुभव करते।

तभी एक ज्येष्ठ लेखक की चिट्ठी आयी कि आप घबराएँ नहीं, हम कुछ लेखक जल्दी ही अखबार में आपकी सहायता के लिए अपील प्रकाशित करा रहे हैं।

चिट्ठी पढ़कर मुक्तिबोध बहुत उत्तेजित हो गये। झटके से तकिये पर थोड़े उठ गये और बोले, ''यह क्या है? दया के लिए अपील निकलेगी! अब, भीख माँगी जाएगी मेरे लिए! चन्दा होगा! नहीं—मैं कहता हूँ—यह नहीं होगा। मैं अभी मरा थोड़े ही हूँ। मित्रों की सहायता मैं ले लूँगा—लेकिन मेरे लिए चन्दे की अपील! नहीं। यह नहीं होगा!''

हम लोगों ने उन्हें समझाया कि आपकी भावना से उन्हें परिचित करा दिया जाएगा और अपील नहीं निकलेगी।

उस शाम को रमेश ने एक चिट्ठी लाकर दी, जिसमें बीस रुपये के नोट थे। चिट्ठी उनके एक विद्यार्थी की थी। उसने लिखा था कि मैं एक जगह काम करके पढ़ाई का खर्च चला रहा हूँ। आपके प्रति मेरी श्रद्धा है। मैं देख रहा हूँ कि अर्थाभाव के कारण आप-जैसे साहित्यकार की ठीक चिकित्सा नहीं हो पा रही है। मैंने ये बीस रुपये बचाये हैं। इन्हें आप ग्रहण करें। ये मेरी ही कमाई के हैं, इसलिए आप इन्हें लेने में संकोच न करें। स्वयं आपको रुपये देने का साहस मुझमें नहीं है, इसलिए इस तरह पहुँचा रहा हूँ।

चिट्ठी और रुपये हाथ में लिये वे बड़ी देर तक खिड़की के बाहर देखते रहे। उनकी आँखें भर आयीं। बोले, ''यह लड़का गरीब है। उससे कैसे पैसे ले लूँ?''

वहाँ एक अध्यापक बैठे थे। उन्होंने कहा, ''लड़का भावुक है। वापस कर देंगे, तो उसे चोट पहुँचेगी।'' मुक्तिबोध बहुत द्रवित हो गये इस स्नेह से। बड़ी देर तक गुमसुम बैठे रहे।

भोपाल जाने की तैयारी होने लगी। उनका मित्र-भाव फिर जाग उठा। मुझसे कहने लगे, ''पार्टनर, मैं आपसे एक साफ बात कहना चाहता हूँ। बुरा मत मानना। देखिए, आपकी जीविका लिखने से चलती है। आप अब भोपाल मेरे साथ चलेंगे।

वहाँ रहेंगे। आप लिख नहीं पाएँगे, तो आपको आर्थिक कष्ट होगा। मैं कहता हूँ कि आप मेरे पैसे को अपना पैसा समझकर उपयोग में लाइए!''

मुक्तिबोध बहुत गम्भीर थे। हम लोग एक-दूसरे की तरफ देख रहे थे।

वे मेरी तरफ जवाब के लिए आँखें उठाये थे और हम लोग हँसी रोके थे।

तभी मैंने कहा, ''आपके पैसे को अपना पैसा समझने को तैयार हूँ। पर पैसा है कहाँ?''

प्रमोद जोर से हँस दिया। मुक्तिबोध भी हँस पड़े। फिर एकदम गम्भीर हो गये। बोले, ''हाँ, यही तो मुश्किल है। यही तो गड़बड़ है।''

जो थोड़े-से पैसे उनके हाथ में आ गये थे, वे कुलबुला रहे थे। उन्हें कितने ही कर्तव्य याद आ रहे थे। कोई मित्र कष्ट में है, किसी की पत्नी बीमार है, किसी की लड़की बीमार है, किसी के बच्चों के लिए कपड़े बनवाना है। उस अवस्था में जब वे खुद अपंग हो गये थे और अर्थाभाव से पीड़ित थे, वे दूसरों पर इन पैसों को खर्च कर देना चाहते थे। आगे भोपाल में तो इस बात पर उनसे बाकायदा युद्ध हुआ और बड़ी मुश्किल से हम उन्हें समझा सके कि रोगी का किसी के प्रति कोई कर्तव्य नहीं होता; सबके कर्तव्य उसके प्रति होते हैं।

और उस रात जब हम लोग गाड़ी पर चढ़े, तो साथ में रिमों कागज था। मुक्तिबोध ने हठ करके पूरी कविताएँ, अधूरी कविताएँ, तैयार पाण्डुलिपियाँ सब लदवा लीं। बोले, ''यह सब मेरे साथ जाएगा। एकाध हफ्ते बाद मैं कुछ काम करने लायक हो जाऊँगा, तो कविताएँ पूरी करूँगा, नयी लिखूँगा और पाण्डुलिपियाँ दुरुस्त करूँगा। अपने से अस्पताल में बेकार पड़ा नहीं रहा जाएगा, पार्टनर!...और हाँ, वह पासबुक रख ली है न?''

पर उन कागजों पर मुक्तिबोध का न फिर हाथ चल सका और न वे एक चेक काट सके।

जिन्दगी बिना कविता-संग्रह देखे और बिना चेक काटे गुजर गयी।

मुक्तिबोध : एक संस्मरण

भोपाल के हमीदिया अस्पताल में मुक्तिबोध जब मौत से जूझ रहे थे, तब उस छटपटाहट को देखकर मोहम्मद अली 'ताज' ने कहा था—

उम्र-भर जी के भी जीने का न अन्दाज आया।
जिन्दगी छोड़ दे पीछा मेरा मैं बाज आया।।

जो मुक्तिबोध को निकट से देखते रहे हैं, जानते हैं कि दुनियावी अर्थों में उन्हें 'जीने का अन्दाज' कभी नहीं आया। वरना यहाँ ऐसे उनके समकालीन खड़े हैं, जो प्रगतिवादी आन्दोलन के कन्धे पर चढ़कर 'नया पथ' में 'फ्रण्ट पेजित' भी होते थे, फिर पण्डित द्वारकाप्रसाद मिश्र की 'कृष्णायन' का धूप-दीप के साथ पाठ करके फूलने लगे और अब जनसंघ राजमाता की जय बोलकर फल रहे हैं। इसे मानना चाहिए कि पुराने प्रगतिवादी आन्दोलन ने भी मुक्तिबोध का प्राप्य नहीं दिया। (बहुतों को दिया) कारण, जैसी स्थूल रचना की अपेक्षा उस समय की जाती थी, वैसी मुक्तिबोध करते नहीं थे। न उनकी रचना में कहीं 'सुर्ख परचम' था, न प्रेमिका को प्रेमी लाल रूमाल देता था, न वे उसे 'लाल चूनर' पहनाते थे। वे गहरे अन्तर्द्वन्द्व और तीव्र सामाजिक अनुभूति के कवि थे। मजे की बात यह है कि जो 'निराला' की सूक्ष्मता को पकड़ लेते थे, वे भी मुक्तिबोध की सूक्ष्मता को नहीं पकड़ते थे।

दूसरी तरफ के लोग उनके पीछे 'विह हण्ट' लगाये थे। उनके ऊबड़-खाबड़पन से आभिजात्य को मतली आती थी। वे उनके दूसरे खेमे में होने की बात को इस तरस के साथ कहते थे, जैसे—'ए गुड मैन फॉलन एमंग फेबियंस।'

ऐसा भी नहीं है कि मुक्तिबोध को समझानेवाले लोग नहीं थे। पर निष्क्रिय ईमानदार और सक्रिय बेईमान मिलकर एक षड्यन्त्र-सा बना लेते हैं। मजे की बात यह है कि प्रगतिवादी सत्ता प्रतिष्ठान के नेता भी, जिन्हें 'प्रतिक्रियावादी' कहते थे, उन्हीं की चिरौरी करके उन्हें अपने बीच सम्मान से बिठाकर 'रिस्पैक्टेबिलिटी' प्राप्त करते थे, मगर जो अपना था उसे अवहेलित करते थे। वह तो अपना है ही, उसकी

नियति तय है, वह कम्बख्त कहाँ जाएगा? पूर्वी यूरोप से साहित्य के आयात-निर्यात की जो फर्म है, उसके माल की लिस्ट में भी मुक्तिबोध की एक लाइन नहीं थी। हाँ, उन्हें बराबर भेजा जाता था, जिन्हें घर में 'फासिस्ट' कहा जाता रहा है।

मुझे याद है, जब हम उन्हें भोपाल के अस्पताल में ले गये और मुख्यमन्त्री की दिलचस्पी के कारण थोड़ा हल्ला हो गया, पत्रकार मित्रों ने प्रचार किया, तब कुछ लोग जो साहित्य की राजधानियों के थे या वहाँ से बढ़कर आये थे, यह कहते थे कि हम प्रान्तीयता से ग्रस्त लोग उसे 'हीरो' बना रहे हैं। हम लोग 'प्रॉविंशियल' संस्कार के लोग कहलाते थे। प्रोफेसरान और ऊँचे लेखक उन्हें देखने शुरू-शुरू में इसलिए नहीं आते थे कि कहीं प्रयाग, दिल्ली और कलकत्ता में बदनामी न फैल जाये कि हम 'प्रॉविंशियल' में दिलचस्पी ले रहे हैं। प्रयाग और दिल्लीवालों ने जब 'गेटपास' दे दिया और 'अदीब' ने 'टाइम्स ऑफ़ इण्डिया' में अँग्रेजी में तारीफ कर दी, तब इनका दिलचस्पी लेने का साहस बढ़ा। बाद में तो लेख के शुरू में मुक्तिबोध की पंक्तियाँ मंगलाचरण के रूप में लिखने लगे—'वन्दे वाणी विनायकौ' होने लगा। उनकी मृत्यु के बाद फूल बाँटने की झपटा-झपटी में कबीर की चादर की बड़ी फजीहत हुई।

यह सब—बाई दी वे। मुझसे तो नामवरजी ने कुछ संस्मरणात्मक लिखने को कहा है। संस्मरणात्मक कुछ भी लिखने में अपने को बीच में डालना पड़ता है। संस्मरण की यह मजबूरी है। यह सावधानी बरतते हुए कि उनके बहाने अपने को 'प्रोजेक्ट' न कर दूँ, कुछ चीजें लिखता हूँ...गो सफल संस्मरण का वही गुण है, जिससे मैं बचना चाहता हूँ।

जबलपुर में जिस स्कूल में मुक्तिबोध ने नौकरी की थी, उसी में बाद में मैंने की। अपनी मुदर्रिसी का वह आखिरी दौर था, उनकी मास्टरी भी उसी अहाते में खत्म हुई थी। पुराने अध्यापक उनकी बात करते थे। साहित्य में (बल्कि पत्रकारिता में) मेरा प्रवेश तब हो चुका था। सुनता था, यहाँ 'तारसप्तक' वाले मुक्तिबोध रहते थे। उन्होंने 'प्रगतिशील लेखक संघ' की स्थापना की। फिर वे नागपुर प्रकाशन विभाग में चले गये। तब मुक्तिबोध की नयी जवानी थी। छरहरे खूबसूरत आदमी थे। तब का उनका एक चित्र है, जो 'राष्ट्रवाणी' के मुक्तिबोध अंक में छपा है। बड़ी-बड़ी गहरी भावुक आँखें हैं। नाक बहुत 'सेन्सुअस' है। शरीर सूख जाने पर भी मुक्तिबोध की आँखें धुँधली नहीं हुईं, सूखा चेहरा भी खूबसूरत रहा।

मैं कुछ लिखने लगा था। वे देखते रहते थे। मित्रों ने भी बताया होगा। मैं नागपुर शिक्षक-सम्मेलन के सिलसिले में गया था। मित्र मुझे उनसे मिलाने शुक्रवारा स्थित (शायद) उनके मकान पर ले गये। सच कहूँ, मुझे मुक्तिबोध से डर लगता था। मित्रों, प्रशंसकों में वे 'महागुरु' कहलाते थे। एक आतंक मेरे ऊपर था। मैं

अपने अज्ञान में सिकुड़ा-सिकुड़ा पहुँचा। वे दरी पर पालथी मारे बैठे थे। पास पानी का लोटा और उस पर प्याला। हम लोग दरी पर बैठ गये। मुझसे बोले, "आइए साहब!" निहायत औपचारिक दो-चार मामूली बातें हुईं। यह जानकर कि मैं शिक्षकों के श्रम-संगठन के काम से आया हूँ, उन्होंने आँखें फाड़कर गौर से देखा। मुझसे न लिखने की बात की, न कोई तारीफ। चाय जरूर पिलायी। आगन्तुक के बहाने खुद चाय पीने का मौका वे चूकते नहीं थे। यह मुलाकात बहुत सूखी रही। मुक्तिबोध मुझे शंका से देख रहे थे। जाँच रहे थे। वे एकदम गले किसी से नहीं मिलते थे। प्रकृति से वे शंकालु थे। किसी को जैसा-का-तैसा स्वीकार नहीं करते थे। बाद के कटु अनुभव और अकेलेपन ने यह शंका की प्रवृत्ति और बढ़ा दी थी। राजनाँदगाँव में तो वे कई लोगों की कल्पना में न जाने कैसी-कैसी तस्वीरें बनाकर परेशान हुआ करते थे। दिल्ली, कलकत्ता, प्रयाग के बहुत-से लोगों की इतनी अतिरंजित तस्वीर वे बनाते थे कि लगता ये सब विकट शैतान हैं, जबकि वे अपने काम में लगे तटस्थ लोग थे। शंका व असुरक्षा की भावना इतनी तीव्र हो उठी थी, बाद में, कि वह भयावह कल्पना करते रहते थे कि अमुक-अमुक लोग मेरे खिलाफ षड्यन्त्र कर रहे हैं—जबकि उन्हें अपना भला करने से ही इतनी फुरसत नहीं मिलती थी कि उनका बुरा करें। उनके मित्रों को शायद यह नहीं मालूम कि मुक्तिबोध कभी-न-कभी भयंकर शैतान के रूप में उनकी कल्पना कर चुके हैं। सामान्य आदमी का वे एकदम भरोसा करते थे, लेकिन राजनीति और साहित्य के क्षेत्र के आदमी के प्रति शंकालु रहते थे। कोई महज ही उनके समीप होना चाहता या उनकी मदद करना चाहता, तो वे सशंकित हो जाते। कहते—पार्टनर, इसका इरादा क्या है? ज्यों-ज्यों उनकी मुसीबतें बढ़ती गयीं, ज्यादा कड़ुए अनुभव होते गये, उनके कई विश्वसनीयों का चारित्रिक पतन होता गया, उनकी शंका बढ़ती गयी। वे अपने को असुरक्षित अनुभव करते गये। अन्त के एक-दो साल तो वे अपने चारों तरफ डर के काँटे लगाकर जीते थे। उन्हें लगता, कोई भयंकर षड्यन्त्र चारों तरफ से उन्हें घेर रहा है। यह स्थिति तब बहुत तीव्र हो गयी, जब सरकार ने उनकी पुस्तक पर प्रतिबन्ध लगाया। इस बात को आगे लिखूँगा।

नागपुर में चार-पाँच दिन रहकर भी मैं उनसे दोबारा नहीं मिला। उन्होंने भी ऐसी कोई इच्छा नहीं की। यह सीधा कहलानेवाला आदमी, कुछ मामलों में बड़ा काँइयाँ था। वह चुपचाप बैठा जाँच रहा था। आगे साल-भर तक कोई सम्बन्ध नहीं रहा। एक दिन 'नया खून' का ताजा अंक खोला तो तीन कॉलम की एक टिप्पणी का शीर्षक था—'थॉट और परसाई की स्पिरिट में अन्तर है।' टिप्पणीकार—गजानन माधव मुक्तिबोध। मेरी एक कहानी का अनुवाद 'थॉट' ने छापा था। मुक्तिबोध ने 'थॉट' की राजनीति बतलायी थी और मेरी कहानी को जैसे 'मिसफिट' कहा था।

चेतावनी थी कि ये पत्र प्रचार और पैसे का लोभ देकर कैसे किसी बनते लेखक को फँसाते हैं। मेरी उस कहानी का अर्थ 'थॉट' ने साम्यवादी व्यवस्था में 'रेजिमेण्टेशन' के सन्दर्भ में लगाकर छापा था। यों मेरी एक 'फैण्टेसी' को 'पाञ्चजन्य' ने पौराणिक कथा समझकर धर्मार्थ उद्धृत कर लिया था। अपनी समझ का उपयोग करने का हर एक को हक है।

मैंने उन्हें नहीं लिखा। वे भी चुप रहे। सालेक बाद जब 'वसुधा' निकालने की योजना बनी, तो मैंने उन्हें पंत्र लिखा। वे भरे बैठे थे। बड़ा लम्बा पत्र आया। लिखा था कि 'नया खून' की उस टिप्पणी के बाद यहाँ लोगों ने मुझसे बार-बार कहा कि आपको बहुत बुरा लगा है। मैं दूर हूँ। लोगों से सम्पर्क होता नहीं है। सुनता रहता हूँ। सोचा, सीधे आपसे बात कर लूँ। मैं साफ बात करना पसन्द करता हूँ। आप मुझे साफ बताइए कि क्या उस टिप्पणी से आपको बुरा लगा?

मैं समझ गया, मेरी-उनकी निकटता को घटित न होने देने में किन्हीं लोगों ने अपना फायदा देखा होगा। अपना फायदा देखने का भी हर एक को हक है। बाद में पता चला कि इन लोगों ने अपने समकालीनों के लिए खुफिया विभाग भी खोल रखा था और जगह-जगह एलची नियुक्त कर रखे थे। हमारे मित्र, प्रमोद वर्मा जब तबादले पर जबलपुर आये, तब उन्हें हेड आफिस से चिट्ठी मिली थी कि यहाँ किससे सम्बन्ध रखना और किससे नहीं, इस बारे में अमुक से हिदायत ले लो। प्रमोद ने लिख दिया था कि शत्रु और मित्र मैं खुद बनाता हूँ। उस चिट्ठी को मुक्तिबोध के सामने हम लोगों ने पढ़ा और खूब हँसते रहे। खैर, ये स्थानीय मधुर पॉलिटिक्स की बातें हैं। मगर परिवेश से कटकर आदमी रह नहीं सकता। मुक्तिबोध-जैसे पारदर्शी सचाई के सरल आदमी को अपने आसपास की यह अविश्वसनीयता और अकेलापन दे देती थी।

'कामायनी : एक पुनर्विचार' को छापने के लिए एक पुस्तक-विक्रेता मित्र शेषनारायण राय राजी हो गये थे। वे पेशे से प्रकाशक नहीं हैं। पैसा लगा देने को तैयार थे। मुक्तिबोधजी पर उनकी श्रद्धा थी। तब मुक्तिबोध को कोई प्रकाशक नहीं मिलता था। पुस्तक का कम्पोजिंग चल रहा था, तब वे जबलपुर आये। तीन दिन हो गये, पर उन्होंने न किताब की बात की, न राय से मिलने की इच्छा। पहले तो रात-दिन पुस्तक छपने की लौ लगी रहती थी और अब यह विराग। मैंने कहा—आप प्रकाशक से तो मिल लीजिए। वे यहीं पास में रहते हैं। मुक्तिबोध खिन्न भाव से बोले—मिल लेंगे, पार्टनर। कोई उससे मिलने थोड़े ही आये हैं। मैंने कहा—सच बताइए मामला क्या है? वे बोले—अब तो पाण्डुलिपि दे ही चुके। अमुक साहब कह रहे थे कि आप बुरे फँस गये। वह राय तो बहुत खराब आदमी है। खैर! मैंने राय से कहा, राय हँसा। कहने लगा—वही साहब मुझसे कह गये कि तुम पैसा पानी में

डाल रहे हो। उस किताब को कौन खरीदेगा? मुक्तिबोध उनका विश्वास करते थे। वे बड़े हैरान हुए। कहने लगे—आखिर उसने ऐसा किया क्यों? बाद में राय ने उन्हें रुपये पेशगी दिये। दूकान से वे कुछ किताबें भी ले गये। बहुत गद्गद थे। ऐसे मौके पर वे बच्चे की तरह हो जाते थे—वाह पार्टनर, आपका यह राय भी मजे का आदमी है। उसने इतने रुपये दे दिये। अगर उन्हें किसी से मुश्किल से सौ रुपये मिलने की उम्मीद है और वह दो सौ रुपये दे दे, तो वे चकित हो जाते। कहते—पार्टनर, यह भी बड़ी मजे की बात है। उसने तो दो सौ रुपये दे दिये। इतने रुपये कोई कैसे दे देता है। इस पुस्तक का प्रकाशन वे अपने ऊपर अहसान मानते थे। राजनाँदगाँव से उन्होंने राय को अँग्रेजी में ऐसी चिट्ठी लिखी जो कोई लेखक प्रकाशक को नहीं लिखेगा। लिखा था—पुस्तक अच्छी छपनी चाहिए। मैं आपको लिखकर देता हूँ कि मुझे आपसे एक भी पैसा नहीं चाहिए, बल्कि आपका कुछ ज्यादा खर्च हो जाए, तो हरजाना देने को तैयार हूँ।

राजनाँदगाँव में वे अपेक्षाकृत आराम में रहे। शरद कोठारी तथा अन्य मित्रों ने उनके लिए सब कुछ किया। पर वे बाहर निकलने को छटपटाते थे। वे साल में एक-दो बार किसी सिलसिले में जबलपुर आते और खूब खुश रहते, रंगीन सपने में डूबते हुए कहते—पार्टनर, ऐसा हो कि एक बड़ा-सा मकान हो। सब सुभीते हों। कोई चिन्ता न हो। वहाँ हम कुछ मित्र रहें। खूब बातें करें, खूब लिखें-पढ़ें और जंगल में खूब घूमें। फिर कहते—आप राजनाँदगाँव आइए। वहीं कुछ दिन रहिए। बहुत बड़ा मकान है। कोई तकलीफ नहीं होगी। नो, नो, आई इनवाइट यू।

मुक्तिबोध की आर्थिक दुर्दशा किसी से छिपी नहीं थी। उन्हें और तरह के क्लेश भी थे। भयंकर तनाव में वे जीते थे। पर फिर भी बेहद उदार, बेहद भावुक आदमी थे। उनके स्वभाव के कुछ विचित्र विरोधाभास थे। पैसे-पैसे की तंगी में जीनेवाला यह आदमी पैसे को लात भी मारता था। वे पैसा देनेवाली पत्रिकाओं में लिखकर आमदनी बढ़ा सकते थे, पर लिखते नहीं थे। कहते—अपनी पत्रिका में लिखेंगे। बस मुझे तो कागज आप दे दीजिए। यों वे बहुत मधुर स्वभाव के थे। खूब मजे में आत्मीयता से बात करते थे। मगर कोई वैचारिक चालबाजी करे या ढोंग करे, तो मुक्तिबोध चुप बैठे तेज नजर से उसे चीरते रहते। उस वक्त उनके ओठ किसी बदमाश स्कूली लड़के की तरह मुड़ जाते। आपस में मित्रों में एकरस हो जाते, मगर तभी वर्ग-चेतना जाग उठती, तो अजनबी होने लगते। जबलपुर आये तो मेरे घर पर एक मित्र हनुमान वर्मा से मुलाकात हुई। हनुमान कालेज में पढ़ाते हैं। खूब यारबाश आदमी हैं। दो-तीन दिन खूब मजे में उनसे मुक्तिबोध की जमती रही। फिर हनुमान अपने घर ले गया। वहाँ अच्छा-सा सोफा था। डाइनिंग-टेबल भी थी। मुक्तिबोध को खटका लग गया। वे शिष्ट व्यवहार करने लगे। लौटते वक्त रास्ते

में मुझसे बोले—पार्टनर, इस आदमी से अपनी कैसे पट सकती है! उसका सोफा देखो, डाइनिंग-टेबिल देखो। यह अपनी दुनिया का आदमी नहीं है। ही बिलांग्ज टू ए डिफरेण्ट वर्ल्ड। मैंने कहा—कुल छः-सात सौ ही पाता है वह। अपनी ही दुनिया का आदमी है। पर यह बात गले उतरने में देर लगी।

वर्ग-चेतना के तीव्र बोध की दो-एक घटनाएँ दिलचस्प हैं। मुझ पर एक प्रकाशक ने कापीराइट का मुकदमा चला दिया था। मुक्तिबोध आये हुए थे। दिसम्बर का महीना था। भोजन करके वे सामने के मैदान में बैठे थे। मैं कचहरी जाने लगा, तो पूछा—पार्टनर, मजिस्ट्रेट कौन है? मैंने नाम बताया। वे बोले—नाम से मालूम होता है कि वह नीची जाति का है। विदर्भ में होते हैं ये लोग। आप छूट जाएँगे। मैंने पूछा—यह अन्दाज आपको कैसे लगा? उन्होंने कहा—वह नीची जाति का है न! उसकी वर्ग-सहानुभूति लेखक के प्रति होगी, प्रकाशक के साथ नहीं। संयोग से मुकदमा खारिज भी हो गया।

एक साहित्य-समारोह में एक वयोवृद्ध ब्राह्मण आचार्य थे। विवाद की स्थिति थी ही। आचार्य के मातहत एक अध्यापक ने भी भाषण में आचार्यजी का समर्थन किया। बाद में मुक्तिबोध अकेले में हम लोगों से बड़ी गम्भीरता से बोले—वह जो अध्यापक है, उसकी सहानुभूति हमारी तरफ है। नौकरी के लिए आचार्य की बात बोल रहा था। वह जाति का अहीर है न! वह हमारा ही साथ देगा, ब्राह्मण आचार्य का नहीं।

पर एक दूसरे मौके पर दूसरी ही तरह की बात कहकर उन्होंने हमें चौंकाया। एक आदमी बड़ा ओछा व्यवहार कर रहा था। हम सब लोगों की पीठ पीछे निन्दा करता था। मुक्तिबोध सुनते-सुनते बोले—पार्टनर, वह जात का लोधी है न! इसीलिए।

मुक्तिबोध विचारों से आधुनिक लेकिन इसके साथ ही वैज्ञानिक व्यवहार में कई बातों में बिल्कुल सामन्ती। किसी को अपने घर में साग्रह खाना खिलाना, अपनी हैसियत से बाहर खातिर करना उनकी खास प्रकृति थी। लगता था, कोई पुराने ठाकुर साहब हैं, जिन्हें मूँछें मुड़ाना पड़ेगा, अगर मेहमाननवाजी में कमी आयी। एक बार नागपुर में जब वे तीव्र ज्वर में 'नया खून' के टीन के नीचे काम कर रहे थे, मैं पहुँच गया। भर-दोपहर में पास की दुकान पर मुझे मिठाई खिला लाये, तब चैन पड़ी। मैंने बहुत मना किया, पर वे कहते—नहीं साहब, आप आये हैं, तो कुछ खाना तो पड़ेगा। पक्षाघात से जब वे पीड़ित थे, तब हम उन्हें भोपाल के लिए लेने पहुँचे। उस हालत में भी वे हड़बड़ा रहे थे कि इनके लिए क्या कर दिया जाए। कहने लगे—आप मेरे मेहमान हैं। आप मेरे यहाँ क्यों नहीं ठहरेंगे, कोठारी के यहाँ क्यों? कोठारी से भी शिकायत की—क्यों साहब, यह क्या हरकत है? इन्हें आपने रास्ते में क्यों रोक लिया? इसमें बनावट नहीं थी। उनकी सच्ची ममता थी, उनके

आन्तरिक संस्कार थे। वे नयी-से-नयी वैज्ञानिक उपलब्धि से मुग्ध होते थे, पर परिवार-नियोजन के खिलाफ थे। परिवार-नियोजन को पूँजीवादी सभ्यता की प्रवृत्ति मानते थे। विचारों के मामले में जितने सधे हुए, जिन्दगी की व्यवस्था में उतने ही लापरवाह। स्वास्थ्य के प्रति अत्यन्त असावधान थे। सम्बन्धों में लचीले, मगर विचारों में इस्पात की तरह। कहीं कोई समझौता नहीं। पैसे-पैसे के लिए तंग रहते थे, पर पैसे को लात भी मारते थे। कभी बिल्कुल निस्संग हो जाते, कभी मोहग्रस्त।

मुक्तिबोध विद्रोही थे। किसी भी चीज से समझौता नहीं करते थे। स्वास्थ्य के नियमों और अर्थशास्त्र के सिद्धान्तों से भी नहीं। उनकी राजनीति है, यह बात सर्वविदित थी। नागपुर में सरकारी नौकरियों में थे, तब उनके पीछे साम्यवाद-विरोधी भूत लगे रहते थे। उनके विचारों ने कभी उन्हें नौकरी में ऊपर नहीं उठने दिया। राजनाँदगाँव के प्राइवेट कॉलेज की नौकरी उन्हें अनुकूल पड़ी। वहाँ उन्हें लोगों ने बड़े श्रद्धा-प्रेम से रखा।

मुक्तिबोध भयंकर तनाव में जीते थे। आर्थिक कष्ट उन्हें असीम थे। उन जैसे रचनाकार का तनाव साधारण से बहुत अधिक होगा भी। वे सन्त्रास में जीते थे। आजकल सन्त्रास का दावा बहुत किया जा रहा है। मगर मुक्तिबोध का एक-चौथाई तनाव भी कोई झेलता तो उनसे आधी उम्र में मर जाता। मृत्यु से दो साल पहले वे जबलपुर आये थे। रात-भर वे बड़बड़ाते थे। एक रात चीखकर खाट से फर्श पर गिर पड़े। सँभले, तब बताया कि एक बहुत बड़ी छिपकली सपने में सिर पर गिर रही थी।

उन दिनों उनकी पुस्तक 'भारत : इतिहास और संस्कृति' पर प्रतिबन्ध लग चुका था। वह पुस्तक कोर्स में लग चुकी थी। उसके खिलाफ आन्दोलन करानेवाले मुख्यतः दूसरे प्रकाशक थे। आन्दोलन में जनसंघ प्रमुख था। इसके साथ ही गैरसाम्प्रदायिक पत्रों के भी बिके हुए सम्पादक थे। जनसंघ उनके पीछे पड़ गया था। राजनाँदगाँव में उसके स्वयंसेवक उन्हें परेशान करते थे। उस वक्त विद्वान लेकिन अधिकारहीन राज्यपाल था और भ्रष्ट तथा मूर्ख मुख्यमन्त्री। राज्यपाल ने डेढ़ घण्टे बात की, बात मानी भी, पर कहा—मैं क्या कर सकता हूँ! मुख्यमन्त्री के पोर्टिको के पास मुक्तिबोध घण्टे-भर खड़े रहे। वह बँगले से निकला तो ये बात करने बढ़े। बात शुरू ही की थी कि बोला—उसमें अब कुछ नहीं हो सकता। इन्होंने कहा—पर आप मेरी बात तो सुन लीजिए। वह बोला—मेरे पास इतना वक्त नहीं है। मुझे जरूरी काम है।

जबलपुर लौटे तो बहुत टूटे हुए और बहुत क्रोधित। वह आदमी चट्टान-जैसा था। लेकिन इस घटना ने उनके भीतर भय और असुरक्षा की भावना पैदा कर दी थी। वे बेहद उत्तेजित थे। इस प्रतिबन्ध से उनकी अपार क्षति हुई। यदि पुस्तक चलती, तो उन्हें इतनी रायल्टी मिलती कि सारा संकट खत्म हो जाता। व्यक्तिगत

क्षति का आघात तो था ही। पर इस पूरे काण्ड को व्यापक राजनीतिक सन्दर्भ में देखकर वे बहुत त्रस्त थे। कहते थे—यह नंगा फासिज़्म है। लेखक को लोग घेरें, शारीरिक क्षति की धमकी दें। इधर सरकार सुनने तक को तैयार नहीं। अभिव्यक्ति की स्वतन्त्रता जा रही है। गला दबाकर आवाज घोंटी जा रही है।

'अँधेरे में' कविता का यही रचनाकाल है। उन दिनों मुक्तिबोध बहुत आशंकाग्रस्त थे। छोटी-से-छोटी बात उन्हें विचलित कर देती थी। चाबी जिस जेब में रखी होने की उन्हें याद थी, अगर वह उस जेब में नहीं है तो वे ऐसे सशंकित हो उठते थे, जैसे कोई बड़ा षड्यन्त्र उन्हें घेर रहा है। उन दिनों वे बहुत उत्तेजित होकर घण्टों बहुत जोर से बोलते रहते थे। गले की नसें तनी हुई साफ दिखती थीं। कनपटी लौकती थी, दम भर आता था और वे 'डबल स्ट्रांग' चाय की माँग करते थे।

अन्तिम बीमारी के महीने-भर पहले वे जबलपुर आये थे। हाथ और पाँव में एक्ज़िमा था। पाँव सूजे थे। वे नीम की बहुत-सी पत्ती पीसकर साथ ले आये थे। सुबह पाँवों को धोकर नीम की पट्टी करते। बहुत दुर्बल हो गये थे। बहुत परेशान थे। पर शारीरिक और आर्थिक कष्ट की बात लगभग नहीं करते थे। रात को उन्होंने हम लोगों को 'अँधेरे में' कविता सुनायी थी। डेढ़ घण्टे के पाठ के बाद वे शिथिल होकर बिस्तर पर लुढ़क गये थे। हम लोगों ने उन्हें थोड़ी ब्राण्डी देकर सुला दिया था। सुबह बोले—पार्टनर, दवा बहुत अच्छी थी।

महीने-भर बाद ही उन्हें पक्षाघात हो गया। आदमी यह सोचने को मजबूर है कि अगर ऐसा हो गया होता, तो वैसा नहीं होता। बहुत-से मित्र यहाँ सोचते हैं, अगर वे तभी जबलपुर रुक गये होते तो बीमारी न बढ़ती। यहाँ मेडिकल कॉलेज में उन्हें कुछ दिनों के लिए भरती करा देने का हम लोगों ने तय किया था। पर उन्हें बीमार पिताजी से मिलने नागपुर जाना था। वे कह गये थे कि महीने-भर में मैं लौटकर आता हूँ और कुछ दिन रहकर यहीं आराम करूँगा और इलाज करूँगा। पर महीने-भर बाद उन्हें पक्षाघात हो गया। दिल्ली से जब मैं चल ही रहा था कि श्रीकान्त के नाम उनके पत्र से यह खबर मिली।

मुक्तिबोध अपनी बीमारी की भयंकरता जानते थे। वे जानते थे कि यह बीमारी प्राणान्त भी कर सकती है। शारीरिक कष्ट उन्हें बहुत था। छोटे-छोटे बच्चों के भविष्य की चिन्ता भी थी। रात कराहते बीतती थी। भोपाल के मित्र रात-भर कमरे के बाहर बरामदे में बैठे 'आई ग' (ओ माँ) और 'अग' (पत्नी को बुलाने के लिए) सुना करते थे। पर मुक्तिबोध का उत्साह कम नहीं हुआ था। वे टूटे नहीं थे। संज्ञाहीन होने के पहले तक वे बीमारी की शिकायत लगभग नहीं करते थे। वे साहित्य और राजनीति की बातें करते थे। खूब उत्साह से बोलते थे। कभी हम उन्हें स्वास्थ्य के बारे में झूठा भरोसा दिलाते तो वे पलकें नीची करके कहते—हाँ,

पार्टनर। ठीक तो हो ही जाएँगे। उनके भाव से हम समझने लगे थे कि यह आदमी जानता है कि ये लोग मुझे दिलासा दे रहे हैं। वे संकेत से बंता देते थे कि मैं सब जानता हूँ। मुझे क्यों बहलाते हो!

अपनी तरफ बढ़ती हुई मृत्यु को जो साफ देख रहा था, उसकी जिन्दगी की जकड़ कम नहीं हुई थी। यह किसी भी तरह जीवन से अटके रहने का घटिया मोह नहीं था। ऐसा नहीं था कि जीवन के सारे सन्दर्भ कटकर सिर्फ आत्म-मोह बचा हो। आत्म-मोह अन्तिम क्षण तक उस आदमी में नहीं आया। वह सिर्फ जीवन-सन्दर्भों में उलझा हुआ था। सिगरेट और चाय के लिए अलबत्ता वे बाल-हठ-जैसा करते थे। बाकी अपने बारे में कुछ नहीं। नेहरूजी की तबीयत कैसी है? देश की राजनीति किस ओर से गुजर रही है? साहित्य में इन दिनों क्या चला हुआ है? यही सब बातें वे करते थे। पीड़ा होती तो कराह देकर वे फिर वैसे ही नॉर्मल हो जाते थे।

बीमारी से लड़कर मुक्तिबोध निश्चित जीत गये थे। बीमारी ने उन्हें मार दिया, पर तोड़ नहीं सकी। मुक्तिबोध का फौलादी व्यक्तित्व अन्त तक वैसा ही रहा। जैसे जिन्दगी में किसी से लाभ के लिए समझौता नहीं किया, वैसे मृत्यु से भी कोई समझौता करने को वे तैयार नहीं थे।

वे मरे। हारे नहीं। मरना कोई हार नहीं होती।

गर्दिश के दिन

लिखने बैठ गया हूँ पर नहीं जानता सम्पादक की मंशा क्या है और पाठक क्या चाहते हैं। क्यों आखिर वे उन दिनों में झाँकना चाहते हैं, जो लेखक के अपने हैं और जिन पर शायद वह परदा डाल चुका है। अपने गर्दिश के दिनों को, जो मेरे नामधारी एक आदमी के थे, मैं किस हैसियत से फिर जीऊँ?—उस आदमी की हैसियत से या लेखक की हैसियत से? लेखक की हैसियत से गर्दिश को फिर जी लेने और अभिव्यक्त कर देने में मनुष्य और लेखक दोनों की मुक्ति है। इसमें मैं कोई 'भोक्ता' और 'सर्जक' की निःसंगता की बात नहीं दुहरा रहा हूँ। पर गर्दिश को फिर याद करने, उसे जीने में दारुण कष्ट है। समय के सींगों को मैंने मोड़ दिया था। अब फिर उन सींगों को सीधा करके कहूँ—आ बैल, मुझे मार!

ग़र्दिश कभी थी, अब नहीं है। आगे नहीं होगी—यह गलत है। गर्दिश का सिलसिला बदस्तूर है, मैं निहायत बेचैन मन का संवेदनशील आदमी हूँ। मुझे चैन कभी मिल ही नहीं सकता। इसलिए गर्दिश नियति है।

हाँ, यादें बहुत हैं। पाठक को शायद इसमें दिलचस्पी हो कि यह जो हरिशंकर परसाई नाम का आदमी है, जो हँसता है, जिसमें मस्ती है, जो ऐसा तीखा है, कटु है—इसकी अपनी जिन्दगी कैसी रही है? यह कब गिरा, फिर कब उठा? कैसे टूटा? कैसे फिर से जुड़ा? यह एक निहायत कटु, निर्मम और धोबीपछाड़ आदमी है।

संयोग कि बचपन की सबसे तीखी याद 'प्लेग' की है। 1936 या '37 होगा। मैं शायद आठवीं का छात्र था। कस्बे में प्लेग पड़ी थी। आबादी घर छोड़ जंगल में टपरे बनाकर रहने चली गयी थी। हम नहीं गये थे। माँ सख्त बीमार थी। उन्हें लेकर जंगल नहीं जाया जा सकता था। भाँय-भाँय करते पूरे आसपास में हमारे घर ही चहल-पहल थी। काली रातें। इनमें हमारे घर जलनेवाले कन्दील। मुझे इन कन्दीलों से डर लगता था। कुत्ते तक बस्ती छोड़ गये थे, रात के सन्नाटे में हमारी आवाजें हमें ही डरावनी लगती थीं। रात को मरणासन्न माँ के सामने हमलोग आरती गाते—जय जगदीश हरे, भक्त जनों के संकट पल में दूर करे। गाते-गाते पिताजी

सिसकने लगते, माँ बिलखकर हम बच्चों को हृदय से चिपटा लेती और हम भी रोने लगते। रोज का यह नियम था। फिर रात को पिताजी, चाचा और दो-एक रिश्तेदार लाठी बल्लम लेकर घर के चारों तरफ घूम-घूमकर पहरा देते। ऐसे भयकारी, त्रासदायक वातावरण में एक रात तीसरे पहर माँ की मृत्यु हो गयी। कोलाहल और विलाप शुरू हो गया। कुछ कुत्ते भी सिमटकर आ गये और योग देने लगे।

पाँच भाई-बहनों में माँ की मृत्यु का अर्थ मैं ही समझता था—सबसे बड़ा था।

प्लेग की वे रातें मेरे मन में गहरे उतरी हैं। जिस आतंक, अनिश्चय, निराशा और भय के बीच हम जी रहे थे, उसके सही अंकन के लिए बहुत पन्ने चाहिए। यह भी कि पिता के सिवा हम कोई टूटे नहीं थे। वह टूट गये थे। वह इसके बाद भी पाँच-छः साल जिये, लेकिन लगातार बीमार, हताश, निष्क्रिय और अपने से ही डरते हुए। धन्धा ठप्प। जमा-पूँजी खाने लगे। मेरे मैट्रिक पास होने की राह देखी जाने लगी। समझने लगा था कि पिताजी भी अब जाते ही हैं। बीमारी की हालत में उन्होंने एक बहन की शादी कर ही दी थी—बहुत मनहूस उत्सव था वह। मैं बराबर समझ रहा था कि मेरा बोझ कम किया जा रहा है। पर अभी दो छोटी बहनें और एक भाई थे।

मैं तैयार होने लगा। खूब पढ़नेवाला, खूब खेलनेवाला और खूब खानेवाला मैं शुरू से था। पढ़ने और खेलने में मैं सब भूल जाता। मैट्रिक हुआ, जंगल विभाग में नौकरी मिली। जंगल में सरकारी टपरे में रहता। ईंटें रखकर, उन पर पटिये जमाकर बिस्तर लगाता, नीचे जमीन चूहों ने पोली कर दी थी। रात-भर नीचे चूहे धमाचौकड़ी करते रहते और मैं सोता रहता। कभी चूहे ऊपर आ जाते तो नींद टूट जाती पर मैं फिर सो जाता। छह महीने धमाचौकड़ी करते चूहों पर मैं सोया।

बेचारा परसाई?

नहीं, नहीं मैं खूब मस्त था। दिन-भर काम। शाम को जंगल में घुमाई। फिर हाथ से बनाकर खाया गया भरपेट भोजन—शुद्ध घी और दूध!

और चूहों ने बड़ा उपकार किया। ऐसी आदत डाली कि आगे की जिन्दगी में भी तरह-तरह के चूहे मेरे नीचे ऊधम करते रहे हैं, साँप तक सर्राते रहे हैं, मगर मैं पटिये बिछाकर पटिये पर सोता रहा हूँ। चूहों ने ही नहीं, मनुष्यनुमा बिच्छुओं और साँपों ने भी मुझे बहुत काटा है—पर 'जहरमोहरा' मुझे शुरू में ही मिल गया। इसलिए 'बेचारा परसाई' का मौका ही नहीं आने दिया। उसी उम्र से दिखाऊ सहानुभूति से मुझे बेहद नफरत है। अभी भी दिखाऊ सहानुभूति वाले को चाँटा मार देने की इच्छा होती है, जब्त कर जाता हूँ, वरना कई शुभचिन्तक पिट जाते।

फिर स्कूल मास्टरी। फिर टीचर्स ट्रेनिंग और नौकरी की तलाश—उधर पिताजी मृत्यु के नजदीक। भाई पढ़ाई रोककर उनकी सेवा में, बहनें बड़ी बहन के साथ।

हम शिक्षण की शिक्षा ले रहे हैं।

फिर नौकरी की तलाश। एक विद्या मुझे और आ गयी थी—बिना टिकट सफर करना। जबलपुर से इटारसी, टिमरनी, खण्डवा, इन्दौर, देवास बार-बार चक्कर लगाने पड़ते। पैसे थे नहीं। मैं बिना टिकट बेखटके गाड़ी में बैठ जाता। तरकीबें बचने की बहुत आ गयी थीं। पकड़ा जाता तो अच्छी अँग्रेजी में अपनी मुसीबत का बखान करता। अँग्रेजी के माध्यम से मुसीबत बाबुओं को प्रभावित कर देती और वे कहते—लेट्स हेल्प दि पूअर ब्वॉय।

दूसरी विद्या सीखी—उधार माँगने की। मैं बिल्कुल निःसंकोच भाव से किसी से भी उधार माँग लेता। अभी भी इस विद्या में सिद्ध हूँ।

तीसरी चीज सीखी—बेफिक्री! जो होना होगा, होगा, क्या होगा? ठीक ही होगा। मेरी एक बुआ थी। गरीब, जिन्दगी गर्दिश-भरी, मगर अपार जीवन-शक्ति थी उसमें। खाना बनने लगता तो उनकी बहू कहती—बाई, न दाल ही है न तरकारी। बुआ कहती—चल, चिन्ता नहीं। राह-मोहल्ले में निकलती और जहाँ उसे छप्पर पर सब्जी दिख जाती, वहीं अपनी हमउम्र मालकिन से कहती—ए कौशल्या, तेरी तोरई अच्छी आ गयी है। जरा दो मुझे तोड़ के दे। और खुद तोड़ लेती। बहू से कहती—ले बना डाल, जरा पानी जादा डाल देना। मैं यहाँ-वहाँ से मारा हुआ उसके पास जाता तो वह कहती—चल, कोई चिन्ता नहीं, कुछ खा ले।

उसका यह वाक्य मेरे लिए ताकत बना—कोई चिन्ता नहीं।

गर्दिश, फिर गर्दिश!

होशंगाबाद शिक्षा अधिकारी से नौकरी माँगने गये। निराश हुए। स्टेशन पर इटारसी के लिए गाड़ी पकड़ने के लिए बैठा था। पास में एक रुपया था, जो कहीं गिर गया था। इटारसी तो बिना टिकट चला जाता। पर खाऊँ क्या? दूसरे महायुद्ध का जमाना। गाड़ियाँ बहुत लेट होती थीं। पेट खाली। पानी से बार-बार भरता। आखिर बेंच पर लेट गया। चौदह घण्टे हो गये। एक किसान परिवार पास आकर बैठ गया। टोकरे में अपने खेत के खरबूजे थे, मैं उस वक्त चोरी भी कर सकता था। किसान खरबूजा काटने लगे। मैंने कहा—तुम्हारे ही खेत के होंगे। बड़े अच्छे हैं। किसान ने कहा—सब नर्मदा मैया की किरपा है भैया! शक्कर की तरह हैं। लो खाके देखो। उसने दो बड़ी फाँकें दीं। मैंने कम-से-कम छिलका छोड़कर खा लिया। पानी पिया। तभी गाड़ी आयी और हम खिड़की से घुस गये।

नौकरी मिली जबलपुर के सरकारी स्कूल में। किराये तक के पैसे नहीं। अध्यापक महोदय ने दरी में कपड़े बाँधे और बिना टिकट चढ़ गये गाड़ी में। सामान के कारण इस बार थोड़ा खटका था। पास में कलेक्टर का खानसामा बैठा था।

बातचीत चलने लगी। आदमी मुझे अच्छा लगा। जबलपुर आने लगा तो मैंने उसे अपनी समस्या बतायी। उसने कहा—चिन्ता मत करो। सामान मुझे दो। मैं बाहर राह देखूँगा। तुम कहीं पानी पीने के बहाने सींखचों के पास पहुँच जाना। नल सींखचों के पास ही है। वहाँ सींखचों को उखाड़कर निकलने की जगह बनी हुई है। खिसक लेना। मैंने वैसा ही किया। बाहर खानसामा मेरा सामान लिये खड़ा था। मैंने सामान लिया और चल दिया शहर की तरफ। कोई मिल ही जाएगा, जो कुछ दिन पनाह दे देगा, अनिश्चय में जी लेना मुझे तभी आ गया था।

पहले दिन जब बाकायदा 'मास्साब' बने तो बहुत अच्छा लगा। पहली तनख्वाह मिली ही थी कि पिताजी की मृत्यु की खबर आ गयी। माँ के बचे जेवर बेचकर पिता का श्राद्ध किया और अध्यापकी के भरोसे बड़ी जिम्मेदारियाँ लेकर जिन्दगी के सफर पर निकल पड़े।

उस अवस्था की इन गर्दिशों का जिक्र मैं आखिर क्यों इस विस्तार से कर गया? गर्दिशें बाद में भी आयीं, अब भी आती हैं, आगे भी आएँगी। पर उस उम्र की गर्दिशों की अपनी अहमियत है। लेखक की मानसिकता और व्यक्ति निर्माण से इनका गहरा सम्बन्ध है।

मैंने कहा है—मैं बहुत भावुक, संवेदनशील और बेचैन तबीयत का आदमी हूँ। सामान्य स्वभाव का आदमी ठण्डे-ठण्डे जिम्मेदारियाँ भी निभा लेता, रोते-गाते दुनिया से तालमेल भी बिठा लेता और एक व्यक्तित्वहीन नौकरीपेशा आदमी की तरह जिन्दगी साधारण सन्तोष से भी गुजार लेता।

मेरे साथ ऐसा नहीं हुआ। जिम्मेदारियाँ, दुखों की वैसी पृष्ठभूमि और अब चारों तरफ से दुनिया के हमले—इन सबके बीच सबसे बड़ा सवाल था अपने व्यक्तित्व और चेतना की रक्षा। तब सोचा भी नहीं था कि लेखक बनूँगा। पर मैं अपने विशिष्ट व्यक्तित्व की रक्षा तब भी करना चाहता था।

जिम्मेदारी को गैर-जिम्मेदारी की तरह निभाओ!

मैंने तय किया—परसाई, डरो किसी से मत। डरे कि मरे। सीने को ऊपर-ऊपर कड़ा कर लो। भीतर तुम जो भी हो, जिम्मेदारी को गैर-जिम्मेदारी के साथ निभाओ। जिम्मेदारी को अगर जिम्मेदारी के साथ निभाओगे तो नष्ट हो जाओगे। और अपने से बाहर निकलकर सबमें मिल जाने से व्यक्तित्व और विशिष्टता की हानि नहीं होती, लाभ ही होता है। अपने से बाहर निकलो। देखो, समझो और हँसो!

मैं डरा नहीं। बेईमानी करने में भी नहीं डरा। लोगों से नहीं डरा, तो नौकरियाँ गयीं। लाभ गये, पद गये, इनाम गये। गैर-जिम्मेदार इतना कि बहन की शादी करने जा रहा हूँ। रेल में जेब कट गयी, मगर अगले स्टेशन पर पूड़ी-साग खाकर मजे

में बैठा हूँ कि चिन्ता नहीं, कुछ हो ही जाएगा। और हो गया। मेहनत और परेशानी जरूर पड़ी। यों कि बेहद बिजली-पानी के बीच एक पुजारी के साथ बिजली की चमक से रास्ता खोजते हुए रात-भर में अपनी बड़ी बहन के गाँव पहुँचना और कुछ घण्टे रहकर फिर वही वापसी यात्रा। फिर दौड़-धूप! मगर मदद आ गयी और शादी भी हो गयी।

इन्हीं सब परिस्थितियों के बीच मेरे भीतर लेखक कैसे जन्मा, यह सोचता हूँ। पहले अपने दुखों के प्रति सम्मोहन था। अपने को दुःखी मानकर और मनवाकर आदमी राहत भी पा लेता है। बहुत लोग अपने लिए बेचारा सुनकर सन्तोष का अनुभव करते हैं। मुझे भी पहले ऐसा लगा। पर मैंने देखा, इतने ज्यादा बेचारों में मैं क्या बेचारा! इतने विकट संघर्षों में मेरा क्या संघर्ष!

मेरा अनुमान है मैंने लेखन को दुनिया से लड़ने के लिए एक हथियार के रूप में अपनाया होगा। दूसरे, इसी में मैंने अपने व्यक्तित्व की रक्षा का रास्ता देखा। तीसरे, अपने को अविशिष्ट होने से बचाने के लिए मैंने लिखना शुरू कर दिया। यह तब की बात है, मेरा खयाल है, तब ऐसी ही बात होगी।

पर जल्दी ही मैं व्यक्तिगत दुःख के इस सम्मोहन-जाल से निकल गया। मैंने अपने को विस्तार दे दिया। दुःखी और भी हैं। अन्याय-पीड़ित और भी हैं। अनगिनत शोषित हैं। मैं उनमें से एक हूँ। पर मेरे हाथ में कलम है और मैं चेतना सम्पन्न हूँ।

यहीं कहीं व्यंग्य-लेखक का जन्म हुआ। मैंने सोचा होगा—रोना नहीं है, लड़ना है। जो हथियार हाथ में है, उसी से लड़ना है। मैंने तब ढंग से इतिहास, समाज, राजनीति और संस्कृति का अध्ययन शुरू किया। साथ ही एक औघड़ व्यक्तित्व बनाया। और बहुत गम्भीरता से व्यंग्य लिखना शुरू कर दिया।

मुक्ति अकेले की नहीं होती। अलग से अपना भला नहीं हो सकता। मनुष्य की छटपटाहट है मुक्ति के लिए, सुख के लिए, न्याय के लिए। पर यह बड़ी लड़ाई अकेले नहीं लड़ी जा सकती है। अकेले वही सुखी हैं, जिन्हें कोई लड़ाई नहीं लड़नी। उनकी बात अलग है। अनगिनत लोगों को सुखी देखता हूँ और अचरज करता हूँ कि ये सुखी कैसे हैं! न उनके मन में सवाल उठते, न शंका उठती है। ये जब-तब सिर्फ शिकायत कर लेते हैं। शिकायत भी सुख देती है। और वे ज्यादा सुखी हो जाते हैं। कबीर ने कहा है—

> सुखिया सब संसार है, खावै और सोवै।
> दुखिया दास कबीर है, जागै और रोवै।

जागनेवाले का रोना कभी खत्म नहीं होता। व्यंग्य लेखक की गर्दिश भी खत्म नहीं होगी।

ताजा गर्दिश यह है कि पिछले दिनों राजनीतिक पद के लिए पापड़ बेलते रहे। कहीं से उम्मीद दिला दी गयी कि राज्यसभा में हो जाएगा। एक महीना बड़ी गर्दिश में बीता। घुसपैठ की आदत नहीं है, चिट भीतर भेजकर बाहर बैठे रहने में हर क्षण मृत्यु-पीड़ा होती है। बहादुर लोग तो महीनों चिट भेजकर बाहर बैठे रहते हैं, मगर मरते नहीं। अपने से नहीं बनता। पिछले कुछ महीने ऐसी गर्दिश के थे। कोई लाभ खुद चलकर दरवाजे पर नहीं आता। उसे मनाना पड़ता है, चिरौरी करनी पड़ती है। लाभ थूकता है तो उसे हथेली पर लेना पड़ता है। इस कोशिश में बड़ी तकलीफ हुई। बड़ी गर्दिश भोगी।

मेरे जैसे लेखक की एक और गर्दिश है। भीतर जितना बवण्डर महसूस कर रहे हैं, उतना शब्दों में नहीं आ रहा है, तो रात-दिन बेचैन हैं। यह बड़ी गर्दिश का वक्त होता है, जिसे सर्जक ही समझ सकता है।

यों गर्दिशों की एक याद है। पर सही बात यह है कि कोई दिन गर्दिश से खाली नहीं है। और न कभी गर्दिश का अन्त होना है। यह और बात है कि शोभा के लिए कुछ अच्छे किस्म की गर्दिशें चुन ली जाएँ। उनका मेकअप कर दिया जाए, उन्हें अदाएँ सिखा दी जाएँ—थोड़ी चुलबुली गर्दिश हो तो और अच्छा—और पाठक से कहा जाए—ले भाई, देख तेरी गर्दिश!

□□□